입술이 너무해

초판 1쇄 인쇄일 2019년 01월 04일
초판 1쇄 발행일 2019년 01월 21일

지은이 | 갓녀
펴낸이 | 김기선

편집부 | 김아름, 박신혜, 김에너벨리, 유기웅, 배영주, 신현정, 전유정
디자인 | 뮤렐

펴낸곳 | 와이엠북스(YMBOOKS)
출판등록 | 2012년 7월 17일 (제2014-17호)
주소 | 서울시 도봉구 노해로 379, 1005호(창동, 대성빌딩)
전화 | 02)906-7768 / 팩스 | 02)906-7769
E-mail | ymbooks@nate.com

ISBN 979-11-322-4808-8 (04810)
ISBN 979-11-322-4805-7 (set)

값 11,000원

입술이 너무해 3

갓녀 장편소설

YM
BOOKS

차 례

19. 퍼즐의 단계

여진은 아침부터 전쟁 그 자체였다. 업무 복귀 하루 만에 또 사고가 나 부재를 면치 못한 도훈 때문에 전화 응대와 일정 재정비로 정신이 하나도 없었다. 부상이 심하지 않아 오후부터 일정을 소화할 수 있다는 연락을 받자 겨우 가슴을 쓸어내렸다.

"하……."

한시름 놓았으나 여진은 전혀 힘이 나지 않았다. 속이 좋지 않아 결국 점심도 거르고 휴게실에 찹쌀떡처럼 늘어져 버렸다. 애꿎은 휴대전화만 연신 만지작거리며 한숨만 푹푹 내쉬었다. 눈을 지그시 감았다. 오진영에게 온 부재중 전화는 어느덧 9개, 읽지 않은 문자는 어느덧 14개에 달했다.

"아아……."

바쁘던 아침 상황이 지나니 다시 머릿속으로 지옥 같던 어젯밤이 스멀스멀 기어들어 오기 시작했다.

김정연이라는 여자와 전화를 끊고 찾아온 것은 혼란이었다. 여자관계가 문란한 건가, 설마 지금 나도 놀아나고 있는 건가, 수백 가지의 의심이 목 아래까지 치달아 올라왔다. 그래서 그가 돌아오기 전에 서둘러 그 여자의 번호를 자신의 휴대전화에 옮겨 저장했다. 김정연, 세 글자를 적어 저장하니 관자놀이가 욱신거렸다. 사지가 떨리고 팽팽한 긴장이 몸을 덮쳤다. 쿵쾅쿵쾅 심장이 미친 듯 요동치기 시작했다. 떨리는 손으로 그의 연락처 목록을 꾹 눌렀다.

'……하.'

계원화, 고다연, 고아영, 김나연, 김다예, 김보라, 김윤주……. 온통 여자 이름이었다. 남자 이름도 있었으나 여자 이름이 비정상적으로 많았다. 더 충격적인 것은 연락처 아래에 적힌 메모였다.

아이틴, 24. 엠제이, 25. X라운지, 26……. 메모에는 여자를 만난 장소로 추정되는 곳과 나이가 적혀 있었다. 일렬로 상품처럼 줄지어 있는 이름 옆 장소들은 전부 클럽과 술집으로 도배되어 있었다.

'미친놈…….'

배신감에 치가 떨렸다. 방금 그 전화로 가졌던 의심이 어느덧 확신으로 번져 그녀의 머리에 열불을 지폈다.

……난? 난 뭐라고 저장했지? 여진이 이를 바득 갈며 검색창에 제 번호를 천천히 눌렀다. 긴장감과 분노로 인해 손가락이 바들바들 떨렸다. 꾹, 꾹 한 자 한 자 숫자를 눌렀다.

최여진 - 아이틴, 27…… 이딴 식으로 저장되어 있을까? 사서 비참해지고 싶은 건 아니었으나 제 번호를 눌러 연락처를 찾는 손을 멈출 수는 없었다.

'…….'

그러나 여진의 예상은 완벽히 빗나갔다. 그의 휴대전화에 기록된 제 저장명에 머릿속이 일렁이며 복잡해지기 시작했다.

'이건 대체 무슨 뜻…….'

맘 놓고 혼란스러워할 수 있는 것노 삼시. 깁지기 화장신에서 돌아온 진영 때문에 여진이 화들짝 놀라 휴대전화를 내려놓았다.

'여진 씨, 이제 갈까요?'

진영의 차에 탄 동안에도 한참을 말없이 고민했다. 마른침이 꿀꺽 넘어가는 소리만 좁은 차 안에서 울렸다. 그는 여진의 상태가 이상함을 눈치채고 그녀의 기분을 풀어주려는 듯 계속해서 말을 걸었었다.

'여진 씨, 간단하게 와인 한잔 더 하실래요? 여진 씨가 좋아할 만한 재즈바 발견했는데. 음악도 괜찮고 술 종류도 다양하고 안주 플레이팅도 보기 좋게 나오고요.'

'······.'

'아…… 산책! 산책은 어떠세요? 춥지는 않으시죠?'

그의 질문에 입술을 꾹 다물고 대답하지 않았다. 목적지가 없었기에 차는 의미 없이 빙글빙글 주변만 배회했다.

'아, 드라이브! 드라이브하고 싶으시구나. 그렇죠?'

여진은 여전히 대답하지 않았다. 아직 생각의 정리가 덜 된 탓이었다. 그렇게 한참의 침묵이 이어졌다. 텁텁한 공기를 깨고 여진이 내뱉은 말은 단 한마디였다.

'집으로 갈래요.'

진영은 갑작스러운 통보에 반문하려는 듯 보였다. 그러나 여진의 심기가 불편한 것을 읽었는지, 수긍하고 차를 그녀의 집 쪽으로 몰았다. 집 앞에 도착하자마자 여진은 말없이 차 문을 열려고 했다. 그러나 진영의 손에 제지당했다. 그는 여진의 두 눈을 흔들림 없이 응시했으나, 그녀는 냉기가 쌩쌩 도는 차가운 얼굴로 그의 눈빛을 피했다.

또 한참의 침묵, 진영은 여진의 손목을 천천히 놓았다. 여진이 붉은 입술을 잘근 깨물었다. 이대로 답답하게 헤어질 바에야 몽땅 쏟고 끝내자는 심정으로 입을 열었다.

'우리가 처음 만난 장소가 클럽이잖아요. 오진영 씨는 평소에도 자주 다니죠?'

'네? 저는······.'

'전 자주 가거든요. 음악이 좋고, 춤추는 것도 좋고, 분위기도 좋고······.'

여진이 진영과 눈을 똑바로 마주하자 두 시선이 허공에서 따갑게 얽혔다.

'그리고 남자들한테 왜 클럽 오냐고 물어보면 백이면 백, 제가 한 대답 똑같이 말하잖아요.'

음악과 춤을 좋아해서, 활기찬 분위기에 섞이고 싶어서 왔다고.

'전 그거 한 번도 믿어본 적 없거든요.'

'……'

'다 알아요. 남자들이 무슨 목적으로 클럽에 오는지. 오늘 하루, 딱 그날 하루 즐기고 끝낼 시답잖은 인연이 필요해서 왔다는 거.'

한 번 섞이고 흩어지는 그저 그런 인연.

'이름도 나이도 몰라. 뭐 하는 사람인지도 몰라. 앞으로 만날 일도 없어. 깊게 관여될 필요가 없는 가벼운 사람들과의 일회성 관계.'

여진도 처음엔 진영을 그렇게 생각했었다. 이름도 직업도 나이도 거짓으로 속인 이유는 아주 단순했다. 어차피 계속 볼 일 없을 테니까.

'아무런 이해관계도 없이 단순하게 즐길 수 있는 유희거리겠죠. 깊이 빠져들어서 서로 상처받을 필요가 없는, 가볍고 짜릿한 불량식품 같은 관계.'

여진의 목소리가 미약하게 떨렸다.

'그런 관계가 이렇게 늘어지게 되면 상대방은 화가 나요. 길어지면 길어질수록 불쾌해요.'

'여진 씨.'

'제가 잠깐 당신에 대해 착각한 거 같아요. 나한테 그 일회성 유희를 위한 수작이 좀 길어진 걸 진심이라고 착각하고요.'

'아니에요. 지금 뭔가 오해하신 것 같은데……'

'오해?'

'……'

'하. 무슨 정육점 돼지처럼 여자들 이름 줄지어놓고 오해라고요.'

진영의 미간에 깊은 주름이 잡혔다. 여진은 그를 차갑게 외면했다. 고개를 내려 아까 제 휴대전화로 옮겼던 '김정연'이라는 여자의 번호로 전화를 걸었다.

'여보세요?'

다시 들리는 앙칼진 여자의 목소리, 여진이 스피커폰을 꾹 눌렀다. 목소리의 주인을 식별해낸 진영의 눈에 동요가 일어났다. 그의 반응을 보니 더 이상의 여지는 없었다. 역시 원래 이런 놈이었던 거야.

……그 남자와 똑같은 놈이었던 거야.

'나 아까 오진영 씨 전화로 그쪽이랑 통화한 여자예요.'

여진이 퉁명스럽게 휴대전화에 대고 말하자 진영의 눈가가 살짝 구겨졌다. 여진이 헛웃음을 터뜨렸다. 너 같은 부류 내가 잘 안다는 듯이.

'너 아까 나한테 조언했었지. 상처받지 말고 알아서 물러나라고.'

뭐? 수화기 건너편에서 헛숨이 터졌다.

'그 조언, 똑같이 조언으로 돌려줄 테니 잘 들어.'

여진이 진영을 똑바로 노려보면서 여자에게 말했다.

'남자 돈 많다고 칠렐레팔렐레 거리면서 바짓가랑이 잡고 붙어먹지 마라. 특히 의사, 판사, 변호사 이 '사' 자 들어간 직업에 입 헤벌리고 빌빌대지 말고 좀 자주적으로 살자.'

'뭐……?'

'번호표 뽑고 기다린다고 했나? 대체 뭐가 아쉬워서! 너희가 그딴 식으로 우쭈쭈 해주니까 이 오징어 같은 놈들이 지 잘난 줄 착각하고 여자 알기를 개똥으로 아는 거 아니야!'

'……뭐, 뭐라고?'

'어쨌든 나한테 이 인간 어떤 인간인지 알려줘서 고맙다. 보답이니까 귓구멍 열고 잘 새겨들으라고.'

나직하게 중얼거린 후 탁 휴대전화를 끊었다. 그리고 조금의 미적거림도 없이 바로 뒤를 돌아 차 문을 달칵 열었다. 진영은 서둘러 여진의 어깨를 잡았다.

'여진 씨, 잠깐만요! 이건…….'

'손대지 마요!'

날카로운 고성이 공기의 흐름을 바꿨다. 진영의 손이 바닥으로 미끄러져 추락했다.

'잠깐이라도 그쪽이 좋은 사람인가 헷갈렸던 내가 부끄러워죽겠어, 지금.'

여진은 잠시라도 그에게 흔들렸던 자신의 상황이 억울해 미칠 것 같았다.

'나 놀리는 거 재밌었어요? 전 남친 결혼식 가서 찌질하게 부들대는 거 지켜보니까 재밌었어요? 계형철하고 같은 부류인 거 감쪽같이 속이고 뭐라도 된 것 같은 기분이었냐고요.'

'그럴 리가요. 전 정말로 여진 씨에게 순수하게 호감이 있어서…….'

'뻔뻔하기가 경이로울 지경이네. 다시는 내 눈앞에 나타나지 마요. 다음에 나타나면 이제 말로 안 해.'

음습한 목소리로 말하는 내내 여진의 심장은 따끔거렸다.

'죽도록 패서 피떡 만들고 저잣거리에 난봉꾼으로 박제해버릴 테니까!'

"하…… 짜증 나."

여진이 손안의 종이컵을 우득 구기며 중얼거렸다. 저 말 했을 때 오징어 표정이 어땠더라, 기억나지 않는다. 제대로 보지도 않고 그대로 그의 차를 뛰쳐나가 집으로 들어갔기 때문이었다. 그리고 그게 그와의 마지막 기억이었다. 계속해서 그에게 전화가 왔으나 한 번도 받지 않았다. 문자도 끊임없이 왔으나 읽지조차 않았다. 이렇게 흐름대로 멀어지면 되는 것이다. 이렇게 멀어지면…….

"그런데 왜 속이 시원하지 않냐고……."

뒤늦게 출근한 서연은 제자리에 앉아 오늘 해야 할 업무를 빠르게 목록화하고 기지개를 켰다. 점심시간이 다 끝나가는데 사무실은 아무도 들어오지 않아 텅 비어 있었다. 멍하니 있던 서연은 자리에서 일어나 커피를 마시기 위해 탕비실로 향했다.

"뭐, 이제 완전 강서연 대리 세상이지."

문고리를 잡으려던 서연이 살짝 열린 탕비실 문 앞에서 멈춰 섰다. 목소리로 들어서는 1팀 직원 두 명이 대화하고 있는 중으로 보였다. 그러나 이어진 얘기에 서연은 차마 안으로 들어갈 수 없게 되었다.

"요즘 분위기 돌아가는 거 보면 너도나도 대세한테 붙으려고 난리들이났던데."

"강 대리님이 박 실장님 라인 제대로 타서 그렇죠, 뭐."

서연의 눈가에 주름이 잡혔다. 또 라인, 저번부터 라인 탔다는 게 도대체 무슨 헛소리인지…….

"근데 진짜 엄청 충격이지 않았어요? 강 대리님 부모님이 SS어패럴 창업주였다는 거."

서연의 가슴이 철렁했다.

"어떻게 그렇게 감쪽같이 속였을까요? 그럼 일부러 속이려고 옛날에 그렇게 꾀죄죄하게 변장하고 다녔던 건가?"

"글쎄. 왜 그랬는지는 본인만 알겠지. 여하튼 실장님이 강 대리 과거 알게되면서 여기저기 입 아프게 소문내고 다니셨잖아. 왜 자기가 신났는지 모르겠지만, 목에 힘주고서 자랑하고 다니던데."

"맞아요. 자기가 전직 재벌 딸, 부하 직원으로 두고 있다고 동네방네……어우. 거기 망한 지 몇 년이 지났는데 이제 와서 그게 무슨 소용이라고."

서연의 동공이 가늘게 흔들렸다. 지난 와이시 미팅 때 한국지사 대표가 저를 알아보는 바람에 디자인 실장과 오유라 팀장에게 제 과거가 탄로 났던 것을 기억하고 있었다. 그 일로부터 몇 주 정도 지났으니, 그동안 소문은 더욱더 몸집을 부풀렸을 것이다. 오 팀장은 차치하고 말 만들기 좋아하는 디자인 실장이 소문을 안 냈을 거라 생각하지는 않았지만, 막상 제 이야기가떠도는 것을 정면으로 마주하자 눈앞이 컴컴해졌다.

"근데 서연 씨가 아무리 망했다고 해도 왕년에 재벌 딸이었다는데, 웬만한

빽이나 인맥은 아직 많이 있지 않을까요? 그래서 실장님이 그러는 건가?"

"글쎄. 자기가 흙수저 출신이니까 금수저 끄나풀이라도 엮이고 싶은 거 아닐까?"

"전 좀 이해가 안 돼요. 망해도 쫄딱 망한 기업 딸인데, 재수 없잖아요. 같이 있으면 완전 재수 옴 붙을 거 같은데."

"하긴 그래. 내가 궁금해서 인터넷에 SS어패럴 자세히 검색해봤거든? 근데 부도나고 얼마 가지 않아서 대표 내외 교통사고로 싹 다 죽고, 임원진들도 연달아 사고로 죽고, 남은 주주들은 돈 다 날리고 줄줄이 소시지처럼 연쇄 부도에…… 어후. 난리 부르스. 근데 그 속에 강 대리만 멀쩡히 잘 살아 있는 거지."

"으, 소름 돋아. 그 정도면 태생이 액운 덩어리 아니에요? 주변이 저 빼고 다 죽었잖아요."

"그렇지, 태생부터가 더럽게 기구한 여자지. 근데 정작 저는 고개 빳빳하게 들고 살잖아, 요즘."

하……. 서연이 싸늘하게 헛웃음 쳤다. 알지도 못하면서 떠들어대기 바쁜 것들.

"그리고 이거 그냥 당시에 돌던 카더라인데, 대표 내외가 그때 고의로 재산 은……."

"제 태생에 뭐 문제 있나요?"

서연이 문을 열고서 천천히 들어가 덤덤하게 물었다. 식겁한 두 직원이 살짝 뒷걸음질 쳤다.

"중세 시대도 아니고 태생 타령하는 거 너무 유치하지 않나요. 게다가 액운 덩어리이든 말든 제가 어디 가서 폐 끼친 적 없는 것 같은데."

서연의 목소리가 차분하게 가라앉았다.

"오히려 일 토스 받아서 메꿔준 게 한두 번이 아닌 것 같은데요."

흥분한 것도 아니고, 높낮이 없이 덤덤하게 말하니 그게 더 무서운 노릇이었다. 간담이 서늘해진 두 직원의 이마에 송골송골 땀이 맺혔다.

"그걸 이렇게 갚아주시네요?"

사색이 된 두 직원이 작게 움츠러들었다.

"아, 아니. 우리는 그게 아니고……."

"앞에서 못 할 얘기는 뒤에서도 못 해야죠."

시끄럽게 떠들던 입은 꾹 다물어졌다. 이내 저들끼리 눈치를 살피더니 곧바로 고개를 숙였다.

"미, 미안해요."

"……죄송합니다."

윗선에서 서연을 내년에 론칭할 새 브랜드 디자인 팀장으로 눈여겨보고 있다는 소문이 도는 판국에 서연에게 밉보이고 싶어 하는 사람은 단 한 명도 없었다. 두 사람이 바짝 꼬리를 내리자 서연이 자조적으로 웃었다.

"뭐든 하실 말씀이 있으시면 앞으로는 제게 말씀해주시면 좋겠습니다."

다른 욕은 다 참아도 부모님을 입에 담는 것만큼은 견딜 수가 없었다. 기가 죽은 두 사람을 차갑게 내려다보고 있는데, 갑자기 뒤에서 목소리가 들려왔다.

"다들 여기서 뭐 해요?"

뒤를 돌아보니 유라가 무표정으로 서 있었다.

"가서 일들 하죠. 요즘 1팀 새 프로젝트 들어가서 한창 바쁠 땐데 이럴 시간 있나요?"

유라의 말에 두 사람이 얼른 허리를 굽히고 탕비실을 나갔다. 눈으로 두 사람의 뒷모습을 쫓던 유라가 화려한 귀걸이를 짤랑이며 서연에게로 고개를 돌렸다.

"서연 씨, 어제 올린 디자인 스케치 관련해서 의논 좀 하고 싶어서요. 이따가 자료 챙겨서 소회의실에서 봐요."

"네."

서연이 대답하자 유라가 빠르게 탕비실을 떠났다. 커피 머신 버튼을 꾹 누르는 서연의 얼굴에는 의문이 가득했다.

"뭐지……?"

제 딴에 자기 팀이라고 챙긴 건가? 어딘가 애매했다.

도훈의 회복 속도는 경이로움 그 자체였다. 옆에서 보는 서연이 놀랄 정도로 빠르게 상처는 아물었고, 옷만 입고 있으면 다친 줄도 모를 정도로 쌩쌩했다. 그러나 서연은 여전히 근심 걱정이 한가득이었다. 워낙 아파도 아픈 티를 내지 않는 사람이었으니 직접 나서서 파헤치지 않으면 알 수가 없었다. 두 팔 걷고 간병인을 자처한 서연은 사고 이후 그를 지극정성으로 돌보았다. 다만 도훈이 너무도 멀쩡했기 때문에 돌봤다기보다는 그냥 한시도 떨어지지 않았다는 표현이 더 적합했다.

그렇게 시간이 흐르고 흘러 일주일 지났다. 서연은 오늘도 퇴근 후 곧장 집으로 출동해서 도훈의 셔츠부터 벗기고 상처를 들여다볼 생각이었다.

[몸 괜찮아요? 아프죠? 진짜 진짜 아프죠?]

그런데 변수가 생겨 당장 갈 수가 없게 되었다. 서연이 휴대전화를 꼭 쥐었다. 도훈의 답장은 마치 그녀의 문자를 기다리고 있었다는 듯 빠른 속도로 도착했다.

[안 아파.]

[거짓말!!!]

[안 믿을 거 왜 물어봐.]

치, 서연이 입술을 비죽거렸다.

[입술 넣자.]

흠칫.

[나 삐진다. 다른 놈들 앞에서 입술 내밀면.]

서연이 어이가 없어 헛웃음 쳤다.

"왜 웃어?"

저도 모르게 흘린 웃음에 여진이 반응했다.

"으응. 아니야, 아무것도."

서연이 고개를 좌우로 가볍게 흔들고 다시 휴대전화를 내려다보았다.

[나 10시 전에 들어갈게요. 집에 가서 움직이지 말고 그대로 누워서 쉬고 있어요.]

[과잉보호야.]

[그래야 내 맘이 편해서 그래.]

서연이 문자를 보내자 띵동, 동문서답이 돌아왔다.

[그보다 오늘 밤은 좀 하게 해주지. 일주일째 손만 잡고 자…….]

윽, 서연의 얼굴이 붉어졌다.

[누구 고문해?]

[겨우 일주일 갖고 무슨! 다 낫기 전에는 절대 안정!]

[진짜…… 낫기만 해봐.]

한 서린 듯한 문자에 새어 나오는 웃음을 막기 위해 입술을 살짝 다물었다. 슬쩍 건너편에 앉은 여진의 눈치를 보니 그녀의 기세가 흉흉하다.

[어쨌든 10시 전에 꼭 들어갈게요! 도훈 씨 딴 데 새지 말고 집에 가서 쉬어요! 꼭!]

[누구 만나는데?]

"……."

[누구.]

아……. 서연이 쉽사리 답장하지 못하고 슬쩍 여진의 눈치를 한 번 더 보자, 여진이 불퉁한 표정으로 캐물었다.

"너 지금 이사님이랑 문자하냐?"

"어? 응."

"야, 너……."

"앗, 잠깐만. 나 전화."

여진이 뭐라고 말을 잇기도 전에, 서연이 진동하는 휴대전화를 꾹 눌러 받았다. 여진의 눈이 동그랗게 커졌다.

"여보세요."

-누구.

"아, 그게……."

-바람났나.

"네에? 말도 안 되는 소리를 막…… 아니거든요! 그냥 친구요!"

사실 오늘도 칼퇴 후 집으로 날아가 도훈의 몸을 살필 예정이었지만, 반쯤 시체 같은 목소리로 하소연 좀 들어달라고 부탁하는 여진을 차마 외면할 수 없었다. 더욱이 실제로 보니 초주검이 되어 있는 여진의 얼굴에는 그 어느 때보다도 수심이 가득했다. 진심으로 걱정된 서연은 그녀에게 몇 시간만 시간을 내어주기로 했다.

"그러니까, 여……."

약속 상대가 여진이라고 말하려다가 양팔을 뻗쳐 들곤 온몸으로 엑스 자를 표시하는 여진을 발견하고 우뚝 멈췄다.

-여?

"여……."

서연이 말꼬리를 질질 늘이자 여진이 거품을 물듯이 발발 뛰기 시작했다. 급기야 제 목을 조르며 정신 나간 사람처럼 발버둥을 친다. 아연실색한 서연이 뒷말을 꿀꺽하고 삼켰다.

"여, 여자. 여자……! 여자라고……."

-여자?

"응! 그…… 동창!"

-동창?

"응응, 초등학교 동창!"

-초등학교.

……아, 초등학교는 너무 갔나. 서연이 속으로 몸부림치며 절규했다.

-술 많이 마시지 마.

"아하하, 안 마셔, 안 마셔."

다행히 더 이상의 추궁은 없었다.

-이따 전화하면 데리러 갈게.

"응, 알았……."

그때, 수화기 건너로 들려오는 도훈의 말을 엿들은 여진이 그대로 테이블에 풀썩 엎어지더니 한 손으로는 테이블을 내리쳤다. 쾅쾅! 여진이 머지않아 이마를 테이블 위로 연속해서 쿵쿵 박자 서연이 기겁해 그녀의 자해를 제지했다.

"아, 그게 아니라…… 괜찮아요! 택시 타고 들어갈게!"

-뭘 숨기…….

"어? 잠깐. 실장님한테 전화 온다! 어쨌든 이따 봐요!"

서연이 서둘러 통화를 종료하고서 여진을 죽어라 노려보았다. 그제야 진정한 여진이 몸을 일으켜 정자세로 반듯이 도도하게 앉았다.

"너 미쳤니?"

서연이 황당한 듯 물었으나 여진은 아무 일도 없었다는 듯 메뉴판을 뒤적거리기 시작했다.

"와, 이사님 집착 아주 스토커급이네. 스토커. 진짜 세계 최강. 백싸가지가 아니라 백스토커로 별명 바꿔야겠네."

여진이 혀를 끌끌 찼다.

"너도 너야. 이사님 괜찮다 못해 평소보다 더 힘이 넘쳐서 아주 호통이 천하를 호령할 지경이던데 왜 그렇게 오버야?"

"씨이, 눈앞에서 피가 철철 흘렀다고! 그리고 도훈 씨는 그냥 누구 만나느냐고 물은 것뿐인데 왜 그렇게 난동을 피워?"

"이사님이 약속 상대가 나라는 거 알면 좀 그래."

"왜?"

"무서워. 이사님 요즘 너어무 무서워. 아니 그냥 항상 무서워. 24시간 무서워 죽겠어."

여진이 고개를 도리도리 흔들며 몸서리쳤다. 혼나는 건 일상이고 쌀쌀맞은 것도 일상이었으나 그 찬바람 쌩쌩 도는 눈은 도무지 적응되지 않았다.

"오늘도 주둥이가 맛이 가서 실수로 일정 잘못 말했다가, 아주…… 쥐 잡듯이 잡혔다고……!"

여진이 욱신거리는 머리를 한 손으로 짚었다. 진영의 일 때문에 최근 계속 정신이 딴 데 팔려 있었던 것은 사실이었다. 저도 모르게 넋을 놓아 실수가 잦았고 오늘은 아마 입사 이래 최고로 실수를 많이 한 날이었을 것이다. 덕분에 가장 많이 혼난 날로 신기록을 찍고 말았다.

스트레스는 그야말로 최고조! 누구라도 좋으니 오징어에 대한 욕을 입이 터져라 잔뜩 늘어놓고 싶은 심정이었다. 연애하느라 바쁜 서연을 붙잡고 술 한잔하자고 늘어진 것도 그 탓이었다.

"이사님한테 살살 좀 혼내라고 전해라. 진짜, 오늘 아침부터 완전 쫄아서 종일 눈도 못 마주쳤다. 도대체가 메두사야 뭐야……. 내가 몇 년을 같이 일했는데 백싸가지 눈도 못 봐야겠냐? 어?"

"하하, 너 안됐다, 야. 그 잘생긴 눈을 못 보고. 세상에서 제일 섹시한데."

여진이 탄복을 하며 영혼 없이 헛웃음을 터뜨렸다.

"하하……. 세상이 아주 그냥 미쳐 돌아가는구나. 하하하."

설득하기를 포기했다. 여진은 더 이상 '이사님은 무섭다.'는 명제를 논하지 않기로 했다. 콩깍지에는 약도 없다는 말이 딱 적절하게 들어맞는 순간이었다.

"시키자, 이제. 너 먹고 싶은 거 시켜."

"오키. 기달."

여진은 주문하기 위해 메뉴판에 코를 박고 최고의 조합을 고민하다가, 그조차도 피곤하여 서연에게 맡겼다. 서연은 적절히 포만감을 가져다줄 수 있는 식사와 맥주를 주문했다. 머지않아 식탁에 올라온 두꺼운 유리잔을 여진이 거칠게 집어 들었다. 아직 식사가 나오기도 전에 맥주 절반을 한입에 꿀꺽꿀꺽 목 안으로 욱여넣었다.

"으…… 하. 살 거 같다."

서연이 다시 한번 혀를 짧게 차고 기본 안주를 집어 그녀의 입에 쏙 넣어주었다.

"왜 그래, 왜. 뭐 때문에 그렇게 우울한데? 왜 정신이 그렇게 안드로메다로 팔려 있는 건데?"

"아……."

또 떠오르는 최악의 기억에, 여진의 입술에서 억눌린 신음이 형편없이 터져 나왔다.

오진영, 오진영, 오진영!

울상을 지은 여진이 마른 손바닥에 얼굴을 푹 묻었다. 온종일 계속해서 울렸던 휴대전화가 그녀의 마음을 더욱 문드러지게 만들었다.

남자는 고쳐 쓰는 게 아니라는 것이 그녀의 신조였다. 사람은 안 변한다. 전 남친의 결혼식 날, 진영이 형철에게 모욕당하고 있는 여진을 보호하고 애인을 칭하고 나선 것은, 자신을 특별하게 여겼기 때문이 아닌 그저 헤픈 바람기의 한 조각이었을 것이다. 예전 클럽 앞에서 뺨에 반창고를 붙여주던 그의 손길에 두근거렸던 심장은 그저 분위기에 약한 자신의 특성이었을 것이다. 전부 다 가짜, 가짜, 가짜. 수백 번을 되뇌었다.

그러나 아무리 애써 봐도 머릿속에 그의 얼굴과 목소리가 역병처럼 맴돌았다. 그런 자신이 정말 싫었다. 왜 항상 그런 놈들한테만 끌리는지, 계형철하고 똑같은 인간이라는 것을 알면서도 계속 떠오르는 이유는 뭔지, 알 수가 없다.

"왜, 남자 문제냐?"

……그 이유를 알 수가 없다.

"계형철이지? 맞지?"

서연은 여진을 이렇게까지 혼란스럽게 하는 남자라면 그놈밖에 없을 거라 확신했다. 여진의 연애사는 형철과 헤어지기 전과 헤어진 후로 나뉜다고 봐도 과언이 아닐 만큼, 여진은 형철과 헤어진 다음 180도 변했었다. 평범하게 한 남자와 열정적으로 사랑을 나누던 여자에서, 그 누구에게도 빠지지 않고, 미련을 두지 않는 쿨한 여자로.

　변화로 인해 여진은 남녀 관계에서 단 한 순간도 빼놓지 않고 갑의 위치였고, 형철 이후 한 남자에게 정착해서 깊이 빠진 적도 없었다.

　"실은…… 내가……."

　여진이 무거운 혀를 움직여, 힘겹게 포문을 열었다.

　퇴근하기 위해 차에 올라탄 도훈은 짜증이 나 돌아가시기 직전이었다.

　-나……. 술 사줘…….

　수화기 건너편에서는 곧 죽을 것 같은 진영의 목소리가 만연했다. 도훈이 짧게 한숨을 뱉었다.

　"꺼져라."

　곧 시끄러운 차의 배기음에 어지러이 섞인 괴로운 음성이 귓가를 자극했다.

　-넌 진짜…… 제수씨한테만 잘해주고…… 나한텐 맨날 그렇게 까칠한 저의가 뭐야!

　"끊는다."

　-이 찌르면 피 한 방울 안 나올 잔인한 새끼……!

　울컥해서 포효하더니 문득 앗차, 한다.

　-생각해보니 이미 피 두 바가지는 흘렸지, 참.

　"……그게 말이냐?"

　-야야. 빨리 물어봐. 왜 그러냐고 물어봐. 빨리!

　무슨 일인지 모르긴 몰라도 분명히 시답잖은 일임에 틀림이 없었다.

　"뭐. 왜 그러는데."

도훈의 심드렁한 질문에 진영의 반 울먹거림이 시작됐다.

-난…… 이번에 분명 확신이 있었는데. 질리도록 잘해줄 자신도 있었는데…….

"누구."

-아…… 데스티니!

"최 비서?"

도훈의 입에서 여진의 이름이 나오자 진영의 발악이 더욱 깊어졌다. 그러나 그런 징징거림을 받아줄 도훈이 아니었다.

"미쳤나, 이게."

-맞아. 미쳤어. 미쳤다고! 미쳤어! 어떻게 해야 할지 모르겠어. 어떻게…….어떻게 해야 진심이 전해지는 건지…….

"하."

도훈이 헛숨을 토해냈다.

"최 비서 정신 팔리게 한 거 네 짓이었냐."

-…….

"잘하는 짓이다."

오랜 시간 옆에서 진영을 봐 온 도훈이었기에 진영의 연애 스타일을 가장 잘 파악하고 있었다. 진영의 이상형은 항상 일관적으로 똑같았다.

첫째, 연락 자주 안 해도 화내지 않는 여자. 둘째, 자주 만나지 않아도 되는 여자. 즉, 서로 가볍게 즐기고 쿨하게 뒤돌 수 있는 상대.

"최 비서한테 헛짓거리하지 말고 냅둬. 안 그래도 일 못하는 비서, 너 때문에 더 재미없게 됐잖아."

-거참…… 말 좀 예쁘게 하면 지구 망한다니?

진영이 불만스럽게 중얼거렸다.

-여진 씨한테는 진심이었어. 너도 알잖아!

"……."

-진짜야. 보고 싶어……. 여진 씨 보고 싶어서 일도 안 잡혀. 올인했어야 했는데, 진작에 다 정리하고 작업 들어갔어야 했는데. 내가 요즘 정신이 없어서 정리를 똑바로 안 했더니 지금 완전히 일이 배배 꼬이고…….

"왜 나한테 변명을 해."

-모르겠냐? 네 회사 근처로 갈 테니까 한잔하자고!

결국 두 손 두 발 다 들었다. 어차피 집에 가봐야 서연도 없을 거, 푸념을 들어주기로 결정한 도훈은 핸들을 꺾었다.

얼마 가지 않아 만난 둘은 MS푸드 건물에서 조금 떨어진 한적한 술집으로 향했다. 진영은 테이블에 앉자마자 물을 넘치게 따라 벌컥벌컥 들이켰다. 도훈이 메뉴판을 받아 진영에게 밀어놓고 등받이에 등을 기댔다.

"네가 주문해."

"먹어서 뭐 하냐…… 나가 죽어야지. 오진영."

그런 소리를 지껄이며 식탁에 쓰러지는 그의 뒤통수를 커다란 도훈의 손이 빡 내려쳤다. 아! 이내 울상이 되어 진영이 부스스 일어난다.

"정신 못 차려?"

도훈이 차갑게 묻고서 물티슈를 거칠게 뜯어 손을 닦았다. 진영도 그의 행동에 따라 손을 닦는데, 옆에서 잔뜩 분노한 여자의 목소리가 두 사람의 이목을 끌었다. 자연스럽게 그쪽으로 도훈과 진영의 고개가 꺾였다. 그 목소리의 주인을 인식하자 동시에 등받이에서 등이 떨어졌다.

"야! 쓰레기네, 쓰레기! 와, 미친. 어쩐지 관상이 안 좋았어! 관상이! 어? 의사? 직업 믿고 설쳐!"

화가 머리끝까지 난 서연이 수저로 테이블을 수차례 찍었다.

"당장 그딴 놈들은 국가 차원에서 일렬로 세워놓고 확 고추를 돌돌 말아서 떼버려야……!"

티슈를 반으로 가르며 공격적으로 소리치던 서연이 언뜻 저쪽의 테이블에 있는 사람과 눈이 마주쳤다.

쿵. 심장이 발가락까지 떨어졌다. 그대로 딱딱하게 굳어 입을 틀어막았다. 서연의 손에서 팔랑, 티슈가 하늘하늘 떨어졌다.

"······."

"······."

눈이 마주친 네 사람, 잠깐의 정적이 흘렀다.

'저 사람들이 여긴 왜······!'

서연의 소리 없는 절규가 이어졌다. 당황한 그녀의 얼굴이 곧 터질 것 같은 뚝배기처럼 화끈 달아올랐다. 황급히 못 본 척하며 시선을 식탁으로 내리깔았다.

"그, 그런 짓을······ 하면 안····· 되지······. 응······."

점점 줄어드는 목소리와 화상 입은 듯 새빨개지는 얼굴, 서연이 양손으로 얼굴을 푹 가린 후 자리에서 벌떡 일어났다.

"여진아, 나 잠깐 화장실 좀······."

쭈뼛거리며 관절을 부자연스럽게 움직이는 서연을 어느새 다가온 도훈이 다시 의자에 풀썩 앉혔다. 물론 당황하여 식은땀을 뻘뻘 흘리는 것은 비단 서연뿐만이 아니었다. 여진과 진영 또한 어찌할 줄 모르고 제 입술만 앞니로 잘근잘근 괴롭혔다.

"어딜 도망가."

도훈이 그 어느 때보다도 자연스럽게 서연의 옆자리를 차지했다. 제집인 양 당당하게 건너편에 앉은 그를 보자 여진의 등줄기가 서늘해졌다. 왜, 왜 앉아? 그보다 백싸가지랑 오징어 새끼가 같이? 친구라는 사실은 이미 알고 있었지만 상상도 못 한 장소에서 두 사람을 나란히 보니 당혹스러워 정신을 차릴 수가 없었다.

아, 어느새 은근슬쩍 기어들어 온 진영이 여진의 옆에 앉았다. 여진이 할 말을 잃고 도훈과 진영을 멍청하게 번갈아 봤다.

"여, 여긴 어떻게······."

서연이 말을 더듬자 도훈이 실소를 터뜨렸다.

"운이 좋았네. 우연히 만나고."

도훈은 자연스럽게 팔을 뻗어 서연의 허리를 감싸 제 쪽으로 딱 끌어다가 붙였다. 서연의 몸이 도훈의 어깨 쪽으로 기울면서 머리카락이 아래로 추욱 늘어졌다. 그 머리카락을 귓바퀴로 넘겨주고 반대쪽 손으로는 다정하게 잘록한 허리를 쓰다듬었다.

"초등학교 동창 만난다더니……."

움찔, 서연이 잘게 떨었다. 황급히 찬물을 들어 바짝 마른 입술을 축였다.

"다른 놈 거기를 뗄 계획을 짜고 있었어."

"……."

"돌돌…… 말아서."

"……켁!"

서연이 민망함에 컥컥거렸다. 도훈의 말에 그대로 뿜어버린 액체가 도톰한 입술을 타고 주르륵 흘러내렸다. 다시 불타는 고구마처럼 과열된 얼굴을 반대쪽으로 홱 돌렸다. 타이밍 진짜……!

"아니 내가 원래 그런 품격 떨어지고 저질스러운 언어는 지양하는 편인데요. 조금 취해서 내가……."

그렇게 말하는 서연의 옆에는 얼마 마시지 않은 새것 같은 맥주잔이 놓여 있었다. 아, 미칠 듯한 부끄러움에 서연이 고개를 푹 숙였다.

"그…… 그냥 못 들은 척해주면 안 돼요……?"

도훈이 슬쩍 웃더니 얼굴을 서연에게 가까이 붙였다. 이내 입술을 귓가에 가져다 대고 비밀스럽게 속삭였다.

"다른 놈들 몸에 관심도 가지고……. 호기심이 왕성한가 본데."

"……으윽."

"나로는 만족이 안 되나. 내 몸 전부 다 강서연 건데."

"으……."

"오늘도 셔츠 홀딱 벗기고 관찰할 거지."

"그, 그만."

"아래는 안 벗기나……?"

두근두근, 터질 것처럼 빨리 뛰는 심장 때문에 호흡마저 불규칙해졌다.

"으악! 귀에다 대고 속삭이지 마요!"

서연이 활화산처럼 들끓는 얼굴로 도훈의 어깨를 멀찍이 떨어뜨렸다. 도훈은 그런 그녀가 귀엽다는 듯 나직하게 웃으며 그녀의 머리를 부드럽게 쓰다듬었다.

"……."

여진은 때아닌 연애질을 사색이 된 얼굴로 멀거니 바라보았다. 그리고 그에 못지않게 창백해진 진영은 서연이 방금 발언한 돌돌…… 의 객체가 자신인 듯하여 바짝 긴장한 상태였다.

"아, 그…… 또 뵙네요. 도훈 씨 친구분……. 지지난 주 일요일에 뵙고 처음이죠? 아하하……."

귀신이라도 만난 듯한 표정에 민망해진 서연이 어색하게 지껄이기 시작했다. 진영 또한 부자연스럽게 웃으며 입을 열었다.

"아하하……. 예, 그 제수씨. 보면 두 분이 참 잘 어울리시고, 뭐랄까, 한 쌍의 원앙이라고 해야 할까요, 점점 이목구비가 마치 남매처럼 닮아가는 것도 같고……. 사랑하면 닮는다던데……."

당황한 진영은 제가 무슨 말을 하고 있는지도 인지하지 못하고 횡설수설했다.

"한 10년 후에는 너무 똑 닮아서 제수씨 성격이 도훈이하고 똑같아지는 게 아닌……."

쾅!

맥주를 꿀꺽꿀꺽 한입에 털어 넣은 여진이 잔을 거칠게 탁자에 내려놓았다. 모두의 시선이 여진의 불만 가득한 얼굴로 집중됐다. 여진이 고개를 돌려

진영을 휙 노려보았다. 매서운 눈빛에 진영이 움찔했다. 그러나 그뿐이었다. 한편 도훈의 신경은 약 0.5초 정도 머물렀다가 도로 서연에게 홀떡 쏠렸다.

"먹고 싶은 거 다 시켜."

"난 이미 시켰는데? 도훈 씨 시켜요. 많이 많이 산더미처럼 먹어야 등도 회복하지."

"등은 서연 씨가 호 해주면 다 낫죠."

"씨이…… 말투 따라 하지 마요!"

움찔하고 설레었던 서연이 안 그런 척 시치미 떼며 도훈을 툭 쳤다.

"너 더 시켜. 고기 좋아하잖아."

"헤헤, 오빠가 사주나?"

"그럼."

"우왕, 원하면 다 사주나? 빌딩도 사주나? 전용기도 사주고, 동물원도 사주고?"

서연이 장난스레 헤헤거리며 소곤소곤 애교를 피우자 도훈의 입술이 툭 벌어졌다.

"하여간 이 요물……."

말은 그래도 입꼬리는 자동으로 치솟았다.

"귀여우니까 남편 거덜 내도 봐준다."

도훈이 서연의 뺨을 살짝 꼬집으며 미소 지었다. 연인을 넘어 아예 신혼 같은 분위기를 연출하는 두 사람 때문에 여진과 진영은 또 한 번 기괴한 얼굴이 되었다. 진영은 <세상에 이런 일이>에 당장 제보해야겠다고 결심하며 고개를 절레절레 내저었다.

"그대들, 제대로 미치셨……."

"여기요."

그러거나 말거나, 도훈은 태연하게 직원을 불러 추가로 메뉴를 주문하면서 식기 세팅을 요청했다. 머지않아 추가로 시킨 술과 안주가 식탁에 올라오고, 분위기는 기묘하게 흘러가기 시작했다.

"아."

도훈은 고기를 포크로 찍어 서연의 입 속에 넣어주었다. 순순히 강아지처럼 쏙 받아먹는 그녀가 사랑스러워 죽겠다는 표정이었다.

"맛있어?"

"응. 맛있어. 도훈 씨도 먹어."

서연이 아, 하며 도훈에게 먹여주었다. 한쪽은 냉기가 철철 흐르고 한쪽은 온기가 넘쳐서 사우나가 따로 없었다. 부러워진 진영이 괜히 여진을 흘끔 바라보았으나, 여진은 차갑게 고개를 돌렸다. 빙하와 용암이 공존하고 있는 테이블에서 가장 주위의 시선을 신경 쓰지 않는 사람은 도훈이었다.

"여기 묻었다."

큰 엄지로 서연의 붉은 입술을 쓱 쓸어 닦았다.

"입술도 귀여워……."

뭐가 그렇게 좋은지, 도훈은 내내 헤실헤실 웃으며 서연을 바라보았다.

"주머니에 넣고 다니고 싶네."

윽, 여진과 진영의 표정이 일그러졌다. 저 인간이 진짜 미쳤나…….

"참…… 달달하다 못해 즉석에서 토 한 바가지 하겠어요, 하하."

진영이 솔직하게 제 감상을 털어놓았다. 음식을 오물거리던 서연이 진영을 물끄러미 올려다보았다.

"하긴 도훈이가 제수씨하고 썸 탈 때부터 전조 증상이 있었죠. 그때도 제수씨 만나러 간다고 저한테 '나 오늘 어때.' 같은 미친 소리나 하더니, 하하. 더 맛이 갔네…… 응…….'"

그 순간 서연의 표정이 갑자기 흉흉해지자 진영은 살짝 주눅이 들었다.

'당장 그딴 놈들은 국가 차원에서 일렬로 세워놓고 확 고추를 돌돌 말아서 떼버려야……!'

떼버려야……! 떼버려야……! 서연의 말이 머릿속에서 메아리처럼 울리자 일순 겁에 질려버렸다. 이어 서연이 손을 번쩍 뻗어 그에게 갖다 대자 진영이 기겁하며 몸을 뒤로 쑥 뺐다.

"히익!"

그러나 예상과 달리 서연의 손은 그를 지나 옆에 놓여 있는 갑 티슈로 향했다.

"아니, 그 벌레가 막 돌아다녀서, 제가 좀 놀랐네요. 하하하……."

아무렇지 않은 척 추스르며 놀란 가슴을 쓸어내렸다. 띠링. 갑자기 진동하는 휴대전화. 진영이 문자를 확인했다.

[쳐 웃지 마요.]

호흡이 뚝 끊겼다. 발신 번호는 며칠간 답장은커녕 문자를 읽지도 않던 여진의 휴대전화였다.

[다시 내 눈앞에 나타나면 어떻게 만들어버린다고 했는지 기억 안 나나 보지? 붕어 대가리야? 뻔뻔하게 내 옆에 앉아???]

일렬로 나란히 줄지어 있는 세 개의 물음표에서 말로 할 수 없는 분노가 묻어났다. 여진은 눈앞에 앉은 도훈 때문에 차마 말로는 하지 못한 채 활자로 열을 내는 중이었다.

[너 이 새끼 이사님 아니었으면 진작에 멱살 잡고 짤짤 지구 멸망할 때까지 흔들었어. 알아???]

"짤짤……."

진영이 저도 모르게 나직하게 중얼거렸다.

마치 견고한 벽과도 같이 적을 진 둘과 상반되게, 찹쌀떡처럼 딱 달라붙어 있는 도훈과 서연은 심각한 분위기의 두 사람을 방관하며 유유히 구경했다.

"여진 씨, 우리 천천히 다시 이야기해봐요. 오해하는 부분이 있으면 짚고 넘어가고, 서로 맞춰갈 부분은 최대한 맞추어서……."

"오해는 무슨……! 당신이!"

소리치던 여진이 꿀꺽 음성을 삼켰다. 바싹 타들어가는 마음을 부여잡고 슬쩍 도훈의 눈치를 보았다. 그러나 정작 그는 별로 관심 없다는 듯 새우 껍질을 반듯이 까서 또 서연의 입 속에 넣어주고 있었다.

"나 신경 쓰지 말고 편하게 얘기해."

한마디 툭 내뱉은 도훈은 다시 다정한 눈빛으로 서연과 시선을 마주했다. 날카로운 눈매가 뭉근하게 휘며 웃음 짓더니 이내 꿀이 뚝뚝 떨어졌다. 허, 여진이 속으로 헛숨을 토해냈다.

'이건 또! 또……! 대체 또! 뭔 미친 또라이 같은 상황이야……!'

"야, 네가 있는데 어떻게 여진 씨가 편하게 얘기를 해!"

진영이 젓가락 한 쪽으로 도훈을 가리키며 타박하자 그의 눈이 가늘어졌다. 무서운 눈빛에 진영은 다시 깨갱 하고 수그러들었다.

"넌 뭐가 잘나서 나불대."

"흐하하하, 맞아요. 뭘 잘했다고. 크큭."

이 상황이 그저 웃긴 서연은 도훈의 어깨에 기대 공격에 합세했다. 도훈이 그녀의 동그란 어깨에 단단한 팔을 두르자 두 사람의 몸이 딱 달라붙었다.

"자석도 아니고 밖에서 너무 붙어 계신다…… 하하. 누가 보면 자웅동체인 줄 알겠어요. 하하."

"헛소리 그만하고."

"맞아요, 지금 당장 여진이한테 싹싹 빌어도 모자랄 판국에."

앵무새처럼 도훈의 말을 옮기며 서연이 한술 더 떴다. 편들어주기는 했으나 여진은 지금 이 순간, 서연이 세상에서 가장 얄미웠다.

"하여간 너희 문제는 너희가 알아서 해결해. 답이 있는 것도 아니고, 좋을 대로 해."

맞아, 맞아. 도훈의 말에 서연이 고개를 까딱거렸다.

"넌 빌든지 포기하든지, 최 비서는 도망가든지 쥐어박든지 알아서 하고."

진영이 살려달라는 듯 구원의 눈빛으로 도훈을 쳐다보자 그의 입꼬리가 살벌하게 구겨졌다. '내 언젠가 그럴 줄 알았다.'라고 쓰여 있는 듯한 표정이었다.

"하여간 둘이 해결해. 자리 비켜줄 테니까."

도훈이 서연의 작은 손을 잡고 자리에서 일어났다. 여진이 눈을 동그랗게 뜨고 서연을 쳐다봤으나 그녀는 은근슬쩍 시선을 피했다.

"그, 그래. 얘기하세요."

말릴 틈도 없이 도훈과 서연은 두 손을 꼭 붙들고 훌라당 가게 밖으로 날아버렸다. 나란히 앉은 진영과 여진은 서로 한참 동안 말이 없었다. 구차한 변명조차 없는 진영 때문에 더 화가 난 여진이 소주 한 병을 추가로 시켰다. 쓰디쓴 알코올을 맥주잔에 벌컥벌컥 따라 입 안에 그대로 한입에 털어 넣었다. 놀란 진영이 서둘러 여진의 행동을 저지했으나, 그녀가 거칠게 그의 팔을 뿌리쳤다.

"……내가 여기서 왜 이러고 있어야 하는 건지 모르겠네요. 전 오진영 씨랑 나눌 얘기도 없고요. 나는…….."

그녀의 목소리가 갈라졌다.

"처음에 당신을 봤을 때는 그저 돈 잘 쓰고 클럽 좋아하는 남자라고 생각했어요. 근데 그 이후에 만났을 때 오진영 씨 행동 어땠어요? 순수한 척, 평생 여자 손 한번 안 잡아본 척, 숙맥이라도 되는 양 굴었잖아요. 내가 나이랑 이름 속인 것도 다 알면서 모르는 척 가증스럽게 연기."

"……."

"근데 숙맥이 아니라 완전히 선수였다는 걸 알고 난 기만당했다고 생각했어요. 멀어지려고 했지. 연락 안 하려고 했지."

"여진 씨……."

"근데 당신이 너무 잘해주잖아. 마치 진짜 날 좋아하기라도 하는 것처럼 착각하게 만들잖아, 사람."

가늘게 떨리는 음성 속에는 그에 대한 실망감과 분노가 실타래처럼 엉켜 있었다. 진영의 눈가에 주름이 잡혔다.

"그래서 잠깐 설레었어. 얼마나 헤픈 놈인지, 얼마나 가벼운 놈인지, 팔푼이같이 그걸 모르고 설렌 거야, 쪽팔리게."

통째로 겁 없이 들이켠 알코올이 가슴 속에서 불씨를 만들어내 그대로 분출시켰다.

"다신 설렘 같은 거. 감정 소모 지긋지긋해서 이제 그런 거 절대 느끼고 싶지 않았는데……."

주르륵 터진 감정은 주워 담기에는 정도가 너무 컸다.

"내가 얼마나 배신감을 느꼈는지 오진영 씨가 알아요?"

몽롱해지는 정신 속에서 터진 입을 막을 재간이 없었다. 진영의 동공이 뒤흔들렸다. 잠깐의 침묵, 그 침묵을 깨트린 사람은 진영이었다.

"여진 씨가 실망할 만한 행동을 했던 건 제 잘못이에요. 확실히 저는 관계를 쉽게 맺고, 쉽게 놓아줬어요. 그게 사실이고, 변명의 여지는 없어요."

여진의 심장에 돌덩이가 쿵 내려앉았다.

"깊어지는 건 귀찮고 사람은 쉽게 질려요. 애초에 시작부터 진지해지지 않고 적당히 즐기다가 끊어내는 게 맞다고 생각했어요. 서로 암묵적 동의이자 예의라고 생각했어요. 깔끔하게 서로의 생활을 존중해주면서 간섭하지 않고 가볍게 즐기다가 끝나는 관계요. 여진 씨가 저번에 말씀하셨던 그 일회성 관계겠죠."

"……."

"다 맞아요, 맞는데……."

착 가라앉은 음성이 여진의 머리를 아프게 울렸다. 어질어질 흔들리는 정신이 곧 끊길 것만 같았다.

"제가 여진 씨랑 하고 싶은 건 그런 게 아니에요."

그는 고동색 눈동자로 올곧게 여진을 바라보았다.

"최여진 같은 여자를 일회성으로 만날 만큼 멍청하지 않아, 나."

여진의 심장에서 다시 한번 파열음이 터져 흘렀다. 숨 쉬는 것도 잊고 눈을 끔뻑끔뻑 움직였다. 듣지 마, 듣지 마, 저건 다 개수작에 불과해. 넘어가면 안 돼.

"내가 뭘요? 내가 뭐 다른가요? 대통령 딸도 아니고 회장 딸도 아닌데?"

여진의 목소리가 더욱 격양되었다.

"난 당신이 숱하게 만났다던 그 여자들과 하나도 다르지 않아. 그 태희인지 뭔지 하는 년처럼 그쪽한테 병원 못 차려주고요. 집구석에 돈 한 푼도 없구요! 성깔은 개 같고 뭣도 없는 주제에 자존심은 더럽게 높아요. 그게 내 수준인데!"

울컥 터진 감정을 주체하지 못하고 큰 소리를 내고 말았다. 가게 안의 모두가 여진의 테이블에 시선을 던졌다. 그제야 이성이 돌아온 그녀가 다시 술잔을 들어 벌컥벌컥 들이켰다. 점점 흐려지는 시야에도 아랑곳하지 않았다.

"후우…… 게다가 외모마저 날티 나게 생겼으니 다들 나란 인간을 진지하게 생각하지 않아요. 한번 즐기고 끝내는 상대 취급하고. 맨날 같은 레퍼토리. 넌 쿨한 줄 알았다. 넌 쿨한 줄 알았는데……."

"……."

"쿨한 척, 도도한 척하는 것도 되게 힘든 거거든요. 실상은 찌질하고 미련으로 가득한데."

여진이 괴롭게 중얼거리자 진영의 미간이 두텁게 구겨졌다. 그녀의 입에서 나오는 냉기 서린 단어들에 진영의 가슴이 베인 듯 아릿했다.

"그런 말 하지 말아요. 여진 씨 스스로 상처 내는 말이잖아요. 당당하고 자존감 높은 게 여진 씨 매력인데 왜 스스로를 깎아내려요."

"……지금 당신 하는 말, 그 수많은 여자들이 똑같이 들었을 거 생각하면 나 또 화나네요."

확실히 술이란 게 무섭다. 평소라면 쿨한 석아느티 비삐서 이런 말두 안 했을 텐데…….

"여진 씨."

여진은 진영의 입에서 터지는 자신의 이름이 이제는 미치도록 싫었다.

34

"우리 클럽에서 처음 본 날 기억해요? 토요일이었죠. 사람 많아서 거의 포화상태였던."

"······."

여진은 그날을 똑똑히 기억한다. 그는 1층 스테이지에서 춤을 추고 있던 그녀를 데리고 2층의 본인 테이블로 향했었다. 진영은 2층 난간에 기대 스테이지를 내려다보던 중 여진을 발견했다고 말했었다.

"그 사람 많은 클럽 속에서도 제 눈은 오직 여진 씨한테만 꽂혀 있었어요."

2층에서 보이는 스테이지는 그저 어지러운 조명과 사운드 속 개미처럼 바글바글 움직이는 사람들의 머리로 가득하다. 어둠 속 빽빽하게 늘어선 군중 속에 그녀를 한눈에 찾아내기란 쉬운 일이 아니었다.

"세상에 어쩌면 저런 여자가 있을까."

여진의 눈썹이 불편하게 굽었다.

"이리 봐도 예쁘고 저리 봐도 예쁘고."

진영의 입꼬리가 부드럽게 올라갔다.

"아, 저 여자라면 매일 봐도 좋겠구나. 평생 살아도 괜찮겠구나. 인생 처음으로 여진 씨라면 감정이 깊어져도 좋겠다고 느꼈어요."

가벼운 남자와 진중한 남자의 사이,

"배팅하고 싶어진 거죠."

그 어딘가를, 헤매던 그가 깃발을 치켜들고 자리 잡겠다 선언하는데 흔들리지 않을 여자가 몇이나 될까. 그래, 나는 역시 특별해, 이 남자는 내게 다를 거야, 하면서.

"일회성 관계를 맺겠다고 제 모든 걸 걸고 필사적으로 접근하는 남자는 없어요."

그런 착각 속에 빠져 살다가 관계의 끝에서 현실을 직시하게 될 때의 그 상실감, 이미 충분히 경험했기 때문에 다신 겪고 싶지 않았다. 여진이 잠깐 망설이며 입을 벙긋벙긋했다. 힘겹게 소리를 내었다.

"……사람은 쉽게 안 변해요."

최종적으로 상처받는 사람은 항상 뒤늦게 사랑에 빠지는 쪽, 먼저 사랑에 빠진 사람은 그만큼 빠르게 식는다.

"……정말 진심인데, 믿어줄 수는 없을까요?"

"진심? 당신 같은 남자가 나에게 진심이라는 걸 내가 어떻게 믿죠?"

"……."

"나는 그 어떤 확신도 가질 수가 없어요, 빠졌다가 상처받을 게 두려워서 애초에 시작하고 싶지도 않아. 내가 당신의 뭘 믿고 감정을 시작해?"

여진의 얼굴이 형편없이 구겨졌다.

"그 입바른 소리 듣고 마음을 열라는 거야, 뭐야."

아직도 그의 연락처에 수두룩하게 자리하던 여자들의 이름이 뇌리에서 잊히질 않는다. 제게 전화해 진영을 찾던 그 앳된 음성 또한 잊으려야 잊을 수가 없다.

"여진 씨."

어느새 고개를 숙이고 있는 여진이 그의 부름에 고개를 들었다. 진영이 방긋 웃더니 제 주머니에서 휴대전화를 꺼내 들었다. 여진의 눈에 물음표가 자리했다. 갑자기 휴대전화는 왜…….

풍덩! 진영은 그대로 맥주잔 안에 휴대전화를 깊숙이 빠트렸다. 값비싼 기계 덩어리가 눅눅한 알코올을 만나 이내 축축하게 힘을 잃었다.

"뭐, 뭐 하는 거예요! 미친 거 아니에요?"

놀란 그녀가 서둘러 수저로 그의 휴대전화를 건져서 티슈로 싹싹 닦았다. 그러나 이미 휴대전화는 생을 마감하고 그녀의 손에 축 늘어져 있었다.

"하, 진짜 미친 거 아니야? 지금 취했어요?"

여진이 세차게 되물었다. 그러나 진영의 얼굴을 마주 본 순간 그의 의도를 단번에 읽어버렸다.

"전 유치해서……."

여진이 고개를 홱 돌렸다.

"확신을 주는 법, 이런 거밖에 모르겠어요."

막자, 막아. 귀를 막아. 그냥!

"제가 연락처에 여진 씨를 어떻게 저장했는지 아세요?"

넘어가면 안된다고오오오오!

"데스티니."

아, 젠장.

"평생에 처음으로 그렇게 저장해본 한 사람."

안 들은 귀 삽니다.

"……마지막이길 바라요."

"으……."

여진은 메슥거리는 속을 부여잡고 겨우겨우 눈을 떴다. 뭐가 어떻게 된 거지……? 위장에서 지렁이가 100마리는 기어 다니는 듯 속이 보통 안 좋은 게 아니었다. 토할 것만 같아 입을 꽉 틀어막았다.

"아, 숙취……."

흐릿한 시야를 똑바로 부여잡고 눈을 번쩍 떴다. 어?

"여, 여긴 어디지……?"

난생처음 보는 낯선 천장, 난생처음 보는 새하얀 퀸 사이즈 침대. 대체 뭐가 어떻게 된 거지? 기억을 더듬어 내려가 보지만, 어제 진영이 휴대전화를 맥주에 빠트린 이후로 전혀 생각이 나질 않는다. 쉽게 필름이 끊기는 타입은 아니었으나, 어제 소주 한 병을 맥주잔에 따라 통째로 마신 게 원인이 되었을 것이다.

여긴 어디고 지금 이 상황은 대체…….

"……꺄아아아아아아악!"

멍하니 시선을 내리깐 그녀가 목이 터져라 소리를 질렀다. 알몸이나 다름없는 제 몸이 적나라하게 시야에 들어왔다. 속옷, 속옷 차림이다. 옷, 옷을 왜 안 입고 있는 거지! 팔뚝으로 흘러내린 브래지어 어깨끈을 덜덜 떨리는 손으로 제대로 올렸다. 이불을 들쳐 아래도 확인했으나, 역시 다 벗고 속옷만 입고 있다.

"설마, 설마⋯⋯!"

당황한 그녀가 이불을 끌어당겨 가슴을 황급히 가리고 옆으로 고개를 돌렸다. 아니나 다를까, 웬 사람의 형체가 이불 속에서 꿈틀거리고 있다.

"아⋯⋯ 아⋯⋯!"

아니라고 해줘!

"오, 오진영!"

기겁한 여진이 버럭 소리를 지르자 꿈틀거리던 이불이 돌연 움직임을 멈추었다.

'어떡하지? 어떡하지? 어떡하지?'

고장 난 사고 회로는 대책을 내놓지 않고 생산성 없는 말만 반복하게 했다. 눈만 멀뚱멀뚱 뜨고 있는데, 갑자기 이불 속에서 손이 불쑥 튀어나오더니 여진의 몸으로 더듬더듬 돌진했다. 여진이 말릴 새도 없이 그 손은 그녀의 보들보들한 배를 야릇하게 쓰다듬더니 배꼽을 쿡쿡 찌른다.

"뭐, 뭐야!"

심지어 막 주무르기 시작하자 여진이 그대로 까무러쳤다.

"뭐뭐뭐, 뭐야아악! 변태 새끼! 어딜 만져요! 당장 손 못 떼?"

목이 터져라 우악스럽게 소리 지르며 이불을 강하게 제 쪽으로 쭉 잡아당겼다.

'잔 거야? 지금 나 잔 거야? 오징어랑 잔 거야?'

필름이 말끔하게 끊겨 어젯밤 기억이 전혀 나질 않았다. 쿵쾅쿵쾅 정신없이 요동치는 심장에 기절할 것만 같아 침을 꼴깍 삼켰다.

'뭐가 어떻게 된 거야!'

생각하자, 생각해! 최여진! 여진이 머리를 싸매고 어젯밤 일들을 기억해 내려 애썼다. 가장 마지막 기억을 더듬은 여진이 차근차근 정황을 되짚어 내려가기 시작했다.

'제가 연락처에 여진 씨를 어떻게 저장했는지 아세요?'

그래, 그 말 다음에…….

'데스티니.'

그다음……!

'평생에 처음으로 그렇게 저장해본 한 사람.'

손에 들린 축축한 휴대전화와 함께, 귀를 울리는 현실감 없는 목소리에 여진은 그대로 할 말을 잃어버렸었다.

'……마지막이길 바라요.'

머리가 무언가에 짓눌린 듯 지끈지끈 아파왔다. 자신을 다른 여자들과는 다르게 저장한 것은 알고 있었지만, 그 저장 명에 의미 부여할 만큼 여진은 순진하지 않았다.

'……미쳤어. 누가 이딴 식으로 확인하고 싶대요? 의사씩이나 되는 사람이 뭐 그렇게 일차원적이고 원시인 같지? 하나만 생각하고 둘은 못 해요?'

아무리 생각해도 그의 충동적인 행동은 이해할 수 없었다.

'지금 그쪽 휴대전화에 있는 모든 전화번호 다 날아간 거잖아!'

숱하게 많은 여자 번호를 제하고도, 업무에서 필요한 사람들의 번호나 개인적인 지인들 번호까지 전부 그 행동 아래 공중분해 되었을 것이다. 맥주잔에 휴대전화를 통째로 빠트릴 생각을 하다니, 이 인간 정말 제정신인가? 전부터 똘기가 있다고 생각했지만 이번에야말로 미친놈이라고 확신했다.

'괜찮아요.'

날 선 목소리에도 희미하게 웃던 진영의 얼굴.

'……뭐라고요?'

'여진 씨의 생각을 바꿀 수 있다면 이 정도 희생은 아무것도 아니죠. 무엇보다

저 바보 아니에요. 한순간 욕구나 욕망 따라서 한 행동도 아니고, 이성적으로 손익 따져서 최상의 선택으로 실행한 거예요. 여진 씨가 그만큼 저에게 가치 있는 존재니까.'

그가 운운하는 가치에 담긴 진정한 의미를 알기 어려웠다.

'한 번만 믿어주면 안 돼요?'

'……'

'나 정말 잘할 수 있는데.'

여린 심장에 미세한 충격이 느껴졌다. 가늘게 떨리는 속눈썹 아래 발간 눈가가 기묘하게 시큰시큰했다. 흔들리지 않겠다고 다짐했는데 그 의지마저 꿰뚫을 정도로 호전적인 기세였다. 생각해보면 그는 항상 이런 식이었다. 온화한 듯 거부감 없이 다가와 내면에 자리 차지하고 앉아 발톱을 숨기고 있는 습성. 웃는 얼굴 뒤로 예고 없이 날을 세워 심장에 스크래치나 만드는 남자. 당황한 여진이 서둘러 물잔에 손을 뻗었다. 최대한 아무렇지 않은 척 연기하며 자연스럽게 입가에 잔을 가져다 댔다.

'하, 진짜. 미쳤나 봐. 뭐라니, 진짜……'

그러나 눈치 없는 입은 연신 바보 같은 감탄사를 내뱉을 뿐이었다. 살짝 뜨겁게 달아오른 얼굴이 알코올 때문인지, 아니면 다른 원인이 있는 것인지 알 수가 없었다.

'그런데 술은 이제 그만 마시는 게 좋겠어요. 백도훈 걔가 좀 까칠해야지…… 성격이 하도 살벌해서 내일 늦지 않게 출근하려면……'

'네?'

갑자기 여기서 백싸가지는 뜬금없이 왜?

'지금 혹시 이사님 걸고 협박하는 거예요? 사람을 뭐로 보고 진짜……'

'하하, 협박하는 거면 넘어와 줄래요?'

'뭐라고요? 허, 미친 사람 아니야, 진짜!'

여진이 소리치자 그가 큰 소리로 웃었다.

'예전에 제가 그랬었죠. 여진 씨는 언젠가 꼭 내 곁에 올 거라고.'

'……'

'여진 씨 마음 아프게 해서 진심으로 미안해요. 다시는 그런 일로 속상해할 일 없도록 제가 앞으로 정말 잘할게요.'

의심으로 가득 찼던 머리가 그의 목소리로 차갑게 천천히 식어 내렸다. 그가 지금껏 수없이 가졌을 여자들과의 가벼운 관계들이 전부 이러한 말들 속에서 생성된 것일까.

'여진 씨가 꼭 내 옆으로 올 수 있도록, 마음 열 수 있도록 내가 노력할게요.'

확실히 입 속의 혀가 굴러가는 모양새가 보통은 아니었다.

'……요즘.'

'네?'

'스마트폰 다 방수된다던데……'

여진이 손에 쥔 진영의 휴대전화를 슬쩍 들어 보였다.

'이 휴대전화 혹시 방수되는 거 아니죠?'

"……하."

어제의 나, 그딴 말은 왜 한 거지? 어젯밤을 가까스로 기억해낸 여진이 뒤늦은 쪽팔림에 얼굴을 붉혔다. 그러나 곧 머릿속을 번쩍 파고드는 단편적인 기억들에 비하면 약과였다.

'야!'

드문드문 잘린 이상한 기억들. 갑자기 술기운이 훅 올라서 화장실에서 쪼그리고 졸았던 기억. 그리고 진영에게 업혀 차에 태워졌던 기억.

'야이, 오징어 개자식아……'

'여진 씨 괜찮아요?'

'오징어 개자식……'

미친.

이 기억은 또 뭐야아아……!

'여진 씨. 정신 좀 차려보세요. 집 다 왔는데 몇 호예요?'

'오징 개자식……'

그 몽롱한 정신 속에서도 진영의 한숨 소리를 언뜻 들었던 것 같다.

'알겠어요, 그럼 일단 여진 씨 편하게 쉴 수 있는 곳으로 제가 모시고 갈게요!'

그리고 현재. 오전 5시 41분.

"아……!"

택시에서 들은 진영의 그 말을 끝으로 그대로 꿈나라에 빠져들었기 때문에 더 이상의 정황은 알 방도가 없었다.

"미쳤어……. 진짜 미쳤어……!"

편하게 할 수 있는 곳!

"그쪽, 그래서 여기로 날 끌고 온 거예요? 이런 못돼 처먹…… 억!"

와중에 음흉한 손은 또다시 여진의 몸으로 슬금슬금 향하기 시작했다. 여진이 강하게 손길을 뿌리쳤다. 그러자 꿈틀거리던 육체가 드디어 이불 속을 빠져나와 모습을 드러냈다.

"으흐하하하."

그러나 웃음소리와 함께 등장한 것은 진영이 아닌 서연이었다. 근육이 오그라드는 감각과 동시에 긴장이 한꺼번에 풀려버린 여진이 그대로 침대에 풀썩 고개를 박았다.

"아이……. 진짜 쫄았네……."

"큭큭, 왜 놀라? 잤을까 봐? 잤을까 봐?"

놀리듯 말하는 서연을 한 번 노려본 후 큰 숨을 들이켰다. 다시 한번 제대로 진정하고 주위를 둘러보았다. 순백의 벽지와 커튼, 모던한 디자인의 가구들이 눈에 들어왔다. 지금 보니 진체적으로 심플하고 깔끔한 것이 숙박업소 느낌은 아니었다. 잠깐, 그렇다면……!

"나 왜 옷 벗고 있어?"

"몰라. 네가 혼자 자다가 벗었나 보지. 내가 미쳤다고 널 벗겼겠냐? 뭐 예쁘다고."

서연이 어깨를 으쓱했다.

"그, 그럼 여기 어딘데? 대체 뭐가 어떻게 된 거야? 넌 왜 여기 있는 건데?"

"그야 여기가 우리 집이니까."

그 말에 여진이 숨을 훅 멈추었다.

"……뭐? 여기 이사님 집이라고?"

"응. 여긴 내 방."

"아아악! 이게 대체 무슨 일이야! 내가 왜 이 집에 있어? 왜!"

자고 일어났더니 백싸가지 집에 있다는 사실이 그 어떤 호러영화보다 훨씬 공포스러웠다.

"기억 안 나? 너 어제 만취해서 오진영 씨한테 붙들려왔어. 한, 밤 12시쯤? 야심한 시간에 갑자기 찾아와서 나랑 도훈 씨가 어찌나 놀랐는지……."

서연의 목소리가 느릿느릿 재앙처럼 들려왔다.

"오진영 씨, 너 업고 오느라 고생 좀 했겠더라. 휴대전화가 갑자기 고장 나서 전화도 못 했다던데."

"……."

"난 그분 좀 다시 봤다? 자기 집이나 이상한 데 안 끌고 가고 나한테 고스란히 데려온 거 보면."

여진이 입을 떡 벌렸다. 필름이 이렇게 완벽하게 끊긴 것은 몇 년 전, 전 남자친구의 바람 현장을 목격했던 처참한 날 이후로 처음이었다. 미쳤다. 지금 이 상황은 누가 봐도 미쳤다.

"잠깐만…… 그럼 이 집에 지금 이사님도 있다는 거야?"

제발 아니라고 해주길 바라며 조심스레 물었다.

"응. 당연하지. 우리 집인데."

……망했다.

"참고로 오진영 씨도 있어! 어차피 방도 많고 어제 너무 힘들어 보이길래 그냥 자고 가라고 했지."

"……뭐? 그 인간 지금 어디 있는데?"

다급하게 묻자 서연이 길쭉한 손가락을 아래로 뻗었다. 여진의 고개가 그녀의 손가락을 따라 아래로 쪼르륵 내려갔다.

"남자들 전부 1층."

서연과 도훈의 집 1층에는 세컨드 드레스 룸과 부엌, 거실, 다이닝 룸이 있었고, 그 외의 방 두 개에는 슈퍼싱글 침대가 하나씩 있었다. 그중 한 방에서 자고 있던 도훈이 밖에서 들려오는 시끄러운 소리에 천천히 눈을 떴다. 소음의 발원지인 화장실로 가보니 꼭두새벽부터 부산스럽게 머리를 다듬으며 모양새를 내는 진영을 발견했다.

"오늘 새벽부터 나가냐?"

"아니! 여진 씨 일어나시면 모셔다드리려고."

진영이 건성으로 대답하며 정신없이 머리카락을 왁스로 추켜세웠다. 도훈이 어이가 없다는 듯 제 머리를 짚었다.

"안 어울리게 뭔 짓거리야."

"올리는 게 좀 더 깔끔해 보일까 해서."

"제대로 맛이 갔네."

도훈이 짧게 혀를 찼다.

"지는. 사돈 남 말."

"됐고, 최 비서 데리고 빨리 집에서 꺼져."

도훈은 퉁명스럽게 말하며 주방으로 걸어갔다. 곧 왁스칠을 마친 진영이 도훈을 보며 의아한 듯 미간을 찌푸렸다.

"너야말로 뭐 하냐?"

"아침."

"무슨 아침?"

"밥."

"밥? 너 원래 아침 안 먹잖아. 설마 나 주려고?"

"맞고 싶냐."

"아이구, 그럴 리가. 그럼 뭔데?"

"서연이, 아침."

"……헐."

진영이 뜨악한 얼굴로 손을 허공에 털었다.

"진짜 미친 게 누군지."

냉장고에서 꺼낸 재료를 올려둔 도훈이 그 가운데 있던 아보카도를 한 손으로 들었다. 진영이 얼굴을 잔뜩 구기고 그 모습을 관전하는데, 갑자기 탁자 위에서 도훈의 휴대전화가 진동했다.

"야, 전……."

진영이 전화 왔다고 말하기도 전에, 도훈은 빛의 속도로 진영을 지나쳐 빠르게 거실로 달려가 탁자 위 제 휴대전화를 집어 들었다. 파블로프의 개처럼 복종하듯 달려가는 도훈을 보며 진영은 기괴한 얼굴을 했다.

-여보세요?

서연의 목소리를 들으며 도훈이 한 손으로 제 머리를 쓸어 넘겼다.

"일찍 일어났네. 잘 잤어?"

도훈의 입꼬리가 흐릿하게 말려 올라갔다. 서연의 햇살 같은 웃음소리가 짧게 울려 퍼졌다.

-응! 잘 잤어요. 도훈 씨는요?

도훈의 눈이 가늘어졌다.

"네가 옆에 없어서 잘 못 잤어."

-히히. 나도, 나도…….

부끄러운 듯 웅얼거리는 목소리가 수화기를 타고 들어왔다. 넘치는 사랑스러움에 도훈이 저도 모르게 실실 웃으며 한 손으로 얼굴을 푹 감쌌다. 옆에 서 있던 진영은 황당한 얼굴로 도훈을 바라보았다.

"미친…… 놈…… 읍."

도훈이 진영의 얼굴을 손바닥으로 거칠게 밀어내자 그의 입이 꾹 다물어졌다.

"최 비서 일어났어?"

-응, 방금요. 씻고 가라니까 그냥 간다네. 집에 들렀다가 출근하겠대요.

"늦지 않게 서둘러 움직이라고 해."

-네네. 그럼 좀 이따가 밑에서 봐요.

"그래."

전화를 끊은 서연이 입에 머금고 있던 웃음을 싹 지웠다. 어김없이 옆에서 거품을 물며 이상 행동을 보이는 여진 때문이었다.

"난 죽었다……. 진짜 난 대박 죽었다……. 미쳤다, 미쳤어."

여진이 어쩔 줄 모르며 반쯤 우는 목소리로 징징거리기 시작했다. 서둘러 옷가지만 대충 챙겨 입고 바닥 한구석에 팽개쳐 있는 핸드백을 덥석 주워 들었다. 사방을 에워싼 비정상적인 상황에 등골이 오싹해졌다.

"근데 목소리 들으니까 도훈 씨 별로 화 안 난 것 같은데?"

"야! 이게 네 앞이라 착한 척 이미지 관리하고 앉아 있는 거지, 이따 너 없으면 또 그 사탄 같은 본성 나올걸! 난 이미 죽은 목숨이다, 삼창하고 출근해야 한다고!"

여진이 눈가를 일그러뜨리고 절규했다.

"퇴사, 퇴사할까? 그냥 퇴사할까?"

"오버한다. 갈 데는 있고?"

여진이 짧은 머리를 묶다가 잠깐 멈춰 서서 진지하게 고민했다. 이내 고개를 힘없이 떨구었다.

"떠들 시간 있으면 갈 준비나 하셔."

서연의 말에 빛의 속도로 준비를 마친 여진이 서둘러 현관 밖으로 종종걸음을 내디뎠다. 백싸가랑 마주치면 죽음이며, 오징어랑 마주치면 인생 끝이라는 생각으로 빠르게 움직였다.

"아……."

그러나 운명의 신은 여진의 편이 아니었는지, 계단을 내려가자마자 보이는 커다란 형체는 다름 아닌,

"오진영 씨……."

그에게 실려 왔을 지난밤 과오를 떠올리니 차마 눈을 제대로 마주치기가 어려웠다. 본능적으로 시선을 피하고 짧게 헛기침 후, 현관으로 서둘러 달려갔다. 말없이 뒤에서 졸졸 쫓아오는 진영이 너무도 불편하게 느껴져 식은땀을 뻘뻘 흘렸다. 여진이 대문을 밀기 위해 손을 뻗는데, 갑자기 등 뒤로 거대한 그림자가 드리웠다.

철컹, 진영이 팔을 뻗자 대문이 흔들리는 소리와 함께 문이 활짝 열렸다. 제 얼굴 옆으로 뻗어진 진영의 팔을 보며 여진의 동공이 커졌다. 뭐, 뭐야?

진영은 태연한 태도로 차고를 향해 손짓했다.

"차로 모셔다드릴게요. 가요."

그 말을 마지막으로 침묵이었다. 집에 가는 내내 여진과 진영은 서로 한마디도 하지 않았다. 차고로 향하는 동안에도, 돌아오는 차 안에서도, 그 흔한 사담 없이 그저 침묵. 숨 막히게 무거운 기류가 두 사람 사이를 차지한 채 떠날 생각을 하지 않았다.

결국 불편한 분위기는 여진의 집에 도착할 때까지 지속되었다. 어색하게 인사를 남기고 차에서 내린 여진은 최대한 태연하게 움직이도록 두 다리를 종용했다. 또각또각 걸어 아파트 입구로 들어서는 내내 뒤에서 뜨거운 시선이 느껴졌다. 진영은 절대 뒤돌아보지 않고 차갑게 점점 멀어지는 그녀의 뒷모습을 한참 동안 응시했다. 그녀의 모습이 온전히 시야에서 사라질 때까지, 집요하게.

"아……."

집 앞에 도착한 여진은 그대로 문에 얼굴을 박고 주르륵 흘러내렸다. 쿵. 쿵. 쪼그려 앉은 채 문에 머리를 두어 번 박으며 깊은 한숨을 내쉬었다. 인생에서 이렇게까지 정답이 아리송한 문제는 정말이지 처음이었다. 자신의 마음을 그녀 자신조차도 알 수가 없었다.

"난…… 어쩌고 싶은 거지?"

정말 모르겠다.

7월, 날씨는 어느덧 한여름이었다. 도훈과 서연이 함께 산 이후로 처음 맞는 여름이었기 때문에 서연의 방에는 아직 에어컨이 따로 설치되어 있지 않았다. 어차피 같이 자고 같이 생활하니 굳이 필요성을 못 느꼈지만 이젠 정말…….

"덥…… 다……."

메이크업하는 도중 더운 날씨 탓에 땀이 자꾸만 비죽 흐르기 시작했다. 할 수 없이 입고 있던 블라우스를 벗고 속옷만 입은 채 화장하고 있는데, 둔탁한 노크 소리가 방 밖에서 들려왔다. 서연이 문을 흘끔 응시했다.

"도훈 씨?"

"들어간다."

"어? 잠깐만! 나 아직 옷 안 입었는데!"

서연이 황급하게 블라우스로 손을 뻗었으나 도훈의 행동이 더 빨랐다. 문을 열고 방 안으로 들어온 도훈이 이내 화장대 앞에 앉아 있는 서연을 발견했다.

"이 사람 이제 완전 막 나가네! 옷 안 입었다니까요?"

서연이 살짝 붉어진 얼굴로 방석을 집어 도훈에게 휙 던졌다. 그러나 그의 손은 여유롭게 탁 방석을 낚아챘다. 서연이 헛숨을 터뜨렸다. 뭐가 저렇게 여유로워?

여기서 내색하면 지는 거다. 서연은 쓸데없이 승부욕을 보이며 허리를 꼿꼿이 펴고 아무렇지 않은 듯 화장하기 시작했다. 그러나 본능적으로 두 눈은 거울에 비친 도훈을 쫓고 있었다. 거울 속에 비친 그는 침대에 천천히 걸터앉았다. 그는 즐거운 듯 웃으며 서연의 뒷모습을 뚫어져라 감상하고 있었다.

'윽…….'

이미 서로 알몸 구석구석을 공유한 사이였으나, 서연을 부끄럽게 만드는 것은 저 뜨거운 시선이었다. 하도 뜨겁게 쳐다보니 드러난 살결이 타들어가는 느낌이었다.

"……출근 준비 안 해요?"

"다 했어."

말과는 달리 도훈은 아직 셔츠 단추도 제대로 잠그지 않은 상태였다. 셔츠 사이로 드러난 탄탄한 근육이 자꾸만 시선을 사로잡아 미칠 것 같았다. 음란 마귀가 낀 서연의 심장이 콩닥콩닥 뛰었다.

"나, 나 옷 입고 화장할래……."

아무리 당해도 저 시커먼 눈빛은 도무지 익숙해지지가 않는다. 부끄러움을 이기지 못한 서연이 의자에서 일어나는데, 갑자기 다가온 도훈이 그녀를 도로 화장대 의자에 풀썩 앉혔다.

"앗, 잠깐만……."

놀란 서연이 꿀꺽 침을 삼켰다. 허리를 굽힌 그가 길쭉한 양팔로 서연의 잘록한 허리를 단단하게 옭아매었다. 맨살에 진하게 와 닿는 그의 손길이 뜨거웠다. 갑작스럽게 느껴지는 남자의 체온에 서연이 가늘게 떨자 도훈이 천천히 희디흰 어깨에 입술을 묻었다.

"아, 잠깐! 왜 그래요!"

도훈이 간질간질 입술만으로 매끈한 살결을 살살 문지르며 크게 숨을 들이마시었다.

"체향이 걸작이네……."

그의 날렵한 콧대가 맨살에 야릇하게 비벼지자, 서연은 머리가 하얗게 물드는 기분이었다. 살짝 벌어진 그의 입술이 부드럽게 어깨를 타고 흐르더니 새하얀 목덜미로 향했다. 할짝, 연약한 피부를 탐하는 그의 행위가 적나라하게 느껴졌다.

"아침부터 왜 이래요……."

"어젯밤에 같이 못 잤잖아."

부드러운 서연의 허리와 배를 커다란 손이 단번에 그러쥐고 천천히 쓰다듬었다. 그 아찔한 손길에 서연이 입을 틀어막았다.

"나……."

도훈이 연하고 탐스러운 살결에 뜨거운 숨결을 토해냈다.

"죽는 줄 알았어."

이내 뽀얀 어깨에 자리한 분홍색 브래지어 끈을 새하얀 이로 앙 물고 스르륵 끌러 내렸다. 하아, 도훈이 다시 입술을 벌리고 뜨거운 숨을 내뱉었다. 갓 샤워하고 나온 보송보송한 피부가 그의 입김에 축축하게 젖어 들었다.

"스톱, 스톱! 안 돼요. 늦는다고요. 나 오늘 평소보다 빨리 나가려고 했는데……."

보란 듯이 점점 속옷 안으로 깊숙이 파고드는 손길에 서연이 달뜬 숨을 흘렸다. 굵은 손가락이 올라오면서 더듬듯 유륜을 스치자 저도 모르게 고개가 뒤로 꺾였다.

"흐아, 하지 마아……."

둥근 어깨를 따라 도훈의 입술이 등으로 흘러내렸다. 숨이 거칠어지고 전신을 휩쓰는 짜릿한 감각이 서연을 지배했다. 도훈의 입술이 이내 등 뒤 후크를 지분거리자 서연이 침을 꼴깍 삼켰다. 곧 후크가 탁 풀리며 해방감이 느껴지고, 그의 커다란 손은 반질반질한 맨 등을 부드럽게 쓸었다.

"아, 앗……."

서연이 참을 수 없는 쾌감을 느끼며 허리를 비틀었다. 언제 하지 말라고 했냐는 듯 흥분된 숨을 뱉으며 도훈의 손길을 애타게 기다렸다. 그러나 그는 어이가 없게도 브래지어 후크를 도로 꾹 잠갔다. 짜게 식은 서연이 입술

50

을 부루퉁하게 내밀었다. 그 모습이 깨물어주고 싶게 귀여워서 도훈은 픽 웃음을 터뜨렸다.

"우리 서연이 되게 기대했나 보네."

"아니거든요! 완전 짜증나, 저리가!"

"일주일도 넘게 못 하도록 철벽 친 게 누군데?"

"아프니까 그랬죠, 아프니까! 도훈 씨 아.프.니.까!"

일주일 넘게 잠자리하지 못해 아쉬운 것은 비단 도훈뿐만이 아니었다. 나지막이 웃은 도훈이 서연을 확 끌어당겨 품에 안았다. 그대로 여린 몸을 안고 침대 위로 누운 도훈은 커다란 손으로 서연의 목덜미를 붙잡았다. 불시에 입술이 강렬하게 부딪혀오자 서연이 도훈의 셔츠 칼라를 꼭 움켜쥐었다. 새하얀 셔츠에 파스 주름이 가는 것처럼 서연의 입술도 도훈의 입술 아래 오므라들었다가 활짝 핀 꽃처럼 만개했다. 격정적인 키스 끝 조심스레 떨어진 입술이 슬그머니 반원을 그리며 올라섰다.

"아직도 나, 환자로 보이나?"

도훈이 웃음기 젖은 눈으로 서연의 말간 얼굴을 지그시 바라보았다. 은근하게 저를 바라보는 시선과 이미 작업에 들어간 손 때문에 서연은 머리가 어지러웠다. 도훈이 한쪽 눈썹을 들어 올리자 창피해진 서연이 고개를 옆으로 돌렸다.

"오, 오늘은…… 나쁘지 않아요."

옹알거리는 입술을 물끄러미 보던 도훈은 일순 웃음이 터졌다. 돌아간 서연의 뺨을 감싸 느슨하게 돌려 시선을 맞추었다.

"오늘 와이시 가는 날이지. 한재경하고 만나는."

"응. 정규 회의 날이에요. 끝나고 전화할게요."

"미팅 너무 자주 한다."

"일주일에 두 번밖에 안 되는데요, 뭘."

"두 번이나 되는 거야. 그놈하고 네가 한 주에 두 번이나 얼굴 맞대는 거 마음에 안 들어.”

“하하, 자기는 나랑 같이 살면서.”

서연이 배시시 웃었다. 도훈은 그런 서연의 허리를 안고 침대에서 천천히 일어났다. 곧 가느다란 팔이 커다란 손안에 감겨 부드럽게 위로 들어 올려졌다. 오른팔로 부러질 듯 얇은 손목을 잡은 도훈이 왼손을 뻗어 서연의 겨드랑이부터 느릿느릿 쓸어 올렸다. 최종적으로 손목에 닿은 것은 도훈의 입술이었다. 동그란 손목뼈 위를 배회하던 입술은 이내 비밀스러운 행위를 시작했다.

“읏…….”

강렬한 흡입에 따라 피부가 짧게 질식했다. 입술이 떨어지자 흰 손목 위로 붉은 자국이 선명하게 떠올랐다.

“그 남자 눈도 쳐다보지 말고.”

도훈은 질투에 어린 짐승처럼 서연의 손목에 남은 제 키스마크를 집요하게 문질렀다.

“웃어주지도 마.”

도훈은 제 손목에 걸린 자신의 손목시계를 거칠게 풀었다.

“찝쩍거리거든 시계를 풀어서 손목을 흔들어.”

서연의 손목에 자신의 시계를 채우는 손동작은 거침이 없었다.

“집에 수컷 하나 기르고 있는데 굉장히 사나워.”

가냘픈 손목에 어울리지 않는 남자 시계가 잘그락 소리를 내며 걸렸다.

“주인한테 작업 걸면 확 물어버리니까 위험해.”

빨갛게 피어오른 자국이 반짝이는 메탈 시계판 아래 은근하게 가려졌다.

“하고 경고하면서…….”

도훈이 서연의 반질반질한 이마에 폭 끼스히며 웃었다

“넌 아웃.”

도훈이 손목을 놔주자 웃음이 터진 서연은 양팔을 활짝 벌렸다. 서연이 폴짝 가볍게 뛰어올라 도훈에게 단숨에 안겼다. 쪽쪽쪽, 입술이 사라지도록 뽀뽀를 퍼부으며 해맑게 웃었다.

여진은 집에 들어간 후, 초인적인 속도로 출근 준비를 끝내고 회사 건물로 들어섰다. 도훈이 출근하는 시간에 맞추어 알맞게 커피를 준비하고 사무실 책상을 깔끔하게 정돈하는 것까지 마쳤다. 그런데 이상하게 백싸가지가 오늘따라 늦는다. 시계를 톡톡 두드리고 있자니 곧 뒤에서 느껴지는 인기척. 뒤를 돌아보니 도훈이 성큼성큼 걸어오고 있었다.

"이사님 나오셨습니까."

여진이 허리를 직각으로 깊숙이 숙이고 깍듯하게 인사했다. 그에 응답하여 도훈이 고개를 가볍게 끄덕였다. 재킷을 벗고 의자에 앉아 커피를 한 모금 마셨다. 그 앞에서 죄인처럼 고개를 숙인 여진이 우물쭈물 망설이며 조심스럽게 입을 열었다.

"저, 이사님……. 어제는 정말 제 무례가 도를 지나쳤습니다. 죄송합니다."

여진이 도훈의 눈치를 살피며 말했으나, 그는 별로 아무렇지 않다는 듯 고개만 한 번 끄덕일 뿐이었다. 오히려 살짝 기분이 좋아 보이기도 했다. 왜……?

"그럼 오늘 일정을……."

"잠깐."

여진이 품에 안은 태블릿 PC로 시선을 내리깔았으나, 도훈의 목소리에 멈칫했다. 도훈은 주머니에서 울리는 휴대전화 진동에 반응한 것이었다. 그가 여진을 향해 대충 손짓하고 시끄럽게 울리는 전화를 받았다. 통화 상대는 어머니 미라였다.

"예."

-오늘 목소리가 좋아 보이는구나. 회사니?

"네. 사무실입니다."

-그래, 나는 공장 점검으로 지금 충북에 내려가고 있단다. 서울엔 저녁쯤 도착할 것 같은데, 오랜만에 모자 둘이서 저녁 하지 않겠니?

무표정한 얼굴로 도훈이 대답하지 않고 가만히 있자 미라가 바로 뒷말을 붙였다.

-아들하고 진지하게 얘기 나눠야 할 것 같아서 그래. 눈치 백단인 우리 아들인데 어떤 주제 가지고 말하는 건지 모르지는 않을 테고.

미라가 작게 한숨지었다.

-어쨌든 도훈아. 오후에 박 실장 통해서 장소 일러줄 테니 그쪽으로 오도록 해라. 식사하면서 제대로 얘기하자.

회의를 위해 와이시 본사에 도착한 서연은 김 대표와 함께 세미나실 안으로 들어온 재경을 보고 고요히 숨을 죽였다. 재경이 여유롭게 웃어 보이자 서연도 따라 웃었다. 앞으로 나선 유라가 수정된 디자인 시안을 화면에 띄우고 조리 있게 브리핑을 마쳤다. 디자인 확정 전 이야기를 듣고 수정을 마치는 단계였고, 와이시 측의 의견을 정리하는 것은 서연이 할 몫이었다.

"다시 봐도 아이템이 참 좋습니다, 하하. 완성도도 손색이 없고 진행 과정도 꼼꼼하네요. 실용성까지 갖춘 형태로 디자인이 제대로 구현된다면 오피스 여성들에게 굉장한 인기를 끌 것 같아요."

김병식 대표가 껄껄 웃으며 호평을 남겼다.

"이대로 디자인 확정하고 바로 샘플 만들어보죠."

그의 승인이 떨어지자 디자인 실상이 회심의 미소를 지었다. 유라와 서연의 표정도 한결 밝아졌다. 그러나 곧 재앙 같은 말이 담담히 이어졌다.

"그런 의미에서 오늘 다들 시간 괜찮나요?"

서연이 속으로 절규하며 싫다고 텔레파시를 보냈으나 안타깝게도 눈치 없는 김 대표에게는 닿지 않았다.

"모라비하고 와이시, 같이 힘써보자는 의미에서 회식 한번 해야지요? 한 잔 딱! 캬아, 어떻습니까. 하하."

아저씨 특유의 화법을 구사하며 사람 좋게 웃는 김병식 대표의 제안을 거절할 수 있는 사람은 아무도 없었다.

  대표가 참석하니 회식 장소의 차원이 달라졌다. 운동장처럼 드넓은 룸에는 흥이 많기로 유명한 김병식 대표의 필수템, 노래방 기기가 설치되어 있었고 그 앞으로 푹신한 소파가 공간을 메꾸었다. 일자로 길쭉하게 뻗어진 테이블 위로는 화려하게 플레이팅 된 과일 안주들과 값비싼 술들이 일렬로 세워졌다. 대기업의 클래스를 몸소 실감하며 서연은 입맛을 다셨다.

  룸 가운데에 대왕처럼 김병식 대표가 앉았고 그 양옆으로 디자인 실장과 재경이 자리했다. 와이시 측의 인원이 더 많아 서연의 왼쪽에는 유라가, 오른쪽에는 와이시 직원이 차례로 앉았다.

  올드한 축배사와 함께 술잔이 모였다가 퍼졌다. 김병식 대표 특유의 아재 개그로 회식 분위기는 점점 더 썰렁해졌으나 정작 본인은 전혀 모르는 듯했다. 그는 옛날 노래 몇 곡을 연달아 목이 터지게 불렀고 장단 맞춰주느라 서연은 녹초가 되어버렸다. 이내 재경이 서연에게 냉수를 건넸다.

  "드세요."

  점점 머리가 어지러워지는 기분이었다. 멍하게 있던 서연은 물잔을 제 입가에 가져다 대며 재경의 눈치를 살폈다. 재경은 평소와 다름없는 표정을 하고 있었지만, 오래전부터 그를 알아왔던 서연은 그의 미세한 변화를 단박에 눈치챘다. 미묘하게 어두워진 안색과 수척해진 양 뺨. 잔잔한 수면 같던 밝은 갈색 눈동자는 진흙에 한 바퀴 구른 듯 짙게 물들어 있었다. 그 깊이를 가늠할 수 없을 정도로.

  "시계 취향이 독특하네요."

  탁, 서연이 잔을 내려놓자 도훈의 손목시계가 잘게 흔들거렸다.

  "……남성 시계인가."

  재경이 나지막하게 뇌까리자 놀란 서연이 눈을 크게 떴다.

  "그 브랜드 시계라면 저도 즐겨 착용합니다. 명품 시계 브랜드 중에서도 최고 가치로 평가되고 있기도 하고요.”

별생각 없이 도훈이 손목에 걸어준 그대로 나왔기 때문에 시계의 디자인이나 브랜드가 이질적으로 보일 것은 인지하지 못하고 있었다. 당황한 서연이 서둘러 술잔을 더듬더듬 찾아 들었다.

“소량만 제작해서 국내에서는 보기 어렵기도 하고 가격도 저렴하게는 수천만 원에서 억으로 넘어가기도 하죠.”

“읍!”

억 소리 나는 가격에 서연이 그대로 술을 뿜어버렸다. 술을 잘못 삼킨 서연이 숨이 넘어갈 듯 연신 캑캑거리자 옆에 있던 유라가 깜짝 놀랐다.

“어머, 서연 씨! 괜찮아요?”

유라가 서둘러 제 앞의 물잔을 집어 들어 서연에게 건넸다. 황급히 받아 든 서연이 물을 벌컥벌컥 들이켰다.

“하……. 감사합니다.”

서연은 유리잔에 담긴 물 한 잔을 깔끔하게 비우고 나서야 겨우 숨을 돌렸다. 괜찮냐는 재경의 질문에 힘 빠진 고개를 안간힘으로 끄덕였다. 서연이 저도 모르게 오른손으로 손목시계를 보호하듯 감쌌다. 그 행동을 보며 재경의 눈이 가늘어졌다.

‘미쳤어……. 미쳤어! 백도훈!’

도훈이 여유로운 태도로 채워줬기에 몸값이 그 정도로 비싼 시계인 줄은 꿈에도 몰랐다. 시계의 값을 알자 서연은 도저히 신경이 쓰여 더는 착용하고 있을 수가 없었다. 서연은 빠르게 화장실로 도피했다. 사람들 앞에서 시계를 풀고 손목에 새겨진 음란한 자국을 보여줄 수는 없었기 때문이었다.

“하아…….”

일단 시계를 풀고서 주머니에 곱게 넣고 땅이 꺼져라 한숨을 쉬었다. 핸드백에 예비로 들고 다니는 반창고를 손목 키스마크에 깔끔하게 붙였다.

“돌아가기 싫다…….”

오늘따라 피곤이 몰려와 집에 가고 싶다는 생각밖에 들지 않았다. 게다가 조금 전부터 어지럽고 속이 울렁거리는 게 컨디션이 말이 아니었다. 세면대를 짚은 서연이 고개를 들어 거울을 바라보았다. 고운 얼굴 위로 주르륵 흘러내린 식은땀과 창백하게 질린 얼굴은 확실히 정상 범주는 아니었다.

　"……아."

　제 이마를 짚었다가 깜짝 놀랐다. 열까지 나는 듯 이마의 온도가 용암처럼 뜨거웠다. 이마에서 손을 떼자 손끝이 사시나무처럼 바들바들 떨리고 있었다.

　"뭐지……?"

　그 순간 눈앞이 새까맣게 변하더니 세상이 휘청였다. 서연은 부르르 떨리는 다리를 안간힘을 다해 제대로 지탱해 섰다.

　"취한 건가……?"

　확실히 술을 꽤 많이 마시기는 했지만 취한 느낌과는 확연히 달랐다. 감기? 빈혈? 아까 와이시에서 회의할 때만 해도 멀쩡했는데, 갑자기 급속도로 컨디션이 악화되니 대처할 방법이 없었다. 자꾸만 눈앞이 뿌옇게 변해서 수도 없이 연약한 눈가를 비볐다.

　"갑자기 왜 이러는 거지……."

　먹은 안주가 역류할 듯 올라와서 꿀꺽 눌러 삼켰다.

　"참, 도훈 씨한테 연락을……."

　휴대전화를 집어 든 서연이 멈칫했다.

　"어?"

　'도훈 오빠' 액정에 찍힌 네 글자. 두근, 두근, 박동이 빨라지며 숨이 가빠지기 시작했다.

　"뭐야……."

　몸에 한기가 들어 서연이 휴대전화를 바싹 움켜쥐었다. 전화를 받아야 하는데 갑자기 몸이 말을 듣지 않는다. 덜컥 겁을 집어먹은 서연이 눈꺼풀을 바싹 들어 올리자 온몸에 모든 기력이 급속도로 증발하기 시작한다.

"설마……!"

눈앞이 아찔했다. 팽이처럼 빙빙 돌며 정신을 어지럽히는 시야, 엄습하는 불안과 공포.

"아직 열두 시간밖에 안 됐는…… 윽."

추락하는 휴대전화의 경로를 따라 서연의 가녀린 몸 또한 별수 없이 바닥에 널브러졌다. 쓰러진 그녀가 가쁜 호흡을 몰아쉬며 화장실 바닥 위를 더듬었다.

받아야, 받아야 하는데……. 끊어지는 정신을 필사적으로 몰아세우고 무거운 눈꺼풀을 밀어 올렸다. 그러나 마치 거대한 추를 올려놓은 듯 육체를 짓누르는 무게에 꼼짝도 할 수가 없었다.

"도……."

목소리도 나오지 않았다.

"후으……."

채 부르지도 못하고 그대로 의식을 놓았다.

20. 약육강식

분명히 와이시 미팅이 끝나면 전화 준다고 했었던 것 같은데. 도훈은 미라와 식사하는 동안 테이블 위에 올려놓은 휴대전화를 수시로 곁눈질했다. 혹여 부담스럽게 느껴질까, 먼저 전화하지 않고 기다렸으나 슬슬 인내심에 한계가 왔다. 참다못한 도훈은 미라와 저녁 식사를 하던 중간에 화장실로 나와 서연에게 전화를 걸었다. 첫 번째로 건 전화는 불통이었다. 어쩐지 예감이 좋지 않아 한 번 더 전화를 걸었다. 길게 늘어지는 수화음을 들으며 도훈이 고개를 푹 꺼뜨렸다. 한재경에 오유라까지 있는 곳에 서연을 보내고 느긋하게 팔짱을 끼고 있을 만한 배포가 도훈에게는 없었다. 더구나 주변에 무녀가 있다는 무당의 경고까지 있었으니 물가에 내놓은 아이를 바라보는 심정이었다.

-연결이 되지 않아 음성사서함으로 연결되오며…….

도훈이 차분하게 눈을 감았다가 떴다. 종료 버튼을 누른 도훈이 잠깐 고민하다가 자리로 돌아가기 위해 화장실을 나섰다. 의지와는 다르게 발걸음을 조금씩 내디딜 때마다 불안이 몸집을 부풀리며 증식했다. 결국 우뚝 멈춰서 다시 서연에게 전화를 걸었다. 역시나 받을 기미가 없었다. 도훈이 통화 종료 버튼을 누르려는 찰나 '여보세요?' 하는 여자의 음성이 들려왔다.

"……누구시죠?"

도훈이 미간을 찌푸렸다. 들려오는 목소리는 서연의 것이 아니었다.

-저기요! 이 남자분하고 아는 사이세요?

"……남자?"

-네! 지금 전화 주인이 여자 화장실에 쓰러져 있거든요! 술에 취한 건지, 기절한 건지…….

가슴이 철렁 내려앉았다.

"……."

순간적으로 할 말을 잃은 도훈이 입술을 아득하게 달싹였다.

-저기요? 여보세요?

여자의 재촉에 멍하니 서 있던 그가 퍼뜩 정신을 차렸다.

"……지금 거기 위치가 어떻게 됩니까?"

여자가 답하자 도훈이 머릿속으로 빠르게 계산을 마쳤다. 위치로 보아 회식 장소로 이동한 듯 보였고, 성별을 착각하는 것을 보아 모습이 변한 상태일 것이다. 눈앞이 아찔하며 숨이 꽉 막혀왔다. 도훈은 그 어느 때보다도 침착해지려고 노력했다. 몸이 변할 때마다 서연이 일시적으로 힘이 빠지는 현상을 겪는다는 것은 알고 있었다. 전에 욕조에서도 도훈과 접촉하여 정기가 많이 빨린 탓에 일시적으로 혼절했었으니 이번에도 같은 이유로 쓰러졌을 확률이 높았다.

-그럼 일단 119라도……?

"아니요. 병원은 안 됩니다."

앰뷸런스를 부를 수는 없었다. 소란을 일으키면 민연저으로 회사 사람들에게 그녀의 비밀을 들킬 것이었기 때문이다. 도훈이 입술을 꽉 깨물었다가 각혈하듯 숨을 토했다.

"지금 바로 가겠습니다. 30분 안에 도착 가능한데 잠시 데리고 있어 주시겠습니까?"

-네? 아……. 제가 지금 바로 가봐야 해서요. 안 될 것 같은데…….

"그럼 일으켜서 눈에 띄지 않는 곳에 앉혀주세요. 주변에 알리지 않고 조심히 부탁드립니다."

-글쎄요. 화장실 칸 안? 근데 이 사람 남자 아니에요?

"누가 봐도 여자 맞고……."

도훈이 제 머리를 감싸듯이 짚었다.

"제 애인입니다."

단호하게 뿌리를 박자 여자는 당황한 듯 우물쭈물했다.

"부탁드립니다. 이 번호로 문자 남겨주시면 후에 제대로 사례하겠습니다."

-아, 네네!

전화를 끊은 도훈이 빠르게 다리를 움직여 미라와 식사하던 룸으로 다시 들어갔다. 잘게 진동하며 급하게 열리는 문을 보던 미라가 눈을 둥그렇게 떴다.

"왔니? 왜 이렇게 늦게 오니?"

"죄송합니다. 일이 생겨서 급하게 가봐야 할 것 같아요. 다시 연락 드리겠습니다."

"뭐? 얘, 도훈아!"

미라가 애타게 도훈을 불렀으나 기민하게 짐을 챙긴 도훈은 황급히 자리를 떴다. 급박하게 차에 타고 질주하는 동안 도훈은 멀어지는 의식을 되찾으려고 노력했다. 전화를 받을 때만 해도 이성이 뚝뚝 끊겨 제대로 된 사고를 할 수가 없었다. 냉철하게 머리를 굴려보려 노력해도 그 상대가 서연이 돼버리니 눈앞만 캄캄해진다. 부상 때문에 관계를 한 지는 일주일도 넘게 지났지만 입맞춤이라면 오늘 아침에도 했다. 왜 갑자기 모습이 변한 건지, 왜 쓰러진 건지 이것저것 답을 알 수 없는 의문투성이였다.

“······제발.”

제발 도착할 때까지 무사히만 있기를. 차가운 화장실 바닥에 부딪히며 쓰러졌을 서연을 떠올리니 핸들을 쥔 손이 떨렸다. 도훈은 머릿속으로 수백 번 별일 없을 거라 되뇌며 마음을 다잡았다.

“추워······.”

서연은 으스스한 한기를 느꼈다. 온몸에 오한이 들자 무의식으로 어깨를 움츠리며 눈을 떴다. 어두운 시야보다 먼저 명확해진 후각이 쾌쾌한 공기를 잡아냈다. 음습한 냄새를 맡자 자동으로 오염된 물이 지독하게 고인 지하실이 연상되었다. 그러나 힘겹게 눈을 뜨자 보인 장소는 비좁은 화장실일 뿐이었다. 몸에 힘이 없을뿐더러 머리까지 어지러워 구토가 나올 것 같았다.

“어떻게 된······ 아.”

마지막 기억을 떠올린 서연은 제가 잠시 쓰러졌었다는 것을 깨달았다. 그리고 어째서인지 지금은 칸막이 안으로 들어와 앉아 있다는 것.

그 정신없는 와중에 부득불 안으로 들어와 앉은 건가? 아니라면 누군가 이곳으로 자신을 옮긴 걸까? 모든 게 의문스러웠으나 일단 주머니에 있는 제 휴대전화부터 주워 들었다. 밀려오는 불안감에 시간을 흘끔 확인하니 쓰러진 이후 10분 남짓 지난 후였다.

“다행이다······.”

그래, 10분. 겨우 10분. 역시 그냥 잠시 기절했던 걸까? 얼마 지나지 않아 정신을 차렸으니 불행 중 다행이었다. 자리를 오래 비우면 곤란한 일이 생길 테니 얼른 일어나 사람들에게로 돌아가야만 했다. 그 순간 환하게 불을 밝히던 휴대전화 화면이 탁 꺼졌다. 어둠 속 서연의 안색이 창백해졌다. 까만 액정에 음산하게 비친 제 모습을 보자 귀신을 만난 듯 가슴이 서늘해졌다.

“······아.”

서연이 제 목을 짚었다. 손끝에 조그맣게 튀어나온 목젖이 부자연스럽게 만져지자 그제야 제 목소리가 굵어졌다는 사실을 눈치챘다. 밀려오는 당혹감에 연약한 눈꺼풀이 위태롭게 흔들거렸다.

"……남자로 변했어."

서연의 입술이 파르르 떨렸다. 상황 파악을 시도하는 서연의 동공이 까맣게 번졌다. 왜 하루도 되지 않아서 모습이 바뀐 건지, 그에 대한 의문을 품을 여유조차 없었다.

이 모습은 지금 이 순간마저도 그녀의 수명을 깎아 먹고 있었기 때문이었다. 얼른 도훈을 만나서 정기를 받지 않으면 무슨 일이 일어날지 모른다. 서연이 고요히 숨을 죽이며 두 다리에 힘을 주어 일어났다. 그와 만나려면 일단 이곳을 벗어나야 한다. 작게 열려 있는 칸막이 문을 손끝으로 밀자 끼이익, 하는 소음이 일었다. 듣기 싫은 소리에 소름이 끼쳐 멈칫했다.

"……."

그 순간 쾅, 서연이 초인적인 반응 속도로 조금 열려 있던 칸막이 문을 꽉 닫아 굳게 잠갔다. 쿵쾅, 쿵쾅, 쿵쾅, 심장이 발작을 일으켰다. 또각, 또각, 을씨년스러운 하이힐 소리는 점점 지척으로 가까워져 왔다. 이내 서연이 있는 칸막이 문 바로 앞에서 발소리가 멎었다. 싸아, 온몸의 피가 모조리 증발하는 기분이었다. 똑똑, 둔탁한 노크 소리가 귓가를 때리자 서연의 심장이 내려앉았다.

"서연 씨."

오유라는 이 문 바로 앞에 있다.

"안에 있어요?"

유라는 서연의 여자 모습도 남자 모습도 알고 있는 사람이었다. 이 모습을 들킨다면 기괴한 육체에 대한 변명의 여지는 없다. 안 그래도 180도 변한 외양에 모라비의 몇몇 사람들은 의문을 품고 있는 차였다. 이 순간 유라는 이 모습을 절대 들켜서는 안 될, 가장 위험한 인물이었다. 심장이 터질 것처럼 요동치는 와중 미세한 문틈 사이로 유라의 인영이 왔다 갔다 들썩였다.

"……없나?"

두근, 두근, 서연의 심장이 고장 난 듯 내달렸다.

"밖으로 나간 건가?"

제발, 제발 그냥 가라. 서연이 속으로 간절하게 기도하며 두 눈을 망연하게 감았다. 문밖 움직임이 일순 잦아들었다. 이내 유라의 구두 소리가 다시금 귓가를 두드렸다. 또각거리며 서서히 멀어지는 발소리에 서연이 안도의 한숨을 내쉬었다. 아예 하이힐 소리가 끊기자 서연이 고개를 힘없이 떨구었다. 눈을 꼭 감았다가 뜨자 시야에 밟히는 것은 옆 칸에서 지렁이처럼 삐져나온 대걸레 자락이었다.

……대걸레? 서연의 눈이 커졌다. 옆 칸은 청소 도구함인 건가? 다시 문을 조금 연 서연이 잽싸게 주위를 살폈다, 아무도 없는 것을 확인한 후 옆 칸으로 쏜살같이 뛰어들었다.

"역시……."

예상대로 환경미화원이 입는 헐렁한 작업복이 세면대 위에 다소곳이 널려 있었다. 같은 옷을 입고 있으면 당연히 의심받을 테지만, 작업복만 위에 걸쳐도 환경미화원으로 여기며 의심하지 않을 터였다. 옷이 다르니 유라나 박현정 실장만 피하면 다른 누구와 만나도 저를 강서연이라고 알아보지 못할 것이다. 판단을 세운 서연이 서둘러 작업복 윗옷을 검은 블라우스 위에 껴입었다. 역한 하수구 냄새 같은 것이 코끝을 찔렀으나 찬밥 더운밥 가릴 처지가 아니었다.

지퍼를 끝까지 쭉 밀어 올린 서연은 보자⋏⋏시 뚝 눌⋏⋏고 가요를 다졌다. 서연이 천천히 걸어 나가 여자 화장실 밖을 내다보았다. 다행히 유라는 없었고 빠르게 나가려는 찰나, 뒤에서 나직한 목소리가 들려왔다.

"늦었네."

온몸에 소름이 돋았다. 뒤를 돌아본 순간 저 멀리 어둠 속에서 재경이 비스듬히 기대선 채 저를 똑바로 바라보고 있었다. 정면으로 시선이 마주치자 서연은 그대로 숨을 꾹 멈추었다. 재경은 사색이 된 서연을 뚫어져라 바라보며 웃었다. 그의 시선이 더듬듯이 끈적하게 내려와 최종적으로 서연의 발에서 멈추었다.

"구두, 240."

일순간 몸이 딱딱하게 굳었다. 신발은 원래 신고 있었던 구두 그대로였기 때문이었다. 환경미화원 복장과 명백히 이질적인 불편한 구두는 사이즈가 커진 서연의 발을 터뜨려버릴 듯이 옥죄어왔다. 발부터 혈관이 턱턱 막히는 듯한 압박감을 느낀 찰나, 제대로 다시 보니 재경은 누군가와 전화 통화 중이었다. 복도에서 통화하다가 우연히 여자 화장실에서 나오는 서연과 눈이 마주친 것으로 보였다.

"네, 그렇습니다."

그의 눈동자가 자연스레 흘러 다른 쪽을 바라보았다.

"예. 240은 물량을 더 찍어야 할 것 같아서요."

서연에게 하는 말이 아니었다. 서연은 그제야 사고가 빠르게 돌았다. 지금 자신이 취해야 할 행동은 최대한 수상하지 않게 그의 시야에서 벗어나는 것이었다. 서둘러 발걸음을 옮겼다.

"뭐든 탐나면 집착이 생기는 법이죠."

뒤에서 들리는 재경의 목소리가 고막에 칭칭 감겼다.

"이번 제품은 저에게 그런 의미입니다."

재경답지 않게 송곳같이 날카로운 어투였다.

"목표가 눈앞에 있으면 신사답게 구는 것도 한계가 있어요."

무슨 대화 중인 거지? 재경이 내뱉는 음절들은 듣지 않으려고 해도 열려 있는 귀로 본능적으로 들어왔다.

"갖고 싶어서."

다급하게 다리를 종용해 멀어지던 서연의 어깨가 움찔거렸다. 벌렁거리는 심장을 가까스로 억누르며 태연한 척 건물 밖으로 걸어 나갔다. 거리로 나선 서연은 덥지만 꽤 신선한 밤공기를 맞이할 수 있었다.

"하아……. 살았다."

물론 완전히 안심하긴 일렀다. 갑자기 회식 자리에서 사라진 것에 대한 패널티는 둘째였다. 한시바삐 택시를 타고 집에 가 도훈을 만나야 한다.

서연은 큰길을 향해 몸을 틀었다. 눈에 띄지 않게 종종걸음으로 길을 따라 걷는데, 갑자기 골목 사이에서 저를 향해 쏟아지는 강렬한 헤드라이트를 느꼈다. 빵, 거친 클랙슨 소리와 함께 자동으로 고개가 돌아갔다.

"……아."

도훈이었다. 놀란 가슴을 쓸어내린 서연은 이내 그의 차로 한 발짝 다가섰다. 어둑한 골목에 차를 세운 도훈은 운전석에서 빠져나와 서연에게 걸어왔다.

"도훈 씨, 나 지금……."

그는 여린 팔을 잡고 확 끌어당겼다. 거대한 손이 가녀린 목덜미를 단단하게 붙잡자 서연이 눈을 꼭 감아버렸다.

"으읍……."

도훈의 뜨거운 입술이 거칠게 서연의 입술을 덮쳐왔다. 우악스럽게 붉은 입술을 삼키듯이 탐하자 서연의 입술이 속절없이 벌어졌다. 그 틈을 놓치지 않고 한가득 밀려 들어온 도훈의 혀가 무언가 갈구하듯 안쪽까지 구석구석 훑어 내렸다. 서연의 입천장으로 찌릿찌릿한 전율이 흘렀다. 그녀의 몸을 꼼짝도 할 수 없게 품 안에 가두고 작은 입술에 진하게 존재감을 표했다. 격렬한 키스에 숨이 막혀 헉헉 헐떡거리는 서연의 시긴도 봐주기 않았다 마치 서연의 근본을 뽑아버리기라도 할 듯이 뜨겁게 감아 당겼다. 맞닿은 체온이 따뜻함을 넘어서 뜨겁고, 뜨거움을 넘어서 화상을 입을 것 같다.

"하아……."

입술이 떨어지자 달뜬 숨이 흘렀다. 도훈이 서연을 터뜨릴 듯이 꽉 끌어안자, 생기를 찾은 육체와 부푼 가슴이 안정감 있게 짓눌렸다. 도로 모습을 되찾은 서연은 숨이 넘어갈 것 같아 고개를 젖히고 숨을 몰아쉬었다. 어스름한 조명을 받은 긴 머리카락이 식은땀에 젖은 채 어지럽게 얽혀 이마와 볼에 엉망으로 붙어 있었다.

"늦어서 미안해……."

커다란 손바닥이 붉게 상기된 뺨을 쓸었다.

"몸 괜찮아……?"

서연이 고개를 끄덕였다.

"다치지 않았지."

"응, 괜찮아."

"진짜. 간 떨어지겠다, 너 때문에……."

"그런데 도훈 씨가 여긴 어떻게……."

"너 쓰러진 거 발견한 사람하고 통화했어."

"네? 발견한 사람이 있었어요? 누군데?"

"널 모르는 사람이니 안심해도 돼. 일단 먼저 차에 타서 옷부터 벗어."

서연은 아직 환경미화원 복장이었다. 도훈은 서연의 어깨를 끌어안고 조수석 문을 열어주었다. 서연을 앉히고 문을 닫은 도훈은 신속하게 운전석으로 들어왔다. 어둡고 통행인이 없는 골목이므로 사람이 볼 확률은 적었으나, 혹시 모를 상황에 대비하여 서연은 빠르게 작업복을 벗었다. 다시 완벽하게 강서연의 모습으로 돌아온 서연은 거울에 제 모습을 비추어보며 헝클어진 머리를 다듬고, 쓰러질 때 묻은 오염을 닦았다.

재경은 쥐고 있던 휴대전화를 아래로 내렸다. 정갈하던 눈썹이 소리 없이 구겨졌다.

"나오시면 어떨까요."

그의 눈동자가 예리하게 굴러 사선으로 박혔다. 곧 비상구 계단을 열고 차분히 모습을 드러낸 사람은 다름 아닌 유라였다. 재경과 유라의 시선이 적막한 가운데 오묘하게 맞물렸다. 그는 표정 없는 얼굴로 그녀를 바라보았으나 이내 온화하게 미소를 지었다.

"뭘 아는 얼굴인데."

"……."

"어떻습니까. 조만간 또 커피라도 한잔하시면……."

이미 독일에 가기 전 한차례 은밀한 연대가 있었던 두 사람이었다. 당시 유라는 재경과 서연이 둘만 있을 수 있게 수시로 도와줬으나, 결국 그는 그녀를 사로잡는 데에 실패했고 소득은 전혀 없었다. 유라가 눈을 가늘게 좁혔다.

"……정중히 사양하겠습니다."

재경의 미간이 미세하게 찌푸려졌다.

"원래 정보 공유는 안 하는 타입이라서요."

그와 같이 가봐야 득 될 게 없다는 판단을 내렸다. 유라는 더 이상 재경과 손잡을 생각이 없다. 재경은 뒤를 돌아 멀어지는 유라의 뒷모습을 빤히 쳐다보았다. 목을 쭉 꺾은 그가 고개를 기우듬히 움직였다.

이윽고 그가 복도를 따라 느긋하게 걸어간다. 재킷 안쪽에 손을 넣어 깊숙이 쑤셔 박아뒀던 담배 케이스를 꺼내 들었다. 헐겁게 하나를 물고 나니 케이스는 다시 수면 아래로 잠기듯이 사라진다. 그는 밖으로 나와 사람이 오지 않는 골목으로 다리를 움직였다. 라이터의 불길이 번뜩이며 야심한 밤의 어둠을 몰아냈다.

"후……."

토해지는 날숨에서 하얗게 번지는 연기가 시야를 뿌옇게 흐렸다. 연기는 곧 희석되듯이 증발하여 은은하게 자취를 감춘다. 대신 재경의 눈에 들어온 것은 다른 광경이다.

"······."

재경의 동공이 흔들렸다. 짙은 암흑에 끈적하게 젖어 있는 스포츠카, 그 안으로 태초부터 하나였다는 듯 견고하게 붙어 있는 두 남녀가 또렷하게 시야에 박혔다. 도훈과 서연은 서로의 몸에 심취한 듯 부둥켜안고서 격하게 키스하고 있었다. 서연이 본래 가지고 있는 길고 윤기 흐르는 머리카락은 커다란 손에 진득하게 감겨 있었다. 툭, 재경의 입에 물린 담배가 바닥으로 힘없이 추락했다. 분홍빛 앙증맞은 입술은 사나운 남자의 입술 아래 잡아먹힐 듯이 범해지고 있었다. 독점욕 강한 그의 손은 재경이 평소 손댈 수조차 없는 서연의 어깨, 허리, 턱 등 부드러운 곡선을 제집처럼 드나들며 마음껏 어루만지고 있었다. 머릿속이 하얗게 된 재경이 가만히 서서 그저 바라만 보고 있는데, 살짝 입술을 뗀 도훈의 시선이 문득 재경에게로 꽂혔다.

"······."

그가 눈치챘다. 자신이 보고 있다는 사실을.

도훈은 놀라는 기색도 없이 태연하게 재경과 시선을 마주했다. 그때, 굵은 목덜미에 팔을 감고 있던 서연이 고개를 돌리려고 하자, 도훈이 한 손으로 작은 턱을 단단히 휘어잡았다. 재경의 목덜미에 소름이 돋아났다. 그는 말캉해 보이는 서연의 입술 위를 짓뭉개듯이 비벼대며 재경을 똑바로 노려보고 있었다. 한 치의 흔들림도 없이 꽂히는 까만 동공에 서늘한 살기가 느껴졌다. 제 암컷을 노리는 수캐들을 경계하는 짐승처럼 오싹하게 번뜩였다. 저도 모르게 움찔한 재경이 한 발짝 뒷걸음질 쳤다. 똑바로 재경을 바라보는 시선과 달리, 퇴폐한 입술은 잠시도 가만히 있지 않았다. 턱을 크게 비틀던 도훈의 입술이 식사하는 사람처럼 자연스레 벌어진다. 그 사이로 낯 뜨거운 욕망이 실타래처럼 얽히고설켰다.

"······하."

음란한 키스를 지속하며 재경에게 쏟아내는 살기 띤 눈빛이 협주곡처럼 하모니를 이루자 재경이 제 입술을 씹었다.

'미친놈.'

보란 듯이 입 모양으로만 발음하며 구둣발로 콱 담뱃불을 지져 껐다. 즉시 뒤를 돈 재경은 등 떠밀린 사람처럼 자리를 떴다.

귀가하면 늘 깔끔하게 옷을 걸어놓고 바로 목욕부터 하는 재경의 부지런한 습관은 오늘 지켜지지 않았다. 야심한 밤이 돼서야 집으로 들어온 재경은 재킷을 거칠게 벗어 바닥에 던졌다. 장식장에서 양주를 꺼내와 테이블에 올리고 소파에 주저앉았다. 각진 얼음 몇 개를 잔에 넣고서 독한 양주를 따랐다. 단숨에 들이켜며 정제되지 않은 숨을 토해냈다. 누군가가 목을 조르는 듯 답답해 셔츠 단추를 아무렇게나 풀어헤쳤다. 순식간에 한 병을 비웠다.

또 새 술을 꺼내 고민 없이 오픈하고 잔에 넘치게 따랐다. 꿀떡꿀떡 단번에 잔을 비우고서 타성에 젖은 사람처럼 소파에 드러누웠다. 그가 무의식중에 손을 뻗자 탁자 위를 굴러다니던 빈 술병이 툭 쓰러졌다.

데구루루……. 쿵!

탁자 아래로 처박힌 술병은 깨지지 않고 오히려 무결하던 대리석에 미세한 균열을 일으켰다. 그 틈새처럼 견고하던 재경의 페이스에도 쩌적 금이 가기 시작했다.

"……."

재경은 두 눈을 감았다. 통로에서 마주쳤던 사람의 얼굴을 찬찬히 떠올렸다. 외양으로 미루어 보아 남자 같았지만, 서연과 아주 닮은 그 사람. 서연이 신고 있던 구두와 똑같은 구두를 신고 있었던 그 사람.

……역시 본인일까? 재경은 유치하게도 동화 신데렐라처럼 일정 시간이 되면 변신하는 허무맹랑한 이야기를 상상했다.

"……말이 되는 얘기를."

과학적으로 그딴 게 가능할 리가 없다.

"……"

하지만 SS어패럴의 부도 이후 6년간 서연은 감쪽같이 채권자들의 눈을 피해 생활했다.

어떻게? 대체 어떻게. 처음에는 외국으로 도피해 생활했을 가능성이 가장 크다고 추측했다. 그러나 예전 대화에서 서연은 계속 국내에 있었다고 말했고, 거짓말을 하는 것으로는 보이지 않았다. 여기서 재경은 의문을 품었다. 산속에 들어가 숨어 산 것도 아니고, 본래의 모습으로 6년이란 긴 세월을 서울 한복판에서 잡음 없이 생활한다는 게 가능한가? 성형으로 얼굴을 고쳤다면 모를까, 하지만 지금 서연의 모습은 저 혼자만 세월을 비켜나간 듯이 20살 적 얼굴과 놀라울 정도로 똑같았다.

재경은 또 술 한 잔을 따라 단번에 목울대로 넘겼다.

'네가 아무리 발악해도 결국 서연이는 나를 선택해.'

전에 도훈이 재경에게 했던 말이 떠오른다.

'어차피 그 여자는 내 곁에 있을 수밖에 없어.'

왜.

'알지도 못하면서 떠들어대는 너보다는.'

내가 모르는 게 뭐길래.

쾅, 탁자에 유리잔을 거칠게 내려놓았다.

"하……"

연거푸 술을 들이켜도 취하지 않고 정신은 오히려 또렷해져만 갔다. 꽈악 유리잔을 쥔 손에 힘을 주자 푸른 힘줄이 험악하게 불거졌다. 잔을 놓은 재경은 천천히 집게를 들어 바스켓 안의 얼음을 집었다.

"……"

그리고 그대로 바스켓을 집어 힘껏 벽으로 던져버렸다. 쾅! 투명한 통 안에 담겨 있던 얼음이 폭발하듯 분출되며 사방으로 산산이 튀어나갔다. 부서진 얼음이 재경의 발 앞으로 우수수 굴러떨어지자, 그는 가차 없이 발로 건

어챘다. 이제 재경은 희석하기를 그만뒀다. 내내 억지로 참아왔던 내면의 분노는 화염을 일으키며 걷잡을 수 없이 커져 거대한 불바다를 만들었다. 냉기 서린 크리스털 잔에 40도가 넘는 악랄한 도수의 술을 부은 후 입술 틈으로 무자비하게 흘려보냈다.

까맣게 타들어가는 신경을 타고 스멀스멀 떠오르는 잔상. 서연과 도훈이 키스하는 장면이 머릿속에서 몇 번이고 반복해서 재생되었다. 서연의 몸을 탐닉하며 저를 경계하던 도훈의 눈빛이 잊히기는커녕 점점 더 선명해진다. 야외에서 그런 강도의 스킨십을 한다면 동거 중인 두 사람의 집은 들여다보지 않아도 머릿속에 훤하게 그려진다. 상상하고 싶지 않은데도 저절로 상상되어 열불이 치밀었다.

20살, 재경의 마지막 기억 속 서연은 아직 오탁에 물들지 않은 순백 그 자체였다. 반면 오늘 본 정염에 취해 발갛게 물든 서연의 뺨은 이미 쾌락을 알아버렸다고 말하고 있었다. 아이러니하게도 지독한 사랑에 빠진 여자는 치명적으로 아름답다. 굳게 결심한 재경의 마음을 세차게 흔들 만큼.

"나는."

재경은 느릿하게 발음하며 눈을 지그시 감았다.

"……너무 물러."

하루에도 수백 번씩 바뀌는 마음을 이제는 저 자신조차도 통제할 수가 없었다.

어떻게 할까. 내가 너를, 어떻게 해야 할까…….

서연과 재회한 후, 재경은 날이 갈수록 피폐해져만 갔다.

"서연아……."

괴로움에 일그러진 입술 사이로 고통에 잠긴 신음이 울러나왔다. 눈끼를 형편없이 구긴 재경은 팔로 제 눈을 꾹 누르며 힘겹게 숨을 골랐다. 태어났을 때부터 조금의 고민도 없이 목표 하나만 보고 질주해온 처절한 세월이었다. 또한 재경은 지난 몇 년간 단 하나의 목표만 바라보며 달려가고 있었다.

그런데 지금, 서연을 다시 마주하는 순간. 여태껏 정답이라고 확신하던 것이 모호해지고 재경은 길을 잃기 시작했다. 오늘 그 남자와 키스하는 서연을 목격한 순간 재경은 답을 잃고 완전히 미아가 되어버렸다.

"……"

그리고 그가 길을 잃을 때마다 그의 머릿속에 울리는 비상등이 하나 있다.

'재경아.'

끊어질 듯 애타는 목소리가.

'엄마 말, 절대 잊지 마……'

잡아주세요, 제가 흔들리지 않을 수 있게.

'원래 너의 것을 빼앗기면,'

……어머니.

'무슨 수를 써서라도 되찾아오는 거야.'

"……"

제가 뺏어올 수 있을까요. 깜깜하게 이성을 잠식해오는 옛 기억에 재경이 입술을 앙다물었다.

씻고 나온 도훈은 아직 물소리가 들리는 복도 화장실을 빤히 바라보았다. 서연이 나올 때까지 기다리기로 하며 1층으로 내려갔다. 소파에 누워 한참 동안 멍하니 천장을 바라보았다. 에어컨 바람세기를 높여 공기를 더욱 차게 식히자 등 뒤 상처가 또 따끔거리기 시작했다. 도훈은 차분히 눈을 감았다. 사색에 빠진 듯 정적으로 잠긴 표정은 오래도록 이어졌다. 톡톡, 여린 손가락이 도훈의 이마를 두드리자 그가 느리게 눈을 떴다.

"나 나왔어."

드라이기로 대충 말린 듯 아직 물기 촉촉한 머리카락을 늘어뜨린 서연이 웃었다.

"머리 왜 안 말렸어?"

"우리 오빠 빨리 보고 싶어서."

서연이 실없이 웃으며 도훈을 바라보자 그가 픽 웃음을 터뜨렸다. 몸을 일으켜 소파에 앉은 도훈이 서연의 허리를 꽈악 부둥켜안고, 그녀의 가슴에 얼굴을 묻었다.

"……다쳤으면 어떡할까, 걱정 많이 했어."

말랑한 서연의 가슴이 우뚝한 콧대에 꾹 눌렸다. 나직하게 웃은 서연이 양팔로 도훈의 머리를 천천히 감쌌다.

"와줘서 고마워요. 아까 골목에서 도훈 씨 봤을 때 얼마나 안심이 됐는지 몰라."

도훈이 그대로 고개를 젖혀 서연을 바라보았다.

"든든해요. 도훈 씨가 내 사람이라는 거."

"……."

"그러니까 힘 좀 내라구요. 불금인데 이렇게 맥 빠지게 있을 거예요?"

아까부터 도훈이 눈에 띄게 다운되어 있다는 것쯤 서연도 알고 있었다. 멍하니 서연을 바라보던 도훈이 이내 그녀의 허리를 잡고 있던 손을 움직였다. 민소매 티의 자락을 잡고 살짝 위로 올리자 하얗고 뽀얀 배가 드러났다. 주저 없이 도훈의 입술이 날아들자, 당황한 서연이 황급히 그의 입술을 막으며 얼굴을 붉혔다.

"그런 의미가 아니잖아요!"

"아니었나?"

도훈이 섹시하게 웃으며 서연의 티셔츠를 단정하게 내려주었다.

"할 수 없네. 키핑해두자."

"으…… 변태. 됐으니까 빨리 돌아 앉아봐요."

"돌아 앉아?"

"어깨 주물러줄게요. 피곤하잖아요."

서연이 도훈을 툭툭 손짓했다.

"사양은 사양한다. 빨리, 빨리!"

한참 또 말없이 서연을 바라보던 도훈이 이내 등을 돌려 앉았다. 나긋한 동작으로 눕는 모습이 마치 나른한 맹수가 피식자에게 등 뒤를 내어주는 것만 같았다. 보통이라면 나태해 보일 만한 포즈였으나 도훈의 육체에서 드러나는 불뚝거리는 근육 덕에 되레 활력적으로 보이기까지 했다. 그가 고개를 비스듬히 틀어 서연을 바라보았다.

"해."

퇴폐미 가득한 까만 눈빛에 서연의 손끝이 뜨거워졌다.

"기대된다."

관능적으로 치솟는 도훈의 입꼬리에 심장이 쿵쾅거렸다. 서연은 그의 몸 뒤에 붙어 가느다란 손을 쭉 뻗었다. 목덜미 위로 불뚝 튀어나온 다부진 뼈를 꾹꾹 누르자 도훈의 입술이 살짝 벌어졌다. 가느다란 손가락이 봉합했던 상처를 피해 어깨를 천천히 주무르자 작은 소리가 흘러나왔다.

"아……."

작은 엄지는 뜻밖에 힘이 세서 온종일 긴장되어 있던 근육들을 살살 노곤하게 어루만졌다.

"시원해?"

"응."

"여기는?"

"시원해."

"좋아?"

"응."

그의 순한 양 같은 대답에, 서연은 나사 풀린 사람처럼 배실배실 웃었다. 더욱 힘을 내 꾹꾹 부드럽게 누르자 도훈의 입술에서 신음 같은 한마디가 터졌다.

"좋아……."

끊어질 듯 나른하고 야릇한 음성에 서연이 소리 내서 웃었다. 그때, 갑자기 꺾인 도훈의 고개. 도훈이 서연의 커다란 눈동자를 흔들림 없이 응시했다.

"네가 좋아."

나직한 음성이 서연의 귓가에 내리꽂혔다. 뜨거운 도훈의 눈빛에서 진득한 애정이 묻어나왔다. 뜬금없는 고백에 심장이 주책없이 설레는 것은 오로지 서연이 감당해야 할 몫이었다. 빨라진 맥박에 귀까지 먹먹해졌으나 서연은 도훈의 시선을 피하지 않고 정면으로 받아들였다.

"네가 너무 좋아서, 무섭다."

털어놓은 진심에 서연이 동요했다. 열심히 움직이던 작은 손은 그의 어깨 위에서 움직임을 멈추었다. 그대로 몸을 누인 도훈은 서연을 넓은 가슴으로 풀썩 끌어당겼다.

"나를 선택해준 네가 힘들어지는 게 싫어. 지쳐서 나를 사랑하지 않게 될까 무서워."

강한 힘에 여린 몸이 속절없이 파고들어 뜨겁게 맞물렸다. 두근, 두근, 터질 것처럼 박동하는 심장이 누구의 것인지 알 수가 없었다.

"힘들 거 몰랐던 것도 아니고, 다 알면서도 선택한 거예요. 이 정도 각오는 했어요, 나도."

서연이 숨을 크게 들이마시었다가 내쉬었다. 도훈이 불안한 듯 서연의 잘록한 허리를 강하게 껴안았다.

"혹시 나 떠나지 않은 거, 후회해?"

도훈의 오른손이 부드럽게 살결을 타고 올라가 서연의 뺨 위에서 멈추었다. 서연이 씁쓸한 마음을 숨기고 웃음을 흘렸다.

"백도훈답지 못 하네. 별소리를 다 해요. 지금 이렇게 좋아죽는 거 보면 모르나? 그때 떠났다고 하더라도 결국엔 도훈 씨를 잊지 못하고 다시 울고

불고 돌아왔을 거야. 이렇게 좋아죽는데 헤어지는 게 말이나 돼요?"

"……."

"그러니까 그런 말 하지 마요."

그가 한쪽 입꼬리만 유려하게 말아 올렸다. 서연은 그의 얼굴을 느릿하게 어루만졌다.

"난 오히려 기대되고 좋아요. 동화 속에나 존재하는 영원한 사랑이라는 거, 왠지 우리라면 진짜 할 수 있을 것만 같거든."

그 말에 도훈이 흐릿하게 웃었다. 그는 순식간에 일어나 서연을 소파 위로 거칠게 눕혔다.

"아……!"

곧바로 도훈의 입술이 가냘픈 목덜미 위로 뜨겁게 파묻혔다. 조금씩 점령하며 몸을 타고 내려가는 입술은 노골적인 행위를 서슴지 않았다. 한군데로 오감이 응집되자 서연의 목이 뒤로 한껏 젖혀졌다. 부드러운 등허리를 만지던 손이 서연의 옷 속 안으로 들어갔다. 그대로 질주하듯 올라와 네크라인 밖으로 불쑥 빠져나온 팔이 그녀의 뒷머리를 단단히 지탱했다. 해일처럼 밀려오는 도훈 때문에 서연은 정신이 끊어질 것만 같았다. 용암처럼 분출하는 숨을 뱉으며 도훈은 살짝 떨어졌다.

"당연한 소릴……."

도훈의 선택지에 그녀를 사랑하지 않는다는 보기는 없다.

"우리 이쁜 여진이, 아!"

진영이 활짝 웃으며 유부초밥을 여진의 입에 넣어주었다. 여진도 덩달아 싱글벙글 웃으며 입을 예쁘게 벌렸다.

"맛있어? 자기?"

"응, 너무너무 맛있어!"

구름 한 점 없는 화창한 날씨. 진영과 여진은 푸르른 잔디밭에 서로 꼭 붙어 앉아 도시락을 먹고 있었다. 두 사람의 티셔츠는 핫핑크색 맨투맨. 귀여운 커플티를 나란히 맞춰 입고 있었다.

"하하, 자기랑 오니까 너무 좋다!"

진영이 여진의 볼을 쿡쿡 찌르며 장난을 하니, 여진이 좋다고 웃으며 손뼉을 쳤다.

"어? 여진이 얼굴에 뭐가 묻었어."

"뭐?"

진영이 여진의 볼을 슬쩍 감싸더니 능글맞게 웃었다.

"그대의…… 아름다움……."

"하하하, 이런 미친노…… 아니 장난꾸러기! 호호호."

여진이 깔깔 웃다가 너무 밝은 햇빛 탓에 에취, 재채기했다. 그 모습을 본 진영이 갑자기 맨투맨을 홀러덩 벗어 여진의 머리 위에 올려 햇빛을 가려주었다.

"이거 우리 커플티인데 이렇게 햇빛 가리개로 쓰는 고얌?"

"우리 여진이를 위해서라면 햇빛 가리개가 아니라 CO_2 가리개라도 만들 수 있는걸?"

"호호호, 이런 마성의 로맨티시스트 같으니!"

여진이 입을 가리며 웃었다. 옆에서 조용히 미소 짓던 진영이 갑자기 그녀의 손목을 훅 끌어당겼다. 그 탓에 여진의 몸이 그의 품에 폭 안기고 말았다.

"꺅!"

"앗, 놀랐어?"

"놀랐다고! 우리 징어가 놀랐던 빌이얌, 힝."

"뭐? 안 돼! 우리 징어!"

여진이 볼록 부른 배를 잡고 울상을 짓자, 진영이 서둘러 그녀의 배를 천천히 쓰다듬었다.

만삭이었다.

"징어야, 오징어야, 무럭무럭 건강하게 자라서 이쁘게 세상에 나와야 한다?"

"호호호, 당연하지. 누구 애기인데?"

"우리 애기지! 너무 예쁜. 우리 자기 닮았으면 좋겠다. 이름은 뭐로 하지?"

진영이 넌지시 묻자 여진이 고민하는 듯 고개를 갸우뚱했다. 그때, 갑자기 뒤에서 광분한 여자들의 목소리가 들려왔다. 고막이 찢어지는 듯한 착각에 여진의 눈이 휘둥그레졌다.

"뭐로 하긴 뭘 뭐로 해! 내 애나 책임져, 오진영!"

"넌 꺼져! 진영 오빠! 내 애는 어떻게 할 거야! 이번에 초등학교 들어가는 불쌍한 우리 애는!"

"으아아앙, 울 아빠 꼬셔서 결혼한 게 아줌마예요? 으아앙……!"

갑자기 등장한 여자 무리가 와다닥 여진에게 공격적으로 달려들었다.

"꺅! 뭐, 뭐야! 당신들!"

여진이 채 방어하기도 전에, 여자들이 그녀의 머리카락을 잡고 쥐어뜯기 시작했다. 골이 달달 떨리는 느낌에 속이 메슥거리며 토할 것만 같았다.

"꺄아악! 살려줘!"

여진이 힘껏 발버둥 쳤으나 괴력의 여인들은 여진의 머리를 헝클이고 연약한 피부를 손톱으로 긁기에 여념이 없었다. 어린아이까지 다리를 이로 깨물고 놓아주지를 않자, 여진이 고래고래 비명을 질렀다. 이게 뭐야! 이게 뭐야!

"꺄아아악! 저리 가! 저리 가라고……!"

여진이 사지를 허공에 붕붕 흔들며 괴로워했다.

쿵!

"억!"

침대에서 바닥으로 굴러떨어진 여진이 고통스러운 신음을 뱉었다. 성급하게 몸을 일으킨 여진은 거친 숨을 몰아쉬며 사방을 정신없이 둘러보았다. 새하얗고 깨끗한 벽지. 그리고 이미 중천까지 뜬 해에서 뿜어지는 따가운 햇볕. 집이다. 내 집……

"하아……"

깊은 안도의 한숨을 내쉬며 침대에서 천천히 내려왔다. 양손으로 얼굴을 푹 가리며 놀란 마음을 진정시켰다.

"별 또라이 같은 꿈을 다 꾸겠네, 진짜……!"

그녀가 머리를 양손으로 마구 헝클며 짜증을 냈다.

"대체 오진영 그건 뭔데 꿈에까지 나타나서 사람을 힘들게 하는 거야!"

하다못해 이제는 잘 때까지 나타나다니, 미친 게 분명했다.

"아오! 만약 이게 예지몽이면 지금 당장 3초 안에 한강에 투신한다!"

그녀가 또 한 번 절규하며 바닥에 머리를 쾅 박았는데, 그 소음과 함께 휴대전화 또한 부르르 진동했다.

"……"

갑자기 울린 휴대전화에 여진이 침을 꼴깍 삼켰다. 한 번인 걸로 봐서는 문자? 보지 않아도 본능적으로 문자의 발신인을 알 것 같은 느낌이었다. 그녀가 천천히, 아주 느릿느릿하게 고개를 들어 멀리 있는 휴대전화를 노려보았다. 그리고 더욱 느린 속도로, 굼벵이보다도 느린 속도로 기어가서 문자를 확인했다.

[여진 씨, 오늘 뭐 해요?]

역시……. 역시 오징어 문자였다.

[시간 괜찮으면 점심 같이하면 어때요? 집까지 데리러 갈게요.]

아침이 밝았으나 서연과 도훈은 침대에서 오래도록 일어나지 않고 여유를 부렸다. 한차례 격정이 지난 후 맞이하는 행복하고 평화로운 토요일 아침이었다. 그들은 서로 꼭 안은 채 노닥거리다 서연이 갑자기 쓰러진 원인에 대한 분석을 했다.

"특이 사항은 없었나. 어제 좀 특별한 일을 했다거나."

"딱히……. 술을 마시기는 했어요. 몸도 좀 피곤했던 것도 같고……."

"뭔가를 잘못 먹었다거나."

"그런 건 없어요. 다만 도훈 씨 시계 가격 알고 놀라서 사레들린 건 있지."

심통 난 서연이 도훈의 어깨를 콱 깨물었다.

"그래. 내가 가장 아끼는 거야."

정작 도훈은 귀여워죽겠다는 듯 웃으며 서연의 뺨에 쪽쪽, 뽀뽀 세례를 퍼부었다.

"구하려고 스위스까지 사람을 보냈었거든."

"그러니까 그걸 왜 나한테 채워주냐고요!"

"강서연한테 채워주는 건네, 품격 떨어지는 시계 채워줄 수는 없잖아."

도훈이 쿡쿡 웃었다.

"어쨌든 조심해. 위험하니까."

"알죠. 근데 같은 회사니까 피하려고 해도 그게 잘 안 돼요. 어제도 오유라 팀장님이랑 계속 같이 있었는걸요."

"아마 그쪽도 우리와 크게 다르지 않을 거야. 너와 내가 키스로 정기를 주고받는 것처럼. 무녀의 환생은 반대로 뺏는."

"우웩. 팀장님하고 키스한 적 없거든요!"

"꼭 키스가 아니더라도, 숨결이나 타액이 섞일 경우의 수는 있어."

"우우웩. 토 나와."

"같은 잔을 쓴다거나."

도훈의 말에 서연이 멈칫했다. 무언가 짚이는 구석이 있었다.

"생각해보니까 어제 팀장님이……."

서연이 길게 말꼬리를 늘이며 뜸 들이자 도훈의 표정이 험악해졌다.

"설마……."

도훈이 나라를 잃은 듯한 표정을 하자 서연이 질색을 했다.

"키스 안 했어요! 그리고 그런 말도 안 되는 거로 질투하지도 말고요!"

"그럼 왜?"

"어제 사레들려서 팀장님이 물 마시라고 물컵 주셨거든요. 팀장님 마시던 컵일 테니까……. 혹시 그때 내가 좀 먹었나? 그래서 갑자기 바뀐 건가?"

서연은 곰곰이 생각해봤으나 답을 알 길은 없었다.

"열 받네."

그때 갑자기 도훈의 짜증 난 음성이 들려왔다.

"응?"

"간접 키스한 거잖아, 내 여자하고."

"그, 그렇게 말하니까 너무 어감이 이상하다. 간접 키스 아니에요!"

"혹시 오유라가 너를 좋아하는 거 아니야?"

"……미쳤어. 도훈 씨 짝사랑했던 여자잖아요! 아마 지금도 좋아할걸?"

"게다가 너하고 매일 붙어 지내니까, 이건 좋아질 수밖에 없어. 상대가 강서연인데."

"……."

"생각하니까 질투 나네."

서연이 황당하다는 듯 입을 떡 벌렸다. 이 남자, 이제는 하다 하다 여자한테까지 질투한다. 그냥 여자도 아니고 저를 오랫동안 졸졸 쫓아다니며 짝사랑해온 여자를.

"와……."

서연이 멍청하게 그를 바라보았다.

여진은 진영의 점심 식사 제안에 응하기로 했다. 고심해서 괜찮은 옷을 고르고, 머리를 이리저리 정신없이 손질하며 뒤적이기에 바빴다. 꾸미면서도 왜 이렇게 사활을 걸고 꾸미고 있는지 몰라 머리가 뒤죽박죽이었다.

"여진 씨, 반가워요! 그새 더 아름다워지셨네요? 하하하."

실없는 소리를 여전히 아무렇지도 않게 내뱉는 진영이었다. 여진이 그의 차에 도도하게 올라타며 고개를 한 번 까딱였다. 그의 얼굴을 보니 오늘도 역시나 싱글벙글, 대체 매일 뭐가 저렇게 좋은지 도무지 알 수가 없다.

달리는 차 안, 그녀가 멍하니 정면을 바라보다가 다시 흘끔 그의 쪽으로 검은자를 돌렸다. 그녀의 시선을 사로잡는 물건 하나가 다소곳이 거치대에 놓여 있다.

"휴대전화…… 새 걸로 샀네요?"

"네, 어차피 바꿀 때도 됐고. 하하."

잠깐 빨간 신호에 걸리자, 그가 제 휴대전화를 들고 살짝 흔들었다.

"그거 아세요?"

"뭐요?"

"요즘 휴대전화들은 다 방수가 된대요."

여진은 어이가 없어 입을 떡 벌렸다.

"제 폰은 3년 전인가에 산 구형이라 방수 안 됐었거든요. 최신형 모델들은 다 방수가 기본이라고 하더라고요."

"그래서 방수로 샀다는 거예요?"

"네, 뭐. 그렇죠? 하하하."

또 너털웃음 짓는 진영을 보자, 여진 또한 어이가 없어 헛웃음이 터지고 말았다.

"되게 의미 있지 않아요? 현존하는 마지막 방수 안 되는 폰으로 딱! 증명! 이제 여진 씨가 믿기만 하면 완벽한데."

"최신형 아닌 거는 아직 방수 안 되거든요? 웃겨, 진짜."

자존심 상하게 저딴 거에 헛웃음 흘리다니! 여진이 속으로 절규하며 입술을 잘근잘근 씹었다.

그렇게 진영과 여진은 미묘한 분위기 속에서 예약한 식당에 도착했다. 고가의 프랑스 요리들로만 서비스되는 곳답게 맛부터, 분위기, 서비스 등 삼박자가 조화롭게 어우러져 절로 고개를 끄덕이게 만들었다. 인테리어는 전반적으로 블랙 컬러가 주를 이루었고, 식기는 대부분 크리스털 소재를 사용하고 있었다.

여진은 메인 디시인 트러플을 주재료로 요리한 라비올리를 반으로 잘라 입 속에 넣었다. 오일이 가득 섞여 있어 다소 느끼한 듯했으나, 적절하게 들어간 향신료가 그 완충 작용을 하였다.

확실히 난생처음 먹는 맛이었다.

"맛 어때요? 괜찮아요?"

"뭔가 특이한데요. 그런데 맛있어요."

그녀가 다시 포크를 부드럽게 움직였다. 맛있다. 진짜 어마어마하게 맛있다. 이 오징어 자식, 대체 이런 곳들을 어떻게 다 꿰고 있는 거지? 잊을 만하면 어김없이 치고 들어오는 찝찝함에 여진이 미간을 구겼다.

"친구가 여자친구한테 프러포즈하는데 이 레스토랑에서 했다고 하더라구요. 그래서 알게 됐어요, 여기. 하하하. 저도 여진 씨하고 지금 처음 온 거예요."

속마음을 들킨 것 같아 여진이 움찔했다.

"누, 누가 그런 거 물어봤어요?"

"궁금해하시는 거 같길래."

"어우, 재수 없어."

여진이 툴툴거리자 진영이 부드럽게 미소 지으며 물잔을 들었다.

"그럼 재수 없는 김에 여기서 퀴즈."

진영이 시선을 비스듬히 내리며 나른하게 턱을 괴었다.

"이곳 소개해준 그 친구. 프러포즈 성공했을까요, 못 했을까요?"

은근하게 속삭이듯이 물어본다. 꿍꿍이가 가득해 보이는 미소를 띤 채였다.

"성공…… 했겠죠. 분명."

여진의 대답에 진영이 소리 없이 웃었다.

"그러니까 날 여기에 데려왔겠지, 아니에요?"

"정답! 역시 예리하시네요. 얼마 전에 결혼해서 행복하게 살고 있어요."

"결…… 혼……."

여진이 말끝을 길게 늘였다. '결혼'이라는 주제가 나오자 지난밤 꾼 해괴한 꿈이 떠오르고 만 것이다. 우웩, 속이 울렁거려 입술을 꾹 다물었다. 오징어와의 닭살 결혼 생활이라니, 꿈을 다시금 떠올리자 소름이 후두둑 끼쳤다. 와중에 내연녀와 숨겨진 자식까지, 환장하지 않을 수가 없었다. 여진이 꽈악, 손에 힘을 주자 들고 있던 냅킨이 조그맣게 구겨졌다.

"여진 씨."

진영이 의미심장하게 부르자 여진이 움찔 떨었다.

"진지하게, 어때요?"

"스톱. 이상한 소리만 해봐요. 3초 안에 자리 박차고 도망칠 거예요."

"오, 무슨 생각 하셨길래."

"몇 번이고 말했지만, 이제 연애 가볍게 시작하지 않을 거라고요."

여진이 딱딱하게 말하자 진영의 입술이 유려하게 길어졌다.

"연애하자고 말할 생각 없었는데."

진영이 웃으면 속살거렸다. 단호한 대답에 여진은 미미하게 동요했다. 잘게 흔들리는 눈동자를 보며 진영은 고개를 살짝 아래로 기울였다.

"우리."

진영이 입술을 은밀하게 벌렸다.

"딱 10번만 더 썸 탈까요?"

……썸? 전혀 예상치 못한 말이었다. 여진은 영문을 모르겠다는 얼굴로 진영을 올려다보았다. 어찌 보면 지금까지 만나온 것도 썸이라고 볼 수 있었다.

"다른 사람들은 썸이 너무 오래 지속되면 피곤하다잖아요. 얼른 사귀든 말든, 결말을 보려고 하고. 그런데 저는 결혼하기 전에는 다 썸이라고 생각해요. 연애나 썸이나, 상대방을 좋아하는 마음의 크기가 똑같거든요, 저는."

"그럼 지금 말하는 썸 타자는 게, 연애하자는 거나 다름없는 말이라는 거예요?"

"아니요! 연애랑 썸은 완전히 다르죠."

"……맞을래요?"

여진이 낮게 뇌까리자 진영이 큰 소리로 웃음을 터뜨렸다.

"저는 연애나 썸이나 똑같지만, 상대방에게는 다르니까요. 마음의 크기가 확연히 차이나잖아요."

"……그래서요?"

"우리 역할놀이하죠. 저는 형사, 여진 씨는 범인. 열심히 도망치다가 붙잡히면 썸에서 연애로 진화하는 거로."

"몬스터예요? 진화하게?"

어이가 없어 비꼬듯 물었으나 그에게는 유머로 다가온 모양이었다. 하하하, 큰 소리로 웃던 진영이 터진 웃음을 서서히 멈추더니 다시 잔잔하게 미소 지었다.

"그래요. 몬스터처럼 진화하는 거로 해요, 우리. 여진 씨라면 썸만 1년 타도 재밌을 것 같거든요. 앞으로 10번 썸 타는 동안 열심히 여우짓 하며 쫓아갈 거니까 멀리멀리 도망가세요."

"……여우짓? 무슨 여우짓?"

"하하, 그건 비밀."

치, 비밀은 무슨. 해봐야 또 시답잖은 수작일 거면서. 여진이 작게 한숨을 내쉬고 다시 포크와 나이프를 가볍게 쥐었다. 눈부시게 빛나는 크리스털 접시 위에 날카로운 금속이 올라섰다. 여진이 알맞게 익은 라비올리 위를 내리누르는데, 미세하게 빗나간 나이프는 예민한 크리스털 위를 시끄럽게 긁었다. 끼익! 듣기 싫은 소리가 터졌다.

"아……."

여진이 미간을 찌푸렸다. 이후엔 제대로 조준하여 썰었으나, 한번 의식하기 시작하니 나이프가 크리스털 위에 살살 긁히는 소리마저 거슬렸다. 모든 식기가 크리스털로 이루어져 있었기 때문에 소리는 연속해서 터졌고 그것이 못 견디게 신경 쓰였다. 여진을 유심히 관찰하던 진영이 넌지시 물었다.

"긁히는 소리 불편해요?"

"네? 뭐…… 좀 시끄럽긴 하네요."

여진의 대답에 진영이 엄지손가락으로 접시의 한쪽을 부드럽게 쓸었다.

"크리스털은 예쁘지만 무겁고 잘 긁혀서 시끄럽죠. 가격은 비싸고."

"그러게요. 예쁘긴 하지만."

"일반 가정집에서 크리스털로 된 식기를 사용하지 못하는 이유도 그렇잖아요. 아이가 있는 집이면 더더욱 그렇고."

"맞아요. 그래서 일찍 결혼한 제 친구들도 집에 있는 접시는 죄다 가볍고 잘 안 부서지는 재질이에요. 플라스틱 같은 거. 살다 보면 예쁜 건 포기하게 되니까요."

여진이 소스가 묻어 더욱 번들번들 빛나는 접시를 내려다보았다. 화려한 조명을 한 몸에 받은 크리스털은 눈으로 보기에 그 어느 재질보다도 아름다웠다. 확실히 예쁘지만, 전혀 편하지 않은. 암묵적으로 아름답기를 요구하는 사회와 사람들의 입맛에 맞게 만들어진 접시이니 어찌 보면 불편한 것이 당연했다. 오래전부터 여진의 발을 지독히도 괴롭혀왔던 하이힐 또한 같은 이치였다. 마찬가지로 예쁘지만, 한없이 불편한. 여진은 발에 피가 잘 통하지 않아 지금도 다리가 저릿저릿했다.

"포기하는 것만은 아니지 않을까요?"

"네?"

"단지 예쁘기만 한 건, 그것 그대로의 가치가 있을지는 모르겠지만요. 편의를 갖춘 쪽은 그보다 더 가치 있는 것이라고 생각해요."

진영이 부드럽게 웃었다.

"더 자신을 소중하게 대해준다는 느낌이잖아요."

진영의 말에 여진의 눈동자가 멍해졌다. 예전부터 느끼는 건데 이 남자는 진지한 사람인지 가벼운 사람인지 도저히 구분이 안 선다. 내리쬐는 시선에 그만 묘한 기분이 된 여진이 입술을 샐쭉거렸다.

"제가 잘라드릴게요. 접시 주세요."

"나도 손 있는데요."

"하하, 그래도 주세요. 자르는 게 제 특기예요."

여진이 질색했으나 이미 접시는 진영에게 넘어간 후였다. 진영이 나이프와 포크를 능숙하게 잡고 음식을 썰기 시작했다.

"오……."

여진은 저도 모르게 감탄을 흘렸다. 누구보다도 예민하고 섬세한 손을 요구하는 직업을 가진 남자답게 자잘한 소음 하나 없이 깔끔하게 단면을 도려낸다. 홀린 사람처럼 정확하게 움직이는 그의 손을 바라보고 있는데, 어느새 임무를 전부 마친 진영의 손이 나이프를 내려놓았다. 접시를 감싸듯이 들어 올린 진영은 그것을 그대로 부드럽게 여진의 앞에 놓았다.

"이런 게 바로 남자들의 여우짓."

매끄럽게 올라서는 입술.

"여진 씨, 보여요?"

지그시 응시하자 여진의 심장이 내려앉았다.

"점수 따려고 안달이 났어."

……이 구미호 새끼.

토요일 점심때쯤, 이미 서연과 도훈의 동거 사실을 알고 있는 미라는 그들의 집에 돌연 방문을 했다. 서연은 당황했으나 반사적으로 깍듯하게 허리를 굽혀 인사했다.

"그래요. 오랜만에 보네요. 주말에 쉬는데 방해해서 미안해요."

"아닙니다. 괜찮습니다."

긴장한 기색이 역력한 서연이 얼른 차를 내오겠다고 하자 미라가 인자하게 웃었다.

"마시고 왔어요. 권해줘서 고마워요."

전에 호들갑을 떨던 때와 달리 눈에 띄게 차분해진 미라가 말했다.

"그렇게 딱딱하게 있지 말고 이리 와서 편하게 앉아요."

서연이 입꼬리를 강제로 올려 웃음을 유지한 채 도훈과 함께 나란히 소파에 앉았다.

"도훈이한테 들었어요. 두 사람 이미 동거하고 있다는 거, 결혼 생각하고 있다는 것."

"네……. 어머님. 말씀 편하게 낮춰주세요."

"그럴까?"

미라가 사람 좋게 웃었다.

"그래, 낮추는 게 서연이에게 더 편하겠구나."

잔잔하게 올라간 입꼬리가 부드러운 인상을 주면서도, 그녀가 가진 냉철한 눈매는 사람을 긴장시키는 힘을 가지고 있었다. 서연은 양 무릎을 딱 붙이고 꼿꼿한 자세로 미라를 바라보았다. 온화하게 눈웃음 지은 미라는 고개를 돌려 도훈을 바라보며 말을 이었다.

"아들, 잠깐 자리 좀 피해줄 수 있겠니? 서연이하고 둘이서 이야기 나눠 보고 싶구나."

"……."

도훈은 대답하지 않고 빤히 미라를 바라보기만 했다.

"도훈아?"

미라가 반문했지만 도훈은 입을 여는 대신 미간을 고요하게 구겼다. 섬뜩

한 서연이 그의 손을 톡톡 치며 괜찮으니 올라가 있으라고 눈치를 줬다. 도훈의 고개가 느릿하게 꺾여 서연에게 고정되었다. 표정을 보니 이 상황이 꽤나 마음에 안 드는 듯 보였다. 서연이 미라의 눈치를 살피며 얼른 가라고 찌릿 눈짓을 보냈다. 그런 서연을 잠시 응시하던 도훈이 작게 한숨을 쉬었다. 무릎을 펴고 소파에서 일어난 그가 그대로 자리를 피해주자 서연과 미라 두 사람만 커다란 거실에 덩그러니 남게 되었다. 도훈이 사라지자 이제 껏 느꼈던 긴장은 비교도 되지 않을 만큼 압박감이 느껴졌다.

"도훈이도 없으니까……."

서연이 주먹을 꼬옥 움켜쥐었다.

"우리 여자들끼리 쟤 뒷담화나 할까?"

서연은 머리를 한 대 맞은 듯한 기분이었다.

"아, 아닙니다."

당혹감을 숨기고 빠르게 수습하자 미라가 호호, 웃었다.

"아니긴, 엄마인 나도 하루에 수백 번 속 터지는데 서연이는 더하지. 매일 무슨 생각이 그렇게 많은지 멍, 하고 있다가 건들면 또 까칠하게 굴고. 대화는 1분 이상 지속이 안 돼, 비즈니스 관련된 일 아니면 먼저 얘기해주는 법은 절대 없지. 어휴, 궁금해서 물어봐도 대답도 안 하고. 방금도 대답 안 하고 죽어라 노려만 보는 거 봤니? 웬수지, 웬수야."

맺힌 게 많았는지 마를 새 없이 뒷담화를 늘어놓는 미라였다. 서연은 어떻게 반응해야 할지 몰라 밝은 미소로만 대답했다.

"이래서 아들보다는 딸이 진국이라니까. 딸 갖고 싶어서 갖은 고생 거쳐서 겨우겨우 느지막이 둘째 가졌더니 또 아들인 거야. 결국 아들만 둘이 됐지, 뭐."

"하하, 그래도 도빈 씨는 굉장히 유쾌하시고 친화력도 좋으셔서 따님보다 더 따님 같지 않으세요?"

"도빈이를 만났었구나?"

"네. 몇 번 뵀었어요. 도훈 씨하고는 완전히 반대로 활달한 타입이시더라구요."

"지금이야 그렇지 뭐, 그런데 몇 년 전만 해도 둘째도 참 조용했어. 얌전해서 공부도 잘하고 온순하고. 그런데 성인 되면서 이상하게 삐뚤어진 거야."

미라가 안타깝다는 듯 혀를 찼다. 얌전하면서 온순……? 늘 깨방정을 떠는 도빈이었기에 서연은 조용한 도빈이 상상되지 않았다.

"서연이 같은 딸 하나 있었으면 소원이 없겠는데."

다정한 웃음소리가 뒤를 이었다.

"귀엽고 예쁜 며느리 들어서 드디어 한풀이해보려나?"

"하하, 감사합니다, 어머님."

어느새 긴장이 풀린 서연이 예쁘게 웃으며 예를 표했다. 도훈까지 가라고 했기 때문에 돈 봉투나 물세례 같은 험악한 그림을 예상했으나 미라가 보인 것은 첫 만남 때와 같은 호의였다.

"서연이도 나를 엄마다 생각하고 편하게 해. 불편한 남자랑 사는 데 시어미라도 편해야지, 안 그래?"

"하하, 불편하긴요."

끊이질 않고 틈만 나면 아들을 디스하는 미라였지만 서연은 넘어가지 않았다. 한참 도훈 욕만 시원하게 늘어놓던 미라의 입이 조금 차분해졌다. 이내 잠깐의 공백을 둔 후 진지한 낯빛으로 입을 열었다.

"……부모님께서 SS어패럴 창업자시라고?"

놀란 서연의 눈이 커졌다.

"주책맞게 서연이가 어떤 사람인지, 궁금해서 알아보지 않고 있을 수가 있어야지……."

순화해서 돌려 말했지만 결국 뒷조사를 했다는 뜻이었다. 서연이 철렁 내려앉은 가슴을 가까스로 붙잡았다.

"오래전 부모님을 몇 번 뵌 기억이 있지. 품위 있고 고귀한 인품을 가진 분들이셨던 것 같아. 서연 씨가 아마 외동딸이었던 것 같은데, 굉장히 아끼고 사랑하셨던 거로 기억하고."

서연의 눈꺼풀이 흔들렸다. 그 틈새에 담긴 갈색 동공이 갈피를 잡지 못하고 헤매었다.

"물론…… 후에 좋지 않은 일도 있었지만. 불미스러운 소문도 많이 돌았고."

숨기고 싶은 기억을 강제로 끄집어내는 사람들이 왜 이렇게 많은 걸까. 본모습을 되찾은 이후로 도훈을 뺀 모든 사람이 그녀의 과거를 물고 늘어지는 느낌이었다.

"얼마나 힘들었어. 어린 아가씨가 혼자 감당하기에 너무 큰 고통인데. 그때 내가 서연 씨를 좀 알았다면 도움을 줬을 텐데 말이야."

"……감사합니다. 다만 오래전 일이고…… 이제는 괜찮습니다. 말씀만으로도 감사합니다."

사실 전혀 괜찮지 않았다. 옛날이야기를 꺼낸다는 것 자체가 서연에게는 너무도 어렵고 괴로운 일이었다. 남자로 변하는 몸, 자퇴, 집안 부도, 부모님의 별세, 떠올리는 것만으로도 서연은 눈앞이 캄캄해지는 기분이었다.

미라는 서연을 지그시 바라보았다. 소파에서 천천히 일어난 미라가 서연의 옆자리에 앉았다. 흠칫한 서연이 황급히 고개를 숙여 묵례했다. 미라가 서연의 등을 천천히 다독이듯 쓸었다.

"괜찮아. 말 안 해도 사정은 잘 알아. 얼마나 힘들었을지 상상하면 마음이 아파."

미라가 핸드백에서 검은색에 금빛 징식이 달린 화려한 명함 케이스를 꺼냈다. 빳빳한 명함 한 장을 건네받은 서연이 그것을 내려다보았다.

"연락해. 무슨 일이 생기거든 바로. 도와줄 일이 있거나, 털어놓고 싶은 얘기 있으면 또 연락하고."

"아…… 네, 알겠습니다. 어머님. 감사합니다."

미라는 잠시 힘든 표정으로 서연을 바라보다가 흐릿하게 웃었다. 서연의 어깨를 툭툭 두 번 치고서 자리에서 일어났다. 손목시계를 한 번 내려다본 미라가 고운 입술을 살짝 벌렸다.

"벌써 시간이 이렇게 됐네? 1시에 참석해야 할 모임이 있어서 슬슬 가봐야겠어. 서연이가 가서 도훈이 좀…… 어휴, 양반은 못 되네."

어떻게 알았는지 막 내려와서 뒤에 서 있는 도훈 때문에 서연의 눈이 휘둥그레졌다.

"주말이긴 하지만 둘이 때 놓치지 말고 식사하고."

"네."

"나오지 말고 있어. 밖에 차 대기하고 있으니까."

"아, 네. 알겠습니다."

서연이 정중하게 대답했다.

"그리고 이건 내가 서연이한테 주는 선물."

미라가 우아하게 웃으며 내내 들고 있던 쇼핑백을 서연에게 건넸다.

"본가에서 가지고 있는 것보다 너희가 가지고 있는 게 더 의미 있을 거같아서."

뭐길래……? 서연은 궁금했으나 일단 허리부터 굽혔다.

"감사히 받겠습니다, 어머님."

"그래, 다음에 또 보자."

웃으며 인사한 미라가 구두를 신고 현관문을 열었다. 반쯤 열다가 손을 멈춘 미라가 느린 속도로 고개를 돌려 도훈을 바라보았다.

"……."

두 사람은 잠시 동안 말없이 눈빛을 교환했다. 서연은 그 행동에서 두 모자 사이에 자신이 모르는 얘기가 오갔을 거라 짐작했다. 불안한 마음으로 도훈과 미라를 번갈아 응시했다. 일순 걱정되는 얼굴을 한 미라가 서연의 시선이 닿자 바로 표정을 지우고 빠르게 자리를 떴다.

　미라가 주고 간 쇼핑백을 열어본 서연의 얼굴에 빠르게 화색이 돌았다. 안에는 도훈의 어린 시절 앨범 한 권이 들어 있었다.

　"우와아. 어머님 센스 짱!"

　서연이 감탄하며 소파에 앉았다. 길게 늘어진 머리카락을 쓸어 귀에 꽂아 준 도훈은 서연의 옆에 나란히 앉았다.

　"아, 어떡해. 나 너무 설레. 막, 막, 타임머신 타러 가는 기분이야."

　어린 백도훈이라, 쉽게 상상이 가지 않아 서연은 두근두근한 마음으로 앨범을 펼쳤다.

　"봐서 뭐해."

　"왜에, 도훈 씨 어렸을 때를 볼 어마어마한 기회인데. 게다가 어머님이 직접 정독하라고 주신 선물이라고요."

　뒷장부터 펼친 서연은 가장 최근에 찍힌 고등학생 사진을 맞닥뜨렸다. 지금의 도훈과는 비교도 안될 만큼 앳된 얼굴의 도훈을 보자 서연이 꺅꺅거리며 몸부림쳤다.

　"으…… 뭔 놈의 민짜가 이렇게 섹시하냐. 으앙, 너무 멋있어!"

　소년 도훈의 모습에 흥분한 서연이 그의 팔뚝을 통통 쳤다. 고등학교 졸업사진으로 보였는데, 어찌나 키가 큰지 수많은 인파 사이에서 혼자만 머리 하나가 더 우뚝 솟아 있다.

　"도훈 씨, 이때 키 몇이었어요?"

　"182."

　"우와. 지금은 몇이에요? 이때랑 똑같이요?"

　"4센티 더 컸어."

　"진짜 크다. 윗동네 공기는 물이 어때요? 미세먼지가 좀 덜하나?"

　서연이 장난스럽게 콕콕 찌르며 묻자 도훈이 음흉하게 웃었다.

"올라와 볼래?"

질문이 아니었는지 도훈의 손이 슬금슬금 서연의 허리를 쓰다듬으며 침범해왔다. 도훈은 순식간에 서연을 번쩍 안아 제 무릎 위에 앉혔다. 깜짝 놀란 서연이 눈을 꼭 감았다가 떴다. 허벅지로 무언가가 스치는가 싶더니 이내 도훈의 길쭉한 손가락은 그녀의 오금을 끈적하게 문질렀다.

"으응, 간지러워, 간지러워……!"

서연이 움찔거리며 도리질 치자 도훈이 손을 뗐다.

"그래. 공기가 어때."

장난스레 속삭인 그가 서연의 허리를 꼭 끌어안았다. 난데없이 이상한 자세로 어정쩡하게 앉아버린 서연은 우왕좌왕하며 도훈의 허벅지를 툭툭 쳤다.

"공기는 모르겠구요오……. 너무 딱딱해서 어, 엉덩이 아파요."

엉덩이는 왜 항상 발음하기가 이렇게 부끄러운 걸까. 서연이 말을 더듬으며 털어놓자 도훈이 웃으며 다리를 벌렸다.

"으앗!"

엘리베이터라도 탄 듯 서연의 엉덩이가 그의 허벅지에서 그의 다리 사이 소파로 하강했다. 다시 푹신한 쿠션 위에 앉은 것은 좋았으나 문제는 또 엉덩이가 어딘가에 갇혔다는 점이었다. 바로 도훈의 다리 사이에. 미묘한 자세에 부끄러워진 서연이 몸을 일으키려 했으나 도훈은 양팔로 그녀를 꽉 안고 놔주질 않았다.

"이 자세로 같이 보자."

"왜 굳이 이 자세로 봐요?"

"공간 활용이 효율적이잖아."

원룸도 아니고, 이 넓은 집 두고 굳이 공간 활용을? 서연은 들고 있던 앨범을 어정쩡하게 펼치며 칭얼거렸다.

"나 더운데……."

맞닿은 피부에서부터 온몸으로 열이 퍼져 순식간에 후끈해졌다. 간질간질, 심장에 아지랑이가 피어오르는 기분이었다. 도훈은 서연을 놔주는 대신 에어컨 바람세기를 한 칸 높였다. 요사스러운 속셈이 훤히 들여다보였지만, 서연은 흔쾌히 넘어가 주기로 했다. 콩닥콩닥하는 심장을 느끼며 앨범을 조심스레 한 장 넘겼다.

"헉, 이분은 설마······."

졸업식이니 당연히 가족과 함께 사진을 찍었을 것으로 생각했으나, 미라와 도빈 외에는 떠올려보지 못했다. 도빈과 많이 닮은 중년의 남성이 등에 한가득 짐을 멘 채 등산복을 입고 미소 짓고 있었다.

"아버지예요?"

"응."

"되게 멋있으시다. 약간 이국적이신 게 할리우드 영화배우 느낌이랄까."

서연이 헤헤 웃으며 도훈의 가슴에 등을 폭 기댔다.

"동생은 아버님 많이 닮았나 봐요. 거의 복사 붙여넣기. 동생님 20년 후 미래를 스포당한 기분인데요?"

서연이 고개를 돌려 도훈의 이목구비를 뚫어져라 관찰했다.

"도훈 씨는 어머님 많이 닮았고, 그렇죠?"

도훈이 무심하게 고개를 끄덕였다. 서연은 잠시 뜸을 들이다가 조심스레 입술을 열었다.

"아버님은······ 어떤 분이셨어요?"

전부터 늘 궁금했으나 제대로 물어볼 기회가 없었다. 도훈이 말없이 서연을 바라보자 그녀는 살짝 긴장했다.

"······그냥."

"응."

"활동적인 분이었어. 자유분방하고."

"아, 동생하고 외모뿐만 아니라 성향도 비슷하셨나 봐요. 동생님도 되게 동적이잖아요."

"……"

도훈이 잠시 가만히 있다가 신중하게 입을 열었다.

"동생은 아버지 가시고 나서부터 지금처럼 바뀌었어. 그전에는 공부밖에 몰랐고."

서연은 의외라는 듯 눈을 크게 떴다. 그러고 보니 조금 전 미라도 원래 도빈이 얌전한 성격이었다고 말했었다.

"동생님, 성격이 그렇게 변한 거면 되게 충격이 컸나 봐요. 아버님은 어디…… 지병이 있으셨어요?"

"……해외로 갔다가, 희소병으로."

예상치 못한 대답에 놀란 서연의 시선이 방황했다. 이내 살짝 눈을 내리깔고 살며시 입술을 열었다.

"동생님 고3 때라고 했었죠? 한창 대입 때 그런 일을 겪었으니……. 아, 진짜 너무 힘들었을 거 같아. 충격 때문에 공부도 집중 못 했을 텐데. 그렇죠?"

서연은 도빈이 대학을 진학하지 못한 이유가 아버지의 별세와 관련이 있을 것으로 추측했다.

"……그놈 수능 만점 받았어."

"……네? 만점?"

경악한 서연이 입을 떡 벌렸다.

"걔는 몰랐어. 아버지 돌아가신 거. 마지막 유언이……."

"……"

"동생 대입 망치지 않게 당신의 가는 길, 숨겨달라는 거였어."

서연은 엄청난 것을 들어버린 기분이었다.

"그래서 동생이 나와 어머니를 극도로 싫어해."

"……아버님 유언이었으니까 어쩔 수 없었던 거잖아요."

"유언이었어도 아버지 마지막을 알 권리를 뺏은 거니까. 내가 잘못 생각한 거지. 걔 입장에서 생각을 못 해준 거야."

도훈이 무심하게 말을 하자 서연의 눈이 초롱초롱해졌다.

"……도훈 씨, 지금 나한테 들켰어요."

"뭘?"

"도훈 씨 동생님 많이 아껴요. 그렇죠?"

도훈이 고요히 미간을 구겼다.

"무슨 근거야?"

서연이 길쭉한 검지를 치켜들고 도훈의 입술을 꾹 눌렀다.

"쉿. 사랑하면 관심법에 통달해서 얼굴만 봐도 다 알아요."

손을 내린 서연이 다시 앨범을 헐겁게 받쳤다.

"으, 동생님은 바보야. 형이 이렇게 동생을 사랑하는데 그걸 몰라."

으휴, 으휴, 서연은 연신 이상한 추임새를 뱉었다. 픽 웃음이 터진 도훈이 앨범을 쥔 서연의 손에 제 손을 부드럽게 겹쳤다. 서연이 뭔가 싶어 뒤를 돌아보자 나른하게 웃는 도훈과 시선이 뜨겁게 맞물렸다.

"생각하는 것도 귀여워……."

눈을 똥그랗게 뜨고 끔뻑이는 서연이 사랑스러워 참을 수가 없었다. 도훈이 저도 모르게 입술을 내렸다. 이마에 부드럽게 입을 맞춘 채 그대로 흘러내려 서연의 오뚝한 코끝을 살짝 깨물었다.

"아야!"

깜짝 놀란 서연이 비명 아닌 비명을 내질렀다.

"씨이……. 백도훈 나빠."

서연이 툴툴대며 제 코를 쓱쓱 문질렀다.

"미워. 흥!"

입술을 샐쭉거리며 볼을 부풀리자 도훈은 심장이 두근거렸다.

"아, 진짜 미치겠다……."

귀엽다 못해 천사로 보일 지경이다. 낮게 들리던 고동 소리가 점점 비대해지더니 이내 가슴이 터질 것처럼 뛰기 시작했다. 피가 빠르게 돌며 급속도로 과다 흥분한 도훈은 조심스레 서연의 어깨를 잡고 그녀의 몸을 떼어냈다. 급하게 도로 제 옆에 앉히고 에어컨의 바람세기를 최대치로 높였다.

"뭐야? 왜 떨어져요?"

"……."

도훈은 대답 없이 등을 돌리고서 앉았다.

"……도훈 씨?"

"……잠시만, 건들지 말아봐."

"어, 그럼 더 건들고 싶어지는데."

서연이 꼼지락거리며 움직이더니 도훈의 등에 찰싹 코알라처럼 달라붙었다.

"으앗, 몸이 왜 이렇게 뜨거워요?"

도훈은 등 뒤에 달라붙는 말랑한 감각에 진정은커녕 더욱 불이 오르기 시작했다. 작은 몸에서 새어 나온 향기가 은은하게 퍼지자 취한 사람처럼 머리가 어지러웠다.

"어, 이상하네. 우리 오빠 왜 이렇게 당황하지……?"

뒤에서 포옹하듯이 달라붙은 서연이 도훈의 목덜미를 야릇하게 쓰다듬었다. 새하얗고 작은 손으로 도훈의 도드라진 쇄골을 쓸어내리다가 살짝 아래로 내려 단단한 가슴을 만지작거렸다.

"잠깐만……."

민감한 자극에 도훈의 목울대가 위아래로 꿀렁였다. 평정을 잃은 도훈이 서연의 손목을 살짝 잡았으나 그녀는 도발을 멈추지 않았다. 쪽, 도훈의 뺨으로 말캉한 입술이 꾹 짓눌렸다. 몰캉몰캉 사랑스러운 촉감을 가진 입술이 살짝 더 올라와 뜨거운 귓가에도 쪽 키스한다. 쪽, 쪽, 쪽, 서연이 뽀뽀해나 갈수록 도훈의 이성은 서서히 증발해가고 있었다.

"후우……."

서연이 도훈의 귓가에 야릇하게 바람을 불어넣었다. 흠칫한 도훈이 제 귀를 가리고 물러서자 서연이 깔깔 웃으며 떨어졌다.

"크하하, 백도훈이 맨날 이런 기분이었구나."

"……나를 갖고 놀아."

"응, 확실히 놀리는 재미가 있네요."

"……그런 요망한 짓은 어디서 배워서."

"어디서 배우긴요."

서연이 제 원피스 네크라인을 잡고 쭉 잡아당기며 뽀얀 가슴살을 살짝 노출했다. 하얀 어깨와 반질반질한 쇄골, 섹시하게 깊이 파인 계곡이 드러나자 도훈의 입술이 아, 하고 벌어졌다. 이어 서연이 입술을 쭉 내밀고 유혹하는 듯한 표정을 지으며 속삭였다.

"오빠한테 배웠지……."

그녀를 물끄러미 보던 도훈이 마른 침을 꿀꺽 삼켰다. 굳게 닫힌 입술을 힘겹게 열었다.

"우리 서연이가…… 대낮부터."

이미 흥분할 대로 흥분한 도훈이 서연이 벌려놓은 네크라인 사이로 손을 집어넣었다.

"침대에서 놀고 싶구나……."

그대로 옷 안에 숨겨진 부드러운 어깨를 살짝 움켜쥐었다. 미꾸라지처럼 빠져나온 서연이 새빨간 혓바닥을 낼름 내밀며 메롱 했다.

"아닌데. 앨범 볼 건데요. 이거 끝 장까지 하나하나 공들여서 오랜 시간 차근차근 느긋하게, 그래. 대략 월요일 아침 /시//시 쯤 낄네요.?"

도훈이 헛숨을 토해냈다.

"강서연 진짜…… 네가 제일 나빠."

아주 요물이다, 요물. 이러니 평생 잡혀 살 수밖에. 재미 들린 서연은 킥킥 웃으며 앨범 다음 장을 넘겼다.

"……아."

서연이 순간 멈칫했다. 즐겁다는 듯 웃고 있던 서연의 입가에서 웃음기가 빠르게 가셨다. 눈앞에는 교복을 입은 도훈을 가운데로 두고 진영과 유라가 각각 양옆을 지키며 서 있었다.

"어, 친구분이랑……."

13년 전, 풋풋한 외모의 유라는 도훈의 팔에 다정하게 팔짱을 낀 채 환하게 웃고 있었다.

"……팀장님……."

서연은 홀린 듯 손을 뻗어 도훈의 팔을 꼬옥 끌어안았다.

'어우, 예쁘긴 더어어렵게 예쁘네.'

그렇게 생각하며 도훈의 팔을 더욱 꽉 잡고 사진 속 유라를 적대적으로 노려보았다.

한편 유라는 그것과 같은 사진을 멍하니 바라보고 있었다. 벌써 13년 전이라니, 세월은 눈 깜짝할 새 흘렀는데 유라는 늘 과거에 살고 있는 기분이었다. 과거에 머무른 사람에게 발전이 없다는 것쯤 유라도 알고 있었지만, 앞으로 나아가는 것은 쉬운 일이 아니었다. 그 길고 긴 세월을 털어내고 돌아서는 것은 그녀에게 큰 용기가 필요한 일이었다.

"……."

도훈 오빠를 언제부터 좋아했더라, 기억조차 나지 않을 만큼 오래되었다. 아마도 중학교 때? 유달리 하얀 피부에 또래보다 월등히 큰 키에 시선이 갔었던 것 같다. 모든 남자가 앞다투어 손 한번 잡아보려 애쓰는 와중에도 눈길 한번 주지 않는 도훈에게 관심이 갔고, 유라는 진영과 같은 반이라는 명목하에 그를 매일 보러 갔었다.

그렇다. 늘 일방적인 시선이었다. 유라가 도훈을 바라볼 때면 도훈은 다른 곳을 바라보고 있었고, 시간이 지나 그의 시선이 한 여자에게로 꽂혀 움직이지 않게 된 것을 알자 유치하게도 심통을 부렸다. 유라가 천천히 고개를 돌려 자신이 약 8년 전에 그린 서연의 모습을 물끄러미 바라보았다.

"……뭘까."

일전부터 하루아침에 얼굴이 달라져서 온 서연에게 의구심을 품었고, 서연과 도훈 사이에 자신이 모르는 비밀이 있을 것이라 확신했다. 그리고 어제 화장실에서 목격한 서연의 모습으로 미루어보아, 그 비밀은 서연의 몸과 관련된 문제라고 결론을 내렸다.

"……병?"

어쩌면 물리적인 성별에 관한 문제일지도 몰랐다. 지금까지 자신이 알게 된 수많은 정보를 토대로 여러 가지 가설을 세웠다. 그러나 허무맹랑한 판타지나 공상과학을 떠올리기에 유라는 너무도 이성적인 사람이었다. 잠시 생각하기를 그만둔 유라가 서연의 그림 아래 적힌 날짜를 살짝 쓸어내렸다. 그림 옆에는 서연의 어머니이자, 유라의 은사님이신 김형원 교수님과 찍었던 대학 졸업 사진이 나란히 놓여 있다.

"……."

유라가 입술을 꼬옥 옹송그려 물었다. 어쩐지 눈물이 날 것 같아 눈을 꾹 감았다.

서연은 고등학교부터 중학교, 초등학교, 역순으로 앨범을 넘기며 도훈의 역사를 밟아갔다. 아마도 대여섯 살쯤 찍은 것으로 추정되는 연도까지 내려가자 서연의 심장은 더욱 쿵쿵 빠르게 박동했다. 이 다 큰 남자 백도훈에게도 이렇게 작고 어린 시절이 있었구나, 하고. 그의 과거를 사진으로나마 알 수 있다는 게 신기하기도 하고 행복하기도 했다.

"오, 이 어린 게 표정 시크한 거 봐. 어?"

서연이 빙긋이 웃으며 사진 속 쪼그만 남자애를 바라보았다.

"도훈 씨 보여요? 꼬맹이 주제에 막 차도남인 척하는 거?"

서연이 놀리듯이 눈웃음 지었다.

"키가 내 허리밖에 안 오겠어요. 이렇게 작았는데 어쩌다 이렇게 거구가 되어버렸지?"

"넌 더 작았을걸."

"아닌데? 원래 여자가 2차 성징 훨씬 빨리 오는 거 몰라요? 내가 도훈 씨보다 더 컸을걸?"

"우리 다섯 살 차이다."

"……아, 맞다. 쳇. 완전 까먹고 있었네. 이때 나 신생아였겠구나."

"안 태어났을지도 몰라."

"어우, 나이 많아서 좋겠수다. 아주우 배부르시겠어요."

서연이 투덜거리며 앨범을 한 장 더 넘겼다. 흠칫한 서연이 쥐고 있던 책장을 저도 모르게 툭 하고 놓아버렸다. 이어 책장의 내용물을 확인한 도훈 또한 멈칫 굳어버렸다.

"……."

커다란 적갈색 동공에 지진이 일어났다. 분위기가 묘하게 이상해지며 정적이 흐르기 시작했다. 사진 속 5살짜리 도훈은 조폭 두목 같은 포즈로 의자에 다리 쫙 벌리고 카메라 렌즈를 집어삼킬 듯이 노려보고 있었다. 팬티 한 장 없이 알몸으로 위풍당당하게.

서연이 완전한 나체인 5살 도훈의 사진을 보며 꿀꺽 침을 삼켰다. 하필이면 자세도 다리 쫙 벌리고 의자에 앉아 있는 모습이라니. 딱딱하게 굳어버린 두 사람 중 먼저 행동하기 시작한 쪽은 도훈이었다. 그가 덤덤하게 앨범을 덮으려고 하는 순간, 서연이 심각한 얼굴로 제지했다.

"잠깐만요."

도훈이 한쪽 눈썹을 들어 올렸다. 서연은 앨범을 양손으로 움켜쥐고 뚫어져라 사진을 노려보았다.

"……뭘 그렇게 봐."

아무리 부끄러움을 모르는 도훈이라지만, 서연이 아예 앨범에 코를 박고 샅샅이 살펴보니 묘한 기분이 되었다. 서연은 한참 사진을 바라보다가 흘끔 고개를 돌려 실물을 바라보았다. 도훈은 그녀의 시선이 은근히 아래로 슬금 슬금 내려오는 걸 느꼈다.

"……어디 봐?"

조금 당황한 그가 한 손으로 서연의 턱을 붙잡아 음흉한 시선을 제지했다.

"이 깜찍한 아가씨 못쓰겠네."

"……아무것도 안 봤다, 뭐."

서연이 생글생글 웃으며 고개를 뒤로 쭈욱 뺐다. 그리고 자연스럽게 팔을 움직여 앨범 커버를 열고 문제의 사진을 살살 떼어냈다.

"왜 떼……?"

"이거 나 가지고 다녀야지."

서연은 마음에 들었다는 듯 제 가슴에 꼬옥 사진을 품으며 두 눈을 빛냈다.

"내 방 화장대에 걸어놓을 거예요. 5살 백도훈. 진짜 귀여워."

서연은 생각만 해도 떨리는 기분에 한 손으로 제 뺨을 감쌌다.

"다른 사진도 있는데 왜 그걸 해. 다른 거 해."

"싫어. 나 이게 제일 맘에 들었어. 내 거야."

도훈이 뺏으려는 듯 손을 뻗자 서연이 획 등을 돌렸다. 도훈의 입술이 어이없다는 듯 살짝 벌어졌다. 그러거나 말거나 서연은 제 가슴에서 사진을 떼어내더니 환하게 웃으며 또다시 상상하기 시작했다.

"아, 부끄러워. 역시 백도훈. 어렸을 때부터 남달랐네. 응? 헤헤."

서연이 혼잣말하며 성인 도훈을 흘끔흘끔 바라보았다.

"요 쪼끄만 게 아주 거기는 장군감이야, 장군감. 아, 맞다! 도훈 씨 전생에 장군이랬지, 참?"

"……계속 놀려."

"우리 도훈 장군님 배고프니? 누나가 맘마 줄까?"

"오늘 많이도 까불지."

"어우! 우리 도훈이 누나한테 까불면, 어? 누나가 확 뽀뽀해준다?"

서연이 장난스레 속삭이며 도훈의 사진을 들고 또 입술을 쭉 내밀었다. 난데없이 거기에 키스 당하게 생긴 도훈이 한 손으로 머리를 짚었다. 도훈을 바라보며 쫑긋거리던 입술이 문제의 사진에 닿기 약 1센티 전.

"우…… 엄마야!"

자리에서 벌떡 일어난 도훈이 서연의 얇은 허리를 단번에 그러쥐고 번쩍 안아 올렸다. 순식간에 공중에 뜬 서연이 비명을 지르며 그의 허리에 제 다리를 찰싹 감았다.

"꺄악!"

도훈이 서연의 엉덩이를 팔로 지탱해 안고서 엄청난 속도로 거실을 가로질러 갔다. 놀란 서연이 비명을 지르며 그의 널찍한 어깨를 꾹 붙잡고 달라붙었다.

"으악! 어지러워, 살려줘!"

마하의 속도로 계단을 오르다가 멈칫한 도훈이 참을 수 없다는 듯 여린 육체를 그대로 난간 위에 비스듬히 앉혔다. 쪽, 쪽, 쪽, 보드라운 서연의 뺨에 키스를 퍼부었다. 반달처럼 휘어진 아름다운 눈, 경이로운 곡선을 이루고 있는 오똑한 코, 그리고 웃느라 늘어진 새빨간 입술에 차례로 입술을 부딪쳤다. 정신없이 키스해대는 도훈 때문에 두 살결이 마찰하는 부끄러운 소리는 끊길 기미가 없이 터져 흘렀다. 어지간하면 소리 내서 웃지 않는 도훈이 소리 내어 웃자, 서연은 감당하기 어려울 만큼 행복을 느꼈다. 서연은 그대로 도훈의 뒷머리를 헤집어 움켜쥐고 적극적으로 그에게 퍼즐처럼 맞물렸다. 열에 들뜬 입술을 벌리고 서로를 격렬하게 탐닉했다.

그 사이로 수도 없이 뜨겁게 엉키던 입술들이 이내 잠깐 떨어졌다. 두 사람은 이마를 맞대고 입술을 벌린 채 서로의 얼굴에 뜨거운 숨결을 내뱉었다.

"하아, 하……."

동시에 웃음을 터뜨렸다. 깊어지는 감정과 함께, 행복한 주말은 서서히 지나가고 있었다.

벌써 오후 3시였으나 여진은 여전히 침대에 붙박이장처럼 꽉 박혀 있었다. 평소에 쌓여 있던 피로와 직무 스트레스로 인해 발가락 하나도 움직이고 싶지 않았다. 정말 아무것도 하기 싫은 기분이 이런 거구나 싶을 정도로.

"……배고파."

온종일 침대와 물아일체를 꿈꾸던 여진이 몽롱하게 뇌까렸다. 뱃가죽이 먹이를 달라며 울부짖고 있었다. 그러고 보니 전날 진영과 식사한 이후로 한 끼도 먹지 않았다는 것을 눈치챘다. 생존은 해야 하니 하는 수 없이 듬직한 침대의 품을 겨우 떠나 설렁설렁 부엌으로 향했다. 달칵, 밥솥을 열어 조금 남은 쌀밥을 싹싹 긁어 커다란 스테인리스 그릇에 투척했다. 뒤이어 냉장고를 여니 시골에 사는 여진의 엄마가 싸다 준 몇 종류의 반찬들이 바닥을 보였다.

"뭐야, 반찬 왜 이렇게 다 조금씩 남았어?"

그녀가 잠깐 짜증 내며 반찬 통을 뒤적이다가, 전부 꺼내 그릇에 투하시켰다. 그러고선 즉시 수저로 마구 비벼 먹었다. 오물오물 씹으며 휴대전화를 확인하니, 진영에게 문자가 와 있다.

[여진 씨! 여진 씨! 큰일 났어요!]

뭐지? 밥알을 짓이기던 턱이 고장 난 듯 멈추었다.

[지금 최여진 미치게 보고 싶은데, 어떡하죠.]

"어우, 진짜 못살아……!"

여진이 투덜거리며 딱딱한 쇠 수저를 그대로 그릇에 박았다. 이어 휴대전화를 덮고 테이블 구석으로 죽 밀어버린 다음, 그대로 수저를 들어 미친 듯이 밥을 와구와구 퍼먹기 시작했다.

난 안 설레었다, 하나도 안 설레었다……! 수백 번도 더 되뇌며 정신없이 퍼먹었다. 결국 쓱쓱 바닥까지 긁어 한 그릇을 뚝딱 비웠다.

"아……."

여진이 멍하게 고개를 죽 꺾어 천장을 보다가 다시 빈 그릇을 내려다봤다. 풋내 나던 20살, 대학 때문에 서울에 올라올 때 엄마가 쓸모 있을 것이라며 챙겨준 그릇이었다. 떨어뜨려도 깨지지 않고, 수저로 벅벅 긁어도 탈이 나지 않아 벌써 7년 동안 유용하게 써온 그릇이었다. 스테인리스 그릇은 확실히 어제 크리스털 그릇에 비하면 못난 외양을 가지고 있다.

"……."

'단지 예쁘기만 한 건, 그것 그대로의 가치가 있을지는 모르겠지만요.'

여진은 어제 진영이 했던 말이 문득 떠올랐다.

'편의를 갖춘 쪽은 그보다 더 가치 있는 것이라고 생각해요.'

그녀가 여전히 욱신거리는 오른쪽 발목을 내려다보았다. 발 사이즈에 비해 발볼이 큰 여진은 구두를 신으면 항상 새빨갛게 부어올랐다. 쇠약한 노인의 그것처럼 시큰거리는 발목을 외면하고 예쁨에 집착하며 하이힐만을 고집해왔었다. 대체 무엇을 위해?

"……음."

뭘 위해 스스로 혹사하며 허리띠를 졸라맨 걸까.

잠깐 머뭇머뭇하다가 긴 숨을 토해냈다. 여진이 자리에서 일어나 홀린 듯이 신발장으로 걸어갔다. 아니나 다를까 전부 불편한 하이힐뿐이었다.

'더 자신을 소중하게 대해준다는 느낌이잖아요.'

……그래. 맞는 말이긴 하다.

여진이 한번 코웃음 치더니 신발장 한구석, 사 놓고 한 번도 신지 않았던

플랫슈즈를 찾아 꺼내 들었다. 잠깐 물끄러미 바라만 보다가, 현관에 가지
런히 놓았다.

월요일 아침부터 서연은 바짝 긴장할 수밖에 없었다. 유라가 잠시 용건이
있으니 비상계단에서 보자고 말했기 때문이었다. 왜 굳이 따로 불러낼까?
저번 주 회식 자리에서 무언가 이상한 점을 눈치챈 걸까? 잔뜩 날을 세우고
경계 모드를 발동한 후 천천히 발걸음을 옮겼다.

"아, 왔어요?"

"네, 팀장님."

유라가 설핏 웃으며 들고 있던 커피 한 잔을 넘겼다. 커피를 받아 든 서연
이 고개를 까딱 숙였다.

"왜 부르셨어요?"

"대단한 건 아니고, 줄 게 있어서요."

유라가 들고 있던 길쭉한 쇼핑백을 서연에게 넘겼다.

"이게 뭐예요?"

"제가 예전에 그린 서연 씨 초상화예요."

"⋯⋯네?"

⋯⋯날 그렸다고? 무슨 해괴한 소리인가 싶어 유라를 의심스럽게 바라봤
다가 다시 쇼핑백을 열었다. 그 안에는 두루마리 형태로 말려 있는 4절지
도화지가 들어 있었다. 고무줄을 제거하고 말린 종이를 일자로 펼쳤다.

"⋯⋯."

서연이 빠르게 동요했다. 믿을 수 없다는 듯 눈을 껌뻑이며 그림과 유라를
번갈아 보았다. 사진 속 그림에는 지금의 서연이 아닌, 고등학생 시절 시연이
그려져 있었다. 당혹스러움과 혼란이 서연의 머릿속을 쿵쿵 내려치며 정신없
이 밀려 들어왔다. 서연이 멍하니 유라를 바라보자 그녀가 흐릿하게 웃었다.

"우리 8년 전에 만난 적 있는 거 알아요?"

"8년 전이요?"

"저 대학생이고 서연 씨 고등학생일 때, 인체 수업 특별 모델로 왔었던 거 기억해요?"

특별 모델? 서연이 곰곰이 예전 일을 되짚었다.

"아……. 그랬던 것 같아요."

일류 대학의 패션디자인학과에 진학하고 싶었던 서연은 언제였던가, 엄마를 졸라서 그녀가 교수로 재직 중인 한일대에 놀러 갔던 적이 있다. 그러던 중 여자 모델이 갑작스러운 사정으로 일정을 캔슬했었고, 서연이 얼떨결에 그 자리를 메꿔줬던 기억이 있다.

"제가 그 수업 수강생이었어요."

엄청난 우연에 놀라지 않을 수 없었다.

"사실 전 기억은 전혀 안 나지만요. 처음 이 그림 발견하고도 기억이 안 나서 동문들한테 수소문했거든요. 그랬더니 김형원 교수님 따님이시라고."

"……아."

서연은 자연스레 그녀의 입에서 흘러나오는 엄마의 이름을 듣고 심란해졌다.

"혹시 팀장님께서 저희 어머니께……."

"네. 김형원 교수님이 제 은사님이세요. 많이 존경하고 따랐어요. 서연 씨가 가장 잘 알겠지만 정말 인자하시고 좋은 분이었잖아요."

유라가 매끄럽게 입술을 늘렸다.

"김형원 교수님 덕분에 제가 패션을 꿈꿨고 이만큼 달려왔어요. 이렇게 우연히 따님하고 같이 일하게 된 것도 참 인연이다, 싶어요. 물론…… 우리 사이에 복잡한 일들이 많이 얽혔지만요."

"그런데…… 그걸 왜 이제야 말씀하세요?"

"처음에는 서연 씨와 이 그림 속 인물이 다른 사람인 줄로 알았어요. 그 후에 같은 사람이라는 걸 알고 나서 생각이 더 복잡해졌죠."

유라는 하얀 종이컵을 들어 붉은 입가에 가져다 댔다.

"좋겠어요, 서연 씨는."

유라가 조소했다.

"다 가져서."

상당히 무례한 발언이었다. 서연이 미간을 찌푸렸다.

"질투 나요."

"저기요, 팀장님……."

"근데 존중도 해요."

유라가 커피를 마시며 느긋하게 웃었다.

"특히 요즘 들어 같이 일하면서 매번 느끼고 있어요. 역시 피는 못 속이는구나, 하고. 서연 씨 볼 때마다 김형원 교수님이 겹쳐 보여요. 얼굴도 참 많이 닮았지만, 그보다는……."

"……."

"서연 씨 디자인에서 느껴져요."

"……디자인이요?"

서연이 의문스럽게 물었다. 트렌드가 시시각각 빠르게 변하는 패션업계에서, 어머니와 디자인이 비슷하게 느껴진다는 것은 어불성설이었다.

"김형원 교수님은 늘 소비자를 생각하는, 소비자가 중심이 되는 디자인을 추구하셨어요. 이번에 서연 씨가 기안한 와이시 콜라보 기획도 그래요."

"제 기획이요?"

"네. 구두로 혹사당하는 오피스 여성들을 위한 포멀한 디자인의 구두인 척하는 운동화."

유라가 눈을 가늘게 떴다.

"서연 씨는 디자이너로서 좋은 사람이에요. 실력도 있고, 재능도 있고, 열정도 있죠. 그래서 여러모로 부럽고, 질투 나고……."

서연은 유라가 말하고 싶어 하는 바를 알 수가 없어 혼란스러웠다.

"게다가 그림의 떡인 줄 알았던 도훈 오빠도 단숨에 낚아채 갔죠."

유라가 씁쓸하게 웃었다.

"이뿐이 아니에요."

"……."

"사실 우리 집은 콩가루 집안이에요. 진영 오빠 본 적 있죠?"

"네……."

"진영 오빠와 나는 아버지가 달라요. 피가 반만 섞였어요."

서연이 숨을 꼭 멈췄다. 갑자기 털어놓는 속사정에 서연은 반응하는 법을 잊고 가만히 굳어버렸다.

"저는 늘 애정이 필요했어요. 그래서 김형원 교수님의 딸이 되고 싶었어요. 다정하고, 유능하고, 자애로우셨죠."

제 어머니에 대한 평가를 단 세 마디의 단어로 누구보다도 정직하고 올곧게 내리는 유라였다. 서연은 일전에 1팀 직원들이 제 부모님에 관해 한 뒷담화에 유라가 정색했던 이유를 드디어 명확히 알게 되었다.

"……왜 저한테 이런 말씀을 하시는 건가요?"

유라가 종이컵을 와작 구기며 웃었다.

"제가 서연 씨 비밀 알아버렸거든요."

서연의 심장이 쿵 내려앉았다. 여린 동공이 혼돈으로 파도쳤다.

"공평하게 제 비밀 흘려주는 거예요."

유라는 자신의 약점을 드러내 페어플레이를 하자고 말하고 있었다.

"제가 가지지 못한 것들을 서연 씨는 다 가지고 있어요."

"……팀장님."

"하하, 더 솔직히 말해볼까요?"

"……."

"처음 봤을 때는 서연 씨가 전혀 부럽지 않았어요. 뭐랄까, 남자 같았거든요. 게다가 늘 수척해서 많이 힘들고 아파 보였어요."

유라는 진솔하게 서연의 첫인상을 털어놓았다.

"당시 모습은 진짜 강서연 씨가 아니었던 거죠?"

서연은 저도 모르는 사이에 유라가 이미 많은 것을 알아버렸음을 깨달았다.

"당장 뭘 어쩌겠다는 건 아니에요."

안심하라는 듯 말했으나 그 자체가 서연에게는 위기로 다가왔다.

"앞으로도 같이 잘해봐요."

정확히 어디서부터 어디까지 아는 건지. 뭘 어쩌겠다는 건지, 무슨 속셈인지, 그 꿍꿍이를 전혀 알 수가 없으니 더없이 찜찜한 기분에 사로잡혔다.

"아직도?"

"좀만 기다려요. 거의 다 됐어!"

서연은 오래간만에 도훈에게 직접 저녁을 준비해주겠다며 앞치마를 둘러맸다. 빨빨거리며 부엌을 오래도록 벗어나지 못하는 그녀를 한참 동안 감상하던 도훈이 픽 웃음을 흘렸다.

"오늘 안에 먹어?"

"아우, 저 아저씨 아까부터 말 무지 많네! 좀만 기다려요!"

의자에 앉아서 책을 보던 도훈이 그녀를 돕기 위해 몸을 일으켰다.

"어어? 다시 말하지만 거기서 한 발자국도 움직이지 말아요. 오늘은 내가 요리해주기로 정했으니까."

"그래, 알았어."

도로 의자에 앉은 도훈이 길쭉한 다리를 느슨하게 꼬았다. 손은 책을 들고 있었으나 두 눈은 서연의 뒷모습을 끈적하게 쓸어내리고 있었다. 열심히 다람쥐처럼 움직이는 모습이 온종일 보고 있어도 질리지 않을 만큼 어여뻤다.

"앞치마 귀엽다. 언제 샀어."

"얼마 전에 동대문 갔다가 샀어요."

도훈은 얼핏 늘씬한 서연의 몸에 찰싹 감겨 있는 앞치마를 풀어보고 싶은 충동을 느꼈다. 등에 묶인 리본이 마치 사랑스러운 과육을 숨기고 있는 선물 포장 같았다. 토끼 그림이 크게 그려진 분홍색 앞치마 아래로 길게 뻗어진 매끈한 다리는 가만히 있지 못하고 바쁘게 교차한다.

"당근 먹여주고 싶네."

"설탕 한 스푼 반…… 응? 뭐라고요?"

서연이 고개를 들며 반문했다. 한참 바라보던 도훈이 유려하게 눈웃음 지었다.

"예뻐."

나직한 음성으로 속삭였다. 찌개의 맛을 보던 서연이 움찔했다.

"으…… 저 선수."

부끄러운 듯 수줍게 웃으며 도훈을 곱게 흘기는 눈동자가 보석처럼 빛이 났다. 서연이 고개를 절레절레 내저으며 다시 휴대전화를 골똘히 바라보았다. 인터넷에서 찾은 레시피를 살펴보던 서연이 생각보다 더 시간이 걸릴 것을 직감하고 다시 도훈의 눈치를 흘끔 보았다. 그는 나른하게 등받이에 몸을 기대고 웃었다.

"천천히 해, 기다릴 테니까."

장난기 어린 목소리였다. 말은 그렇게 해놓고 그새를 못 참고 서서히 그가 접근하기 시작했다. 오지 말라니까, 서연이 입술을 비죽이며 미리 식혀둔 소스를 새끼손가락으로 찍어서 맛보았다.

"맛있어?"

"오. 되게 맛있어. 이거 이거, 강서연 인생 최고 역작 될 거 같은데!"

서연이 티스푼을 들어 소스를 끝에 살짝 묻힌 후 도훈의 입술에 가져다 댔다.

"도훈 씨도 먹어봐요!"

도훈이 섹시하게 미소 지었다. 작은 크기로 벌어진 그의 입술은 티스푼을 지나 서연의 새끼손가락으로 향했다. 아까 서연이 맛을 보았던 그 촉촉한 손가락을 그대로 한입에 넣었다. 쪼옥, 도훈이 허리를 숙여 서연의 새끼손 가락을 짧게 빨아 당겼다. 이미 사라지고 없는 소스를 시식한다는 명목 아 래 자그마한 손가락을 짓궂게 혀로 농락하고 나서야 축축해진 손가락을 놓 아주었다.

"진짜. 예술인데……."

끈적한 목소리로 애무하듯이 중얼거린다. 그 일련의 행위는 그녀의 손가 락을 타고 찌릿찌릿한 전기를 보내 턱 숨을 틀어막더니 곧 정신까지 교란했 다.

"도통 무슨 생각을 하고 사는지 알 수가 없단 말이야……."

서연은 새빨갛게 달아오른 얼굴로 야릇하게 입맛을 다시는 도훈을 슬쩍 밀쳤다.

"이, 이제 볶기만 하면 돼요. 찌개는 다 돼서 먹기 전에 끓이기만 하면 되 고요."

"알겠어."

도훈이 은근슬쩍 서연의 등 뒤로 가더니 서연의 잘록한 허리에 슬금슬금 커다란 손을 올렸다. 본능적으로 꿈지럭거리는 허리 위로 도훈의 팔 근육이 팽팽하게 자리를 잡았다.

"어허, 방해하지 마요."

"너무 짜다."

도훈이 서연의 보들보들한 목덜미에 입술을 묻고서 중얼거렸다. 그가 입 술을 벌릴 때마다 뱉어지는 뜨거운 숨결에 보송보송한 잔머리가 연약하게 나부꼈다.

"으…… 악! 목에서 입 좀 떼요! 이거, 뜨거운 거, 어? 국자 떨어뜨리면!"

서연이 횡설수설하자 도훈이 고개를 들어 서연의 정수리에 턱 끝을 톡 올려놓았다. 눈을 감고 턱으로 서연의 정수리를 콕콕 찍었다. 그의 품에 간힌 채 어정쩡하게 서 있던 서연이 팬의 불을 살짝 줄이며 툴툴댔다.

"그랬다가 탈모 생기면 백도훈이 책임지나?"

"이미 책임지고 있잖아."

단단한 팔은 허리를 더욱 꽉 조여온다. 바싹 밀착된 몸에서 쿵, 쿵, 터질 것 같은 고동이 전해져 왔다. 그의 것인지, 자신의 것인지 알 수가 없을 만큼 거세게. 이대로라면 요리고 뭐고 밥도 못 먹을 게 뻔했기에 서연은 정신력으로 도훈을 떨쳐냈다.

"얌전히 가서 책 읽고 있어요. 얌전히! 아니면 오늘 확 따로 자버릴 거야."

서연의 협박 아닌 협박에 도훈이 움찔했다. 따로 자겠다니, 그 무엇보다도 충격적인 경고에 순순히 물러나기로 했다. 그가 다시 자리로 가서 읽던 책을 주워드는 것을 확인한 서연이 귀엽다는 듯이 쿡쿡 웃었다.

"아, 참. 파프리카 미리 썰었어야 했는데!"

뒤늦게 파프리카의 부재를 눈치챈 서연이 얼른 도마를 펼쳐놓고 냉장고를 열었다. 알록달록한 빛깔의 파프리카 두 개를 꺼내 올려놓고 식칼을 손에 쥐었다. 그 순간 파프리카의 미끌미끌한 표면에 칼날이 미끄러졌다.

"아!"

아슬아슬하게 서연의 손가락을 비켜나간 칼날은 파프리카 위로 가차 없이 콱 박혔다. 제 손가락의 안위를 확인한 서연이 가슴을 쓸어내렸다. 하마터면 손가락이 칼에 베일 뻔했다. 여전히 벌렁거리는 가슴을 수습하며 도훈을 향해 뒤를 돌았다.

"도훈 씨, 나 방금 칼에 손 베일 뻔했……."

서연이 말끝을 흐렸다.

"……."

도훈의 검지에서 붉은 선혈 한 줄기가 흘러내리고 있었기 때문이다. 예리한 종잇장에 베어 벌어진 살점 사이로 핏방울은 계속해서 고이고 있었다.

21. 그림자

덜컥, 서연의 숨이 멈추었다. 멍하니 도훈의 다친 손가락을 바라보는 서연의 동공이 너울대며 흔들렸다.

"아……."

순간 소름이 확 끼쳤다. 절로 어깨마저 흠칫 떨렸으나 그보다 다친 도훈의 손가락이 먼저였다. 도훈에게 다가선 서연이 그의 손을 조심히 잡고 살펴보았다.

"아프겠다. 원래 종이에 베인 게 제일 아린데……."

"……."

"잠깐만요. 내가 연고 발라줄게요."

구급상자에서 연고를 가져온 서연이 도훈의 상처 위에 조심스레 펴 발랐다. 반창고까지 깔끔하게 둘러준 뒤 살짝 숙였던 허리를 일으켰다. 도훈은 돌연 서연의 손을 잡고 제 쪽으로 잡아당겼다. 삭고 아안 손을 꼼꼼히 뜯어본 도훈은 서연에게 상처가 없음을 확인했다.

"나는 베일 뻔한 거지, 베인 건 아니에요."

서연이 어색하게 손을 빼며 희미한 목소리로 중얼거렸다.

"어……. 타이밍 되게 절묘하다. 나 베일 뻔했을 때 갑자기 도훈 씨가 다치고."

우연치고는 이상할 정도로 동시에 일어났다.

"누가 보면 나 다칠 거를 도훈 씨가 가져간 줄 알겠어요."

깊숙이 파고드는 서늘함에 서연이 제 팔뚝을 꽈악 움켜쥐었다.

"……실없는 소리."

도훈이 등받이에 등을 기대며 대꾸했다. 서연은 여전히 찝찝하고 뒤숭숭한 기분이었으나 그는 자신과 불안을 논할 생각이 없어 보였다. 그의 의사에 따르기로 한 그녀는 다시 주방으로 느릿느릿하게 들어갔다. 불안한 마음을 한편에 품은 채로…….

주방에서 야단법석을 떨었던 것과 상반되게 상차림은 상당히 단순했다. 서연이 살짝 긴장한 얼굴로 그의 입 속으로 들어가는 수저를 뚫어져라 응시했다. 금방이라도 악평을 퍼부을 듯한 깐깐한 미식가 같은 표정으로 수저를 입에서 빼낸 도훈이 옅게 인상을 찌푸린다.

"이건……."

그의 심각한 미간 주름에 서연이 절망했다.

"맛있네."

도훈이 씩 미소 지으며 소곤거렸다. 곧 서연의 얼굴이 화사하게 펴지더니 빙그레 웃는다. 솔직한 반응이 귀여웠는지 도훈이 손을 뻗어 서연의 턱 아래를 살살 간지럽혔다.

"으음, 기분 좋다. 도훈 씨 많이 먹어요."

예쁜 눈꼬리가 배시시 말려 올라갔다. 이내 활기차게 수저를 든 서연이 본격적으로 식사하기 시작했다. 양 볼에 가득 넣고 오물오물거리던 서연이 음식물을 꿀꺽 삼키고서 입술을 열었다.

"나 전부터 궁금했는데, 10년간 꿈에 내가 나왔었다고 했잖아요. 어떤 모습이었어요?"

서연이 물잔을 입가에 가져다 대며 물었다.

"나랑 똑같이 생겼어요? 아니면 조금 다른가?"

"똑같이."

"오, 궁금하다, 나도 보고 싶다."

"거울 봐."

도훈의 단호한 대답에 서연이 입술을 삐죽거리다가 다시 열심히 퍼먹었다.

"나중에 그려줄까."

"응?"

"실물 보고 그리면 그림 완성할 수 있을 거 같은데."

"우와, 나 제대로 그려주는 거예요?"

서연이 꺅꺅거리며 몸을 배배 꼬았다.

"너무 좋아. 완전 좋아. 언제? 언제 그려줄 건데?"

"주말에?"

"꺄…… 벌써부터 설렌다. 얼른 주말 됐으면 좋겠다."

최근 들어 서연은 주말만 기다리며 평일을 힘겹게 버티고 있었다. 무당이 관계를 가지면 사흘에서 나흘은 모습을 유지할 수 있을 거라 말했지만, 그래도 도훈과 떨어져 있는 내내 마음 한구석에 잔존하는 불안감은 지울 수가 없었기 때문이었다. 게다가 유라같이 저를 의심의 눈초리로 바라보는 사람들 때문에 숨통이 더욱더 틀어 막히는 기분이었다.

'……으'

유라 생각을 하니, 월요일에 그녀와 회사에서 나눈 짧은 대회가 떠올랐다. 초면이라 생각했던 유라가 사실 오래전부터 서연과 관계되어 있다는 것을 알게 되었던 그때. 겉으로 보기에 모자랄 것 하나 없이 완벽한 유라는 사실 서연이 가진 모든 것들을 질투하고 부러워하고 있다고 말했다. 서연이 도훈의 존재도, 유라의 존재도 몰랐을 때부터 유라는 김형원의 딸이 되고 싶어 했고, 도훈의 여자가 되고 싶어 했다. 최근 서연이 점점 제자리를 찾으며 도훈을 차지하니 그녀는 오랜 사랑을 뺏긴 기분이었을 것이다. 솔직히 그녀의 마음이 이해되지 않는 것은 아니다. 10년 넘게 짝사랑해왔다고 하니, 도훈을 사랑하기는 정말 많이 사랑했었을 테니까……

"도훈 씨."

서연의 부름에 도훈이 고개를 들었다.

"나한테 저주 건 그 무녀 말이야. 날 남자로 만들어서라도 우리 사이를 갈라놓으려고 한 거 보면……"

서연이 잠깐 뜸을 들였다가 뒷말을 이었다.

"도훈 씨를 너무너무 많이 좋아해서 그런 짓까지 했겠죠?"

쥐가 고양이 걱정해주는 수준이었으나, 질투심으로 그렇게 악랄한 지점까지 추락한 무녀가 조금은 안쓰럽기도 했다. 결국, 이번 생에도 그녀는 도훈을 차지하지 못했으니까.

"하긴, 백도훈 정도 매력이면 미친 짓 할 만도 하다. 옴므파탈이 따로 없네."

도훈이 픽 헛웃음 쳤다.

"아, 이번 생에 내가 여자로 태어나서 진짜 다행이야. 아니었으면 팀장님하고 잘됐을지도 몰라."

"또 말도 안 되는 소리."

"아니, 뭐……. 내가 틀린 말 했나?"

도훈은 대답 없이 묵묵히 먹기만 했다. 서연이 곁눈질로 건너편에 앉은 남자에게 은근한 시선을 보냈다.

"있잖아요. 그럼 만약에 내가 이번 생에 진짜 남자로 태어났으면 어떻게 했을 거예요?"

서연이 입술에 침을 바르며 대답을 기다렸다. 여유롭게 젓가락을 내려놓는 그의 동작 하나하나에 이상하게 목이 바싹바싹 탔다.

"그럼 난······."

도훈이 목을 쭉 뒤로 젖히며 서연을 깊고 새까만 눈으로 담아냈다.

"게이가 됐겠지."

조금의 망설임도 없는 단호한 어조였다. 놀란 서연이 멍하니 눈을 깜빡였다.

"······픞."

설핏 웃음이 터져 나왔다. 저 대답은 묘한 괴리를 만들어냈다. 차가운 인상을 도드라지게 하는 눈썹 아래 자리한 날카로운 눈매와 같은 거친 것들과 너무도 상반돼서.

"회사 사람들은 아나? 백싸가지 백 이사가 이렇게 로맨티시스트인 거?"

"알아야 하나."

"아니! 절대 안 되지. 강서연 맞춤형 남잔데."

서연이 아양을 떨며 실없이 웃음을 흘렸다.

"내 남자."

애교 가득한 속삭임에 도훈이 낮은 웃음으로 답했다. 그녀의 작고 예쁜 입술에 담긴 '내 남자'라는 단어에 그의 가슴이 불끈 설레기 시작했다.

"자, 우리 오빠. 아."

야심 차게 움직인 서연의 젓가락은 도훈의 입술 앞에서 멈췄다. 요망스러운 눈웃음은 꿀을 바른 듯 달콤하다. 도훈이 거기에 홀린 듯이 멍하게 입술을 벌렸다.

"꼭꼭 씹어서 먹어요."

서연이 또따라도 되는 양 살랑살랑 꼬리를 흔들며 속삭이는 바람에 넣기도 전에 입 안에 침이 고였다. 도훈이 턱을 느릿하게 다물고 고깃덩이를 씹었다. 서연을 뚫어져라 응시하며 딱딱 음식물을 분쇄해 삼킨다.

"서연아."

도훈의 낮은 음성이 긁히듯이 튀어나왔다.

"먹고⋯⋯."

굶주린 짐승처럼 쏟아지는 눈빛.

"하자."

흠칫한 서연이 뒤로 성큼 물러났다.

"⋯⋯오늘까지 하면 우리 6일 연속인 거 알아요?"

도훈의 부상 때문에 일주일 넘게 손만 잡고 자다가, 서연이 다시 밤을 허용해주니 끝도 없이 달려드는 불도저 같은 남자였다.

"그래. 6일 중 최고로 즐겁게 해줄게."

"⋯⋯."

작은 손으로 꼬옥 쥔 수저가 가늘게 떨렸다.

"싫어?"

"누가 싫대요?"

눈을 빛낸 서연이 열의를 불태웠다.

"완전 빨리 먹어야겠다."

수저가 넘칠 것처럼 밥을 가득 퍼서 작은 입에 허겁지겁 넣었다. 그런 서연을 귀여워죽겠다는 듯 바라보던 도훈이 나직하게 웃었다.

"도훈 씨."

여느 때와 다름없는 출근길, 서연을 회사까지 데려다주던 도훈에게 청천벽력 같은 소식이 날아들었다.

"우리 이제 잠깐 스킨십 자제해요."

"⋯⋯뭐?"

이건 또 갑자기 무슨 말인지.

"말 그대로요. 스킨십 잠깐 중단하자구요."

뜬금없는 서연의 발언에 도훈이 미간을 팍 구겼다. 때마침 붉은 신호에 멈춰 서자 도훈이 손을 뻗어 서연의 손을 부드럽게 잡았다. 그러자 서연이 슬그머니 손을 빼내 등 뒤로 쏙 숨겼다.

"지금 이게 무슨……."

"내가 불안해서 그래."

"어떤 거."

"관계한 후 모습 유지되는 기간이……."

"……넉넉하잖아."

"으응. 무당은 사흘에서 나흘이라고 말했긴 했죠. 근데 추측일 뿐 확실한 건 아니잖아요. 범위도 너무 넓고. 얼마가 맥시멈인지 정확히 계산해야 뒤탈이 없죠."

"……."

"나중에 또 나나 도훈 씨가 장기 출장이라도 가는 날에는 불안해서 어떡해. 그전에 정확히 얼마나 효과가 지속되는지 대략적으로라도 파악해놓아야지."

지금까지 있었던 일들만 봐도 지속 시간의 완전한 이해는 필수적이었다. 첫 키스 때는 거의 24시간 가까이 본모습을 유지할 수 있었으나, 현재는 아무리 길어봐야 17시간 남짓이다. 따라서 지속기간이 조금씩 줄어드는 것까지 고려해서 미리 치밀하게 계산해둘 필요가 있었다. 앞으로 어떤 예상치 못한 변수가 발생할지 모를 일이었기 때문이다.

"하여튼, 당분간만 협조해줘요."

당분간……? 도훈의 미간 사이 굴곡이 깊어졌다.

"당분간이 언젠데."

"몸 변할 때까지요. 음, 아마도 넉넉잡아 나흘?"

"……뭐?"

끼이익, 도훈이 핸들을 다급하게 꺾어 차를 도로변에 아무렇게나 세웠다. 그가 잘못 들었다는 듯 다시 차분하게 되물었다.

"얼마."

"몸 변할 때까지. 나흘."

"나흘……?"

그의 눈가가 일그러졌다.

"말이 돼……? 나흘이……?"

사형 선고라도 받은 듯 망연자실한 도훈의 손이 핸들에서 미끄러졌다. 다시 생각해보라며 어깨에 손을 올리려고 했으나, 서연은 핸드백을 들어 그의 손을 툭 튕겨내었다. 충격으로 물든 도훈의 동공이 미세하게 흔들렸다.

"지금 나흘 동안 각방이라도 쓰자는 거야?"

"응. 부탁해요."

"만지기만 하는 건……?"

그가 다시 한번 손을 뻗어 서연의 어깨로 가져갔다. 그러나 역시 등장한 까만 핸드백이 그의 커다란 손을 철벽 방어했다.

"확실히 하는 게 좋을 것 같아서. 그냥 일단……."

닿지 않는 게. 서연의 뒷말을 들은 도훈이 아연했다.

"이게 무슨…… 말도 안 되는……."

"아, 당연히 키스도 안 돼요. 알죠?"

"무슨……."

"어차피 오늘 목요일이고, 곧 주말이니까 밖에서 갑자기 변할 위험도 없어서 마음 편하게 시간을 잴 수…… 듣고 있어요?"

이성적으로 또박또박 설명하고 있는 서연 앞에 도훈의 넋 나간 눈동자가 허공을 향하고 있었다.

"도훈 씨?"

서연이 그의 앞에서 손을 휘휘 젓자 그는 눈동자만 고요히 굴렸다.

"어쨌든 내 말은 나흘만 협조해달라는 거예요."

"넌 그게 가능해……?"

"네. 가능한데요?"

"……."

"그리고 당분간 나 회사까지 데려다줄 필요 없어요, 알아서 출근할게요. 퇴근할 때도 데리러 오지 말고, 알았죠?"

"……."

"아, 그러고 보니 거의 다 왔네요. 이제 걸어서 5분 정도니까 여기서부터 난 걸어갈게요. 조심해서 운전하고, 이따 밤에 봐요!"

서연이 통보하듯이 속사포로 인사하더니 입꼬리를 곱게 말아 올렸다. 그가 뭐라고 대꾸하기도 전에 안전벨트는 풀려 있었고, 정신을 차리니 그녀는 이미 차 문을 닫고 나간 뒤였다.

"지금 저게 무슨……."

그의 목소리가 갈라져서 띄엄띄엄 튀어나왔다.

"……나……."

한창 욕망을 표출하던 도중 돌연 금욕을 요구당했다.

"죽어……."

오후가 되어 회사에서 나온 서연은 와이시 한국지사로 향했다. 확정된 디자인으로 운동화 샘플을 만들어야 했는데, 의류 전문 기업인 모라비의 샘플실에는 실물 제작 가능한 기술자가 없었다. 건물 안으로 들어와 샘플실이 있는 층수로 가기 위해 엘리베이터를 탔다. 문이 닫히려는 순간, 누군가가 열림 버튼을 눌렀는지 문이 다시 열렸다.

"아……."

재경은 환하게 웃으며 서연에게 인사했다. 반면 그를 대하기가 껄끄러운 서연은 얼떨떨한 얼굴을 했다. 문이 닫히고 좁은 엘리베이터 안에 두 사람만 남겨지자 재경은 가벼운 음성으로 대화의 물꼬를 텄다.

"우리 서연이, 여긴 어쩐 일이야?"

"응. 오늘 샘플실 오는 날이라서."

"여기까지 계속 왔다 갔다 하려니까 힘들지?"

"아니야. 우리 회사랑 가까워서 별로 안 힘들어, 하하."

과한 냉방 탓인지 서연은 급하게 식은 뒷덜미가 묘하게 간질거렸다. 재경은 소리 없이 웃었다.

"그래, 그럼 잘 들렀다 가고……."

7층에 막 도착하여 문이 열리기 직전, 재경은 눈을 가늘게 좁혔다.

"내일 정규 회의 때 보자."

"그래, 오빠. 내일 봐."

재경이 손을 뻗어 서연의 머리를 부드럽게 쓰다듬었다. 깔끔하게 손을 뗀 그는 주머니에 손을 꽂고 엘리베이터에서 내려 길쭉한 복도를 뚜벅뚜벅 걸어갔다. 순간 멍해진 서연이 멀뚱히 멀어지는 그의 뒷모습을 바라보았다. 작아진 실루엣은 묵직하게 닫힌 문 사이로 완전히 사라졌다. 엘리베이터는 샘플실이 위치한 10층으로 빠르게 치솟았다. 정신을 차린 서연은 품에 안긴 서류 봉투를 꼬옥 움켜쥐고 샘플실로 향했다.

"이런 형태로 밑창을 만들고 싶어요."

한 팀으로 일하는 샘플실 부부는 나란히 서서 서연의 애기에 귀 기울였다.

"활동성이 좋도록 모양에 따라 자연스럽게 곡선이 형성되는 부드러운 소재 선정이 중요할 것 같아요."

"음……."

"이렇게 가능할까요?"

서연이 조심스레 묻자, 그들은 진중한 표정으로 고개를 끄덕였다.

"새로운 시도여서 실물 제작이 어려울 수도 있겠어요. 당신은 어때 보여?"

여자가 남자에게 묻자 그는 동의한다는 듯 고개를 끄덕였다.

"확실히 쉬운 일은 아니야. 하지만 아가씨 얼굴이 예쁘니 노력해보지, 하하…… 핰!"

여자가 남자의 배를 퍽 치자 그가 괴로운 표정으로 배를 부여잡았다.

"이 인간이 또 성희롱이지."

여자가 남자를 매섭게 노려보다가 다시 서연을 보며 웃어 보였다.

"혹시 추가로 레퍼런스 가져온 거 있어요?"

"아, 네. 여기 서류 봉투에……."

서연이 내내 품에 안고 있던 서류 봉투를 꺼내 들었다.

"……어?"

내용물을 확인한 서연의 눈이 휘둥그레졌다.

"이사님, 실례하겠습니다."

도훈의 사무실로 서류를 가지고 들어온 여진이 그의 책상 앞에 멈춰 섰다.

"어제 직접 재검토하시겠다고 하셨던 판타지아 3/4분기 세부 예산안입니다."

"……."

"이사님?"

도훈은 한 손에 길쭉한 볼펜을 들고 고개는 문서로 향한 채 그대로 돌처럼 굳어 있었다. 그에게 존재를 부정당하는 것에는 익숙해져 있는 여진이었기에 정중한 목소리로 다시 한번 그를 불렀다.

"저, 이사님."

여진이 조금 목소리를 높여 그를 부르자 도훈의 고개가 느릿하게 들려졌다. 까만 눈에 초점이 없었다. 저런 멍청이 같은 모습은 처음이었던지라 여진의 몸에 소름이 돋아났다.

"왜."

물론 그 싸가지에 변함이 있을 리는 만무했다. 여진이 속으로 육두문자를 퍼부으며 목소리를 가다듬고 다시 한번 서류를 올렸다. 그러나 도훈은 서류를 건들지 않고 한참을 말없이 그것들을 멍하니 노려보기만 했다.

'이 인간 오늘 왜 이래?'

이렇게까지 넋이 나간 모습은 처음 본다.

'아오, 뭐든 좋으니 빨리 말을 하라고!'

나가보라고 말하기 전에 나갔다가는 또 죽어라 잔소리를 퍼부어댈 것이 틀림없었으니 나갈 수도 없었다. 그저 꼿꼿하게 서서 그의 반응을 기다리는 수밖에.

"……."

그렇게 숨 막히는 정적이 약 1분간 지속되었다. 여진은 이게 무슨 상황인가 싶어 눈만 허망하게 굴렸다. 그 적막을 깨뜨린 것은 시끄럽게 진동하는 도훈의 휴대전화였다. 서연에게 걸려온 것을 확인한 도훈이 재규어처럼 빠른 동작으로 전화를 받았다.

-도훈 씨!

"……응."

-도훈 씨 서류랑 내 서류랑 바뀌었어요! 봉투가 똑같아서 내가 헷갈렸나 봐! 혹시 지금 내 거 가지고 있어요?

"……서류?"

도훈이 멍하니 고개를 돌려 제 가방에 꽂혀 있는 봉투를 들었다. 열어보니 서연의 것으로 보이는 자료들이 빼곡히 들어 있었다.

-도훈 씨도 내가 가지고 있는 서류 오늘 필요한 거죠?

"응, 필요해."

-그럼 지금 내가 일 때문에 외부에 나와 있거든요. 어차피 근처니까 지금 바로 회사로 갈게요. 정문으로 나와요. 거기서 서로 바꿔요.

"……그래. 이따 봐."

전화를 끊은 도훈은 고개를 들어 여진을 말없이 바라보았다. 당황한 여진이 식은땀만 삐질삐질 흘렸다.

"서연이하고 서류가 바뀌었어."

"아……!"

"지금 전해주러 온다고 해."

"아, 예! 그럼 제가 얼른 내려가서 서류 받아오겠습니다!"

"아니."

도훈이 볼펜으로 책상을 톡톡 두드렸다.

"최 비서가 내려가서 데려와."

"……네?"

여진의 표정이 기괴하게 일그러졌다. 서류를 데려오라는 말은 아닐 테고, 설마…….

"강서연."

여진이 경악했다.

"데려와."

무슨 소리야, 저건……!

"지금."

여진이 숨을 덜컥 집어삼켰다.

"당장."

도훈이 고갯짓했다. 단호한 어투로 뿌리를 박자 여진은 도망치듯이 사무실 밖으로 뛰어나갔다.

서둘러 엘리베이터를 잡아탄 여진이 1층 버튼을 꾹 눌렀다.

"아니, 뭔 억지야? 둘이 싸웠나? 대체 뭐 하자는 플레이야……!"

여진이 불평불만을 있는 대로 쏟아내며 지끈거리는 미간을 짚었다. 모르긴 몰라도 분명히 무언가 마음에 들지 않는 게 틀림없다. 심지어 서연을 사무실 안까지 데리고 오라니…….

"강서연, 대체 저 인간한테 뭔 짓을 한 거야?"

"뭐? 나까지 데려오라고 했다고?"

1층 정문에서 여진을 만난 서연이 황당하다는 듯 입을 벌렸다.

"미, 미쳤어. 안 돼. 싫어."

"야, 강서연!"

여진이 빽 소리를 지르자 서연의 두개골이 얼얼하게 진동했다.

"어우, 그렇게 소리치지 마. 귀청 떨어지다 못해 폭발하겠다."

"장난치지 말고 빨리! 이사님께서 너 직접 데려오라고 지시하셨다고……! 너도 이사님하고 바뀐 네 서류 필요하다며!"

"맞아, 필요해. 그러니까 네가 가서 이 서류 돌려주고 내 거 가지고 와줘."

"안 돼!"

여진이 필사적으로 서연의 팔을 잡고 소리쳤다.

"제발, 나 너 안 데려가면 죽어. 나 쫄려서 죽어. 제발, 제발, 제발!"

여진이 징징거리자 서연이 나직하게 한숨을 내쉬었다. 대체 무슨 일이길래 이러지?

설마…… 아까 스킨십 자제하자고 해서? 그래서 화가 났나……?

곰곰이 생각했으나 이유를 알 수 없었다. 그러나 서연보다 더 영문을 모르겠는 상황에 답답한 건 여진이었다. 다 죽어가는 여진 때문에 서연은 할 수 없이 그녀를 따라 움직여주기로 했다.

엘리베이터를 타고 12층까지 올라간 서연은 복도를 걷다가 괜히 민망해서 고개를 살짝 숙였다. 지나가는 곳마다 사원증을 목에 건 사람들의 뜨거운 시선을 한 몸에 받았다. 조용했던 층이 순식간에 웅성거림으로 가득 찼다. 여진에게 안내받는다는 것은 도훈의 손님이라는 얘기인데, 비즈니스 고객이라고 보기에 서연은 누가 보더라도 이질적으로 눈에 띄었다. 외모는 20대 중반 정도로 아주 젊어 보이는 데다 졸다가도 시선을 끌 정도로 화려한 외모를 자랑하고 있었기 때문이다.

"이사님, 실례하겠습니다."

도훈의 사무실 문을 두드린 여진이 서연을 마구잡이로 퍽 안에 밀어놓고 나왔다. 그 장면을 목격한 경영지원팀 팀원들의 잠잠하던 업무용 메신저가 뜨겁게 불타기 시작했다.

[누구야? 누구야?]

[손님이겠죠. 진짜 예쁘다. 되게 어려 보이고. 뭐 하는 사람이지?]

[일적으로 온 손님이라기엔 뭔가 수상하지 않아? 냄새가 나는데…….]

[어우, 상대가 백 이사인데 냄새는 무슨. 공과 사 얼마나 철저한데. 거의 일하는 로봇이잖아.]

시시콜콜 떠들기 좋아하는 직원들에게 흥미로운 이슈 하나가 떨어졌다. 업무용 메신저가 사적인 대화로 가득한 와중, 여진은 한숨을 내쉬고 제자리로 돌아가 앉았다.

"……."

서연은 여진이 자신을 욱여넣은 상태 그대로 문 앞에 꼿꼿이 서 있었다. 가늘어진 눈매로 도훈을 보며 입술을 비죽거렸다. 서연과 눈을 마주친 도훈이 말없이 검은 볼펜을 천천히 내려놓았다. 반듯한 손가락에서 펜이 도르륵 굴러떨어졌다. 그녀가 도훈의 시선을 똑바로 받으며 천천히 다가가 그의 책상에 서류를 척 올려놓았다.

"저기요, 직권 남용이 너무 심한 사람을 봤을 때는 어떻게 해야 하죠?"

"예뻐해주면 좋지."

"어떻게 예뻐해주면 되는데요?"

도훈이 한쪽 입꼬리만 살짝 들어 올렸다.

"어제처럼."

도훈의 까만 동공이 부드럽게 몸을 타고 흘러내린다.

"온몸으로."

조금의 고민도 없이 즉답하는 도훈 때문에 뽀얀 얼굴이 순식간에 화르륵 불타올랐다.

"……내가 미쳐, 진짜."

서연은 처음 온 낯선 공간에 서 있다는 긴장감까지 합쳐져 목이 바싹바싹 말랐다.

"왜 그러는데요?"

"진짜 몰라?"

"뭐, 내가 아침에 스킨십 자제하자고 해서?"

"아니."

"그럼 뭐, 내가 이제 출퇴근 따로 하자고 해서?"

"아닌데."

"아, 그럼 뭔데요!"

서연이 짜증스럽게 툴툴거리자 그가 눈앞에 놓인 아이스커피를 들어 한 모금 쭉 빨아들였다.

"너 보고 싶어서."

무덤덤한 음성이 가슴을 두드렸다. 그 파동에 자극받은 서연의 심장이 예고 없이 떨렸다. 느릿하게 꽂히는 시선에서 달콤한 애정이 한없이 묻어나왔다. 그녀가 저도 모르게 슬금슬금 올라가는 입꼬리를 가까스로 내리며 목을 큼, 큼, 가다듬었다. 괜히 엄한 표정을 짓고 연기를 하기 시작했다.

"그런 말 해도 내 생각에는 변함이 없거든요? 당분간 스킨십은 안 돼요."

"좀 봐주라. 네 애인 죽어."

"스킨십 좀 안 한다고 죽는 사람 못 봤네요! 그리고 나 외근 나온 거라 이제 다시 회사로 돌아갈 거예요. 빨리 내 서류 돌려줘요."

"이거?"

도훈이 서랍을 열고 바뀌었던 서연의 서류를 꺼내 들었다. 서연이 손을 뻗어 낚아채려고 하는 순간 도훈이 의자를 뒤로 뺐다. 헛손질한 서연이 뚱한 얼굴로 바라보자 도훈이 꼰 다리를 부드럽게 풀었다.

"일하느라 힘들 텐데……."

도훈이 앉으라는 듯 제 무릎을 툭툭 쳤다.

"잠깐 몰래 쉬었다가 가."

서연의 심장이 기묘한 위기감에 쿵쾅쿵쾅 뛰기 시작했다.

"지금 회사로까지 불러서 이러면 어쩌자는 거예요!"

"숨 돌릴 겸 앉으라는 건데 무슨 생각하는 거야?"

"누가 들어오면 어떡해요!"

"누가 겁 없이 내 방을 함부로 들어와?"

도훈이 피식 웃는 게 얄미웠다. 그러는 와중에도 그 미소가 눈이 시리게 멋있어서 온 수분이 증발하는 기분이었다.

"도훈 씨 지금 일정 없어요?"

"10분 정도 여유 있어."

그의 입가에 잔잔하게 웃음이 번졌다.

"괜찮아. 이리 와봐."

도훈이 양팔을 벌리고 서연을 향해 의자를 돌렸다. 잠깐 우물쭈물 망설이던 서연이 조금씩 한 발짝 다가갔다.

"절대 만지면 안 돼요. 만지면 또다시 처음부터 재야 하니까."

서연이 신신당부를 했다. 이왕 재기로 한 거 백도훈의 그 어떤 유혹에도 넘어가지 않고 한 방에 끝내겠다고 다짐했다. 도훈이 낮은 목소리로 웃음을 터뜨리더니 고개를 짧게 끄덕였다. 그녀가 종종걸음으로 다가가니 그가 서연 쪽으로 의자를 완전히 돌렸다. 본인이 항상 일하는 사무실에 앉아 뜨거운 눈빛으로 자신을 올려다보는 도훈을 보니, 서연은 어쩐지 묘한 기분이 되었다. 내내 봐왔던 구김 하나 없이 반듯한 셔츠나 단정하게 매여 있는 넥타이 같은 것들이 오늘따라 유달리 야릇하게 느껴졌다. 잠깐의 정적과 함께 긴장감이 흘렀다. 그 긴장을 참지 못한 서연이 허리를 살짝 틀어 물러나려는데…….

갑자기 도훈이 단단한 팔을 훅 뻗더니 그대로 서연의 둥그런 골반 바로 앞에서 우뚝 멈춰 섰다. 아슬아슬하게 닿지 않았다. 서연이 긴장된 숨을 퍼드덕 몰아쉬며 몸을 떨었다.

"노, 놀라라……."

"어차피 계속 붙어 있을 텐데, 그냥 유지 기간 같은 거 세지 말자. 나흘을 어떻게 안 만지고 살아? 매일 지금처럼 키스하고, 안고, 여차해서 문제 생기면……."

도훈이 자리에서 일어나 서연에게 바싹 다가갔다. 화들짝 놀란 서연이 뒷걸음질 쳤다.

"늘 그랬던 것처럼, 내가 바로 달려갈게."

"……."

"응?"

어울리지 않게 배시시 웃는 도훈의 숨결이 서연의 살갗을 온통 간질였다. 그녀가 숨을 끅, 하고 멈췄다. 여차하면 넘어갈 뻔했다.

"도훈 씨가 못 오는 상황이 생길 수도 있잖아요! 전처럼 해외로 나가면 만날 수도 없고……!"

서연이 반박하자, 도훈은 그저 물끄러미 그녀의 눈동자를 바라만 봤다. 이내 입술을 부드럽게 늘어뜨리며 실소했다. 책상 위에 있는 검은 볼펜을 들어 검지에 끼웠다.

"그래. 내가 네 고집 어떻게 꺾겠어. 그냥 응석 좀 부려본 거야."

그렇게 말하는 도훈의 손은 느릿느릿하게 이동했다. 검은 볼펜으로 서연의 말랑말랑한 배를 콕콕 찔렀다. 서연이 배를 움찔움찔 떨며 몸을 움츠렸다.

"꺅! 뭐, 뭐 하는……."

"쉿, 밖에 들리면 안 돼."

그가 장난스럽게 웃더니 볼펜 끝으로 그녀의 날씬한 배에 한 글자, 한 글자 무언가를 적어 내려가기 시작했다. 아랫배에 꿈틀꿈틀 지렁이가 기어 다니는 것 같은 착각이 들었다.

"으윽! 간, 간지러워……!"

이상야릇한 감각에 손가락이 온통 오그라들었다. 만지지 말랬더니 뭔 짓 하는 거야, 이 남자!

사……? 그녀가 도훈의 볼펜이 배 위에서 그리는 경로를 토대로 글자를 식별하기 시작했다. 사 다음에는 부드럽게 S자 형태를 그린다. 그 아래에는 어긋남 없는 그의 성격과도 비슷한 정원을 정갈하게 그린다. 'ㅇ'을 그리다 가 서연의 앙증맞은 배꼽에 볼펜 머리가 움푹 들어갔다가 나왔다.

"으응……."

입을 틀어막아 호흡이 거칠어지는 것을 간신히 멈췄다. 만지지도 않고 사람 기분을 이렇게 야릇하게 만들 수 있는 남자는 그가 유일할 것이라고 확신했다. 서연이 입술을 살짝 깨물었다가 놓았다.

'사랑……'

쿵쿵. 그가 서연의 배에 야하게 적어 내려간 언어는 다름 아닌 '사랑'이었다. 화끈 달아오른 서연이 새빨갛게 익은 얼굴을 푹 숙였다. 그가 한 발자국 더 다가서서 그녀의 귓가에 후 뜨거운 입김을 불어 넣자 늘씬한 다리가 휘청거렸다.

"해."

그가 숨결과 함께 내뱉은 짧은 한마디에 그대로 심장이 쿵 떨어졌다.

사랑해.

"여기까지 올라오느라 고생했어. 너 보고 싶어서 심술 좀 부렸는데……."

도훈이 인질로 잡아두었던 서연의 서류를 건네주었다.

"일하다가 보니까 더 좋아죽겠다."

서연이 여전히 화끈화끈 달아오른 얼굴을 넌신 부채질하며 그를 곱게 흘겨봤다.

"더우면 커피 마셔."

도훈이 제 책상 위의 아이스커피를 들어 서연의 입가에 갖다 댔다. 서연이 붉게 홍조를 띤 양 볼을 감싸고 빨대를 앙 하고 물었다. 빨대에 미미하게 묻은 그의 타액이 커피와 섞여 서연의 목으로 꿀꺽 넘어갔다.

"와, 간접 키스했다."

"……!"

도훈이 만족스럽게 웃었다.

빨갛게 상기된 얼굴로 서류를 들고 황급히 도훈의 사무실을 나온 서연은 앉아 있는 여진과 눈이 마주쳤다. 괜히 찔려 슬금슬금 눈을 피하고 태연하게 고개를 끄덕여 인사했다. 그리고 그대로 발 빠르게 엘리베이터로 향했다. 어김없이 따가운 시선을 받은 서연이 가까스로 호기심 어린 눈들을 모른 척하며 얼른 건물에서 사라졌다. 한참을 넋 놓고 있던 여진은 도훈이 인터폰으로 부르자 화들짝 놀랐다.

-최 비서, 아까 판타지아 예산안 다시 가지고 들어와.

"네? 네, 네!"

여진이 서둘러 서류를 허둥지둥 챙긴 후 사무실 안으로 들어가 도훈의 책상에 조심히 올려놓았다. 침을 한번 꿀꺽 삼키고 그의 표정과 행동, 그리고 사무실의 상태를 빠르게 점검했다.

빠른 속도로 서류를 검토하는 그의 눈에 묘한 웃음기가 어려 있었다.

'웃, 웃어? 왜?'

여진의 눈이 일그러졌다. 아까 멍하던 얼굴은 온데간데없이 사라지고 백싸가지의 얼굴에 파릇파릇한 생기가 흘렀다. 마치 수액이라도 맞은 듯 갑자기 활력이 넘치고 얼굴에 윤기가 흐르자 여진은 당혹감이 밀려왔다.

……방금 이 사무실 안에서 둘이 무슨 짓을 한 거지? 애초에 왜 데려오라고 한 거지?

여진의 동공이 흔들렸다. 서연이 머물렀던 시간은 약 10분 정도……. 그 찰나의 시간 동안 대체 무슨 일이 일어난 거지? 여진은 사무실을 나설 때

새빨갛게 달아오른 얼굴을 하고 있던 서연을 다시금 떠올리며 마른 침을 꼴
깍 삼켰다.

"이 부분 계산이 완전히 틀렸어. 작성 담당한 책임자 지금 바로 올려."

"대체 여기서 무슨 일이……."

"뭐?"

"네?"

느슨하던 도훈의 눈매가 날카로워졌다. 그제야 자신이 무슨 말을 했나 깨
달은 여진이 뒷걸음질 쳤다. 실수로 생각이 입 밖에까지 튀어나온 것이다.
그녀가 아무 말도 못 하고 그저 입만 벙긋벙긋하고 있는데 도훈이 손에 들
린 펜을 똑딱 눌러 볼펜 심을 집어넣었다.

"최 비서."

"네…… 네!"

도훈이 볼펜을 잡은 손을 들어 여진을 향해 세웠다. 방금 서연의 뽀얀 배
를 희롱하던 그 볼펜이었다.

"아무것도 궁금해하지 말고."

"……."

"그 입 좀 조심하고."

……무슨 일이 있기는 있었다는 뜻……? 순식간에 이상한 19금 망상이
뭉게뭉게 피어올라 머릿속을 이러쿵저러쿵 휩쓸고 지나갔다. 상상의 나래
를 펼치던 여진이 저도 모르게 입을 떡 벌렸다.

"그 표정도 조심해."

도훈의 경고에 여진이 입을 꾹 다물었다. 기계처럼 반사적으로 고개를 연
신 끄덕였다.

도훈이 퇴근하고 여진도 자유의 몸이 되었다. 퇴근하기 전 화장실에 들른
여진은 세면대에 양손을 짚고 심호흡했다.

"아……. 지친다."

온종일 긴장 상태로 하루를 보내니 몸이 남아나지를 않는 기분이다.

"그래도 이제 퇴근이니까……."

피식 웃음이 나왔다. 어차피 내일이면 또 회사에 나와 노예처럼 착취당하겠지만 당장은 자유의 몸이기 때문에 더없이 행복했다. 오늘은 퇴근하고 뭘할지, 즐거운 고민을 하며 수도를 틀었다. 쏴아아아, 아래를 향하여 세차게 쏟아지는 찬물에 손을 씻었다. 그 물에 손을 씻고 있자니, 문득 예전에 봤던 오징어의 손이 떠올랐다. 오징어의 손을 보면 마디 부분에 희미하고 가느다란 상처가 있는데, 수술 중 봉합하다가 실에 손을 베인 것이라고 했다.

"……에휴."

일종의 훈장이라고. 직업 정신이 있으니까 그런 말을 한다는 생각이 들었었다. 흐름에 따라 대학 졸업 후 쫓기듯 취직하고 보람 없이 일한 저 자신과는 비교되는 느낌이었다.

"퇴근하고…… 오징어나 만날까?"

여진이 슬금슬금 휴대전화를 꺼내 들었다. 연락처 목록에서 '오징어'를 찾아 누른 후, 통화 버튼을 목전에 두었다.

"하, 어떡하지?"

먼저 전화하기가 껄끄러워 한참을 들고 망설였다. 먼저 전화를 거는 게 처음이다 보니 어색하고 민망한 기분이었다. 새삼 호칭까지 신경이 쓰여 발을 동동 굴렀다.

"뭐라 하지……. 오진영 씨? 오오진영 씨? 진영 씨? 오진영 놈아?"

물기 가득한 손으로 휴대전화를 꼭 쥐고 염불 외듯 중얼거렸다. 통화 버튼 하나를 못 누르고 한참 동안 우왕좌왕했다. 그가 전화를 받으면 가장 먼저 해야 할 말이 떠오르지 않았다.

"하, 미치겠네. 그놈을 뭐라고 불러야 잘 불렀다고 소문이 나지? 이런 망할……."

─……여진 씨?

"엄마야!"

쿵!

갑자기 들리는 진영의 목소리에 여진이 휴대전화를 툭 떨어뜨렸다. 물기 탓에 실수로 눌러졌는지, 황당하게도 전화가 이미 걸려 있었다.

'미친! 미친! 언제 걸린 거지!'

여린 심장이 쿵쾅쿵쾅 미친 듯이 뛰기 시작했다. 부끄러움으로 인해 피가 전부 얼굴에 쏠리는 듯했다. 어디까지 들었을까? 설마 욕한 것도 다 들은 건가?

-여진 씨…….

꿀꺽. 여진이 마른침을 삼켰다.

"왜, 왜요?"

-지금 여진 씨가…….

"……뭐, 뭐요?"

-여진 씨가 처음으로 저한테 먼저 전화를 걸어줬어요.

"……."

-저 지금 완전 감동인데 어떡하죠?

나직하게 웃던 진영이 일순 목소리를 낮게 깔았다.

-여진 씨한테 또 반했어요.

"……."

여진의 눈꺼풀이 나풀거렸다. 뭐라 반응을 해야 할지 몰라 그저 입술만 잘근 깨물었다. 그 뒤를 잇는 이상야릇한 정적. 여진이 힘겹게 입을 열었다.

"그…… 병원이죠? 오늘 일 몇 시에 끝나요?"

-아…….

수화기 건너편이 쥐죽은 듯 조용해졌다. 긴장으로 인해 시큼시큼 아파오는 어금니와 함께 근육이 딱딱하게 굳었다. 왜 뜸을 들이는 거지……?

-제가 끝나는 시간이 딱 정해진 게 아니라서요. 상황 봐서…….

"……그, 그렇구나. 음…….."

무언가가 찌그러지는 느낌이었다. 점점 굳어가는 얼굴 근육을 가까스로 부여잡고 눈을 꼭 감았다가 떴다.

"그러면!"

-네?

"제가 병원 앞 사거리에 있는 세레니티 카페에서 기다릴게요! 끝나고 나와요!"

-아…….

"늦어도 상관없으니까!"

-네, 알겠…….

"끊을게요!"

뚝, 대답을 채 듣기도 전에 황급히 종료 버튼을 누른 여진이 참았던 숨을 한꺼번에 몰아쉬었다. 심장이 쿵쾅쿵쾅 정신없이 뛰기 시작했다. 그대로 벽에 이마를 쾅 박았다.

"아……. 미치겠다……. 뭐가 이렇게 어렵냐, 최여진…….."

전화를 끊은 진영은 한참을 멍하니 휴대전화만 바라봤다. 석고상처럼 딱딱하게 굳은 채 그 작은 화면을 넋을 놓고 응시했다. 무슨 전화지? 옆에서 내심 통화하는 것을 훔쳐보던 예린이 고개를 갸우뚱했다.

"……예에에에에!!"

갑자기 자리를 박차고 일어난 진영이 휴대전화를 양손으로 쥐고 환호성을 질렀다. 뜬금없는 이상 행동에 모두 진영을 기괴하게 쳐다봤다.

"예! 예! 예! 유후!"

조용했던 의국이 진영의 환호성에 소란스러워졌다. 기쁨이 과했는지 기어이 춤까지 추며 이상한 세리머니까지 남발하기 시작했다. 정갈했던 가운

끝이 깃발처럼 역동적으로 펄럭이자, 주변이 술렁거리기 시작했다.

'뭐야 왜 저래, 갑자기? 미친 거야?'

다들 입을 떡 벌리고 황당한 듯 바라봤다. 그 뜨거운 시선들을 인지한 진영이 순식간에 표정을 굳히고 움켜쥔 휴대전화로 허공을 삿대질했다.

"뭐야, 다들 한가해? 뭘 쳐다보고 있어?"

"네? 선배가 지금……."

탁! 구시렁대는 지방 방송을 파일철로 내려쳐 끊어먹었다. 토 달지 말라는 뜻이었다.

"노닥거리지 말고 빨리 각자 위치로 복귀해."

"네!"

도훈은 퇴근하기 위해 차를 몰고 주차장 밖으로 나섰다. 또 장마가 시작되었는지 거센 비가 추적추적 내리고 있었다. 질척해진 날씨에 기분이 가라앉는 것은 자연스러운 현상이었으나 곧 서연을 만날 생각을 하면 저절로 입꼬리가 상승했다. 신호를 기다리는 동안 도훈은 길쭉한 검지로 핸들 위를 톡톡 두드렸다.

"……."

그 순간 슈트 안주머니에서 작은 진동이 울렸다. 데리러 가지도 못하게 하는 서연 때문에 불만이 많은 차였다. 혹 그녀가 마음을 바꿨나 싶어 빠르게 확인했으나, 화면에 떠오른 글자는 '어머니' 세 글자였다. 진지하게 낯빛을 굳힌 도훈은 잠깐 고민하다가 전화를 받지 않았다.

계속해서 울리는 진동을 느끼며 도훈은 눈을 지그시 감았다가 떴다. 일전에 미라와 식사하며 나누었던 얘기가 자연스레 머리를 울린다.

'서연 씨가 그냥 평범한 집 아이였으면 좋았을 텐데……. 나는 걱정이 돼.'

그 아이, 네가 감당할 수 있겠니? 그 질문을 받았을 때 도훈의 속은 답답해졌다.

'네가 좋다는데 둘 사이를 반대할 생각은 없지만, 정말 결혼하려거든 그 전에 서연 씨가 숨기고 있는 과거를 제대로 풀어내고 규명해야 해.'

도훈이 넥타이를 한 손으로 거칠게 끌러 내렸다.

'과거 SS어패럴의 부도로 피해를 본 사람들 중 상당수가 여전히 재계에서 한자리하고 있어.'

수백의 사람들이 재산을 잃고 직장을 잃고, 연계된 업체들이 줄줄이 연쇄 부도를 맞았던 거대 기업의 폐망.

'모두가 아직도 상한가를 달리던 기업이 한순간에 도산한 원인에 대해 의문을 품고 있고.'

6년 전 SS어패럴이 부도났었던 진짜 원인. 그리고 최종 부도 후 공공연하게 돌던 흉흉한 소문.

'SS어패럴 강 회장 내외. 즉, 서연이 부모님에게 고의성이 있었는지 없었는지.'

서연의 부모님이 의문의 사고사로 택시에서 사망한 날, 이날 그들은 조사를 받기 위해 검찰에 출석하던 길이었다.

횡령 및 고의 부도 혐의로.

당시 회계 장부를 열람하고 착복 의혹을 품은 주주들은 횡령 혐의로 서연의 부모님, 즉 SS어패럴 대표 내외를 고발했었다. 그러나 검찰 조사가 채 끝나기도 전에 그들은 교통사고로 사망했다. 그렇게 혐의는 규정되지 않은 채 종지부를 찍게 되고, 부도의 진실은 미궁으로 빠져버렸다.

'정말 비자금을 빼돌리고 고의 부도를 낸 건지…… 그 진실은 서연 씨 부모님만 아시겠지만.'

피의자가 사망함에 따라 검찰에서는 불기소 처분을 내렸다.

'……만약 정말 비자금 조성한 사실이 있다면, 그 돈은 전부 고스란히 서연 씨에게 돌아갔다고 보는 편이 자연스럽겠지.'

보통 사람들 눈에는.

지금 횡령 혐의로 조사받던 중 대표가 사망했으니, 그 부당 이득은 유일한 자식인 서연이 물려받았다고 사람들은 생각했을 것이다. 물론 실제로 서연은 돈을 받은 사실이 전혀 없어 보였다. 하지만 갑작스러운 사고였기 때문에 그들이 조성한 비자금의 존재를 서연에게 알리지 못하고 사망했을 가능성도 있었다.

'일단, 여기서 생각해볼 수 있는 건 세 가지야.'

서연을 그 누구보다도 잘 알고 있는 도훈은 서연이나 그녀의 부모님을 의심하지 않았으나, 미라는 그렇지 않았다.

'먼저 서연 씨 부모님께서 재산 은닉 후 고의 부도를 낸 게 사실일 경우.'

도훈으로서는 말도 안 된다고 생각하는 보기였으나 미라는 당시 객관적으로 말을 이었다.

'갑작스러운 사고를 맞아 빼돌린 비자금을 서연 씨에게 전달하지 못했거나…… 아니면 이미 서연 씨는 부모님께 돈을 받았는데 모른 척을 하고 있거나.'

'……말도 안 되는 말씀 하지 마십시오.'

도훈은 미라의 억측이 불쾌했다. 그녀와의 식사 자리를 당장에라도 박차고 일어나고 싶었으나 인내를 다지며 두 주먹을 꽉 쥐었다.

'객관적으로 볼 때 서연 씨와 네가 결혼을 하게 되면 그 거액의 돈을 마치 너희가 함께 나눠 먹는 것처럼 보일 수 있다는 말이야. 그렇게 되면 기업인으로서의 네 평판이 바닥으로 떨어질 수도 있는 거고. 알잖아, 우리 똑똑한 아들인데.'

'그렇게 말씀 안 하셔도…… 그 부분은 이미 제가 예전부터 알아보고 있었습니다.'

도훈은 박 실장을 시켜 SS어패럴에 대해 자세히 알아보고 있었고, 이미 어느 정도 상황 파악을 마친 상태였다.

'아직 좀 더 시간이 필요해요. 워낙 옛날 사건이고…….'

아직 도훈으로서도 제시할 수 있는 증거가 없었기에 우선 말로써 미라의 근심을 일단락시킬 수밖에 없었다. 물론 그다음 날 미라가 집까지 찾아와 서연과 직접 일대일로 대화를 나눌 줄은 예상하지 못했지만 말이다.

"……."

도훈은 빠르게 움직이는 와이퍼를 보며 미간을 고요하게 좁혔다. 미라와 달리 그가 생각하는 보기는 두 가지였다. 애초에 SS어패럴 내에서 자금이 부당하게 빠져나간 사실이 전무하거나,

"돈을 빼돌려서 부도를 낸 진범이 따로 있거나……."

진범이 있다면 서연이 받은 고통의 열 배로, 살아 있다는 사실이 끔찍할 정도의 고통을 줄 생각이다.

그 순간 내내 시끄럽게 울리던 전화 소리가 끊기고, 간결한 문자 착신음이 뒤를 이었다.

[주문 제작하신 물건 제작 완료했습니다. 지금 바로 수령 가능하십니다.]

"……."

곧바로 집으로 향하려던 도훈은 핸들의 방향을 틀었다. 빗물 사이를 세차게 달리는 도훈의 차는 이내 목적지에 도달했다. 가게 주인에게 의뢰한 물건을 받아 든 도훈은 크림 컬러의 상자를 눈여겨보았다.

"열어보시죠. 저희 업장 특A급 고객이시니 특별히 신경 써서 제작했습니다."

상자 뚜껑을 열자 세련되게 세팅된 목걸이가 다각도로 빛을 내며 다소곳하게 놓여 있었다. 도훈은 각진 보석을 꼼꼼하게 살펴본 후 가볍게 고개를 끄덕였다.

"뭐……."

고아한 분위기의 디자인이 서연의 하얀 목과 환상적으로 어울릴 것 같았다.

"괜찮네요."

도훈이 흐릿하게 웃었다.

"감쪽같고."

도훈은 삼겹살이 먹고 싶다던 서연을 위해 고기를 사서 들어왔다. 그가

불판에 고기를 알맞게 구워 서연의 접시에 올려놓으면 젓가락이 부드럽게 작은 입 속으로 쏙 들어갔다.

"왜 안 먹어요? 나만 먹는 것 같아."

"먹고 있어."

도훈은 오물오물 씹느라 열심히 움직이는 입술, 그리고 볼 같은 것을 즐겁게 감상했다. 어미가 준 음식을 받아먹는 강아지마냥 잘 먹는 모습이 보기 좋았다. 서연의 얼굴을 뚫어져라 응시하며 고기 한 점을 천천히 입 안에 넣었다. 서연은 집에 온 이후로 계속 의미심장하게 생글생글 웃는 그의 얼굴이 묘하게 신경 쓰였다.

왜…… 웃지?

"그런데, 오늘 직접 도훈 씨 사무실 올라가 보니까 좀 신기하더라. 전부터 계속 궁금하기는 했어. 나하고 떨어져 있는 낮 동안 도훈 씨는 어떤 곳에서 일하나, 하고."

"또 와볼래?"

"아니. 다시는 가기 싫어요."

서연이 질색하며 젓가락으로 도훈의 젓가락을 톡 쳤다.

"아주 한 번만 더 심통 부려봐! 어? 나도 응징이야, 응징!"

도훈이 나지막하게 웃었다.

"그래. 이제 안 그럴 테니, 아 해."

그가 고기 하나를 집어 서연의 앙증맞은 입술 앞에 갖다 댔다.

"우웅, 이거 찍어줘요."

서연이 쌈장을 가리키며 말하자 도훈의 손이 거기에 고기를 폭 찍었다가 서연의 입으로 다시 전진했다.

"토끼한테 밥 먹이는 기분."

사랑이 가득한 낮은 웃음이 서연의 귓가를 간지럽혔다. 서연이 부끄럽다는 듯 얼굴을 붉혔다가 수줍게 입술을 살짝 벌렸다. 도훈이 그 틈으로 고기를 넣어주자 이내 질겅질겅 씹는다.

　스킨십 금지령에도 불구하고 알콩달콩 깨 떨어지는 분위기 속에 식사를 마친 둘은 함께 뒷정리를 하고 거실에 나란히 앉았다. 노닥거리다 보니 어느새 11시. 서연이 자리에서 은근슬쩍 일어났다.

　"잘 자요, 나 피곤해서 먼저 잘게요."

　"지금?"

　"응."

　"그래, 같이 가서 자자."

　도훈은 평소보다 훨씬 일찍 자려는 서연이 조금 의아했으나 함께 일어나 계단을 올랐다. 그러나 곧 그녀의 말뜻을 이해하고 충격에 휩싸이고 말았다.

　"각방……."

　각방을 쓰자는 뜻이었나 보다. 확실히 정확한 유지 시간을 재기 위해 접촉을 피하려면 같은 침대에서 자는 것은 무리였다. 머리로는 이해하는데 막상 상황이 닥치니 도훈은 그대로 넋이 나가버렸다.

　"굿 나잇."

　서연이 실실 웃으며 애교 있게 손 키스를 쪽 날리더니 제 방으로 쏙 들어갔다. 말릴 틈도 없이 찰나의 순간이었다. 충격받은 도훈이 굳은 채 잠깐 멈춰 있더니, 서연의 방문으로 슬금슬금 다가갔다. 방 앞에 서서 잠깐 생각하다가 문고리를 잡았다. 살짝 돌리려고 시도하자마자 미간의 주름이 깊어졌다.

　"문…… 잠갔어?"

　도훈의 눈이 커졌다. 자신이 들어오지 못하게 문까지 잠근 것은 체감상 사형 선고를 받은 수준이었다. 도훈은 서연의 방문을 앞에 두고 침착해져야만 했다. 물론 잠긴 문을 열려면 열 수도 있었다. 하지만 서연에게 무력을 행사하고 싶지 않았다.

똑똑.

"서연아."

도훈이 문에 대고 속삭였다.

"지금 나오면 집 명의 너로 바꿔줄게."

"……초딩이에요?"

나름 이성적으로 꼬신다고 꼬셨지만 실패했다. 그렇다면 다른 쪽으로 유혹할 수밖에.

"지금 나오면 예뻐해줄게, 성심성의껏."

닫힌 문 건너편에서 미묘한 동요가 느껴졌다.

"기분 좋게……."

믿기지 않을 만큼 끈적하고 섹시한 음성이었다.

"구석구석."

굳건하던 서연의 심장이 예고 없이 두근거리기 시작했다.

"그, 그런 건 굶기고 하는 거예요. 평소에도 충분히 잘해줘서 지금 배부르거든요."

하마터면 넘어갈 뻔했던 서연이 엉거주춤 일어난 엉덩이를 도로 침대에 붙였다.

"마사지해줄까."

"그만 꼬시지."

"키스할래?"

"그만 꼬시라구요!"

"야한 짓은 어때."

도훈이 픽 웃음을 터뜨렸다.

"어른들 놀이?"

"……."

"벗기고 싶다……."

……아. 시뻘게진 서연이 양손으로 화끈거리는 얼굴을 폭 가렸다. 더운 공기를 촉촉이 달구는 어둑한 목소리에 심장이 정신없이 쿵쾅거렸다. 부드럽게 스며드는 달콤한 자극에 귓가가 간질거렸다. 서연이 고요히 숨을 죽였다. 이내 방 안에서 인기척이 잦아들더니 곧 쥐 죽은 듯이 조용해졌다. 도훈은 한 번 더 서연을 불렀다.

"서연아?"

"쿨…… 쿨……."

서연이 꾀꼬리 같은 목소리로 갑자기 자는 척 무언가 읊조리기 시작했다. 살풋 웃음이 터진 도훈이 낮은 소리로 작게 웃었다. 도훈이 그대로 서연의 방문에 부드럽게 키스했다.

"화장대 위에, 선물 있어."

감미로운 음성, 도훈이 유려하게 올라간 입꼬리를 더욱 말아 올렸다.

"잘 자."

그의 속삭임은 닫힌 방문을 타고 서연의 내면까지 도달해 다정하게 가슴을 어루만졌다. 간질간질, 그의 목소리에 서연의 심장이 콩닥콩닥 수줍게 박동했다. 떨림에 후들거리는 다리를 간신히 일으킨 서연이 주춤주춤 화장대로 향했다.

"아……."

정말로 전에 없던 크림색 상자가 빼곡히 줄 서 있는 화장품들 사이에 놓여 있었다. 떨리는 손으로 리본을 풀고 상자 뚜껑을 열었다. 화려한 색을 뽐내는 아름다운 목걸이를 발견한 서연의 가슴이 함빡 부풀어 올랐다. 파르르 떨리는 손끝에서 목걸이의 체인이 물결처럼 찰랑거리며 나부꼈다. 침대에 풀썩 쓰러진 서연이 소리 없이 아우성치며 매트리스 위를 떼굴떼굴 굴렀다.

"아, 어떡해?"

결국 손으로 얼굴을 폭 덮었다. 나는, 나는 백도훈이…….

"너무 좋아서 죽을 것 같아……."

견딜 수가 없는 기분이었다. 너무 좋아서, 정말 좋아서, 이 세상의 말로 형용할 수 없는 수준으로 도훈이라는 남자가 사랑스러워서.

"진짜, 진짜…… 너무 좋아서 죽을 것만 같아."

배 속을 가르는 듯 서연의 목소리가 애타게 튀어나왔다. 결국 벅차오르는 가슴을 어쩌지 못한 서연이 양손으로 가슴을 부여잡고 숨을 내쉬었다. 사랑받는다는 느낌을 온 신경으로 뚜렷하게 느끼고 있다. 그가 곁에 있는 사실만으로도 작은 가슴으로 담기가 어려울 만큼 풍요로움이 넘쳐흘렀다. 난생처음으로 느끼는 성숙한 영혼의 만족감이었다.

여진은 약속대로 한국대 병원 앞 세레니티 카페에서 진영을 기다렸다. 기다림 끝에 그를 만난 시간은 이미 9시가 가까워져 있었으나 둘은 늦은 식사를 마치고 심야 영화를 보았다. 남녀가 단둘이 영화를 본다는 것이 의미하는 바는 뚜렷했다.

썸. 썸. 썸. 그놈의 썸. 저번에 진영이 앞으로 10번만 더 썸 타자고 한 이후로 그의 행동 하나하나에 괜히 이상한 느낌이 들었다. 지금 이 상황이 썸이라고 인지를 하니 사춘기 소녀처럼 기분이 묘해지는 것이었다.

'……뭐가 뭔지 하나도 모르겠다.'

더욱이 딱히 누가 고른 것도 아닌데, 눈앞에는 자연스럽게 구구절절 멜로영화가 펼쳐지고 있다. 제가 먼저 만나자고 해놓고서 여진은 정신이 오락가락하는 기분이었다.

'집중이 하나도 안 돼.'

옆에 있는 오징어가 어쩐지 또 저를 보고 있는 것 같은 착각이 일었다. 무심코 바라봤다가 눈이라도 마주칠까 뻣뻣하게 스크린만 노려봤으나, 내용은 전혀 머리에 들어오지 않았다. 살짝 떨리는 손으로 음료를 마시다가 빨대 끝을 잘게 씹었다. 다시 컵을 내려놓으려다가 무언가 단단한 것과 툭 부딪혔다. 흠칫 놀라 손을 뺐다.

"괜찮아요?"

진영의 팔이었다. 이질감이 느껴질 만큼 단단했다. 허공에서 시선이 가깝게 마주치자 순간 머리에 피가 쏠리는 기분이었다.

"나, 남이사."

여진이 퉁명스럽게 받아치며 얼른 화면으로 시선을 피했다. 물론 누가 봐도 엄청 의식하는 듯한 행동이었다. 팔짱을 낀 그녀는 남들에겐 도도할지언정 진영에게는 그저 귀엽게 보였다. 오늘따라 여진의 행동과 표정, 말투가 평소보다 배는 귀엽고 사랑스럽게 느껴졌다.

혀, 진영의 시선을 고집스레 외면하던 여진의 목덜미에 머지않아 바짝 소름이 돋아났다.

클라이맥스였다. 이 영화에 이렇게 강도 높은 키스신이 있던가……! 노골적으로 펼쳐지는 두 입술의 교합에 여진의 신경이 온통 곤두서기 시작했다. 괜히 티 내면 그게 더 이상하니까, 아무렇지 않다는 듯 오히려 더 집중해서 영화를 관람했다.

그때, 갑자기 진영의 몸이 미세하게 다가오기 시작했다. 화들짝 놀란 여진이 눈을 휘둥그레 뜨고 고개를 돌렸다. 숨을 꾹 멈추고 그를 바라보고 있자니 이미 코앞까지 얼굴이 다가온 상태였다. 뭐, 뭐지? 뭐지? 뭐지? 뭐지? 그의 시선은 명확하게 여진의 붉고 도톰한 입술에 꽂혀 있었다. 갑작스러운 상황에 당황한 여진은 어떠한 행동도 취하지 못하고 그저 돌이 되어버렸다.

"오늘 립스틱 바꿨네요."

살갗으로 느껴지는 그의 숨결이 뜨거웠다. 심장이 몹쓸 병이라도 걸린 듯 쿵쾅대자 정신이 혼미해졌다.

"……모, 몽골인이에요? 눈이 좋네."

"뭐. 여진 씨 한정 몽골의 피가 흐른다고 해둘게요."

진영이 여진의 귓가에 대고 작게 속삭이더니 입술 끝을 조심히 들어 올렸다.

"잘 어울려요."

진영이 부드럽게 생긋 웃었다.

영화가 끝나니 기류가 더 이상해졌다. 영화관을 나와 거리를 걷는데, 밖은 이미 새벽으로 접어든 후였다. 매일 똑같이 겪는 밤인데, 이상하게 그날따라…….

"여진 씨, 더워요?"

"네? 아니요! 왜요?"

"얼굴이 빨갛길래."

앗, 여진이 황급하게 양손으로 얼굴을 짚었다. 침만 꼴깍꼴깍 삼키며 아무 말도 못 하자 진영은 살짝 웃음이 났다.

"하하, 농담인데."

"……다신 그딴 농담하지 말아요, 죽여버리기 전에."

발끈하는 것도 어쩌면 이렇게 깜찍할 수가. 진영이 작게 웃으며 팔을 뻗어 부드럽게 그녀의 손을 감싸 쥐었다. 여진의 손끝이 보일 듯 말 듯 잘게 떨렸다.

"……뭐, 뭐예요?"

"뭐가요?"

"뭐냐니까요?"

"그러니까 뭐가요?"

진영이 시치미를 뚝 떼고 그녀의 손을 더욱 꽉 붙잡았다. 싱글벙글 웃는 얼굴을 마주하자 여진의 심장이 쿵쿵 뛰기 시작했다. 그리고 그 오묘한 두근거림은 손끝을 타고 진영에게 흘러 들어갔다.

"……."

이 상황이 어색했으나 나쁘지만은 않았기에, 둘은 그렇게 손을 마주 잡고 비좁은 골목을 거닐었다. 계절은 한여름이었고, 붙잡은 손은 점점 축축하게 젖어 들었다. 그러나 그렇게 손에 땀이 날 정도로 붙잡은 손에 아무도 불만을 품지 않고 그저 고요히 걷기만 했다.

'10번 썸 타기로 했으니까……'

앞으로 이런 식으로 뭔지도 모르는 해괴망측한 상황을 9번이나 더 겪는 거야……? 헐…….

10번 썸은 무슨! 이런 애인도 아니고 뭣도 아닌 이상한 관계를 더 지속하다가는 제명에 못 살고 죽을 것이 분명하다.

'……그냥 답답하게 끌지 말고 차라리 오늘 담판을 지을까?'

그래…… 애도 아니고. 순수한 척할 것도 아니고.

진지하게 고민하던 여진이 고개를 들어 진영을 똑바로 바라보았다. 후회할 연애는 애초에 시작하고 싶지 않았다. 여진이 진짜 사랑이 아닌 가벼운 호감으로 연애를 시작할 수 없는 이유였다.

그래서 알고 싶었다. 이 남자를 보면 느끼는 이 오묘한 기분이, 진짜 그를 좋아하는 감정인지, 아니면 다른 것인지. 그리고 그것을 판단하는 가장 빠른 방법은 딱 하나.

"오진영 씨……."

여진이 그를 조심스레 불렀다.

"우리 어린 애들도 아니고, 이렇게 질질 끌지 말고 그냥……."

"네?"

"그……."

여진이 진영을 바라보며 말을 이었다.

"키스 한번 해볼래요? 그럼 왠지 답이 나올 것도 같은데."

"……네?"

너무 대놓고 당당하게 말하자 진영은 조금 많이 당황했다. 놀란 그가 걸음을 우뚝 멈추고 우물쭈물하자 여진은 잡고 있던 손을 놓았다. 여진이 몸을 돌려 제대로 진영 앞에 서자 두 눈이 정면으로 마주쳤다.

"아…… 그게. 어…….."

진영이 한 대 얻어맞은 사람처럼 대답하지 못하고 어버버거리자 여진은 자신이 한 말이 부끄러워졌다.

"됐어요. 됐어요! 취소, 취소!"

새벽이라 너무 감성적이 된 탓이다.

"시간도 늦었고, 나 먼저 갈게요. 나중에 봐요!"

괜히 뻘쭘해진 여진은 얼른 진영을 등지고 뒤를 돌았다. 택시를 타고 집에 가기 위해 좁은 골목을 가로질러 또각또각 걸었다. 화려한 밤 조명이 모여 있는 큰길로 빠져나가려고 하는데, 갑자기 뒤에서 뚜벅뚜벅 발소리가 빠르게 들려왔다. 뭔가 싶어 뒤를 보기도 전에 여진의 몸이 거센 힘으로 확 돌려졌다. 그 반동으로 흩날리는 짧은 단발머리는 뒷머리를 누르는 진영의 커다란 왼손 아래에 덮였다. 오른손으로 여진의 턱을 살짝 들어 올린 진영이 여진에게 입 맞춘 것은 순식간이었다.

"읍……."

당황한 여진은 저도 모르게 눈을 크게 떴다. 이내 반사적으로 눈을 감자 포개어진 입술을 통해 뜨거운 감촉이 느껴졌다. 진영의 입술이 여진의 아랫입술을 부드럽게 흠뻑 머금었다. 여진은 머릿속이 새하얘지는 착각을 느끼며 어렵게 팔을 뻗어 그의 어깨에 더듬더듬 올렸다. 입술이 깨물리며 짜릿한 자극이 뒤를 이었다. 여진의 입술을 부드럽게 쓰다듬으며 스치기를 반복하던 진영의 입술에 서서히 힘이 들어갔다. 은밀하게 빨아 당겼다가 놓기를 반복하는 입술이 오래도록 여진의 입술에서 머물렀다. 끝날 기미 없이 점점 거칠어지는 키스에 여진은 정신마저 그 속으로 빨려 들어가는 기분이었다.

도빈은 새벽 2시가 넘어 진영에게 빌붙어 자기 위해 그의 아파트를 찾았다. 신혼집이나 다름없는 도훈의 집에서는 도저히 1초도 지낼 수가 없었기 때문에, 주변 지인들의 집을 돌아가며 묵고 있었고 오늘은 그 대상이 진영이었다.

"형! 진영이 형! 집에 있어?"

도빈이 자연스레 현관 비밀번호를 누르고 안으로 들어왔다.

"진영이 형…… 으악, 깜짝이야!"

도빈은 현관에서부터 시체처럼 널브러져 있는 진영을 발견하고 경악했다. 죽었나 싶어서 콕콕 찔러 봤으나 멍하니 눈을 깜빡이는 것으로 보아 살아는 있는 듯하다.

"형, 뭐 해? 왜 여기서 이러고 있어? 어디 아파?"

진영은 대답 대신 멍하니 허공을 바라보며 눈을 꿈쩍꿈쩍했다. 보다 못한 도빈이 진영을 질질 끌어다가 거실 소파에 끙끙거리며 올렸다.

"아우, 죽겠네. 허리야! 하으, 하아…… 인간 드럽게 무거워. 진짜!"

거구를 옮긴 여파로 거친 숨을 토해내는 도빈이 발로 진영을 퍽 쳤다.

"왜 이래, 진짜? 뭔 일 있어? 사람이라도 죽이고 왔어?"

"……야."

진영이 작은 소리로 중얼거렸다.

"나는 내가 나름…… 연애에 통달했다고 생각했거든."

"뭐라는 거야?"

"……남자 나이 서른 넘어가면, 더 이상 새로울 게 없어."

진영이 여진 이전에 숱하게 만나왔던 많은 여자들은 돌이켜 보면 다 똑같았다. 모든 여자들의 말과 행동은 진영의 예상 반경 안에 있었고, 남녀 관계에서 그들이 어떻게 나올지 예측하는 것은 어렵지 않았다.

"이 사람이 저 사람 같고. 저 사람이 그 사람 같고. 다 거기서 거기로 보여."

애초에 여진에게 첫눈에 반한 것도 수많은 사람들 틈에서 유달리 눈에 띄어서였다.

"설렘이나 기대감 같은 게 없는 거지. 지겹고, 지루하고. 무색무취. 자극이 없어."

좀 다르지 않을까?

"그런데……."

다른 수준을 넘었다. 30대 중반을 바라보는 나이 동안 만나온 그 어떤 사람과도 비교할 수 없을 만큼, 그녀는.

"진짜 이상해."

고양이처럼 날을 세우다가도 불현듯 약한 모습을 보인다. 절대 곁을 내어주지 않을 것처럼 굴다가도 갑자기 키스하자며 훅 들어오기도 한다. 그런 종잡을 수 없는 양면성이 점점 더 최여진이라는 여자에게 집착하게 만든다.

"진짜 신기하고…… 설레기도 하고."

나름 얽매이지 않고 쿨하게 살아온 세월을 전부 뒤집어놓는다. 마치 짜릿한 전파 같은. 늘 통달한 사람처럼 세상을 바라보던 진영에게 새로운 문제로 다가온 여자.

"너무 새로워서……."

그 자극이.

"무서울 정도야."

이렇게 을이 되어가는구나, 하고 실감하는 밤이었다.

아직 해가 뜨기도 전이었지만 부엉이처럼 또랑또랑한 눈을 한 여진은 멀뚱히 천장을 바라보았다.

"……."

잠을 완전히 설쳤다. 몇 시간 전 진영과 키스했던 기억이 머릿속을 맴돌며 떠나지를 않아 미쳐버릴 것만 같았다. 눈앞의 하얀 천장은 상영관이라도 된 듯 그 야릇한 장면을 몇 번이고 재생하고 있었다.

그래, 키스 정도야 대단할 것도 없다. 살면서 키스한 남자는 수십 명에 달했고, 키스하고 다음 날 바로 차단을 누르고 연을 끊은 남자 또한 수십 명이었다. 그런데……

"와……."

키스라도 해보면 뭐라도 알 수 있을 것 같았는데.

"미친 거야……."

그냥 하이얀 백지로 전락했다. 정신이 멍한 것이 금붕어와 친구 먹어도 될 기분이었다.

"그놈이 키스를 너무 잘한 탓이야……."

괜한 짓을 했나 보다. 사고라는 게 완전히 틀어 막혀버렸다.

도훈은 새벽부터 공장 점검 일정으로 지방에 내려가야 했다. 전날에 이어 하늘에 구멍이라도 뚫린 듯이 쏟아지는 장대비 때문에, 정체를 예상하고 예정보다 일찍 출발했다. 결국 오전 5시에 집을 나선 탓에 문을 잠근 채 쿨쿨 자던 서연의 얼굴을 보지 못했다. 그런 그의 아쉬운 마음을 알아봤는지, 아직 차 안이었던 도훈의 휴대전화로 서연이 영상 통화를 걸어왔다. 뒷좌석에 다리를 꼬고 앉아 있던 도훈은 무선 이어폰을 귀에 꼽고 전화를 받았다.

-도훈 씨, 굿모닝? 나 잘 보여?

휴대전화 액정 속, 막 씻은 것처럼 보이는 서연이 방실방실 웃으며 인사했다. 도훈의 입술 틈에서는 자동적으로 환한 미소가 새어 나왔다.

"그래. 잘 잤어?"

-응. 꿀잠 잤어요. 도훈 씨는 지금 지방으로 내려가는 중이죠?

"맞아. 차 안이야."

달콤한 음성으로 속삭이는 도훈 때문에 흠칫한 김 기사가 뭔가 싶어 백미러를 바라보았다. 누군가와 통화 중인 것을 보고 예의 그 여자일 것이라 확신했다. 그렇지 않고서야…… 저렇게 하트 뽕뽕 분위기를 낼 리가.

-아휴, 근데 잠을 잘못 잤나. 목이 너무 뻐근해……

서연이 장난스럽게 중얼거리며 얼굴을 확대하고 있던 카메라를 멀리해 가느다란 목을 드러냈다.

　-게다가 좀 덥다, 집이…….

　아래로 떨어진 머리카락을 한 손으로 듬뿍 그러쥐고 늘씬한 목덜미를 완전히 보여주며 고개를 비스듬히 틀었다. 도훈의 입술이 감탄하듯 벌어졌다. 우유처럼 뽀얀 목덜미 위로 붉은 머리카락이 한 올 한 올 섬세하게 도드라져 있었다.

　-아침부터 덥다, 더워…….

　서연이 조금 더 멀리 카메라를 하자 가냘픈 굴곡을 가진 쇄골이 모습을 드러냈고 도훈의 심장에 폭 파고들어 뜨겁게 불을 지폈다. 그 깨물고 싶을 만큼 탐스러운 쇄골 사이로 은빛을 내는 목걸이가 얌전하게 걸려 있었다. 그제야 의도를 알아챈 도훈이 낮은 소리로 웃었다.

　"목걸이 잘 어울리네."

　-아, 그래요?

　서연이 쿡쿡거리며 목걸이 체인을 손끝으로 슬쩍 들어 보였다.

　-이거 어젯밤에 내가 키우는 대형견한테 선물 받았거든. 예쁘죠?

　서연의 장난에 도훈은 웃음이 나왔다.

　"또띠가 줬어?"

　-있어요. 또띠보다 더 거대한 수컷.

　"누군지 질투 나네."

　-되게 잘생겼어요. 막 미친 듯이 잘생겼어요. 세상 혼자 사는 듯이 멋있거든요.

　서연이 눈을 은근하게 떴다.

　-어우, 너무 맘에 드는데 얼른 뽀뽀해주고 싶다. 입술 터질 때까지 지인하게.

　"뽀뽀만 해주면 섭섭하지."

김 기사는 하마터면 고속도로 한복판에서 브레이크를 밟을 뻔했다. 몇 번을 봐도 정신 나간 듯한 모드의 제 상사는 도저히 익숙해지지가 않았다.

-아, 근데 나 지금 너무 더워서…….

서연이 유혹하듯이 입술을 동그랗게 모았다.

-아무것도 안 입고 목걸이만 하고 있다?

도훈은 심장이 녹아내리는 듯한 착각이 들었다. 입 안이 질척해지는 것을 느끼며 작은 액정을 빤히 바라보았다.

"그래?"

도훈이 입맛을 다시며 뚫어져라 서연을 바라보았다.

"카메라가 가까워서 모르겠다. 팔 더 뻗어봐."

-이렇게?

서연이 조금 더 팔을 뻗자 둥근 어깨와 여리여리한 겨드랑이가 화면에 담겼다. 자유로운 팔을 위로 올려 섹시한 포즈를 취하자 도훈의 심장에 불씨가 일었다.

"더."

-이만큼?

"아니, 더."

서연은 일부러 놀리는 듯 도훈의 애를 태우며 장난을 쳤다.

"더…… 더."

쇄골 아래로는 보여주지를 않으니 애가 탄 도훈이 저도 모르게 체통 없이 더, 더를 중얼거렸다. 당장에라도 액정에 뛰어들 듯이 욕정 가득한 눈으로 서연을 바라보았다. 서연은 그런 그의 반응이 웃겨 깔깔대다가 손을 내저었다.

-헤헤, 안 보여줄 건데. 여기서 미리보기 끝!

도훈이 허탈한 듯 머리를 짚었다.

"……이제 나를 조련해."

나무라는 도훈에게 서연이 폭풍 애교를 부리며 윙크를 날렸다. 사랑스럽게 눈웃음 짓는 서연을 보자 도훈의 숨이 거칠어졌다.

-나머지는 나중에 집에 와서 실물로 봐요! 오빠, 안뇽. 안뇽!

서연이 한 손을 열심히 흔들며 눈 풀린 사람처럼 헤실거렸다.

"강서연."

품에 넣고 다녀도 모자랄 만큼 사랑스럽고, 어여쁘고.

"모르는 아저씨가 까까 사준다고 해도 따라가면 안 된다."

그래서 눈앞에 없으면 걱정이 된다.

"하여간 예뻐서 큰일이야……."

컬래버레이션 프로젝트의 정규 회의 날이었기에 서연은 도훈이 선물한 목걸이를 착용하고 와이시 본사를 찾았다. 샘플을 직접 확인하기 위해 모인 와이시 직원들은 저마다 다양한 의견을 내었다.

"직접 착용해보니 발볼이 좁아 불편합니다. 발볼을 약간만 늘리면 더욱 편하고 활동적인 운동화가 될 것 같아요."

여성 직원이 의견을 내자 유라도 동의한다는 듯 고개를 끄덕였다.

"네. 말씀 주신 사항 인지했습니다. 샘플 수정 때 발볼을 알맞게 늘려보겠습니다."

"홍보실장님께서는 어떠세요?"

아랫사람들 의견보다 윗사람 한 명의 의견이 더 중요한 디자인 실장이 빠르게 선수를 쳐 재경에게 질문했다. 샘플을 받아 든 재경은 꼼꼼히 디테일을 확인하더니, 신중하게 입을 열었다.

"샘플은 화이트 컬러로 했지만, 난초모운 컬리보다는……. 피치 핑크와 그린이 배색된 디자인도 좋을 것 같은데요. 트렌디한 느낌도 함께 가져갈 수 있고."

오피스 운동화라는 점 때문에 무난한 색상만을 가늠했던 터라 컬러를 다

채롭게 변경하는 것은 서연으로서는 생각지도 못한 부분이었다. 재경이 컬러칩을 제시하며 예를 들었다.

"확실히 톤 다운을 시켜서 과한 느낌 없게. 컬러에서부터 차별화가 있어야 합니다."

"네. 알겠습니다. 컬러도 고려해보겠습니다."

덕분에 좋은 아이디어가 떠오른 서연이 간략하게 메모하며 대답했다. 모든 의견을 전부 수렴하고 적다 보니 평소보다 회의가 훨씬 길어졌다. 그렇게 회의는 저녁 7시가 넘어서야 끝이 났다. 시간이 시간인 만큼, 디자인 실장은 현장에서 바로 퇴근하자고 서연과 유라에게 이야기했다.

"네. 그럼 다음 주에 뵙겠습니다."

인사를 마친 서연은 따로 집에 가기 위해 지하 주차장에서 1층 로비까지 올라갔다.

"아……."

일순 아차 했다. 사무실 제 책상 아래에 우산을 두고 가져오지 않은 것을 깨달았다. 와이시에 올 때는 유라의 차로 함께 왔기 때문에 우산이 없어도 문제가 없었다. 덕분에 장마라는 사실을 까맣게 잊고 있었다. 도훈은 지금 지방에 있기 때문에 당장 데리러 와달라고 부탁할 수도 없었다.

"어떡하지. 콜택시라도 불러야 하나?"

일단 밖으로 나가 폭풍우가 몰아치는 하늘을 멍하니 바라보고 있는데, 곧 서연의 앞에 까만 세단이 부드럽게 멈춰 섰다. 놀란 서연이 눈을 크게 떴다. 새카맣게 선팅 된 창문이 서서히 아래로 내려갔다.

"타, 서연아."

재경이 상냥하게 웃으며 속삭였다.

"비도 많이 오는데, 집까지 데려다줄게."

내려치는 빗소리와 함께 재경의 목소리가 어지러이 뒤섞였다.

"아……."

난처한 표정을 숨길 수가 없었다.

"왜?"

이미 와이시 직원들도 다 퇴근한 후였기에 건물 앞은 한적했고 재경은 편안하게 말을 놓았다.

"또 애인분한테 예의가 아닌 것 같아서 그래?"

재경은 아직도 선명하게 기억하고 있었다. 예전에 서연이 그와 거리를 두려고 했던 말을.

"내가 너와 보낸 시간이 그분보다 10배는 많을 텐데."

재경은 웃으며 핸들을 그러쥐었다.

"왜 늘 서연이 고려 대상에는 내가 없는 걸까."

서연이 마른침을 삼켰다. 늘 서운해도 서운함을 내비치지 않았던 재경이 오늘만큼은 다르게 나왔다.

"타, 서연아."

재경의 입술에서 숨소리가 터졌다.

"비 한 방울 안 맞게 해줄게."

그렇게 자신하는 얼굴이 낯설게 느껴졌다. 불현듯 밀려오는 긴장감으로 몸이 떨려 바닥에 붙은 구두 굽에서 진동이 일었다. 마치 자신의 차를 타지 않으면 저 폭풍우를 온몸으로 맞으며 가야 할 것이라고 경고하는 듯했다. 확실히 이 장대비 속에서는 우산을 쓰고 가더라도 비에 젖은 생쥐 꼴을 면치 못할 것이다. 서연이 굳은 손으로 작게 주먹을 그러쥐었다.

그 순간, 끼이익. 뒤에서 들려오는 시끄러운 바퀴의 마찰음에 서연의 고개가 돌아갔다. 빠르게 정차한 하얀 세단 안으로 유라의 얼굴이 보였다.

"서연 씨."

그녀의 얼굴이 일순간 서연에게 뚜렷하게 각인되었다.

"타세요."

유라가 새빨간 입술을 들어 올리며 웃었다.

"지금 비가 오는 걸 잊었어요. 데려다줄게요."

갑자기 두 사람이 서로 데려다주겠다며 나서기 시작했다. 당혹스러워진 서연이 주춤거리며 핸드백을 고쳐 멨다.

"……."

재경은 백미러에 비친 유라의 하얀 자동차를 지그시 바라보았다. 유라도 앞에 선 재경의 차를 흘끔 바라보며 타라는 듯 서연에게 다시 한번 고갯짓했다.

"내 차에 타, 서연아."

……뭐야.

"아니요. 제 차에 타세요."

왜 다들 나를 태우지 못해 안달이야…….

서연은 이게 무슨 상황인지 짐작조차 할 수가 없었다. 말도 못하게 기괴한 상황에 그저 미간을 세차게 좁힐 뿐이었다. 두 사람 다 서연에게는 불편한 사람들이었다.

"서연아, 타."

재경이 사람 좋게 웃으며 다시 속삭였다. 그 부드러운 미소와 어우러져, 일 외에는 재경을 가까이하지 말라던 도훈의 당부가 떠올랐다.

"타세요."

유라가 질세라 뒤이어 입술을 움직였다. 새빨간 립스틱으로 물든 작은 입술이 무당의 벌그죽죽한 입술과 묘하게 겹쳐 보였다.

'네 녀석 주변에 그놈을 연모하는 계집년이 하나 있을 것이다.'

걸걸한 무당의 목소리가 서연의 뇌리를 깊숙이 파고든다.

'사내가 되어버리라고 저주를 퍼부은 무녀의 환생인이 틀림없다.'

무조건 피하는 게 상책이라고 말하던 그 경고가.

"……."

결국 이 두 사람 전부 서연이 가까이해서는 좋을 게 없는 사람들이다. 누구 차를 탈지 갈등할 필요도 없이 답은 이미 정해져 있다.

"저는……."

귓가를 따갑게 울리는 빗소리와 함께 서연이 말했다.

"제안은 감사하지만, 택시 부르려고 해요."

누구의 차든, 굳이 불편한 자리를 자처할 이유는 없다. 잠깐 침묵하던 유라는 더 뜸 들이지 않고 바로 다음 주에 보자며 인사를 남기고 퇴장했다. 유라가 사라진 후에도 재경은 한동안 말없이 서연을 지그시 바라보더니, 핸들을 크게 꺾어 유턴해 사라졌다.

"하……."

집만 나와도 사방이 가시방석이다. 겨우 안도한 서연은 콜택시를 부르기 위해 휴대전화를 양손으로 쥐었다. 어플로 간단하게 택시를 부른 서연은 차의 번호를 읽으며 조용히 뇌까렸다.

"37바 3019……."

약 10분 정도 후 도착이라는 안내 멘트를 보며 작게 한숨을 내쉬었다. 다행히 머지않아 저 멀리서 택시가 헤드라이트를 번뜩이며 다가왔다.

"콜 하셨죠? 타세요."

창문을 조금 내린 기사가 손짓했다. 서연이 머리 위를 가리고 서둘러 뛰어가 차 위로 올라탔다. 찰나의 순간이었으나 워낙 빗줄기가 굵어 어깨가 눅눅하게 젖어버렸다.

"정확히 어디까지 가십니까?"

"종로구 새빛동이요."

손으로 몇 번 어깨를 털면서 어수선하게 말했다. 곧바로 차가 출발하고 서연은 등받이에 편하게 등을 기댔다. 휴대전화를 꺼내 도훈에게 전화를 걸었으나 받지 않는다.

"……아직도 바쁜가."

밤늦게 온다는 얘기는 들었지만 이렇게까지 연락이 안 될 줄이야. 폭우가 내려치는 날씨에 올라오다 사고라도 나면 어쩌나, 걱정이 되는 맘을 숨길 수가 없었다. 계속 전화를 하자니 휴대전화는 배터리가 2퍼센트밖에 남지 않았다. 집 도착 전까지 배터리를 아끼기로 하며 휴대전화를 무릎 위에 올려놓았다. 멍하니 홍수가 난 듯한 거리를 바라보다가 문득 몸으로 파고드는 한기에 어깨를 움츠렸다. 축축한 습기와 더불어 최고 세기로 틀어져 있는 에어컨 때문이었다. 늦은 밤 어둠 속을 달리는 차 안은 필요 이상으로 추웠다.

"저, 기사님."

서연이 조심스레 기사를 불렀다.

"조금 추운데, 혹시 에어컨 조금만 줄여주실 수 있을까요?"

서연이 묻자 기사는 대답 없이 액셀만 거세게 밟았다.

……못 들었나? 다시 한번 말해야겠다 싶어 입술을 벌렸다.

"저, 기사님. 에어컨 조금만……."

서연의 심장이 쿵 아래로 떨어졌다.

"……줄여……."

뒷말을 이을 수가 없었다. 앞에 쓰여 있는 택시 운전 자격증명 옆 불친절 신고 안내 스티커를 보는 동공이 흔들렸다.

〈차량 번호 : 51바 4341〉

"……."

이 차는, 서연이 부른 차가 아니었다. 아까 부른 택시의 차량 번호는 3019였다. 서연이 숨을 훅 멈추었다. 자격증 증명사진 속 환하게 웃고 있는 노인의 얼굴을 보고 택시 기사를 흘끔 살펴보았다. 서연의 동공이 거칠게 흔들렸다.

……젊은 남자.

자칫하면 비명이 새어 나올 것만 같아서 잇새를 꽉 깨물었다. 이 사람, 누구지? 심장이 쿵쾅쿵쾅 발작하며 머리가 어지러웠다.

재빨리, 하지만 티 나지 않게 행동해야만 했다. 밀물처럼 밀려오는 공포로 파르르 떨리는 손끝을 움직여 더듬더듬 휴대전화를 주워 들었다. 어느새 배터리가 1퍼센트까지 내려가 있었다. 저도 모르게 112가 아닌 도훈의 번호를 먼저 찾아 들어갔다. 사시나무처럼 진동하는 엄지손가락으로 통화 버튼을 누르자 바로 도훈이 전화를 받았다.

-여보세…….

뚝. 휴대전화 전원이 까맣게 죽음과 동시에 서연이 헛숨을 토해냈다. 고개를 팍 치켜들자 계속 백미러로 저를 주시하고 있던 남자와 눈이 마주쳤다. 정신이 아찔했다.

"아저씨……."

놀란 서연이 반사적으로 더듬더듬 문고리를 쥐었다.

"저…… 저 내려주세요……."

엄청난 속력으로 달리고 있는 차 안이었으나 제대로 된 사고가 불가능한 상태였다. 지금 당장에라도 도망칠 듯 핸드백을 움켜쥐고 허리를 곧추세웠다. 그 순간 어둠을 몰아내며 달리던 차가 더욱더 암흑 같은 터널 안으로 빨려 들어갔다. 서연은 눈앞이 캄캄해졌다. 주변에는 차 한 대 없었고 지금 보니 집으로 가는 길도 아니었다. 두려움에 비명이라도 지르고 싶었으나 사지가 딱딱하게 굳어 움직일 수가 없었다. 무작정 달칵 문고리를 연 순간, 운전석의 남자가 위협적으로 서연에게 달려들었다.

끼이이이이익!

차가 핑그르르 원을 그리며 제자리를 돌다가 멈추었다. 퍽, 서연의 머리가 시트 위로 거칠게 부딪혔다. 억센 손이 서연의 연약한 하악을 꽈악 짓누르며 움켜쥐었다.

"읍……! 읍!"

서연은 축축한 손수건이 제 코와 입을 틀어막는 것을 느꼈다. 도망쳐야 하는데, 도망쳐야 하는데. 서연이 굳건하다 못해 돌덩이 같은 남자의 팔을 퍽퍽 내리쳤으나 역부족이었다. 계란으로 바위를 내리치는 수준에 지나지

164

않다는 듯 남자의 표정에는 변화가 없었다. 반쯤 열린 문틈으로 터널의 음습한 공기가 새어 들어와 폐부를 찔렀다.

"야."

눈앞이 아찔하게 흔들리고 몸에서 힘이 추욱 하고 빠졌다.

"닥치고 있어."

희미해지는 의식 속으로 남자의 적의 가득한 음성이 들려왔다.

"여기서 확 죽여버리기 전에."

온몸을 휩싸는 공포에 눈물이 차올랐다. 파들파들 떨리던 팔은 중력을 두 배로 받은 듯 힘없이 아래로 추락했다. 코끝을 찌르는 역겨운 약품 냄새를 맡으며 서연이 눈물을 흘렸다. 그러다 이내 아득해지는 정신을 놓으며 눈을 감아버렸다.

쾅!

뚜벅뚜벅 걷던 도훈은 제 옆으로 와르르 떨어진 상자 때문에 일순 걸음을 멈추었다.

"이, 이사님!"

총책임 관리자가 허둥지둥 다가와 도훈의 안위를 살폈다.

"괜찮으십니까?"

"……."

한쪽 손을 바지 주머니에 꽂아 넣은 도훈은 묵묵히 바닥에 널브러진 냉동육들을 바라보았다. 높이도 높이다 보니, 직접적으로 머리에 맞았으면 중상을 입었을 만큼 위험천만한 상황이었다.

"차, 창고 관리가 원래 이렇지 않은데, 최근 환송된 물량 때문에……."

변명을 늘어놓는 관리자가 식은땀을 뻘뻘 흘리며 도훈의 눈치를 핼끔핼끔 봤다. 얼른 사람을 시켜 치우도록 지시한 관리자가 다시 한번 도훈에게 사과하며 허리를 숙였다. 말없이 그 분주한 광경을 바라보던 도훈은 조용하게 미간을 좁혔다.

서연은 머리가 깨질 것처럼 아파왔다. 스산한 공기가 피부를 아릿하게 스치며 파고들었다.

힘겹게 눈꺼풀을 열었을 때 보이는 것은 천장에서 내리쬐고 있는 밝은 조명이었다.

"······아."

온몸이 욱신거리고 속은 메스꺼워 구토가 나올 것만 같았다.

여긴 어디······? 몽롱한 정신으로 눈알만 고단하게 굴려 사방을 둘러보았다. 순백의 벽, 순백의 천장, 예상과는 전혀 다른 풍경이 펼쳐졌다.

"호텔······?"

고가의 가구들과 깔끔하게 정돈된 내부, 스위트룸으로 보이는 넓은 공간을 미루어보아 호텔이 틀림없었다. 서연은 눈물이 날 것 같았지만 꾹 눌러 참았다. 미친 듯이 쿵쾅거리는 심장을 가까스로 다스리며 서연은 침착하려 노력했다. 상황 파악을 위해 먼저 두 손을 내려 제 몸을 샅샅이 살펴보았다. 옷은 전과 같이 제대로 입고 있었고, 특별히 위해를 가한 흔적도 없어 보였다. 하지만 안심할 수는 없었다. 앞으로 무슨 일이 벌어질지 전혀 예상할 수 없었으니까. 무차별적으로 아무 탑승객이나 납치했고, 불행하게 그 상대가 저였다고 생각할 만큼 서연은 단순하지 않았다. 이 공간에서 느껴지는 이질감.

"하······."

그 정체를 파악한 순간 서연은 이 일이 철저하게 계획된 납치라는 것을 알 수 있었다.

창문이 없는 호텔 스위트룸······. 서울 시내에 몇 개나 될까.

"어떻게 해야······."

새파랗게 질린 서연은 섣불리 행동하지 못하고 마른침만 내리 삼켰다. 일단 이 방 안에 누군가 또 있는지부터 확인해야 한다. 서연은 조심스레 침대에서 몸을 일으켜 현관으로 걸어갔다. 덜걱, 덜걱. 꽉 하고 잠겨 있는 문고리를 억지로 세게 돌려봤지만 소용없었다. 안에서는 열 수 없는 문이었다. 완전히 감금당한 것이다.

서연은 발작하듯 쿵쿵 뛰는 심장 소리에 숨이 턱턱 막혀왔다. 귀가 먹먹해지고 시야까지 불명확하자 이제 이성을 잡고 있기가 힘들었다. 정신 나간 사람처럼 스위트룸을 뛰어다니며 제 휴대전화를 찾아다녔다. 그러나 휴대전화를 포함한 소지품은 전부 어디론가 사라진 상태였고, 이 호화스러운 룸에는 뭣 하나 빠져나갈 수 있는 쥐구멍조차 존재하지 않았다.

그렇다. 지금 서연을 도와줄 수 있는 사람은 아무도 없었다.

"……."

온몸에 있는 피가 전부 빨려나가는 느낌이었다. 무서웠다. 이제 어떻게 되는 걸까. 여러 가지 생각들이 분주하게 튀어 올라 서연의 정신을 어지럽혔다. 그냥 버티지 말고 재경 오빠나 팀장님 차를 타고 갔더라면. 하다못해 택시 번호판이라도 제대로 확인하고 탔더라면. 쓸데없는 후회를 하며 서연이 양손으로 제 입을 꽉 틀어막았다.

기절한 이후로 시간이 얼마나 지난 건지, 이곳은 도대체 어디인지, 지금이 낮인지 밤인지조차 알 수가 없었다. 더욱이 자신을 납치한 범인은 무슨 생각인지 모습조차도 드러내지 않는다. 일순 머리가 어지러워 시야가 핑그르르 돌았다. 창백한 낯으로 더듬거리며 벽을 짚자 비스듬히 열려 있던 방문이 끼이익, 소음을 내며 열렸다.

"……."

그곳에는 식사가 차려져 있었다. 식탁 위에 펼쳐진 기괴한 광경은 명백히 서연을 위해 짜인 듯 보였다.

"하……."

서연이 무거운 숨을 토해냈다. 다량의 물과 질 좋은 식사, 푹신한 침대, 깨끗한 욕실, 그 모든 것이 서연을 위해 준비되어 있었다. 저도 모르게 파들파들 떨리는 다리로 뒷걸음질 치다가 탁, 차가운 벽에 부딪혔다.

"……."

에어컨에서 뿜어져 나오는 서늘한 바람이 정수리 위에 꽂혀 들어왔다. 그 벽을 타고 올라가 천장에 닿은 서연의 동공이 거칠게 흔들렸다. 온몸에 오싹 소름이 돋았다. CCTV의 렌즈를 통해 흘러나온 붉은 섬광이 서연을 향해 번뜩이고 있었다. 서연의 사지가 파들파들 떨렸다.

감시당하고 있다. 그 남자에게.

"……."

그때였다.

띠리리리, 고요하던 룸 안을 울리는 전화벨 소리에 서연이 흠칫했다. 눈물 고인 눈으로 황급히 소리의 진원지를 살피니 협탁에 놓여 있었던 내선 전화가 금방 눈에 띄었다. 고민도 잠시, 빠르게 달려가 전화를 받았다.

수화기 건너편에서 미세한 숨소리가 들려왔다. 본능적으로 느꼈다. 전화를 건 사람은 자신을 납치한 그 남자라는 것을. 때문에 살려달라고 소리치지 않았다. 그를 자극해서는 안 된다. 그저 죽은 듯이 청각에 온 신경을 집중할 뿐이었다.

-……물.

서연이 움찔했다. 남자가 뱉은 한마디는 전혀 예상치 못한 말이었다.

-가서 물 마시고 와.

괴기스럽게 기계음처럼 변조된 목소리였다. 왜 굳이 변조를 했지? 긴장한 서연이 꼴깍 침을 삼켰다. 그의 명령에도 장승처럼 서서 수화기를 움켜쥔 것은 서연의 수동적인 저항이었다.

"……밖으로."

이 모든 상황을 CCTV로 지켜보고 있을 남자는 그런 그녀의 행동에 헛숨을 들이켰다.

"밖으로 내보내주세요."

서연이 떨리는 목소리로 끊어질 듯 웅얼거리자 남자는 재미없다는 듯 신경질을 냈다.

-어떻게 잡았는데 돌려보내.

"……"

서연이 축축해진 눈을 꾹 감았다가 떴다. 나한테 왜 이러는 거예요? 목구멍까지 치달은 질문이 울컥 솟아오르는 신물에 꼬륵 하고 잠겼다.

-처음부터 속일 심산이었지.

남자의 목소리가 낮게 바닥으로 깔렸다.

"……네?"

서연은 남자가 하는 말을 이해할 수 없어 미간을 찌푸렸다. 속였다고? 속인 쪽은 자신이 아니라 서연을 감금한 이 남자였다.

-나가고 싶다면 내가 묻는 말에 대답해.

딱딱한 음성이 서연의 귓가를 아프게 찔렀다.

-뭐라고 생각해, 네 잘못.

머리를 무자비하게 주먹으로 얻어맞은 기분이었다. 난생처음 보는 이 남자에게 대체 무슨 잘못을 했다는 걸까. 서연은 대답하지 못하고 입술만 달싹거렸다. 살면서 누군가에게 폐 끼치지 않고 살아왔다고 생각했는데, 자신을 감금하고 싶을 만큼 원한을 가진 사람이 있다는 것이 억울하게 느껴졌다.

-질문을 바꾸지.

"……"

-네가 살아야 하는 이유를 내게 설명해봐.

덜컥 겁을 집어먹었다.

-어디 한번 납득시켜봐.

그렇지 않으면 여기서 죽여버리겠다는 뜻으로 자연스레 해석되었다.

-나는 궁금해. 계속 이렇게 너를 지켜보고 있으면 언젠가는 답이 나올까 싶거든.

"……"

-네가 숨기고 있는 비밀.

알 수 없는 말만 반복하니 남자의 의중을 이해하기가 힘들었다. 서연은 머리가 어지러워 휘청대다가 벽에 의지하여 몸을 기댔다.

-나는 또 네게 기회를 주는 거야. 몇 번이고, 몇 번이고…….

남자는 차분하지만, 적의 가득한 음성으로 말을 이었다.

-고해성사.

서연은 몸에서 힘이 빠져 주르륵 벽을 타고 미끄러졌다. 수화기를 떨어뜨릴 것만 같아 두 손으로 붙잡았다.

-해.

"……나한테…… 나한테 왜 이러는 거예요."

-하라고.

바닥에 주저앉은 서연은 한 손으로 눈물을 아무렇게나 훔쳤다.

-수화기 똑바로 들어.

남자의 독촉에 수화기를 귀 옆에 제대로 갖다 대었다.

-여기는 지하인데…… 불이라도 나면 어떻게 될까.

그는 명백히 협박을 하고 있다.

-출구가 없어.

그가 말하는 바를 전혀 알 수가 없으니, 서연으로서는 어찌할 도리가 없었다. 소리 없이 눈물만 흘리자 곧 수화기 건너편에서 일방적으로 전화를 끊어버렸다.

총책임 관리자는 정리되지 않은 창고 상태로 인에 쓴이기는 도훈이 붉갛은 면박과 본사의 페널티를 피할 수 없었다. 시정하겠다며 몇 번이고 허리를 굽실거린 끝에 도훈의 사나운 눈빛과 호통 아래에서 겨우겨우 벗어날 수 있었다.

"감사합니다, 이사님! 조심히 들어가십시오! 감사합니다! 감사합니다!"

폴더처럼 허리를 깍듯하게 접은 관리자를 뒤로하고 도훈의 차는 빗물을 가르며 출발했다. 도훈은 추적추적 비가 내리는 창밖을 사색에 잠긴 얼굴로 바라보다가, 이내 소식이 없는 휴대전화를 내려다보았다. 단순히 휴대전화 전원이 나갔겠거니, 그렇게 생각하던 참이었다. 그런데 조금 전 제 옆을 빗겨나가 바닥으로 추락한 상자를 본 순간 마음이 달라졌다. 감이 좋지 않았다. 무슨 일이 생겼을 거란 불안감이 계속해서 응답하지 않는 휴대전화를 통해 걷잡을 수 없이 증폭되었다. 혹시 또 쓰러진 걸까, 전에 회식 도중 서연이 혼절했었던 일을 떠올리며 초조하게 낯빛을 굳혔다. 어디선가 모습이 갑자기 변해 또 쓰러졌을지도 모르는 일이었다.

게다가……. 잠시 생각하던 도훈은 다시 휴대전화를 들어 올렸다. 도훈의 손가락이 느릿하게 움직였다.

"……."

액정을 바라보던 도훈의 미간이 험악하게 구겨졌다. 휴대전화를 거세게 움켜쥔 손등 위로 이내 푸른 힘줄이 울긋불긋하게 불거졌다.

"김 기사."

도훈의 호명에 김 기사가 빠릿빠릿하게 대답했다.

"네, 이사님."

도훈은 입고 있던 재킷을 거칠게 벗어 시트에 팍 던졌다.

"내려. 내가 운전하지."

서연은 의자 위에 웅크리고 앉아 유약한 숨만 색색 내쉬었다. 그 이후로 체감상 얼마나 지났는지도 모를 만큼 억겁의 시간이 흘렀다. 그저 양 무릎을 꽉 끌어안고 두려움에 떠는 것만이 서연이 할 수 있는 전부였다. 여기서 나갈 수는 있는 걸까, 이대로 평생 가둬놓기만 하는 걸까.

……대체 뭘 말하라는 걸까. 불안한 맘을 의지할 곳이 없어 도훈이 선물

한 목걸이만 꼬옥 움켜쥐며 입술을 잘근잘근 깨물었다. 손끝으로 목걸이를 만지작거리자 도훈의 얼굴이 눈앞에 어른거렸다. 왈칵 터진 눈물이 건조해진 볼을 타고 흘러 무릎 위로 뚝뚝 떨어졌다.

"……그래."

하릴없이 발끝을 노려보던 서연이 크게 심호흡했다. 이대로 앉아 있어봐야 범인은 모습도 드러내지 않고, 상황은 전혀 나아지지 않는다. 행동하기로 결심한 서연은 다시 식사가 놓여 있던 방으로 걸어갔다. 접시에 다소곳하게 담겨 있는 요리를 노려보던 서연이 한쪽 팔을 치켜들었다. 패악질을 부리는 사람처럼 접시를 바닥으로 던져버렸다. 플라스틱 접시는 깨지지 않고 추락해 카펫 위를 나뒹굴기만 했다. 젓가락과 숟가락을 주워 들어 사방으로 던진 서연은 손에 잡히는 온갖 집기를 다 집어 던지며 행패를 부렸다.

"하아……. 하아……."

턱 아래까지 차오른 숨을 힘겹게 내쉬었다. 붉은 사인을 깜빡이며 저를 감시하는 CCTV를 적대적으로 노려보았다. 서연은 이내 욕실로 들어가 곱게 접혀 있는 가운을 확 끌러 내렸다. 우악스러운 손동작으로 가운 허리띠를 잡아당겨 빼고 가운은 바닥에 아무렇게나 던져버렸다. 이성을 잃은 사람처럼 침대 위로 올라가 전등 뚜껑을 팍 뜯어냈다. 쾅, 소리와 함께 바닥에 전등 뚜껑이 부딪쳐 산산이 깨졌다.

서연은 허리띠를 전등 사이로 빠르게 감았다. CCTV에 또렷이 찍힐 앵글이었다. 살기 위해 목숨을 걸 수밖에 없었다. 그녀 자신의 생명을 걸고 던지는 승부수였다.

여기에 계속 얌전히 감금되어 있으면 아무것도 해결되지 않는다. 저 CCTV로 자신을 지켜보고 있을 남자에게 살해당하거나, 시간이 흘러 남자로 돌아간 후 죽어버릴 뿐인 것이다. 서연은 사시나무처럼 떨리는 손으로 허리끈 양쪽을 팽팽하게 잡아당긴 후 매듭을 지었다. 베게 세 개를 쌓고서 그 위로 올라 아슬아슬하게 까치발을 들자 전화벨이 또다시 울려왔다. 띠리리리, 띠리리리, 시끄러운 벨소리를 배경음으로 서연은 매듭진 허리띠에 제 턱 끝을 서서히 올려놓았다. 띠리리리, 띠리리리, 심장이 터질 것처럼 뛰고 두려움이 한없이 밀려왔다.

"……크."

가운 허리띠가 서연의 여린 목을 조여오기 시작했다. 무서웠다. 생각대로 되지 않으면 이대로 죽을 것이다.

띠리리리, 띠리리리.

"커억……."

지지대로 쌓아 올린 베개가 쓰러지고 서연은 시야가 흐려지는 것을 느꼈다. 머리가 뜨거워지며 몸이 배로 무거워져 아래로 추욱 늘어졌다. 압력으로 인해 목이 부러질 것 같다고 느낀 찰나, 쾅, 부서질 듯 호텔 문이 열렸다.

"이런 미친……!"

허둥지둥 안으로 뛰어 들어온 젊은 남자가 서둘러 서연을 안아 들어 지지했다. 시체처럼 늘어진 서연의 목에 감긴 허리끈을 풀고 서연을 천천히 침대 위에 눕혔다.

"야, 너 죽고 싶어 환장했냐? 진짜 별 정신 나간 년을 다 보겠네!!!"

하얀 목 위로 빨갛게 남은 자국을 보며 남자가 열받는다는 듯 침대를 팍 걷어찼다. 누워서 연신 콜록대며 기침을 토해내던 서연이 눈물로 촉촉해진 동공을 굴려 남자를 쳐다보았다.

"……당신…… 나 죽일 생각 없죠……."

서연은 힘겹게 한마디 한마디 이으며 아까 저를 납치했던 그 젊은 남자와 시선을 마주했다.

"오히려…… 내가 죽을까 봐 벌벌 떨고 있는 거로 보이는데, 나는."

처음 이 방에 들어왔을 때 느꼈던 괴리는 단순히 창문이 없는 것 때문만이 아니었다. 이 고급스러운 스위트룸과 어울리지 않는 플라스틱 접시와 포크 대신 놓여 있는 수저. 다른 것은 전부 구비되어 있는데 뾰족한 물건들만 모아 어디론가 치운 듯한 모양새. 심지어 가구의 날카로운 모서리마저 억지로 납땜이 되어 있었다.

"……너 누구야."

마치 서연이 다치거나 죽으면 큰일이 난다는 것처럼.

"누군데 나한테 이래."

감금시킬 만큼 원한을 가진 사람인데, 정작 피 한 방울 흘리지 못하게 하는 역설적인 상황이었다. 애초에 서연을 묶어놓지도 않고 이런 호화스러운 호텔에 감금하는 것부터가 아이러니였다.

"하……."

남자가 어처구니가 없다는 듯 헛숨을 토하며 서연을 노려보았다.

"야."

서연이 움찔했다.

"건방 떨지 마. 여기서 널 도와줄 사람은 아무도 없어."

남자는 한 손에 가운 허리띠를 들고 서연의 손목을 확 잡아당겼다.

"그래. 원하시는 대로 묶어드리지."

남자가 껄렁거리며 얇디얇은 손목을 위로 꺾어 올렸다. 서연이 발작하듯 발버둥 치며 새하얀 앞니로 남자의 팔목을 콱 물어뜯었다.

"아!!!"

피가 날 정도로 깨물자 남자가 고통에 외마디 비명을 질렀다. 그 틈을 타고 서연은 남자를 퍽 밀쳐버렸다. 빠르게 달린 서연은 아까 남자가 급하게 들어오느라 반쯤 열어둔 현관문을 벌컥 열고 복도로 뛰쳐나갔다. 맨발로 서늘한 타일을 타닥타닥 밟아가며 정신없이 내달렸다.

"야 이 쥐새끼 같은…… 너 서기 인 시!"

잡히면 정말 죽는다는 생각으로 맹목적으로 복도를 따라 뛰었다. 전력으로 질주하자 숨이 턱까지 차올랐다. 바로 뒤에서 둔탁한 발소리가 괴기스럽게 쿵쾅쿵쾅 따라붙었다. 제 속도에 맞춰 들리는 발소리에 고막이 찢겨져

174

나가는 듯했다. 살짝 뒤돌아본 서연은 마치 저를 잡아 죽이려는 듯 무지막지한 속도로 달려오는 남자에 사색이 되었다. 공포에 이대로 기절할 것만 같았다. 머리가 깨질 듯이 아프고 어질어질했다. 복도로 오는 동안 사람 하나 마주치지 못했다. 조금 전 이곳이 지하라고 말했으니 도움을 요청하려면 위층으로 올라가야만 했다. 비상문을 확 밀어 연 서연이 어두운 비상계단 위를 정신없이 올라갔다. 너무 뛰어 목이 찢어질 만큼 아팠다. 타일 위를 내딛는 덩어리처럼 뭉친 맨발이 생채기로 너덜너덜해졌다.

"야, 멈추라고!!!"

올라가는 내내 뒤에서 득달같이 쫓아오는 남자 때문에 기겁해서 발목도 몇 번이고 삐끗했다. 바로 뒤까지 남자가 따라붙자 서연이 계단에 쌓여 있는 상자를 팍 밀어 엎질렀다.

"악! 이, 씨……."

남자의 욕지거리를 들으며 서둘러 몇 층을 더 올라 비상문 손잡이를 움켜쥐었다.

덜걱, 덜걱.

"……잠겼어."

도망칠 곳이 없다. 온몸에 피가 바싹바싹 마르는 듯했다. 쿵쾅쿵쾅, 심장이 마비된 기분이었다. 어떻게 해야 할지 고민할 여유도 없이 옆의 작은 창고 문을 벌컥 열었다.

"하아, 하아……."

서연이 몸을 작게 구겨 창고에 욱여넣었다. 문을 서둘러 닫자 한 치 앞도 보이지 않는 암흑이었다. 두려움에 수도꼭지처럼 줄줄 흐르는 눈물을 막을 길이 없었다.

"흐윽……."

들키면 안 되기 때문에 울음이 새지 않도록 제 팔뚝을 깨물었다. 세게 씹은 탓에 입 안에서는 비릿한 피 맛이 번졌다. 가장 힘들고 무서울 때 생각나는 얼굴은 역시나 도훈 하나뿐이었다. 이대로 잡혀 죽게 된다면 그와 영영 이별인 걸까. 전생에 이어 이번 생에서도 우리는…….

"……."

서연이 숨을 끅 멈추었다. 뚜벅, 뚜벅, 발걸음 소리가 지척으로 들려왔기 때문이었다. 점점 가까워지던 발소리는 창고 문 바로 앞에서 뚝 멈추었다. 끼이이익, 문이 열리고 서연의 동공이 거칠게 흔들렸다.

"빙고."

거구의 남자가 모자를 들어 올리며 씨익 웃었다.

"찾았다."

심장이 뚝 아래로 추락했다. 서연이 비명을 지르려는 순간 남자가 그녀의 입을 콱 틀어막았다.

"읍……!"

"이 호텔 4층 로비까지 다 비워놔서 소리쳐 봐야 소용없어."

남자가 게걸스럽게 웃었다.

"어떻게 죽여줄까? 어?"

"읍, 읍……!"

"얌전히 끌려 올라가겠어, 아니면 여기서…… 크악!"

순간 커다란 주먹에 채인 남자의 머리통이 축구공처럼 날아가 바닥으로 쾅 처박혔다. 쿵, 거센소리와 함께 널브러진 남자가 괴로운 신음을 흘렸다.

"아악!"

도훈이 이어 남자의 명치를 구둣발로 콱 짓밟자 남자가 토악질을 하듯 입을 벌렸다. 서연은 어둠 속에서도 분노로 까맣게 타는 도훈의 눈동자를 보았다.

"……도…… 훈 씨……."

도훈은 엉망진창이 된 서연을 보며 끓어오르는 열화를 주체할 수가 없었다. 바들바들 떠는 그녀를 일으킨 후 한 팔로 꽉 끌어안았다. 동시에 서연은

176

제 허리를 감싸는 따뜻한 체온을 느꼈다.

"도훈 씨가 여긴 어떻게……."

서연이 채 말을 잇기도 전에 쓰러져 있던 남자가 벌떡 일어났다.

"이 개새끼가!!!"

남자가 괴성을 지르며 아무렇게나 주먹을 내지르면서 달려들었다. 여전히 서연을 한쪽 팔로 감싸 안고 있는 도훈이 서연의 귓가에 나직하게 속삭였다.

"눈 감아."

그 말에 따라 서연은 눈을 꼬옥 감았다. 그의 가슴에 얼굴을 묻자 옆으로 찬바람이 스쳤다. 퍼억, 또다시 둔탁한 마찰음이 울려 퍼졌다.

"아악!"

도훈이 긴 다리로 옆구리를 걷어차자 그대로 벽에 쾅 부딪힌 남자의 코뼈가 으스러졌다. 눈을 감고 있어 누구의 것인지 알 수 없는 비릿한 피 냄새를 맡으며 서연이 두려움에 떨었다. 쿵, 쿵, 그 이후로도 한참 동안 마찰음이 터지더니 기어코 뼈가 부러지는 소리가 함께 들려왔다. 건장한 남자는 저보다 더한 괴력에 의해 팔뼈가 완전히 부서져 고통에 몸부림쳤다. 쾅, 그가 무릎을 꿇은 순간 도훈은 그의 얼굴을 또다시 걷어차 계단 아래로 밀어버렸다.

"크억……!"

도훈은 도망가지 못하게 남자의 왼쪽 발목을 부러뜨려놓았다. 우두둑.

"아아악!"

너덜너덜 걸레짝이 된 발목이 추욱 늘어져 대롱대롱거렸다. 도훈에게 한 팔로 안겨 있던 서연이 살짝 눈을 뜨니 이미 피떡이 되어 기절한 남자가 계단에 반쯤 걸쳐져 널려 있었다. 죽었을지도 모른다고 생각하니 덜컥 겁을 집어먹고 도훈을 말렸다.

"도, 도훈 씨. 이제 그만……. 이제 그만."

서연이 울먹거리며 중얼거렸다. 오른 발목마저 부러뜨리려던 도훈은 그런 서연의 말에 멈칫했다. 도훈은 남자의 발목 바로 위까지 올려놓았던 발을 내려 바로 옆 맨땅을 내리눌렀다.

"……후."

화를 참기 위해 짓이기듯이 바닥에 발을 비빈 도훈은 눈을 지그시 감았다가 떴다.

"야."

도훈이 남자의 피로 흠뻑 물든 구둣발을 더럽다는 듯 털어냈다.

"넌 강서연 덕분에 불구 안 된 줄 알아."

도훈이 씹듯이 뱉으며 반쯤 벗겨진 남자의 신발을 퍽 걷어찼다. 빠른 속도로 날아간 신발은 벽에 맞고 난간 밑으로 떨어져 쾅, 쾅, 소리를 내며 지하 깊숙이 추락했다. 확 고개를 돌린 도훈이 양팔로 서연의 몸을 으스러지게 끌어안았다. 그는 서연의 귓가에 가쁜 호흡을 몰아쉬며 더욱더 세게 그녀를 조였다.

"안 다쳤어……?"

몽롱하게 들리는 달콤한 음성에 서연은 커다란 눈을 글썽였다. 도훈이 서연의 양 볼을 감싸 들고 그 위로 뜨거운 숨을 내뱉었다. 아무렇게나 헝클어진 머리카락과 하얀 목에 남은 빨간 자국. 도훈의 입가가 형편없이 일그러졌다. 눈물에 젖어 하얀 볼 위에 말라붙은 머리카락을 보니 가슴이 찢어질 듯 아파 왔다. 도훈이 입술을 내려 서연의 눈가에 고인 눈물을 조심스레 핥아주었다. 거친 호흡과 섞여 두 입술이 부드럽게 눌리자 비릿한 혈 향이 코끝에서 맴돌았다, 이내 창백하게 질린 뺨 위에 도훈이 뜨거운 입술을 비볐다. 달래듯이 키스하는 행위에 어느새 진정한 서연은 아기처럼 그에게 안겨 있었다.

"괜찮아. 내가 왔으니까……."

그의 품에서 안정을 찾아가던 서연이 도훈의 속삭임에 무거운 눈꺼풀을 떴다.

"……."

사색이 된 서연이 입술을 파르르 떨었다.

"……뒤."

도훈의 등 뒤로 비틀거리며 일어나는 남자를 보며 서연이 끓어오르는 목소리로 중얼거렸다.

"뒤에, 남자……!"

서연의 말에 도훈이 고개를 뒤로 돌리는 순간, 허공으로 팔 한쪽을 번쩍드는 남자가 보였다. 피에 절은 손끝에서 날카로운 칼날이 빛으로 번뜩였다. 세찬 바람을 만들며 내리치는 칼날, 그게 서연이 두 눈으로 본 마지막 영상이었다. 그대로 의식은 완전히 끊기고, 암전이었다.

서연은 멀어져 가는 의식 속에서도 공기를 가득 메우는 피 냄새를 맡았다. 무뎌진 감각을 뚫고 들어올 만큼 지독한…….

몸이 움직이지 않았다. 가위에 눌린 건가 싶었는데 눈도 뜨기 힘든 것으로 보아 가위는 아닌 듯했다. 사투 끝에 힘겹게 밀어 올린 시야 위로 새하얀 천장이 그녀를 맞이했다. 코를 찌르는 약품 냄새는 여전히 서연의 후각을 점령하고 있었으나, 납치당할 때 맡았던 것과는 완전히 다른 느낌이었다.

"어! 환자분 일어나셨어요?"

"……."

대답하고 싶었으나 입술이며 목이며 천근만근이었다. 서연이 아주 힘겹게 눈을 깜박여 긍정의 표시를 남겼다. 고개를 느릿하게 돌려 왼쪽을 바라보자 백색에 가까울 정도로 밝은 햇살이 밀려들어 왔다. 서연이 눈살을 찌푸리자 눈치 빠른 간호사가 서둘러 창가로 가서 커튼을 쳤다. 서연은 깨질 듯한 두통에 속이 울렁거렸다. 여전히 몸이 정상이 아니었다. 관절이 뻣뻣했고 팔다리에 거대한 추라도 매달은 듯 몸이 무거웠다.

"여기…… 병원이에요?"

서연이 잘게 떨리는 목소리로 간호사에게 물었다.

"네, 병원이에요."

간결한 대답에 제 팔을 내려다보자 그녀의 말을 뒷받침하는 듯 링거 호스가 연결되어 있었다. 어떻게 된 거지……? 상황 파악이 되지 않은 서연이 불안정한 숨을 토해냈다. 몸에 힘이 하나도 없어 숨 쉬는 것조차 버거웠다.

"……어?"

그때, 놀란 서연이 다급하게 제 가슴과 머리카락을 더듬거렸다.

"……."

손끝에 만져지는 척박한 가슴과 짧고 푸석해진 머리카락. 가슴이 철렁 내려앉았다. 언제 이 모습으로 돌아간 거지……? 게다가 납치됐을 때가 껌껌한 밤이었는데, 지금 밖은 화창한 아침이다. 대체 뭐가 어떻게 된 거지?

"……지금 몇 시예요?"

"네? 아……."

서연의 질문에 간호사의 고개가 오른쪽으로 돌려졌다. 켜져 있는 텔레비전에서는 아침 뉴스가 한창이었다. 그녀는 그 왼쪽 위에 문신처럼 자리한 시간을 보고 읽었다.

"오전 8시 40분이네요."

서연의 시선 또한 간호사의 시선 끝으로 꽂혔다. 여린 심장이 다시 한번 거세게 흔들렸다. 8시 40분이라고 찍힌 시간 위에 적힌 날짜가 몹시 낯설게 다가왔다.

"……제가 얼마나 쓰러져 있던 거예요?"

"아, 토요일에 입원하시고 오늘이 화요일 아침이니, 사흘 정도 쓰러져 계셨어요."

……사흘? 서연의 심장이 쿵쿵 급속도로 빨리 뛰기 시작했다. 정신을 잃고 사흘이나 시간이 흘렀다고? 멍하던 머리가 혼란으로 잠식되는 것은 한

순간이었다. 서연이 저도 모르게 몸을 벌떡 일으키자 간호사가 다급하게 만류했다.

"환자분, 일어나시면 안 되세요. 오래 쓰러져 계셔서 지금 면역력이 많이 약해진 상태세요."

"……저 이거 그만 맞을게요. 빼주세요."

다시 자리에 누운 서연이 수액을 놓던 주삿바늘을 가리키며 말했다.

"네? 그래도 끝까지 맞으시고 안정 취하시는 게……."

"그만 맞고 싶어요. 빼주세요."

간호사가 난처한 듯 표정을 굳혔으나 서연의 입장은 완강했다. 잠깐 망설이던 간호사가 쭈뼛쭈뼛 손을 뻗었다. 서연은 텅 빈 얼굴로 창밖을 바라보며 사라진 지난밤 기억을 되짚어 내려가기 시작했다. 괴한에게 납치된 후 룸에서 도망쳐 나와 비상계단 옆 창고에 숨었었던 것까지는 기억이 난다. 그리고 남자에게 발각된 와중, 갑자기 어디선가 도훈이 나타나 자신을 구해 줬던 것까지. 그렇다면 지금 도훈 씨는 어디에 있는 거지……?

그의 모습이 보이지 않으니 초조해졌다. 서연은 입술을 잘근잘근 씹으며 간호사가 제 팔의 링거 바늘을 다 제거하길 기다렸다. 바로 전화부터 찾아서 그에게 연락을…….

어?

그 순간 서연의 뇌리에 어떤 장면이 빠르게 스쳐 지나갔다.

'……뒤.'

저를 안고 있는 도훈의 등 뒤로 매섭게 달려들던,

'뒤에, 남자……!'

시퍼렇게 번뜩이는 칼날.

"……."

서연의 안색이 파리해졌다. 그녀가 몸을 벌떡 일으키자 옆에 있던 간호사가 뒷걸음질 쳤다.

"어머! 잠깐만요! 움직이시면 안 되는…….."

핏기 없이 창백해진 서연이 간호사의 손을 팍 뿌리치자, 링거 바늘이 있었던 자리가 위태롭게 요동쳤다. 비정상적으로 뽑힌 탓에 붉은 피가 정신없이 터져 흘렀다.

"어머, 이걸 어떡해!"

놀란 간호사가 당황해서 서둘러 거즈를 집게로 집어 들었다. 그러거나 말거나, 넋이 나간 서연은 정신 나간 사람처럼 이불을 휙 젖혔다.

"……아!"

심장이 위험 신호를 보내듯 거세게 뛰기 시작했다. 숨이 턱턱 막혀 죽을 것만 같았다.

"아냐, 아니야."

서연이 고개를 저으며 베드를 박차고 일어났다. 서연이 비틀거리는 다리로 걷자 간호사가 다급하게 그녀의 어깨를 붙잡았다. 그녀가 간호사를 다시 팍 뿌리치고 무작정 병실을 뛰쳐나왔다.

"아…… 아니야. 제발……."

새하얗게 질린 얼굴에 막심한 공포가 서려 있었다. 기절할 것만 같아서 입 안을 강하게 씹자 아릿한 핏물이 축축하게 번졌다. 도훈 씨를 보려면 어디로 가야 하지? 집으로 가면 아무렇지 않게 기다리고 있지 않을까? 이성적인 사고가 불가능했다.

"……으."

서연은 제 볼이 뜨거워지는 것을 느꼈다. 순식간에 울음이 차오르고 목구멍이 타들어갔다. 서연이 엘리베이터를 누르고 기다리다가 참지 못하고 비상계단으로 향했다. 오래 쓰러져 있다가 깨어난 뒤에 계속해서 삐끗했으나 아랑곳하지 않고 달렸다. 계단 턱에 까지고 다쳐 얇은 병원복이 엉망으로 더럽혀졌다. 아까 흐른 피는 멈추지 않고 계속해서 흘러 병원복까지 축축하게 적셨다.

"도훈 씨……!"

앞이 뿌옇게 흐려지더니 귀도 잘 들리지 않는다. 눈물이 흐르려고 해서 입술을 꽉 깨물어 참았다. 눈물은 마치 그에게 안 좋은 일이 생겼다는 것을 인정하는 것만 같았기 때문에. 서연이 한 손으로 입을 틀어막고 미친 여자처럼 계단을 뛰어 내려갔다.

"도훈 씨!"

병원 문밖으로 나온 서연이 목이 터져라 그의 이름을 되뇌며 뛰었다. 뒤도 돌아보지 않고 정신없이 뛰기만 했다. 그러나 단서도 없이 그를 찾아다닌다는 것은 너무도 무모한 일이었다. 드넓은 바다에서 표류하는 미아가 된 기분이었다.

"도훈…… 윽……."

서연은 결국 울음을 터뜨렸다. 찡그리듯 꼭 감은 두 눈을 비집고 쓰라린 눈물이 굴러떨어졌다. 괴로워서 심장이 이대로 부서질 것 같았다. 꿈이기를, 꿈이기를. 이 꿈에서 깨어나지 않는다면 괴로움에 죽을지도 모른다. 나는 이제 어떻게 해야…….

"아……!"

그때, 뒤에서 누군가가 서연의 손을 붙잡았다. 놀란 그녀가 휙 고개를 돌리자 짧은 머리카락이 잘게 떨렸다. 커진 서연의 눈에서 투명한 액체가 핼쑥한 볼을 타고 또르르 흘러내렸다.

"……하."

촉촉해진 서연의 눈가를 천천히 쓸고 지나가는 커다란 손. 그 애정 담긴 손길에 서연은 온몸에 힘이 풀려버렸다. 하지만 제 허리를 잡아 지탱하는 단단한 팔뚝에 서연은 무너지지 않을 수 있었다. 밀려들어 오는 따스한 빛에 눈이 부셨다.

"흐윽……."

안도가 찾아왔다. 눈앞에 한가득 보이는 사랑하는 남자의 얼굴, 서연은 저도 모르게 도훈의 목덜미를 양팔로 힘껏 휘감았다.

"왜 그래, 괜찮아?"

도훈은 살짝 당황했다. 잠깐 나가서 전화를 받고 돌아오는데 의식을 찾은 서연이 갑자기 혼이 나간 사람처럼 병원 밖을 뛰쳐나가는 것이었다. 재빨리 뒤따라가니 서연의 상태가 심상치 않아 보여 일순 어쩔 줄 모르게 되었다.

"아…… 으."

서연은 아직도 진정이 되지 않아 목소리가 제대로 나오지 않았다. 그러다 울컥 터진 감정을 주체하지 못하고 도훈의 품에 꼬옥 안긴 채 엉엉 목 놓아 울었다.

"움직일 수 있겠어?"

새파랗게 질린 서연은 대답이 없었다. 그저 바르르 떨며 가여운 연약함을 내비칠 뿐이었다.

"으흑, 흑…… 읍……."

눈이 부어서 앞이 전혀 안 보이고, 머리가 터질 것처럼 아파와도 아랑곳하지 않고 울었다. 느껴지는 온기가 죽을 만큼 따스해서 눈물이 멈추지를 않았다. 가련할 정도로 눈물을 쏟아내는 서연을 보며 도훈의 심장이 거세게 흔들렸다. 여전히 말도 못 하는 그녀는 숨이 넘어갈 듯 애처롭게 울었다.

"나는…… 나는 도훈 씨한테 무슨 일이 생긴 줄…… 알고……."

한마디 한마디 힘겹게 말했다. 그제야 상황이 이해가 간 도훈은 가만히 서연의 얼굴을 내려다보았다.

"나…… 나 진짜 죽을 것 같아서……."

새빨갛게 상기된 얼굴은 눈물로 인해 엉망진창이 되어 있었다. 커다란 눈망울에 맺힌 방울들은 여전히 창백한 볼을 타고 흘러 턱에 올망졸망 고였다. 도톰한 입술은 흐느낌을 억지로 참느라 앞니에 형편없이 짓눌린 채였다. 놀라 커졌던 도훈의 눈이 이내 차분히 가라앉았다. 잘생긴 입술이 작게 웃음을 터뜨렸다.

184

"……정말."

커다란 손이 서연의 뺨을 뜨겁게 덮었다.

"널 어떻게 하면 좋을까."

그대로 서연을 따뜻하게 끌어안았다. 품 안에서 움찔움찔 떠는 작은 어깨가 사랑스러웠다.

"못 말린다. 내 여자."

서연의 가냘픈 팔이 그의 드넓은 등을 놓칠 수 없다는 듯, 점점 더 세게 부둥켜안았다. 뜨거운 눈물이 도훈의 셔츠를 촉촉하게 적셨다. 서연은 뭐가 그렇게 슬픈지 숨까지 잘 쉬지 못하며 끅끅 오열했다.

"나 무서웠어요……."

당신도 내 곁을 떠날까 봐. 서연이 뒷말을 삼켰다. 도훈이 손을 올려 그녀의 목덜미를 천천히 문질렀다. 삐죽삐죽한 서연의 적갈색 머리카락이 도훈의 손끝을 간질이며 찔렀다.

"걱정 마. 나 아무 데도 안 가."

굳이 말하지 않아도, 그는 사랑하는 여자의 마음 정도는 꿰뚫어 보는 남자였다.

"평생 네 곁에 있을 거야."

작은 몸을 으스러질 듯 옭아매는 다정한 사람이었다.

"울면 예쁜 눈 다 붓는다."

촉, 도훈의 뜨거운 입술이 서연의 눈물을 들이마셨다. 움찔거리는 속눈썹 위로 말캉한 도훈의 혀가 위로하듯 부드럽게 핥고 지나간다.

"뚝."

아릴 정도로 다정했다. 그 목소리에 마법처럼 눈물이 잦아들었다.

"착하네, 우리 서연이."

도훈이 서연의 등을 토닥이며 나직하게 웃었다.

이제 안심이 돼 울음을 그친 서연은 다시 한번 격렬하게 그의 품에 얼굴을 비볐다. 피비린내 대신 도훈의 가슴에서부터 은은하게 퍼지는 황홀한 향기가 서연의 코끝에 스며들었다. 사랑하는 남자의 하나뿐인 체향이었다.

"상처 건드리시거나 움직이지 마시고 안정 취하세요. 절대 무리하시면 안 됩니다."

"네. 감사합니다."

도훈과 함께 병실로 돌아온 서연은 얌전하게 자질구레한 응급 처치를 받았다. 링거가 있었던 자리에 생긴 상처를 긴급하게 지혈하고, 계단에서 넘어져 새로 생긴 상처들도 그에 맞는 치료가 이루어졌다. 도훈은 잠깐 자리를 비운 사이 발생한 유혈 사태에 쯧 혀를 찼다.

"……괜히 상처만 생겼네."

도훈은 의자에 앉아 서연의 손을 잡고 중얼거렸다. 부끄러움으로 인해 붉어진 그녀의 뺨이 잘게 씰룩거렸다.

"치. 내가…… 내가 얼마나 놀랐다고. 그때 그 인간이 다시 일어나서 도훈 씨를 막 찌르려고, 막……."

"바로 피했어. 네가 뒤 보라고 했잖아."

"아……."

"그 말 하고 갑자기 기절해서 놀랐지만."

도훈이 픽 웃으며 서연의 머리를 녹녹하게 쓸어내렸다.

"그런데 도훈 씨, 내가 있는 곳은 어떻게 안 거예요? 나 휴대전화도 압수당하고, 밤이라 목격자도 없었을 텐데……."

도훈이 구하러 와줬다는 사실만으로도 기뻐서, 그가 어떻게 자신의 위치를 알았는지에 대해 특별히 의문을 가지지 않았었다. 다만 정확한 호텔 위치까지 알아내 타이밍 좋게 나타난 것은 확실히 어딘가 이상했다. 도훈은 바로 대답하는 대신 서연에게 잠시 지긋한 시선을 보냈다. 그 오묘한 눈빛에 긴장한 서연이 제 입술을 꼭 옹송그려 물었다.

"······미리."

"네?"

"미리 사과할게."

"사과요······?"

서연은 도훈이 말하는 바를 이해할 수 없어 고개를 갸우뚱했다.

"내가 얼마 전 선물한 이 목걸이······."

도훈이 옆의 작은 테이블에 놓여 있는 목걸이를 살짝 바라보았다.

"위치 추적 기능이 내재되어 있어."

놀란 서연의 동공이 커다랗게 뜨여졌다.

"위치····· 추적 기능?"

상상도 못 했던 사실이 밝혀지자 서연은 일순 동요했다. 도훈은 미세하게 떨리는 서연의 동공을 바라보며 침착하게 설명을 시작했다.

"네 모습 유지 기한이 점점 줄어들고 있고, 갑자기 몸이 변할 때는 쓰러지기도 해. 불안정하다 보니 언제든 네가 있는 곳으로 달려갈 수 있어야 했어. 네가 전화를 받을 수 없는 상황일 경우, 휴대전화 전원이 나갔을 때도. 그렇지 않으면······."

도훈이 작게 숨을 내쉬었다.

"안심이 안 돼."

"······."

"네가 어디에 있는지 늘 알아둬야 마음이 편할 것 같았어. 그래야 네게 무슨 상황이 닥쳐도 널 지켜줄 수 있을 테니까······."

도훈은 서연의 손을 부드럽게 쓸어내리며 속삭였다.

"미안해······. 많이 놀랐지. 말도 없이 행동해서 불쾌했을 거고."

차분하게 말을 잇는 도훈을 보는 서연은 줄곧 알 수 없는 표정이었다. 서연이 덤덤하게 고개를 돌려 잠시 목걸이를 바라보았다. 멍하니 목걸이를 보던 서연이 다시 도훈 쪽으로 눈을 돌렸다.

"······뭐, 놀란 건 사실이에요."

짐짓 무정한 표정을 짓던 서연이 픽 웃음을 터뜨렸다.

"요즘 기술 정말 좋아졌다. 나 상상도 못 했어요. 진짜 감쪽같다."

서연이 너스레를 떨며 헤헤 웃었다.

"휴대전화며 뭐며 다 압수해간 그 납치범도 껌뻑 속아 넘어갔네요. 목걸이에 그런 기능이 있는 줄은 상상도 못 했을 테니까."

"······."

"룸 안에 갇혀 있을 때 죽을 만큼 무서웠거든요. 진짜 머릿속이 새하얗게 백지장처럼 돼서. 그냥, 그냥 도훈 씨 보고 싶다는 생각밖에 안 들었어요. 바보처럼, 그냥. 진짜 도훈 씨 얼굴밖에 생각 안 나서······."

서연이 도훈의 손 틈으로 느릿하게 깍지를 끼며 낮게 웃었다.

"그래서 목걸이 꼭 쥐고 있었는데, 그게 진짜 도훈 씨하고 나를 연결해주는 물건일 줄이야."

놀라긴 했지만 그뿐이었다. 서연은 그가 선물한 목걸이 덕에 살아남을 수 있었고 그 기묘한 방 안에서 두려움을 이기고 용기를 내어 탈출을 시도할 수 있었다. 무엇보다도 조금 전 도훈의 말과 시선, 행동 하나하나에서 서연을 생각하는 진심이 듬뿍 묻어 나왔다.

"고마워요, 나를 구해줘서."

서연이 햇살처럼 환하게 미소 지었다.

"나를 구하러 달려와 줘서, 정말 고마워요."

서연의 애정 어린 속삭임이 도훈의 귓가를 촉촉하게 적셨다. 도훈의 입술 끝이 관능적으로 치솟았다. 거대한 체구가 사냥을 나선 듯 자리에서 천천히 일어났다. 삐걱, 여자가 누워 있는 베드에 남자의 무게가 더해지자 기묘한 소음이 일었다. 봉긋하게 솟은 둥근 언덕이나 찰랑거리는 머리카락은 없었으나, 변함없이 사랑스러운 여자가 눈앞에 있었다.

"서연아."

코앞까지 접근한 도훈의 얼굴에 서연의 심장이 두근두근거렸다.

"그거 알아?"

"뭘요?"

"여기 1인실이야."

"……."

"둘뿐이야."

서연이 움찔하여 커다란 눈을 껌뻑였다. 도훈의 투박한 엄지손가락이 말랑말랑한 입술에 조심히 내려앉았다. 그 부위에서 시작하여 물감이라도 퍼뜨린 듯 생기가 도는 붉은 입술. 몸을 타고 퍼지는 야릇한 감각과 함께 전기가 찌릿찌릿 솟아났다. 도훈은 노련하게, 익숙하게, 여유롭게 다가왔다. 천천히, 천천히, 마치 느리게 감은 테이프처럼…….

"스, 스톱!"

서연이 도훈의 입술을 보들보들한 손바닥으로 꾹 눌러 막았다. 도훈의 눈가가 좁아졌다.

"여기서 머리가 길어지고 가슴이 커지고 그러면 병원 사람들이 다들 날 어떻게 생각하겠어요! 안 그래도 병원인데 잡혀서 해부당하라고? 안 돼……!"

누구보다 냉철하고 이성적인 사람이면서. 서연이 입술을 비죽였다. 그가 바람 빠지듯 웃었다. 도훈의 입술이 아래로 미끄러졌다. 서연의 뽀얀 손등으로. 쪽, 부끄러운 소리와 흔적을 남기며. 곧 여유 있게 올라가는 입술…….
쪽. 부러질 듯 가는 손목을 취한다. 그리고 안쪽 손목, 팔뚝, 팔꿈치…….

"이거는 알아?"

쪽, 마지막에 슬며시 닿은 곳은 귓가였다.

"사람이 죽을 때 가장 마지막까지 남는 감각이……."

쪽. 귓속을 타고 무언가가 은밀하고 깊숙하게 들어온다. 뜨거운 호흡이, 간지러운 음성이. 흐물흐물, 간질간질…… 으으.

"청각이야."

오소소 소름이 돋았다. 부지불식간에 서연의 얼굴은 봄날의 붉은 장미처럼 붉어지며 흐드러지게 만개했다. 귓속이 불에 덴 듯 뜨겁고, 열띤 가슴은 아지랑이가 핀 듯 간질거린다. 이상한 감각. 그는 뜨거운 입김을 불며 소중하게 속삭인다.

"그만큼 청각은 중요한 감각이야."

도훈은 무당이 말한 것들을 또렷이 기억하고 있었다. 하늘이 저들의 동행을 훼방 놓으며, 벌할 것이라는 그 의미심장한 경고.

지금까지의 정황으로 대략 짐작만 하던 도훈은 이번 일을 계기로 무당이 말한 하늘의 벌이 무엇인지 완전히 깨달았다.

"서연아."

이 검질긴 관계는 목숨을 걸어야 이루어진다.

"이제 매일 네 목소리로 듣고 싶어."

행복한 도박.

"……어떤 거를?"

모든 걸 이 여자에게 걸겠다는, 행복한 도박이었다.

"매일, 사랑한다고 말해줘."

최후에 죽을 때마저도 그녀의 목소리와 함께. 서연과 함께하는 하루가 그녀 없이 사는 일평생보다 훨씬 값지고 보배로웠다.

애원하듯 바라보는 그의 시선에 서연은 괜스레 눈물이 날 것만 같았다. 그를 지그시 응시하던 서연이 이내 그를 양팔로 꽈악 끌어안았다.

"사랑해요, 도훈 씨."

한 번으로는 모자라.

"사랑해요. 사랑해요……."

마찬가지로 애원하는 듯한 고백은 몇 번이고 더 반복된 후 겨우 끝이 났다. 고백 끝에 종소리처럼 울린 것은 그의 청량한 웃음소리다. 그가 서연의 턱 끝을 아찔하게 당겨 올렸다. 두 사람은 서로를 아주 가까운 거리에서 뜨겁게 마주 보았다. 열화와 같은 시선을 보내며 서로를 정신적으로 탐닉했다. 뜨겁다 못해 치밀하게, 치밀하다 못해 집요하게, 그들의 얼굴은 점점 더 가까워지고 도훈은 기우듬히 고개를 틀고 입술을 벌렸다.

똑똑.

"으악!!!"

노크 소리에 기겁한 서연이 도훈과 자석처럼 딱 붙어 있던 몸을 팍 떼어 냈다. 말랑말랑한 몸이 손에서 빠져나가자, 도훈이 허탈한 듯 입맛을 다셨다.

"예, 경찰입니다. 몸은 좀 괜찮으십니까?"

"네, 네!"

서연이 빨개진 얼굴을 손 부채질로 식히며 빠릿빠릿하게 대답했다.

"아직 깨어나신 지 얼마 되지 않았지만, 사건 경위 조사를 위해 잠시 진술 부……."

남자가 저를 잡아 죽일 기세로 노려보는 도훈 때문에 흠칫했다.

"……타, 탁드립니다."

무섭게 찢어진 눈으로 말없이 노려보니 식은땀마저 뻘뻘 흐르기 시작했다.

"조, 조금 이따가 다시 올까요?"

남자가 도훈의 눈치를 살살 살피다가 슬쩍 물었다.

도훈이 시크하게 한번 고개를 끄덕이려는 찰나, 서연이 잽싸게 바로 지금 진술 가능하다고 선수를 쳐버렸다. 결국 도훈의 불타는 욕망은 그렇게 어정쩡하게 막을 내리고 말았다.

"네, 맞아요. 정신을 차렸더니 그 호텔이었어요. 저를 호텔 방에 가둬놓고 CCTV로 지켜봤어요. 죽일 생각이 있었는지 어땠는지, 왜 그런 식으로 한 건지, 전혀 모르겠지만……."

"모습을 드러내고 발언한 사실은 없습니까?"

"모습은 처음 납치할 때와 나중에 도망칠 때 두 번 봤고, 그 외에는 전혀 드러내지 않았어요. 대신 중간에 한 번 전화를 걸었었어요. 내선 전화로. 변조된 목소리였어요."

"혹시 뭐라고 했었는지, 기억하고 계십니까?"

남자가 취조하듯 캐묻자 도훈이 또다시 그에게 매서운 시선을 보냈다. 서연이 자신은 괜찮다는 듯 도훈의 손을 꼭 잡고서 차분하게 기억을 더듬었다.

"이상한 말을 했어요. 제가 본인한테 뭔가를 잘못했다고 말하면서, 고해성사 하라고 했었어요."

"피의자와 평소 안면이 있으셨습니까?"

"아니요. 난생처음 보는 사람이에요. 완전히 초면."

태어나서 본 적도 없는 사람에게 대체 무슨 원한을 샀다는 걸까. 서연은 이해되지 않았다. 다시금 밀려오는 억울함에 꽉 입술을 깨물었는데, 도훈이 위로하듯 그녀의 손을 꽉 붙잡아주었다. 남자는 서연의 진술을 토대로 무언가 적어 내려갔다.

"그런데…… 그 남자."

서연이 생각하기도 싫다는 듯 눈을 꼭 감았다가 떴다.

"그 남자 대체 누구예요? 나한테 왜 그런 거래요? 지금 어떻게 됐어요?"

"아, 피의자는 아직 의식이 돌아오지 않았습니다. 이후에 정신이 들면 취조 시작할 예정입니다."

서연이 다시 입술을 꼭 깨물었다.

"그 남자 일어나면, 직접 들어보고 싶어요. 대체 나한테 왜 그랬는지."

서연의 눈빛이 표독스럽게 굳어졌다.

"대체 내가 뭘 그렇게 잘못했길래, 나한테 그랬는지."

"컨디션 괜찮아?"

병실에 찾아온 여진은 서연의 손을 꼭 붙들고 물었다.

"응, 좋아."

"하, 다행이다……. 내가 너 납치당했었다기에 얼마나 놀랐다고……. 이 나쁜 계집애야."

걱정으로 밤을 새운 탓인지, 운 탓인지, 여진의 눈가가 시큰한 붉은빛을 띠고 있었다. 서연의 가슴이 뭉근해졌다.

"뭐야. 걱정 많이 했냐?"

"당연하지, 이것아! 뭘 세 밤을 일어나지도 못하고 난리야……. 네가 그동안 여기저기 자주 다치고 박기는 했어도 몸 하나는 꾸준히 건강했던 앤데……. 병치레도 없었고……."

목소리가 약간 쉬어 있었다.

"요즘 마가 끼었나, 계속 쓰러지고 아프다가 설상가상으로 웬 미친놈한테 납치까지 당하고……. 너 같으면, 어? 걱정 안 되게 생겼니? 어?"

여전히 감정의 여파로 인해 파르르 떨리는 여진의 손을, 서연이 더욱 강하게 쥐었다.

"고맙다. 걱정해줘서."

"멍청이, 고마우면 아프지나 마라."

여진이 서연의 팔뚝을 약하게 때리며 말했다. 듣기 좋은 웃음소리가 한군데로 섞였다.

"이사님한테 잘해! 네 생명의 은인이나 다름없잖아. 피의자를 거의 반 시체로 만들어놨어. 아직도 의식을 못 차리고 있다는데, 내가 보기엔 이사님 무서워서 정신 안 든 척하는 거 백 프로야."

"말이 되는 소리를 해, 하하."

서연이 짧은 머리를 한 손으로 흐트러뜨리며 너털웃음을 지었다. 쓸어 올린 짧은 머리카락에 고슴도치처럼 정전기가 일었다. 그 모습을 본 여진의 입술 끝이 푹 아래로 꺼졌다.

"그보다 너 또 이 모습으로 돌아와서 어떻게 해. 이 모습으로 오래 있으면 생명에 지장 간다며."

"뭘 어째, 내 팔자지 뭐."

"야, 팔자는 무슨! 얼른 퇴원해. 너 그렇게 되고 이사님 계속 휴가 내셨어. 오늘도 휴가 내고 일정 다 비우셨고."

쿡. 여진이 팔꿈치로 서연을 찔렀다.

"얼른 집 가서 해."

여진의 은근한 말에 서연의 얼굴이 불탄 고구마처럼 빨갛게 익었다.

"……뭘 해!!!"

"와, 너 완전히 빨개졌다. 뭘 부끄러워해? 아직도 내외하냐?"

"진짜 최여진……."

못하는 말이 없어! 서연이 이를 갈았다.

"저기, 이사님이 네 목숨도 살려줬는데 사람 된 도리로써 보답은 해야 하지 않겠어?"

"맞아. 안 그래도 보답하고 싶은데, 뭘 어떻게 해야 할지……. 선물이라도."

"또 숙맥같이 굴긴. 내가 보기엔 이사님한테는 네가 제일 큰 선물이야."

"나?"

"그래! 화끈하고 색다른 밤으로 보답하는 거지! 내가 인터넷에서 죽이는 섹시 슬립 발견했는데 볼래?"

"뭔 슬립?"

서연이 뭐라 대꾸하기도 전에 쑥 앞으로 내밀어진 커다란 여진의 태블릿 PC. 신나서 이것저것 검색해서 보여주는 여진 때문에 서연은 정신이 어질어질했다.

"……헉."

망측하기 짝이 없는 야시시한 디자인의 속옷과 슬립들이 번호표를 뽑고 줄지어 화면 안에 기다리고 있었다. 미열로 상기된 얼굴이 더욱더 붉어졌다.

"내가 이거 딱 보자마자 너한테 어울리겠다, 했거든! 얼른 이거 봐봐. 여기에 이사님 취향 있나 네가 한번 보라고."

"미쳤어? 여기 병원이야!"

"에이 그게 무슨 상관이야, 지금 이 병실에는 너랑 나밖에 없는데."

"너 회사나 가! 안 가?"

"뭐래. 이사님도 여기 있는데. 그리고 나도 오늘 월차 썼다! 이사님 따라!"

여진이 손가락으로 V표시를 내밀어 그녀의 볼에 쿡 찔렀다.

"그보다 이거 보라니까? 이 쇼핑몰 디자인이 진짜 역대급! 섹시, 관능 그 자체! 나도 살 건데 너도 같이 사자. 배송비 아끼게. 응?"

서연이 보기 싫다는 듯 한쪽 팔을 들어 눈을 휙 가렸다. 그러다 이내 살짝 내려진 시선 아래로 은근슬쩍 힐끔거리기 시작했다. 아, 아……! 어떻게 망측하게 저런 흉한 옷을……!

"와, 미친. 이딴 거 왜 입어? 무슨 의미가 있어! 다 보이잖아!"

"이게 어디서 순수한 척을 해? 그러라고 입는 거지. 그리고 병원에서 소리 지르면 안 되거든."

여진은 딱딱하게 굳은 서연을 콕콕 찌르며 태블릿 PC를 더욱 가깝게 들이댔다. 오, 이거 잘 어울리겠네. 가장 밑에 있는 붉은색 슬립을 클릭했다.

"봐. 이거 여기 슴가 부분이 탁 터져 있어서 아주 기가 막힌다. 그지? 여기 레이스랑 아래에는 망사 디테일이 아주 그냥 핫한 밤을 위해 존재하는 듯 야하기 그지없는……."

여진이 말하다가 고개를 들어 서연을 바라봤다. 표정이 뭔가 이상했다. 새빨갛게 익은 토마토가 마치 급속도로 냉동실에 들어가 얼은 듯한…….

여진이 뒤를 돌아봤다.

"……컥!"

제 등 뒤에 우뚝 서서 내려다보는 도훈을 보고 숨을 멈추었다. 너무 놀라면 소리도 안 나온다고 했던가. 도깨비처럼 흉흉한 표정으로 내려다보는 백싸가지에 연약한 정신 줄이 그만 탈출하고 말았다.

"이이이이이사님⋯⋯."

"최 비서."

"저기 그게 아니라⋯⋯. 죄송합니다⋯⋯!"

"됐어. 그보다⋯⋯."

"네?"

"쇼핑몰 이름이 뭐라고?"

"⋯⋯."

여진이 제 귀를 의심했다. 그녀가 아무 말도 못 하고 뻣뻣하게 굳어 서연과 도훈을 번갈아 보았다. 서연의 얼굴은 곧 폭발 1초 전, 그러거나 말거나 도훈의 목소리는 여느 때와 다름없이 냉철했다.

"약식 보고해봐."

검토하도록 하지.

22. 진짜와 가짜

서연이 입원한 한국대 병원은 진영이 소속된 곳이었다. 후문 응급실 쪽, 건물 외벽을 따라 모퉁이를 돌면 주로 병원 관계자들만 사용하는 휴게 공간이 나왔다. 진영이 자판기에서 뽑아온 커피를 따서 도훈에게 건넸다.

"어때?"

"야, 몇 번이나 검사해도 결과는 같아. 내가 담당의한테 말해서 직접 차트도 확인했는데 몸에 이상은 없어. 내 소견도 그래. 애초에 앓던 지병이 있는 것도 아니고 특별한 문제가 있는 것도 아니니까."

"하……."

도훈은 현대 의학으로는 밝혀지지 않는 서연의 현상에 답답하기만 했다.

"그럼 대체 왜 갑자기 심정지가 온 건데. 그 이후로 며칠간 일어나지도 못했고."

그날 새벽, 서연의 목소리를 듣고 피의자가 내려치는 칼날을 피한 순간, 서연은 원인 미상 심정지로 쓰러졌었다. 도훈은 바로 칼 든 남자를 제압하고 서연에게 심폐소생술을 시행했었다. 빠른 처치 덕에 무탈하게 살아났으나, 정작 그녀는 3일을 내리 깨어나지 못했다.

"난들 아냐? 의사는 신이 아니야! 너 의학계에 안 풀리는 미스터리가 얼마나 많은지 알아? 특히 뇌, 심장, 그리고 유방. 난 유방이 제일 미스터리야. 왜 남자 놈들은 사람의 수유 기관인 유방에 그토록 집착하는가……."

"헛소리하지 마."

도훈이 마시던 캔을 내리고서 진영을 노려보았다. 진영이 씁쓸하게 입맛을 다셨다.

"이것도 딱 그 케이스야. 게다가……."

진영이 뒷말을 애매하게 흐렸다. 그는 도훈의 연락을 받고 곧바로 병실을 찾아갔었으나, 처음에는 서연을 알아보지 못하였다. 그도 그럴 것이, 그가 알고 있는 서연의 모습과는 너무나도 달랐으므로. 환자 정보 표에 적혀 있는 <여> 표시가 아니었다면 틀림없이 남자라고 생각했을 것이다. 단기간에 사람이 이렇게 변할 수가 있나? 차오르는 것은 의구심뿐이었다.

"……에휴, 물어 뭐하냐. 네 성격에 알려줄 리도 없고."

말 없고 무뚝뚝하기로는 일등이었기에. 진영이 길쭉한 손가락으로 안경테를 밀어 올렸다.

"그리고 말이야. 앞으로는 적당히 좀 패! 아주 그놈 살아 있는 시체로 만들어 버렸더구먼. 폭행으로 전치 20주가 웬 말이냐, 진짜. 하여간 백도훈 싸움은 드럽게 잘해요."

"강서연 건드린 새끼야. 그 정도면 많이 참은 거야."

"그건 네 기준이고. 저놈 오늘도 못 일어났으면 너 정당방위 인정도 안 돼. 그냥 과잉 방어로 처벌받는 거야. 생짜로."

진영이 깊게 한숨을 내쉬었다. 그나마 다행으로, 오늘 오전에 피의자가 의식을 차렸다.

"참, 제수씨 말인데. 내 맘 같아서는 제수씨 일주일은 더 입원하시고 천천히 건강 상태 살펴봤으면 좋겠는데. 담당의랑 상의해봤어? 어떻게 하기로 했어?"

"내일 중으로 퇴원할 생각이야."

물론 서연이 일찍 퇴원하는 것은 도훈으로서도 내키지 않았다. 그러나 그녀의 생명을 위협하는 모습을 계속 유지하게 할 수는 없는 일이었다.

"……."

그리고 도훈은 이번 기회로 알게 된 것이 하나 더 있었다. 단순히 잠든 상태가 아닌, 혼절한 상태에서는 아무리 키스해도 서연의 몸이 원래 몸으로 돌아오지 않는다는 것. 더불어 생명이 위태로울 정도가 되면 자동으로 서연의 모습이 변한다는 것을. 그것을 증명하듯, 쓰러진 서연에게 원인 미상 심정지가 왔을 때, 바로 남성화가 일어났었다. 바로 직전에 도훈과 키스했음에도 불구하고…….

도훈의 손끝에 들린 캔에 힘이 꽉 들어갔다. 손 모양을 따라 움푹 팬 알루미늄이 이내 종잇장처럼 파사삭 구겨졌다.

"근데 너 오늘 회사는? 오늘도 쉬냐?"

"어. 서연이 옆에 있으려고."

"그래, 잘 생각했어. 담당의한테 물어보니까 제수씨 약간 감기 몸살 증상이 있다던데 네가 잘 보고 잘 챙겨드려. 성격파탄자인 거 티 내지 말고, 어?"

진영의 말에 도훈이 픽 웃음을 터뜨렸다.

"그래……."

도훈이 진심 어린 한마디를 툭 내뱉었다.

"고맙다."

대학병원 의사라는 직업이 얼마나 빛 좋은 개살구인지. 밥도 제대로 챙겨 먹지 못하는데.

"포장해 드릴까요?"

"네."

여진이 한편으로 비켜서서 주문한 샌드위치가 포장될 때까지 기다렸다.

멍하니 허공을 응시하고 있자니 괜히 오진영과의 부끄러운 기억들이 뭉게뭉게 떠오른다.

"하……."

자신이 가진 포용력을 자랑하기라도 하는 양 새하얀 순백의 가운을 걸친 그는 어딘가 대하기가 힘들었다.

"멘붕, 멘붕, 완전 멘붕."

주말에 서연이 쓰러졌단 연락을 받고 얼마나 놀랐었던가, 서연이 입원한 병원은 진영이 일하는 병원이었고, 택시를 타고 달려가며 그에게 가장 먼저 전화를 걸었었다. 난생 대학병원 내에 온 것도 처음인데, 그 이유가 가장 소중한 친구 때문이었기에 불안과 긴장은 바로 목 아래까지 치달았었다.

"불고기 샌드위치 포장 나왔습니다."

"감사합니다."

그것을 잠재워준 사람이 진영이었다. 그를 마주하자마자 가운 자락을 움켜쥐고 울음을 터뜨렸다. 가장 아끼는 친구, 서연이 잘못될까 봐 진심으로 무서웠기 때문이었다.

그러나 등을 덮는 따뜻한 체온에 그대로 무마되었다. 진영은 마치 아이를 달래는 듯이 다정하게 토닥였다. 그 상냥함에 여진은 잠시 잊고 있었던 그와의 키스가 다시 스멀스멀 생각났다. 그 기억은 온 머리를 정복하기 시작했다.

"저……. 이거 흉부외과에 오진영 선생님 좀 전해주시겠어요?"

그래. 여기서는 사람 된 도리로 답례를 해야……. 창구에 다가간 여진은 샌드위치 봉투를 여자에게 건넸다.

"오진영 선생님께 전해드리면 되나요? 누구라고 할까요?"

"아……. 말 안 해도 알 거예요. 그냥 어떤 여자가 줬다고 해주세요."

"네, 알겠습니다."

용건을 마친 여진은 병원 밖으로 나선 후 드넓은 정문으로 또각또각 걸어갔다. 양손에 꼭 쥔 휴대전화를 눈 아프게 바라보며 글자를 썼다가 지웠다가를 반복했다.

……역시 문자 하나쯤은 보내놓을까? 그냥 보내지 말까? 보낼까? 말까? 보낼까? 말까? 한참 심각한 얼굴로 고민하던 여진이 못 참겠다는 듯 머리를 벅벅 긁었다.

"……역시 보내는 게 낫겠다."

내심 보내는 쪽으로 정해놓고 있었던 여진이 슬금슬금 진영에게 문자를 보내려는데…….

"야, 너희 과 오진영 선생님, 요즘 왜 그래?"

흠칫, 들려오는 이름에 여진이 우뚝 멈춰 섰다.

"요즘 느낌이 엄청나게 달라졌던데?"

음료를 사서 하나씩 손에 들고 들어오는 여성 의사 두 명이 재잘재잘 떠들고 있었다.

"맞아. 이상해. 예전에는 간호사들이며 의사들이며 심지어 환자들한테까지 살갑게 굴며 예쁘다고, 귀엽다고, 작업 걸었었잖아. 우리 병원 대표 카사노바."

"그래, 그래. 그런데 솔직히 잘생기셨잖아. 자상하고. 오 선생님 특유의 그 환한 웃음이라고 해야 하나? 되게 매력적이시잖아."

"치, 매력 있으면 뭐 해. 요즘 갑자기 철벽 치면서 여자하고는 말도 안 섞으려고 하는데."

진영과 같은 흉부외과의 레지던트 2년 차 송예린이 불만스럽다는 듯 신경질을 냈다.

"뭐 다른 여자 하나에 꽂혔나 보지. 가끔 그런 스타일 있잖아. 가벼운 느낌으로 이 여자, 저 여자 만나다가 어느 순간 한 여자한테 딱 정착하는 스타일들."

여진은 듣기 싫은데도 자꾸만 그들의 이야기로 쏠리는 제 정신을 도저히 만류할 수가 없었다.

"어우, 야. 웃기지도 않는다. 진영 선배가 한 여자에 정착은 무슨."

예린이 어이없다는 듯 비식거렸다.

"세 살 버릇 여든 간다고, 바람피우는 남자들은 그 버릇 절대 못 고쳐. 특히 진영 선배 같은 진성 어장남 스타일은 더더욱."

"……."

여진이 무표정으로 서서 그들의 대화를 마지막까지 엿듣다가, 이내 느리게 고개를 돌려 집으로 향했다.

'난생처음 보는 남자예요. 완전히 초면.'

"……."

병실 문을 앞둔 도훈은 서연이 납치범에 대해 언급했던 것들을 떠올렸다. 서연은 그 남자를 전혀 모른다고 했다.

"……."

잠시 문을 죽일 듯이 노려보던 도훈은 이제 들어가 봐도 좋다는 남자의 사인에, 정적인 걸음걸이로 병실 안에 들어섰다. 서연을 납치한 장본인인 젊은 남자는 병실 베드에 한쪽 팔이 수갑으로 묶인 채 허공을 바라보고 있었다. 딱, 딱, 제게 다가오는 절제된 발소리를 들으며 남자는 움찔 떨었다. 도훈은 베드 앞 의자에 천천히 앉아 다리를 꼬았다. 그런 그의 길쭉한 다리를 흘끔 살핀 남자가 하얗게 질린 채 고개를 벽 쪽으로 홱 돌려버렸다. 곤죽이 될 때까지 저 다리로 수도 없이 걷어 차였던 기억이 아직도 선명했기 때문이었다. 도훈은 말없이 그를 흉흉하게 노려보았다. 답답한 병실 공기와 더불어 숨 막히는 침묵이 뒤를 이었다.

"야."

그 침묵을 깬 것은 도훈의 낮선 음성이었다.

"너, 나 알지."

서연과 달리 도훈은 남자가 초면이 아니었다. 바짝 긴장한 남자는 마른침만 꿀꺽 삼키며 그와 시선을 마주치지 않으려고 용을 썼다.

"목적이 뭐야."

도훈이 비스듬히 시선을 내리깔았다.

"뭔데 자꾸 내 눈앞에 알짱거려."

몇 달 전, 서연이 독일로 떠나는 날 발생했던 도훈의 교통사고.

서연을 납치한 남자는 당시 그 사고의 원인을 제공한 트럭의 운전자였다.

딸랑, 딸랑, 딸랑……

도훈은 일정한 템포를 유지하며 들려오는 방울 소리를 들었다. 최근 전생의 꿈을 꿨었을 때 들었던 방울 소리와 동일한 소리였다.

딸랑, 딸랑……. 또 전생의 꿈인가. 도훈은 이제 제발 전생의 꿈을 그만 꾸고 싶었다. 비참한 결말을 맞았던 전생보다 현생이 중요했기에 이제 전생을 꿈으로 엿보는 일 따위는 하고 싶지 않았다. 물론 도훈에게 선택권이 있는 일은 아니었다. 도훈은 손가락 하나도 움직일 수 없었고, 귀 또한 먹먹했으며 시야는 앞이 보이지 않을 정도로 흐리고 뿌옜다. 마지막으로 꿨던 꿈은 전생의 서연이 목을 매어 자결한 직후의 꿈이었으므로, 이제 저 자신의 죽음만이 남아 있는 상황이었다.

"나리의 댁에서, 월희의 목매단 시체를 내린 후, 어찌하였는지 아십니까?"

새빨간 입술을 가진 여자가 차분한 투로 누워 있는 도훈에게 속삭였다.

"사방으로 난도질하였다고 합니다."

……하.

도훈은 억장이 무너질 만한 말을 무덤덤하게 잇는 저 붉은 입술이 혐오스러웠다. 전생이라고, 아주 예전 일이라고 여러 번 되뇌어도 차오르는 분노와 열화는 쉽사리 가라앉는 것이 아니었다.

"신분이 맞지 않는 여인을 취하려 하니 천지가 노한 것입니다. 하늘이 만든 순리를 어기니 그리되시는 겁니다."

무녀는 여전히 조곤조곤한 말투를 이어나갔지만,

"연분을 맺고자 하는 자가 하늘의 순리에 맞지 않는다면, 은애하는 감정은 저 가슴에만 홀로 품고 있는 것이 맞습니다."

그 내용은 명백히 서연과 도훈의 사랑을 비난하는 내용이었다.

"……바로."

도훈을 지그시 바라보는 무녀의 입꼬리가 슬프게 주저앉았다.

"바로, 소인이 그러하듯이요."

이제껏 무던하던 음색이 애처로울 정도로 가녀려졌다. 여전히 뿌연 시야 때문에 무녀의 이목구비가 제대로 보이지 않았다.

"그러하오니 나리, 부디 후생에는 월희와 연분을 맺지 마시옵소서. 어차피 월희와 나리께오서는 후생에서도 이어질 수 없는 운명이니까요."

무녀가 도훈과 똑바로 시선을 마주하며 저 자신의 왼쪽 가슴에 손을 지그시 올려놓았다.

"후생에는 필히 소인이……."

"……."

도훈은 가늘게 뜬 눈을 깜빡였다. 어스름한 천장이 시야에 명확히 들어오자 꿈에서 깼다는 것을 실감했다.

"……아."

무녀의 뒷말을 듣지 못하고 꿈에서 깬 것이 왠지 마음에 걸렸다. 그녀는 무엇을 말하고자 했던 걸까, 골똘히 생각해보아도 알 방법은 없었다. 다음에 또 전생의 꿈을 꾸게 된다면, 그때 그녀의 뒷말을 듣게 될 수 있을까.

"하아……."

거친 숨을 토해내는 입술이 불안에 미세하게 떨렸다. 서연이 사방으로 나도질을 당했다느니, 후생에도 이어지지 않을 것이라느니, 조금 전 꾼 꿈이 보통 흉흉한 것이 아니라 심란해지는 것은 당연한 현상이었다. 그가 빠르게 고개를 돌려 옆자리의 서연을 살폈다.

……아.

언제 마지막으로 키스했던가. 휴대전화를 더듬더듬 찾아 시간을 확인했다. 퇴원 후 마지막으로 키스한 지 7시간도 채 되지 않았는데,

왜 바뀌어. 말이 돼……? 도훈이 서연의 도로 짧아진 머리카락을 천천히 쓸며 한숨을 내쉬었다. 침상 위에 실처럼 흘러내려 자신의 손끝을 간질이던 긴 머리카락은 사라지고, 부드러운 서연의 곡선 또한 그녀가 잠자는 새에 사라졌다. 생기 넘치던 피부 또한 시체처럼 수척하게 말라 있었다. 유지 시간이 또 말도 안 되게 짧아진 것이다.

이걸 알면 분명…… 괴로워하겠지. 도훈이 이불을 끌어 그녀의 연약한 어깨까지 꼭 덮어주었다. 그리고 손을 들어 새근새근 곤히 자는 그녀의 뺨을 소중하게 어루만졌다. 퍼석한 피부는 그의 손길 아래 따뜻하게 녹아내렸다.

"서연아……."

이 작은 얼굴이 고통으로 일그러지는 것만큼은 보고 싶지 않았기에. 언젠가 아픔이 끝나는 날이면, 그저 환하게 웃어주며 제 마음을 흠뻑 적셔줄 여자였기에…….

도훈의 입술이 공허한 서연의 이마에 천천히 닿았다. 부드럽게 내리눌러지는 살결에 서연의 몸이 잠결에도 반응하였다. 이어서 고열로 인해 일어나지 못하는 그녀의 부드러운 코를 입술로 따뜻하게 쓸어내렸다. 어떤 모습이든 사랑하는 그 얼굴을 한참 동안 내려다보다가, 조그맣고 붉은 입술에 조심스럽게 입을 맞추었다.

그렇기에, 그녀가 아프지 않았으면. 슬픔 따위는 몰랐으면.

정확히 동이 트기 전 오전 5시, 여자를 위해 몰래 키스하는 남자의 시간이었다.

"내년 하반기 트렌드 예측 보고서입니다."

도훈이 남자에게 파일을 건네받고 그것의 첫 면을 꼼꼼히 훑어보았다. 뒷

장은 넘길 필요도 없다는 듯 첫 장에서 결론을 내린 도훈이 파일철을 탁자에 툭 던졌다.

"다시. 한눈에 알아볼 수 있게 항목별로 섹션 나눠서 제대로 정리 다시 하세요."

"네, 알겠습니다."

남자는 그런 도훈의 반응이 누구보다도 익숙하다는 듯, 바로 수긍하고 이사실을 나갔다. 홀로 방에 남은 도훈은 잠을 제대로 자지 못해 수척해진 얼굴을 한번 쓸었다. 오늘 아침, 아픈 서연을 두고 출근하려니 발걸음이 떨어지지 않아 고역이었다.

[언제 나갔어요? 깨우지! 그래서 이 시간까지 잤잖아.]

그래서 일부러 깨우지 않고 그냥 나왔다. 도훈이 잠깐 볼펜으로 휴대전화를 톡톡 건드리다가 문자에 짧게 답장했다.

[깊이 자길래.]

도훈이 턱을 괴었다.

[치. 그런데요. 혹시 나 잘 때 도훈 씨가…… 키스했나?]

뚫어져라 휴대전화를 응시하던 도훈의 입술이 살짝 벌어졌다. 그 사이로 짧은 헛숨이 토해졌다. 그가 잠깐 주저하다가 이내 손가락을 물결치듯 움직였다.

[아니.]

그런 건 신경 쓰지 말고…….

[그래? 우움, 꿈이었나 봐.]

아프지나 마.

[그럼 오늘도 서연이 생각하며 좋은 하루. 오빠♥]

귀여운 애교에 마냥 빠지듯 웃음을 흘린 도훈이 이내 휴대전화를 내려놓았다.

메이드는 욕실에 들어간 지 3시간이 넘도록 나오지 않는 재경이 의아해

욕실 문을 똑똑 두드렸다.

"한재경 님."

작게 호명했으나 안에서는 작은 인기척조차 없었다. 메이드가 다시 한번 문을 두드렸다.

"한재경 님. 괜찮으십니까?"

똑똑. 연이어 들리는 목소리에, 눈을 감고 욕조에 앉아 있던 재경의 눈꺼풀이 느릿하게 올라섰다. 뜨겁던 욕조 물은 어느새 차게 식은 상태였고 피부에서는 한기가 느껴졌다.

"……."

몇 시간이나 있었던 걸까, 고개를 천천히 돌린 재경은 한쪽 벽면을 통째로 차지하고 있는 거대한 거울을 바라보았다. 그 거울 속 재경은 표정 없는 얼굴로 스스로를 바라보고 있었다. 호화스러운 욕실과 고가의 입욕제로도 채워지지 않는 공허가 그곳에 드리워져 있었다. 그는 무기력한 사람처럼 욕조에서 나른하게 일어섰다. 준비된 가운을 입고 나선 그는 밖에서 대기 중이던 메이드를 물렀다. 토요일이었으나 말끔한 슈트로 갈아입은 재경은 넥타이의 각도를 칼같이 정돈했다. 궁전 같은 저택의 복도를 거닐어 메인 다이닝 룸으로 향하는 그의 걸음걸이에는 한 치의 어긋남도 없었다. 가장 먼저 착석하여 여전히 표정 없는 얼굴로 분주히 식사를 차리는 메이드를 바라보았다. 곧 상지가 시끄럽게 쿵쾅거리며 다이닝 룸으로 걸어와 앉았다.

"아, 진짜 짜증 나 죽겠네! 아빠는 뭐 이딴 거랑 아침마다 겸상하자고 난리인 건데!"

일주일에 한 번 규칙처럼 존재하는 HK패션 박정기 회장과의 식사 고정 멤버는 재경과 박 회장, 그의 딸 상지, 이렇게 셋이었다. 주마다 한 번. 재경은 박 회장의 집에서 머무르며 이 불편한 공간에 있는 동안 늘 빈틈없이 존재해야만 했고, 그러기 위해 저 자신의 감정을 숨겨야만 했다. 대외적 외동딸인 상지의 무례에도 미소로 받아쳐야 하는 이유였다. 식사는 메이드 두

명을 양쪽으로 대동하고 들어온 박 회장이 가운데 좌석에 앉으며 시작되었다. 여느 때와 다름없이 여러 사항을 보고 받던 박 회장이 문득 놀라 허, 하고 헛숨을 토해냈다.

"약혼자가 MS푸드 장남?"

박 회장은 탄식했다.

"하이고. 그 김 여사 집 아들내미. 그거 전에 얼굴 한번 보니 독사던데. 약간 재경이 너랑 비슷한 과인 것 같기도 하고."

박 회장이 쯧쯧 혀를 찼으나 재경은 묵묵히 수저만 움직일 뿐이었다. 그 모습이 못마땅한 듯 박 회장은 들고 있던 숟가락을 식탁 위로 던지듯이 내려놓았다.

"그런데 넌 언제까지 그렇게 뜸만 들이고 간만 볼 참이냐?"

폐부를 찌르는 듯한 질문에 재경은 대답하지 않았다.

"설마 네가 그 약혼자인지 뭔지한테 쫀 것도 아닐 테고……. 뭐라도 터뜨려 봐. 너답지 않구나."

박 회장이 답답하다는 듯 입술을 일기죽거렸다.

"6년 전 그날, 널 거둬준 이유를 잊지 않았을 텐데."

이내 싸늘해진 시선으로 재경을 사선으로 노려보며 나직하게 뇌까렸다.

"……."

내내 부드럽게 웃고 있던 재경의 입가에서 웃음기가 서서히 사라졌다.

서연은 일주일의 병가를 내고 회복에 힘썼다. 도훈의 지극정성인 간호 덕에 정신적으로도 신체적으로도 빠른 속도로 회복할 수 있었다. 그렇게 어느덧 금요일이 되었다.

"불편한 거나 필요한 거 있으면 바로 백도빈 불러. 너 돌보라고 이 근처에 집 구해줬으니까."

"으, 동생님만 좋은 일 해줬네. 그래도 이제 보금자리도 생겼으니 이 집

저 집 전전하지는 않겠어요."

침대에 다소곳이 누워 있는 서연이 이불 밖으로 고개를 빼꼼히 내밀고 좋알거렸다. 그 모습에 희미하게 웃은 도훈은 출근하기 위해 협탁 위 차키를 주워들어 안주머니에 넣었다. 도훈이 서연의 하이얀 얼굴을 커다란 손으로 쓰다듬어 내린 후, 쪽, 짧게 이마에 키스했다.

"다녀올게."

다정한 인사에 서연이 맥 풀린 사람처럼 살살 웃자 그 사랑스러운 입술에도 한 번 입 맞추었다.

"응, 잘 다녀와요."

귀엽게 속삭이는 서연의 머리를 몇 번 노곤하게 쓰다듬던 도훈이 이내 천천히 허리를 폈다. 그가 방문을 닫고 나간 후, 점점 멀어져가는 발소리를 들으며 서연이 눈을 슬며시 감았다가 떴다. 그렇게 약 수 분이 지나고, 서연은 느릿하게 침대에서 몸을 일으켰다. 곧장 욕실로 향해 샤워를 마치고 옷을 갈아입은 후 외출 준비를 마쳤다. 도훈에게는 온종일 집에만 있겠다고 말했으나 사실 서연은 허약해진 몸을 강제로 이끌어서라도 가야만 하는 곳이 있었다.

"오늘 하루 재수는 영 틀렸구나."

무당은 아침 댓바람부터 조우하게 된 서연을 보며 부채를 착 펼쳤다.

"네년이 첫 고객이니. 박복한 년."

무당은 고개를 까딱까딱 흔들거리며 단정한 보폭으로 걸어와 앉는 서연을 바라보았다.

"안녕하세요."

"얼씨구, 안녕 못하다고 바로 직전에 얘기했을 터인데."

"3년이면 미운 정 드실 때도 됐죠."

"허, 요년이 이제 내 말을 또박또박 받아치는구나."

무당이 헛웃음 치며 부채를 설렁설렁 내저었다. 그 모습을 바라보는 서연이 크게 심호흡했다.

"오늘 선녀님을 찾게 된 건 다름이 아니라, 한 가지 궁금한 점이 있어서예요."

며칠간 침대에 꼼짝없이 누워 서연은 수도 없이 생각하고 수도 없이 고민했다. 근 몇 달 들어 쉴 새 없이 도훈과 자신에게 발생하는 사건들 때문에 가슴이 답답해서 미칠 것만 같았다. 이 모든 상황이 복잡하고 혼란스러웠지만, 파헤치기를 포기할 수도 없는 일이었다. 서연은 저 자신이 살기 위해, 또 도훈과 오래도록 사랑하기 위해 스스로 정리를 내려야만 했다.

"전에 말씀하신 하늘의 벌이란 거, 아직 정확히 뭔지 잘 모르겠어요. 짐작은 가는데 확실치가 않아요."

무당은 족제비 같은 눈꼬리를 바짝 추어올렸다.

"다만 하나."

"……."

"그 하늘의 벌. 그 사람이나 저나, 둘 중 누군가 죽어야만 끝나는 거 맞죠?"

서연은 하늘의 벌이 무엇인지 명확히 판단을 내릴 수는 없었지만, 최근 들어 저와 도훈에게 일어나는 목숨이 위태로울 정도의 위험한 상황들을 미루어 보아 추측했다.

"그러고 보면 한두 개가 아니었어요. 이제야 인식한 게 우스울 정도예요."

평생에 사고 한 번 낸 적 없던 도훈에게 일어난 교통사고. 멀쩡하다가 하루아침에 천장에서 추락해 도훈의 등을 난도질해놓은 샹들리에. 도훈의 상체를 꿰뚫어버릴 듯이 놀신하던 시늘 피린 칼날.

"그 사람은 늘 날 지켜주려다가 변을 당할 위기에 처했어요."

점점 더 병들어가는 도훈을 두고 볼 수는 없었다. 남들은 평생에 한 번 겪을까 말까 한 사고들이 한 해에 연속해서 몰아닥치는 것은 이상해도 너무 이상했다. 예전부터 느껴왔던 불길하고 찜찜한 감각은 이번 납치 사건으로써 가시화되었다.

"불안해서 숨이 막힐 것 같아요. 진짜…… 너무 무서워요. 그 사람이 다치는 걸 더는 보고 싶지 않아요. 온몸을 다해서라도, 그 남자를 지켜주고 싶어요."

이번 납치 사건 때 도훈은 다행히 칼에 찔리지 않았지만, 앞으로도 이런 수위의 사건들이 또 언제 어떻게 일어날지 모르는 일이었다.

"지금 저희에게 일어나는 이 모든 일이 두려워서 미칠 것 같아요. 실체를 알 수 없으니까 더 두렵고, 더 자신이 없어져요. 그냥 다 나 때문인 것 같고……."

"……."

"분명히 하늘이 누굴 죽이려는 것 같은데……. 대체 그 상대가 누구인지. 도훈 씨인지, 저인지. 아니면 저희 둘 다인지."

실질적으로 심한 상처를 입었던 사람은 전부 도훈이었으나, 그 모든 부상은 서연을 지켜주려다가 당한 것이었다.

"……애초에 도훈 씨가 다치는 운명인 건지, 아니면 내가 다치는 운명인데 나를 구하다가 그렇게 다치는 건지."

"……."

"그것도 아니면 그냥 둘 다 다치고 병드는 운명인지. 진짜……. 진짜, 모르겠어요."

서연이 시큰해진 눈시울을 꾹 감았다가 떴다.

"몰라서 견딜 수가 없어요."

물론 안다고 한들 서연으로서는 막을 방법이 없을지도 모른다. 그러나 적어도 하늘의 벌이 무엇인지, 그 정체라도 명확히 알면 두려움이라도 줄어들까 싶었다. 또, 만약 운명의 칼날이 저 자신을 향한 것이라면…….

"……."

무당은 눈을 가늘게 늘어뜨리고 입술을 일자로 다물었다. 놀랍다 못해 징

그러울 정도로 참 질긴 연분이다, 싶었다.

"뭣이."

무당이 느리게 입을 열었다.

"뭣이 그리 두려워."

가여운 계집을 위해 이번만큼은 심한 소리 대신 다독여주기로 했다.

"두려워하면 두려워할수록 그 불안은 몸집을 부풀리고 커져. 아무것도 아니라는 심정으로 맞선다면 아무것도 아닌 것이 되는 거고, 그렇지 않다면 흉악스러운 것이 되는 것이고."

무당의 말에 격하게 치달았던 서연의 감정이 조금 누그러졌다.

"마음을 편하게 먹어야 해. 하늘의 뜻이 무엇이든, 엉뚱한 생각 말고 놈의 곁에만 잘 붙어 있으면 되는 것이라고. 네가 그렇게 하기로 정했잖아."

무당은 그의 곁을 떠나라는 대신, 그의 곁에 끝까지 남으라고 말해주었다.

"죽이 되든 밥이 되든 들러붙어 있어. 그래야 이겨."

서연은 웬일로 무당이 독려하는가 싶어 이상하게 얼굴을 찌푸렸다. 무당은 제가 생각해도 이상할 정도로 좋은 소리만 일색이었음을 느끼고 큼큼, 어색하게 헛기침했다.

"자고로 인세에서 가장 참혹한 벌은……."

시뻘건 입술이 둔하게 열렸다.

"사랑하는 이와 고통을 공유할 수 없다는 것이지."

무당의 말을 들은 서연의 미간이 고요히 구겨졌다.

……고통을 공유할 수 없다고? 알 수 없는 말을 뇌까리는 무당의 입술을 노려보는 것은 추가 설명을 요구하는 행위였다. 빨간 립스틱을 덕지덕지 바른 입술이 씨익 포물선을 그리며 올라섰다. 부족한 설명을 보충할 생각이 없어 보이는 무당을 서연은 덤덤히 받아들였다.

"네 녀석들의 이번 생의 끝, 나 또한 궁금하구나."

그래, 3년이면 미운 정이라도 든다고.

"두려워 말고, 위축되지 말고 당당히 맞서봐."

이것들만 한 천생연분이 또 어딨겠는가.

서연은 집으로 가기 위해 택시를 잡았다가, 도망치듯 내릴 수밖에 없었다. 납치 사건의 여파로 택시에 타려는 순간 머리가 어지럽고 숨이 가빠지는 탓이었다. 할 수 없이 버스에 올라탄 서연은 한여름의 뜨거운 열기에 달궈진 창문에 머리를 기댔다. 저마다 바빠 보이는 창밖의 사람들을 바라보며 두 손을 작게 오므렸다.

'자고로 인세에서 가장 참혹한 벌은……'

하늘의 벌.

'사랑하는 이와 고통을 공유할 수 없다는 것이지.'

무당이 마지막에 남긴 그 한마디가 무엇을 의미하는지.

"아……. 피곤해."

깨어난 이후 오랜만에 많이 움직였더니 몸이 천근만근이 따로 없었다. 머릿속이 뒤죽박죽이라 도피하듯 눈을 지그시 감았다.

그때, 벨소리가 울렸다.

"서연 씨, 잘 쉬고 있어요? 몸은 좀 괜찮구요?"

한편 서연에게 전화를 건 유라는 그녀의 안부를 물었다.

-네, 덕분에……. 죄송해요. 중요한 시기에 자리를 비우게 돼서.

"괜찮아요. 그런 일도 있었는데, 푹 쉬고 회복에 집중해야죠."

예의를 차린 유라가 이내 전화한 이유를 말했다. 업무상으로 필요한 자료의 위치를 알기 위함이었다.

-네네. 제 세 번째 서랍 안에 들어 있어요. 안 잠겨 있어서 바로 보이실 거예요.

서연의 말을 들은 유라가 보영에게 세 번째 서랍을 열어보도록 지시했다. 곧 보영이 자료를 찾았다며 들어 보이자, 유라가 한번 고개를 끄덕였다.

"찾았네요. 고마워요, 서연 씨."

-네. 팀장님. 또 다른 일 있으시면 바로 전화 주세요.

"그래요. 푹 쉬어요. 그리고……."

-네?

유라가 전화를 들고 잠시 뜸을 들였다.

"시간 되면, 한재경 홍보실장님께도 전화드려 보세요. 어제 서연 씨 대신 샘플실 갔다가 만났는데 걱정 많이 하시더라고요."

-아…….

"회복에 지장 갈까 봐 연락도 못 하고 계시는 것 같아요."

-네……. 알겠습니다.

그 대화를 마지막으로 유라는 전화를 끊었다. 잠시 묵묵히 휴대전화를 바라보던 유라가 이내 작게 한숨지었다.

"……이걸로 진짜 마지막이야."

짝사랑 동병상련으로서, 마지막으로 한 실장님 도와주는 거니까.

유라와 전화를 끊은 서연은 조금 더 심란해질 수밖에 없었다. 재경이 자신을 걱정한다는 말을 들었으니 마음이 편할 수가 없었다. 납치당한 날 밤, 마지막까지 데려다주겠다고 했던 재경을 뒤로하고 택시를 탔다가 변을 당했으니 그의 마음도 편치는 않을 것이다. 지금은 이렇게 조금 껄끄러운 사이가 되었지만, 오래전에는 그 누구보다도 저를 애지중지했던 남자라는 것을 안다.

"……아, 머리 터지겠다. 진짜."

무당의 의미심장한 마지막 말의 진의를 파악하는 데에도 바빴는데, 다른 일들마저 해일처럼 밀려오니 정신이 하나도 없었다. 그리고 그 정신은 뒤이어 여진에게 날아온 한 통의 메시지로 인해 더욱 안드로메다로 흡수되고 말았다.

[강써! 이것도 너한테 완전 잘 어울린다!]

짧은 문자와 함께 여진이 보낸 링크를 누른 서연의 얼굴이 또 화끈 달아올랐다. <내 남자를 사로잡는 섹시한 여성의 시크릿한 비결.>이라는 홍보멘트가 대문짝만 하게 걸려 있었다. 그 아래 잠옷인지 속옷인지 알 수 없는 비주얼의 새하얀 슬립이 두 눈을 한가득 메우자 서연이 황급히 액정을 가렸다. 주변을 몇 번 두리번거린 후 슬쩍 다시 바라보자 제대로 읽힌 상품명이…… 기괴하다.

〈촉촉하게 젖은 입술〉

"……옷 이름이 왜 이따위야!"

하여간 최여진……. 내가 이걸 보나 봐라!

그러나 집에 온 서연은 침대에 누워 저도 모르게 여진이 보낸 사이트를 한참 정독하고 말았다. 결국 혼잡스럽던 정신은 더욱 흐트러져 혼미해지고, 그 상태는 도훈이 평소보다 훨씬 일찍 귀가할 때까지 지속되었다.

"아, 해봐."

그의 얼굴을 보니 열이 더 오르는 기분이었다.

"아. 얼른."

저녁은 그가 직접 끓여준 죽이었다. 참기름으로 마무리한 고소한 죽 냄새보다 코앞으로 다가온 도훈의 숨결이 서연을 사로잡았다. 몸에 좋은 것은 한군데에 다 몰아넣었는지, 알록달록 온갖 야채에 닭, 전복, 새우도 빼꼼히 보였다.

"그래요. 내가 먹을게요, 내가."

서연이 도훈에게서 숟가락을 뺏어 들고 씩씩하게 죽을 떠먹었다. 그런 서연이 귀여워 죽겠다는 듯 웃은 도훈이 살짝 이마로 내려온 서연의 머리를 귀에 꽂아주었다.

"맛있어?"

나른한 목소리에 서연은 절로 양 볼이 달아올랐다. 고개를 두어 번 끄덕이니 도훈이 설핏 웃었다.

"먹고 있어. 약이랑 물 가져올게."

방을 나가는 그의 뒷모습이 몽롱한 시야 속으로 보였다. 도훈이 없는 틈을 타 얼른 손부채질하며 뜨거워진 얼굴을 식혔다.

"……으, 더워."

그 이후로도 자꾸만 이상한 걸 보내오는 여진 때문에 머릿속에 음란마귀가 가득해진 탓이었다. 고통을 공유할 수 없다는 무당의 말의 의미를 해석하려다가도, 자꾸만 그 촉촉하게 젖은 입술인지 뭔지 하는 슬립이 뭉게뭉게 떠올라서 생각이 난장판이었다.

'사랑하는 이와 고통을 공유할 수 없다는 것이지.'

무당의 말이 맴돌았다가,

'촉촉하게 젖은 입술.'

최여진이 보낸 슬립이 또 떠올랐다가,

'고통을 공유할 수 없다는 것이지.'

또 그 말이 맴돌았다가.

또,

"초옥……."

"뭐 해?"

"촉촉하게 젖은 공유!!!"

저도 모르게 빽 소리를 지르는 서연이 흠칫하며 제 입을 콱 틀어막았다. 언제 왔는지 도훈이 바로 옆에서 자신을 지켜보고 있었다. 깜짝 놀란 서연이 수저를 탁 떨어뜨리고 식은땀을 삘삘 흘렸다.

"촉촉하게 젖은…… 공유?"

정색한 도훈이 서연이 말한 말을 똑같이 따라 하자 그녀의 동공이 좌우로 흔들렸다.

'왜 그 두 개가 그따위로 합쳐지는 건데……!'

촉촉하게 젖은 공유가 웬 말인가……!

"……."

두 사람 사이에 이상야릇하고 미묘한 침묵이 약 5초 정도 지속되었다. 이 와중 도훈은 무슨 오해를 했는지 표정이 점점 험악해진다.

"공유……."

아마도 남자 연예인을 말한 것이라고 받아들였는지 더욱더 표정이 사나워진다.

"공유가 촉촉하게 젖어."

"아니, 그게 아니고……."

해명할 길이 없으니 서연은 잠깐 넋을 놓아버렸다. 그러나 이미 질투 게이지 맥스에 다다른 도훈은 크게 숨을 들이켜고 있었다. 그의 가슴이 크게 부풀었다가 꺼지는 것을 바라보는 서연의 정신이 아득해졌다. 그런 서연을 가만히 바라보던 도훈은 갑자기 서연의 코앞까지 따지듯이 얼굴을 훅 내렸다. 그 엄청난 기세에 반쯤 침대에 눕혀진 서연이 어정쩡하게 죽 그릇을 들었다.

"얼마나 촉촉한 놈인지는 모르겠지만, 나도 못지않게 촉촉해."

"……뭐, 뭔 소리예요!"

"촉촉하게 젖은 도훈?"

"으악! 변태 같은 소리를 막…… 익!"

서연이 놓칠 것 같아 아슬아슬한 죽 그릇을 필사적으로 움켜쥐었다.

"내 앞에서 다른 남자 얘기를 해."

"그건 그러니까, 연예인 얘기한 게 아니라고요!"

"게다가 그놈이 촉촉하게 젖기까지 했어."

"뭐가 젖어요! 안 젖어요……!"

"이제 외도를 막 꿈꾼다 이거지."

"아악! 뭔 소리야! 나한테 남자가 도훈 씨 외에 또 누가 있어요!"

반쯤 취조당해 시뻘게진 서연이 고백 아닌 고백을 내지르자 도훈이 나직하게 웃었다. 만족한 듯 누그러진 동작으로 죽 그릇을 빼서 협탁에 올려놓은 도훈이 잘록한 허리를 천천히 쓰다듬었다.

"강서연한테 나밖에 없단 말이지."

도훈이 관능적으로 웃었다.

"그래요. 왜요. 뭐, 뭐."

부끄러워진 서연이 살짝 뒤로 상체를 뺐다. 그에 맞춰 점점 더 다가오는 도훈 때문에 서연은 야릇한 감각이 피어올랐다.

"눈 감아."

도훈이 서연의 목덜미를 끈적하게 쓰다듬었다.

"키스하게."

서연이 파르르 떨리는 눈을 꼭 감았다. 곧바로 도훈의 입술이 말랑한 입술을 격렬하게 감쳐물었다.

여진은 무료하게 침대에 누운 채 어젯밤 진영에게 왔던 문자를 한참 동안 바라보았다. 내용은 푹 자라는 짧은 메시지에 불과했으나 여진은 점점 더 심란해져만 갔다. 자꾸만…….

'어우. 야. 웃기지도 않는다. 진영 선배가 한 여자에 정착은 무슨.'

자꾸만 마음에 걸린다. 일전에 병원에서 우연히 들었던 진영의 평판이 계속해서 머릿속을 맴돈다.

'세 살 버릇 여든 간다고, 바람피우는 남자들은 그 버릇 절대 못 고쳐. 특히 진영 선배 같은 진성 어장남 스타일은 더더욱.'

이미 전에 한바탕 난리를 친 후 슬슬 마음의 문이 열리려는 찰나, 그 여자

의사의 발언은 여진을 도로 현실에 로그인시켰다. 이전까지 십중팔구 문란했을 생활들. 어딘가 가벼운 듯한 말투와 태도. 마음을 열고 그와 연애를 시작한다고 하더라도 후에 상처받을 미래가 두려웠다. 지금은 정리했다 하지만, 시간이 흐르고 관계에 익숙해지고 난다면…….

"……아, 짜증. 머리 아파."

여진은 갑자기 지끈거리는 관자놀이를 꾹꾹 누르며 미간을 모았다. 늘 마음속에 품고 있던 어두운 상처가 스멀스멀 기어 나와 여진의 심장을 푹푹 찔러대는 탓이었다. 이제 절대, 절대 똑같은 레퍼토리를 반복하고 싶지 않다. 전 남자친구와의 그 지옥 같던 레퍼토리를 다시는…….

"……."

여진이 주먹을 꼬옥 움켜쥐었다. 정작 놈은 여진의 생각을 티끌만큼도 하지 않을 텐데.

어린 부인과 신혼이라며 희희낙락하며 살고 있을 텐데. 여진은 잊을 만하면 자꾸만 떠오르는 그날의 상처에 여전히 꽁꽁 매여 있었다.

결코, 그 남자에 대한 미련이 아니었다. 다시는 사랑하지 않겠다고, 그깟 남자에게 목매어 살지 않겠다고 다짐했던 그날의 심정을 떠올리는 것이었다.

지옥 같던 작년, 26살 가을. 여느 때와 다름없이 평화로운 금요일 밤, 전 남자친구의 집에서 하룻밤을 보낸 후 씻기 위해 욕실로 향하던 찰나였다,

'어?'

욕실 찬장에 들어 있던 작은 상자를 발견했다. 호기심을 이기지 못하고 열어본 상자 안에는, 프러포즈를 위해 준비된 듯한 반지가 들어 있었다. 늘 결혼하자며 장난스럽게 프러포즈하던 그였기 때문에 자연스레 심장이 두근두근 뛰었다. 더욱이 다음 주면 여진의 생일이었고, 아마도 그때에 맞춰 선물하려는 게 아닌가 하는 생각을 했다.

그리고 그 의혹에 확신을 품은 것은 제 생일날 저녁 7시, 청담에 있는 레

스토랑을 예약하는 전화를 우연히 들어버린 후였다. 얼마나 설레고 떨렸는지, 생일날까지의 일주일을 어떻게 보냈는지도 모를 만큼 구름 위를 훨훨 날아다니는 기분이었다. 도훈에게 된통 깨진 후에도 혼자 헤실헤실 웃었을 만큼 밑도 끝도 없이 행복하고 기분이 좋았다. 그렇게 생일 당일이 되고, 여진은 출근해서부터 내내 휴대전화를 잡은 채 그에게서의 연락을 기다렸다.

'왜 연락이 없지?'

7시 청담 레스토랑으로 오라고 문자가 와야 하는데, 오후 5시까지 연락이 없었다. 긴가민가하던 여진이 대수롭지 않게 생각하며 전에 그가 예약했던 레스토랑까지 직접 찾아가기로 했었다. 전면이 통유리로 된 레스토랑은 밖에서부터 안이 훤히 들여다보였고, 여진은 창가에 앉아 반지를 만지작거리는 그를 보며 웃음이 나왔다. 감동받은 사람처럼 벅찬 표정을 하고 레스토랑 안에 들어가서 그를 보며 환하게 미소 지었다. 그에게 조심조심 걸어가는데, 정작 여진을 발견한 그는 귀신을 만난 듯 안색이 파리해졌다.

'네가 여길 어떻게……'

'오빠!'

그 순간 뒤에서 어떤 여자가 달려오더니 여진을 퍽 치고 지나쳐 그에게 폭 안겼다. 여진은 경악해 뒷걸음질 쳤다.

'뭐야, 저 여자?'

멀리서 멀뚱히 서서 형철을 지켜보는 여진을 보며 여자가 이상하다는 듯 재잘거렸다.

'어…… 어? 글쎄?'

상황 파악까지 오랜 시간이 걸리지 않았다.

'모르겠네. 누군지……'

다사다난했던 3년의 연애 끝에 돌아온 것은 명백한 배신이었다. 당연히 제 것으로 생각했던 반지의 주인은 자신이 아니었다. 그 사실을 깨닫자 충

220

격과 더불어 수치심이 밀려온 여진은 도망치듯 달려 그곳을 빠져나왔다. 하도 황당하고 충격적인 상황에 맞닥뜨려 입도 뻥긋하지 못한 것이 평생의 후회였다. 바로 그 자리에서 한바탕 난리를 쳤었어야 했는데, 그때는 왜 그러지 못했던 걸까.

'쪽팔려…….'

아마도 일주일 내내 행복에 젖어서 기대했던 저 자신에 대한 수치심 때문일 것이다. 레스토랑 밖으로 나가 먼발치에서 유리창을 통해 보이는 두 사람의 모습을 보며 여진은 죽고 싶은 기분이 되었다. 한참 동안 멍하니 안을 훔쳐보고 있자, 곧 그는 태희라는 여자에게 무릎을 꿇고 프러포즈했다. 그날 여진은 똑똑히 두 눈으로 목격하고 말았다. 불과 어제도 제게 사랑한다고 속삭이던 그 입술이, 다른 여자에게 손수 반지를 끼워주며 무어라고 달콤하게 속삭이는 것을.

그때 여진은 피눈물을 깡그리 쏟으며 다짐했었다. 다시는 잘난 남자에게 진지해지지 않겠다. 이제 남자의 좋아한다는 말을 절대 믿지 않겠다. 그날을 기점으로 여진은 결혼도 연애도 사랑도 버렸다. 마음의 문은 굳게 닫혀버렸고, 한 남자를 일주일 이상 만나지 않았다. 어차피 자신에게 진지하지 않다는 것을 알고 있으니, 서로 깔끔하게 즐길 거 즐기고 끝내면 거기서 끝이라고 생각했다.

그런데…….

'……정말 진심인데, 믿어줄 수는 없을까요?'

또다시 믿고 싶어진 남자가 나타나 버렸다. 바보같이 속아서 넘어가 줘야 할 남자가 결국 또 생겨버리고 말았다. 잔혹했다. 진영에게 쏠리는 제 감정을 주체할 수 없다는 현실이 진심으로 잔인했다.

[여진 씨!]

그때, 때마침 진영에게서 새 문자가 도착했다.

[할 말이 있는데, 내일 저녁에 시간 괜찮아요?]

나는 너에게 또 속아도 되는 걸까.

　남자가 도대체 왜 서연을 납치하고 감금했는지, 그 이유를 듣고 싶었던 서연은 요청하에 납치범의 진술을 들을 수 있었다. 도훈과 함께 취조실 모니터룸에 앉은 서연은 납치범을 보며 두려움에 자연히 떨 수밖에 없었다. 그는 서연이 지켜보고 있다는 사실조차 모를 테지만, 그의 얼굴을 보니 그때의 끔찍했던 기억이 살아났기 때문이었다. 도훈이 파르르 떨리는 서연의 손을 꼬옥 붙들었다. 미간을 살짝 구긴 도훈은 남자가 심한 소리를 하지 않기를 바랐다. 그 말에 서연이 상처받지 않기를 원했다.

　"그 여자 부모가 우리 아버지를 죽였다고요!"

　서연을 납치했던 남자는 취조실에 삐딱하게 앉아 고래고래 소리쳤다.

　"알 사람들은 다 알아요! 그 탐욕 덩어리 같은 SS어패럴 대표 내외가 재산 뒷구멍으로 빼돌리고 고의 부도낸 거!"

　숱한 의혹을 낳았던 SS어패럴의 부도. 당시 주주들을 중심으로 돌던 흉흉한 소문은 서연의 부모님이 거액의 수입 대금을 횡령해 SS어패럴이 자금난을 맞았다는 것이었다. 그 자금난을 이겨내지 못하고 최종 부도 처리가 된 후, 주주들은 고의 부도 의혹 제기하면서 강 회장을 고소했다.

　"그 인간들 6년 전 검찰에 출석하던 길에 뒤졌다면서요? 검찰이 압박하니까 쫄려서 냅다 자살한 거겠지!"

　그들의 사고사로 인해 공소권 없음 처분이 되고, 부도의 진실은 아무도 밝혀낼 수 없게 되었다.

　"우리 아버지 공장, SS어패럴 때문에 연쇄 부도 맞았어요. 게다가 비겁하게 죽어버리는 바람에 돈 받을 길, 진실 밝힐 길 없어지고! 아버지는 산더미 같은 빚 때문에 스트레스받다가 병들어 죽었고!"

　남자는 포효하듯 소리치며 책상을 쾅쾅 내리쳤다.

　"지금 취조해야 할 건 내가 아니라 그 여자라고요! 그 죽은 대표 내외가 빼돌린 돈 다 어디로 날랐겠어요? 그 강서연인지 뭔지 하는 외동 딸년이 혼자 다 처먹었겠지!"

하, 도훈은 헛숨을 토하며 이마를 짚었다.

"복수하는 겸 그 여자 털어서 돈 회수하려고 했어요! 그런데 그 독한 년, 감금해놓고 불라 해도 시치미 떼고 입도 뻥긋 안 하고!"

서연의 눈꺼풀이 가늘게 경련했다. 일순 느려졌던 호흡은 곧 거칠어지고 하얗던 얼굴은 더욱 창백하게 질려버렸다. 정상적인 사고가 버거울 정도로 완전히 백지가 되어버렸다.

……고의 부도? 넋이 나간 듯 허공을 바라보던 서연은 심장이 오그라드는 듯한 착각에 휩싸였다. 자신의 부모가 그런 불명예스러운 의혹을 받았다는 것조차 서연은 몰랐다. 20살 남짓한 어린 나이, 처음 발현한 남성화 증상으로 인해 당시 서연은 주변을 돌아볼 여유가 없었다. 부모님이 어떤 상황 속에서 돌아가셨는지조차 인식하지 못한 것이었다. 그저 택시에서 우연한 사고로 돌아가셨다고만 알고 있었다.

"……말도 안 돼."

당시 빚쟁이들 때문에 장례도 치르지 못했고, 서연은 상속 포기를 했기 때문에 법적으로 의무를 털어내었었다. 게다가 그 후 서연은 '21살 강서연'이 평생에 맺었던 모든 관계를 끊어버렸다. 'SS어패럴의 외동딸'이 아닌, '저주 받은 여자'로서 척박한 삶을 살아가기로 했기 때문이었다. 그렇게 운명을 받아들이는 절차 동안 서연은 자연스레 세상에서 지워졌고, 일반인들은 외동딸마저 죽은 게 아니냐며, 혹은 돈을 들고 해외로 도피한 것이 아니냐며 멋대로 떠들어댄 것이다.

"……하."

서연은 허망해서 눈물이 날 것 같았다. 기업 폐망의 원인이 제 부모의 횡령일지도 모른다니.

"말도 안 돼……."

이보다 지옥 같은 일은 없을 것이다. 서연은 울렁이는 가슴을 부여잡았다. 아니라고 말해주길 바라는 듯, 위태로운 시선으로 도훈을 바라보았다. 서연의 귓가에서는 여전히 납치범의 날 선 목소리가 족쇄처럼 맴돌고 있었다. 도훈은 느릿하게 손을 뻗어 양손으로 서연의 귀를 꼭 감쌌다. 그 순간 사방에서 푹푹 찔러오던 소음이 멎었다.

"저런 말, 받아들이지 마."

커다란 눈가에 흘러내릴 듯 눈물이 촉촉하게 고였다. 더는 지켜볼 수 없던 도훈은 즉시 서연을 데리고 경찰서를 떠났다. 차 안에 그녀를 태우고 시동을 걸려던 도훈이 멈칫했다. 여전히 서연의 손끝이 지진이라도 난 듯 떨리고 있었기 때문이었다. 도훈은 심연에 빠져 사시나무처럼 떨리는 서연의 몸을 양팔로 으스러지게 끌어안았다.

"윽……."

내내 울음을 참고 있던 서연이 한 줄기 괴로운 소리를 뱉었다. 그의 따스한 체온이 느껴지자 깊은 곳에서 응어리진 무언가가 톡 하고 폭발하는 느낌이었다.

"우리 엄마 아빠……."

서연이 희미한 음성으로 더듬더듬 말을 이었다.

"그런 사람 아닌데……."

곁에 있던 서연이 가장 잘 알고 있다. 그들이 그럴 리가 없다. 결코, 그럴 리가 없다.

"……걱정 마."

도훈은 그런 그녀를 위로하듯 등을 천천히 토닥였다.

"결백 증명하면 돼."

도훈은 언젠가 서연도 직면해야 할 문제라는 것은 알았다. 이미 일전에 납치범과 1대1로 대화를 나누었던 도훈은 서연이 납치범의 진술을 듣는다면 큰 충격을 받을 거라는 것을 알고 있었다. 그러나 숨기려 해도 숨길 수 없는 사실이었다. 문제를 대면하게 하고, 상처가 최소화되도록 옆에서 진정시키는 것이 도훈이 택한 방법이었다.

"사실 나는 그 의혹을 꽤 오래전부터 알고 있었어."

서연의 동공이 가냘프게 흔들렸다.

"이제부터 너희 부모님의 결백을 공공연히 밝히면 돼."

"……어떻게."

이미 이 세상 사람이 아닌 두 사람의 결백을 증명한다는 것은 사실상 불가능에 가까웠다.

"진범."

도훈은 곧은 목소리로 서연의 흐트러진 마음을 꼿꼿하게 세웠다.

"진범이 있을 거야. 너희 부모님께 모든 죄를 떠넘기고, 부도를 맞을 정도의 거액을 상시로 횡령한 진범."

"……."

"이미 당시 SS어패럴 임원들 리스트업하고 컨택 중이야."

도훈은 부도의 전말을 알기 위해 당시 사건에 대해 잘 알고 있는 사람들부터 차근차근 접촉해보기로 했다.

"앞으로 힘든 길이 될 거야. 한번 덮어졌던 진실을 다시 밝히는 건 어려운 일이니까."

만약 서연이 혼자였다면 할 수 없을 일이었다.

"같이."

도훈의 올곧은 눈에 서연이 한가득 담겼다.

"우리 같이 밝혀보자."

도훈은 서연의 동반자로서, 그녀의 부모님 명예 회복을 위해 갖은 노력을 다하겠다고 말하고 있었다. 그런 그가 진심으로 고맙고 든든했다. 서연은 떨지 않기 위해, 두려워하지 않기 위해 도훈을 더욱 꽉 끌어안았다.

여진은 진영과 오늘 저녁 7시 칵테일 바에서 만나기로 약속했다. 화장대에 앉은 여진은 평소보다 훨씬 붉은 빛이 도는 선지 색의 립스틱을 발랐다. 예전 사랑에 닳고 닳아 문드러진 속을 드러내지 않기 위해 화려한 색으로 얼굴을 치장하고 지난 1년을 그렇게 살았었다.

"……"

7시까지 늦지 않게 가려면 지금 바로 나가야 한다. 신발장 앞에 선 여진은 한참 동안 주저앉아 고민했다. 오른쪽에 있는 화려하고 호화스러운 보라색의 하이힐은 주인의 발목을 꺾을 듯이 그 기상이 위대하다. 반면에 왼쪽의 수수한 검정 구두는 굽이 낮고 단정했다. 그 두 사이에서 고민하던 여진은 이내 낮은 구두에 제 발목을 내어주었다. 그렇게 택시에 탔는데 안에서 들리는 원인 모를 소음이 거슬렸다.

드르륵, 드르륵.

여진은 그냥 눈을 감아버렸다.

"남자들은 왜 그럴까……"

"네?"

여진의 혼잣말에 중년의 여성 택시기사가 반문했으나, 그녀는 그 목소리조차 듣지 못했다.

"아가씨 남자 문제구나?"

택시기사가 차 안의 룸미러로 여진을 흘끔 응시했다. 여진은 말이 아닌 시선을 맞추는 것으로 대답을 대신했다.

"하여간 남자들은 왜 그런지 몰라. 왜 그렇게 헤퍼서 여기저기 다 찌르고 다니고 말이야. 아주 그렇게 몸뚱어리가 가벼울 수가 없어요."

"……"

"우리 남편도 소싯적에 적잖이 바람기가 많았는데, 이느 날 갑자기 나 좋다며 죽자고 따라다니더니 이제 바람 안 피운다고 무릎 꿇고 싹싹 비는 거야. 그래서 내가 큰맘 먹고 결혼해줬더니만 또 시작이잖아, 또."

"……맘고생 심하시겠어요."

"뭘, 그냥 그러고 지지고 볶으며 사는 거죠. 본능적으로 남자들은 한 여자에 만족을 못 해. 적어도 내가 본 놈들은 다 그랬어."

여진은 그녀의 말에 대답하지 않고 그저 작게 한숨만 쉬었다. 여진이 손에 들린 휴대전화를 억세게 움켜쥐었다. 다른 손으로 숨이 새어 나가지 않게 입을 꾹 틀어막자 오히려 눈물이 날 것만 같았다. 7시가 다 되어 여진은 칵테일 바 입구에 도착했다. 어두운 조명이 잔잔하게 깔린 바 안으로 들어선 여진은 고개를 들어 주위를 살폈다. 아직은 이른 시간이기에 가게 안에 사람이 많지는 않았다. 테이블이 비어 있는 것을 확인하고 바 쪽으로 고개를 돌리니 그곳에 걸터앉아 있는 진영이 보였다.

"왔어요?"

그는 웃었고, 여진 또한 웃었다.

"……그래서 그 환자는 눈에 본 모든 걸 이미지로 머릿속에 기록한다고 하더라고요. 그게 실제로 가능하다고……."

진영이 말을 하다가 살짝 끝을 흐렸다. 여진은 시선을 칵테일 잔에 꽂은 채로 미동도 없이 목석처럼 있었다.

"하네요?"

진영의 입술이 살짝 다물렸다. 여진이 흘끔 눈동자만 돌려 진영을 쳐다봤다.

"왜 말하다가 멈춰요? 그분이 눈에 본 모든 걸 기록한다면서요."

진영이 고개를 살짝 끄덕였다. 술은 당연하고, 안주에도 손 한번 대지 않는 게……. 멍한 얼굴로 칵테일 잔 끝만 만지작거리는 손길이 침울해 보였다. 평소에는 도도하게 반듯한 모양새를 유지하던 단발머리가 힘없이 아래를 향해 축 처져 있었다.

"오늘 컨디션이 별로인가 봐요."

진영의 손끝이 여진의 손을 살짝 건드리자 그녀가 조금 놀라 손을 뺐다.

그 광경을 물끄러미 내려다보던 진영의 눈꼬리에 미묘한 움직임이 있었다. 진영이 굽혀 있던 등을 쭉 펴고 젊은 바텐더에게 조주를 부탁했다.

"모히토 한 잔 주세요."

여진의 눈이 커졌다. 그녀의 앞에는 아직 마시지도 않은 새 잔이 보란 듯 놓여 있었다. 그렇다고 그가 모히토를 마실 위인은 아닌 것 같고……. 여진이 의아한 듯 눈썹을 올리자 진영과 시선이 마주쳤다.

"이건 여진 씨 입맛에 별로 안 맞는 거 같아서 새로 시켰어요."

그가 여진을 보며 나른한 웃음을 흘렸다.

"혹시 모히토 칵테일의 이름에 담긴 의미 알아요?"

"아니요, 뭔데요?"

"모히토 뜻이 '마법의 부적'이라는 의미의 스페인어에서 유래했대요."

"마법의 부적…… 되게 낭만적이네요."

말은 그렇게 하나 여진의 얼굴에는 낭만이 없었다. 그저 침울할 뿐.

"모히토 한 잔 올리겠습니다."

바텐더가 조심스럽게 잔을 내려놓고 가자, 그가 나직하게 웃으며 여진 쪽으로 잔을 조금 밀었다. 여진이 잔을 한번 응시했다가 진영의 얼굴로 시선을 옮겼다.

"이건 제가 여진 씨한테 주는 마법의 부적."

"……."

"드시고 씻은 듯이 기분이 좋아지길 바라요."

진영이 은밀하게 소곤거렸다. 그것이 정말 마법의 주문이라도 되는 듯 무표정하던 그녀의 얼굴이 이내 화사하게 번졌다.

"하하, 당신은 정말이지……."

"어? 드디어 웃었다!"

웃음을 터뜨리는 여진을 보며 진영 또한 웃었다. 조용한 음악만이 느릿하게 흐르던 공간에 두 사람의 웃음소리가 함께 섞여 부유했다. 그러나 잠깐의 웃음 끝에 여진은 다시 마음이 가라앉기 시작했다. 이런 사소한 배려와 상냥함이 지금까지 그가 숱하게 만난 여자들을 꾀는 데에 한몫했을 게 틀림없었기 때문에. 그녀의 지옥 같던 과거의 기억과 함께 일전에 본 진영의 화려한 전적이 여진의 머릿속을 파고들었다. 무슨 아이스크림 종류처럼 일렬로 저장되어 있던 여자들의 번호, 그리고 그와 함께 저장된 만난 장소와 이름, 나이…….

어떻게 그걸 잊을 수가 있겠어, 어떻게…….

"저 지금 오진영 씨 못 쳐다보겠어요."

그는 한 번만 믿어달라고 했었다. 모든 것을 올인하겠다며, 진심이라며.

"……왜요?"

"그냥…… 그냥요."

잔을 쥔 손에 힘이 들어갔다.

"예전에…… 다시는 남자를 믿지 않겠다. 다시는 남자에게 마음의 문을 열지 않겠다. 굳게 다짐했는데."

진영은 힘없이 아래로 떨궈진 여진의 얼굴을 말없이 응시했다.

"오진영 씨가 내 마음의 문을 활짝 열고 정신없이 밀고 들어와서 난……
곤란하고 혼란스러워요."

날 만나기 전, 그 남자처럼 당신도 그렇게 가벼운 남자였으니까.

"오진영 씨."

당신에 대한 호감은 한순간의 착각.

"네, 여진 씨."

나는 그렇게 믿고 싶다. 진영의 입가에 흐릿하게 걸린 웃음을 살짝 마주하자, 여진이 눈을 꼭 감았다가 떴다. 제대로 목을 돌려 정확히 그와 눈을 맞췄다. 의미를 알 수 없는 시선을 보내는 진영의 까만 눈동자에 여진의 고동색 눈동자가 단번에 사로잡혔다.

"제가 계속 생각해봤는데요……."

여진은 그 눈 속에서 도망치기로 했다.

"전 오진영 씨랑 잘될 수 없어요."

여진은 주말 밤 막차를 타고 도망치듯이 고향으로 날아왔다.
"코끼리 같은 다리 당장 치워. 걸레질하는 데 방해만 되게 말이야."
여진의 부모님이 사는 고향 집, 그녀는 마음이 심란할 때마다 이곳을 찾았다. 이 집에서는 특유의 사람 사는 냄새가 났고, 그 덕에 우울하고 힘들었던 마음도 저절로 이완되었다.
"아빠는?"
"알게 뭐여. 어디 운동이나 갔는가 보지."
"엄마는 걱정도 안 돼?"
"딸내미 셋 있는 거 다 키워서 내보냈으면 된 거지. 이제 그 양반에게 볼일 없다."
"엄마는…… 아빠랑 사랑해서 결혼한 거 아냐?"
"어이구, 한 마디만 더해. 쫓겨나고 싶으면."
소파에 꼿꼿하게 정자세로 앉아 있던 여진은 꼬물꼬물 움직여 소파로 몸을 온전히 뉘었다. 그녀의 동공은 그저 텅텅 비어 있을 뿐이었다.
'전 오진영 씨랑 잘될 수 없어요.'
그 말을 했을 때 오징어가 뭐라고 했더라. 여진은 영혼이 빠져나가지 않게 하려는 듯 입을 꾹 다물었다. 머릿속에 자꾸만 스멀스멀 떠오르는 어제의 기억들이 그녀를 서서히 잠식해갔다. 오른손에 들린 휴대전화를 가슴 쪽으로 꼭 끌어안으니, 필름처럼 머릿속을 흐르는 어제의 기록들.
'아……'
그때 진영의 표정은 살짝 당황한 듯 보였었다. 예상하지 못했다는 반응이었다. 그는 여진에게 그 이유를 묻지는 않았다.
'그렇군요.'
그렇게 말할 때는 얼굴이 어땠더라?

'여진 씨 결정이…… 그렇군요…….'

불빛 때문인지, 그냥 여진이 그의 눈을 보기가 어려웠던 건지, 그의 표정이 잘 기억나지 않는다. 그렇게 어색한 상황이 끝이 나고 그들은 뜸 들이지 않고 바로 자리에서 일어났다. 마지막이라고 특별할 것도 없이 그냥 평소처럼 서로 인사하고 헤어졌고 다를 것이 있다면 마지막으로 본 진영의 표정이 상당히 굳어 있었다는 점. 내 앞에서는 그렇게 나사 빠진 사람처럼 웃던 남자가 그런 표정도 지을 수 있다는 걸 처음 알았다.

"……나…… 잘한 거지?"

"뭘 잘해? 땅굴 파고 들어가지 말고 집 왔으면 운동이라도 좀 해."

"하……."

여진이 제 휴대전화를 더욱 꼭 끌어안았다. 속이 답답하고 미칠 것 같아서 어디론가 도망가고 싶었다.

"……뭐여, 너 지금 우냐?"

"……울긴 왜 울어! 내가 왜……."

그렇게 헤어지고 나서 진영에게 연락 한 통 오지 않았다.

"내가 왜 울어……!"

'여진 씨.'

'……네.'

어제 헤어질 때 칵테일 바 앞에서, 그가 남긴 단 한마디가 가슴에 꽉 틀어박혀 떠나지를 않는다.

'여진 씨를 만나 진심으로 행복했습니다.'

"하, 연락 안 할 거면 그딴 말은 왜 흘리고 가는 거야……!"

일주일이 지나고 서연은 다시 회사에 출근했다. 정신 나간 사람처럼 아침 내내 멍하니 있던 서연은 최종 샘플을 받아오기 위해 와이시로 이동했다. 제정신이 아닌 와중에도 꼼꼼히 샘플 체크를 마치고 엘리베이터에 올라탔다. 멍한 얼굴을 하고 기계적으로 다리를 움직여 로비를 나섰다. 신호등 불이 켜지고 비척비척 시체처럼 건너던 서연은 저도 모르게 우뚝 신호 중간에서 멈춰 섰다. 넋이 완전히 나가버려 지금 자신이 서 있는 곳이 어디인지도 인식할 수 없었다.

빵빵! 파란 불은 빨간 불로 바뀌었으나 서연은 여전히 신호등 한복판에 서 있었다.

빵빵! 서연이 멍하니 서서 진로 방해를 하는 통에, 뒤에서는 클랙슨 소리가 시끄럽게 만연했다. 그러나 머리가 온통 백지장이 된 서연에게 그 소리가 들릴 리 만무했다. 지금 도로는 그야말로 혼돈. 고함치는 운전자들의 목청마저 서연에게는 닿지 않았다.

그때, 누군가가 서연의 어깨를 감싸 훅 끌어당겼다. 그대로 그녀를 도보로 데려가자 정신없이 울리던 시끄러운 경적도 쥐 죽은 듯이 멎었다.

"서연아, 괜찮아?"

놀란 재경이 서연의 한쪽 어깨를 그러쥐고서 물었다. 근처에 점심 식사하러 나왔던 재경은 도로 한복판에서 위태롭게 서 있는 서연을 발견하고 본능적으로 몸이 먼저 나간 터였다.

"……아."

그제야 혼이 돌아온 서연이 스르륵 시선을 돌려 재경을 응시했다.

"오빠……."

카페로 자리를 옮긴 서연은 시원한 라테 한 잔을 쭉 들이켰다. 냉기가 화하게 입 안 가득 퍼지자 그제야 정신이 좀 들었다. 그녀는 폭 한숨을 내쉬고서 불안한 듯 손가락을 꼼시락거렸다.

"어때? 몸은 좀 괜찮아?"

재경의 질문에 서연이 작게 고개를 끄덕였다. 그는 잠시 뜸을 들이다가 어렵게 말을 이었다.

"들어서 알아. 그날 일……."

"……."

"미안해, 서연아. 내가 끝까지 우겨서라도 내 차로 집까지 데려다줬어야 했는데……."

재경이 고개를 푹 꺼트리며 사과했다. 서연은 말없이 커피 잔 표면에 고여 있는 물방울들을 응시했다.

"그게 왜 오빠 탓이야. 그놈이 나쁜 건데."

"……."

"오빠 나 걱정했다며. 팀장님한테 들었어. 그래서 전화하려고 했는데……. 그냥, 나도 정리가 하나도 안 돼서. 뭐가 뭔지……."

맥없이 말을 잇던 서연의 뒷말이 안개처럼 뿌옇게 흩어졌다. 두 사람 다 말을 하지 않자 한참 동안 침묵이 이어졌다.

"혹시 오빠, 알고 있었어?"

"……뭘?"

"……우리 부모님."

서연이 크게 숨을 들이마시었다가 내쉬었다.

"고의 부도 혐의로 조사받다가 돌아가신 거."

금방이라도 울어버릴 듯이 글썽거리는 눈망울을 보며 재경은 고요히 미간을 모았다.

"나 납치했던 남자의 아버지가 우리 기업 부도나면서 연쇄 부도 당했었나 봐. 그래서 나한테 보복 심리로 그랬다고 하는데."

"……."

"다른 것 보다…… 진짜 싫은 건 뭔 줄 알아?"

서연은 눈앞이 캄캄해지는 기분이었다.

"그놈이 우리 부모님 형편없이 깎아내린 것도 아니고, 나 감금했던 것도 아니야."

서연이 입술을 꽉 깨물었다가 놓았다.

"우리 부모님이 진짜 그런 일을 했었던 건지…… 점점 헷갈리기 시작하는 나 자신이 제일 싫어."

서연은 그들의 하나뿐인 딸이었다. 그런 그녀가 그들의 결백을 무조건적으로 믿지 않으면, 대체 누가 믿겠는가?

"하……."

하지만 마음 한구석에서 그들이 정말 나쁜 일을 했을지도 모른다는 불안이 싹트는 것은 서연으로서는 제어 가능한 부분이 아니었다.

"오빠는 어때?"

"……응?"

"오빠도 우리 엄마 아빠 잘 알잖아. 어려서부터 함께 자랐고."

가냘픈 목소리는 폭풍우를 맞은 선박처럼 위태롭게 곡예를 타고 있었다.

"오빠도…… 우리 엄마 아빠가 진짜 그런 짓을 했다고 생각해?"

외줄 타기 하듯 눈가에 아슬아슬하게 고여 있던 눈물이 아래로 또르르 굴러떨어졌다, 그 투명한 눈물을 본 재경이 미세하게 동요했다. 잠시 잠자코 그 모습을 지켜보던 재경이 오른손을 천천히 들어 서연의 얼굴로 가져갔다. 그러나 그 손은 조금의 간격을 남기고 허공에서 멈추었다. 잠시 머뭇거리던 손은 이내 힘없이 바닥으로 추락했다. 재경이 입술을 꼭 깨물었다가 놓고서 조심스레 목소리를 내었다.

"울지 마."

달래는 듯한 부드러운 목소리였다.

"울지 마, 서연아……."

한 주가 어떻게 흘렀는지 모르게 시간은 빨랐다. 어느덧 금요일이 되었고, 서연은 더 이상 멍하니 바보처럼 있지 않았다. 평소처럼 빠릿빠릿하게 업무를 보려 노력했고, 주어진 일에 최선을 다했다. 물론 간간이 멍해지는 것은 어쩔 수 없는 현상이었다.

'얼른 퇴근하고 싶다……'

서연이 입술을 옹송그려 물었다. 한시바삐 퇴근 후 편하게 도훈과 함께 쉬고 싶었다.

'도훈 씨는 언제 끝나려나……'

납치 사건 이후 달라진 점이 있다면, 출근 때는 도훈이 직접 데려다주고, 퇴근 때는 김 기사가 서연을 데리러 온다는 점이었다. 자신의 운전기사도 아닌데 본의 아니게 고생시키는 기분이 들었다.

[김 기사님, 저 이제 끝날 것 같아요.]

[네. 바로 가겠습니다.]

역시나 30초 만에 답장이 돌아왔다. 서연이 희미하게 웃는데, 옆에서 유라가 서류를 가지고 다가왔다.

"서연 씨, 퇴근하기 전에 이거 좀 확인해줄래요? 얼마 안 걸리는데."

"아, 네."

서류를 받아 든 서연은 가이드에 오류가 있는지 차분하게 살폈다. 한 장, 한 장 넘기며 체크를 이어가던 중, 서연이 마지막 장을 넘기다가 움찔했다.

"윽!"

순간 손가락이 종이에 스치고 따끔한 감촉이 일었다. 손끝을 내려다보니 아니나 다를까 살점이 종이에 베여 붉은 피가 새어 나오고 있었다.

"……"

그 장면을 보자 묘하게 데자뷔가 일어났다. 언젠가 이런 비슷한 일이 있었던 것 같은데…….

"……아."

그러고 보니 얼마 전 도훈도 손가락을 베였었다. 피가 배어 나오는 손끝을 입에 문 서연이 그날의 기억을 찬찬히 떠올렸다.

'아!'

아슬아슬하게 비켜나간 칼날. 서연은 주방에서 파프리카를 썰다가 실수로 칼에 베일 뻔했었다.

'도훈 씨, 나 방금 칼에 손 베일 뻔했……'

하마터면 제 손을 썰 뻔했던 서연은 벌렁거리는 가슴을 부여잡고 뒤를 돌아봤는데, 도훈의 손가락은 날카로운 종잇장에 일자로 베여 있었다. 당시에도 이상하다고 생각했었다.

'누가 보면 나 다칠 거를 도훈 씨가 가져간 줄 알겠어요.'

소름 끼칠 정도로 절묘한 타이밍이었기 때문에.

"……."

입술 사이로 끼워 문 손가락에서 역한 피비린내가 진동했다. 미세하게 전해져 오는 시린 아픔이 평소와는 다르게 몸속 깊은 곳까지 파고들어 원인 모를 불안감에 휩싸였다.

'자고로 인세에서 가장 참혹한 벌은……'

……아.

'사랑하는 이와 고통을 공유할 수 없다는 것이지.'

……알겠다.

우리 받는 하늘이 벌이 무엇인지.

"……."

서연이 담담하게 눈을 지그시 감았다.

서연은 바로 밑에 대기 중이라는 김 기사의 연락을 받고 가방을 챙겼다. 같이 퇴근하는 유라, 보영과 함께 엘리베이터를 탔다. 1층 문 앞에 도착한 서연은 유라와 보영에게 가벼운 인사했다

"그럼 저 들어가 보겠습니다. 다음 주에 뵐게요."

"네, 몸도 안 좋은데 수고했어요. 들어가요."

"대리님, 푹 쉬세요!"

유라와 보영의 인사에 서연이 예쁘게 웃으며 뒤를 돌려는데…….

"어? 저분!"

보영의 혼잣말에 서연이 멈칫했다. 흔들리는 유라의 시선 끝을 따라 그녀의 시선 또한 천천히 흘렀다. 그 끝을 보니 정문에서 당당하게 걸어 들어오는 익숙한 남자가 눈에 들어왔다.

"도…….."

서연이 화들짝 놀랐다.

"와, 저분 저번에 회식 때 그분 아니에요? 대리님 데리러 오셨던 그 모델 같은 분!"

보영이 흥분해서 콧김을 뿜어대며 서연을 쿡쿡 찔렀다.

"네? 아, 네…….."

당황한 서연이 말을 더듬으며 식은땀을 흘렸다. 뭐지? 김 기사님은 어디 가고 왜 도훈 씨가……? 갑자기 왜 회사까지 찾아온 거지? 전혀 예상치 못한 도훈의 등장에 놀라기도 잠깐, 성큼성큼 다가오는 그의 기세에 바짝 긴장하고 말았다.

"어……. 그…….."

서연의 코앞에서 멈춘 도훈은 그녀의 얼굴을 뚫기라도 할 작정인 양 집요하게 내려다보았다.

뭐지? 나 때문에 온 건가? 왜 갑자기 회사 로비까지 정면으로 들이닥치는 거지? 당황한 서연이 마른 침만 꼴깍꼴깍 삼켰다.

황금 비율의 피지컬과 도시적으로 세련된 외모, 더불어 도훈만이 내뿜는 기세가 등등해서 주변을 압도했다. 어느 누구도 그에게 눈길을 주지 않을 수 없었다. 눈에 띄는 그가 대뜸 서연에게 따지듯이 서자, 한창 퇴근하던 모라비 사원들의 시선이 온통 도훈과 서연에게로 쏠렸다. 때마침 아래로 내려온 박 실장 또한 처음 보는 미남을 보고 입을 헉 하고 벌렸다.

"있잖아…….."

도훈이 입을 열자 온 관심이 그곳으로 집중되었다. 다들 갈 길을 가는 척하면서 도훈과 서연을 연신 흘끔거렸다. 그러나 뒷말을 들은 사람들은 그저 경악해서 입만 떡 벌렸다.

"우리 애는 어떻게 생겼을까."

서연이 숨을 멈추고 그대로 딱딱하게 굳어버렸다.

"널 더 닮으면 좋겠다."

주위의 웅성거림이 삽시간에 멎었다. 민망할 정도의 고요함과 함께 서연의 작은 얼굴이 새빨갛게 달아올랐다. 서연이 떨리는 입술을 살짝 벌리자 주변이 다시 시끄러워지기 시작했다.

"꺄악……!"

보영은 저가 다 부끄럽다는 듯 꺅꺅거리며 오두방정을 떨었다. 회사 로비 한복판에서 벌어진 베이비 발언에 다들 입을 떡 벌리고 웅성웅성 떠들기 시작했다.

"워우! 강 대리 대박!"

짝짝짝! 갑자기 박 실장이 취객처럼 손뼉을 치며 휘파람을 불기 시작했다. 그 흐름에 따라 옆에서 지켜보고 있던 사람들마저 얼떨떨하게 한두 명씩 손뼉을 치기 시작했다. 이내 로비에 있던 모두가 환호성을 지르며 박수갈채를 보냈다. 경악한 서연은 빨개진 얼굴을 성급하게 수습하며 도훈의 팔을 낚아챘다.

"그, 그럼 다음 주에 봬요!"

서연이 얼른 도훈을 끌고서 로비 밖으로 뛰쳐나갔다.

"……"

넋이 나간 유라는 한참 동안 우두커니 서서 두 사람이 나간 로비를 바라볼 뿐이었다.

쪼로록, 서연이 볼을 부풀린 채 조수석에 앉아 도훈이 미리 사다놓은 아이스 라테만 쪽쪽 빨아 마셨다. 도훈 쪽은 쳐다보지도 않고 정면만 노려보는 눈이 '나 삐졌어요.'라고 말하는 듯했다. 도훈은 그 다람쥐같이 부풀어 오른 뺨을 깨물어보고 싶은 충동을 가까스로 누르며 액셀을 밟았다.

"아직도 화났나?"

"그렇다."

"많이?"

"그렇다."

"큰일이네."

"흥."

서연이 고개를 오른쪽으로 홱 돌리자 도훈의 낮은 웃음소리가 울려 퍼졌다.

"웃지 말지?"

"웃지 말까?"

"흥, 갑자기 나타나서 그런 변태 같은 소리나 하고 말이야. 뜬금없어 진짜! 나 쪽팔려서 이제 회사 어떻게 다녀어!"

서연이 꿍얼꿍얼하며 투덜댔다. 도훈은 흘끔 눈만 돌려 그녀를 보았는데, 그렇게 말하는 입술이 새빨갛고 통통한 게 꾹 누르면 달달한 과즙이 톡 터질 것만 같았다. 물고 있는 빨대를 치워버리고 그 자리에 그대로 키스하고 싶다.

"그냥 네가 너무 예뻐서."

"……뭐라고요?"

"갑자기 우리 애가 어떻게 생겼는지 궁금해졌어."

약간은 아부 같은 대사에도 저절로 뛰는 심장이 괜스레 미워졌다. 서연이 살짝 상기된 얼굴로 고개를 푹 숙이고 빨대만 잘근 씹었다. 뭐라 답해야 할지 몰라 입술만 달싹이는데, 도훈이 손을 뻗어 그녀의 작은 손을 따스하게 붙잡았다. 쪽, 그 손을 잡아당겨 가볍게 손등에 키스한 도훈이 행복하다는 듯 씩 웃었다.

"서연아. 나 소원 하나 들어줄래?"

"응?"

서연이 반문하자마자 도훈이 핸들을 빠르게 움직여 차를 갓길에 적당히 세웠다. 그녀가 그런 그의 행동에 의아한 얼굴로 고개를 빼꼼히 들었다. 의미심장하게 안전벨트를 푸는 그의 동작을 멍하니 바라보는 서연, 그의 표정에 기묘한 웃음이 서려 있었다. 아, 뭐라 하기도 전에 도훈의 입술이 점점 가까이 다가오기 시작했다. 놀란 서연이 뻣뻣하게 굳었으나 그의 입술은 그녀의 입술에 닿지 않았다. 서연의 입술 바로 위에서 아슬아슬하게 멈추었다.

"내일 네 하루를 전부 나에게 줘."

두 숨결이 뜨겁게 얽혔다. 서연의 바로 앞에서 그가 은근하게 속삭였다.

"하루……?"

서연의 예쁜 눈동자에 서늘하게 눈웃음 짓는 그의 얼굴이 담겼다. 내일 하루를 달라고……?

"그게 무슨…….'

"몰라?"

관능적으로 치솟는 도훈이 입술이 서연의 심장을 긁어내렸다.

"나 지금 너한테 데이트 신청하는 거잖아."

23. 두려워할 것은 없다

토요일 아침, 평소처럼 이른 시간에 눈을 뜬 도훈은 나른하게 기지개를 켰다. 습관처럼 돌아본 옆자리에는 서연이 새근대며 곤히 자고 있었다. 그 새 뒤척였는지 얇은 이불이 볼록한 골반까지 내려와 있었다. 커다란 손이 부드러운 곡선을 가진 골반을 따라 따스하게 흘렀다. 도훈은 서연의 이불을 올려 목 아래까지 따뜻하게 덮어주었다. 한참 동안 그녀의 얼굴을 바라보는 도훈의 시선이 그 어느 때보다도 그윽했다.

답은 이미 나와 있다. 망설일 필요는 없다.

두려워할 것은 아무것도 없다.

"이따 봐."

작게 속삭인 도훈은 천천히 몸을 일으켰다. 오늘은 구름 한 점 없이 맑고 화창한 날, 우리에게 결코 비는 오지 않는다.

이른 아침부터 차가운 물에 샤워하는 진영은 멍하니 화장실 벽의 균일한 타일을 응시하고 있었다. 넋이 나간 사람처럼 그의 눈에는 초점이 없었다.

"……"

상처받는 게 두려워요. 그날 밤, 여진의 눈은 그렇게 말하는 듯했다. 전 애인인 형철과 정확히 어떤 일들이 있었는지는 알 수 없었으나, 확실한 것은 그녀가 이전 연애로 인해 씻지 못할 마음의 상처를 입었다는 것이었다.

"최여진……."

끼릭, 그가 수도꼭지를 잠갔다. 진영은 그날 이후로 일주일간, 그녀에게 한 번도 연락을 취하지 않았다.

'전 오진영 씨랑 잘될 수 없어요.'

차였기…… 때문이다.

"으음……."

잠에서 깨어난 서연은 찌뿌둥한 몸을 천천히 일으켰다. 흐리멍덩한 눈을 두어 번 비비며 작게 하품했다. 그러다가 묘하게 허전함이 느껴져 오른쪽으로 시선을 돌렸다.

"어?"

도훈이 있어야 할 자리에 이불만 놓여 있다. 서연이 큰 소리로 도훈을 한 번 불러봤다가 일어나 2층과 1층을 차례로 훑어보았다.

"어디 나갔나?"

서둘러 휴대전화를 집어 도훈에게 전화를 걸었다. 다행히 몇 번 신호음이 간 후 곧바로 그의 목소리가 수화기를 타고 들렸다.

-일어났어?

"응, 도훈 씨 어디예요? 나갔어요?"

-어, 나왔어.

"우씨, 오늘 네이트하사면시 민지 깁 나가기 있 ㅏ."

서연이 볼멘소리를 하자 도훈의 달콤한 웃음소리가 뒤를 이었다.

-이따 12시에 데리러 갈 테니까 준비하고 있어.

"12시? 어디 가는데요?"

-비밀.

도훈의 대답에 서연의 가슴이 묘한 기대감으로 부풀었다.

"오늘 데이트 테마가 '묻지 마 데이트'인가 봐."

-그것도 비밀.

"와, 비싸다, 비싸."

도훈이 나직하게 웃었다.

"뭐, 어쨌든 오케이! 12시 맞추려면 지금 바로 준비해야겠다. 그럼 이따 봐요!"

-서연아.

전화를 끊으려는데, 이어지는 그의 음성에 멈칫했다.

"응?"

서연이 침대에서 일어나 쭉 기지개를 켜 근육을 풀었다.

-최고의 하루를 선물해줄게…….

서연은 도훈의 말에 도로 침대에 주저앉아 버렸다.

-이따 보자.

서연은 괜히 쑥스러운 기분이 들어 현관에서 쭈뼛거렸다. 한쪽 벽면의 전신 거울에 제 모습을 비추어 보며 매무새를 단정히 다듬었다. 평소보다 예뻐 보이기 위해 옷 선택에도 신중을 가했고 화장에도 몇 배는 공을 들였다. 오늘따라 새삼스럽게 긴장돼서 자꾸만 목이 탔다. 현관문을 조심스레 연 서연이 흠칫했다.

"왔어?"

도훈은 더운 날씨에도 불구하고 차체에 기대서서 기다리고 있었다. 그런 그를 보는 순간 또 심장이 덜거덕, 하고 아래로 맞부딪혔다.

"타."

날카로운 각도의 눈이 부드럽게 길어지며 잔잔한 웃음이 깔렸다. 섹시하게 말려 올라간 입꼬리에 정신이 혼미해질 지경이었다. 서연은 그가 열어준 조수석 문 안으로 들어가 다소곳이 앉았다.

"도훈 씨, 오늘 되게 멋있네요."

도훈이 짧게 웃으며 차를 출발시켰다. 귓가를 간질이는 저 웃음소리에 이렇게까지 설렐 수가 있나 싶다. 눈동자만 살짝 굴려 도훈을 살피니 말끔하고 캐주얼한 네이비 셔츠가 눈에 띄었다. 옷이 모델 덕 봤다는 말은 이런 상황을 두고 하는 말인가. 떡 벌어진 어깨와 철저한 자기 관리를 드러내는 탄탄한 몸이 심플한 패션도 특별하게 만들었다. 서연도 지지 않기 위해 가슴 위에 묶여 있는 블라우스 리본의 각도를 반듯하게 고쳤다. 도훈이 예약한 레스토랑에 들어선 서연은 심장이 하도 콩닥거려 말썽이었다. 평소에도 매너가 좋은 도훈이었으나, 오늘은 거의 여왕님 모시듯 에스코트하는 탓이었다.

"이 레스토랑, 손님이 우리밖에 없어요."

의심 가득한 질문에 도훈은 말 대신 육감적인 미소로 회답했다. 농도 짙은 미소에 온 신경이 흐물흐물 녹아버릴 것만 같았다. 서연은 웨이트리스가 따라준 물을 떨리는 손으로 조금 마셨다.

"오늘 뭐 있나? 왜 이렇게 잘해줘, 무섭게."

"좋아하니까 잘해주지."

"으……. 그러지 마. 떨려."

서연이 꼴깍 침을 삼키며 중얼거렸다.

"나도 떨려."

도훈이 식탁 위로 손을 뻗어 서연의 작은 손을 부드럽게 감싸 쥐었다.

"오늘 왜 이렇게 예뻐."

아, 서연의 정신은 그만 아득해졌다. 가슴이 쿵덕쿵덕 널뛰기라도 하는 듯하다.

"도훈 씨, 앞으로 그 남색 셔츠 입지 마요. 아니, 집에서만 입어."

"왜. 별로야?"

"별로야, 별로. 너무 멋있어서 다 쳐다보잖아. 다들 도훈 씨 힐끔힐끔. 질투 나 죽겠어."

꿍얼거리는 서연이 도훈은 못 견디게 사랑스러웠다.

"왜 주인이 질투를 해."

"몰라, 몰라. 나만 보고 싶어."

서연은 욕심 가득한 여자가 된 기분이 들었다. 제 독점욕이 이렇게까지 엄청난 줄, 그를 만나기 전까지는 미처 몰랐었다.

곧 메인 디시인 스테이크가 서비스되고, 도훈은 능숙하게 썰어 굽기 정도를 체크했다. 이상 없는 것을 확인한 그가 고기를 마저 썬 후 서연의 접시와 바꿔주었다. 풍부한 육즙이 흐르는 조각을 포크로 찍어 단면을 확인한 서연이 감탄했다.

"와, 내 취향에 완벽한데. 우연인가?"

"좋아하는 부위는 등심, 굽기 정도는 미디움 레어."

도훈이 스테이크를 썰던 손을 느리게 멈추며 눈짓했다.

"맞지?"

도훈의 입술 끝이 은근하게 올라섰다.

"가끔 무섭단 말이야? 어떻게 다 기억하지. 혹시 사이보그는 아니죠?"

"좋아하면 다 기억하게 되어 있지."

도훈이 그렇게 말하면서 서연의 접시를 가리켰다.

"매일 고기만 먹고 채소는 편식하고 말이야."

"으윽."

가니시로 올려진 아스파라거스를 포크로 살짝 한쪽에 치우다가 딱 걸렸다.

"영양에 균형이 잡혀야 하니까 그건 먹어."

"아아, 한 번만 봐줘요. 아스파라거스 너무 맛없단 말이야."

"편식하면 못써. 같이 오래 살아야지."

도훈이 포크로 아스파라거스를 찍어 서연의 입가에 가져가 댔다.

"꿀 발랐다고 생각해. 아."

놀란 서연이 붉어진 얼굴로 주위를 살피자, 이쪽을 부러운 듯 주시하며 속닥거리던 웨이트리스들이 황급히 시선을 돌렸다.

"알겠어요, 알겠어! 내가 먹을게요."

"팔 떨어진다."

"부끄럽게! 사람들 쳐다본다니까요?"

"여기 고객은 너와 나밖에 없어."

당황한 서연의 볼에 물감처럼 핑크빛 홍조가 일었다.

"웨이트리스들이 보잖아요……!"

서연이 한 손으로 입가를 가리며 소곤소곤했다. 쫑긋거리는 귀여운 입술은 도훈에게 엄청난 시각적 자극으로 와닿았다.

"여기서 입으로 먹여주기 전에, 아."

"……."

결국 도훈의 포크는 순순히 벌어진 서연의 입 안으로 밀어 넣어졌다. 다시 오물오물 움직이는 서연의 입술을 뚫어져라 바라보며 나른하게 웃는 도훈 때문에 서연의 온 신경이 그에게 쏠렸다.

'아스파라거스 주제에 왜 이렇게 맛있어…….'

진짜 꿀을 앞뒤로 발라 구운 듯 더없이 달콤했다.

"영화관?"

"그래."

"도훈 씨 시끄럽고 번잡한 곳 싫어하잖아요?"

다음 행선지를 들은 서연이 의외라는 듯 물었다.

"전에 영화관 가고 싶다며."

"그렇긴 한데, 도훈 씨가 복작거리는 거 싫어하니까……."

도훈이 픽 웃었다.

"가끔은 이런 것도 좋지."

서연과 함께라면 어디든 천국이나 다름없었다. 주차하고 들어선 영화관 안은 수많은 인파로 북적거렸다. 한여름의 무더운 햇살이 내리쬐는 주말이었고, 너도나도 더위를 피하려 이곳에 밀집한 듯하였다. 그 복잡한 와중에도 팔짱을 끼고 다정하게 걷는 서연과 도훈은 여기에서도 역시 사람들의 이목을 끌어당겼다.

"영화관에서 영화 본 거 너어무 오래돼서 기억도 안 나요. 언제가 마지막이지? 하여튼 거의 몇 년 만이에요."

"장르는 무슨 장르 좋아해?"

"다 좋아해요. 아! 공포만 빼고. 무서운 거 싫어."

픽 흘리는 웃음소리에 고개를 들어 그를 쳐다봤다.

"큰일 났네. 예매한 거 공포영화인데."

"……헐."

또각또각 잘 걷던 서연은 그 자리에서 딱딱하게 굳어버렸다. 어렸을 때부터 제일 싫어하는 걸 꼽자면 첫째는 귀신, 둘째도 귀신이었다. 도훈은 돌처럼 굳어버린 서연이 귀여워 볼을 살짝 꼬집었다.

"농담."

"아, 놀랐잖아요! 하여간 맨날 놀려, 놀리긴!"

이런 짓궂은 장난에도 오히려 붕 뜨는 가슴을 보면 콩깍지 증상이 말기인 것 같다. 밥을 먹은 직후였기 때문에 음료만 하나를 사서 상영관 안으로 들어왔다.

"사람이 하나도 없어요. 우리 잘못 들어온 거 아니에요?"

번잡하던 밖과는 달리 사람들의 대화 소리가 거의 들리지 않았다. 들어오기 전 휴대전화로 미리 줄거리를 봤던 서연은 이 영화가 예매율 1위를 기록

하고 있었던 것을 기억했다. 상영시간이 얼마 남지 않았는데 이렇게 한적한 풍경은 묘한 괴리를 만들어냈다.

"여기 맞아, 앉아."

서연이 눈을 멀뚱히 뜨고 도훈이 이끄는 대로 쫄래쫄래 따라갔다. 얼마 지나지 않아 장내가 어두워졌다. 그때까지도 영화관 안으로는 아무도 들어오지 않았고, 결국 두 사람은 유일한 관객이 되었다.

아까 레스토랑부터…… 뭔가 이상한데? 의심이 생긴 서연이 광고가 흘러나오는 동안 도훈을 흘끔 살폈으나, 너무 아무렇지 않은 그의 태도에 긴가민가했다. 곧 상영이 시작되고, 이미 천만 관객을 돌파한 영화답게 오프닝부터 강렬한 흡입력을 자랑했다. 서연은 바로 영화에 몰입했다. 반면 도훈은 형형색색으로 흘러가는 영상에는 흥미가 없는 듯했다. 여느 때와 다름없이 서연을 세심하게 관찰하는 데에 온갖 신경을 다 쓰고 있었다.

"내가 준 머리핀 했네."

"응? 아, 응."

"좋다."

"하하, 나 보지 말고 영화나 봐요."

서연은 선물한 남자에게 보람을 느끼게 해주는 여자였다. 자신이 선물했던 머리핀을 데이트하는 날 잊지 않고 착용하는 센스를 가진 여자. 더불어 위치추적장치가 내장된 목걸이가 찝찝할 만도 한데 하루도 거르지 않고 꼬박꼬박 착용하고 다닌다. 그런 그녀가 고맙고, 그래서 더 사랑스럽고…….

화려한 보석으로 치장된 머리핀보다, 조명을 받은 갈색 눈동자가 훨씬 아름답게 빛났다. 다이아몬드처럼 반짝이는 동공에 홀린 듯 도훈은 빤히 서연의 눈을 바라보았다. 눈을 대면 물기가 흐를 듯 촉촉한 그 눈을 덮었다가 열었다가 하는 눈꺼풀과 길쭉한 속눈썹이 섬세하고 아름답다. 부드러운 얼굴의 윤곽을 따라 시선을 내리니 도드라진 쇄골과 뽀얗고 둥그런 어깨가 보였다. 시폰 소재의 오프숄더 블라우스는 야리야리하지만 육감적인 몸매를 가감 없이 드러냈고, 소매의 하늘하늘한 플리츠가 마치 날개처럼 보여서 자꾸만 손대고 싶어졌다. 조금 더 내려간 시선은 타이트한 H라인 스커트 아래로 뻗어진 새하얗고 늘씬한 허벅지에 닿았다. 도저히 참을 수 없어 도훈이 얼른 화면으로 시선을 돌렸다. 단지 보기만 했는데도 목이 바짝바짝 마르고 몸에 후끈 열기가 올랐다.

"덥네……."

저도 모르게 중얼거리자 서연이 흘끔 도훈을 쳐다보았다.

"덥다구요? 이렇게 냉방이 잘 되는데?"

도훈은 차마 대답하지 못하고 입술을 일자로 다물었다.

"난 오히려 좀 추운데."

으스스한 한기에 서연이 몸을 움츠렸다.

"안 춥게."

부드럽게 손을 뻗은 도훈은 서연의 손을 꼬옥 붙잡았다.

"해줄게."

놀란 서연이 눈을 동그랗게 뜨고 도훈을 쳐다봤다. 정작 그는 무슨 일이 있었냐는 듯 서연 쪽은 보지도 않고 태연하게 영화를 보고 있었다. 커다란 손이 보드라운 손등 위를 끈적하게 문지르더니, 이내 다섯 손가락을 마주 얽어 깍지를 끼웠다. 서연은 그 순간부터 심장이 터질 것처럼 뛰어 영화가 전혀 눈에 들어오지 않았다. 고동 소리가 도훈에게까지 들릴까 봐 걱정될 정도였다.

'미, 미쳤나 봐, 강서연! 진정하자, 진정하자.'

조금 전까지만 해도 집중해서 보던 영화인데, 이제는 영화고 뭐고 아무것도 눈에 들어오지 않는다. 동거까지 하는 사이에 겨우 손잡았다고 이러다니, 진짜 미친 게 틀림없다.

"이거……."

"어……! 응?"

순간 귓가로 밀접하게 다가온 도훈의 입술 때문에 서연의 양 볼이 화르륵 불타올랐다. 그녀가 저도 모르게 움찔 몸을 빼자 도훈의 오른손이 서연의 볼을 부드럽게 감쌌다.

"……왜, 왜요?"

"귀걸이 어떻게 한 거야."

귀걸이? 서연이 왼손으로 제 귀에 매달려 짤랑거리는 금속을 만지작거렸다.

"너 귀 안 뚫었잖아."

"아, 맞아요. 귀찌예요."

"안 아파?"

"응, 괜찮아요. 할 만해요."

말은 그렇게 해도 아까부터 귀가 살짝 뻐근했다. 그래도 오래간만에 하는 제대로 된 데이트인데, 예쁘게 보이기 위해 이 정도 불편은 감수하고 있었다.

"거짓말. 여기 빨개졌는데."

도훈이 조금 붉게 부어오른 귓불을 만지작거리더니, 세심하게 귀찌를 떼어냈다. 불룩한 귓불을 압박하던 금속이 사라지자 통증도 함께 사라졌다.

"예뻐, 안 해도."

도훈은 서연의 고개를 자신 쪽으로 완전히 돌린 후 반대쪽도 제거했다.

"자국 남았네……."

그와의 거리가 코앞으로 가까워지자 서연이 훅 숨을 멈추었다.

"침이라도 발라야 하나."

찰나의 순간이있나. 도훈의 입술이 빨갛게 부어오른 서연의 말랑한 귓불을 입 안에 물었다. 쪽 빨아당기자 온몸에 짜릿한 전기가 번졌다. 야릇한 감각에 이상한 소리가 터질 것 같아 서연이 입을 틀어막았다.

"아."

후, 그가 귓속에 입김을 불어 넣으며 나직하게 속삭였다.

"더 빨개졌다."

"으……. 영화나 봐요."

쿵쾅쿵쾅, 심장병이라도 걸린 기분이었다.

영화관을 나온 서연과 도훈은 카페에 들러 음료를 테이크아웃했다. 카페 라테와 아메리카노, 두 잔을 캐리어에 담아 곧바로 차를 타고 어디론가 향했다. 역시나 행선지를 물어도 대답해주지 않는 도훈 때문에 기묘한 설렘은 더욱더 불어났다. 도착한 곳은 가지각색 조명이 은은하게 깔린 도심의 한적한 호숫가였다.

"여기 이런 곳이 있었구나. 서울에 살면서 전혀 몰랐어요."

토요일 저녁이면 사람이 바글바글해야 정상인데 이상하게 이곳도 사람 하나 없었다.

"와, 진짜 예쁘다……. 이런 건 어떻게 알았대?"

"영업 비밀이지."

도훈이 픽 웃었다.

"마실래?"

"응!"

도훈이 라테에 빨대를 꽂아 서연에게 건넸다. 서연이 웃으며 똑같이 도훈의 아메리카노에 빨대를 꽂아주었다.

"짠!"

서연이 활기차게 도훈의 잔에 건배했다. 커피에 알코올이 들었을 리가 없었지만, 이상하게 취하는 기분이었다. 편안한 차 안에서 빛을 받아 영롱하게 빛나는 호숫가를 배경으로 나란히 앉아 있으니 로맨틱한 분위기는 더없이 고조되었다. 잔잔한 호수를 보고 있자니 심장이 간질간질해서 서연이 웃음을 터뜨렸다.

"왜 웃어?"

"그냥, 기분 너무 좋아서. 오늘 밤이 지나가지 않았으면 좋겠어."

서연은 도훈과 함께라면 지금 당장 죽는다 해도 여한이 없을 것만 같았다.

"꿈 같아, 이 순간. 내일이 되면 다 없던 게 될 것 같아서…… 내일이 오는 게 무서워."

최근 2주 동안, 납치 사건의 후유증과 부모님에 대한 문제, 정체를 알 수 없는 하늘의 벌까지 복잡하게 뒤섞여 하루하루가 두려움의 연속이었다. 그런데 오늘은 그 모든 것을 잊고 지금 이 순간, 지금 이 행복에 집중할 수 있었다.

"강서연 이렇게 행복해도 되는 거야? 감동, 감동. 미치겠다, 정말."

입술을 촉촉하게 축이는 라테는 시럽을 전혀 넣지 않았으나, 그 어느 때보다 달게 느껴졌다.

"인생은 감동이야. 도훈 씨와 함께하는 매 순간, 순간이 전부 감동이야. 끊이질 않아."

"말도 예쁘게 하네."

호수의 조명에 반사되어 신비로운 보랏빛으로 물든 서연의 얼굴이 그림처럼 아름다웠다.

"눈 감아봐."

무언가를 갈구하는 듯한 눈빛과 목소리였다. 도훈에게는 사람을 긴장시키는 특유의 힘이 있었다. 그를 가만히 바라보던 서연이 홀린 듯 커피를 거치대에 내려놓고 수줍게 두 눈을 감았다. 키스하자는 뜻으로 생각한 서연이 입술을 실쩍 내밀고 뾰죽한 턱 끝을 추어올렸다. 그러나 도훈은 키스할 생각이 아니었는지, 그런 그녀의 얼굴만 뚫어져라 바라볼 뿐이었다. 사랑스러웠다. 행동 하나하나 미치게 사랑스러웠다.

"……응?"

252

서연은 입술이 아니라 제 손을 잡는 도훈의 행동에 살짝 움찔했다. 이내 차가운 금속이 제 네 번째 손가락에 부드럽게 끼워지자 심장이 쿵 내려앉았다.

"이…… 이이이…… 이건……."

두근, 두근, 서연이 여전히 눈을 감은 채 말을 더듬었다. 도훈의 웃음소리가 귓가를 자극했다.

"잠, 잠깐만요. 혹시 이거 그런 상황인가, 프, 프……."

"쉿."

꿀꺽. 서연이 침을 삼켰다.

"눈 떠봐."

서연이 떨리는 눈꺼풀을 힘겹게 떴다. 제 왼손 네 번째 손가락을 내려다본 서연의 눈이 휘둥그레졌다. 화이트골드 소재에 멜리 다이아몬드가 밴드를 따라 촘촘하게 세팅되어 있었고, 그 한가운데 박힌 메인 다이아몬드는 난생처음 본 크기였다. 모든 각도에서 빛을 받은 다이아몬드는 풍부한 광채를 사방으로 내뿜고 있었다.

"서연아……."

서연의 동공이 흔들렸다.

"정식으로 프러포즈할게."

도훈이 서연의 왼손을 부드럽게 잡고 들어 올렸다.

"내가 너를 사랑해."

도훈이 서연의 반지 위에 소중하게 입술을 맞추었다.

"너를 정말 많이 사랑해……."

따뜻한 입술의 온기가 와 닿자 그녀의 손가락이 잘게 떨렸다.

"이제 나와 진짜 가족 하자."

그 말을 들은 순간 강렬한 빛이 서연의 가슴으로 쏟아져 내리는 듯했다. 모닥불처럼 달아오른 감정이 심장에서부터 솟구치는 것을 느꼈다. 당장이라도 울음이 터질 것만 같았다. 입술이 행복에 짓눌려 움직이지 않았다.

"내내 고민했어. 어떻게 해야 우리가 전생을 끊어내고 이번 생을 함께할 수 있을지."

무엇이 정답인지. 어떻게 해야 그녀가 더는 아프지 않고 행복할 수 있을지. 어떻게 해야 우리는 영원히 함께할 수 있는지. 인생 처음으로 맞닥뜨린 난제 앞에, 도훈은 길을 잃고 갈팡질팡 두려움을 느꼈다.

"난 이미 답을 내렸어. 너도 이제 더 이상 깊게 고민하지 마."

서로의 존재가, 서로에게 희망이자, 안식이다.

"더는 흔들리지 마."

조각배가 아닌 굳건한 등대가 되어 운명이라는 파도를 맞겠다.

"우리."

도훈의 입술이 뜨거운 숨결을 토해냈다.

"평범하게 살아가자."

도훈이 파르르 떨리는 서연의 손을 꼭 움켜쥐었다.

"……평범."

서연은 벅차오르는 감정에 눌려 있던 입술을 힘겹게 달싹였다. 한군데로 응집되었다가 이리저리 사방으로 터지는 열기와 함께 눈물이 흘러내렸다.

"평범하게 연애하다가, 평범하게 프러포즈하고, 평범하게 결혼하고, 평범하게 가정을 이루면서."

도훈이 서연의 작은 양손을 절대 놓을 수 없다는 듯이 꽈악 붙잡았다.

"평범하게 사랑하자."

맞닿은 체온이 녹을 듯 뜨거웠다. 까만 밤하늘 같은 도훈의 동공에 아롱아롱 비치는 제 모습에 서연은 숨이 턱 막혔다. 오늘의 데이트가 그들에게 어떤 의미가 있었는지, 서연은 드디어 깨달았다. 남들이 그러듯 식사를 하고, 영화를 보고, 카페에 가고, 공원을 가고. 지극히 평범하고 전형적인 데이트 코스였다.

오늘 하루처럼, 앞으로도 평범하게 살아가자고 도훈은 말하고 있었다. 언제 모습이 변할까 전전긍긍하지 않고, 서로에게 고통이 찾아올까 불안해하지 않고, 하늘이 저들을 갈라놓을까 무서워하지 않으면서.

"우리 그냥 평범하게 잘 살자."

함께하기로 맹세한 이상, 그들이 두려워할 것은 하나도 없었다.

"나와, 결혼해줄래."

서연은 겁이 날 정도로 행복했다.

"……흐…… 읔."

할 말이 정말 많은데, 그에게 해주고 싶은 말이 많은데. 차오르는 눈물 때문인지 폭포수처럼 터진 감정 때문인지, 말이 잘 나오지 않았다.

"좋아요……."

힘겹게 뱉은 가냘픈 한마디. 바르르 떨리는 고개는 좀 더 아래로 숙여졌다.

"할게. 할래요……."

투명한 눈물이 서연의 뽀얀 볼을 타고 또르르 흘러내렸다. 따뜻하게 맞잡은 서연과 도훈의 손 위로 눈물이 똑똑 방울지며 떨어졌다.

"결혼할래요……. 죽어도 할게."

작은 목소리로 고백하는 서연이 더욱 고개를 숙여 도훈의 손 위로 얼굴을 묻었다. 서연의 감정의 산물로 인해 도훈의 손이 촉촉하게 젖어 들었다.

"할게……. 결혼해줘……."

몇 번이고 반복해도 이 감정을 온전히 전달하기에는 역부족이었다. 도훈은 서연의 뺨을 양손으로 부드럽게 감싸 당겼다.

"……귀엽게, 왜 울어."

속눈썹 끝에 대롱대롱 매달린 눈물을 정성스럽게 닦아주었다. 흐려진 시야가 다시 맑아지자, 서연은 눈을 또렷하게 뜨고 도훈을 바라보았다. 두 사람의 열띤 시선이 허공에서 치열하게 얽혔다. 어두운 내면의 불안을 들여다

보는 듯한, 작은 우주와 같은 서로의 눈동자. 그 속에 서로의 유일한 행복이
있었다.

"……."

평범한 행복.

"도훈 씨……."

서연은 도훈의 뺨을 감싸며 촉촉한 눈을 감았다가 떴다. 도훈도 지그시
서연을 내려다보았다. 서로의 눈동자에 서로가 가득 담긴 순간, 그들은 본
능적으로 알 수 있었다. 이미 서로가 하늘이 내린 마지막 업보를 모두 깨달
았다는 것을.

'자고로 인세에서 가장 참혹한 벌은…….'

한쪽이 다치면,

'사랑하는 이와 고통을 공유할 수 없다는 것이지.'

다른 한쪽은 위험에서 가까스로 살아난다.

평생 고통을 함께할 수 없다는 하늘의 잔혹한 벌, 결코 함께 무사할 수 없
고, 결코 함께 다칠 수 없다는 슬픔. 한날한시에 함께 죽을 수조차 없다는 좌
절…….

그 모든 절망을 평범의 힘으로 상쇄한다. 우리의 사랑은 결국 승리할 것
이다.

서연과 도훈은 누가 먼저랄 것도 없이 입술을 뜨겁게 포개었다. 도훈은
서연의 가녀린 목덜미를 단단히 붙잡고 작은 입술을 부드럽게 물었다. 사랑
스러운 윗입술을 한번 훔친 후, 도톰한 아랫입술을 섬세하게 빨아들였다.
짜디짠 눈물이 촘촘하게 겹쳐진 두 입술 사이로 은밀하게 흘러 들어갔다.
서연은 가느나란 필모 도훈의 목 을 단단히 읽아깨었다. 하끄한 열기가 밀려
오며 서연의 턱이 유연하게 벌어졌다. 말캉한 혀가 안으로 침투하며 촉촉하
고 달콤한 본질을 감싸 안았다. 날카로운 어금니부터 여린 입천장까지 샅샅
이 훑어 내리는 도훈의 입맞춤에 서연의 호흡이 가빠져 왔다. 차량 내 에어

컨에서 터지는 시원한 바람조차 두 사람 사이의 후끈한 열기를 식혀주지 못했다. 도훈은 서연의 전부를 집어삼킬 듯이 거칠게 턱을 비틀었다. 부드럽게 시작한 키스는 활화산처럼 치솟는 혈기로 인해 차츰 농도가 짙어졌다. 숨이 턱 밑까지 차오른 서연은 새빨갛게 달아오른 얼굴로 그의 셔츠를 꼭 움켜쥐었다.

"하아……."

숨을 헐떡이는 서연을 배려해서 도훈의 입술이 잠깐 떨어졌다. 도훈의 큼지막한 손이 서연의 말랑한 옆구리를 부드럽게 쓸어 올렸다. 스커트 안으로 단정하게 들어가 있던 블라우스가 그의 손길로 인해 흐트러져 밖으로 빠져나왔다. 서연이 긴장된 침을 꿀꺽 삼키자, 돌연 도훈의 입술이 가슴께로 날아들었다.

"아……."

톡 불거진 쇄골부터 가느다란 목덜미까지 촉촉하게 키스를 남기더니, 종착지인 작은 귓가에 대고 숨결을 가득 섞어 속삭였다.

"오늘은……."

도훈이 정염 가득한 눈으로 서연을 내려다보며 속삭였다.

"한숨도 못 재우겠다."

은밀하게 벌어진 입술이 만들어내는 퇴폐한 발음. 서연의 양 볼이 선홍빛으로 물들었다.

"음……."

데구르르-

툭-

서연이 잠결에 뒤척이자 침대 위를 굴러다니던 와인병이 러그가 깔린 바닥으로 떨어졌다. 그 소리에 화들짝 놀란 서연이 눈을 번쩍 떴다.

"일어났나?"

들리는 목소리에 서연이 시선을 돌리자, 일어난 지 한참 된 듯한 도훈이 나긋하게 미소 짓고 있었다. 서연의 손을 그러쥐고 부드럽게 올린 그가 촉촉한 입술로 손등 위에 키스했다.

"어제 속옷 죽이던데."

화르르, 얼굴에 불이 오른 서연이 손을 확 빼고서 이불로 몸을 칭칭 감아 엎드렸다. 도훈이 낮게 웃으며 침대에 걸터앉았다.

"최 비서가 알려준 그 매장에서 산 건가."

"꺄악……! 놀리지 마요! 다신 안 입을 거야!"

"왜, 코피 쏟을 뻔했는데."

어제 호텔 룸에 도착하자마자 서연의 옷을 다급하게 벗겼던 도훈은 그 순간 멈칫할 수밖에 없었다.

"내 평생 그렇게 섹시한 건 처음 봤어."

도훈의 눈이 황홀한 듯 가늘어졌다.

"야해……."

아직 어젯밤의 여운에서 빠져나오지 못한 듯, 도훈은 짧게 입맛을 다셨다. 막 식사를 마친 짐승이 또다시 탐욕을 부리는 듯한 움직임에 서연은 심장이 쿵쾅거리기 시작했다.

"결혼식은 언제 할까."

도훈은 서연의 몸을 감싼 이불 위를 만지작거렸다.

"음……. 글쎄? 적당할 때?"

결혼 준비에는 아는 바가 없었다.

"일단 식장부터 하루빨리 알아봐야겠네."

노훈은 길쭉한 손가락으로 퉁퉁하게 부어오른 서연의 입술 선을 더듬어 내려갔다. 서연은 그 손가락 끝에 수줍게 쪽쪽거리다가 배시시 웃었다.

"나는 야외 결혼식이 로망이야. 날씨 좋을 때, 따스한 햇살 내리쬐고, 하늘은 푸르고, 자연광은 쨍쨍하고. 아, 상상만 해도 좋다."

"그래, 나도 좋아. 야외에서 하자."

"뭐, 비 오면 말짱 꽝이겠지만요."

도훈이 쪽, 서연의 입술에 키스하며 유들유들하게 웃었다.

"비는 오지 않아. 내가 그렇게 만들 거니까."

"하하, 도훈 씨가 무슨 신도 아니고, 말도 안 되는 소리."

서연은 가느다란 손가락을 뻗어 도훈의 입술을 섬세하게 만지작거렸다.

"그럼 내년 봄쯤에……."

"올해 가을에 해야겠네."

서연이 눈을 동그랗게 떴다.

"추워지기 전에. 11월만 돼도 쌀쌀해지니까 10월 중으로."

"……."

"두 달 남았나?"

서연은 입을 떡 벌렸다.

"무슨 결혼이 동네에서 떡 나눠 먹는 것도 아니고, 두 달 안에 어떻게……! 내년 봄으로 해요!"

"올해 가을."

"내년 봄!"

"올해 가을."

"내년 보오옴…… 꺅!"

그 순간 도훈이 이불에 싸여 있는 서연을 통째로 번쩍 안아 들었다. 이불 채로 들려 올라간 서연이 버둥거리자, 도훈이 달래듯 서연의 이마에 느긋하게 키스했다. 도훈은 서연을 호텔 탁자에 부드럽게 앉혔다.

"여긴 왜 앉혀요!"

난데없이 탁자에 앉혀진 서연이 이불로 제 몸을 주섬주섬 가리고 그를 곱게 흘겨보았다.

"이렇게 예쁜 내 신부, 얼른 자랑하고 싶은데……."

서연의 말간 얼굴을 양손으로 감싼 도훈의 눈빛이 한여름의 무더위처럼 뜨거웠다.

"졌다. 양보. 내년 봄으로 하자."

설탕보다 달콤한 속삭임에 서연의 온몸에는 화끈한 기운이 끓어올랐다. 도훈은 태연하게 서연의 엉덩이 옆에 놓인 룸서비스 메뉴판에 손을 뻗었다.

"뭐 먹고 싶어? 아침 주문하자."

느슨하게 묶은 가운의 허리끈 사이로 탄탄한 도훈의 가슴 근육이 드러났다. 물기에 젖어 촉촉하고 단단한 근육들이 그의 움직임에 따라 춤을 추듯 들썩였다. 서연의 심장이 또다시 쿵쿵 널뛰기 시작했다. 어젯밤 무자비한 횟수로 저 품에 으스러질 듯 안겼던 기억이 새삼스레 떠올랐기 때문이었다. 프러포즈한 날이라 그런지 광란의 밤이라는 단어가 딱 어울릴 만큼, 그 어느 때보다도 거칠고 격렬하게 섹스했다.

침대에서, 창문에서, 벽에서, 욕조에서, 마치 짐승처럼 몰아붙이는 탓에 결국 서연이 반쯤 실신하고 나서야 겨우 막을 내린 밤이었다. 몇 밤을 그와 보내더라도 저 활동성 좋은 육체에는 도무지 면역이 생기질 않는다.

"아침부터 양식은 좀 아니지."

"나 좀 씻게 비켜봐요."

"기다려봐. 주문 먼저."

그런 소리를 중얼거리는 도훈의 시선은 룸서비스 메뉴판에 고정이었다. 그러나 메뉴판을 들고 있는 왼손과 달리, 음흉한 오른손은 이불 뭉치 속으로 슬금슬금 기어가고 있었다. 은밀하게 침범한 손이 서연의 말랑말랑한 허벅지를 주물럭거렸다.

"어어, 아침부터 나쁜 손!"

서연이 음란한 데다가 뻔뻔하기까지 한 손을 탁 내리쳤으나, 오히려 그의 손은 더 위로 기세 좋게 올라왔다. 그 바람에 서연의 등이 차가운 거울에 찰싹 달라붙으며, 반쯤 눕혀졌다.

"윽…… 이건 또 무슨 플레이?"

"메뉴 고르는 중이잖아."

도훈이 씩 웃으며 메뉴판을 서연의 가슴팍에 지그시 올려놓았다. 다소 두꺼운 종이 재질의 메뉴판이 여체의 굴곡대로 느슨하게 휘어졌다.

"한식으로 할까."

그렇게 말하며 도훈이 검지로 메뉴판 위를 쿡 찔렀다. 정확히 유두를 찔린 서연이 움찔하며 상체를 파드득 움츠렸다.

"아, 이상해! 하지 마요!"

"그냥 샐러드로 할까."

도훈이 나사 풀린 사람처럼 실실 웃으며 또 한 번 종이 위를 쿡 찔렀다. 얇은 메뉴판 아래 서연의 살갗이 야릇한 감각에 화끈화끈 달아올랐다.

"으흑…… 가, 간지러워! 그만, 그만!"

참기 힘든 간지러움에 도훈의 어깨를 탁탁 치자, 도훈이 내던지듯 메뉴판을 치워버리고 서연의 잘록한 허리를 바싹 끌어안았다.

"아, 귀여워 죽겠네. 자, 뽀뽀."

"우웅, 뽀뽀."

겨우 웃음을 멈춘 서연이 도훈의 말을 따라 하며 그의 목에 양팔로 대롱대롱 매달렸다. 잠깐 시선을 마주하고 베실 웃던 두 사람, 이내 서로의 입술을 겹치려고 하는데…….

띠리리리-

화장대 위 서연의 휴대전화가 정신 사납게 울리기 시작했다. 멈칫한 서연이 도로 꼬물꼬물 탁자에서 내려와 이불을 칭칭 감고 휴대전화를 주워들었다. 하지만 전화는 받기 바로 전에 끊겼다.

"헉, 어젯밤부터 부재중 전화가 5통이나 와 있어……. 다 최여진이야."

"최 비서?"

도훈은 행복한 시간을 방해받은 게 마음에 안 드는 듯 서연의 휴대전화를 흘끔 훔쳐보았다. 어젯밤에는 휴대전화고 뭐고, 신경 쓸 겨를이 없었기 때문에 전화가 왔는지 몰랐던 서연이었다.

지이이잉-

그 순간 곧바로 뒤이어 도훈의 휴대전화가 울렸다. 발신인을 확인한 도훈의 미간에 주름이 잡혔다.

"누구예요?"

"친구."

"누구요? 오진영 씨?"

"응."

전화를 받지 않자 곧 진동이 멈추었다. 제대로 확인하니 도훈에게도 부재중 전화가 3통이나 와 있었다. 그뿐만 아니라 이미 수북이 쌓여 있는 문자들. 문자를 동시에 확인한 서연과 도훈은 한숨을 쉬며 서로를 쳐다보았다.

씻고 나온 서연과 도훈이 나란히 침대 헤드에 기대앉아 각자 통화를 했다. 도훈은 진영과, 서연은 여진과.

-그러니까 여진 씨가 나를 찾다고. 지금까지처럼 그냥 밀어내는 게 아니라 완전히 진지하게 표정 굳히고! 근데 내가 거기다 대고 어떻게 해? 나도 이렇게 심란한 건 처음이야. 대체 뭘 어떻게 해야 하는지 모르겠다니까. 답이 없어!

"뭐가 답이 없어. 그냥 깔끔하게 딱 결정해."

-뭐? 넌 임마, 네 친구가 실연을 당했는데 위로도 못 해주냐! 인생 최대 위기인데 너는 어제부터 내내 전화도 안 받고, 어? 나 몰라라. 하여간 배신자 새끼. 너 결혼하면, 니 이에 안 볼 거지? 그렇지?

따발총처럼 와다다다 내뱉는 진영의 목소리에 도훈은 머리가 딱딱 아팠다.

-하여간 제수씨한테 평생 잡혀 살 놈! 넌 아주 그냥 애가 왜……

262

"할 말만 해. 나 바빠."

도훈이 짜증스럽게 중얼거렸다. 그런 그의 옆에 앉은 서연도 마찬가지로 여진의 끝도 없는 푸념을 듣고 있었다.

-그러니까! 너무한 거 아니냐니까? 평생 보지 말자는 거잖아. 나 좋아한다고 진심이라고 쇼하고 혼자 멜로 영화 다 찍더니 안 넘어갈 것 같으니까 입 싹 닦는 거잖아!

"네가 잘될 생각 없다고 했다며?"

-그래! 잘될 생각 없어! 없다고! 근데 오징어 놈의 그 급 태세변환이 짜증 난다는 거야. 막말로 내가 오징어랑 싸운 것도 아니고, 한 대 때린 것도 아니고. 이렇게 뚝 연락 끊기면 신경 쓰이잖아! 신경 쓰이는 게 당연한 거잖아?

"그래, 그렇지."

서연이 진영과 통화 중인 도훈을 흘끔 쳐다봤다가 흐릿하게 한숨을 내쉬었다. 저쪽도 만만치 않게 하소연하고 있는 모양이었다.

"너 오진영 씨 좋아하니?"

-안 좋아해!!!

버럭 소리 지르는 여진의 목소리가 수화기를 타고 넘어 들어 도훈의 귀까지 닿았다. 도훈이 흘끔 서연 쪽을 내려다보았다. 여진의 고함에 놀란 서연도 눈을 커다랗게 뜨고 도훈을 바라보았다. 두 사람 시선이 딱 마주쳤다.

"……."

도훈이 음흉하게 웃었다. 휴대전화를 옆에 대충 던져버리고, 양손으로 서연의 한 팔을 잡아 제 쪽으로 혹 끌어당겼다.

-여보세요, 도훈아? 너 지금 뭐 해? 왜 갑자기 대답이 없어!

침대 위에 덜렁 놓여 있는 도훈의 휴대전화에서 진영의 절규가 시작되었다.

-……하여튼 그래서 오징어 진짜 짜증…… 근데 너, 내 말 듣고 있어? 서연아? 강서연?

서연의 전화기도 손아귀에서 툭 빠져나가 바닥으로 떨어졌다.

-백도훈, 너 뭐 하냐고! 설마 제수씨랑 둘이 눈 맞았냐? 눈 맞았지?

-강서연! 너 설마 지금 이사님이랑 같이 있는 거야? 그런 거야? 이 배신 서연자!

-하아이고……. 그냥 둘이 잘해 먹고 잘 사세요. 야이, 좋겠다. 아주!

여진과 진영은 목이 터지라 소리 질렀으나, 두 사람의 발악은 서연과 도훈의 귀에 닿지 않았다. 두 사람은,

초옥.

"하아……."

쪽.

쪽.

키스하느라 바빴다.

MS푸드 본사 타워의 최고층, 가장 안쪽에 있는 대표이사실. 도훈은 어머니 김미라 대표의 호출로 대표실로 올라가 업무 보고를 하는 중이었다.

"맞아. 이번에 내가 직접 가서 거점 세 군데 둘러봤는데, 상권도 확실하고 생산기지랑 물류 시스템만 어느 정도 안정되면 괜찮다고 봐."

"네. 그 후로는 매장 확장이 관건이겠네요. 해외 점포개발 담당자들한테 확장가능 지역 상권분석 확실히 하라고 직접 일러둘게요."

"그래, 그럼 이 건은 일단 이렇게 마무리를 짓고, 다음 건으로 넘어가자고."

미라가 찻잔을 들어 입술을 축였다.

"예. 이번 임원회의 때 중국에서 가시화된 성과가 없는 범위을 정리하는 쪽으로 결정 내렸습니다."

"그렇군. 먼저 현지에 실적이 나지 않는 이유를 점검하는 게 우선이고."

"중요한 사안이니 TF팀을 따로 꾸려서 현지에 파견하도록 하겠습니다.

일단 일차적으로 이번에 중국 방문인원 리스트 작성했습니다."

그의 말에 미라가 천천히 리스트를 훑으며 꼼꼼히 검토했다. 각 팀에서 선발된 유능한 인재들의 이름이 나열되었다.

"음?"

그러던 중, 무언가 걸리는 것이 있는지 그녀가 고개를 갸우뚱했다.

"너는 안 가니?"

이번 사안은 기업의 사업 규모에 직결되는 중대한 문제인 만큼, 도훈이 직접 맡아 추진하기로 한 건이었다.

"일차적으로 점검하는 데에는 너도 가는 게 좋지 않겠니? 그래야 제대로 파악이 될 텐데."

아들의 성격은 그 누구보다 잘 아는 미라였다. 사소한 것 하나 허투루 하는 법이 없었다. 깐깐하기로는 따라올 자가 없었고, 모든 것을 하나하나 직접 보고 판단하고 지시해야 속이 풀리는 성격이었다.

"한국에서 해결해야 할 일이 많아서요. 저는 여기 남아서 보고받아 지시할 예정입니다."

"아예 한 번도 안 가보려고?"

"나중에 유동적으로 일정 조정해서 갈 수 있으면 갈 생각이지만, 일단은 그렇습니다."

"음, 그래. 어차피 네가 일을 두고 미적거리는 성격도 아니니 이번에도 믿고 맡길게. 하지만 평가손실이 더 발생하기 전에 이 건을 우선으로 진행하도록 해."

"네."

짧은 대답 후에도 도훈은 여전히 소파에 그대로 앉아 있었다. 미라가 미동 없는 그를 흘끔 응시했다.

"왜, 뭐 또 얘기할 게 있니?"

미라가 탁자에 놓인 차를 한 모금 마신 후 물었다.

"네, 다소 사적인 부분입니다."

도훈은 그녀가 차를 전부 마실 때까지 묵묵히 기다렸다.

그 모습에 미라가 짧게 웃음을 터뜨렸다.

"말해 봐. 뭔데 그렇게 무게를 잡아?"

그녀가 딱딱한 격식을 풀고 허리를 쭉 폈다.

"저……."

도훈이 곧은 눈빛으로 미라와 시선을 마주했다.

"서연이에게 정식으로 청혼했습니다."

담담하지만 힘 있는 음성이었다. 일순 놀라 동그랗게 커졌던 미라의 눈이 차츰 가라앉았다.

"서두르지 말라니까. 내 말이 허투루 들렸나 보구나."

"아닙니다. 어머니 말씀대로 순서는 지킬 생각입니다."

미라는 서연의 부모님이 재산 은닉 후 고의 부도를 냈다는 소문이 거짓이라고 공공연하게 밝혀지지 않는 이상, 두 사람의 결혼에는 부정적인 태도였다. 경영인으로서 도훈의 대외적인 이미지가 나빠지면 기업의 이미지 또한 직격타였기 때문이다. 따라서 오랜 시간이 걸린다 할지라도, 서연 부모님의 무혐의를 밝힌 후에 두 사람을 결혼시킬 생각이었다.

"……어떻게 할 건데?"

미라가 차분하게 두 손을 모아 경청했다.

"이 리스트에 있는 전 임원진, 하나부터 열까지 전부 들쑤셔 보고 있습니다."

도훈은 미라에게 서류를 건네며 설득을 이었다.

"이 중 몇 명은 이미 접견했지만 특별한 단서는 얻지 못했습니다. 아직 좀 더 샅샅이 살펴봐야겠지만, 현재 접근이 어려운 두 사람이 있어, 이쪽을 먼저 집중적으로 조사해볼까 합니다."

"두 사람? 그게 누구인데?"

266

"몇 년 전 사망한 전 SS어패럴 전무이사 한승원과, 당시 글로벌소싱 본부장이었던 안병철. 이렇게 두 사람입니다."

한승원은 재경의 친어머니였고, 안병철은 당시 글로벌소싱 부문 본부장을 역임한 사람이었다.

"한쪽은 사망했고, 다른 쪽은 접견에 응하지 않는다?"

"예, 그렇습니다."

"두 쪽 다 알아보기가 꽤 힘들 텐데……. 가능하겠니?"

"……가능하게 할 겁니다."

도훈이 힘 있는 목소리로 말을 이었다.

"제가."

그 확신에 찬 눈을 미라는 말없이 바라보았다. 도훈은 늘 한다면 하는 믿음직한 장남이었다.

"……그래."

미라는 부모로서 그를 믿고 지켜봐 주는 것이 도리라고 생각했다.

"서연이 눈에서 눈물 안 나게 해주거라. 가여운 아이니까."

미라가 부드럽게 미소 지었다.

진영과 유라, 그리고 그들의 어머니, 좀처럼 모이기 어려운 조합이었다. 더욱이 오늘처럼 룸에서 함께 식사하는 것은 굉장히 이례적인 사건이었다.

"진영이 너는 거의 몇 달 만에 보는구나. 일이 많이 고단한지 얼굴빛이 말도 못하네."

"네, 요즘 일이 많아져서요. 펠로우 된 후로는 자주 집도하게 돼서 체력적으로 여유가 없어요."

"그래도 전화라도 가끔 해. 내가 너희들 믿고 살지, 뭘 믿고 사니."

재혼 후 또다시 이혼을 앞둔 어머니가 푹 한숨을 내쉬었다.

"근데 진영이랑 유라, 너희 무슨 일 있었니? 둘 다 왜 그렇게 우울해 보이니?"

유라는 차분하다 못해 폭삭 가라앉아 있었고, 비록 연락은 뜸해도 한번 만났다 하면 낙천적으로 웃으며 힘을 불어 넣어줬던 진영도 내내 표정이 좋지 못하다.

"아니에요……. 아무 일도 없었어요."

그녀가 시무룩한 진영과 말없이 자신의 옆에서 포크로 접시만 살살 긁어대는 유라를 영문 모르는 표정으로 응시했다.

"얘들이 왜 이래……?"

잠깐의 침묵 후, 진영의 어머니가 분위기 전환을 노리고 입을 열었다.

"아, 참. 도훈이 지금 만나는 여자 있다며?"

유라가 숨을 꾹 삼켰다. 진영은 유라의 상태를 흘깃 살핀 후, 어머니에게로 시선을 돌리고 말했다.

"네. 몇 번 봤었어요. 두 사람 사이 되게 좋아요. 어찌나 좋은지 친구도 홀라당 잊고 깨 볶으며 행복하게……."

그 순간 유라가 포크로 칠판을 긁는 듯한 소름 끼치는 소리를 냈다. 꼭 깨문 입술이 못 견디게 아려 보였다. 진영이 뒷말을 줄이고 한숨을 쉬었다.

……그러면 그렇지. 벌써 다 정리했을 리가. 보다 못한 진영이 그녀의 포크를 빼앗아 식탁에 내려놓았다.

"에휴, 도훈이 걔는 평생 여자에는 관심도 없을 것 같더니. 난 김 대표님께서 매일같이 유라가 며느리로 딱이라느니 칭찬 일색이라 영락없이 사돈 되는 줄 알았더니만. 아깝다, 아까워."

"어머니도 참. 다 제짝이 있는 거죠."

다시 포크를 집는 유라의 손을 진영이 살짝 붙잡았다.

"그렇지, 유라야?"

"……."

유라가 부드럽게 웃으며 진영의 손을 밀어냈다.

"그럼. 당연하지, 오빠."

평소보다 훨씬 늦은 퇴근길. 버스에 올라탄 여진이 휴대전화를 멍하니 응시했다. 연락 안 한 게 오늘로 며칠째더라. 더 이상 날짜를 세는 것조차 구차해서 그만두었다. 이렇게 맺고 끊는 것이 쉬운 사람이었다는 것을 생각하니, 오징어에 대한 환멸이 생기려고 했다.

진심이라더니……. 진심이라더니……!

"그냥 실수로 건 척하고 걸어볼까?"

이렇게 끝나기엔 자존심이 상했다. 그렇게 반했다고, 좋아한다고 사정하던 인간이 태도를 180도로 바꾸며 붙잡긴커녕 안부 문자조차 않는 것도 불쾌했다. 여진이 진영의 연락처를 화면에 띄워놓고 한참 고민하다가 눈을 꾹 감고 통화버튼을 눌렀다.

지이잉-

서먹한 가족 식사 분위기 속에 울린 휴대전화, 탐탁지 않은 표정으로 화면을 확인하던 진영의 입이 일순 떡 벌어졌다.

"최, 최, 최여진!"

그가 화들짝 놀라 자리에서 벌떡 일어났다. 진영은 전화 받고 온다며 한마디를 대충 툭 던지고, 룸 밖으로 헐레벌떡 뛰어나갔다.

"최여진……?"

저 이름을 어디서 들었더라. 유라가 어쩐지 들어본 적이 있는 듯한 이름에 고개를 갸웃했다.

"진영이 쟤, 요즘 여자 생긴 것 같아. 느낌이 그래."

"하하, 엄마도 참. 오빠가 언제 여자가 없었던 적은 있었어요? 새삼스럽게."

"아니, 예전이랑 다르단 거지. 내가 말하는 건 진지하게 만나는 여자 말이야."

"음, 그런가……? 전 사실 오빠랑 따로 연락은 자주 안 해서 잘 몰라요."

"유라 네가 따라가서 몰래 좀 엿듣고 올래? 쟤는 나한테 통 말을 안 해서 말이야."

그 말에 유라의 얼굴에 서서히 웃음꽃이 피어났다.

"그럴까요, 그럼?"

장난스럽게 웃은 유라가 자리에서 일어나 진영이 간 길을 따라 나갔다. 멀리 가지 않아 남자 화장실 앞 복도 쪽에서 쭈뼛쭈뼛 어색한 대화 소리가 들려왔다.

"네……. 여진 씨도 잘 지내시죠……?"

안절부절못하며 말하는 진영의 뒷모습을 보며 살풋 웃음을 터뜨렸다. 뭐야, 정작 자기 사랑에는 저렇게 쩔쩔매면서 나한테는 훈계를 했어?

"네, 네. 잘 지내신다니 다행입니다……."

잠깐 사귀다 헤어진 사이? 혹은 썸 타다가 끝난 사이 정도일까. 눈치 빠른 유라는 짧은 대화만 듣고 진영과 그의 전화 상대가 어떤 관계인지 단박에 파악했다.

"천하의 오진영이 왜 숙맥같이 굴지? 이럴 땐 푹 찔러줘야 하는데."

유라가 작게 혼잣말하며 팔짱을 꼈다.

"어디 한번, 내가 도와줘?"

유라가 생글생글 웃었다.

"오빠아."

유라가 간드러진 콧소리를 잔뜩 섞어 진영에게 가까이 다가갔다.

"오빠아, 여기서 뭐 해?"

움찔 놀란 진영의 얼굴이 사색으로 번졌다. 수화기 속의 여진의 음성에는 의문이 섞였다.

-응? 여자 목소리……. 옆에 누구 있어요?

"네? 아니 그게 동……."

탁! 유라가 진영의 휴대전화를 날렵하게 그의 손에서 낚아챘다.

"진영 오빠! 누구랑 전화해? 나 오늘 집에 부모님 없는데, 우리 집 와서 라면 먹고 갈래……? 어? 좋다고?"

-…….

가만히 있다가 대뜸 폭격을 맞은 여진, 아니나 다를까 수화기 건너편이 순식간에 서늘해졌다.

"미쳤어? 뭐 하는 거야! 내놔!"

창백해진 진영이 유라의 손에서 도로 휴대전화를 빼앗아 귓가에 갖다 댔다.

-……하.

분노로 부들부들 떨리는 숨소리가 흘러나오자 진영이 당황하며 필사적으로 변명을 했다.

"저, 여진 씨. 지금 이건……!"

-너 지금 나랑 장난해?

"네?"

-너 대체 나한테 왜 그러니.

"네……?"

-네 진심이란 게 겨우 며칠짜리였냐! 이 좆 같은 호로 염병할 새끼야!!!

진영이 숨을 훅, 멈추었다.

-너 이 새끼 짐승이야? 발정 났냐? 발정 났냐고!!! 일주일도 안 돼서 새 여자로 갈아탔다 이거냐?

마치 핵폭탄처럼 와다다다 쏟아지는 말들에 진영의 낯빛은 점점 흙빛으로 물들었다.

"여진 씨, 오해……."

-닥쳐! 너, 거기 어디야!

"예?"

-어디냐고!!! 당장 말 안 해?

"네……? 여, 여기 청담에 있는…… 베이 스테이크 하우스……."

-허! 스테이크! 아주 개쌍 같은 놈년들 좋다고 잘도 처먹네. 뭐? 라면? 아주 웃기고 자빠졌지? 너 이 새끼, 어디 배 터지게 처먹고 집 가서 운동하다가 게거품 물면서 뒤지고 싶지 않으면, 거기서 딱 기다려!

너무 당황한 진영이 차마 말도 못 하고 어버버거리는 사이, 이미 여진은 입으로 핵미사일을 날리는 중이었다.

-내가 지금 대한민국 여자 대표로 거기 쫓아가서, 너 딱 100대만 팬다. 오늘 최여진이 오징어 정신개조 제대로 시켜준다! 이 개새끼야!!!

뚝.

"……."

넋이 나간 진영은 그 자세 그대로 동상처럼 굳어버렸다. 평생 들을 욕이란 욕을 한순간에 몰아 들은 느낌이었다. 귀에서 피가 나지 않는 게 다행일 지경이었다.

"와, 이분 성격 되게 화끈하다. 이래서 오빠가 좋아하는구나?"

옆에서 즐겁게 관람하던 유라가 풋 웃으며 그의 등을 툭툭 두드렸다. 이내 멀뚱히 선 진영을 뒤로한 채 유유히 어머니가 기다리는 룸으로 돌아갔다.

하여간 사람이 변하긴 무슨! 어떻게 일주일이 안 돼서 새 여자를 만들어! 아니, 새 여자를 만든 게 아니라 애초에 계속 연락하고 있었던 거 아니야? 맥주에 휴대전화 빠트린 건 다 쇼였던 거고……!

"기사님! 팍팍 좀 밟아주세요, 팍팍!"

"아니, 지금 가고 있잖아요. 거, 왜 이렇게 닦달을 하셔 그래?"

진영이 있는 '베이 스테이크 하우스'로 향하는 택시 안, 기사가 지친다는 듯 혀를 끌끌 차며 반박했다. 그러거나 말거나, 여진이 살벌한 표정으로 휴대전화를 노려보았다.

"이거 봐, 이거……. 또 전화 안 하잖아. 이 인간 미친 게 틀림없어! 아니면 내가 진짜 올 거라고 생각을 안 하는 거지."

쫓아가서 패겠다는 엄포로 끊어진 전화, 보통은 바로 다시 여진에게 전화를 걸어오는 것이 정상일 것이다. 변명을 하든, 아니면 왜 욕을 하느냐고 따지든, 그것도 아니면 오지 말라고 사정하든……. 그런데 진영은 그 이후로 전화 한 통 없다. 사람 속을 있는 대로 박박 긁어놓고, 그 정도의 관심조차 없다는 걸까.

"나쁜 새끼……."

여진이 휴대전화를 콱 움켜쥐었다.

그래, 아무 감정도 없다면 그저 무시하면 될 것이다. 그 남자가 하루가 멀다 하고 여자를 바꿔가며 만난다 한들, 저와는 아무런 상관도 없는 것이다. 자신이 찬 입장에서 진영이 여자와 있다고 이렇게 쫓아가는 상황조차도 구질구질하고 졸렬한 것이다.

잘 안다……. 잘 아는데.

"화나……."

여진이 한숨을 내쉬며 냉기가 서린 창문에 이마를 기댔다. 모든 이성적 사고를 증발시킬 만큼 본능이 앞섰다.

"오진영……!"

이윽고 택시가 멈추었다. 여진이 씩씩대며 차 문을 벌컥 열었을 때, 그 맹렬한 기세에 흠칫 놀라는 여자가 하나 있었다. 여진과 눈이 마주친 유라는 큼큼 헛기침하더니 이내 상냥하게 눈웃음 짓고 사라졌다. 이미 잔뜩 흥분한 여진은 그녀가 왜 자신을 보고 웃었는지에 대해 의문을 가지지 못했다. 여진은 무작정 가게 안으로 들어가 진영을 찾기 시작했다.

"죽여버린다. 죽여버린다! 오징어 죽여버린다……!"

홀 안을 살폈으나 진영이 없었다.

"어디 오붓하게 룸이라도 들어가서 알콩달콩 처먹나 보지?"

여진이 직원에게 진영의 이름으로 예약된 룸 번호를 듣고, 안내하려는 그를 제치고 쿵쾅쿵쾅 룸으로 뛰어 들어갔다. 룸 앞에 도착한 여진은 조금의 망설임도 없이 문을 난폭하게 열어젖혔다.

"그래서, 진영이 너를……."

"야!!! 이 오……!"

진…… 영……? 문 안으로 가장 먼저 보인 낯선 여자와 눈이 마주치자 고래고래 소리치던 여진의 뒷말이 훅 수그러들었다.

"오……."

누가 봐도 애인은 아니었다. 똑 닮은 얼굴에 50대 중반 정도로 보이는 나이 지긋한 여자였다.

"오…… 오……."

미친, 누가 봐도 엄마잖아! 쿵쾅쿵쾅, 심장이 고장 난 듯 미친 듯이 뛰기 시작했다. 여진의 뻘쭘한 시선이 진영과 그의 어머니에게 번갈아 닿았다. 진영은 '오'까지 말하다가 멈추어 동그랗게 말린 여진의 입술이 귀엽게 느껴졌다.

"오?"

진영의 어머니가 당혹스러운 얼굴로 여진에게 되묻자, 당황한 여진의 눈동자가 갈피를 잡지 못했다.

"오…… 오징어 회 서비스로 드릴까요?"

"……네?"

풋, 결국 웃음이 터진 진영이 여진 몰래 냅킨으로 입을 틀어막았다. 진영의 어머니는 황당하다는 듯 눈을 동그랗게 뜨고 도리질 쳤다. 지금 당장 죽을 수 있다면 죽고 싶을 만큼 창피해진 여진이 허리를 90도로 꾸벅 숙였다.

"예……. 그, 그럼 즐거운 식사 되십시오."

홍당무처럼 새빨갛게 달아오른 여진이 도망가듯 룸 안을 빠져나왔다. 여진이 완전히 빠져나가는 걸 확인한 진영이 이내 크게 웃음을 터뜨렸다.

"하하하, 진짜 귀여워…….."

"얘, 여기 직원들은 자기들이 뭘 파는지도 모르니? 스테이크 먹다가 갑자기 웬 오징어 회……?"

"글쎄요. 뭐, 맛있으니까 줄 수도 있죠? 하하하."

"별……. 근데 넌 왜 그렇게 웃니?"

"아."

진영이 픽 웃고는 입술 끝을 살짝 쓸며 꿈꾸듯이 중얼거렸다.

"방금 그 여자분한테 첫눈에 반해버린 것 같아요."

"택시!"

머리끝까지 올랐던 화가 순식간에 식어 내림과 동시에, 상황 파악이 빠르게 진행되었다. 룸 안에 있던 어머니, 밖으로 나오며 저를 보고 웃던 오진영과 조금 닮은 여자. 이 자리는 가족 모임이고, 아까 그 전화로 들었던 목소리의 주인은 아마도 그의 여동생이나 누나였을 것이다.

'진짜 쪽팔려……!'

"택시! 좀 서라고요!"

시간이 시간인 만큼 좀처럼 택시가 잡히지 않았다. 진영이나 그의 어머니와 마주치지 않게 택시를 타고 빠르게 사라지려는 요량이었으나 쉽지 않았다.

그때, 운 좋게 '빈 차'라는 빨간 문구를 반짝거리며 빈 택시가 다가왔다.

"여진 씨!"

택시 문을 열려고 손을 댄 순간, 들려오는 진영의 목소리에 심장이 내려앉았다. 뒤도 돌아보지 않고 얼른 차 문을 벌컥 열었다. 그러나 어느새 곁으로 다가온 진영이 여진의 손을 꼭 붙잡고 놔주지를 않았다

“······.”

아, 쪽팔려······. 여진이 진영과 시선을 마주치지 않고 잡힌 손을 빼려고
시도했다. 창피함 때문인지, 아니면 다른 감정 때문인지. 잡힌 부위가 마치
화상을 입은 듯 뜨거웠다. 그러나 그녀의 손을 단단히 옭아맨 진영은 절대
여진을 놓아줄 마음이 없었다. 그걸 증명하듯 더욱 뜨겁게 여진의 것과 얽
어지는 손바닥과 손가락.

“여진 씨······.”

여진은 피곤을 느꼈다. 순식간에 진영에 의해 문이 닫히고, 손님을 태우
지 못한 택시는 저 멀리 떠나버렸다. 어떻게 잡은 택시인데······. 도로를 망
연히 노려보던 동공을 느릿하게 옮겨 진영을 쳐다보았다.

“뭐예요.”

“······.”

“잡았으면 말을 해.”

“아까 그 전화는 제 동생이 통화 중에 장난을 친 거예요. 죄송해요, 너무
큰 무례를 저질러서······.”

“역시, 그럴 줄 알았어요.”

여진이 어이가 없다는 듯 헛웃음 치더니 이내 싸늘하게 얼굴빛을 굳혔다.

“말을 했어야죠. 왜 사람 오해하게 말을 안 해! 다시 전화해서 아니라고
말을 했어야지! 그럼 내가 여기 와서 난리 칠 일도 없잖아!”

“······.”

“쪽팔려 진짜······. 이거 놔요. 나 집에 갈 거예요.”

꽈악, 진영이 여진의 손을 더욱 억세게 쥐었다. 제 말과 반대로 더해지는
그 악력에 여진의 눈썹이 꿈틀거렸다. 여진이 도전적으로 까지듯이 올려다
보자, 진영의 입술이 작게 열렸다.

“보고 싶었어요.”

“······.”

"보고 싶어서 그랬어요, 여진 씨……."

저 한마디에 모든 게 무너져 내리는 듯했다. 온몸의 열감이 진영과 닿아 있는 손으로 빠르게 응집되기 시작했다.

"아침에 일어나면 여진 씨 목소리 듣고 싶어서 휴대전화 들고 한참을 고민했어요. 잘 시간 되면 여진 씨 얼굴 보고 싶어서 예전에 찍은 사진 한 장을 몇 시간이고 지켜보다가 잤어요."

진영이 입술을 꾹 다물고 눈을 내리감았다.

"많이 보고 싶었어요……."

여진은 그의 목소리로 인해 온몸에 힘이 다 빠지는 기분이었다.

"……그러면 왜 나한테 연락 안 했어요?"

그만해. 뭐 하는 거야.

"내가 왜 당신을 거절한 건지, 그 이유 제대로 알고는 있나요?"

그만해. 이렇게까지 구질구질해지는 이유가 뭐야.

"무엇보다 당신은 왜 그날, 내가 잘될 수 없다고 했을 때 이유도 묻지 않았죠? 왜 날 한 번도 붙잡지 않았죠?"

그만해…….

"당신처럼 계산적인 남자는 아무리 끌려도, 이젠 머릿속에서 경고음이 울려요. 저 남자는 아니다. 너는 또 상처 입을 거다. 그만해, 그만해."

그만해.

"당신이 말한 진심의 표현이 좋은 옷 입고서, 비싼 밥 사주고, 박식한 척 흉내 내는 건가 본데. 다른 여자들은 그런 데에 다 넘어갔을지 모르겠지만, 나는 아니에요."

여진의 동공이 힘없이 흔들렸다.

"나한테 필요한 건 잘생긴 남자도 아니고, 돈 많은 남자도 아니고, 학벌 좋은 남자도 아니에요. 못생겼으면 내가 꾸며주면 되고, 돈 없으면 내가 벌면 되고, 학벌은 내가 좋으니까 상관없어요."

"……."

"단 하나."

갈라진 음성이 그녀의 입에서 거칠게 튀어나왔다.

"머리 쓰지 않고, 밑도 끝도 없이 날 사랑해주는 남자가 필요해요. 그래서 나한테 상처 주지 않는 남자."

지난 사랑이 여진에게 남긴 것은 오로지 상처였다. 그때부터 생긴 남자에 대한 불신은 그녀에게서 진솔한 사랑의 여지를 빼앗아갔다.

"내 가슴에 대못 박는 남자가 아니라, 어떤 이유에서든 결코 상처 주지 않는 남자요."

뼈저리게 날 사랑해주고, 어디에도 눈 돌리지 않고 나 하나만 바라보는, 그런 사람이 필요했다. 그러나 그런 남자는 나타나지 않았고, 앞으로도 영영 나타나지 않을 것이라 믿었다.

"그런 의미에서 이미 오진영 씨는 나에게 한번 실망을 줬어요. 난 또 상처받고 싶지 않아요. 여기서 더 상처받는 건 딱 질색이에요."

"……."

"그러니까 딱 잘라 말할게요. 그렇게 쉽게 포기할 진심이면 사양하겠어요."

며칠간 응어리처럼 굳어진 마음속 생각을 있는 힘껏 전부 털어버렸다. 지금껏 가벼운 사랑만 해왔다던 진영이었다. 그는 여진에게는 자신의 마음이 절대 가볍지 않다고 주장했으나, 거절 이후 가위로 자른 듯 뚝 끊긴 연락은 그 말에 대한 반증으로 보였다. 그것조차 불쾌했고 상처였다. 여진이 뒤를 돌아 그를 등지고 목적 없이 걸음을 내디뎠다.

"……좋이에요."

그의 담담한 토로. 여진의 걸음은 그 자리에서 굳어버렸다.

"미안해요."

평소에는 끝없이 사족을 붙이던 그의 언어 습관이 지금만큼은 예외였다.

"그런데 정말로 좋아해요……."

구구절절한 변명이나 길고 긴 사랑 고백보다 짧은 몇 마디 말들이 오히려 더 강하게 여진의 가슴에 박혔다.

"쉽게 놓을 수 있는 감정 아니에요."

진영은 주먹을 꽉 움켜쥐었다.

"여진 씨가 점점 더 좋아져요. 안 보는 동안 계속해서 여진 씨 생각만 났어요. 하루 종일 온통 여진 씨 생각만 들었어요. 마음을 포기하려야 포기할 수가 없어요."

여진은 도저히 뭐라고 대답해야 할지 몰라 입만 벙긋벙긋하다가 그냥 다물어버렸다. 대신 뿌리 깊은 한숨을 내쉬었다. 몰라, 나도 이제 몰라…….

"이제 여진 씨에게 할 수 있는 한 최선을 다할 거예요. 절대 쉽게 포기하지 않을 거예요."

바람도 불지 않았는데 여진의 속눈썹이 파르르 떨렸다.

"……여진 씨."

홀린 듯 고개를 돌려 그를 바라보자 그의 고동색 눈동자가 올곧게 저를 향해 있었다.

"정식으로 여진 씨와 만나고 싶습니다."

불안과 애원이 서린 눈빛이었다. 제발, 제발. 그렇게 뇌까리는 듯이.

"제 진심이, 여진 씨에게 닿기를 바라요."

그 고백을 끝으로 두 사람 사이에는 팽팽한 침묵이 내려앉았다. 여진은 눈을 지그시 감았다가 떴다. 무한으로 이어지는 한참의 고요. 그에 반해 어지러이 교차하는 시선.

"이번 주 일요일까지, 대답 기다릴게요."

침묵을 깨고 여진을 관통한 것은 그의 나지막한 음성과 흔들리는 시선이었다. 여진은 저를 꿰뚫는 듯한 그 눈동자에서 벗어나려고 했었다.

"……갈게요."

도롯가에 서서 택시를 잡은 여진은 터덜터덜 힘없이 차에 올랐다. 문을 닫으려고 손을 뻗었으나, 다가온 진영이 여진의 손을 곱게 접어 밀어 넣었다. 직접 차 문을 닫아준 진영이 허리를 숙여 반쯤 열린 창문 틈으로 고개를 가져갔다. 그가 나직하게 웃으며 시선을 느릿하게 내렸다.

"그러고 보니 여진 씨……."

시원스러운 눈매가 미세하게 휘었다.

"요즘 하이힐 안 신으시네요."

여진은 흠칫했다.

"연락할게요."

이미 그에게 영향받고 있었다.

도훈은 퇴근해 집에 돌아오자마자 슈트도 벗지 않고 서연부터 찾았다. 막 씻으러 욕실로 들어가려던 서연은 급하게 저를 잡는 도훈 때문에 멈칫했다.

"지금 잠깐 시간 있어?"

"응. 무슨 일인데요?"

대수롭지 않게 되물었으나 도훈의 표정은 그 어느 때보다도 진지했다.

"당시 SS어패럴 안병철 본부장의 부하 직원으로 있던 남자가 지금 형진실업에서 몸담고 있다고 해."

서연이 주춤 고개를 들었다.

"……형진실업이요?"

"그래. 뭔가 단서를 얻을 수 있을 것 같은데."

박 실장을 통해 형진실업 인천공장 총책임자의 명함을 전해 받은 도훈은 시연에게 물었다.

"어때. 같이 가보겠어?"

서연은 굳은 의지로 고개를 끄덕였다. 조수석에 올라탄 서연은 긴장으로 뻣뻣해진 두 손을 꽉 움켜쥐었다. 도훈은 그런 서연에게 안전벨트를 매어준 뒤, 차를 출발시켰다. 그들은 그곳에서 전 SS어패럴 안병철 본부장의 직속 부하 직원이었던 남자를 만날 수 있었다. 헛소리 말라며 문전 박대하려던 남자는 도훈의 명함을 보자마자 태도가 180도로 바뀌었다. 한층 정중해진 그는 자신의 사무실로 도훈과 서연을 깍듯하게 안내했다.

"죄송합니다. 하지만 저는 정말 아무것도 몰라요. 몇 번이고 말씀드리지만…… 정말 아는 게 없습니다. 그리고 그렇게 옛날 일을 가지고 와서 물어보셔 봤자……."

괜히 입방정을 떨었다가 불똥 튀는 것이 싫은 남자는 필사적으로 발뺌했다. 도훈은 눈을 가늘게 뜨고 남자를 직선으로 내려다보았다.

"당시 SS어패럴의 자금을 관리하던 분께서, 최종 부도 전까지 돈의 흐름이 이상하다고 느낀 적이 없으시다고요."

"……."

"좋습니다. 다만 나중에 무엇이든 함구한 사실이 밝혀지면, 지금 함구로 인해 발생한 피해 신고서를 정식으로 경찰에 제출할 생각입니다."

오싹한 경고에 남자는 온몸의 피가 모조리 빠져나가는 듯한 느낌이었다.

"그때는 사장님께서 묵인에 대한 책임을 지셔야 합니다."

이어진 도훈의 매서운 추궁에 기가 눌린 남자는 파들파들 떨며 땀을 닦았다.

"그, 그게……. 확실히 이상한 낌새가 있었던 적은 있지만……. 제가 가볍게 입 열 문제는 아닌 것 같고……."

"이상한 낌새요?"

서연이 묻자 남자가 입술을 질끈 깨물었다.

"편하게 말씀해주세요. 단순히 짐작 가는 것이라도 좋습니다. 사장님께 피해 가지 않도록 익명은 확실히 보장하겠습니다."

서연이 회유하듯 달래자 남자가 곤란한 듯 머리를 긁었다.

"정확한 금액은 알 수 없지만……."

눈치를 보다 도훈의 길게 찢어진 눈과 마주치자 놀란 남자가 황급히 고개를 숙였다.

"그러니까…… 뭔가, 매번 원단을 수입할 때 실제 들어온 물량보다 대금을 더 많이 지불한 듯한…… 느낌을 받아서……."

"과다 송금을 했다는 뜻입니까?"

도훈이 딱 잘라서 핵심을 찌르자, 남자가 화들짝 놀라 고개를 내저었다.

"아닙니다! 하지만 저는 정확히 모릅니다. 저는 정확히 알지 못합니다. 저는 정말…… 아."

다리를 달달 떨던 남자가 갑자기 호흡곤란 증세를 일으키기 시작했다. 즉시 밖에서 달려온 그의 비서가 황급히 비상약을 꺼내 그의 입 안에 털어 넣었다. 그녀는 사장님의 건강이 좋지 않으니, 이만 돌아가 달라고 정중하게 부탁했다. 더 이상의 소득은 없을 것으로 판단한 도훈은 서연과 함께 사무실을 떠났다.

"어떤 것 같아요?"

집으로 돌아가는 차 안에서 직전에 녹음한 음성 파일을 몇 번이고 돌려 들은 서연이 도훈에게 넌지시 물었다.

"제대로 잡았어."

"역시 그렇죠?"

"그래. 수입 대금을 불려서 송금하는 식으로 비자금을 챙기는 건 흔한 수법이니까. 누군가의 의도로 회사 자금이 새어 나갔을 가능성이 있어, 충분히."

도훈이 낮게 음성을 내었다.

"아직 배후가 누구인지, 정확히 얼마가 어떻게, 어디로 샜는지는 알 수 없지만."

도시가 잠든 야심한 시각, 여진은 3시간째 침대에 누워 뒤척거리는 중이었다. 진영에게 고백을 받은 날부터 이틀째 불면증에 시달리고 있는 중이었다.

'정식으로 여진 씨와 만나고 싶습니다.'

"하……."

'정식으로 여진 씨와 만나고 싶습니다.' '정식으로 여진 씨와 만나고 싶습니다.' '정식으로 여진 씨와 만나고 싶습니다.'

"아아아아악. 닥쳐! 내 머릿속에서 꺼져!"

여진이 상체를 벌떡 일으키고 꽥 소리를 질렀다.

"잠을 잘 수가 없잖아! 이 오징어 새끼야!!!"

헉, 헉. 목이 터져라 소리 지르고 나니 한결 속이 편해졌다.

"이놈 이거 예고도 없이 사귀자고 하는 게 어딨어, 갑자기!"

여진이 양손으로 얼굴 폭 가리고 고개를 숙였다. 그는 이번 주 일요일까지 대답을 기다리겠다고 했다. 이제 생각할 시간이 많아 봐야 사흘에서 나흘 정도.

"어떻게 해야 해……."

더 이상의 감정 낭비는 지쳤다. 연애 감정이라면 징글징글하고 신물이 날 정도로 회의를 느끼고 있었다. 덜컥 사귀었다가 자신이 더 진영에게 빠지게 될까 봐. 그래서 나중에 상처 받으면서도 그에게서 벗어나지 못하게 될까 봐.

"하아……."

그런 남자를 감당할 수 있겠어? 얼마 전까지 바람기가 다분했던 남자였다. 여진과 연애한다고 그 화려한 전적을 잊을 수 있을까. 단순히 호감을 넘어 그를 완전히 사랑하게 된다면, 분명히 별것도 아닌 일에 그의 과거가 떠올라 툭하면 그를 의심하고 추궁할 것이다. 집착하게 되고, 오해하게 되고, 신뢰하지 못하게 될 것이다. 그렇기에 서로가 서로에게 힘든 관계가 될지도 모른다.

"……무엇보다."

바람둥이였던 그 남자가, 나에게만은 다를 수 있을까.

"하아……."

진짜, 진짜, 진짜, 모르겠다.

그 시각, 진영은 병원 당직실에 앉아 애먼 휴대전화만 만지작거리며 전전 긍긍했다.

"아, 미치겠다……."

초조한 마음을 주체할 수가 없었다. 온종일 침샘이 바싹바싹 마르고 애가 타서 죽을 것만 같았다. 게다가 자웅동체 커플이 곧 부부로 레벨 업 한다는 소식을 들으니 더 심란해졌다.

"아, 난 안 부럽다. 안 부럽다. 안 부럽다……."

얌전한 백도훈 부뚜막 먼저 올라간다더니. 평생 여자도 못 만날 줄 알았던 놈이 결혼을 먼저 하다니!

"나도 여진 씨……. 하."

진영이 휴대전화를 한 번 더 확인했다. 혹시 고백에 대한 대답이 왔을까 싶어서였다. 그러나 쥐 죽은 듯 잠잠한 휴대전화, 내뱉은 깊은 한숨 속에는 미묘한 안도도 일부 섞여 있었다. 고백을 거절당하는 것은 미치게 두려웠다. 이제 정말 그녀 없이는 살 수가 없을 것 같았기에.

"너무 급했나……."

좀 더 믿음을 주고 고백했어야 했을까, 지금 그녀를 놓치면 평생 후회할 것 같았다. 감정이 앞섰던 자신을 후회했으나, 이제 와서는 그저 여진의 대답을 묵묵히 기다리는 것이 진영이 할 수 있는 전부였다. 수락만, 수락만 해준다면 꽃가마라도 태우고 다닐 텐데.

"아…… 처여진!"

지금 이 순간마저도 보고 싶어.

서연은 며칠째 부모님의 결백과 부도의 진실을 파헤치는 데 온 정신이 쏠려 좀처럼 주위에 신경을 쓰지 못했다.

"너 그거 알아?"

그 탓으로 모라비 사원들 사이에서 안 좋은 소문이 퍼지고 있다는 것을 서연은 인지하지 못하고 있었다.

"강서연 대리, 사실 아파서 쓰러진 게 아니고 납치당했었던 거래."

말 만들기 좋아하는 사원들은 여럿이 모이면 서연을 안주 삼아 쑥덕거리기 바빴다.

"그 범인이 납치한 이유가 있었다던데? 몇 년 전에 강 대리 집안에서 회사 자금 빼돌리고 고의 부도낸 것 때문에 앙심 품고 그랬다며."

SS어패럴이 부도날 당시, 서연의 부모님이 은닉한 재산 수십억을 서연이 그대로 물려받았다는 괴소문도 함께 돌았다. 퍼지면 퍼질수록 왜곡되는 소문의 특성대로, 단순한 의혹을 마치 확정된 사실처럼 부풀려 떠들어대는 사람이 태반이었다. 덕분에 서연은 출근하자마자 의구심을 품은 시선들을 일제히 받았다. 쏟아지는 불편한 관심들은 결국 서연에게 이상함을 감지하게끔 했다. 서연은 곧 그 뾰족한 시선 속에 제 부모에게 씌워진 오명이 담겨 있다는 것을 깨달았다.

"……하아."

서연은 혼란스러웠다.

그 누구보다도 열정적이고 청렴하게 살았던, 떠올리면 눈물부터 차오르는 그리운 분들인데.

서연은 양 뺨을 찰싹 치면서 무너지는 정신을 가까스로 다잡았다.

그렇게 오후가 되어 와이시로 이동할 준비를 했다. 중요한 일정으로 자리를 비운 디자인 실장을 제외하고 서연은 유라와 단둘이 차에 올라탔다. 서로 피차 서먹한 사이였기 때문에, 두 사람 사이에는 필요한 몇 마디 외에는 대화가 전혀 오가지 않았다. 한참 침묵을 지키며 이동하는 동안, 평소보다 정체가 심한 교통 상황을 잠자코 바라보던 유라가 조수석의 서연의 얼굴을 살폈다. 수심이 깊은 얼굴에 유라의 마음도 좋지 않았다. 현재 사내에 도는 흉흉한 소문은 유라가 한때 가장 존경했었던 은사, 김형원의 명예를 깎아내리는 내용이었기 때문이다. 잠시 고민하던 유라가 조심스레 입을 열었다.

"……소문은 너무 신경 쓰지 마세요."

넋 나간 사람처럼 정면을 보던 서연이 느릿하게 눈을 유라쪽으로 돌렸다.

"그런 분들 아니라는 거, 누구보다도 떳떳하고 존경스러운 분들이셨다는 거. 서연 씨가 가장 잘 알잖아요."

유라는 잠깐 시간을 두었다가 말을 이었다.

"다 잘 풀릴 거예요. 너무 걱정 마세요."

"……"

서연이 느리게 고개를 끄덕였다.

"……고맙습니다."

여진은 타월로 대충 닦아 아직 축축한 머리로 욕실을 나왔다. 씻는 동안 연락이 왔나 싶어 휴대전화를 켜니 서연에게 문자가 도착해 있었다.

"뭐지? 사진?"

문자에는 사진 파일도 함께였다. 물기 촉촉한 엄지로 액정을 꾹 누르니 화려한 장식의 초콜릿 케이크가 화면에 가득 찼다.

[이 케이크 진짜 맛있다? 대박 미쳤음. 너도 초코 좋아하잖아. 나중에 너도 세레니티에서 사 먹어봐. 일반 빵집이랑 비교 불가.]

여진이 휴대전화를 멍청하게 응시했다.

[어디서 났냐?]

[응?]

[케이크 어디서 났냐고.]

[아, 도훈 씨가 나 먹으라고 사다 줬어. 오늘 내가 좀 우울해했더니 귀신같이 알고 사다주더라. 센스 대박이지 않냐?]

"······아우 재수 없어! 이래서 커플들이란!"

여진이 휴대전화를 거칠게 침대 위로 던져버렸다.

"······하아."

침대에 앉아 허탈한 얼굴로 시계만 죽어라 노려보다가 벌떡 일어났다.

"더러워서 나도 케이크 퍼먹으러 간다!"

심란한 데다 스트레스는 만땅. 이럴 때는 당분 충전이 제격! 대충 옷매무새만 정리하고 서둘러 문밖을 나섰다.

"뭐야, 여기도 문 닫았어?"

그러나 시간은 12시에 가까워져 있었고, 근처의 빵집이나 카페는 전부 굳게 문을 닫은 상태였다. 그래도 하나쯤은, 그래도 하나쯤은, 이 말을 계속해서 반복하며 오기로 이곳저곳을 둘러보았다.

"와, 포기 포기. 조만간 청와대에 민원 넣는다. 뭔 놈의 국가가 새벽에 케이크 먹고 싶은 국민에 대한 배려가 어림 반 푼어치도 없어!"

슬리퍼를 찍찍 끌며 동네 한 바퀴를 돌고서야 식욕을 단념했다.

"그래······ 이 한밤중에 무슨 케이크냐, 어휴."

한편 진영은 야심한 시각임에도 불구하고 산더미 같은 정보와 활자들에 뒤덮여 연구에 몰두하는 중이었다. 한참 진행 중인 연구의 논문 발표가 얼마 남지 않았기 때문에 눈코 뜰 새 없이 바빴다. 다만 눈코는 뜨지 않더라도 여진의 SNS 프로필은 30분마다 눌러보고 있었다. 고백에 대한 답을 기다리는 입장에서 연락하는 것은 실례였기에 그녀의 목소리를 못 들은 지 무려 73시간하고도 42분이 지났다.

[나도 케이크!!! 먹고 싶다!!!]

그런 그녀의 상태 메시지가 오랜만에 바뀌었다.

"케이크······."

휴대전화를 붙잡고 작게 중얼거린 진영이 안경을 벗어 책상에 내려놓았다. 그리고 곧바로 일어나 차 키를 챙겨 어디론가 걸음을 옮기기 시작했다.

땅동, 텔레비전을 보며 귤을 까먹던 여진이 들려오는 초인종 소리에 화들짝 놀랐다.

"누구세요?"

"……."

그러나 문 건너편은 응답 없이 조용할 뿐이었다.

"이 시간에 누구……."

자정을 넘긴 시간, 일반적으로 사람이 방문하기에 적합한 시간은 아니었다. 여진이 텔레비전을 끄고 현관문을 의심스럽게 응시했다.

"……."

살짝 긴장한 여진이 옆에 있는 핸디 청소기를 집어 들었다. 여차하면 내려칠 작정이었다. 숨을 죽이고 조용히 일어나 살금살금 문으로 다가갔다. 끼이익, 문을 아주 조금 열어 밖을 살폈으나 밖에는 개미 한 마리 없었다. 여진은 고개를 갸우뚱하며 문을 끝까지 밀어 제대로 확인했다.

"어?"

달그락, 이상한 소리에 시선을 내리니 문고리에 무언가가 걸려 있다.

"이게 뭐지……?"

종이로 된 재질의 큰 쇼핑백이었다. 그것을 들고 집 안으로 들어와서 쇼핑백 틈새를 활짝 벌렸다.

"……헐."

내용물을 확인하자마자 저절로 휘둥그레진 눈과 함께 헐레벌떡 뒤를 돌아 다시 벌컥 문을 열고 주위를 돌아보았다. 그러니 여진의 시야에 들어온 것은 아무도 없는 어둑한 복도가 전부였다. 쇼핑백을 옆에 툭 내려놓고 복도로 달려 나가 창문을 다급하게 열었다. 탐색하는 것처럼 갈팡질팡하던 시선이 이내 조금씩 멀어져 가는 회색 자동차에 꽂혔다.

"오진영……."

여진의 입술이 작게 벌어졌다. 형상이 완전히 사라질 때까지 마비된 듯 그 자리에서 움직일 수가 없었다.

"……."

넋이 나간 얼굴로 신발을 벗고 들어온 여진이 쇼핑백을 테이블 위에 조심스레 올려놓았다. 한 대 얻어맞은 듯 맥을 못 추리던 그녀의 고개가 푹 수그러들었다.

"뭘 이렇게 많이 사 왔대……."

치즈, 생크림, 초코, 커피 등 저마다 다른 매력의 조각 케이크 여러 개가 커다란 쇼핑백에 차곡차곡 정갈하게 담겨 있었다. 12시도 넘은 새벽에 대체 어디서 어떻게 사 왔는지, 잠깐 고민하던 여진이 휴대전화를 들고 '고마워요' 네 글자를 꾹꾹 눌러 액정에 담았다.

"……으음."

전송 버튼 하나를 목전에 두고 한참 동안 전전긍긍하다가 그냥 덮어버렸다. 냉장고에 케이크들을 나란히 정렬한 후, 그중에 가장 선두로 있는 치즈 케이크를 꺼내 포크로 가볍게 떠 올렸다.

"맛있다……."

지극히도 달다.

일요일, 진영의 고백에 대한 답변을 하기로 한 날. 해가 중천에 뜨자 진영은 여진에게 전화를 걸어왔다.

-오늘 일요일이에요.

"네, 알아요."

-전 여진 씨가 어떤 결정을 내리든…… 존중할 거예요.

휴대전화를 쥔 손에 힘이 들어갔다.

"나한테는 쉽지 않은 문제예요. 나한테 시작이란 건 너무 어렵다고요."

-그러니까 그 어려운 거 같이해요.

진영의 목소리가 촉촉하게 여진의 가슴을 적셨다.

-제가 도울 테니까 같이해요, 여진 씨.

"……."

여진은 할 말을 잃어버렸다. 뭐라고 말해야 할지, 어떻게 반응해야 할지, 머리가 터질 것처럼 복잡해서 감도 잡을 수가 없었다.

-지금 2시니까…… 이따 오후 7시.

진영은 담담한 어조로 말을 이었다.

-저와 시작할 마음이 있다면 7시에 우리 자주 갔던 공원 분수대로 나와주세요.

"잠깐만요, 너무 갑자기……."

-대신, 나오면 그때부터는 무를 수 없어요.

여진이 마른침을 꼴깍 삼켰다.

"……만약 내가 나가지 않겠다면요?"

-…….

진영은 말을 아꼈다. 그 무거운 침묵이 안 그래도 답답한 여진의 숨통을 더욱더 조여오는 것 같았다.

-나오지 않으셔도 돼요. 더는 여진 씨 흔들지 않고 포기할게요. 정말 힘들겠지만…… 포기하도록 노력해볼게요.

포기, 진영이 육성으로 내뱉은 그 단어에 여진의 가슴이 욱신거렸다. 여진은 그 통증의 의미를 모를 만큼 바보가 아니었다.

"……그쪽은 내가 나올 거라고 생각해서 그런 말을 하는 건가요?"

힘겹게 뱉은 질문이었다.

-……모르겠어요. 그래서 불안해요.

들려온 답변 또한 힘겨워 보였다.

-하지만 전 여진 씨 결정을 받아들이려고요. 그러니까 그냥 편하게, 여진

씨 마음 가는 대로 결정해주세요.

속에서 끓어오르는 듯한 깊은 한숨이 터졌다. 커다란 바위가 여진의 정수리를 쿵 하고 내리찧는 기분이었다. 선택의 부담감, 시작과 끝의 갈림길에 선.

"……끊을게요."

─잠깐만요, 여진 씨.

"네?"

─이건 마지막 애원인데요.

하아, 그의 한숨 같은 숨결이 수화기를 타고 들려오자 여진이 눈을 꼭 감았다. 가끔 오진영의 목소리에서는 알 수 없는 결핍이 느껴졌다. 지금은 그 결여의 구멍이 가장 도드라지는 순간. 여진은 그 구멍을 커다랗게 넓힐 수도 있고 흔적도 없이 메울 수도 있는, 메스를 쥐고 수술대에 선 의사 같은 사람이었다.

─제가 99걸음 갈 테니까 여진 씨가 한 걸음만 와줘요.

오진영의 집도의는 최여진이었다.

……오진영.

웃는 얼굴이 자연스러운 남자. 화난 얼굴은 상상이 잘 안 가는 남자. 맨날 바보같이 실실거리지만, 속으로는 무슨 생각을 하고 있는지 가늠이 안 되는 남자. 내 머리 위에서 노는 남자.

여진은 느릿하게 흘러가는 텔레비전 속 영상에 눈을 묶어둔 채 열심히 머리를 굴렸다. 벌써 6시. 7시까지 공원에 나가려면 지금부터 준비해도 아슬아슬하다.

'제가 99걸음 갈 테니까 여진 씨가 한 걸음만 와줘요.'

그의 간절한 목소리가 계속해서 머릿속을 맴돌았다. 심신이 어수선해서 도무지 숨을 쉴 수가 없었다. 아직 준비가 되지 않았는데, 누군가를 만날 준비가…….

'나오지 않으셔도 돼요. 더는 여진 씨 흔들지 않고 깔끔하게 포기할게요.'

그래, 지금 안 가면 끝이야. 이번에는 정말 끝인 거야. 앞으로는 평생 볼 수가 없어. 연락도 못 하겠지.

"평생……."

여진이 소파에서 벌떡 몸을 일으켰다. 평생이라는 전제는 너무 가혹했다. 어떠한 상황에서도 쉽사리 뿌리칠 수 없는, 극단적이고 가혹한 전제다. 지금의 여진에게는 더더욱 그렇게 느껴졌다.

"아, 몰라……!"

황급히 씻고서 아무 옷이나 주워 입었다. 분주한 움직임으로 화장대에 앉아 기계적으로 치장을 시작했다.

'대신, 나오면 그때부터는 무를 수 없어요.'

마지막, 립스틱을 바르던 손이 우뚝 멈춰 섰다.

"……."

지금 가면 관계의 시작이다. 후회 안 할 자신 있어? 거울에 비친 자신이 그렇게 말하는 듯했다. 시간은 임박해오는데 여진은 아직도 준비가 되지 않았다. 나중에 이 결정을 되돌아봤을 때 이 순간을 뼈저리게 후회하지 않을까, 새 연애의 시작은 타성에 젖은 미래를 떠올리게 한다.

"나는……."

여진이 립스틱을 화장대에 힘없이 던지듯 내려놓았다.

"나는, 역시 혼자가 편해……."

똑딱똑딱, 시간은 흐르고 어느덧 창밖은 새까만 암흑이 자작하게 스며들었다. 10시가 조금 넘은 시간, 온종일 아무것도 먹지 않은 여진은 시체처럼 침대에 널브러져 있었다.

"이렇게 일요일이 가는구나……."

당연하겠지만 오진영에게서는 전화도 문자도 없었다. 차라리 잘됐다 싶었다. 여진이 연체동물처럼 흐느적거리는 몸을 종용해 부엌으로 향했다. 무 언가를 먹으려는 요량으로 연 냉장고에서는 조각 케이크들이 가장 먼저 시 선을 사로잡는다.

"……."

잠깐 사색에 사로잡혔지만 짧은 순간이었다. 자연스럽게 그 옆에 놓인 배 를 집어 들고 과도로 껍질을 깎기 시작했다.

"……아!"

그러나 넋을 놓고 칼을 사용한 탓일까. 날카로운 칼날에 베여 조금 벌어 진 틈새로 새빨간 핏물이 고이기 시작했다.

"아, 되는 일이 없냐……."

물에 대충 헹구고 반창고를 찾으러 집 안을 뒤지기 시작했다. 그런데 약 을 두는 서랍에는 빈 상자뿐이었고, 침대 옆 서랍에서도 도무지 보이지가 않았다.

"아 왜 반창고 하나가 없어! 맨날 사방에 굴러다니다가 막상 찾을 때는 없다니까……."

툭, 화장대를 뒤적거리던 손길이 일순 굳었다. 반창고 하나가 화장대 서 랍에서 빠져나와 바닥에 떨어져 있었다.

"이건 왜 혼자 여기 딸랑……."

무심코 반창고를 집어 든 여진의 눈빛이 흔들렸다.

"……."

예전에 하이힐을 신고 다니다 발뒤꿈치가 까졌을 때, 진영이 몰래 핸드백 에 넣어 놓았던 바로 그 반창고였다. 벌써 몇 달 전 일이다.

"그때 재수 없어서 안 붙이고 내버려 뒀었는데, 이게 여기에 있었네……."

그러고 보니 그와는 묘하게 반창고로 엮인 일이 많았다. 예전에 전 남 자친구와 싸워 상처가 났을 때도, 그가 손수 치료를 해줬었다. 그때의 기억 을 떠올리자 머릿속으로 물 흐르듯 그와의 시간들이 하나둘 스쳐 지나간다.

"……."

바보 같아.

"……아."

진짜 바보 같아.

여진이 다친 손가락에 반창고를 붙이고, 홀린 듯 문밖으로 뛰쳐나갔다.

"한성공원이요. 빨리, 최대한 빨리 가주세요."

뛰느라 거칠어진 숨을 헉헉 토해내며 택시에 몸을 욱여넣었다. 시간을 확인하니 벌써 11시. 7시에서 4시간이나 흘러 있었다.

"아가씨, 잔돈 가져가야죠!"

도착과 동시에 만 원짜리 한 장을 던지듯 건네고 분수대로 달려갔다. 숨이 턱 아래까지 차올라도 아랑곳하지 않고 미친 듯이 내달렸다.

'이렇게 허무하게 끝나는 건 싫어.'

여진의 발걸음이 점점 빨라졌다.

'남보다 못한 사이가 되고 싶지 않아.'

그 남자와 사귄 후에 후회할 아픔보다, 지금 그 남자를 거절하고 후회할 아픔이 더 크다. 앞으로 후회하더라도 지금은 함께하고 싶다. 지금 여진의 마음이 그렇게 말하고 있다. 오진영이 아니라면 송곳으로 가득 찬 내면을 끌어안아 주고, 세세하게 배려하는 남자를 평생 만날 수 없을 것 같았다. 말하지도 않았는데 다친 걸 눈치채고 가방에 반창고를 몰래 넣어놓는 남자를, 돈이 없어 제대로 메뉴를 고르지도 못하는데 몰래 안주를 종류별로 주문해놓는 남자를, 새벽에 케이크 먹고 싶다는 상태 메시지 하나를 보고 한가득 사다 문고리에 걸어놓는 남자를.

오진영이 처음이자 마지막인 것 같아서

일단 가자. 가서, 가서…….

"……하아, 하아."

칠흑의 공원에는 사람이 한 명도 없었다. 오로지 희미한 가로등의 불빛만

분수대를 비출 뿐이었다. 여진이 터덜터덜 분수대 가까이 걸어갔다.

"……아."

저 멀리 벤치에서 진영으로 추측되는 남자가 앉아 있었다. 여진이 천천히 숨을 고르고 그에게로 다가갔다.

"뭐야……?"

그런데 뭔가 좀 이상하다. 가까이 다가가도 조금의 움직임도 없다. 진영은 벤치에 팔짱을 끼고 앉은 채 고개를 푹 숙이고 있었다.

"설마, 설마 자……?"

이상하게 눈물이 날 것 같았다. 지금 이 상황이 너무 멍청하고 이상해서 소리라도 지르고 싶었다.

"졸렸어……?"

"……."

"그럼 왜 기다렸어요."

목소리가 들릴 리도 없는 거리에서 물었다. 하긴, 고백 후에 나도 내내 잠을 설쳤는데 저 남자는 더 못 잤겠지. 약 10걸음 정도를 남기고 진영에게 가까이 다가간 여진이 그를 물끄러미 응시했다.

"……."

어떡해, 장난치는 줄 알았는데 진짜 자나 봐.

한 걸음, 두 걸음, 세 걸음……,

"사람 불러놓고 왜 자……. 멍청아."

네 걸음, 다섯 걸음, 여섯 걸음,

"노숙자냐고……. 집 가서 자."

일곱 걸음, 여덟 걸음, 아홉 걸음. 이유 없이 눈물이 날 것만 같았다. 여진의 두 눈이 촉촉하게 젖어 들었다.

"사람 속 뒤집어놓지 말고 당장 일어나……!"

한 걸음만 남기고 우뚝 멈춰 섰는데, 눈을 감고 있던 진영의 입꼬리가 미묘하게 상승했다.

"와, 역시 여진 씨네."

진영이 느긋하게 팔짱을 풀었다.

"한 걸음 와달라고 했는데 99걸음이나 와줬어요."

그가 벤치에서 일어났다. 여진은 어쩐지 그의 얼굴을 보기가 어려워 고개를 살짝 숙였다.

"그럼 내가 한 걸음 가면 되는 거죠?"

정확히 한 발자국 내디딘 진영이 저를 올려다보는 여진과 시선을 마주했다. 여진의 갈색 눈동자에 제 얼굴이 담기자 진영의 가슴이 거침없이 뛰기 시작했다. 쿵, 쿵, 쿵.

"이제 도망가지 말아요, 여진 씨."

"……여기 안 도망가고 왔잖아요."

잔잔하게 미소 지으며 여진을 바라보던 진영이 그녀를 단숨에 끌어당겨 품에 안았다. 숨이 막힐 정도로 으스러지게 조이는 팔심에 여진의 심장에는 화한 열기가 일었다.

"안 올 줄 알았어요."

"……안 오려고 했었어요."

전해져 오는 서로의 체온이 따뜻해서 그 누구도 움직일 생각을 못 했다.

"날 후회하게 만들면 가만 안 둘 거예요."

"그럴 일 없을 거예요."

진영이 여진의 정수리에 입술을 살며시 대고 속삭였다.

"내가 후회할 틈도 없이, 숨 막힐 만큼 잘할 거니까."

여진이 느릿하게 고개를 들었다.

"약속할게요, 여진 씨."

진영이 한껏 가라앉은 목소리로 중얼거렸다. 그 간지러운 음성과 빤히 내려다보는 눈빛에 여진은 저도 모르게 마른 침을 삼켰다. 정신을 차려보니 그의 얼굴이 가깝게 다가왔다. 간질간질한 숨결이 코앞에서 느껴지는 거리, 가까운 거리에 민망해진 여진이 뭐라도 말하려고 입술을 연 순간…….

"음……."

진영의 입술이 살짝 벌어진 붉은 입술 위로 부드럽게 내려앉았다. 느리고 조심스럽게 비벼지는 입술이 타들어갈 것처럼 뜨겁다. 여진이 손을 들어 그의 셔츠 자락을 움켜쥐자, 진영의 팔이 떨리는 허리를 거세게 끌어안았다. 천천히 입술을 벌렸다. 촉촉하고 부드러운 기운이 입 안에서 번진다. 매끄럽게 섞이며 공유되는 것은 끈적한 타액만은 아닐 것이다.

뜨거운 감정.

그래, 실은 오래전부터 이런 정서적 교류를 원했다. 혼자가 편하다는 것은 회피에 대한 변명이었다.

"……약속 지켜."

여진의 나직한 목소리에 진영의 입술 위로 미소가 그려졌다. 다시 입술이 겹쳐졌다. 약속에 대한 도장을 찍는 것처럼, 따뜻하게.

"이사님, 말씀하신 회의록 날짜별로 정리해서 가져왔습니다."

한 주의 시작인 월요일, 여진은 무표정으로 정갈한 종이들을 내려다보는 도훈 앞에 가만히 서 있었다. 느릿하게 종잇장을 움직이는 손을 가만히 바라보던 여진이 갑자기 들리는 목소리에 화들짝 놀랐다.

"축하해."

"네?"

여전히 표정 없는 도훈은 나직하게 한마디를 남겼다.

"잘 해보라고."

"아……."

그제야 진영에 대한 일을 말하고 있다는 걸 깨달았다.

"네. 감사합니다, 이사님!"

저 퉁명스러운 말투마저도 그의 입에서 튀어나온 것이라면, 그것이 얼마나 특별 대우인지 여진은 그 누구보다도 잘 알고 있었다. 빠르게 검토를 마친 도훈이 서류를 한쪽으로 밀어놓고 한 손으로 미간을 꾹꾹 눌렀다. 이윽고 시간을 확인한 그가 자리에서 일어났다.

"A물산 미팅 가야 하니 바로 차 대기시켜."

"네."

도훈은 엘리베이터를 타고 지하로 향했다. 오늘따라 스산한 지하실 냄새가 유난히 거슬리는 것 같아 살짝 미간을 모았다.

띵.

엘리베이터의 도착음이 들려오고 도훈은 제 차를 향해 뚜벅뚜벅 걸었다. 짙게 선탠을 한 도훈의 차는 내부가 잘 보이지 않았으나, 미리 시동이 걸려 있는 것으로 보아 김 기사가 안에서 대기하고 있음을 알 수 있었다.

"······뭐야?"

보통은 차 옆에 서서 대기하다가 도훈이 오면 뒷좌석으로 그를 깍듯하게 모시고 운전대를 잡는 김 기사였는데, 오늘은 달랐다. 도훈은 뒷좌석 문을 벌컥 열었다. 그 소음에 놀란 김 기사가 흠칫 어깨를 들썩였다. 어정쩡한 자세로 내비게이션을 조작하고 있던 그가 빠르게 화면을 껐다.

"이, 이사님 오셨습니까."

누가 보더라도 이상한 반응에 도훈은 미간을 구겼다. 남자는 도훈의 험악한 표정에 등골이 서늘해졌다. 그런 그를 한참 동안 말없이 노려보던 도훈은 느릿하게 시선을 내려 시간을 확인했다.

"가지."

도훈이 끼띡 고갯짓하지 남지기 꼿꼿하게 허리를 펴고 대답했다.

"네."

와이시와 모라비의 컬래버레이션 프로젝트의 최종 샘플이 확정되었다.

제품 출시를 앞두고 샘플 확정 기념으로 이루어진 회식에, 프로젝트에 참여한 모든 인원이 빠짐없이 참석했다. 예상보다 훨씬 만족스러운 디자인을 뽑아낸 와이시에서는 모라비 디자이너들의 능력에 대해 호평을 늘어놓았다. 시끌벅적한 분위기에서 회식이 마무리되고, 화장실 앞에서 서연을 만난 재경이 부드럽게 웃었다.

"수고 많았어, 서연아."

"응. 오빠도 고생 많았어."

"샘플이 잘 나와서 조금만 홍보 들어가도 성공할 거 같아. 서연이 덕분이야."

서연이 흐릿하게 웃었다.

"그래도 열어봐야 알지, 뭐. 막상 출시되면 고객들 반응이 어떨지……."

지이잉, 그때 주머니에서 울린 진동 소리에 서연이 말끝을 흐렸다. 그녀가 재경에게 눈빛으로 양해를 구하고 전화를 받았다.

"응, 도훈 씨. 왔어?"

-어. 나와. 바로 앞이야.

"오케이. 바로 갈게요."

서연이 터지는 웃음을 주체 못 하고 헤실거렸다. 전화를 끊은 그녀가 그제야 조금 어색하게 재경을 바라보았다.

"오빠, 나 지금 남자친구가 데리러 와서…… 나가 봐야 하는데."

"그래. 기다리시겠다. 얼른 가봐."

"응, 오빠. 나 먼저 갈게. 그럼 다음 주에 봐."

서연이 뒤를 돌아 빠른 걸음걸이로 재경에게서 멀어졌다. 재경은 그런 그녀의 뒷모습을 한참 동안 묵묵히 바라보았다. 잔잔하게 미소가 깔려 있던 입가가 이내 차게 식었다. 안주머니에서 휴대전화를 꺼낸 그가 어디론가 전화를 걸었다.

유라는 차를 몰고 왔기 때문에 술을 마시지 않았다. 귀가하기 위해 엘리베이터를 타고 지하 주차장으로 내려갔다. 이미 대부분의 사람들이 떠나고 난 뒤였기 때문에 넓은 주차장은 쥐 죽은 듯 고요했다. 차로 향하다가 잠깐 멈춰 선 유라는 핸드백에서 손거울과 립스틱을 꺼내 들었다. 뚜껑을 여는 소리가 한적한 주차장 안에서 공명하듯 울려 퍼졌다. 새빨간 립스틱이 그녀의 입술을 스치는 순간, 그녀는 손거울 속에 비친 형체를 보고 멈칫하였다.

"……."

한재경이었다.

차 운전석에 앉아 있는 그는 속이 답답한 듯 창문을 열어놓고 누군가와 통화 중이었다. 늘 사람 좋게 미소 짓던 그는 온데간데없고, 서늘하게 살기를 띤 얼굴이 그곳에 있었다. 처음 본 얼굴에 놀란 유라가 숨을 멈추었다. 거울을 소리 없이 핸드백에 집어넣었다. 그리고 저도 모르게 주춤거리며 기둥 뒤로 모습을 감추었다. 사방이 조용했기 때문에 재경과 알 수 없는 상대방의 통화 내용은 뚜렷하게 들려왔다.

"……."

유라의 동공이 거칠게 뒤흔들렸다. 제 귀가 잘못되었나 의심할 수밖에 없었다.

뭐……? 엿들은 통화는 믿을 수 없는 내용이었다. 동요한 유라가 제 입을 한 손으로 틀어막았다. 담담한 어조로 내뱉어지는 말들에 유라의 심장이 빠른 속도로 뛰었다. 곧 통화를 끝낸 재경이 안전벨트를 매자 유라가 황급히 몸을 낮추었다.

어떻게 해야 하지? 쫓아가야 하나……? 제 차로 쫓아가면 틀림없이 들킬 것이었다.

재경의 차가 나가자마자 유라는 곧바로 지상으로 나갔다. 다급하게 택시를 잡은 유라가 기사에게 재경의 차를 따라가 달라고 요청했다. 목적지가 꽤 먼 곳인지 그는 상당히 오랜 시간을 이동했다.

운전 실력이 뛰어난 택시 기사를 만난 것은 행운이었다. 덕분에 유라는 그를 놓치지 않고 적당한 거리를 유지하며 따라붙을 수 있었다. 재경은 점점 인적이 드문 길로 이동하더니, 사방이 고요한 곳에 차를 주차했다. 조금 떨어진 곳에서 내린 유라가 벽 뒤에 숨어 재경을 관찰했다.

끼이이익, 나무로 이루어진 대문이 기이한 소음을 내며 열렸다. 재경은 기와집 형태로 예스럽게 지어진, 그러나 어딘지 스산한 분위기의 건물 안으로 들어갔다. 그가 시야에서 사라지자, 밖으로 나와 제대로 주위를 둘러본 유라의 표정이 오묘해졌다.

"여기는…… 대체."

크고 작은 석상들이 들쑥날쑥하게 자리를 차지하고 있고, 커다란 문패에는 한자 네 글자가 강렬하게 적혀 있었다.

"해…… 원……."

한자를 어렴풋이 읽을 줄 아는 그녀가 천천히 한 글자, 한 글자, 읽어나갔다.

"신당……?"

유라가 당혹스러운 표정으로 대문을 바라보았다.

"점집……?"

사주나 운을 믿지 않는 유라에게는 그저 이해할 수 없는 기이한 장소였다. 약 40분 정도가 흐르자 문밖으로 걸어 나오는 재경의 뒷모습이 보였다. 그가 차를 타고 사라질 때까지 유라는 잠잠히 기다렸다. 이내 그가 떠나고 난 뒤, 조금 망설이던 유라는 조심스레 신당 안으로 들어섰다. 직원의 안내를 받고 긴 복도를 지나 음습한 다다미 문을 맞이했다. 천천히 열린 문 틈새로 40대 후반 정도의 여자가 화려한 차림새로 앉아 있었다. 부리부리한 눈매와 시커먼 눈 화장, 그리고 덕지덕지 바른 시뻘건 립스틱은 보는 사람으로 하여금 위압감을 느끼게 했다.

"뭐혀? 시간 끌지 말고 퍼뜩 앉아."

그 기에 눌린 유라가 얌전하게 꿇어앉았다.

"정확한 난 시를 읊어봐."

긴장으로 곤두선 솜털이 무당의 등 뒤에서 흩날리는 촛불 수십 개처럼 파르르 떨렸다. 유라가 조곤조곤하게 난 시를 말하자 무당은 흰 종이에 무언가를 써 내려가기 시작했다. 한자를 자유자재로 휘갈기며 거침없이 내려가던 손이 이내 우뚝 멈추었다.

"……."

내내 무표정하던 무당의 눈이 휘둥그레졌다. 놀란 무당이 느릿하게 고개를 들어 유라와 눈을 마주했다.

"너는……!"

24. 불협화음

해원신당에서 나온 재경은 캄캄한 어둠이 내려앉은 도로를 따라 묵묵히 운전을 했다. 뜨겁게 열이 오른 두 눈은 조금의 흔들림도 없이 전방만 주시하고 있을 뿐이었다. 냉정한 얼굴로 핸들을 가볍게 쥐고 있던 그의 아귀에 꽉, 힘이 들어갔다. 핏줄이 불거질 만큼 세게 핸들을 움켜쥐었던 손이 주먹을 쥐고 클랙슨을 내려친 것은 순식간이었다.

빵!!! 본래의 기능과 무관하게 몇 번이고 소음 공해를 일으켰다. 위태롭게 흔들리던 재경의 차는 머지않아 끼이이익, 한쪽 갓길에 멈춰 섰다.

"하……."

주먹으로 창문을 쾅 내려친 재경이 정제되지 않은 숨결을 토해냈다. 재경은 커다란 손으로 한쪽 얼굴을 천천히 쓸어 올렸다.

무당은 유라를 보며 탄복했다.

"무색무취! 뭣도 없는 백지와 같은 년이구나."

이어서 끌끌 혀를 차며 화려한 부채를 펼쳐 들었다. 촘촘히 달린 구슬 장식이 짤랑짤랑거리며 진동했다.

"내 평생 전생이 없는 년은 처음 보는구나. 놀랍다. 놀라워."

알 수 없는 말에 유라가 미간을 좁혔다.

"전생에 죄를 지으면 현생에서 그만큼 벌을 받아. 전생에 공을 쌓으면 그만큼 현생에서 상을 받고."

"그런데 제가 전생이 없다고요?"

"그래. 넌 무색무취에 근본도 볼 것이 없으니 이미 빼어난 성공은 글렀어. 눈알도 흐리멍텅한 것이, 쯧쯧."

유라는 쏟아지는 독설과 뜬금없는 전생 타령에 황당할 뿐이었다.

"후생을 생각해서 나쁜 짓 하지 말고 살아. 결국은 다 업보로 오게 돼!"

하, 유라는 어이가 없어 헛숨을 토해냈다.

"허투루 듣지 말아! 방금 왔던 놈도 전생의 업보를 받아 괴로운 생을 보내고 있어. 그 꼴 나기 싫으면 알아서 잘 하라고."

방금 왔던 놈이면…… 한재경?

도훈은 전 SS어패럴 안병철 본부장의 부하로 있던 남자에게 얻은 단서를 토대로 당시 원단 수입을 담당했던 해외법인 관계자 리스트를 추렸다. 침대에 걸터앉아 이름과 신상이 나열되어 있는 문서를 보던 그가 차게 식은 머리를 짚었다.

"누가 열쇠를 쥐고 있을까……."

리스트만 보아서는 알 수가 없다. 도훈은 문서를 천천히 넘기다가 일순 어떤 이름을 보고 멈칫했다. SS어패럴이 원단 수입을 했었던 해외 법인과 아주 오래전부터 현재까지 거래를 계속해온 기업이 있었다.

"여기두 HK패션 회장이 여루되어 있네……."

HK패션 회장은 늘 불미스러운 소문을 몰고 다니는 사람으로, 악질 중의 악질로 통했다. 여성 편력도 심해 공식적으로는 자식이 외동딸인 박상지 하나였으나, 실제로 그가 밖에서 낳은 자식만 수십 명이라는 소문이 자자했다. 전에 미라에게 들은 바로는 HK패션 회장이 재미로 젊은 혈기의 인재들을 장기 말처럼 써먹고 버리기로 유명한 피도 눈물도 없는 인간이라고 했다.

"……."

필요 이상으로 가까이해서 좋을 거 없다는 경고. 도훈은 미간을 모으고 예전에 한재경에 대해 뒷조사했던 내용을 떠올렸다. 한부모 가정에 태어났으나 SS어패럴의 임원이었던 어머니 아래에서 부족함 없이 자랐고, 최상급 엘리트 코스만을 밟아온 남자. 그런 어머니가 사망한 후에는 HK패션 회장의 심복이 되어 6년간 충견처럼 일했다고 한다. 29살의 젊은 나이에 높은 자리까지 오른 것과 늘 기세등등하고 오만한 태도. 박정기 회장이 한재경의 뒷배를 봐주고 있으므로 그는 늘 당당했었다.

"이거……."

이제 와 다시금 되짚으니, 모친이 사망한 후 갑자기 연고도 없는 HK패션 회장의 수하로 들어갔다는 것은 역시 수상하다. 더불어 그 이해타산적인 박 회장이 아무 이유도 없이 한재경의 뒷배를 봐준다는 것도 말이 되지 않았다.

"무슨 연결 고리가 있는 거지……?"

한재경은 알면 알수록 더 미궁 같은 남자였다.

이제 가을이 찾아오려는 듯 날씨가 꽤 선선했다. 흐린 하늘 위로 뿌연 안개가 자욱하게 깔려 있었다. 도훈은 아직 오픈 전인 거대 규모의 직영점을 점검하고 서울로 돌아가던 참이었다. 뒷좌석에 앉은 도훈은 전화로 박 실장의 새로운 보고를 듣다가 충격적인 사실 하나를 알게 됐다.

"……흥신소?"

도훈이 눈썹 사이를 억세게 구겼다.

-네. 4년 전에 흥신소에서 일했던 기록이 있고, 혈혈단신으로 가족은 없습니다. 즉, 남자가 일전에 서에서 진술했던 내용은 전부 거짓인 거죠.

서연을 납치했던 남자는 SS어패럴의 폐망으로 제 아버지의 공장이 연쇄 부도를 맞았었다고 주장했다. 그에 대한 보복으로 일을 벌인 것이라고 떠들었으나, 실제로 그는 부모가 없는 고아 출신이었다.

-바로 발각될 거짓말을 한 이유는 알 수 없지만, 사실상 SS어패럴하고는 관계가 전혀 없는 것으로 보입니다.

박 실장의 말을 들으며 한 손으로 턱을 괸 도훈이 잠시 사색에 잠겼다. 납치범이 누구인지 전혀 모른다던 서연의 말대로, 그는 서연이나 도훈과 무관한 타인일 뿐이었다.

그렇다면 왜 그런 일을 벌였을까? 서연이 독일에 갈 때 일어났던 도훈의 교통사고도, 서연을 납치하고 감금해 협박했던 일도 모두 그 남자의 소행이었다. 본인에게 악의가 없다면 자의가 아닌, 누군가에게 돈으로 매수당해 그런 것으로 해석할 수밖에 없다. 서연에게 맹목적인 분노를 표출한 것도, 고의 부도로 인해 피해를 봤다는 그 진술도 모든 게 거짓이었다. 그를 매수한 사람의 대변인으로서 연기를 했을 뿐이다.

"아, 진짜……."

도훈은 전화를 끊은 후 머리가 지끈지끈 아파오는 것을 느꼈다. 극심한 피곤을 느끼며 등받이에 몸을 편안히 기대었다.

"서울까지, 얼마나 걸립니까."

도훈이 운전기사에게 묻자 그가 난감한 표정을 지었다.

"글쎄요. 정체가 심해서 1시간은 걸릴 것 같습니다."

도훈은 대답 대신 눈을 지그시 눌러 감았다. 요 며칠 잠을 잘 자지 못하여 무거워진 눈꺼풀을 닫고 잠시 눈을 붙였다.

-사모님, 계속 기다리게 해서 정말 죄송합니다. 차가 갑자기 고장이 나서…….

모두가 퇴근하고 난 뒤, 늦게까지 남은 서연은 여느 때처럼 귀가하기 위해 김 기사에게 연락했으나 좋지 않은 소식을 접했다. 곧바로 도훈에게 전화를 걸었으나, 몇 번의 신호음만 갈 뿐 받지 않았다.

"……으음."

서연은 도훈이 준 목걸이를 만지작거리며 고민했다. 언제까지나 여기서 기다릴 수는 없으니 혼자서라도 집에 돌아가야만 했다. 아직 밤길을 혼자 다닐 자신은 없었으나 조금 용기를 내기로 하고 사무실을 벗어났다.

"아, 비 엄청 온다……."

1층 로비로 나가자 빗소리가 따갑게 귓전을 울렸다. 예고 없이 폭우가 시작된 것이다. 거센 빗줄기가 흥건해진 바닥 위로 사정없이 떨어지고 있었다. 서연은 사무실에 늘 두고 있는 우산을 펼쳐 조심스레 문밖으로 걸어 나갔다. 택시만큼은 질색이었기 때문에 밝고 사람이 많은 지하철을 이용하기로 했다. 양손으로 우산을 꼭 움켜쥐고 주위를 경계하며 역사까지 빠르게 발을 놀렸다.

"무슨 비가 이렇게 많이 와……. 으."

구두 속까지 들어온 빗물로 축축해진 발이 못 견디게 찝찝했다. 점점 더 몰아치는 비바람에 얼른 역사 계단으로 내려가려고 했다. 그러나 지하철역 출구 앞에서 비상등을 켜고 가만히 서 있는 낯익은 차량이 서연의 발걸음을 멈추게 했다. 이 빗속에 가만히 주차되어 있는 것이 아무래도 이상했다. 슬그머니 차로 가까이 다가간 서연의 눈이 커졌다.

"……오빠?"

운전석에 죽은 듯 쓰러져 있는 남자는 다름 아닌 재경이었다. 자는 건지, 쓰러진 것인지 미동도 없었다. 놀란 서연이 재경을 깨울 생각으로 조수석 창문을 쾅쾅 두드렸다. 그 소음에 굳게 감겨 있던 재경의 눈꺼풀이 느릿하게 올라간다. 나른하게 고개를 돌린 재경은 서연을 몽롱하게 응시했다. 서연은 재경답지 않게 풀린 눈을 보며 경악했다. 누가 보더라도 만취 상태로 보였다.

"미쳤어……."

그를 이대로 방치할 수 없다는 생각에 그녀가 조수석 문을 벌컥 열고 들어갔다. 순간 확 하고 풍겨오는 알코올 냄새에 저도 모르게 인상을 찌푸렸다. 빗물로 흥건해진 우산을 조수석 바닥에 팽개치자 재경은 다시금 핸들에 얼굴을 묻었다.

"무슨 술을 이렇게 마셨어. 정신 차려, 빨리!"

추욱 늘어진 재경의 등을 강하게 흔들었다. 에어컨을 얼마나 세게 틀었는지 내부는 오한이 들 정도로 서늘했다. 그러나 재경의 목 뒤로 촉촉하게 식은땀이 고여 있었다.

어디 아픈가……? 재경의 상태가 이상해도 너무도 이상했다. 서연이 주머니에서 손수건을 꺼내 습기 찬 그의 목덜미를 살며시 닦았다.

"……아."

목덜미로 와닿는 부드러운 촉감에 다시 눈을 뜬 재경이 서서히 고개를 돌려 서연과 시선을 마주했다.

"서연아……?"

재경의 눈빛은 노곤하게 가라앉아 있었다. 그는 제 등 위로 올라와 있는 서연의 손을 잡아 끌어당겼다. 길쭉한 손가락이 마디마디 촘촘하게 얽히며 작은 손을 꽈악 옭아맸다. 서연이 손을 빼려고 했으나 그의 손은 돌처럼 단단했다. 재경은 그녀의 체온을 느끼는 듯 두 눈을 지그시 감았다.

"……오빠, 무슨 일 있었어?"

재경이 대답을 하지 않자 바쁘게 움직이는 와이퍼 소리가 공백을 메꾸었다.

"왜 이렇게 술을 많이 마셨어. 음주운전에 불법 주차까지 하고……. 위험하게 왜 그래, 오빠."

서연의 말에 재경은 살풋 웃음을 터뜨렸다.

"널 걱정해주는 거야?"

재경은 서연을 물끄러미 바라보았다.

"감동적이네. 우리 서연이가…… 나한테 먼저 이렇게 와서……. 꼭 옛날처럼……."

만취한 재경의 발음은 또렷하지 않게 뭉개진 채로 느릿느릿 흘러갔다.

"나와 눈을 마주치고……. 걱정도 해주고……."

서연은 손목을 타고 점점 더 위로 올라오는 재경의 손이 불편했다. 그녀가 그를 살짝 밀어내며 불안한 숨을 내쉬었다.

"얼른 대리 불러서 집에 가. 나 차 끊기기 전에 가야 해. 오빠 여기서 이러고 있는 거 두고 볼 수 없어서 잠깐 탄 거야."

재경이 픽 실소했다.

"그거 알아?"

"……."

"술을 들이붓다 정신 차리니 너희 회사 앞이더라……."

서늘한 에어컨 바람 탓인지 그의 음성이 싸늘하게 느껴졌다. 재경의 길고 섬세한 손가락이 서연의 목덜미로 끈적하게 감겼다. 그 부위로부터 따끔따끔 정전기가 번뜩이며 일었다. 재경의 향수와 지독한 알코올 냄새가 어지러이 뒤섞여 서연의 코끝을 화하게 찔러왔다. 그는 그녀의 머리카락을 그러쥐고 살짝 들어 올렸다. 그 순간 서연은 뒷목에 아릿한 통증을 느꼈다. 드러난 목덜미를 바라보며 재경이 낮게 웃었다.

"그러고 보니 목 뒤에 상처……."

서연이 꼴깍 침을 삼켰다.

"다 나았네?"

타닥타닥, 더욱 선명해진 빗소리가 그의 목소리와 불협화음을 일으켰다. 서연의 동공이 순간 흔들렸다.

"목 뒤에 상처 있는 줄 어떻게 알았어? 이거 머리에 가려서 아예 안 보였을 텐데……."

단정하게 각도를 유지하던 재경의 입꼬리가 느슨하게 상승했다. 그의 시선은 직선으로 서연을 향하고 있었다. 서연은 순간 피부에 소름이 돋는 것을 느꼈다.

"……."

목뒤의 상처는 납치당했을 때 생긴 상처였기 때문이었다.

딸랑, 딸랑, 딸랑…….

꺼림칙한 종소리와 함께 조근조근한 여자의 목소리가 도훈의 귓가에서 어른거렸다. 점점 지적으로 멀어지는 오감을 붙잡고 힘겹게 눈을 떴다. 도훈은 변함없이 천장을 보고 송장처럼 누워 있었다. 여전히 시야는 뿌옇게 흐렸다. 온몸에는 손가락 하나 까딱할 기운도 남아 있지 않았다.

익숙한 감각…….

또다시 전생의 꿈을 꾸게 된 것이다. 그러나 이전까지와 다른 점이 있다면, 마지막으로 꿨던 꿈의 장면을 그대로 이어서 꾸고 있다는 것이었다. 무녀로 추정되는 젊은 여자의 음성이 차분하게 흘러나왔다.

"연분을 맺고자 하는 자가 하늘의 순리에 맞지 않는다면, 은애하는 감정은 저 가슴에만 홀로 품고 있는 것이 맞습니다."

움직이는 붉은 입술은 장미처럼 시뻘건 빛을 띠고 있었다.

"……바로, 소인이 그러하듯이요."

아직도 그녀의 얼굴을 제대로 볼 수가 없어 눈에 힘을 주었다. 그럴수록 점점 더 뿌예지는 시야 속에 도훈이 알아볼 수 있는 것은 그저 작은 체구의 젊은 여자라는 것과 입술이 붉다는 것. 그리고, 어디선가…… 본 듯한 익숙한 얼굴이라는 것.

"그러하오니 나리, 부디 후생에는 월희와 연분을 맺지 마시옵소서. 어차피 월희와 나리께오서는 후생에서도 이어질 수 없는 운명이니까요."

무녀는 이전에 꿨던 꿈과 같이 도훈을 똑바로 내려다보며 저 자신의 위쪽 가슴에 손을 지그시 올려놓았다.

"후생에는 필히 소인이……."

저번에 꾸었던 꿈은 여기까지였다. 무녀는 입술을 달싹이며 미소 지었다.

"소인이 그 아이와 연분을 맺을 차례이니까요."

그 순간 막힌 혈이 풀리듯 탁 하고 시야가 밝아지며 오감이 돌아왔다.

"나리의 마음을 헤아리고 있습니다. 주어진 신분이 다르다 한들, 정이 향하는 것을 어찌하여 막겠습니까?"

전생의 무녀는, 장군이었던 도훈을 사랑한 것이 아니었다.

"소인 또한 여인의 몸으로 같은 여인인 월희를 마음에 품게 되었으니까요."

무녀는 장군의 정인이었던 기생, 즉 서연을 사랑한 것이었다.

"소인은 하늘의 명을 받은 이 몸을 이용해 천지에 염원하고 또 염원했습니다."

그렇다면 이 여자는 대체 누구…….

"나리."

여자는 후후, 웃음을 흘렸다.

"월희는 후생에 사내로 태어날 것입니다."

빨간 입술이 부드럽게 길어지며 유려한 곡선을 그렸다. 그 입매가 누군가와 아주 흡사해 보인다고 생각한 순간, 밝아진 시야로 그녀의 이목구비가 또렷하게 도훈의 눈에 각인되었다. 여자의 얼굴은 소름 끼칠 정도로 닮아 있었다.

"내 염원대로."

……한재경의 얼굴과.

"……윽."

끼이익, 도훈의 등이 등받이에서 팍 하고 떨어졌다. 몸이 뜨는 느낌과 함께 그는 꿈에서 깨어났다. 이어서 퍽, 급정거로 등이 시트에 세게 부딪혔다. 도훈은 목에 강한 충격을 느꼈다. 손으로 욱신거리는 목을 짚으며 두 눈을 공격적으로 치켜떴다.

"이사님, 괜찮으십니까?"

운전기사는 난처한 기색으로 도훈을 돌아보았다.

"정말 죄송합니다. 취객이 무단횡단을 하는 바람에 급정거를……."

그제야 자신이 서울로 올라가던 차에서 잠시 눈을 붙였던 것을 떠올렸다. 그는 경황없이 휴대전화부터 주워 들었다. 서연에게 부재중 전화가 와 있었다. 바로 전화를 걸었으나 받지 않는다.

초조한 동작으로 메신저를 확인하자 문자가 도착해 있다.

[오빠, 내가 우연히 들었는데…… 고민하다가 말해야 할 것 같아서 문자 남겨.]

오유라에게서 온 메시지였다.

[한재경, 그 사람 조심해야 할 것 같아.]

"이게 무슨……."

[그 사람 아마도 오빠 측근 중 누군가를 매수한 거 같아. 지금 오빠 스케줄이랑 이동 경로까지 전부 꿰고 있어. 감시하고 있다고.]

그 순간 도훈은 뇌리에 무당의 말이 떠올랐다.

'네 녀석들 주변에 무녀가 있어.'

[그 사람 진짜 위험해.]

'무조건 피하는 게 상책이야.'

"이런……."

도훈이 입술을 까득 씹었다. 바로 위치추적 장치가 내장된 서연의 목걸이로 현 위치를 확인했다.

"……하."

집이 아니었다. 도훈의 머리가 순식간에 새하얘졌다. 회사 근처에서 멀뚱히 멈춰 있는 까만색 아이콘을 보자 온몸이 피가 전부 증발하는 기분이었다.

"망할……."

이 모든 일의 원흉, 무녀는 한재경이었다.

지금 서연은 위험하다.

"허, 오늘은 한바탕 난리가 나겠구나."

금일 영업을 마친 무당은 대문 밖으로 나와 그 어느 때보다 밝은 보름달을 보며 코웃음 쳤다.

어젯밤 마지막에서 두 번째 손님으로 왔던 재경을 떠올렸다.

'너, 전생에 계집이었구나.'

한재경의 사주를 보자마자 바로 알 수 있었다.

"허허, 나도 이제 한물갔구나. 제대로 헛다리를 짚었으니."

무당은 지금껏 도훈과 서연에게 도훈을 짝사랑하는 여자가 무녀의 환생인일 것이라 말해왔다.

"그런데 그 무녀가 남자로 환생했을 줄이야……."

한 여성의 성별을 남성으로 바꿔버린 업보로 본인마저 남자로 환생했을 줄은 전혀 예상하지 못했다. 더불어 무녀는 장군을 사랑해서 기생을 질투해 그녀가 남자로 태어나라 저주한 것이 아니었다.

"기생을 사랑해서, 다음 생에는 고년과 여자와 남자로 만나고 싶었던 순수한 소망이었던 것을……."

저주가 아닌, 간절한 염원. 무당이 끌끌 혀를 차며 고개를 내저었다.

"하늘도 얄궂으시구나. 고년을 사내로 만들어 주는 대신 무녀도 사내로 만들어버리다니…… 말짱 도루묵이다, 말짱 도루묵."

무당은 느슨하게 팔짱을 꼈다.

"전생의 장군 놈과 접문하면 여인이 되는 것과 달리, 고놈은 고년과 접문하면 고년이 도로 사내가 되어버릴 테니…… 하이고. 염원이고 저주고, 결코 이루어질 수 없게 하늘이 업보를 내렸고만."

지독한 벌일세, 지독한 벌. 무당이 안타깝다는 듯 중얼거렸다.

반드시 붙어 있어야 하는 운명인 도훈, 서연과는 달리, 서연과 재경은 어떻게든 절대 이루어질 수 없는 운명이다.

창밖은 여전히 폭풍우가 몰아치고 있었고, 서연과 재경 사이에는 미묘한 긴장감이 흘렀다.

"늘……."

재경의 목소리가 느릿하게 흘러나왔다.

"늘 네가 탐이 났어."

까맣게 타오른 재경의 눈동자가 천천히 서연의 얼굴을 쓸어내렸다.

"널 사랑하면서도…… 네가 증오스러워서 참을 수가 없었어."

서연이 움찔했다.

"네가 나를 배신하고 내 모든 것을 빼앗아 간다고 하더라도, 나는 너 하나면 된다는 마음이었어."

느릿하게 뻗어진 재경의 손이 서연의 머리를 스르르 쓰다듬었다.

"너를 향한 애정이 나를 무너뜨렸어."

"……무슨 말을 하는 거야."

"너를 죽을 만큼 사랑해서, 세상 그 누구보다 증오하는 너에게 몇 번이고 기회를 줬어."

서연이 숨을 꾹 멈추었다. 그가 말하는 바를 알아들을 수가 없었다. 모순덩어리였다.

"그런데…… 넌 단 한순간도 내 손을 잡지 않았어. 늘 그 남자만 찾았지."

서연은 재경이 말하는 그 남자가 도훈이라는 것을 단박에 알 수 있었다.

"그래서 그 남자를 이 세상에서 완전히 치워버리려 했는데……."

칼바람이 스치는 듯 전신이 오싹해졌다

"……지금 무슨 말을 하는 건지 스스로 알고 있어? 많이 취한 것 같은데……."

"실패했지. 트럭에 고깃덩어리처럼 으깨지길 바랐는데. 판단력이 좋더라고, 거기서 핸들을 돌려서 일부러 가드레일을 박을 줄 누가 알았겠어."

"……무슨 헛소리를……!"

"그래도 공항에는 못 쫓아오도록 발을 묶는데는 성공했지. 기억나?"

재경의 몸이 서연에게 비스듬히 기울었다. 가까워진 그의 육체, 서연이 움찔거리며 창가로 바짝 붙었다.

"난 독일에서 네 마음을 사기 위해 비싼 음식, 좋은 분위기에서 최선을 다해 네 비위를 맞춰주며 노력했지. 기회를 준 거야. 나를 선택할 기회."

달라붙은 차가운 창문 뒤로 빗방울이 부딪히는 소리가 소름 끼치게 울려 퍼졌다.

"그런데 넌 결국 기회를 또 차버리고 그놈만 찾더라고."

쏴아아. 빗소리가 이어지자 서연의 귀가 멍해졌다.

"나는 너무 물러서, 또 한 번의 기회를 더 주기로 했지. 그래서 네게 집까지 데려다줄 테니 내 차에 타라고 제안했었어."

흐릿하게 웃던 그의 입꼬리가 빠르게 내려앉았다.

"넌 또 거절했어."

재경의 눈매가 날카롭게 변하며 서연에게 꽂혔다.

"결국 계획대로 널 호텔에 가두었지."

서연은 제 귀가 잘못됐나 의심했다. 재경이 술에 취해 헛소리를 늘어놓는가 싶었으나 저를 똑바로 쏘아보는 눈동자에는 흔들림이 없었다.

"거기서도 넌 그놈만 찾더라고. 고해 성사 하라고 말해도 입 한번 열지 않고 멋대로 당돌한 짓을 하면서도 나는 한 번도 찾지 않더라."

"……."

"왜?"

쿵쾅쿵쾅, 심장이 터질 것처럼 박동하기 시작했다.

"왜 그랬을까, 넌."

재경은 지금 그녀에게 닥쳤던 위기의 배후가 전부 자신이었다고 시인하고 있었다. 그것도 아주 덤덤한 목소리로.

겁을 집어먹은 서연의 손끝이 바르르 떨렸다.

"마지막 기회."

스산한 음성에 서연의 솜털이 곤두서고 오한이 들었다. 서연이 차 밖으로 나가기 위해 빠르게 문고리를 잡았으나 재경이 더 빨랐다. 철컥, 차 문이 잠겨버렸다. 서연이 어깨를 바싹 움츠렸다.

"누구를 찾겠어?"

서연은 눈앞이 뿌옇게 번지는 듯한 착각이 일었다. 파르르 떨리는 눈꺼풀을 꾹 감았다 떴다. 뭐라고 말을 해야 할지, 어떻게 대처해야 할지 상황 파악이 제대로 되지 않았다. 그럼에도 본능적으로 온몸을 휩싸는 공포로 인해 속이 뒤집히는 느낌이었다. 적어도 지금 재경이 그 누구보다도 위험하다는 것만큼은 알 수 있었다. 더듬더듬 손을 가방에 집어넣어 휴대전화를 꺼내 들었다. 다급하게 도훈의 연락처를 띄우고 전화를 걸려고 하자 재경의 입가에 조소가 번졌다. 순식간에 그가 그녀의 손에서 휴대전화를 낚아채 창문을 열고 밖으로 던져버렸다.

쾅, 장대비 속으로 떨어진 휴대전화는 아스팔트 바닥에 부딪혀 산산이 조각났다. 서연의 얼굴이 하얗게 질려버렸다.

"……악!"

재경은 서연의 멱살을 콱 움켜쥐고서 조수석 문으로 밀어붙였다. 서연의 머리가 퍽 하고 냉기 서린 유리창 위로 짓눌렸다.

"으윽……!"

충격에 나직한 신음을 흘리는 입술 위로 재경의 입술이 가까이 다가섰다.

"악!!! 하지 마……! 놔!"

그에게 양 손목을 붙잡힌 서연의 표정이 괴롭게 일그러졌다. 그런 서연의 표정을 보며 재경이 흘리는 웃음소리가 못 견디게 소름 끼쳤다. 그의 입술에서 흘러나오는 뜨거운 숨결이 느껴지자 온몸에서 힘이 쭉 빠져나가는 느낌이었다.

"너."

재경이 서연을 씹어버릴 듯이 코앞으로 얼굴을 들이밀었다.

"아무것도 모르는 척, 혼자 연기하는 것도 질리지 않나?"

온몸이 열로 화끈거리며 심장이 터질 것처럼 쿵쾅거렸다.

"한결같이 가증스러운 년……."

뭐라고……? 서연의 낯빛이 파리해졌다. 재경은 그런 그녀의 표정이 그저 우스울 뿐이었다.

"100억, 어디에 숨겼어."

재경이 서연의 목을 꽉 부러뜨릴 듯이 움켜쥐었다. 목에 가해진 엄청난 악력으로 인해 서연의 눈이 커다랗게 뜨여졌다.

"네 부모가 우리 어머니 뒤통수치고 뒷구멍으로 먹은 돈……."

"……커, 윽."

"네가 나를 배신하고 잠적까지 해가며 숨긴 그 돈."

돈과 함께, 강서연이란 여자를 통째로 빼앗아 버릴 생각이었다. 다시는 제게서 벗어날 생각을 할 수 없도록 그녀의 인생을 엉망진창으로 만들어 버릴 작정이었다. 사족이 전부 잘려 아무것도 못하는 인형처럼 가만히 앉아 그저 자신에게만 매달리는 모습이 보고 싶었다.

그래. 다시는, 절대 날 떠나지 못하게.

"모…… 사, 살려……."

서연의 커다란 눈에 투명한 눈물이 고이는 것을 보며 재경이 부드럽게 미소 지었다.

……예쁘다.

"어디에 있어?"

죽이고 싶을 만큼 사랑스러운 여자.

"으윽……!"

싸늘하게 돌변한 재경의 태도가 서연의 숨통을 틀어막았다. 숨이 끊어질 것만 같아 눈앞이 아찔해졌다. 재경은 그녀의 가느다란 목을 점점 더 세게 눌러 조르기 시작했다.

"커…… 윽……."

서연의 얼굴에 시뻘겋게 피가 몰리자 재경은 아귀에 힘을 풀었다. 압박이 사라지자마자 순식간에 밀려들어 온 산소를 마시며 서연은 살기 위해 필사적으로 호흡했다. 컥컥 연신 기침을 내뱉는 그녀의 입술을 빤히 바라보던 재경이 그대로 물 흐르듯 손을 미끄러뜨렸다.

"자, 말해봐."

재경이 서연의 목덜미를 부드럽게 문질렀다. 그의 손이 닿자 찬바람이 스치는 듯 목덜미가 서늘했다.

"더 이상 뒤에서 공작질하는 것에는 질렸어."

서연의 근육이 공포심으로 뻣뻣하게 경직되었다.

"내 모든 것을 빼앗아가고 태연하게 웃는 네 얼굴을 더는 참을 수 없어."

팽팽한 활시위처럼 긴장된 기류가 서연과 재경 사이를 숨 막히게 메꾸었다.

"6년 전 최종 부도가 나고, 고의 부도 의혹으로 내 어머니를 포함한 모든 사람들이 너와 네 부모를 질타할 때."

잠시 공백을 둔 재경은 나직한 음성으로 말을 이었다.

"나는 너를 믿었어."

어둠을 품은 눈동자가 서연의 얼굴을 난도질하려는 듯이 찔러댔다.

"너를 진심으로 사랑했으니까. 네가 나를 배신했을 리 없다고 굳게 믿었으니까."

재경의 말에 서연의 눈동자가 갈피를 잡지 못하고 흔들렸다.

"끝까지 너를 믿고 너에게 수백 통의 전화를 걸었어. 아니라고, 아닐 거라고, 스스로 몇 번이고 자위하며 손이 부르트도록 네게 전화를 걸었어."

"……."

"그런데 너는, 내 전화를 단 한 통도 받지 않았어."

318

재경이 조소했다.

"오로지 너밖에 없었던 나를……."

입가에 맴돌던 차가운 웃음이 이내 써늘하게 증발했다.

"끝까지 너를 믿고 기다린 나를 병신으로 만드니까 좋았어?"

재경의 눈가가 험악하게 좁아졌다.

"내 믿음을 배반하고 더러운 돈을 차지하니까 좋았어?"

어조는 높낮이 없이 덤덤했으나, 그 내면에 서린 분노의 크기는 좁은 차 안의 공기를 술렁이게 만들 정도로 위압적이었다. 서연이 떨리는 두 주먹을 꽉 움켜쥐었다. 그가 계속 피해자인 양 배신을 운운하는 이유를 알아차렸다.

"오해야. 그때 전화를 받지 못한 건……."

서연이 말을 이으려다가 멈칫했다. 6년 전 재경과 연락을 끊은 것은 명백히 돈 때문이 아니었다. 몸이 남자로 변하면서 당시 모든 인간관계를 끊어 버렸던 탓에 자연스레 재경의 연락도 받지 못한 것이었다.

"그러니까, 그때…… 내 몸에 이상이 생겨서……."

"네 몸이 남자처럼 변한다는 거?"

서연의 동공이 순식간에 커졌다.

"어제 완전히 알게 됐지. 하지만 그딴 건 변명거리가 되지 않아."

재경은 다시금 실소를 터뜨렸다. 구석으로 몰린 서연의 허리 위로 재경의 커다란 손이 서서히 감겼다.

"남자로 변하고도 그놈은 태연히 만나면서, 나는 못 만난다는 게 변명이 된다고 생각해?"

그의 손이 뱀처럼 몸을 타고 올라와 서연의 양 볼을 단박에 감쌌다.

"내가 그놈보다 너를 더 좋아했는데. 너를 내 목숨보다도 소중히 여겼는데."

그녀의 몸 위를 정복한 재경의 어둑한 그림자. 그가 서연의 입술 위로 제 입술을 밀착시켰다.

"이제 다 필요 없어."

재경의 입술이 서연의 입술을 씹어먹을 듯이 움직였다.

"말해."

그가 나직하게 속삭였다.

"100억. 어디로 빼돌렸는지."

서연은 온몸의 혈관이 전부 타들어가는 듯한 착각에 휩싸였다. 애증 가득한 시선은 커다란 눈에 가차 없이 쑤셔 박혔다. 그럴수록 서연은 재경의 눈을 조금도 피하지 않고 정면으로 맞섰다. 그녀의 눈에 벌겋게 핏대가 내돋쳤다.

"그딴 돈 없어. 왜 자꾸 헛소리야."

하, 재경이 코웃음 쳤다.

서연은 아랑곳하지 않고 악에 받쳐 반박을 쏟아냈다.

"우리 부모님은 그때 어음을 막기 위해 최선을 다했어. 융자받기 위해 은행이란 은행은 다 돌아다니며 무릎이 닳도록 꿇고 빌었어. 어렸을 때 엄마 아빠 무릎 꿇는 것만 수백 번을 봤어!"

서연은 독기 서린 눈으로 재경을 노려보았다. 한순간 흔들린 적이 있었던 것은 사실이지만, 남의 입에서 부모님의 명성이 좋을 대로 씹히는 것은 참을 수가 없었다.

"그런데 뭐, 100억?"

서연의 입가에 비웃음이 터졌다.

"오빠, 지금 소설 써?"

명백한 도발이었다. 재경의 눈에도 그 앙칼진 의도가 읽혔다.

"하."

재경은 감정 조절에 능통한 사람이었고, 그 도발에 넘어가지 않을 수 있었다.

"건방지게······."

하지만 그런 그를 제 감정대로 움직이게 만드는 유일한 스위치가 서연이었다. 이글이글 타오른 독기는 결국 한군데에 응집되어 강하게 폭발했다.

쿠웅!

"악……!"

순식간이었다. 재경이 서연의 손목을 부러뜨릴 듯이 잡아 창문으로 쾅 몰아붙였다. 또다시 뒤통수에 맹렬한 충격이 전해져왔다. 차 문에 강하게 부딪힌 육체가 바스라질 것처럼 욱신거렸다. 온몸으로 번지는 여진에 가느다란 몸이 사시나무처럼 후들거렸다. 서연의 핏기 어린 입술에서 미약한 숨이 터져 흘렀다.

"온실 속 화초 주제에…… 꼬리 쳐서 남자도 꾀어내고, 직장 다니며 일도 하고."

재경의 관자놀이에 핏대가 불뚝 섰다.

"얌전히 해외에 숨어서 네 부모가 남긴 돈이나 까먹고 살았으면 내 눈에 띌 일도 없었을 텐데, 그렇지?"

서연이 잇새를 앙다물었다. 꽉 맞물린 연약한 턱을 재경이 커다란 손으로 살살 문질렀다.

"그러게 왜 자꾸 내 심기를 건드려."

보들보들한 턱을 끈적하게 쓰다듬다가 일순 무자비하게 콱 틀어쥐었다.

"으윽!"

부서질 것 같은 아픔에 서연이 고통스러운 신음을 흘렸다. 재경의 입술이 서연의 귓가에 바싹 달라붙었다.

"순진한 척 연기하며 발정 난 암캐처럼 암내를 풍겨대고……."

질척한 숨결이 서연의 귓가를 더럽혔다. 우람한 체구는 서연을 완전히 포위하고 농락하기 시작했다. 서연의 몸이 딱딱하게 굳어버렸다.

"지금도, 이렇게."

재경의 위험한 시선이 서연의 얼굴을 뜨겁게 훑어내렸다.

"사람 돌아버리게 사랑스러운 얼굴을 하고……."

재경의 입술이 서연의 입술 위에 가볍게 닿았다. 그 순간 서연의 전신에 소름이 쫙 돋아났다. 그녀가 몸서리를 치며 발버둥 쳤다.

"저리 가!!!"

한 손을 내뺀 서연이 그대로 재경의 한쪽 뺨을 후려갈겼다. 짜악! 원색적인 소음이 울려 퍼지고 재경의 고개가 한쪽으로 돌아갔다. 두 눈이 반사적으로 감겼다. 단단한 볼이 빨갛게 부어올랐다.

"……."

온 힘을 다해 후려쳤으니 당연하게도 재경의 입가에 자작하게 핏기가 맺혔다. 머지않아 두 눈꺼풀이 비스듬히 올라섰다. 엄지로 느릿하게 제 입술을 쓸어내린 재경이 비식 웃었다.

"반항하지 않는 여자는, 굴복시키는 재미가 없지."

이어 재경은 제 입술의 피를 할짝 핥으며 서연을 노려보았다.

"이제 뒤로 숨지 않아."

그 말과 동시에 조수석 등받이가 아래로 팍 내려갔다.

"아……!"

강제로 눕혀진 서연이 여린 손으로 다급하게 벌어진 어깨를 탁탁 내려쳤다. 그러나 제 몸 위로 올라탄 남자의 몸은 바위처럼 단단했고 조금의 빈틈조차 허용하지 않았다.

"네 앞에서 모든 걸 다 빼앗아줄게. 네 재산, 네 몸, 네 정신까지."

"그만……!!!"

"그리고 방해물은 다 치워버려야지."

서연의 멱살을 움켜쥐고 당기던 손에 불뚝 힘이 들어갔다.

"네 지인, 네 직장."

팍 잡아 끌어당기자 가장 위 셔츠 단추 하나가 팅 튕겨져 뒷좌석으로 떼구루루 굴리떨어졌다. 겁에 질린 서연이 눈문 맺힌 눈을 꾹 감았다가 떴다. 훤히 드러난 서연의 목덜미 위로 재경의 입술이 성큼 다가와 접촉했다.

"그리고……."

재경은 한 손으로 서연의 가슴께를 더듬더니 그녀의 목걸이 위에서 멈추었다. 이내 살갗이 날카로운 손톱에 긁히는 느낌이 들었다. 커다란 주먹이 목걸이를 콱 움켜쥔 것이었다.

"네가 사랑하는 그 남자까지."

그대로 거칠게 잡아 뜯자 목걸이의 체인이 손쉽게 끊어졌다. 공중을 나르며 바닥으로 팽개쳐지는 목걸이를 보는 서연의 동공이 흔들렸다.

"시…… 싫어……!"

서연은 두 눈을 꽉 감아버렸다.

"싫어!!!"

빵!!!

그때, 엄청난 클랙슨 소리가 쩌렁쩌렁 울려 퍼졌다. 동시에 강렬한 라이트가 흠뻑 쏟아지며 서연과 재경을 비추었다. 강한 조도에 눈살을 찌푸린 재경은 빛이 쏟아지는 방향을 노려보았다. 하얀 자동차에서 뿜어져 나오는 헤드라이트였다. 그 안에서는 창백한 낯을 한 유라가 가늘게 떨며 양손으로 운전대를 쥐고 있었다.

"저건 또 뭐야……."

방해받은 것이 불쾌했던 재경이 씁듯이 말을 뱉었다. 잠시 신경이 팔린 틈을 타 서연은 그를 있는 힘껏 팍 밀쳐버렸다. 황급히 조수석 잠금장치를 수동으로 풀고서 미친 사람처럼 뛰쳐나갔다. 앞섶을 쥐고 죽기 살기로 지하철 입구를 향해 도망쳤다.

"이런……."

그녀가 사라진 방향을 바라보며 재경이 낮게 욕지거리를 뱉었다. 그가 고개를 돌려 유라를 바라보자 그녀가 흠칫 어깨를 떨었다.

이내 유라도 빠르게 차를 몰고 도망쳐 자취를 감추었다.

콰앙! 도훈이 주먹으로 벽을 내려쳤다. 아마도 집으로 갔을 거라는 유라의 말을 듣고, 도훈은 GPS의 위치가 아닌 집으로 향했다. 예상대로 서연은 집에 있었다. 길거리에서 변하면 안 된다는 일념하에 필사적으로 집까지 달려온 것인지, 서연은 안까지 들어가지도 못하고 현관 바닥에 시체처럼 기절해 쓰러져 있었다. 새파랗게 질린 얼굴이 안쓰러웠다. 도훈은 얼른 가녀린 어깨를 한 손에 그러쥐고 터트릴 듯 끌어안았다. 딱딱하고 메마른 몸, 핏기라고는 하나도 없는 피부, 푸석푸석한 머릿결을 가진 짧은 머리카락이 그의 품에 알맞게 들어왔다. 집에 왔을 때 서연은 이미 남성화가 끝난 모습이었다.

　　"……."

　　살아있는 사람이 아닌 양 육체가 차가웠다. 온기를 나눠주기 위해 더욱 거세게 끌어안았으나 조금의 움직임도 없었다. 명백히 모습이 변할 시간이 아니었으나 남성화가 이루어졌다. 이는 서연과 재경이 상극이라는 것을 증명하는 것과 다름없었다. 전생의 무녀와 접촉하면 서연은 곧바로 남성화, 즉 죽어가기 시작하는 것이다. 한숨을 내쉰 도훈이 그녀를 안아 들고 2층으로 올라갔다. 그는 그녀를 침대 위에 부드럽게 눕혔다. 곧바로 서연의 옷을 벗기려던 도훈의 눈썹이 꿈틀거렸다.

　　셔츠의 제일 첫 번째 단추가 뜯어진 것을 보며 도훈의 손등에 불뚝 핏대가 올라섰다. 그의 입가가 싸늘하게 비틀렸다. 톡, 톡, 톡, 길쭉한 손가락으로 능숙하게 단추를 풀어 내리자, 창백할 정도로 새하얀 살결과 도드라진 쇄골이 공기 중에 드러났다. 목덜미와 턱에 남은 우악스러운 손자국을 보자 도훈은 피가 거꾸로 솟는 기분이었다. 화를 삭이려고 심호흡을 했다. 그리고 조심스럽게 그녀의 옷장에서 편한 옷을 꺼내 갈아입혔다. 이불을 가슴께까지 올려준 후 마른 얼굴을 천천히 쓰다듬었다.

　　"……."

　　도훈은 손가락으로 엉얼헤긴 게 간가놓이른 꾸꾸 짇눌렀다 규혐던 허리를 펴고 일어난 도훈이 후, 깊은숨을 내뱉었다. 단정히 잠겨 있던 셔츠 소매 단추를 풀고, 소매 끝을 걷었다. 드러난 단단한 팔뚝은 그의 분노를 보여주는 듯 굵은 힘줄들이 불끈거렸다. 도훈은 서연의 이마에 천천히 입맞춤했다.

"……다녀올게."

그는 결연한 얼굴로 집을 나섰다.

집으로 온 재경은 아까 그가 빼버렸던 서연의 목걸이를 하릴없이 만지작
거렸다. 조금 전 눈물을 흘리던 서연의 얼굴이 잔물결처럼 계속해서 눈앞에
어른거렸다. 한때는 그녀의 눈에서 눈물 한 방울 흐르지 않도록 하는 것이
인생의 목표였던 적이 있었다. 사람을 치유하는 듯한 그 환한 미소가 좋아
서, 그녀의 미소를 지켜주고 싶다고 생각했던 적이 있었다.

태어나서 오늘이 처음이었다. 재경이 직접 서연을 울게 만든 것은.

"……."

목걸이를 빤히 바라보던 재경은 뜨끔거리는 눈가로 밀려오는 열기를 느
꼈다. 미리 따라놓은 보드카를 우람한 목울대로 단번에 넘겨버렸다.

"……하아."

맘에 들지 않았다. 서연의 우는 얼굴도, 그녀의 울부짖는 듯한 신음 소리도.
그리고 지금 제 손에 들린 이 목걸이도 맘에 들지 않았다. 서연을 납치했을 때
처음 봤던 이 목걸이는 그때부터 내내 재경의 심기를 건드렸다. 그런 목걸이
를 손에 쥐고 있자니 그때의 기억이 스멀스멀 재경의 뇌리를 파고든다.

재경은 교묘하게 교통사고를 일으켜 백도훈을 불구로 만들라는 명령에 실
패한 남자에게 한 번의 기회를 더 주기로 했다. 자신의 지시대로 그가 서연
을 납치해 호텔에 가두었을 때, 재경은 기절한 서연을 꼼꼼히 살펴보고 남자
의 배를 사정없이 걸어찼다.

'이 근본도 없는 쓰레기가…….'

'……커억. 억!'

'네가 뭔데 상처를 내.'

남자가 서연을 기절시키는 과정에서 그녀의 목에 생채기를 냈기 때문이
었다.

'네가 뭔데 시키지도 않은 짓을 해.'

'죄, 죄송합니……컥!'

'걔를 상처 내도 내가 하고, 아니어도 내가 해. 알아들어?'

'네, 네. 죄송합니다! 죄송합니다!'

자신이 아닌 남자가 서연에게 상처를 주는 것이 죽여버리고 싶을 만큼
싫었다.

'지금 당장 옆방으로 꺼져.'

'네, 네!'

남자가 호텔 룸 밖으로 나가고 재경은 습관적으로 담배를 꺼내 들었다.
입술에 끼워 물고 라이터를 켜는 순간, 재경은 저도 모르게 멈칫했다.

'……'

서연이 어렸을 때부터 담배 냄새를 극도로 싫어했기 때문이었다. 안 그래
도 약 때문에 어지러울 터였는데, 싫어하는 담배 냄새까지 얽히면 더 머리가
아플지도 몰랐다. 생각이 거기까지 미치자 담배를 도로 주머니에 넣었다. 재
경은 침대에 걸터앉아 기절한 서연의 얼굴을 묵묵히 바라보았다. 천천히 흘러
내린 그의 시선이 작은 목걸이로 닿았다. 원래 목걸이를 선호하지 않는 서연
이었기에 굳이 착용한 것을 보아 하니 틀림없이 선물 받은 것 같았다. 누구에
게 받았는지는 예상할 필요도 없이 그 남자로 확정이었다. 어김없이 열이 뻗
쳐 목걸이를 확 빼버리려 했으나, 한참 망설이다 결국 그대로 두기로 했다.

'하……'

증오와 사랑이 얽힌 제 감정이 얼마나 추잡한지 재경 또한 잘 알고 있었다.

모순, 모순, 모순. 모순 덩어리.

서연을 죽이고 싶을 만큼 미워하기로 정했으나, 함께하며 함께할수록 자
연스레 그녀에게 향하는 제 감정은 재경이 주체할 수 있는 부분이 아니었
다. 동전의 양면처럼 감정이 정반대로 뒤바뀔 수 있다면 얼마나 편리할까.

띵동.

그때, 불쑥 치고 들어온 초인종 소리가 재경의 회상을 단칼에 끊어냈다.

"……."

잠자코 문을 노려보던 재경이 저만 들릴 정도로 욕을 뱉었다. 후, 깊게 숨을 토해낸 그가 자리에서 일어나 현관문으로 걸어갔다. 보나 마나 그 겁대가리 상실한 박정기 회장의 딸내미일 것으로 생각한 재경이 담담히 문을 열었다.

"상지 씨, 제가 집에 찾아오지 말라고 말씀 드……."

퍽! 일순 재경의 얼굴로 주먹이 꽂혔다. 압도적인 힘에 얻어맞은 재경이 그대로 나동그라졌다. 도훈은 길쭉한 다리를 뻗어 재경의 복부를 세게 걷어찼다.

"윽……!"

극심한 통증에 재경이 제 배를 싸쥐고 안면을 험하게 일그러뜨렸다. 눈을 표독스럽게 치켜세우고 도훈을 공격적으로 쳐다보았다가 흠칫했다. 머리칼이 쭈뼛 서며 등골이 오싹해졌다. 도훈의 눈빛에서 뿜어져 나오는 살기에 목이 베인 듯한 소름을 느꼈다. 재경은 저도 모르게 뒷걸음질 치며 엉거주춤 자리에서 일어났다.

"하, 이거 상상도 못 한 손님인데……."

재경이 입 안 가득 고인 피를 퉤 토해냈다.

"집은 어떻게 아셨습니까?"

"입 닥치고."

"……."

"똑바로 서."

도훈이 아예 집으로 들어오자 쾅, 현관문이 닫혔다.

"짐승 새끼하고는 입으로 대화 안 해."

도훈은 나지막하게 뇌까렸다. 이윽고 뻐억, 하는 마찰음과 함께 재경의 턱이 종잇장처럼 우그러졌다. 저만치 날아간 재경이 휘청거리더니 가까스로 중심을 잡아 몸을 지탱했다. 그가 덜렁거리는 제 턱뼈를 몇 번 맞추더니 도훈을 매섭게 째려보았다.

"이런, 씨……."

발음할 때마다 하악이 엇나가는 소리가 삐걱삐걱 흘러나왔다. 팍 입에서 토해지는 피와 함께 재경의 동공이 희번덕하게 빛났다. 이를 악문 그가 팔을 뻗어 도훈에게 주먹을 세차게 내질렀다. 서늘한 바람이 스치고 고막을 터뜨릴 듯한 마찰음이 울렸다.

퍽, 도훈의 얼굴이 한쪽으로 거세게 돌아갔다. 그의 하얀 턱으로 새빨간 피가 한줄기 느릿하게 실선을 그린다. 재경에게 한 방 맞은 도훈이 입술 사이로 흐른 피를 아무렇게나 닦았다.

"……이제."

굳게 다물어져 있던 입술이 열렸다.

"쌍방폭행이지."

재경은 섬뜩했다. 그가 일부러 맞아준 것을 깨달았다. 본능적으로 한 발짝 물러나서 가드를 올렸으나 무자비한 폭력 앞에 산산이 부서졌다.

"끄억……!"

둔중한 주먹이 정확히 명치를 가격하자 재경이 피와 타액이 뒤섞인 액체를 뿜어내며 벽에 쾅 부딪혔다. 뒤통수를 세게 부딪혀 골이 울리고 시야가 여러 개로 번져 보이기 시작했다. 재경이 빠드득빠드득 이를 갈았다.

"이 개새끼가!!!"

독기가 오른 재경이 아무렇게나 주먹을 내질렀으나 헛손질이었다. 도훈은 가볍게 피한 후 그의 정강이를 내리찍었다. 재경은 신음을 흘리며 하릴없이 바닥에 주저앉아버렸다. 반쯤 피떡이 된 재경은 고통에 몸부림치며 바닥을 나뒹굴었다. 도훈은 피가 묻은 쪽 손목을 가볍게 돌린 후 주머니에 꽂았다. 다른 손으로는 옆에 놓인 술병을 천천히 주워 들었다. 검은 눈이 라벨을 훑으며 매끄럽게 굴렀다.

"주제에 좋은 술은……."

비소를 토한 도훈이 병을 가볍게 흔들어 보였다. 이내 묵직한 팔을 들어

꿀꺽, 꿀꺽, 독한 액체를 단번에 넘겼다. 그 행위에 재경이 약 오른 얼굴로 도훈을 노려보았다. 주먹을 꽉 움켜쥔 그가 확 자리에서 일어나 또다시 도훈에게 덤벼들었다. 옆으로 비켜선 도훈은 재경의 손목을 콰직 움켜쥐었다.

쿵! 재경은 그의 힘에 벽으로 밀려 꼼짝없이 제압당했다. 유리병을 쥔 손이 저를 향해 돌진하는 것을 느끼며 재경이 무의식중에 눈을 꽉 감았다. 이내 엄청난 파열음이 재경의 귀를 찔렀다. 유리가 깨지는 굉음이 고막을 뚫을 기세로 질주해왔다.

"⋯⋯."

고통이 느껴지지 않자 재경이 조금씩 눈을 떴다. 독한 피비린내가 코끝을 찌를 듯이 맹렬하게 다가왔다. 제 광대 바로 옆으로 보이는 커다란 주먹이 위협적이었다. 이내 그 주먹이 서서히 펼쳐지며 부스스 유리 조각들이 떨어졌다. 제 어깨를 스치며 떨어지는 조각들이 서걱서걱 셔츠 표면에 스크래치를 내며 땅으로 추락한다.

재경은 숨이 멎을 것 같았다. 커진 재경의 동공도 그대로 움직임을 잃어버렸다. 도훈은 굳어버린 재경의 턱을 거칠게 휘어잡아 빳빳하게 들어 올렸다.

"그렇게 생지랄을 해서까지 손에 못 넣은 여자를 아직도 포기 못 하다니⋯⋯."

"⋯⋯."

"관둬, 여기서."

또다시 풍겨오는 역한 피비린내와 함께 재경의 미간이 일그러졌다.

"그게 사랑이든 증오든."

도훈의 말에 재경이 까득 입 안을 씹었다. 살기 띤 눈을 똑바로 노려보며 도훈은 한 글자, 한 글자, 또박또박 경고를 이어갔다.

"혼자 증오 상대를 정하고서 다른 경우의 수는 생각지도 않고 있는가 본데⋯⋯."

도훈의 눈매가 송곳처럼 가늘어졌다.

"서연이 부모님 결백, 너 혼자 착각하고 오해해서 삽질했다는 거."

"……."

"내가 증명해줄게."

그 눈은 창이 되어 정확히 재경의 폐부를 찔렀다. 도훈은 공격적으로 추어올리던 재경의 멱살을 단번에 놓았다. 즉시 다리에 힘이 풀린 재경이 그대로 벽을 타고 미끄러졌다.

"그 후 완전히 골로 보내줄 테니까 얌전히 목 닦고 기다려."

말과 달리 도훈은 한껏 절제된 모습으로 뒤를 돌았다. 곧장 서연의 목걸이를 주워 든 그가 낮은 걸음으로 자리를 떴다.

"누가 이랬어!"

서연은 입술이 터져 피가 고인 도훈의 얼굴을 보고 가슴이 철렁 내려앉았다. 제가 당한 일을 되짚지도, 상황파악도 하지 않고 무작정 소리부터 내질렀다. 사랑하는 남자가 상처를 입고 돌아왔는데 이성을 유지할 수 있는 여자는 세상에 없었다.

"누가 때렸어. 누가 도훈 씨 얼굴에 손댔어……!"

대답이 없자 속이 바싹바싹 타들어 갔다. 서연이 손을 뻗어 도훈의 얼굴을 천천히 보듬어 내렸다. 터진 입술을 쓸자 억장이 무너져 유약한 손끝이 파르르 떨렸다. 그러나 도훈은 대수롭지 않다는 듯 픽 웃고선 주머니에 손을 집어넣었다.

"손 내밀어봐."

서연은 이 상황에 이상한 말을 하는 도훈이 답답할 뿐이었다. 가만히 도훈의 뺨만 만지작거리자 그가 서연의 손을 잡고 활짝 펼쳤다. 짤그락거리는 소리와 함께 차가운 금속이 서연이 손바닥 위로 눌렸다. 도훈은 부드럽게 서연의 손바닥을 접어 주먹을 쥐어주었다. 그 물건의 정체를 알아보자마자 서연의 눈에 눈물이 차올랐다.

"목걸이 찾아왔어."

"……."

그저 눈을 꼬옥 감을 수밖에 없었다.

그가 지금 어디를 다녀왔는지. 누구와, 누구를 위해 싸우고 온 것인지 모를 수가 없었다. 서연의 팔이 힘없이 추락했다. 주먹을 꽉 움켜쥐자 목걸이에서 따스한 온기가 전해져온다.

"줄은 바로 수리해줄 테니까 주말 전까지는 이대로 들고 다녀."

오늘 제게 있던 일을 도훈은 전부 알고 있는 것이다. 그렇게 생각하니 좀 전의 공포가 다시금 밀려들어 왔다. 몸에서 쭉쭉 빠져나가던 기운과 점점 더 흐려지는 시야, 언제 모습이 변할지 몰라 하이힐도 벗어 들고 목숨을 걸고 미친 여자처럼 뛰던 그 순간. 집에 가는 좁은 골목에서부터 스멀스멀 변하기 시작한 몸을 누군가가 목격할까 두려웠던 그 감정. 집을 눈앞에 두고 끊어지는 정신을 다잡기 위해 수도 없이 씹었던 입 안의 통증. 현관에서 쓰러지면서도 혹시나 재경이 그길로 도훈을 해코지하러 갈까 두려웠었는데…….

서연은 붉어진 눈가를 보이고 싶지 않아 고개를 푹 숙였다. 감정이 예고 없이 북받쳐 올라와 서연은 작게 숨을 골랐다. 도훈은 서연의 목을 끌어당겨 자신의 가슴에 잠잠히 안았다. 품에서 말없이 훌쩍이는 서연의 등을 천천히 토닥였다.

"걱정하지 마. 더 이상 한재경의 헛짓거리 용납하지 않아. 너에게 한 짓만큼, 나락으로 떨어뜨릴 거야."

도훈의 음조는 차분했고, 그 내용에는 뼈가 있었다. 살짝 떨어진 도훈이 서연과 다정하게 시선을 마주했다. 양 얼굴을 소중하게 감싼 그가 웃었다. 선선한 가을바람 같은 미소였다. 조심스레, 그 어느 때보다 조심스레 다가가며 속삭였다.

"오늘 밤 일은 전부 잊어버려……."

묵직한 숨결이 서연의 입술을 촉촉하게 적셨다.

이른 아침, 드넓은 저택에는 여느 때와 같이 달그락거리는 식기 소리만 고요히 울려 퍼졌다. 잠깐의 침묵을 지키던 박 회장이 이내 재경을 보며 입을 열었다.

"재경이 너, 얼굴은 왜 그 모양이 된 거냐?"

재경은 대답 대신 함구를 택했다. 흐릿하게 미소 지으며 시선을 아래로 꺼뜨렸다.

"요즘 유난히 잠잠한 것 같다 싶더니, 비즈니스맨이 어디서 피떡이 되도록 맞고 다니고……."

잠자코 식기를 움직이던 재경이 고개를 비스듬히 숙였다.

"죄송합니다."

간결한 대답에 회장의 표정은 못마땅하다는 듯 비뚤어졌다.

"대답이 그게 뭐야? 하여간 재경이 너, 요즘 마음에 안 들어."

회장이 쯧쯧 혀를 차며 재경을 부리부리하게 노려보았다.

"대체 언제까지 시간 끌 참이야? 그 딸내미 찾았다며? 몇 달째 보고 앉아 있었으면 충분한 거 아니야? 뭐라도 가서 하란 말이야. 그 딸내미를 파먹을 길이 안 보이면 일단 그 약혼자부터 공략하든가! 사나이가 칼을 뽑았으면 무라도 썰어야지, 나 원……."

"……."

"내 너를 화끈해서 좋아했는데 뭣도 아닌 거 보니까 재미가 없다. 보는 재미가."

"……아닙니다."

재경이 고개를 깊숙이 내렸다.

"죄송합니다."

비로 꼬리를 내리가 회장이 큼큼 헛기침했다.

"몇 번이고 말하지만 너, 여기 들어올 때 마음가짐 잊지 말아라."

회장이 입술을 일기죽거리며 경고했다. 재경은 묵묵히 아래만 바라보며 고개를 끄덕였다.

"……."

그런 회장과 재경을 번갈아 보던 상지가 불안한 사람처럼 젓가락을 오독오독 씹었다. 이내 불편한 듯 작게 한숨지었다.

어느덧 주말이 되었다. 며칠이 지났지만 재경의 집은 도훈이 한바탕 난리를 치고 갔던 그대로 머물러 있었다. 치울 힘도, 치울 의향도 들지 않았기 때문이었다. 재경은 그저 쓰디쓴 알코올만 연거푸 빈속에 들이부었다. 눈앞이 몽롱해질 만큼 마시자 조금 전 치욕스러운 전화 통화가 또다시 그의 심기를 건드리기 시작했다.

"그 건방진……."

관계도 없는 여자가 끼어들어 떠드는 것은 딱 질색이었다. 전부터 거슬렸던 오유라라는 여자는 계속해서 자신 앞을 알짱대며 훼방을 놓았다.

'김형원 교수님은 제 은사님이시기도 하세요. 그분이 그럴 분이 아니라는 건 당신이 가장 잘 알지 않나요?'

심지어 주제넘게 전화해 훈계를 두고.

'……진짜 형편없으시네요.'

평가질까지 하며.

'초등학생 남자애도 아니고 좋아하는 마음을 이런 식으로밖에 표현 못 하나요?'

헛소리를 지껄이고.

'전 제가 좋아하는 사람 인생에 장애물이라는 걸 알게 된 순간, 그 사람을 포기했어요.'

재경이 으득 입술을 물어뜯었다.

"뭘 안다고 떠들어대……!"

도훈과 서연은 드디어 결정적인 단서를 잡았다. 내내 연락을 피하고 접견을 거부하던 안병철 전 글로벌소싱 본부장이 최근 미국으로 급하게 떴다는 소식을 들었다. 과도한 추측일지는 몰라도 도피성 출국일 가능성은 분명히 있었다. 도훈과 서연이 예전 SS어패럴의 관계자들을 들쑤시고 있다는 것을 눈치채고 해외로 몸을 숨겼을 가능성. 그렇다면 SS어패럴 부도의 실마리를 쥐고 있는 사람은 안병철 본부장임이 틀림없다. 그리고, 당시 원단 수입을 책임졌던 총책임자 또한 결정적 역할을 할 수 있는 사람이었다.

더는 지체할 이유가 없었다. 곧바로 총책임자였던 최재인 본부장의 행방을 수소문했고, 몇 다리를 건너 어렵게 그의 연락처를 입수했다. 해외 법인을 샅샅이 들쑤시기 위해 도훈과 서연은 현재 최재인 본부장이 있는 중국으로 직접 건너가 그를 만나야만 했다.

일요일 밤, 도훈과 서연은 소파에서 서로 등을 맞대고 골똘히 최적의 방법을 강구했다.

"이렇게 하자."

이내 도훈이 대책을 내었다.

"원래 법인 정리 건으로 중국 출장이 잡혀 있었어. 너를 두고 가는 게 마음에 걸려서 가지 않으려고 했는데……."

도훈이 허리를 틀어 서연의 손을 그러쥐었다.

"내가 다녀올게, 중국으로."

25. 세상의 모든 것

며칠 후, 도훈의 출국 일정이 확정되었다.

"여기, 블랙박스 영상이야."

유라와 만난 도훈은 그녀에게 미리 전화로 얘기해둔 파일이 담긴 USB를 건네받았다. 재경은 서연과 있었던 일을 증거로 남기지 않기 위해 CCTV가 닿지 않는 교묘한 장소에 차를 주차해두고 그 근처에 있던 차들도 미리 손을 써두어 장면이 찍히지 않도록 치밀하게 준비했다. 만취한 채 이성을 잃은 상태에서도 그만큼의 머리가 굴러갔다는 것이 놀라울 정도였다. 그러나 뼛속까지 철저했던 재경이 미처 생각지 못한 변수가 있었으니, 다름 아닌 유라였다. 유라의 갑작스러운 난입으로 서연은 도망칠 수 있었고, 재경의 만행은 그녀의 차 블랙박스에 고스란히 찍히고 말았다.

"너무 찰나라서 잘 보이지는 않지만, 한재경 씨가 그날 서연 씨를 해코지하려고 했다는 증거로는 충분할 거야. 나중에 형사 고소할 때 무기로 쓸 수 있을 거니까."

도훈은 유라에게서 받은 USB를 잠시 바라보다가 곧 재킷 안주머니에 넣었다.

"서연 씨 안정될 때까지는 한 실장님과 마주치지 않도록 와이시로 직접 가야 하는 건 내가 대신하고 있어. 프로젝트는 이미 제품 생산도 시작했고, 오픈만 앞둔 상태라 우리 쪽에서는 이제 크게 할 일도 없어. 나도 옆에서 줄곧 지켜볼 테니까…… 너무 걱정하지 마, 오빠."

유라가 짐짓 덤덤하게 말을 이었다. 눈을 가늘게 뜬 도훈은 말없이 유라를 응시했다. 잠깐의 시선 교류 끝에 유라가 다시 조심스레 입술을 달싹였다.

"나도……."

유라는 눈을 매끄럽게 감았다가 떴다.

"나도 돕고 싶어. 두 사람."

유라가 부드럽게 미소 지었다.

"나 이제 알아. 내가 단 한 순간도 오빠 인생에 주연이었던 적 없었다는 거."

유라가 씁쓸하게 웃음을 흘렸다.

"그리고 무슨 짓을 해도 난 주연이 못 된다는 거. 울고불고 악을 써도 난 결국 오빠 옆자리에 있을 수 없는 사람이라는 거. 이제 너무 잘 알아."

두 손을 꽉 그러쥐고 속에 담아 놓았던 생각들을 털어놓았다. 도훈은 눈가를 살며시 찌푸린 채 소리 없이 유라를 주시했다.

"그래서 생각했어. 이 꽉 깨물고 착한 척 굴어서 꽤 괜찮았던 조연으로 오빠 기억에 남고 싶다고."

도훈의 눈빛이 잠시도 떨어지지 않고 치밀하게 와 닿자 유라는 반사적으로 고개를 떨구었다. 그의 얼굴을 보고 말을 이을 자신이 없는 탓이었다.

"나 나쁜 애로 보지 마. 이왕이면…… 괜찮은 여자로 기억해줘."

망설이던 유라는 용기를 내어 다시 고개를 들었다. 도훈과 정면으로 시선을 마주치고 아무렇지 않게 웃었다.

"그 정도는 해줄 수 있지?"

내내 표정 변화가 없던 도훈의 얼굴에 조금의 변화가 생겼다. 그는 대답 없이 뒤를 돌았다.

성큼성큼 걸어 차로 올라탄 도훈은 무덤덤하게 시동을 걸었다.

이조차 대답해주지 않는 걸까, 유라는 입술을 꾹 깨물고 굳게 닫힌 도훈의 차 문을 멀거니 바라보았다.

그때, 짙게 선팅된 창문이 내려가더니 손바닥 반 뼘의 공간을 두고 멈추었다. 유라는 그 작은 틈새로 보았다. 언제나와 같은 새까만 그의 눈동자를, 그리고 저를 향해 고개를 끄덕이는 무심한 얼굴을.

"고맙다."

태어나서 처음으로 들어보는 말 한마디와 함께.

도훈이 건넨 믿을 수 없는 말에 유라의 넋이 잠시 나가버렸다. 그런 그녀를 무뚝뚝하게 쳐다보던 도훈은 언제나처럼 무심히 차를 몰고 멀어져갔다.

도훈의 출국 전날 밤, 서연은 그가 캐리어에 짐을 싸는 것을 도왔다. 도훈은 3일 출장 일정에 맞추어 간단하게 필요한 옷들을 꺼내놓았다.

"현지에서 최대한 빠르게 업무를 마치고 하루 연차를 낼 거야. 법인을 조사하면서 과거 원단 수입을 총괄했던 최재인 본부장도 당연히 만날 생각이고."

"그분을 만날 수 있을까요?"

"부딪혀 봐야지. 지금으로서는 가장 유력한 열쇠니까."

의혹대로 당시 원단 수입 과정에서 자금이 새어 나간 일이 있었다면, 수입을 총괄했던 최재인 본부장은 대외적 회계장부가 아닌 실제로 자금이 오고 간 내역이 적힌 진짜 장부를 가지고 있을 터였다.

"정확한 증거까지 물어오는 게 목표야. 어중간한 건 딱 질색이니까."

"……나도 같이 가고 싶은데……."

서연이 양손을 꼬물거리며 중얼거리자 도훈이 픽 웃음을 흘렸다.

"나는 명목상 회사 출장. 너도 같이 가게 되면 누군가 미리 눈치채고 발을 뺄지도 몰라."

"알아요. 근데…… 도훈 씨한테 무슨 일 생길까 봐 걱정돼요. 또 다쳐올 것 같아서. 막 불안해."

서연이 눈동자가 태풍 속 깃발처럼 이리저리 흔들렸다. 짐을 싸던 도훈이 잠시 멈춰 서서 서연을 바라보았다.

"네가 바라는 건 내가 다 이루어주기로 마음먹었어. 그 전엔 다치지도 죽지도 않아."

허리를 쭉 편 도훈은 서연에게 천천히 다가섰다. 한쪽 손을 끌어당기고 부드럽게 허벅지를 누르자 서연의 몸이 침대 위로 아슬아슬하게 쏠렸다.

"아직 웨딩드레스 입은 것도 못 봤는데⋯⋯."

귓가에 다가와 속삭이는 그의 입술, 간질거리는 숨결이 그 근방을 은밀하게 달구었다.

"이쪽이야말로 걱정이지. 나 없는 동안 무슨 일이라도 생길까 봐."

도훈은 서연의 뺨을 천천히 쓸었다.

"우리 이제 좋은 상상만 하자."

도훈이 나지막이 입술을 말아 올렸다. 그 관능적인 미소가 서연의 가슴에 잔잔한 파문을 일으켰다.

"말해봐, 네가 꿈꾸는 신혼."

무슨 소원이든 이루어주는 지니처럼 그에게 말하면 현실이 될 것 같았다. 미래를 상상하자 내면의 불안은 잠식되고 묘한 상승감이 서연을 휩쓸었다.

"맞아요. 어렸을 때부터 신혼에 대한 로망이 있었어요."

서연의 머리카락이 도훈의 길쭉한 손가락에 물결처럼 서서히 감겼다.

"일하고 퇴근해서, 잔뜩 지친 채로 외롭게 쓰러져 잠드는 게 아니고요. 사랑하는 남편이랑 꽁냥꽁냥 오늘 회사에서는 무슨 일이 있었고, 점심은 뭘 먹었는데 맛있었고, 그런 소소한 일상 이야기 나누다가 맥주 한잔하는 거예요. 그러다가 손 꼭 붙들고 자는 거죠."

지금처럼요. 얼마나 행복해⋯⋯.

"도훈 씨 만나기 전에, 난 항상 집 문을 열면 아무도 반겨주지 않는 그 쓸

338

쓸한 공기가 싫었어요. 밖에서 종일 시달리고 나서 홀로 지쳐 잠드는……
그 외로움이 죽을 만큼 싫었어요."

서연이 희미하게 웃었다.

"세상에 홀로 남겨진 기분이었거든요. 그래서 남들은 별거 아니라고 생각할지도 모르는 이 소망이 내 진짜 인생의 꿈이 되어버렸어요."

도훈이 말없이 한참 동안 서연을 응시하다가 이내 품에 끌어안고 쪽 보드라운 이마에 입술을 맞추었다.

"그 꿈에는 당연히 내가 함께하겠지?"

그렇게 묻는 도훈의 목덜미에서 알싸한 스킨의 향내가 은은하게 퍼졌다.

"지금도 신혼 같은데, 결혼 후엔 얼마나 더 좋아질지 기대돼."

다가오는 도훈의 뜨거운 숨결과 함께 그의 날렵한 콧대가 서연의 뺨으로 부드럽게 비벼졌다.

"우리 여보 꿈 이루어주게 얼른 갔다가 돌아올게."

가볍게 맞닿았다가 떨어진 입술이 느릿하게 발음하며 서연의 입술 끝을 스친다.

"나 없는 동안 다른 놈들한테 한눈팔면 혼난다?"

꿀같이 달콤한 애정이 녹아든 속삭임이었다.

셀 수도 없는 방이 있는 박정기 회장의 저택에서 재경의 방은 가장 구석진 곳에 자리하고 있었다. 마치 법칙처럼 정해진 시간에 이루어지는 식사가 끝나고, 제 방으로 돌아간 재경은 의자에 앉아 사색에 잠겼다.

"……."

절대 나서지 않고 뒤에서 은밀하게 수를 써 제 뜻을 관철하는 것은 재경의 특기였고 그의 정체성이나 마찬가지였다. 이번에도 끝까지 서연에게 제 속내를 드러내지 않고 일을 벌일 생각이었다. 그러나 백도훈의 내비게이션 기록을 보고 받아 해원신당이라는 곳을 알게 되고, 그곳에서 믿을 수 없는 얘기를 듣자 이성의 끈이 끊겨버렸다.

'너와 그 계집은 물과 기름이야. 영원히 함께할 수 없어. 이번 생은 물론이고, 다음 생에도. 그다음 생에도.'

재경이 지금껏 억눌러왔던 무언가가 단번에 용암처럼 끓어오르는 기분이었다.

'애먼 사람 그만 물고 늘어지고 퍼뜩 나가떨어져. 네가 전생에 모시던 조상신도 네 녀석을 버리셨으니……. 지금이라도 정신 차리고서 다 잊고 살아. 그게 옳은 길이야.'

여기까지 와서 나가떨어지라고? 강서연이 떠나버리고 지난 6년간을 어떻게 살아왔는데. 6년간 꾹꾹 눌러왔던 복합적인 감정이 무당의 말로 인해 폭발해버렸다. 그것이 재경이 예정에 없던 짓을 하고 서연에게 속내를 전부 드러낸 이유였다.

"답답해……."

어차피 제대로 미움을 샀으니 이제 걸릴 것 없이 맘대로 일을 저지르면 될 터였다. 6년간 바득바득 갈아온 복수의 칼날로 그녀의 모든 것을 무너뜨릴 차례였다.

그런데.

"……."

왜 이렇게 모든 게 다 지긋지긋한 걸까. 그녀를 만나기 전까지 그토록 기다려왔던 순간인데, 일을 벌이면 벌일수록 재경은 괴로워져만 갔다.

"하……."

조금 전 식사할 때 박 회장이 했던 말을 떠올리자 재경의 표정이 더욱 어두워졌다.

'약혼자네 기업, MS푸드. 그쪽부터 건들면 SS어패럴 딸내미 쪽에서도 입질이 오겠지.'

박 회장은 늘 재경의 복수를 부추기는 사람이었다. 잠잠해질 때면 6년 전의 각오를 상기시키며 재경의 마음을 굳게 다잡도록 했던 사람.

'MS푸드 물류센터에 입고되는 원재료, 거기에 장난질을 좀 쳐보는 게 어때? 그쪽 담당하는 중간 관리자를 먼저 매수해서 위생이나 품질검사 시스템에 있을 구멍부터 파악하고 제대로 파고드는 거지.'

회장의 지시 아래 온갖 더러운 짓이란 더러운 짓은 다 해왔었던 지난 6년.

'요즘같이 예민한 시기에 기준치 넘는 균이 발견되거나 단체로 식중독이라도 걸려버리면 MS푸드는 그대로 끝장 아니겠어?'

굳건한 업계 1위인 MS푸드가 몰락하면 덕을 보는 것은 업계 2위인 제일 식품이다.

'어때? 뒷공작은 재경이 네 전문이잖아.'

재경은 박 회장이 얼마 전 제일 식품의 주식을 대량으로 사들인 것을 알고 있다. 박 회장은 저를 놀음판의 장기 말 정도로밖에 보지 않는다는 것쯤 누구보다도 잘 알고 있다. 알면서도 복수를 위해 이용당하기를 자처한 지 이제 무려 6년이다.

"한재경."

그때, 들려오는 상지의 목소리에 재경의 고개가 반사적으로 돌아갔다. 상지는 문을 잡고 불안한 얼굴로 뜸을 들이고 있었다. 재경이 상냥하게 웃으며 들어와도 좋다고 말하자 그녀가 쭈뼛거리며 방 안으로 들어왔다.

"아까 아빠가 말한 거……."

상지는 재경의 건너편 의자에 앉으며 말끝을 길게 늘였다.

"그거 할 거야?"

유들거리는 미소 짓고 있던 재경의 입꼬리가 일순 빠르게 내려앉았다.

"……글쎄요."

잠깐의 공백이 지나고 재경의 입가에 서늘한 웃음이 번졌다. 그 입술을 멀거니 바라보던 상지가 잠잠히 입을 열었다.

"요즘 당신…… 되게 지쳐 보여."

재경은 저도 모르게 살며시 미간을 찌푸렸다.

"힘들면 여기서 그만두는 게 어때? 한재경, 당신 위해서 하는 말이야. 계속해봐야 스스로 더 고통스러워질 뿐이잖아."

그녀의 말에 심기가 불편해진 재경이 흐릿하게 웃음을 터뜨렸다.

"이미 여기까지 왔는데 멈출 수는 없죠. 당한 만큼 갑절로 갚아주는 게 제 방식이니까요."

애써 담담한 말투였다. 시선을 아래로 꺼트렸다가 올린 상지가 재경과 두 눈을 똑바로 마주했다.

"그렇게까지 해서 당신한테 남는 게 뭐야?"

재경의 입술이 일자로 다물었다. 게슴츠레해진 그의 눈이 상지의 얼굴을 고요하게 응시했다. 아무도 입을 열지 않자 긴 침묵이 뒤를 이었다. 조용히 사색에 잠긴 얼굴을 하고 있던 재경이 마주 잡고 있던 손을 느리게 풀었다. 달각, 평온하게 찻잔을 드는 손을 보며 상지는 헛숨을 들이켰다.

"여기서 그만해. 해봐야 어차……."

"왜."

상지가 움찔했다. 늘 여유롭고 예를 우선시하는 재경답지 않게 말을 끊은 탓이었다.

"왜 회장님은 매일 저를 부추기시고, 상지 씨는 왜 매일 저를 말리시는 걸까요."

"……."

흠칫한 상지가 침을 꼴깍 삼켰다. 제게로 꽂히는 알 수 없는 시선을 보며 상지가 무거운 숨을 토해냈다.

"……말리긴 뭘 말렸다고."

상지는 곧바로 자리를 박차고 일어났다.

"됐어. 알아서 해."

퉁명스러운 한 마디를 남긴 그녀는 문을 쾅, 닫고서 재경의 방을 나가버렸다. 그녀가 나간 방문을 묵묵히 바라보던 재경의 표정이 서서히 굳어졌다.

"……."

무언가 묘한 느낌이 그를 휩쓸었다. 가만히 앉아 한참 동안 방문을 바라보던 재경은 느린 행동으로 주머니에 손을 넣었다. 하얀 담배 한 개비를 입술에 물고 능숙하게 라이터를 켰다. 확 솟아오른 불길과 함께 재경의 화도 속에서부터 끓어오르고 있었다. 그러나 점화 후 보란 듯 꺼진 불꽃처럼 그는 제 마음대로 감정을 드러낼 수도 없는 사람이었다. 깊이 빨아들이자 폐를 맴도는 연기가 그 어느 때보다도 묵직하게 느껴졌다.

'관둬, 여기서.'

후우, 뿜어 나온 하얀 연기처럼 분노가 치민 목소리가 귓가에서 다시금 퍼진다.

'그게 사랑이든 증오든.'

여기서 어떻게. 내가 어떻게 그만둬.

'혼자 증오 상대를 정하고서 다른 경우의 수는 생각하지도 않고 있는가 본데…….'

재경이 다시 입술 사이에 문 담배의 끝을 잘근 씹었다.

'서연이 부모님 결백, 너 혼자 착각하고 오해해서 삽질했다는 거.'

길게 빨아들이고 떨어진 집게손가락 사이로 끼워진 담배가 위태롭게 흔들거렸다.

'내가 증명해줄게.'

일순 힘이 들어간 손끝에서, 투둑, 얼마 피지 않아 길쭉한 담배가 손쉽게 두 동강이 났다. 대리석 바닥으로 처박힌 끝 조각이 그 위를 덮는 구둣발로 인해 치이익 소리를 내며 짜부라진다. 곧 매끄럽게 올라온 재경의 눈동자에 담긴 것은 서브 테이블 위에 올라와 있는 하얀 고철 덩어리.

"……."

박상지의 휴대전화다. 그녀가 실수로 두고 간.

무표정으로 방문을 한번 흘깃 본 그는 톡, 톡, 테이블 위를 길쭉한 검지로 두드렸다. 이내 천천히 손을 뻗어 상지의 스마트폰을 주워 들었다.

도훈은 중국 현지에서의 일정을 빠르게 소화한 후 밤낮을 가리지 않고 SS어패럴에 관한 정보를 수소문했다. 갖은 노력 끝에 상해의 프라이빗한 식당에서 원단 수입을 총책임 했던 최재인 본부장과 독대를 가질 수 있었다. 도훈은 한국에서 모은 자료들을 토대로 SS어패럴의 자금의 비이상적인 흐름을 하나하나 꼬집었다. 남자는 내내 불안한 듯한 모습을 보이며 1시간이 넘도록 모르겠다는 말만 되풀이했다. 한참의 대화 끝에 원점으로 돌아온 두 사람 사이에는 팽팽한 긴장감이 오갔다. 도훈은 안주머니에 켜놓았던 도청기를 떠올리며 차를 한 모금 마셨다. 남자에게서 말실수라도 이끌어내면 상황은 역전될 것이다. 어떻게 할까, 도훈은 당시 한국 원단 수입 책임자였던 글로벌 소싱 부문 본부장, 안병철이 홍콩으로 떠난 사실을 떠올렸다. 밑져야 본전인 상황에서, 도훈은 과감하게 미끼를 던지고 그를 떠보기로 했다.

"한국에서 내내 접촉을 피하시던 안병철 전 본부장님께서 얼마 전 홍콩으로 도피하신 사실을 아십니까?"

도피인지 단순한 출국인지 알 수 없는 상황에서 도훈은 도피라고 단정을 지어 말을 했다. 남자의 안색은 새파랗게 질렸다. 정말 아무것도 없었다면 그의 안색이 달라질 이유가 없었다. 도훈의 눈이 예리하게 가늘어졌다. 안병철과 이 남자 사이에 모종의 거래가 있었음에는 틀림이 없다.

"제가 이곳으로 온 이유도 그 때문입니다. 안병철 씨께서 당시 해외 법인을 총책임 하셨던 최재인 본부장님, 당신을 조사해보라고 지목하신 후 연락 두절이 되셨습니다."

"   무슨 그런!"

아연실색한 남자는 주먹을 꽉 쥐고 책상을 쾅! 내려쳤다.

"그 한결같이 더러운 인간……!"

갑자기 흥분한 남자는 이를 바득바득 갈며 치를 떨었다.

"그 인간…… 그 인간은 사람도 아닙니다! 사람의 탈을 쓴 짐승이에요!"

남자는 핏대를 세우며 고래고래 소리를 질렀다.

"그놈 말을 믿을 바엔 차라리 한강 물에 뛰어드는 게 낫겠네요! 나는 그 인간에 비하면 일 원 한 푼도 챙긴 게 없단 말입니다!"

참을 대로 참았다는 듯 분노한 남자는 이성을 잃고 아무렇게나 떠벌리기 시작했다.

"나한테 이러지 말고 안병철 그 인간을 잡아다 죽이세요! 그 인간이 지금 미쳐 돌아가지고 나한테 모든 책임을 떠넘기려나 본데……! 그렇게는 안 되지. 내가 그놈 뜻대로 다 뒤집어쓸 것 같아?"

붉으락푸르락해진 남자가 정돈된 머리를 미친 사람처럼 마구잡이로 헝클였다. 도훈은 불안한 정신 상태를 내비치는 남자를 무덤덤한 얼굴로 바라보았다. 그는 반주로 올라온 술병을 천천히 들어 올렸다. 쪼르륵, 작은 술잔에 술을 넘치게 따른 그의 손목이 부드럽게 꺾여 올라갔다. 남자가 도훈의 바로 앞에서 길길이 날뛰어도 그는 동요하지 않고 정돈되게 행동했다. 씩씩거리며 분통을 터뜨리던 남자는 도훈의 태도에 묘한 거북함을 느꼈다. 눈앞으로 밀어 넣어진 술잔을 황망한 시선으로 응시했다. 도훈은 안주머니에서 느릿하게 녹음기를 꺼내 들었다. 달칵, 조금 전 남자가 한 이상한 발언들이 두서없이 흘러나오자 남자의 동공이 거칠게 흔들렸다.

"안병철 씨와 거래 도중 트러블이 있었던 모양입니다."

"……."

"맞습니까?"

꽉 주먹을 쥐고 있던 남자의 팔이 식탁 아래로 힘없이 추락했다.

"원단 수입 명목으로 과다 송금을 했다는 제보가 있었습니다. 그 거대 기업이 자금난을 맞을 정도였으니, 아마 한 번이 아니라 서너 번쯤 같은 방식으로 돈을 빼돌렸을 테고……."

"……."

"안병철 씨와 최재인 본부장님께서 손을 잡고 벌인 일이 맞습니까?"

"……아니. 나, 나는 모르는."

"최재인 본부장님."

남자의 머리가 새하얗게 백지가 되었다.

"조금 전 제가 말씀드린 것이 곧 사실이 될지 모릅니다. 안병철 전 본부장은 언제 모든 책임을 당신에게 물을지 모릅니다. 전부 뒤집어쓰지 않으려면 조금이라도 먼저 선수를 쳐야 합니다."

"……."

"조사를 강행하면 언젠가 진실은 수면 위로 올라오게 됩니다. 자진해서 내부 고발을 하게 되면 신변 보장은 물론, 책임도 어느 정도 감면해드릴 수 있습니다."

어르는 듯한 말에 남자의 마음이 흔들리기 시작했다.

"그 일로 인해 얼마나 많은 사람들이 피해를 보고 눈물을 흘렸는지 아십니까? 대표 내외께서는 마지막까지 오명을 안은 채 세상을 떠나셨습니다."

도훈의 말에는 뼈가 있었고, 남자의 고개는 저절로 수그러들었다.

"평생 죄책감에 시달리며 살 바에는 떳떳하게 사는 게 낫지 않겠습니까."

양손으로 제 얼굴을 푹 가린 남자는 여태 6년간 얼마나 지옥 같은 나날들을 보냈는지를 떠올렸다. 언제 진실이 터질까 불안해서 숨통 한번 틔지 못하고 살던 날들. 그리고 언제 제게 모든 책임을 지워버릴지 모르는 그 비열한 인간들을.

"주십시오."

거역할 수 없이 위압적인 음성이었다.

"실제 자금 거래 내역이 적힌, 비밀 장부."

시끄러운 클랙슨이 어우러져 귓가에서 고동쳤다. 만취한 재경은 묵묵히 대교를 따라 뚜벅뚜벅 걸음을 재촉했다. 차는 술을 마셨던 곳에 버려두었다. 눈앞은 흐리고 다리는 후들거렸다, 마치 쓰러질 것처럼. 며칠째 코가 삐뚫어질 만큼 마셨으나, 오늘은 그 어느 때보다도 빠르게 취한 탓이었다. 모든 걸 그만두고 이 자리에서 누워버리고 싶은 욕구가 샘솟았다. 대리를 부를 수도 있었지만 지금은 그 누구와도 함께 있고 싶지 않았다.

세상에 재경의 마음을 이해할 사람은 없었다. 재경 자신조차도 자신이 어떻게 하고 싶은 건지, 그 갈피를 잡을 수 없었으니까. 사랑과 증오, 그 두 가지 감정이 공존하여 매일같이 충돌하니 재경은 더없이 추악한 괴물이 될 수밖에 없었다. 처음부터 서연을 증오하려 했던 것은 아니었다. 재경은 그 누구보다도 서연을 아끼고 사랑했다.

20년 전, 재벌가에 빌붙어 사는 첩년이라 손가락질 당하며 집 안에서 숨어 지내던 어머니에게 손을 내민 사람도 서연의 어머니, 김형원이었다. 어머니를 구원해주었으니 좋은 사람이라고 생각했다. 그리고 그녀의 딸을 처음 본 순간, 재경은 자신도 구원받았다고 생각했다.

티 없이 환한 미소. 해맑은 미소와 따스한 온기로 사람이 살아나기도 한다는 것을 그때 처음 깨달았다. 서연은 재경에게 구원이었다. 첩년의 자식이라 손가락질 받던 재경에게 처음으로 아무런 편견 없이 활짝 웃으며 다가와 준 사람. 첫눈에 보자마자 운명이라고 생각했다. 그 미소를 평생 지켜주겠다고 다짐했다. 평생 그녀의 곁에서 함께 하겠다고 맹세했다. 영원히 함께하기 위해 연인이 아닌 키다리 아저씨를 자처했다. 서연이 유치원을 다닐 때부터, 그녀가 성인이 될 때까지의 긴 세월. 재경은 그녀의 곁을 묵묵히 지켰다. 아무런 보상도 원하지 않았다. 그녀의 환한 미소면 그걸로 충분하다는 마음이었다.

그렇게 시간은 흐르고 흘러 서연은 20살이 되었고, 재경은 22살이 되었다. 정확히 언제였는지는 알 수 없다. 어느 날부터 어머니의 표정이 나날이 어두워지기 시작했다.

'어떻게 그딴 짓을 할 수가 있어! 이제 나한테 남은 건 일밖에 없는데!!!'

집에서는 고성이 난무했고, 세상에 나와 밝아졌던 어머니는 집기를 전부 부수며 악을 썼다.

'네가 나를 배신하고 떵떵거리며 살 수 있을 것 같아? 이사들을 모아서 고의 부도로 검찰에 고소할 거야! 신문이고 TV고 내 모든 인맥을 통틀어서 언론에 전부 퍼뜨릴 거야!!!'

회계장부를 살펴보고 돈의 흐름의 이상함을 감지한 어머니는 그에 대한 원인을 서연의 부모님으로 꼽았다. 그들은 아니라고 부인했으나 부도로 인해 모든 것을 잃어버린 어머니는 독기를 품고 이사들을 부추겨 그들을 고발했다.

'강병기 회장, 김형원 너! 그리고 네 딸 서연이까지! 사람들은 너희들을 깡그리 살인자로 기억할 거야. 몇백 명의 사람을 빈털터리를 만들어 길거리로 내몰았는지!!! 그깟 더러운 돈 챙겨서 잘 먹고 잘살 수 있을 것 같아?'

어머니는 목숨을 걸고 싸웠다. 악에 받쳐서 모든 수단과 방법을 동원해 제 것을 되찾으려 했다. 차차 퍼진 고의 부도 의혹이 확정처럼 퍼지자 SS어패럴 일가는 언론의 지탄을 받았다. 그 시점부터 서연은 집에서 나오지 않았고 재경의 연락도 잘 받지 않았다. 학교에는 자퇴서를 제출했다는 충격적인 소식마저도 전해 들었다.

그래도 재경은 끝까지 서연을 믿었다. 아닐 거라고, 그럴 리 없다고. 끝까지 서연을 믿었다. 서연의 입에서 듣고 싶었다. 나는 결백하다고, 나와 우리 부모님은 그런 사람이 아니라고. 그 단 한마디를 들으면 모든 것을 저버리고 그녀의 편이 될 생각이었다. 그러나 서연은 재경의 수십 통, 수백 통의 전화를 무시했다.

그렇게 그녀는 그의 눈앞에서 홀연히 자취를 감추었다. 구원이었던 사람은 그렇게 재경을 배신하고 떠나버렸다. 순수한 얼굴로 환하게 웃던 사랑스러운 여자는 탐욕에 물들어버렸다. 그깟 더러운 돈을 위해 자신을 버리고 떠났다고, 재경은 모든 것이 허망하게 느껴졌다. 그녀만을 바라보며 살아왔던 지난 세월들이 모조리 부정당하는 심정이었다.

곧 대표 내외의 사망 소식이 들려오고 치열하던 싸움은 끝이 났다. 그들의 사망으로 인한 불기소 처분, 결국 모든 것이 백지로 돌아가고 사건은 미궁에 빠져버렸다.

일은 어머니의 모든 것이었다. 전부를 잃어버린 그녀는 매일같이 술을 마시고 발악을 했으며, 재경에게 서연을 찾아 더러운 돈을 뺏어와야 한다며 분노했다. 그러나 얼마 지나지 않아 어머니는 최후를 맞이했다. 만취 상태로 음주 운전을 하다 사고로 죽고 말았기 때문에.

'재경아. 엄마 말. 절대 잊지 마……'

응급실에서 피를 철철 흘리면서도 그녀는 독을 품고 있었다.

'원래 너의 것을 빼앗기면,'

까맣게 물들어 그 끝이 보이지 않던 그녀의 눈동자를,

'무슨 수를 써서라도 되찾아오는 거야.'

재경은 잊을 수 없었다. 그 말을 끝으로 그녀는 숨을 거두었다. 숨을 거두기 바로 직전까지 그녀는 복수심에 차올라 광분해 있었다. 남들이 보면 미쳤다고 손가락질할 일이었다. 그러나 재경은 그녀를 이해할 수 있었다. 어머니의 모든 것이 일이었듯, 재경의 모든 것은 서연이었다. 사랑이 증오로 탈바꿈하는 것은 순식간이었다. 재경은 어머니와 똑같이 독기를 품고 미쳐버리기 시작했다. 무작정 제 친아버지인 박정기 회장을 찾아가 무릎을 꿇었다. 서연을 다시 만날 그날에 복수를 하려면 힘을 키워야 했다.

'짖으라면 짖고, 꼬리 치라면 꼬리 치는 충견이 될 수 있겠느냐?'

썩은 내를 풍길 정도로 커진 독기를 파악한 박 회장은 그가 유용한 사냥개가 될 것이라 직감했다. 재경은 박정기 회장에게 충성을 맹세하고 그의 권력을 등에 업었다. 오로지 복수, 복수, 그 하나만을 바라보고 처절하게 질주했다. 온갖 더러운 짓을 해가며 악착같이 박 회장에게 고기를 물어다주었고, 능력을 인정받은 그는 나날이 승승장구하며 높은 자리에 올라 세력을 쌓아나갔다.

　그리고 지금, 재경은 드디어 서연을 만났다. 6년간의 처절한 세월 끝에 드디어 그녀를 만났다.

　재경은 그의 모든 것이었던 그녀를 울리고, 상처 입혔다. 한때 자신의 전부였던 그녀를 머리부터 발끝까지 부정했다.

　"망할……."

　재경이 낮게 욕설을 내뱉었다. 길고 긴 대교를 걷던 재경은 듣고 있던 블루투스 이어폰을 팍 빼어버렸다. 이윽고 그의 걸음이 우뚝 멈추었다. 그는 난간에 등을 기대어 힘겹게 숨을 골랐다.

　'오빠, 지금 소설 써?'

　저를 보며 자신의 부모님은 결백하다고 악을 쓰던 서연의 목소리가 귓가를 맴돌았다.

　'그렇게 생지랄을 해서까지 손에 못 넣은 여자를 아직도 포기 못 하다니……'

　제 전부였던 서연을 차지한 남자가 저를 비웃던 목소리가 귓가에서 느리게 울린다.

　'전 제가 좋아하는 사람 인생에 장애물이라는 걸 알게 된 순간, 그 사람을 포기했어요.'

　훈수를 두던 오유라의 음성이 재경의 정신을 혼란하게 만들었다.

　장애물.

　장애물.

　"……."

　담배를 피던 그의 손끝이 가늘게 떨렸다. 그가 제 입술을 잘근 씹었다. 힘겹게 숨을 몰아쉬는 그는 곧 죽은 사람처럼 눈을 꼭 감아버렸다

　마지막으로 그의 머릿속을 파고든 음성은,

　'아빠! 이제 그만하자! 벌써 6년이야! 한재경 걔 눈깔이 이상하다니까?'

　박상지의 휴대전화에 깔은 도청 프로그램을 통해 조금 전 들었던 내용이다.

'그 강서연이 뭔지 하는 여자애한테 돈 없다는 거 다 알면서, 6년간 이용해먹은 거 알면······! 걔 아빠 죽일지도 몰라.'

눈물이 날 것만 같았다. 왜 진작에 강서연 외에 다른 보기는 생각조차 하지 않은 걸까. 사랑에서 증오로 변모한 감정은 넓었던 시야를 전부 지워 버리고 오로지 서연만 남겨버린 것이었다.

대체 무엇을 위해 지금까지 발악하며 달려온 걸까, 무엇을 위해 아등바등 살아온 걸까······.

세상 그 모든 것이 공허해졌다.

저녁이 되고 서연은 도빈과 함께 수리를 맡긴 목걸이를 받아왔다. 도빈은 도훈의 지시하에 그가 없는 동안 서연의 곁에서 도훈의 빈자리를 채워주었다. 운전석에 앉은 도빈은 침이 마를 새도 없이 입을 놀리며 서연과 수다를 떨었다. 슬슬 지친 서연은 그런 그의 입을 다물게 할 작정으로 도훈에게 전화를 걸었다.

"어디에요? 비행기 내렸죠?"

-인천공항에서 집으로 가고 있어. 차 안이야. 곧 가. 너는?

"나는 도빈 씨랑 집에 가고 있어요."

"형 안녕! 안녕! 안녕!"

갑자기 끼어든 도빈의 입을 서연이 시끄럽다는 듯 퍽 쳤다.

"도빈 씨 원래 말이 이렇게 많아요? 진짜 충격적이에요. 어떻게 형제가 달라도 이렇게 다를 수가 있지? 진짜 DNA의 신비다, 이건."

"하하하, 그래도 내가 백도훈보다는 낫다. 안 그래요, 누나?"

도빈을 보던 서연이 지친다는 듯 미간을 찌푸리고서 정면으로 고개를 돌렸다. 그녀가 혹사당한 귀를 톡톡 치며 머리를 흔들거렸다.

"그나저나 엄청 막히네······."

아주 밤늦은 시간이었으나 대교는 그 어느 때보다도 정체가 심했다. 작게 꿍얼거리며 고개를 기웃거리던 서연이 일순 멈칫했다. 저 멀리 대교 한쪽에서 난간에 아슬아슬하게 붙어 휘청거리는 남자를 본 탓이었다.

"……."

그 남자가 재경이라는 것을 깨달은 서연이 숨을 훅 멈추었다. 그는 만취한 듯 고개를 꺼뜨린 채 비틀거리며 대교를 걷고 있었다. 마치 떨어지기라도 할 것처럼 위험천만한 모습이었다.

커다래진 서연의 동공이 바르르 떨렸다.

-서연아?

도훈이 서연을 불렀으나 서연은 듣지 못했다. 딱딱하게 굳은 서연은 저도 모르게 휴대전화를 들고 있던 손을 내렸다. 바람에 흩날리는 사람처럼 흔들리는 그를 멀거니 바라보던 서연의 눈꺼풀이 파르르 떨렸다.

-강서연.

그를 보는 시야가 흔들리고 온몸에 오한이 들었다. 돌연 불안한 감정이 서연을 슬금슬금 점령하기 시작했다. 세상이 울렁울렁하기 시작했다.

"잠…… 잠깐 차 세워 봐요."

"네?"

"빨리 세워 봐!"

"여기 차 못 세우는데……."

"세워!"

서연이 고함을 지르자 놀란 도빈이 반사적으로 브레이크를 밟았다. 끼이이이익, 소름끼치는 소음과 함께 뒤를 잇던 차들도 줄줄이 브레이크를 밟았다.

"누나!!!"

서연은 초인적인 속도로 조수석을 박차고 뛰어나갔다. 그 순간, 만취하여 휘청거리며 넘어갈 듯하던 재경은 결국 난간 뒤로 넘어가 버렸다.

"윽!!!"

서연은 떨어지려는 재경의 팔을 콱 두 손으로 잡아챘다. 들고 있던 휴대전화는 바닥에 추락하고 서연의 몸은 앞으로 확 쏠렸다.

-서연아.

바닥에 널브러진 휴대전화에서 도훈의 목소리가 미세하게 들려왔다.

-강서연.

"아악……!!!"

-서연아, 대답해. 무슨 일이야.

다행히 휴대전화는 근처로 떨어졌기 때문에 작은 소리로나마 의사소통은 가능했다. 서연의 가느다란 두 팔은 모두 대교 밑으로 추락할 뻔한 재경의 팔을 잡는 데에 쓰였다.

"아, 아파……!!!"

뚜둑, 서연이 팔이 빠지는 듯한 고통에 소리쳤다. 술에 취해 정신을 잃은 재경은 서연에게 한쪽 팔만 붙잡힌 채 대교에 매달려 있었다.

-말해. 어딘지, 무슨 일인지.

그렇게 말하는 도훈의 음성이 불안한 듯 떨리고 있었다. 창백하게 질린 서연은 바들바들 떨리는 손으로 재경의 팔을 더욱 꽈악 움켜쥐었다.

"지금, 지금…… 남포대교인데, 재경 오빠가 떨어질 뻔해서 내가 잡았어……!!!"

-……뭐?

"근데 나 못 끌어올려요……!"

서연은 팔이 부러지는 고통을 느꼈다. 점점 더 버거워지는 그의 무게에 사색이 된 서연이 입술을 콱 깨물었다.

"무, 무서워……."

재경의 발아래에는 그 끝을 알 수 없이 깊은 강물이 있었다. 다리 위에서 보는 한강은 아찔하다 못해 심장을 철렁 내려앉게 했다. 어둠 속 일렁이는 거친 물살과 수십의 사람은 너끈히 집어삼킬 듯한 깊은 수심은 추락과 죽음을 동일 선상에 두게 하였다. 두려움이 밀려오자 잡은 팔에 힘이 잘 들어가지 않았다.

-괜찮아. 서연아. 침착해.

서연이 흐릿한 눈에 힘을 주었다. 뿌옇던 시야가 도훈의 목소리에 서서히 명확해졌다.

-남포대교 어디쯤에 있어.

"중, 중간……."

-그래. 내가 근처에 있어. 1분만 버텨.

도훈이 평정을 찾아주려는 듯 덤덤한 어조로 말했다.

"그, 근데……나, 나……."

서연은 울어버릴 것만 같았다.

"……나…… 이제 한…… 계……."

불안정하게 말을 잇던 서연이 입술을 꽉 깨물었다. 피가 앞으로 쏠려 눈 앞이 흐려지다 못해 컴컴해졌다.

-지금 가고 있어. 조금만 버텨.

"팔이…… 빠질 것 같…… 아…… 윽!"

뚜둑, 서연의 어깨에서 뼈가 부서지는 것처럼 끔찍한 소리가 났다. 잠깐의 시간이 마치 10년처럼 느껴졌다. 서연이 비명을 질렀다.

"아파……!"

그때 아슬아슬하게 걸려 있던 재경의 구두 한쪽이 벗겨져 한강물 아래로 추락해버렸다. 풍덩, 깊은 수심 아래로 자취를 감췄다. 멀어지던 서연이 의식이 그 광경 덕분에 일순 또렷해졌다.

"한재경!!!"

서연은 재경이 죽을지도 모른다는 극심한 공포에 결사적으로 그의 이름을 불렀다.

"이렇게 죽으면 모든 게 다 끝날 줄 알았어……? 대체 뭐 하는 거야!"

서연이 끊어질 듯한 정신을 다잡고 소리 질렀다. 상체가 으깨지는 고통에도 사력을 다해 버티고 또 버텼다.

"정신 차려! 오빠!!!"

서연이 고함을 지르자 추욱 늘어져 있던 재경의 고개가 살짝 움직였다. 고요히 눈을 뜬 그는 눈동자를 느릿하게 굴려 소리의 근원지를 바라보았다. 그는 시야에 들어오는 서연의 얼굴이 마치 환상처럼 느껴졌다.

"······."

상상······. 아니면 꿈. 결국 죽는 순간마저 그녀의 환상을 보게 되는 걸까. 어머니가 숨을 거둘 때까지 악에 받쳐 복수에 집착했던 것처럼, 자신도 제 모든 것이었던 서연의 환상을 보는 것이 아닐까.

그렇다면 이대로 모든 게 끝나기를 원한다. 재경은 다시 고개를 떨구었다.

"오빠······? 정신이 들어?"

서연의 입 안에서 비릿한 핏물이 배어 나왔다. 정신을 차리기 위해 아득바득 입 안을 물어뜯은 탓이었다.

"정신 차렸으면 얼른 내 팔 잡고······ 으윽!!!"

절박한 목소리에 다시 눈을 뜬 재경은 제 정수리로 뜨거운 액체가 뚝뚝 떨어지는 것을 느꼈다. 곧 얼굴을 때리는 빗방울 느낀 재경은 지금 이 상황이 현실이라는 것을 알 수 있었다.

그렇다면 저를 잡은 서연도 진짜인 걸까, 무거운 눈을 뒤집어 다시 위를 바라본 재경의 동공이 흔들렸다. 필사적으로 제 팔을 잡고 있는 서연의 눈에서는 투명한 액체가 떨어지고 있었다.

비가, 비가 아닌 눈물.

왜 우는 건지. 죽어도 그녀를 울리고 괴롭게 했던 자신이 죽는 건데 왜 그녀가 우는 건지. 의문을 가진 순간 얼어붙었던 심장에 묘한 불씨가 일었다.

"왜······."

서연의 얼굴에 눈을 뗄 수가 없었다.

"왜 내 손을 잡았어."

자신을 위해 그녀가 왜 이렇게까지 하는지 이해할 수가 없었다.

"착각하지 마……. 난 오빠…… 절대 용서할 수 없어……!"

모든 것을 다 알게 되고 서연은 재경이 소름 끼칠 만큼 싫었다. 서연의 유년 시절 한 페이지를 장식했던 사람이, 서연이 사랑하는 남자를 차로 치어 죽이려 했다는 사실을 믿고 싶지 않았다. 가족만큼이나 든든했던 사람이, 그녀를 약으로 기절시켜 납치하고 감금과 협박을 벌였다는 것을 믿고 싶지 않았다. 증오스러웠다. 원망스러웠다.

하지만…….

"혼자 비겁하게 도망치지 말란 말이야……!!!"

역시 아무도 아프지 않기를 원했다.

자신도, 도훈도, 재경도. 그 누구 하나 불행해지기를 원하지 않았다.

"아악……!"

그 순간 서연의 관절에서 뚜둑 바스라지는 소리가 났다. 또 어깨에서 울리는 건 줄 알았는데 이번엔 전신이었다. 뭔가 이상하다고 생각하던 순간 난간에 짓눌려 있던 가슴에 찌릿찌릿 전기가 오르기 시작했다. 곧 풍만한 가슴이 차츰 납작하게 사그라들기 시작했다.

"……으."

도훈의 출장 때문에 너무 오래 떨어져 있었던 탓일까. 남자가 되게 만든 장본인인 재경과 너무 오래 접촉해 있었던 탓일까. 서연의 남성화가 시작되었다. 의식이 점점 흐려져 갔다. 팔에서는 힘이 추욱 빠지고 더 이상 말을 할 수가 없었다.

사람을 살려야 한다는 간절한 마음이 만든 초인적인 힘으로 여기까지 버틴 것이었다. 죽을힘을 다했으나, 이제는 정말 한계였다.

남성화가 시작되었다는 것은 곧 기절한다는 것과 같았다. 의식을 잃지 않기 위해 서연이 입 안을 마구잡이로 씹자 고운 입 안과 도톰한 입술은 엉망진창으로 붉게 물들었다. 중력에 따라 아래로 축 늘어져 있던 긴 머리카락도 어디론가 사라졌다. 죽을 것만 같아서 도훈의 이름만을 되뇌었다.

이 모든 것이 얼른 끝나기만을 기도했다.

아무도 아프지 않기를. 아무도 불행하지 않기를.

"잘 버텼어."

모두가 행복해질 수 있기를.

귀에 익은 목소리가 들려온 순간, 옆에서 세찬 바람이 스쳤다. 도훈의 재킷이 서연의 머리를 부드럽게 감쌌다. 익숙하고 은은한 향수 냄새가 서연의 코끝으로 스며들었다. 서연은 제 허리를 감싸는 따스한 도훈의 온기를 느끼며 안심했다.

와줬구나……. 동시에 서연은 의식을 잃고 쓰러졌다. 힘이 센 도훈은 재경의 팔을 잡고 단번에 난간 위로 끌어 올렸다. 바닥에 널브러져 누운 재경은 세차게 비가 쏟아지는 하늘을 멍한 얼굴로 바라보았다.

"하아…… 하아……."

거친 숨을 내쉬며 지그시 눈을 감았다. 후둑후둑 땅을 울리는 빗방울이 재경의 모든 상념을 씻어 내리는 듯했다. 곧 사람들이 몰려오고 웅성거림이 한군데로 모였다.

"형!!! 누나!!!"

저 멀리 다리 끝에서 숨을 헐떡거리며 뛰어오는 사람은 다름 아닌 도빈이었다. 도훈은 도빈에게 앰뷸런스를 부르고 재경을 병원에 데려갈 것을 지시했다.

"잠깐! 형수님 기절한 거야?"

도훈의 품에 공주님처럼 안긴 서연은 남성용 재킷으로 얼굴이 둘둘 말려져 있었다. 그는 아무한테도 보여주기 싫다는 듯 서연의 상체를 제 가슴 쪽으로 바싹 당겨 안고 있었다.

"어디 다쳤어? 얼굴에 상처라도……."

"비 많이 온다. 얼른 가라."

도훈은 서연을 안아 들고 뒤를 돌았다. 내려치는 소나기를 뚫고 뚜벅뚜벅 일정한 걸음걸이로 대교를 건넜다.

6년 전, 미궁으로 빠졌던 거대 기업 SS어패럴의 부도 사건의 진실이 만천하에 드러났다. 글로벌 소싱 부문 본부장이었던 안병철은 당시 원단 수입을 총책임지고 있던 해외 법인의 최재인 본부장과 손을 잡고 횡령을 모의했다. 그들은 실제로 수입한 원단액보다 2배 이상 허위로 부풀려서 송금을 하고, 과다 송금한 금액은 미국에 사는 안병철 본부장의 내연녀 명의로 숨겨 비자금을 모았다. 한 번에 몇십 억씩 수차례로 송금하다 보니 SS어패럴은 자금난으로 결국 부도를 맞게 된 것이었다. 완전 범죄가 될 뻔했던 사건의 허점은 다름 아닌 공범자들끼리의 분열이었다.

6년 전 최재인은 수수료 명목으로 빼돌린 비자금의 10퍼센트를 챙기기로 안병철과 약속을 했으나, 그는 약속을 이행하지 않고 미미한 금액만을 그의 몫으로 주었다. 몇 년간 최재인은 10퍼센트의 금액을 지킬 것을 요구했으나, 다 같이 죽자며 협박을 하는 안병철 때문에 단념할 수밖에 없었다. 그런 그의 더러운 성품에 충분히 데였던 최재인은 안병철이 언제 뒤통수를 치고 제게 모든 책임을 전가할지 몰라 한편으로는 두려움에 떨고 있었다. 그런 최악의 상황에 대비하기 위해 최재인은 비밀 장부와 통화 녹음 파일을 처분하지 않고 6년간 보관하고 있었던 것이다.

도훈이 중국에서 최재인으로부터 받은 증거들을 토대로, 서연과 도훈은 고소를 준비했다. 비로소 서연의 부모님의 결백과 진범들의 추악한 행위가 만천하에 드러날 때였다.

"몸은 좀 어때."

재경이 입원해 있는 1인 병실로 차분하게 들어간 서연이 그에게 물었다. 그녀는 오른팔에 깁스를 찬 상태였는데, 기적적으로 재경을 잡고 버틴 3분

동안 그녀의 어깨는 빠지고 팔은 인대가 늘어나는 등 심각한 부상을 입었었다. 그런 팔로 3분이나 버텼다는 것은 그녀가 재경을 살리고자 하는 마음이 얼마나 강했는지를 보여줬다.

재경은 서연을 한번 바라본 후 창문으로 고개를 돌렸다.

"……괜찮아."

누가 듣더라도 많이 지친 음성이었다. 재경은 그녀에게 어떤 말을 해야 할지 몰라 그저 입술을 꾹 다물었다. 그렇게 한참 동안 정적이 흘렀다.

어쩌다 상황이 이렇게까지 꼬인 건지, 서연은 감정이 북받쳐 올랐다.

"있잖아. 우리 부모님은…… 늘 오빠한테 감사했어. 바빠서 나를 돌봐주지 못하셨는데, 그 빈자리를 오빠가 매일 같이 챙겨줬잖아."

가족보다 더 가족 같은 사이, 그리고 지난 6년간이라는 세월. 서로 다른 생각과 상황에서 두 사람의 거리는 점점 멀어져갔고, 오해는 쌓여만 갔다.

"나, 지금 누구를 원망해야 하는지 알 수 없어서 미칠 것 같아……."

"……."

"누구를 죽도록 미워하고 누구에게 복수심을 불태워야 하는지."

재경이 지난 6년간 서연이라는 대상을 잡아 두고 맹목적으로 복수심을 불태웠던 것처럼.

"부도에 연루된 사람이 수두룩하다고 들었어."

진실을 알게 된 서연은 더더욱 허망해져만 갔다.

안병철과 최재인, 그들을 뒤에서 꼭두각시처럼 조종한 사람은 따로 있었다. 굳건한 벽과도 같은 사람. 뚜렷한 죄가 있는 안병철과 최재인은 죗값을 물을 수 있더라도, 그들을 서로 소개해주고 횡령을 부추긴 악질…….

HK패션 회장에게는 죄를 묻기가 어려웠다. 박정기 회장은 제 첩이었던 재경의 어머니를 데리고 도망친 서연의 어머니에게 앙심을 품은 것이었다. 손 한번 안 대고 코를 풀 듯, HK패션 회장은 안병철과 최재인에게 교묘하게 횡령을 교사했다. 자금난을 맞은 SS어패럴은 거액의 어음을 막지 못해 믿기지 않을 만큼 단기간에 몰락했고, 결국 모든 것이 박정기 회장의 뜻대로 이루어진 것이었다.

"그 사람은 건들 수 없어. 죄를 물어봐야 교사죄 정도겠지."

박정기 회장이 횡령에 가담했다는 실질적 증거는 전혀 없었고, 최재인 본부장의 증언이 유일했다. 애초에 그는 재미로 몇 사람의 인생을 송두리째 흔드는 게 취미인 악질이었다. 재경도 그의 손에서 장난감처럼 놀아난 사람 중 하나일 뿐.

"그 교사죄조차 인정받으려면 목숨을 걸고 싸워야 해."

횡령한 비자금을 한 푼도 챙기지 않았으니 그의 죄를 입증할 방법은 오리무중이었다. 더불어 여태껏 검찰 조사를 수도 없이 받았음에도 매번 미꾸라지처럼 잘도 빠져나간 사람이었다.

"그런 거물을 건들면. 목숨을 걸고 싸우려면, 도훈 씨의 입지마저도 위태로워져."

서연이 잇새를 앙다물었다.

"용서할 수 없어. 앞으로도 용서하지 않아."

"……."

"하지만, 복수도 하지 않아."

서연이 두 주먹을 꼬옥 움켜쥐었다. 끝까지 억울하게 오명을 쓰고 돌아가신 부모님을 떠올리면 가슴이 갈기갈기 찢어지는 기분이었다. 안병철과 최재인, HK패션 회장과 알면서도 쉬쉬한 인간들을 깡그리 죽여버리고 싶었다. 자다가도 숨이 멎을 만큼 분노가 치밀었다. 그러나 며칠의 고민 끝에, 서연은 죗값 이외의 복수는 하지 않기로 정했다.

"나는 지금 네 사람이 가장 소중하니까."

복수는 복수를 낳을 뿐이었다. 당장의 분노로 복수하겠다고 투지를 불태워, 그 독기로 세상에서 가장 소중한 사람을 다치게 하고 싶지 않았다. 돌아가신 서연의 부모님조차도 그런 것은 원치 않을 터였다. 단호한 투로 선언한 서연은 눈물이 잔잔히 고인 눈을 지그시 감았다가 떴다.

"……오빠도 소중했던 사람이야. 아프지 않길 바라."

그 말을 끝으로 서연은 의자에서 일어났다. 그녀는 덤덤하게 뒤를 돌았다. 내내 창밖만 바라보던 재경이 고개를 돌렸다. 멀어져가는 서연의 뒷모습을 바라보며 재경은 나지막이 속삭였다.

"서연아."

멈칫한 서연이 고개를 돌려 재경을 바라보았다.

"……그냥 불러봤어."

앞으로 영원히 그녀를 보고 부를 일이 없을 테니까. 이미 오염될 대로 오염된 재경과 달리 서연은 여전히 맑디맑은 사람이다. 그녀만큼은 복수심을 불태우지 않고 살아가기를 바랐다.

"진심으로……."

재경은 언제나처럼 온화하게 미소 지었다.

"다 잊고 행복하길 바라."

내 구원이자…… 전부였던 여자.

고요한 병실에서 도훈과 재경은 한참을 말없이 서로 바라만 보고 있었다. 숨 막힐 정도의 정적이 끝날 줄 모르고 이어졌다. 아무도 입을 열지 않는 기나긴 침묵. 그렇게 수 분이 지나고, 재경이 조용히 입을 열었다.

"……죗값은 다 받을 겁니다."

재경이 덤덤하게 말하자, 도훈은 지그시 눈을 감았다가 떴다.

"그래."

도훈의 서늘한 눈매를 마주한 재경이 픽 웃음을 터뜨렸다. 그 웃음에 도훈의 미간이 험악하게 구겨졌다. 뭐가 웃기냐는 듯 도훈은 퉁명스러운 말투를 했다.

"약속 지켜. 일주일이야."

"……그래요."

재경의 대답을 들은 도훈은 미련 없이 자리를 털고 일어났다.

탁, 병실 문이 닫히는 소리가 차갑게 들려오자 재경은 피로한 눈을 꼭 감아버렸다.

병원 밖을 나온 도훈은 문밖에 서 있는 진영에게 까딱 고갯짓했다. 곤란한 듯 눈을 가늘게 뜬 진영은 잠시 주저하는 듯했다.

"야, 내가 교수님하고 상의해봤는데……."

진영은 미간을 고요히 구겼다.

"저 환자, 외상보다 정신적 문제가 더 큰 부분 같다는 게 공통적 소견이야. 하루빨리 신경정신과 연결해드리는 게 옳은 일일 것 같은…… 야! 도훈아!"

작은 목소리로 속삭이는 진영의 어깨를 툭 친 도훈은 손을 주머니에 꽂은 채 뚜벅뚜벅 멀어져갔다. 진영은 작게 한숨을 내쉰 후에 고개를 내저었다.

"그래, 알아서 잘하겠지, 뭐! 이따 여진 씨 끝날 때 맞춰서 데리러나 가야지."

"아휴, 피곤하다……."

연일 가중된 업무 때문에 오늘도 백싸가지와 함께 야근하고 나오니 10시, 여진은 얼른 집으로 갈 생각에 버스 정류장으로 향하는데, 뒤에서 들리는 경적 소리에 우뚝 멈춰 섰다.

"아……."

저 멀리 차 안에서 손을 들고 웃는 진영과 눈이 마주쳤다. 민망한 듯이 웃으며 조심조심 걸어 조수석에 올라탔다.

"안녕! 피곤하쥬?"

"네? 아니, 괘, 괜찮…… 아요."

저도 모르게 말을 더듬은 여진이 고개를 획 창밖으로 돌려버렸다. 아, 무슨 산골 소녀도 아니고 이게 뭔 짓이지! 사귀기로 한 이후로 진영의 얼굴을

362

보기가 새삼 부끄러웠다.

"도훈이 걔도 참 못됐어요. 이렇게 늦게까지 일하게 하고."

"아…… 네에."

오, 미친. 여진이 제 입술을 꽉 깨물었다. 지금 그 수줍은 산골 소녀 같은 역겨운 목소리 뭐야?

"굳, 굳이 데리러 안 와도 되는데……."

"이렇게 늦은 시간에 여진 씨 혼자 집에 가시게 할 수 없죠."

"아……."

여진은 정신이 슬슬 혼미해지는 걸 느꼈다.

'왜, 왜 어색한 거지. 이 느끼하고 어색한 분위기 뭐냐고!'

"여진 씨는 너무 예뻐서 큰일이에요."

"어…… 그…… 그걸 지금 알았나. 거, 거 참."

왜 자꾸 말을 더듬고 난리야, 최여진! 볼이 화끈거리기 시작했다. 그 상기된 얼굴을 숨기기 위해 현란하게 바뀌는 거리의 풍경만 쓸데없이 노려보았다. 차 안에서 주고받은 대화는 무슨 말을 했는지 기억도 못 할 정도로 소소한 일상에 관한 것이었다. 진영의 얼굴을 제대로 쳐다보기가 힘들어 흘끔흘끔 눈치만 보다 보니 어느덧 집에 도착했다.

"다 왔네요. 조심히 들어가고, 잘 자요."

"네……."

여진이 아무렇지 않은 척 시치미를 뚝 떼고 차 문을 살짝 열었다. 다리 한쪽만 문밖으로 내놓고 그대로 머뭇거렸다.

"여진 씨?"

"그……."

여진이 꼴깍 침을 삼켰다. 뒤통수에 꽂히는 진영의 시선을 느끼면서 열오른 입술을 달싹였다.

"커피 한잔하고 갈래요?"

와, 말했다. 여진은 제가 말해놓고 당황했다. 커피에 환장한 사람도 아니고 밤 10시에 커피가 웬 말인가! 하지만 라면 먹고 가라고 할 순 없는 노릇이고!

심장이 하도 쿵쾅거려서 숨이 멎을 것만 같았다. 혼미한 정신으로 있기를 한참, 놀랍게도 정신을 차려보니 진영과 제집 침대에 나란히 앉아 있었다.

"집 안까지 들어온 건 처음이에요……! 생각보다 가구가 적네요."

"네, 집이 작아서 소파가 없어요……. 침대밖에."

"네…… 침대밖에…… 에……."

긴장한 진영이 뒷말을 흐렸다. 흘러가는 분위기가 심각하게 이상하고 미묘했다. 한 뼘 거리만 사이에 두고 매트리스에 앉아 있는데, 커피를 마시려고 뻗은 여진의 손이 진영의 것에 슬쩍 닿았다. 깜짝 놀란 여진이 저도 모르게 손을 휙 뺐다.

"어…… 그, 정전기가."

여름에 정전기 따위 있을 리도 없었다. 이상한 변명에 분위기가 더 이상 야릇해졌다. 꿀꺽, 하도 조용해서 침을 삼키는 소리가 적나라하게 들려왔다.

"뭐, 뭐야! 침은 왜 삼켜요……?"

"아뇨, 그냥 목에 뭐가 걸려서……. 아아. 음음."

"뭐야. 왜, 왜 저래. 진짜……."

아, 미치겠다. 저도 모르게 무의식적으로 손부채질을 하던 여진이 커피를 한 모금 넘겼다.

"여름 다 끝나가는데 되게 덥네요……."

여진이 흐릿하게 중얼거리며 옆에서 땀을 흘리고 있는 진영을 응시했다.

"여진 씨…… 더우시군요."

"……네, 뭐."

"그, 그럴 수 있죠. 살다 보면 좀 덥고 그럴 수 있지……."

'저건 또 뭔 개소리야……!'

아, 세상에. 헛소리하는 진영 때문에 분위기가 더 수렁에 빠져버렸다. 여진은 씻을 수 없는 어색함에 돌아버릴 것만 같아서 눈을 꼭 감아버렸다.

'아악! 이 오글오글 산골 소년소녀 커플 같은 분위기 완전 싫어!!!'

도훈은 서연의 겉모습과 관계없이 그녀를 아낌없이 사랑했고, 그런 도훈에게 서연 또한 마찬가지로 큰 사랑으로써 보답했다. 두 사람은 사랑이라는 감정에 중독된 듯, 늘 서로를 폭발적으로 탐하며 사랑했다.

"서연아."

"……으음."

도훈이 옆에 누워 있는 서연의 어깨를 그러쥐고 살짝 흔들었다. 아직 꿈나라인 서연은 옹알이하듯이 신음을 흘리며 도훈의 탄탄한 가슴을 파고들었다. 강아지처럼 얼굴을 제 가슴에 대고 문질문질 비비는 행동에 도훈의 입술에서 낮은 웃음이 터져 나왔다.

"서연아?"

"……응……?"

도훈이 서연의 턱 아래를 손가락으로 슬슬 긁자 그녀가 나른한 눈꺼풀을 들었다. 비몽사몽간에 마주친 시선이 뜨거웠다.

"왜……?"

서연이 커다란 눈을 끔뻑이자, 그는 키스로 울긋불긋해진 살결 위를 다독이듯 쓸어내리며 그녀의 잠을 깨웠다.

"씻고서 옷 입고 나올래?"

"지금……?"

"응. 바로."

공주에게 키스하는 왕자처럼, 도훈이 서연의 이마에 입맞춤했다.

핸들을 놀리던 도훈은 조수석에서 잠들어 있는 서연의 얼굴을 흘끔 살폈다. 창 쪽으로 고개를 돌린 채 코 자는 모습이 어쩌면 저렇게 사랑스러운지 모른다. 도훈이 손을 살짝 뻗어 그녀의 얼굴을 잡고 제 쪽으로 돌리자 작은 고개가 도훈의 방향으로 툭 떨어진다.

"미치겠다……."

이제야 얼굴이 잘 보인다. 감상하긴 딱 좋은데, 아무래도 괜히 돌린 것 같다.

"……사고라도 나겠네."

저 예쁜 얼굴을 계속 보고 싶어서 도저히 정면에 시선을 둘 수가 없다. 도훈이 낮게 웃었다.

"아이스 아메리카노 두 잔 주세요."

"네, 8200원입니다."

두런두런, 멀리서 대화를 나누는 목소리가 들리는 것 같았다. 머지않아 서연은 목덜미에 느껴지는 차가운 감촉에 눈을 떴다. 그리고 이내 깜짝 놀랐다.

"우와……!"

눈앞에 들어오는 붉은 햇살. 삽시간에 고운 빛으로 물든 눈꺼풀이 탄성과 함께 흔들렸다. 도심의 조망이 한눈에 들어오는 지상 위로 영롱하게 빛나는 태양이 고개를 쳐들고 있었다. 그야말로 시야에 꽉 들어차는 절경.

"너무 예뻐요!"

일출이었다. 초등학생 때 부모님과 함께 본 이후로 처음 보는.

"여긴 사람들이 잘 몰라. 그래서 한적한 편이고."

"와……."

서연이 벌어진 입을 다물지 못했다. 현실처럼 다가오지 않았다. 차 앞 유리가 마치 스크린처럼 느껴져 영화의 한 장면을 보는 듯한 기분이었다.

"아침부터 어딜 데려가나 했더니, 하하."

"이른 시간부터 잘 따라와줘서 고맙지."

"하여간 특이해. 전에 호수도 그렇고, 이런 곳들 어떻게 알아요?"

도훈이 대답 없이 웃으며 서연을 깨우기 위해 가져다 댔던 커피를 근처에 내려놓았다.

"앗, 의미심장하게 웃네. 혹시 다른 여자랑 온 거 아니에요?"

"맞아. 다른 여자랑."

"……쳇."

본전도 못 찾은 서연이 입술을 비죽이자 도훈이 픽 웃음을 터뜨렸다.

"내 첫사랑?"

의외의 답에 서연이 눈을 동그랗게 뜨고 도훈을 빤히 쳐다보았다.

"꿈에서 봤던 너한테 푹 빠져서, 너 외엔 아무것도 보이지 않던 그 시절에, 가끔 이곳을 와서 생각했어."

"어떤 생각을요?"

"지구를 다 뒤져서라도, 죽는 그날까지 반드시 꿈속 여자를 찾아내서 이곳에 데려오겠다."

도훈이 서연의 손을 꼭 붙잡았다. 맞잡은 손으로 뜨거운 온기가 전해졌다.

"손 꼭 붙잡고 함께 웃으며 오겠다."

뭉근하게 겹쳐진 두 손은 그의 꿈이 이루어졌음을 뜻했다. 감동으로 서연의 눈가가 촉촉해지는 것은 순식간이었다. 울컥 쏟아지는 감정에 심장에 피어났던 작은 불씨가 커다랗게 일어났다.

"살면서 단 한 번도 남에게 정을 준 적이 없었어. 감정이 없는 로봇 취급받으면서도 고칠 수가 없었어. 네가 아니었다면 평생 아무에게도 사랑을 주지 못한 채로 제자리에 매여 있었을 거야."

"오빠……."

"나한테 사랑을 주는 법을 알려줘서 고마워."

도훈이 서연의 손끝을 들어 부드럽게 키스했다. 청초한 눈동자가 감동으로 글썽거린다. 그리고 그 아래, 사랑스러운 붉은 입술이 햇살처럼 웃고 있었다.

"……나도, 나도 고마워요."

도훈은 지금 이 순간 시간이 멈추었으면 좋겠다고 생각했다. 태양빛에 붉게 물든 말간 서연의 얼굴이 눈앞의 일출보다 아름다웠다.

"고통스러운 수년의 시간 동안 아무도 사랑해 주지 않았던 나를, 강서연을, 있는 그대로 받아들여 줘서. 그렇게 사랑받는 법을 까먹은 나에게 미치도록 달콤한 사랑을 퍼부어 줘서."

서연의 고백에 도훈의 입꼬리가 부드럽게 말려 올라갔다.

"사랑받는 법을 알려줘서 고마워요, 도훈 씨."

"내가 더 고맙지."

"어? 아니야! 내가 더 고맙다니까요?"

"아니. 내가 더. 너여도 그것만큼은 양보 못 하지."

"어후, 고집은! 알았어요, 알았어. 그럼 똑같이 고마운 거로 해요!"

서연이 어깨를 들썩이며 웃더니 안전띠를 빠르게 풀고 운전석에 앉은 도훈을 확 덮쳤다. 쪽, 귀엽게 달려든 입술은 사랑스러운 자국을 남기고 사라진다. 도훈이 혀로 입술에 남은 끈적한 립글로스를 핥아먹으며 서연을 뜨겁게 응시했다. 이내 서연의 턱을 한 손으로 살짝 그러쥔다.

"앞으로도, 평생 잘 부탁해."

"여부가 있겠습니까? 이렇게 섹시한 남자인데."

잠깐 서로를 마주 보며 웃던 두 사람은 이내 누가 먼저랄 것도 없이 서로의 입술을 찾아들었다. 농밀하게 겹친 두 입술은 해가 완연히 떠오를 때까지 떨어질 기미가 없었다.

우리는 평범하게 살기로 했고, 그러기 위해 함께 노력할 것이다.

앞으로도 쭉, 영원히 둑이서 평범하게…… 평범한 행복을 위해서.

26. 내 목숨보다도 사랑하는 그대

툭, 박정기 회장은 제 눈앞에 던져진 서류 뭉치를 삐딱한 시선으로 내려다보았다. 탐탁지 않은 얼굴로 재경을 흘겨보더니 서류로 느릿하게 손을 뻗는다. 이어 박 회장은 주름이 자글자글한 손으로 종이를 몇 번 넘기더니, 바로 얼굴이 붉으락푸르락해졌다.

"제 스타일 회장님께서 가장 잘 아실 겁니다."

재경은 저를 죽일 듯이 노려보는 박 회장의 시선에도 불구하고 안색 하나 바꾸지 않았다. 서류를 들고 있는 박 회장의 손끝이 노여움으로 떨리고 있었다.

"일어나는 모든 일은 티끌 하나까지 기록해서 보관하고."

"……."

"한번 찍은 목표물은 걸레짝이 될 때까지 놓지 않습니다."

재경이 건넨 서류들은 그가 박정기 회장의 수하로 있었던 지난 6년간 차곡차곡 축적해놓은 비리에 관한 문서였다. 세간에 폭로할 시 뇌물 수수와 비자금 조성, 탈세, 횡령 및 배임, 직권 남용 등 셀 수도 없이 많은 죄목이 고스란히 적용 가능할 것이다. 동시에 터뜨린다면 제아무리 권력의 정점 HK

패션 회장이라 할지라도 법정구속을 면치 못할 터였다.

"……거 목숨 아까운 줄 모르는구나. 터뜨리면 재경이 너도 무사하지 못할 텐데."

박 회장의 명령이라면 그 어떤 불법 행위도 서슴지 않던 재경이었다. 6년간의 지저분한 부정부패를 전부 까발리겠다는 것은 속된 말로 너 죽고 나 죽자는 의미와 같았다.

"겁대가리를 상실했구나. 네 주변부터 하나하나 사족을 잘려봐야 정신을 차리지."

박 회장이 수십 년간 사냥개로 쓰다 버린 젊은이만 한 트럭이었다. 철저하게 이용당하고 비참하게 버려졌던 그들은 모두 복수심에 불타올랐지만, 결국 제 가정과 저 자신의 안위를 지키기 위해 울분을 삼키고 그저 묵묵히 뒤를 돌 수밖에 없었다.

"회장님."

그러나 재경은 달랐다. 실체 없는 복수에 미쳐 헤어나올 수 없는 수렁에 빠져버렸던 재경은 다 잊고 새사람이 되는 길을 포기했다.

"잃을 게 없는 놈은 건드시는 게 아닙니다."

그 대신 악의 근원을 저승길 길동무로 삼겠다고. 재경은 박 회장의 움푹한 눈을 뚫어져라 응시했다. 박 회장은 그 눈에서 등골이 서늘해질 정도의 오싹함을 느꼈다. 독기 가득한 화살이 고꾸라지는 대신 정확히 주인을 향해 머리를 돌린 것이다.

"내가 사람을 잘못 봤구나."

박 회장은 헛웃음을 흘렸다.

"나를 닮아 배포가 큰 줄 안았더니…… 미련한 게 죽은 네 어미아 뚝 닮았구나."

박 회장이 제 첩이었던 재경의 어머니를 거론하며 입술을 일기죽거리자, 그의 눈빛이 서늘해졌다. 그렇게 재경은 한참 동안 박 회장을 말없이 바라보았다. 이내 굳게 다물린 입술이 느릿하게 열린다.

"이제 사석에서 뵐 일은 없겠네요."

박 회장이 미간을 흉흉하게 구겼다.

"짖으라면 짖고 꼬리 치라면 꼬리 치던 충견으로서, 회장님께 마지막 인사 올리겠습니다."

재경은 박 회장에게 한 발짝 위협적으로 다가섰다.

"6년간, 거둬주셔서 감사했습니다."

허리가 절도 있게 직각으로 꺾였다.

"……아버지."

재경은 나직한 한 마디를 남기고 결연하게 박 회장의 저택을 떠났다. 홀로 남은 박 회장은 한동안 움직이지 않고 탁자에 널브러진 서류들을 죽일 듯이 노려보았다. 핏대가 설 정도로 꽉 쥔 그의 주먹이 바르르 떨리고 있었다. 하, 그가 헛숨을 토했다.

"내가 키운 사냥개가…… 기어코 범이 되어 나를 무는구나."

도훈과 서연은 안병철과 최재인을 횡령 및 배임 혐의로 고소했다. 내연녀 명의로 되어 있는 비자금을 찾기 위해 미국으로 건너간 안병철은 인터폴의 공조수사를 통해 국내로 강제 송환되었다. 검찰 조사를 통해 모든 전말이 밝혀지고, 6년 전 부도의 진실은 수면 밖으로 낱낱이 떠올랐다.

"내가 그럴 줄 알았다니까? SS어패럴 회장님 내외께서 어디 그럴 분들이셨어?"

언론의 위력은 가공할 만했다. 사건의 전모가 공개되자 밝혀진 진실에 세간은 후끈하게 들썩였다. 숨을 죽이고 있던 강병기 회장, 김형원 수석 디자이너의 지인들이 속속 모습을 드러내 그들의 생전 선행과 미담을 늘어놓았고, 그 이야기들을 SNS를 타고 빠른 속도로 퍼져나갔다.

"생전에 기부도 엄청 많이 하셨다면서. 그 검소한 분들이 죄를 온통 뒤집어쓰셨으니…… 어휴. 그 친인척들은 얼마나 억울했겠어. 하여간 천하의 죽일 놈들!"

소셜 미디어의 어마어마한 파급력까지 더해지자 효과는 배가 되었다. 바야흐로 서연 부모님의 결백이 명명백백히 밝혀진 것이었다.

한편 HK패션 회장의 연루 사실 또한 SNS상으로 전염병처럼 퍼지기 시작했으나, 결국 박정기 회장은 증거 불충분으로 교사죄에 대해서 무혐의 처분을 받았다. 그러나 재경이 제 모든 인맥과 세력을 총동원해 한꺼번에 폭로한 박 회장의 부정부패가 결국 그를 몰락으로 이끌었다.

"15년……?"

인터넷 뉴스를 보던 서연이 너무 놀라 제 입을 틀어막았다.

"도훈 씨, 도훈 씨, 이거 봐봐요! 빨리! 빨리!"

"뭔데?"

"박정기 회장 1심 선고 결과!"

17개의 혐의로 기소된 박 회장은 1심에서 징역 15년과 벌금 1,080억 원을 선고받았다. 만 67세인 박정기 회장에게 징역 15년은 사실상 무기징역과도 같았다.

도훈이 헛숨을 터뜨렸다. 결국 복수 성공인가. 예전에 병원에서 한재경의 계획을 미리 들었던 도훈은 그의 독하디독한 집념에 혀를 내둘렀다. 마침내 늙은 사자는 제가 가지고 놀았던 장기말이자 사생아, 한재경에게 뼈째로 잡아먹혀 버린 것이다. 박정기 회장의 참혹한 최후였다.

모든 사건이 끝나고, 도훈과 서연에게는 평화가 찾아왔다. 평범하게 사랑하자는 그들의 다짐처럼, 마치 미법이라도 부린 듯 정밀 평범한 일상들만 계속되었다. 서연은 오랫동안 단 한 번도 남자의 모습으로 돌아가지 않았다. 스킨십 후 몇 시간이 지났는지는 이제 그 누구도 계산하지 않았고, 어느 순간부터는 신경조차 쓰지 않고 평범하게 생활했다. 불안은 없었고 매일이 놀라울 정도로 행복한 하루하루였다. 이상할 만큼 평화로운 나날들이 계속되는 동안, 서연과 도훈은 단 1분 1초도 서로를 사랑하지 않은 적이 없다.

"일어났어?"

선선해졌던 날씨는 어느덧 쌀쌀해지고, 곧 폭설이 흔한 계절이 되었다.

"음……. 응……."

"졸려……? 씻겨줄까?"

도훈이 서연의 볼을 어루만지며 귀여워 죽겠다는 듯 웃었다. 몽롱하게 휴대전화를 들어 시간을 확인한 서연은 대답 없이 그저 도훈을 꼭 끌어안고 다시 잠들었다.

"우리 서연이는 잠이 너무 많……."

"도훈아, 시끄럽다."

"……이제 남편 이름 막 부르지."

"헤헤, 오빵."

쪽쪽, 서연이 도훈의 쇄골에 연신 뽀뽀하며 애교를 부렸다.

"아, 주우말. 평화롭다, 평화로워어."

서연이 눈을 또랑또랑하게 뜨고서 도훈의 얼굴을 빤히 바라보았다. 시선을 마주한 두 사람은 이내 동시에 푸스스 웃는다. 아침에 눈을 뜨면 서로가 가장 먼저 보이고, 밤에 눈을 감을 때면 서로가 가장 마지막으로 보이는 일상들.

달콤한 체취, 부드러운 촉감. 애정 담긴 목소리. 하루하루 소중한 시간, 서로가 서로에게 안식처가 되는 나날들…….

"이건 대박이야!"

모라비와 와이시의 컬래버레이션 프로젝트는 우려와 달리 큰 성공을 거두었다. 재경의 공백을 메꾸기 위해 투입된 와이시의 인재들은 물불 가리지 않고 홍보에 뛰어들었고, 출시는 차질 없이 이루어졌다. 무엇보다 성공에 크게 이바지한 것은 독특한 디자인과 편안한 착용감, 그리고 끝내주는 스토리텔링이었다. 최근 SNS상에서 가장 핫한 이슈 중 하나인 SS어패럴의 수석 디자이너였던 김형원의 딸, 강서연이 직접 기획하고 디자인에 참여한 제품이라는 차별성. 소비자 중심의 디자인을 추구했던 세계적 디자이너 김형원의 의지를 외동딸이 그대로 이어 제품을 디자인했다는 확실한 스토리텔링이 사람들의 이목을 확 사로잡은 것이었다. 결국 제품 출시 일주일 만에 전국 완판을 기록했고, 모라비는 행복한 비명을 내질렀다. 역대 최고 히트에 흥분한 모채흔 CD는 서연과 유라를 제 사무실로 불러 호들갑을 떨었다.

"우리 서연 대리, 우리 이쁜이. 우리 복덩이!"

모채흔 CD는 서연의 손을 잡고 붕붕 흔들며 행복하다는 듯 웃었다.

"우리 똑 부러진 오 팀장도 너무너무 고생 많았어요! 내가 전생에 나라를 구했는지 이렇게, 이렇게, 훌륭한 디자이너들이 둘이나 내 곁에 있어! 호호호! 아, 여긴 없지만, 우리 박 실장도!"

디자인 실장은 때아닌 치질 소식으로 일주일에 한 번, 점심시간 1시간 전에 먼저 나가 병원에 다니고 있었다.

"모쪼록 오 팀장, 강 대리 둘 다 너무너무 고맙고, 앞으로도 잘 부탁해요! 내가 디자인 2팀 팍팍 밀어주고, 팍팍 지원해줄 테니까! 아, 내가 진짜 2팀 제일 아껴! 알죠?"

"하하, 감사합니다. CD님."

"더 열심히 하겠습니다!"

유라와 서연이 차례로 대답하자, 모채흔 CD는 흡족한 듯 웃었다. 이윽고 모채흔 CD의 사무실에서 나온 서연과 유라는 점심을 먹기 위해 근처의 식당으로 이동했다.

"오늘 아침에 1팀 인턴이 박 실장님한테 도넛 방석 선물한 거 진짜 빵 터졌잖아요."

서연이 쿡쿡 웃자 유라도 크게 웃었다.

"맞아요. 다들 굳어서 정적 흐르고. 하하하."

"그래도 순수해서 귀여워요. 눈이 똘망똘망한 게 열정이 가득 찬 느낌? 엄청 성실하고."

"그러게요, 하하. 처음에 왔을 때 인사 우렁차게 하는데, 옛날에 저 신입 때 생각나는 거 있죠?"

유라가 기분 좋게 웃으며 감상에 젖었다. 때마침 주문한 음식들이 나오고, 서연과 유라는 가벼운 마음으로 젓가락을 들었다. 국물을 한번 떠 마신 서연이 일순 씩 웃음을 흘렸다.

"불과 한 달 전만 해도 팀장님하고 이렇게 웃으면서 밥 먹는 거 상상도 못 했었는데."

그 말에 유라가 쿡 웃었다.

"왜 진작에 잘 지내지 못했을까 후회되기도 해요. 터놓으면 이렇게 편하고 좋은걸."

이내 잔잔하게 미소 지은 유라가 시선을 살짝 내리깔았다.

"그……. 우리 오빠한테 두 사람 결혼 날짜 잡았다는 얘기 들었어요."

살짝 망설이는 듯한 말투였다.

"그땐 저, 한국에 없을 거예요. 조만간 퇴직하고 프랑스로 돌아갈 생각이거든요."

놀란 서연의 눈이 커졌다. 유라가 모라비를 그만둘 생각을 하고 있는지 전혀 몰랐기 때문이다.

"왜…… 요?"

"그쪽에 날 필요로 하는 사람들이 많아서요. 이왕이면 더 보람찬 일 하고 싶어요."

유라가 부드럽게 눈웃음 지었다.

"결혼식에는 못 가겠지만…… 서연 씨하고 오빠, 즐겁게 잘 살길 바라요."

두 사람도 나도, 이제 모두 다 행복하길 바라요. 진심으로…….

퇴근 후 집으로 돌아가려던 서연은 제 회사 앞까지 찾아온 손님에 당황하지 않을 수 없었다.

"잠깐 시간 괜찮으면, 한두 시간 정도 어울려 줄 수 있겠니?"

검은색 정장을 아래위로 맞춰 입은 미라는 함께 갈 곳이 있다며 서연을 제 차에 태웠다. 도착한 곳은 백화점 명품브랜드 매장 안쪽에 있는 VIP룸. 퍼스널 쇼퍼가 추천해준 원피스를 입고 나온 서연을 품평가처럼 꼼꼼히 뜯어보는 미라였다.

"이거 괜찮네. 아주 잘 어울려."

서연은 퍼스널 쇼퍼가 옆에 달라붙어 쇼핑을 함께한다는 상황 자체가 너무 어색해서 죽을 것 같은데 미라는 익숙한 듯 보였다. 손가락 하나만으로 여왕처럼 직원들을 부리는 행동에서 한 치의 어색함도 느낄 수가 없었다.

"이 제품은 현재 파리에서 뜨고 있는 디자이너 자무스가 선보인 신상인데요. 원래는 국내에서 판매가 안 될 예정이었는데 저희가 특별히 어렵게, 어렵게, 바잉해 와서 국내에 딱 한 장 들어왔습니다."

"뭐, 디자인이 독특해서 마음에 드네요. 함께 매칭해준 재킷도 같이 할게요."

순식간에 사색이 된 서연이 황급히 가격표를 확인했는데, 아. 더 새파랗게 질렸다.

오타인가? 0이 두 개는 잘못 붙은 것 같은데? 기절할 뻔한 액수에 식겁한 서연은 그저 침만 꼴깍 삼켰다.

그렇게 서연은 미라에게 옷 16벌에, 가방 3개, 구두 9켤레, 액세서리 2세트를 반강제로 선물 받았다. 이 많은 짐을 어떻게 집으로 들고 가야 하나 고민했으나, 쓸데없는 걱정이었다. 전부 집으로 배송시키고 서연은 도도하게 몸만 움직이면 되는 것이었다.

"감사합니다, 대표님! 그리고 며느님! 다음에 또 뵙겠습니다."

퍼스널 쇼퍼가 허리를 굽히며 배웅했다. 곧 차가 움직이고, 서연은 머릿속으로 정신없이 계산하기 시작했다.

미쳤어. 오늘 대체 얼마를 쓴 거지? 적어도 외제 차 한 대 값은 우습게 쓴 것이다. 액수를 되새기자 더욱 창백해진 서연은 벌어진 입술을 다물지 못했다.

'이 정도로 고가의 것들을 사주셨는데…… 그럼 이건 예물인 건가? 예물인 거지? 그렇다면 나도 대표님께 예단을 해야 하는 건가? 근데 난 돈이 없는데? 예단비 막 천만 원씩 주고 그러지 않나? 난 당장 모아둔 돈이 없는데? 게다가 곧 도훈 씨 생일인데……! 그렇다고 도훈 씨 카드를 쓰면 그건 내가 드리는 답례가 아닌…….'

"무슨 생각 하니?"

"네? 네! 아니요! 아무것도!"

미라가 입을 열 때까지 서연의 머리는 아비규환이었다.

"이건 예물 같은 게 아니고 선물이니 그냥 받으면 된다."

"네?"

"그런 표정 짓지 말란 뜻이야. 며느리한테 시모가 옷 한 벌 사준 건데."

근데, 근데 한 벌이 아니잖아요……! 차마 입 밖으로는 내지 못하고 서연은 혼자 입만 뻐끔뻐끔했다.

"그보다, 도훈이랑 살면서 뭐 어려운 점은 없니?"

"네, 네! 늘 좋아요, 어머님."

서연의 빠릿한 대답에 미라가 인자하게 웃었다.

"살림은 이미 합쳤고. 다른 건 필요 없겠지만, 침대랑 식기는 바꾸는 게 어떻겠니?"

"침대하고 식기요?"

"그래. 서연이도 취향이 있을 거 아니니. 가령 매트리스가 딱딱한 게 좋은지 푹신한 게 좋은지, 접시는 화려한 게 좋은지 모던한 게 좋은지 같은."

미라가 상냥하게 말을 잇다가 일순 멈칫했다.

"잠깐. 그런데 예전에 갔을 때 슬쩍 보니까 둘이 방도 따로 쓰고 침대도 두 개 있는 것 같던데……. 너희 설마 따로 자니?"

서연이 흠칫 놀랐다. 침대가 두 개 있는 것도, 방을 따로 쓰는 것도 맞았지만, 따로 자지는 않았다. 오히려 밤마다 한 침대에서 전쟁이라도 난 듯 서로 안고 뒹구는 게 일상이었다.

"저, 그…… 그게."

차마 '한 침대에서 같이 자요.'라고 말할 수가 없어서 침을 꼴깍 삼켰다.

"어휴. 내 아들이지만 참…… 이래서야 2세는 볼 수 있을지."

아, 서연이 손가락을 작게 오므렸다. 그 행동을 다른 의미로 받아들인 미라가 푹 한숨을 내쉬었다.

"네가 밤마다 답답해서 고생이겠구나. 도훈이 걔가 워낙에 여자 경험이 없고 색욕도 없어서 그런 거니 네가 이해해라."

색욕이…… 없다니……? 대체 누가?

"어쨌든 오늘부터라도 한방 써. 부부가 각방 쓰면 안 된다."

"네, 네. 어머님……."

민망해진 서연의 얼굴이 새빨갛게 물들었다. 머지않아 차는 서연의 집 근처 사거리에 도착하고, 서연은 여기서 내려달라 요청했다. 깍듯하게 인사하고 떠나려는 차에 미라가 그녀를 붙잡았다.

"잠깐만, 서연아. 이거 가져가렴."

"네?"

서연이 반문하자 미라가 심각한 얼굴로 아래에 놓여 있는 박스를 주섬주섬 꺼내 그녀에게 건넸다.

"어……. 이게 뭐예요, 어머님?"

"이건……."

미라의 목소리가 비장하게 낮아졌다.

"굼벵이 엑기스다."

"……."

"네가 아침에 한 포씩 좀 챙겨줘라. 남자 정력에 굼벵이만 한 게 없다고 하니까. 신혼일 때 애는 하나 봐야 하지 않겠니?"

"아……."

어머님……. 그 사람이 이거 먹으면, 저…… 죽어요.

서연이 속으로만 삼키고 고개를 끄덕였다.

"네, 챙길게요."

이걸 백도훈이 먹었다가는 침대가 무너질지도 모르는 판이었다.

어머님께는 죄송하지만, 실수로라도 그에게 굼벵이를 먹이지 않겠다고 속으로 굳게 다짐했다. 이런 건 더 필요한 사람에게 가야지, 암.

여진과 진영의 어색하고 풋풋한 커플 분위기는 정확히 딱 3일 갔다. 사귀기로 한 지 몇 달이 지나니, 진영은 어느새 여진 전용 발닦개가 되어 있었다.

"아오. 진짜 아재 냄새나! 담배 피우지 말라고! 뭔 놈의 의사가 정신 나간 것도 아니고 담배를 피우냐고!"

"오, 여진 씨. 저기 봐요. 보름달이다."

"보름달은 보이고 네 폐 썩는 거는 안 보이냐!!!"

"와우, 달 엄청나게 커요. 마치 여진 씨를 사랑하는 제 마음의 크기만큼?"

"이 오징어 자식…… 할 말 없으니까 말 돌리지! 됐어. 세워!"

여진이 달리는 차 안에서 차 손잡이를 잡고 나가려는 듯 시늉하자 진영이 그녀를 서둘러 붙잡았다.

"잠깐, 잠깐, 잠깐, 잠깐!"

진영이 열심히 도리질 치며 서둘러 비굴 모드로 전환했다.

"잘못했어요. 진짜 잘못했어요! 다시는 죽어도 안 피울게요! 손도 안 댈게요!"

"한 번만 더 담배 피우면 그땐 파국이야! 알겠어요?"

여진이 엄포를 놓자 진영이 고개를 열렬히 끄덕였다. 지구 멸망보다 두려운 경고였다. 어떻게 엮인 관계인데, 진영은 비굴해지더라도 여진이 있어 행복했다.

늦은 저녁을 먹기 위해 도착한 곳은 룸으로 된 퓨전 한식집이었다. 주문 마감 시간이 가까웠기 때문에 진영과 여진의 식사가 라스트 오더였다. 코스별로 나오는 음식들은 꽤 때깔이 고왔다. 배보다 배꼽이 크다고 휘황찬란한 장식 속에 조그마하게 플레이팅 되어 등장하는 요리들이 감질났다.

"여진 씨, 근데 우리 사귄 지 벌써 몇 달이잖아요?"

"네. 왜요?"

"아니, 뭔가 달라지는 게 없는 것 같아서……."

진영이 여진을 바라보며 은근하게 웃었다.

"그 호칭이 너무 딱딱하지 않아요? 뭔가 좀 더……."

"좀 더 뭐요?"

"그 왜 있잖아요."

"뭐가 있어요?"

"그 자기보다 나이 많은 남자를 부를 때 쓰는 호칭……."

"형님?"

"……."

"아저씨?"

"그냥 지금 쓰는 호칭이 제일 나을 것 같네요, 하하하."

'노인'이나 '야'로 전락하기 전에 얼른 선수를 쳤다.

진영이 술병을 들어 여진의 잔에 쪼르륵 따라주었다. 쨍, 술잔이 마주하자 시끄러운 소리가 울려 퍼졌다. 진영이 살짝 고개를 돌리고 술을 입 안에 털어 넣는데, 유리잔을 입술에만 살짝 갖다 댄 여진이 픽 웃었다.

"오빠?"

꿀꺽, 목울대를 크게 꿀렁이며 술을 삼킨 진영의 눈이 커졌다.

"네?"

"뭐가요?"

여진이 아닌 척 시치미를 떼며 해사하게 웃었다. 잠깐 그 입술을 물끄러미 보던 진영이 도로 고개를 내려 미끌미끌한 미역국을 한 모금 떠 마셨다.

"오빠!"

멈칫, 입 안에 수저가 들어간 채로 진영이 고개를 획 들었다. 그러나 정작 여진은 딴청을 피우며 새우튀김을 입 안에 오물오물 씹어 먹고 있었다.

"여진 씨…… 저 놀리는 거 되게 재밌죠?"

"푸하하하!"

심각하게 묻는 진영 때문에 그만 웃음이 터져버렸다. 여진이 깔깔거리며 즐거워하자 그 해맑은 표정이 좋은 듯 진영의 눈매도 부드럽게 휘어졌다. 10년 전으로 돌아가 소년소녀 커플이라도 된 듯 유치했으나 과잉된 분위기는 좀처럼 식을 줄을 몰랐다. 올라간 입꼬리는 접착제라도 붙여놓은 듯 그 자리에서 움직이지 않았다.

"아하하, 너무 웃어서 눈물 나잖아. 나 잠깐 화장실 좀 다녀올게요?"

여진이 웃으며 룸 밖으로 나가자마자, 진영이 큰 손으로 제 얼굴을 푹 감쌌다. 그 손 틈에서 작은 웃음이 비식비식 새어 나왔다.

"아, 너무 귀여워……."

하는 행동 하나하나, 사소한 말투까지도 사랑스럽지 않은 구석이 없었다. 얼른 돌아왔으면 좋겠다고 속으로 생각하며 더운 열기를 찬물로 식혀 내렸다.

그때, 진영의 눈에 여진이 놓고 간 휴대전화가 눈에 들어왔다.

"……그러고 보니……."

여진은 휴대전화에 자신을 어떻게 저장했을까? 진영은 여진을 '여진님'이라고 저장해놓았다. 과연 그녀는?

사귀기로 한 지 몇 달이나 됐으니까……. 오빠? 여보? 나의 사랑? 진영이 은근슬쩍 기대하며 여진의 휴대전화를 곁눈질로 응시했다. 몰래 애인의 휴대전화를 보는 것은 예의에 어긋나지만, 지금 진영은 이성보다 호기심이 앞섰다. 문 바깥의 눈치를 슬슬 살피며 좀도둑처럼 여진의 휴대전화를 낚아챘다.

"……."

제 번호를 검색해본 진영이 그 자세 그대로 딱딱하게 굳었다.

[국내산 오징어]

못 본 거로 하기로 했다.

한편 미라와 헤어진 서연은 굼벵이 엑기스를 들고 터덜터덜 집으로 걸어 갔다. 더없이 행복해야 할 금요일 밤이었으나, 조금 전 일이 많아 밤늦게 귀 가한다는 도훈의 문자를 받고 서연은 추욱 인절미처럼 늘어져 버렸다.

"입이 심심한데 맥주나 마실까……."

집 앞까지 왔던 서연은 또띠한테 짧게 인사하고서, 뒤를 돌아 다시 편의 점으로 향했다.

"뭐야. 잠겨 있네?"

잠시 화장실을 다녀온다고 적혀 있는 종이를 본 서연이 미간을 살포시 구겼다. 자물쇠로 굳게 잠겨 있는 이 편의점은 서연이 남성화에 시달릴 때 오래도록 아르바이트했었던 그 편의점이었다. 도훈과의 그리운 추억도 있 는

"에휴, 포기. 포기. 그냥 빨리 집에나 가서 또띠랑 놀아줘야지."

기다리기도 귀찮아 맥주 사기를 그만둔 서연은 발걸음을 돌렸다. 그때, 편의점 옆 작은 샛길에서 수상한 인기척이 들려왔다. 움찔한 서연은 본능적

으로 그쪽으로 고개를 돌렸다가 화들짝 놀랐다. 으슥한 골목에서 웬 커플이 정신없이 엉켜서 폭풍 키스를 나누고 있는 게 아닌가! 당황한 서연이 얼른 시선을 돌리고 발걸음을 재촉하려는데.

"……어?"

뭔가 이상한데. 아까 그 얼굴들……. 서연이 도로 획 고개를 기울여 민망한 스킨십을 하는 커플들의 낯짝을 확인했다.

"도빈 씨……?"

편의점 유니폼을 입은 남자는 다름 아닌 도빈이었다. 그리고 상대 여자의 얼굴을 확인한 서연의 얼굴이 경악으로 물들었다.

"너는……!"

조금의 시간이 흐르고, 서연은 편의점 앞 테이블 의자에 삐딱하게 앉아 도빈을 흘겨보았다.

"저질……."

도빈은 그저 죄인처럼 쭈그러들 뿐이었다.

"진짜 저질이네요. 어떻게 미성년자를 건들 수가 있어요?"

도빈이 폭풍으로 키스하고 있던 여자애는 서연도 안면이 있는 아이였다. 예전에 아르바이트할 때 자주 들르던 여고생으로 서연을 오빠라고 불렀던 그 명랑한 아이!

"억울해요! 난 고딩인지 몰랐다니까요? 민지 걔가 먼저 나한테 대학생이라고 속였다구요! 나야말로 피해자예요, 피해자!"

"피해자는 개뿔. 세상에 피해자 다 죽었대요?"

"아, 누나아아!"

도빈은 새로 사귄 여자친구에게 속은 것도 황당한데, 서연이 저를 천하의 나쁜 놈 취급을 하니 억울해 돌아가실 지경이었다.

"어쩐지 민지 걔 이상하다 했어! 매일 주말에만 볼 수 있다고 그러지, 평일엔 연락도 잘 안 되지!"

일의 원흉인 민지는 도빈에게 정체가 탄로 나자, 당황해서 횡설수설하더니 그대로 도망쳐버린 뒤였다.

"뭐, 고등학교 2학년? 4살이나 올렸어! 아우! 하여간 요즘 애들 무서운 게 하나도 없지. 아오!!!"

발끈한 도빈은 마시던 캔 음료를 한입에 우루루 털어 넣었다.

"누나, 형한테는 비밀이에요? 나 맞아 죽어, 진짜! 누나도 남편 감빵 보내고 혼자 외롭게 살고 싶진 않잖아. 그렇지?"

서연이 눈썹 한쪽을 삐딱하게 들어 올렸다.

"응? 누나, 응? 누나!"

"……이게 어디서 반말을 까. 죽으려고."

흠칫한 도빈이 입술을 꾹 다물었다.

"와우…… 형이랑 나 대할 때 누나 온도가 너무 다르다."

"같으면 그게 더 이상한 거지."

"뭐야. 형한텐 내숭 떠는 거였어요?"

"아니지. 내숭 떠는 게 아니라 내숭이 떨어지는 거지. 사랑하는 사람 앞에서는 언제든 팅커벨로 있고 싶은 법이죠. 실제로 팅커벨이 아니라 맘모스여도."

"내가 만난 여자들은 안 그러던데?"

"사람 차이죠. 난 그래."

"누나는 우리 형이 진짜 좋아요?"

"당연히 좋지, 그럼."

"어디가?"

"천만 개도 들 수 있지만, 일단 엄청 튼튼하잖아."

"오, 그럼 나는 어때 보여요?"

도빈이 눈을 빛내며 저 자신을 가리켰다. 서연의 눈이 가자미처럼 가늘어졌다.

"도빈 씨는…….."

마른 체형의 그를 대충 훑어본 서연이 심각하게 물었다.

"군대는 갔다 왔니?"

"아, 당연히 갔다 왔죠!!!"

도빈이 또 한 번 발끈했다. 헐크 백도훈에 비하면 마른 몸이지만 군살도 없고 팽팽하다며 목에 핏대가 서도록 주장했다. 서연이 살풋 웃음을 터뜨리며 한 팔을 테이블 위로 올려 내밀었다.

"그럼 나랑 팔씨름할래요?"

"오케이, 콜."

도빈은 안 봐준다며 으름장을 놓고 서연의 손을 잡았다. 그러나 결과는 시작 10초 만에 서연의 승리.

"아!!! 이건 아니지! 치트키 쓰지 마요, 치트키!!!"

"무슨 치트키?"

"아, 자존심 상해. 누나도 힘이 아주 헐크야 헐크!"

"내가 힘은 좀 세지, 하하하."

몇 달 전부터 도훈을 따라 운동을 시작하니 전보다 힘이 배는 좋아진 서연이었다.

"백도훈에게는 안 돼도, 우리 도련님 미역 줄기 같은 팔 정도야 몇 번이고 넘겨 드리지."

"아, 누나 너무해! 우리 인간적으로 도핑 검사 합시다."

"이게 또 까분다."

서연이 킥킥거리며 굼벵이 엑기스 상자에 팔을 툭 걸쳤다. 그때, 뒤에서 빵! 하고 짧은 클랙슨 소리가 울렸다. 뒤를 돌아본 서연의 표정에 활기가 띠어졌다.

"오빠아!"

도훈의 차를 보고, 서연이 활짝 웃으며 자리에서 벌떡 일어났다. 가려다가 잠깐 멈칫하더니, 굼벵이 엑기스 상자를 도빈의 앞에 밀어놓고 꼭 챙겨

먹으라고 당부했다.

어느새 도훈은 차 밖으로 내려 서연을 향해 팔을 벌리고 있었다. 다시 서연은 와다다 달려가 점프해 도훈에게 폴짝 안겼다.

"오오, 난리 났다. 난리."

서연이를 안고서 좋아 죽으려는 도훈과 마찬가지로 좋아 죽는 서연을 도빈이 경탄의 시선으로 응시했다. 자리에서 뱅글뱅글 돌며 아주 생난리를 치는 그들을 보며 도빈은 굼벵이 엑기스 상자를 열었다.

"뭐 100년 만에 재회했어? 왜들 저래?"

한 포를 뜯어 원샷하며 쯧쯧, 혀를 찼다.

도훈과 서연은 유능한 웨딩플래너와 함께 5월로 예정된 결혼식 준비를 차근차근 진행했다. 예식장과 신혼여행지는 결정되었고 스튜디오, 드레스, 메이크업 업체를 선정할 차례였다. 여유로운 주말의 아침, 도훈은 우유를 마시는 서연에게 슬금슬금 다가와 부드럽게 백허그했다.

"웨딩드레스 입은 강서연 기대돼서……."

잘록한 허리로 감기는 굵직한 팔뚝에 서연이 배시시 웃었다.

"한숨도 못 잤어."

꿀처럼 달콤한 음성이었다. 오늘은 도훈과 서연이 함께 드레스를 보러 가기로 한 날이었다. 준비를 마친 그들은 청담동에 있는 웨딩드레스샵으로 향했다.

"예비 신랑님, 엄청 기대되시나 봐요."

웨딩플래너가 드레스를 피팅하러 들어간 서연을 기다리며 소파에 앉아 있는 도훈에게 넌지시 말을 걸었다. 잔잔하게 웃은 도훈이 탁자에 놓인 진한 커피를 들어 올렸다.

"네, 뭐."

건성으로 대꾸한 도훈은 다시 고개를 돌렸다. 그의 온 신경은 서연이 드레스를 입으러 들어간 피팅룸으로 쏠린 상태였다. 커튼이 열리기만을 기다리는 동안, 도훈은 묘한 기대감과 긴장감에 입 안이 마르는 기분이었다.

"신부님 나가십니다."

짧은 멘트와 함께 커튼이 옆으로 걷히고 밝은 조명이 플래시처럼 터졌다. 달각, 도훈은 저도 모르게 들고 있던 커피 잔을 테이블에 내려놓았다. 웨딩드레스를 입은 서연은 한 폭의 그림처럼 우아한 분위기를 자아냈다.

"와……. 정말 인형 같으세요!"

곳곳에서 찬사가 터졌다. 도훈의 옆에 서 있던 웨딩플래너는 서연의 아름다움에 감탄하며 손뼉을 마주쳤다.

"예비 신부님께서 키도 크시고 늘씬하셔서 그런지 머메이드 라인이 참 잘 어울리세요! 이렇게까지 완벽하게 소화하신 분은 예비 신부님은 처음이신 것 같아요! 어떠세요, 예비 신랑님은?"

아름다워도 너무 아름다운 신부의 자태에 여자는 호들갑을 떨며 도훈에게 물었다.

"……"

그는 그녀의 말이 조금이 들리지 않았다. 뜨겁다 못해 타들어 갈 것만 같은 까만 시선이 서연의 머리부터 발끝까지를 탐닉하듯 쓸어내렸다. 깔끔하게 말아 올린 머리카락과 그 위에 다소곳이 자리한 티아라, 그 아래 훤히 드러난 하얀 목덜미와 야리야리한 둥근 어깨가 도훈의 눈을 사로잡았다. 아찔하게 파인 V넥 라인 아래, 물 한 모금은 너끈히 고일 정도로 선명하게 패인 쇄골과 봉긋하게 솟은 가슴은 고혹적이었다. 잘록하게 들어간 허리와 볼륨 있는 골반으로 떨어지는 여체의 섹시한 굴곡이 도훈을 심장을 설레게 했다.

"……한 마디로."

촘촘하게 레이스가 수놓아져 있는 바디, 우아한 머메이드 실루엣은 푸른 바다를 도발적으로 유영하는 인어를 연상시켰다. 도훈은 숨이 점점 가빠지는 것을 느꼈다. 두근, 두근.

"걸작이네요."

내면에서 끓어오르는 정염을 눌러 담고 담백한 한 마디를 꺼냈다. 두근, 두근, 굳건한 심장이 첫사랑을 시작한 사춘기 소년의 그것처럼 빠르게 박동했다. 그는 뚜벅, 뚜벅, 걸어 서연의 앞으로 섰다. 하도 뚫어져라 보니 부끄러워진 서연이 얼굴을 붉혔다.

"도훈 씨……? 드레스 괜찮아요? 다른 것도 입어보려고 하는데……."

서연은 말을 채 이을 수 없었다. 도훈이 한 발짝 더 내디뎌 단상 위로 올라왔기 때문이었다.

사르륵, 등을 시원하게 노출한 과감한 백리스 디자인이었기에, 등 위로 늘어져 있는 베일을 걷으면 바로 서연의 맨 살결이었다.

"앗. 잠깐…… 도훈 씨."

그의 손가락이 매끄러운 등을 부드럽게 스치자 서연은 심장이 터질 것만 같았다. 웨딩샵의 모든 여성들이 영화의 한 장면을 보는 듯, 넋을 놓고 도훈과 서연을 바라보았다. 도훈은 서연의 작은 손을 잡고 부드럽게 들어 올렸다. 쪽, 그녀의 손등에 황홀하게 입술을 맞추었다.

"아름다워."

부드러운 입술의 감촉, 서연의 가슴이 쿵쾅쿵쾅 미친 듯이 널뛰기 시작했다.

"지금 당장 키스하고 싶어질 만큼."

그렇게 발음하는 도훈의 입 속 붉은 혀가 서연의 시야에 강렬하게 와 닿았다.

"3분."

그 누구보다도 이성적인 남자의 이성이 끊기는 시간.

"잠시 실례해도 되겠습니까?"

오늘따라 유난히도 붉고 통통한 입술이 곳 뭔가에 낯음식스럽다. 직원들은 화끈 달아오른 얼굴로 허둥지둥하며 얼른 피팅룸의 커튼을 쳤다. 사르륵, 베이지색 커튼이 드리우고 서연과 도훈은 단상 위에 단둘이 남게 되었다. 당황한 서연이 뭐 하는 거냐며 묻기도 전에 도훈은 서연의 가늘디가는 손목을 그러쥐었다.

"네가 진짜 내 신부야……?"

나른한 목소리로 속삭이는 입술이 서연의 손목 안쪽 피부로 내려앉았다.

"전생에 나라를 구했어."

뽀얀 손목을 길게 핥으며 조금씩 은밀하게 그녀를 정복해나간다. 이내 도달한 서연의 촉촉한 입술, 도훈의 뜨거운 입술이 봄눈처럼 포근하게 덮였다. 화끈한 열기가 폭발적으로 밀려온다. 두 남녀는 다가올 미래에 대한 짜릿한 기대감에 완전히 취해버렸다.

다음 날, 서연과 도훈은 이른 아침부터 단정하게 옷을 빼입고서 차를 탔다. 꽤 오랜 시간 차를 몰고 도착한 곳은 서연 부모님의 유골이 안치된 납골당이었다. 늘 눈물을 한가득 달고서 이곳을 찾아왔었던 서연이었으나, 오늘만큼은 울지 않았다. 한 발짝, 한 발짝, 그들을 만나러 걷는 걸음걸이가 그 어느 때보다 조심스러웠다.

"엄마, 아빠……."

서연은 작은 액자 속에서 환하게 웃고 있는 부모님의 사진을 보고 울컥했다. 여전히 변함없는 얼굴로 어디에선가 갑자기 나타나 서연의 이름을 크게 불러줄 것만 같았다. 아니란 걸 알면서도, 그들이 하늘로 간 지 오랜 시간이 지났다는 것을 알면서도.

"나 왔어……. 그동안 자주 못 찾아와서 미안해. 뭔 일 있는 건 아닌가, 걱정 많이 했지?"

든든한 그늘이었던 그들이 떠나고, 서연은 언제까지나 영원히 혼자일 것만 같았다. 길고 긴 동굴 속에서 헤어 나오지 못할 것만 같았다. 늘 쓸쓸하고 외롭게 살아갈 것만 같았는데…….

"나 곧 결혼해. 이 사람이 내 신랑 될 사람이야."

이렇게 옆에 든든한 남자를 반려자로 데려오다니.

"걱정하지 마. 나 이제 혼자 아니야……. 이 남자랑 평생, 영원히 함께할 거야. 눈 감는 그날까지 죽도록 사랑할 거야."

서연은 눈가가 촉촉해지는 것을 느끼며 두 눈을 지그시 감았다.

"어제 이 사람하고 웨딩드레스도 보고 왔어. 엄마도 같이 골라줬으면 좋았을 텐데……. 아빠 손 꼭 잡고 결혼식장 들어가고 싶었는데. 같이 못 들어가서 너무 아쉽고……."

북받치는 감정에 왈칵 눈물이 터질 것만 같았다. 걱정하게 하고 싶지 않아 울지 않으려 했는데. 꾹 참으려 했는데. 서연이 입술을 지그시 깨물었다. 도훈은 그런 서연의 손을 따스하게 붙잡았다. 위로하는 듯한 다정한 체온이 느껴졌다.

"장인어른, 장모님. 안녕하세요. 인사가 늦어 죄송합니다. 백도훈입니다."

도훈이 정중하게 허리를 굽혀 인사했다.

"이렇게 예쁜 따님을 낳아주셔서 감사드립니다."

도훈의 나직한 목소리가 고요한 납골당 안을 울렸다.

"저는…… 진심으로 서연이를 사랑합니다."

꾸밈없이 담담하고 진솔한 고백.

"제 목숨보다도 사랑해서, 항상 곁에서 지켜주고 싶습니다. 평생 따님과 한 몸처럼 살다가, 한날한시에 눈을 감고 싶습니다."

지금도 절대 놓을 수 없다는 듯, 서연의 손을 꼭 쥐고 있었다.

"걱정 끼쳐드리지 않고 행복하게 잘 살겠습니다. 소중한 따님, 앞으로도 영원히 행복하게 만들어주겠습니다."

어둡게 드리운 운명을 이기고, 사랑하는 그녀를 지키며 세상의 모든 역경을 헤쳐나가겠다고, 몸과 마음을 다 바쳐 그녀를 갖은 풍파로부터 지켜주겠다고.

"이제 한시름 더시고 편히 쉬십시오."

도훈은 서연의 부모님께 맹세하고, 또 맹세했다.

5월의 둘째 주 토요일, 오늘은 서연과 도훈이 결혼하는 날이었다.

390

결혼식이 열리는 장소는 도심 속이라고는 믿기지 않을 만큼 거대한 규모를 자랑하는 야외 예식 공원이었다. 500평에 달하는 광활한 정원은 싱그러운 햇빛을 그대로 담고 있었고, 버진로드를 끼고 양옆으로 펼쳐진 푸르른 잔디밭은 동화 속의 한 장면을 보는 듯한 신비로운 분위기를 자아냈다.

"내 친구가 결혼이라니! 내 친구가 결혼이라니! 강서연이 결혼이라니!!!"

캐슬 안에 위치한 신부 대기실을 찾은 여진이 반쯤 오열했다.

"애는. 왜 그렇게 울어."

곱게 신부 화장을 하고 우아하게 웨딩드레스를 차려입은 서연이 실소를 터뜨렸다.

"하하. 우리 여진 씨는 뭐가 이렇게 서러울까? 걱정하지 마세요. 도훈이가 앞으로 더 잘해줄 거예요. 그렇죠, 제수씨?"

"그럼요, 당연하죠."

서연이 진영을 보며 환하게 웃었으나, 여진은 여전히 엉엉 우는 중이었다. 그런 여진을 토닥이던 진영이 크게 소리 내서 웃었다.

"여진 씨, 울면 사진 이상하게 나올 텐데요?"

"몰라요, 슬프잖아요!"

여진은 애지중지하던 딸을 요괴의 제물로 바치는 사람처럼 서러워하며 서연의 손을 붙잡고 놔주지를 않았다. 강서연, 백싸가지에게 기어코 시집을 가다니!

"자. 친구분, 좋은 날 그만 우시고. 사진 좀 찍겠습니다!"

내내 타이밍만 재던 사진사가 참다못해 한마디 하며 카메라를 들어 올렸다. 찰칵!

따스한 햇볕이 지상에 닿아 산산이 부서지는 봄날. 하객들은 멜로 영화의 주인공처럼 잘 어울리는 한 쌍을 보며 탄성을 내질렀다. 턱시도를 입은 도훈은 모델처럼 길게 뻗은 다리와 월등한 체격을 자랑했다. 뭇 여인들의 마음을 설레게 만드는 외모였으나, 그의 마음이 향하는 여자는 온 우주를 통틀어 단 한 명. 도훈의 옆에 서 있는 아름다운 여자, 서연이었다. 5월의 신부는 단연 그 누구보다도 고귀했다. 사진 촬영 때 입었던 드레스가 섹시한 이미지의 머메이드 라인이었다면, 본식에서 그녀가 입은 드레스는 튤 소재를 겹겹이 사용하여 로맨틱한 느낌을 살린 벨라인 웨딩드레스였다. 신랑을 향해 활짝 핀 듯한 하트넥과 한 땀 한 땀 정성을 들인 자수가 반짝이는 캡 슬리브. 오목조목 아름다운 얼굴 위로 자연광을 받은 티아라가 황홀한 빛을 뿜냈다.

"와, 예쁘다……."

신이 있다면 태초부터 그들을 짝으로 정했으리라, 하객들은 저마다 감탄을 금치 못했다. 이렇게까지 잘 어울리는 환상적인 커플을 난생 본 적이 없었다. 동시에 입장한 도훈과 서연은 버진로드를 따라 걸었다. 조심스러운 걸음걸이, 미래를 향하는 발걸음. 순백의 버진로드 끝에 선 서연과 도훈은 웃음 젖은 눈으로 서로를 바라보았다. 구름 한 점 없이 투명한 하늘, 더없이 화창한 날씨. 모든 것들이 꿈만 같이 느껴졌다. 차분한 분위기 속에 주례가 시작되었다.

"먼저 경사스러운 날을 맞아, 바쁘신 중에도 참석해주신 하객 여러분께 신랑 신부를 대신하여 감사의 말씀을 드립니다."

나란히 선 서연과 도훈은 경건한 마음으로 주례사를 경청했다.

"……그렇듯 결혼은 서로를 더욱더 깊이 알아가는 과정이며, 신뢰를 바탕으로 하나가 되자는 영혼의 약속입니다."

짧지도 길지도 않은 적당한 길이의 주례사가 끝 무렵에 접어들었다.

"신랑, 백도훈 군은 신부 강서연 양을 아내로 맞아 평생을 사랑하고 지켜줄 것을 맹세합니까?"

도훈이 힘 있는 음성으로 답했다.

"맹세합니다."

이어 고개를 비스듬히 내린 서연에게도 같은 물음이 이어졌다.

"신부, 강서연 양 역시 신랑 백도훈 군을 남편으로 맞아 평생을 사랑하고 배려할 것을 맹세합니까?"

"맹세합니다."

서연은 부케를 그러쥔 두 손에 꼬옥 힘을 주며 미소 지었다. 도훈과 서연은 이내 몸을 돌려 서로를 마주 보았다. 도훈이 한 발짝 다가서고, 서연도 한 발짝 다가섰다.

"그거 알아?"

서연에게만 들릴 정도로 작은 속삭임이었다. 뭘? 서연이 입 모양으로 묻자 도훈의 입술이 느리게 벌어졌다.

"네 입술에 환장해서……."

도훈이 능글맞게 웃었다.

"여기까지 온 거야."

그 한마디를 끝으로 도훈의 고개가 내려갔다. 서연의 꽃잎 같은 입술에 도훈의 입술이 따스하게 포개어졌다. 부케를 쥔 서연의 손이 가늘게 떨렸다. 온기를 취하는 듯 가볍게 맞닿았다 떨어지는 두 입술, 그 사이로 탄산처럼 톡 터지는 간지러운 숨결. 사랑이 가득한 입맞춤, 두 사람을 축복하는 박수갈채와 환호성들이 이어졌다.

"유후! 유후!"

술 취한 아저씨처럼 휘파람 부는 진영의 등을 여진이 퍽 두드리며 눈치를 줬다. 그러다 도로 청승맞게 눈물을 닦는 여진 때문에 서연은 그만 웃음을 터뜨렸다. 이윽고 도훈이 손을 뻗어 서연의 손을 그러쥐었다. 마주 잡은 손으로부터 기분 좋은 떨림과 기대감이 전해져왔다.

"갈까?"

서연은 행복한 얼굴로 고개를 끄덕였다. 행진하는 두 사람을 향해 일제히 자리에 일어난 하객들이 기립박수를 치며 환호성을 질렀다. 꽃가루 눈은 찬란한 빛을 내며 서연과 도훈 위로 뿌려졌다. 그 사이를 손 꼭 잡고 거니는 이 순간을, 서연과 도훈은 평생 잊지 못할 것이었다. 신분 차이로 혼인하지 못했던 전생과 달리, 주변의 폭발적인 축복 속에 그들의 결혼식이 이루어졌다. 힘들고 어려운 일이 많았고, 운명에 가로막혀 좌절한 적도 있었다. 앞으로 살아갈 인생에서도 어떠한 역경들이 닥쳐올지 모른다.

그러나 불안은 없다. 지금 붙잡고 있는 이 손을 서로가 절대 놓지 않는다면, 그 어떤 것도 두려워할 필요가 없다. 도훈은 서연의 전부이고, 서연은 도훈의 전부이기에. 발걸음을 맞추어 뻗어 나아갈 미래가 기대된다.

"도훈 씨."

"왜?"

지긋지긋한 운명, 전생의 저주와 업보.

"고마워요."

아니, 이 사람을 만날 수 있었기에 저주가 아닌 축복일 것이다. 울고 웃었던 그 모든 시간이 전부 하늘이 내린 축복이다.

"나도."

미소를 머금은 도훈의 입술이 열렸다.

그녀와 함께한 그 모든 순간이 좋았다. 우연이 아닌 인연. 우리의 사랑은 운명.

"고맙다."

나는 너를 사랑할 수밖에 없는 운명이었어.

시간은 빠르게 흐르고 다시 찾아온 봄, 축복 속에 결혼식을 올렸던 그날로부터 1년에 가까운 시간이 지났다. 누구도 다치지 않고 누구도 불행하지 않은 평범하고 행복한 일상들. 서연은 이제 남성화된 자신의 모습이 기억도 나지 않을 정도였다.

모든 게 다 끝난 걸까? 하늘의 벌도, 업보도 다 사라지고, 이제는 마음 편히 지내도 되는 걸까?

글쎄…… 알 수 없다. 조금 불안해도, 아무 일 없을 거라 믿는다. 백발이 될 때까지 행복하게 살다가. 한날한시에 눈을 감을 것이라고 믿는다. 우리의 사랑은 마지막까지 완벽할 것이라고 믿는다.

"나 출근할게. 이따 봐."

"응! 여보. 전화할게."

우리의 평범한 일상과 평화로운 나날들은 그냥 만들어지는 것이 아니었다. 꿋꿋한 노력의 산물이었다. 그만큼 우리 부부가 평범을 꾸며내는 것에는 다 규칙이 있다. 무슨 일이 일어나도 절대 의심하지 않고, 이상하게 생각하지도 않는다. 평범하게 생각한다.

"자, 뽀뽀."

도훈이 제 입술을 톡톡 치며 말하자 서연이 배시시 웃었다. 현관에 선 서연이 발뒤꿈치를 들고 도훈에게 짧게 키스했다. 행복하게 웃은 도훈은 서연을 온몸으로 꽉 안아주었다.

"사랑해, 여보."

"내가 더 사랑해, 자기."

그의 품에 폭 안긴 서연이 헤실헤실 웃으며 한 번 더 쪽 뽀뽀했다. 이내 도훈이 진하게 키스하며 행복한 저녁을 기약했다.

"오늘 일찍 퇴근할 테니까 같이 좋은 데 가서 식사하자."

"좋은 데? 어디?"

"P호텔 스카이라운지 레스토랑, 예약해뒀어."

"꺄! 너무 좋아! 자기 최고!"

서연이 폴짝폴짝 뛰며 도훈의 목덜미에 대롱대롱 매달렸다.

"나도 오늘 칼퇴해야지. 오빠, 절대 늦지 마?"

평소와 다름없이 일상을 보내고, 평소와 다름없이 함께할 시간을 기대한다. 의심하는 순간 틀어지는 것이다. 우리는 서로의 일상성을 믿는다.

"누나, 결혼하니까 좋아요?"

한가로운 주말, 장수 중의 장수 개 또띠를 보러 놀러 온 도빈이 서연에게 물었다.

"좋지, 그럼. 너무 좋지."

서연이 이제는 힘이 없어 잘 움직이지도 못하는 또띠의 등을 쓰다듬었다. 작년 겨울부터는 마당이 아닌 집에서 또띠를 기르고 있었다.

"결혼한 지 1년이나 됐는데, 아직도 전처럼 그렇게 마냥 좋아요?"

"음, 아니."

서연이 씩 웃었다.

"전보다 백배는 더 좋아. 계속 더, 더 좋아지고 있어."

"와, 대박. 신기해요. 어떻게 한 사람만 보고 평생을 살 생각을 하나 몰라."

"하하, 좀 더 지나면 알게 될 거야."

서연이 웃으며 휴대전화를 들어 시간을 확인했다.

"슬슬 올 때가 됐는데."

주말임에도 불구하고 일 때문에 회사에 출근한 도훈을 오매불망 기다리는 중이었다. 조금 전 회사에서 출발했다는 연락을 받았으니 곧 도착할 터였다. 도빈은 또띠를 서연에게서 데려와 품에 안고 토닥거렸다.

"형 말고 저는 어때요. 제가 거의 10살이나 젊은데, 젊은 양기 팍팍!"

허구한 날 우스갯소리를 하는 도빈은 오늘도 헛소리를 일삼았다.

"키도 10센티 더 작고?"

"허허, 키가 밥 먹여준답니까? 큰 오해에요, 그거! 그리고 저 대한민국 남자 평균 키보다 크거든요. 반올림하면 180인데!"

"아, 예. 그러세요. 대단하시네요. 좋으시겠어요."

서연이 건성으로 답하자 도빈이 발끈했다.

"키는 그렇다 치고 사람 대 사람으로 형보다 내가 나아요! 다 늙은 아저씨! 난 10년 후에도 형 나이밖에 안 됐어. 파릇파릇하잖아!"

"그래, 그래. 좋겠다, 젊어서."

"그리고 네 살이면 천생연분이라는데, 누나랑 내가 천생연분이었을지도 몰라요. 내가 누나보다 딱 네 살 더 어리잖아?"

"너 그러다 맞아. 왜 그러는 건데?"

"나보다 형이 더 멋있다잖아요!"

형에게 열등감 버튼 눌린 도빈이 꽥 소리를 질렀다.

"누가. 민지가 그래?"

서연이 안 봐도 알 것 같다며 쯧쯧 혀를 찼다.

"민지 걔 됐다 그래요! 허구한 날 모임이다, 동아리다, 과 모임이다 하면서 남자들이랑 술 마시러 다니고! 스무 살이다 이거지. 나이가 깡패다 이거지!"

도빈은 처음 만났을 때 18살 여고생이었던 민지와 계속해서 교제를 이어 가고 있었다.

"그런데 이제 뭐? 형이 나보다 멋있어? 그게 남친한테 할 말이에요? 예? 누나?"

"흥분하지 마. 또띠 놀란다."

"아니 누나!!! 누나는 다 늙은 아저씨 뭐가 좋아서 보고 사냐구요! 차라리 파릇파릇한 나를 만나지!!!"

도빈이 고래고래 소리치며 답답하다는 듯 물을 원샷했다.

그때, 서연의 표정이 오묘해졌다. 그녀는 도빈의 뒤를 빤히 응시하고 있었다. 뭔가 느낌이 이상해서 도빈이 뒤를 슬금슬금 바라보니 아니나 다를까, 집에 돌아온 도훈이 장승처럼 떡하니 버티고 서 있었다.

"……."

3초의 정적. 사색이 된 도빈이 식은땀을 뻘뻘 흘렸다.

"……어, 형 이건 말이야. 이건 그냥 조크…… 조크야."

도빈이 슬금슬금 뒷걸음질 치고, 서연은 얼른 또띠를 빼앗아 안아 들었다. 도훈은 도빈을 무표정으로 쳐다보며 입술만 움직였다.

"서연아."

"응!"

"눈 가려봐."

"응, 살살해."

서연은 익숙한 듯 자연스럽게 제 눈을 가렸다. 그리고 이내 도빈의 돼지 멱따는 듯한 비명 소리가 온 집 안을 울렸다.

작년 겨울에 서연과 도훈의 집 옆집으로 이사 온 진영과 도빈, 두 사람은 한집에 살고 있다. 옆집이다 보니 그들은 툭하면 서연과 도훈의 집을 제집처럼 뻔질나게 드나들었다.

"여진 씨가 세상에서 제일 너무합니다! 네! 네네! 하찮은 애인보다 고양이 중성화수술이 우선이죠!"

꽁냥거리기도 바쁜 신혼부부 집에 들이닥치는 사람이 왜 이렇게 많은지. 진영은 도빈에 이어 집에 쳐들어와 소음 공해를 일으키고 있었다.

"네! 좋아요! 또치 중성으로 만들고 오세요! 제가 삼백 년 만에 한 번 휴가인데 같이 좀 있으면 또치가 죽습니까!"

진영은 조금 전 데이트 후 집으로 돌아간 여진과 한창 전화 통화 중이었다.

"꼴값을……."

옆에서 책을 보고 있던 도훈이 중얼거렸다. 그 소리에 부엌에서 커피를 내리던 서연은 빵 웃음이 터져버렸다.

"예! 다녀오세요! 전 지금 집에 예쁘고 쭉쭉빵빵하고 섹시한 여자 손님이 오셔서 이만 끊어야겠네요! 지금부터 우린 아주 바쁘거든!"

-뭐라고? 이게……!!!

"에베베베베, 퉤퉤!!"

피 토하듯 소리치고 뚝 전화를 끊은 진영이 그대로 소파에 널브러졌다.

건너편 의자에 앉아 있던 도훈의 미간이 찌푸려졌다.

"유치한 놈……."

"원래 사랑은 유치한 거야. 너도 인마 허구한 날 제수씨한테 장난치면서, 안 그래요? 제수씨?"

진영이 서연을 보며 묻자 그녀가 픽 웃으며 탁 소리 나게 커피 잔을 내려놓았다.

"커피나 드세요."

"감사합니다!"

"또 여진이 성질 건드려서 어떡해요. 쟤 화나면 진짜 무서운데."

"아……. 저도 모르겠어요……."

뒤늦게 후폭풍이 두려워진 진영이 울상을 지었다. 그러거나 말거나, 도훈은 그를 발로 툭툭 치며 고갯짓했다.

"그만 까불고 백도빈 데리고 집에나 좀 가."

"에휴, 그래, 간다 가. 외롭다, 외로워……."

"아, 가세요?"

"네, 실례했습니다. 편히 쉬세요! 야, 도빈아. 가자."

자리에서 일어난 진영이 도빈을 데리고 힘없이 현관으로 향하자 서연이 그를 붙잡았다.

"그럼 잠깐만요. 저희 오늘 저녁으로 반찬이랑 고기 좀 했는데, 그거 좀 싸드릴 테니까 잠깐 기다리실래요?"

"네? 아, 그럼 사양 않고, 하하하. 감사합니다!"

서연이 부엌으로 향하자 옆에 앉아 있던 도훈도 강아지처럼 그 뒤를 졸졸 따라 들어갔다.

"넌 도대체 N극이냐, S극이냐? 정체가 뭐야?"

인간 자석 수준으로 서연에게 붙어 있는 도훈을 보며 진영이 감탄했다. 애처가도 저런 애처가가 없다. 아마 애처가 경진 대회가 있다면 저놈이 압도적으로 세계 1위일 것이다.

"두 분 늘 보기 좋아요. 비주얼적으로 보든, 뭐로 보든 찰떡같이 잘 어울리는 게 천생연분 신혼부부입니다?"

진영이 부엌에 나란히 서서 음식을 준비하는 서연과 도훈을 보며 너스레를 떨었다.

"하하하…… 읍!"

칭찬에 기분 좋아진 서연이 실실 웃자 도훈이 그 입에 어묵을 푹 끼워 넣었다. 서연이 입에 어묵을 문 채로 도훈을 올려다보자 두 사람의 시선이 맞물렸다.

"저놈 앞에서 웃지 마, 저거 변태라 안 돼."

도훈이 단호하게 말하자 서연이 오물오물 씹으며 부정확한 발음으로 중얼거렸다.

"병태눈 어빠가 더 변태 가튼데……."

지칠 줄 모르고 나날이 음란하게 발전하는 도훈을 보며 매일매일 감탄하는 서연이었다. 지금만 해도 도훈은 굳이 서연의 왼발에 제 발을 딱 붙이고 서 있었다. 저러다 또 슬금슬금 발로 다리를 문지르며 올라올 것이 틀림없다.

'나도 여진 씨랑……'

한편 진영은 소파에서 어김없이 망상을 진행 중이었다. 최여진과 결혼을 하게 된다면? 그녀와 함께 잠들고 함께 깨고, 주말에는 아침 점심 저녁 삼시 세끼 다 같이 먹고, 같이 영화도 보고 가끔 여행도 가고, 또, 또……. 상상만으로도 행복해진 그가 배실배실 웃으며 커피 잔을 입가에 갖다 대었다.

"야!!! 오진영!!! 당장 튀어나와!!!"

"나두 결혼히   쁩!"

커피를 그대로 뿜을 뻔한 그가 서둘러 입을 손바닥으로 막았다. 여진이 진영의 집 문 앞에서 고래고래 소리치는 소리였다. 아무리 옆집이라지만 대체 얼마나 크게 소리치길래 여기까지 다 들리는 걸까. 도훈과 서연도 밖에서 쩌렁쩌렁 울리는 여진의 목소리에 고개가 저절로 돌아갔다.

"야이 망할 오징어 새끼야!!! 섹시한 쭉쭉빵빵이 누구야!!! 그게 뭔데 네 집에 기어들어 와!!! 둘이 거기서 뭐 하는 거야!!!"

쾅쾅쾅! 문을 부서뜨릴 듯한 소리가 울렸다.

"문 안 열어? 야!!! 죽을래?"

얼른 밖으로 나간 진영은 제집 앞에서 광분한 채 서 있는 여진을 발견하고 겁에 질렸다.

"여……, 여진 씨……."

쾅, 여진이 발로 문을 세게 걷어찼다. 곧장 여진의 고개가 휙 돌려졌다. 열 받아서 눈이 회까닥 돌아버린 여진은 진영이 나온 곳이 도훈의 집이라는 것도 인지 못 하고 대뜸 그의 멱살을 잡았다.

"야!!! 너 섹시한 여자 손님이 누구……!"

탈출했던 이성은 뒤이어 집 안에서 나온 도훈을 발견하자마자 빛의 속도로 제자리를 찾았다.

"아……."

창백하게 질린 여진이 대문에 서 있는 도훈을 보며 침을 꼴깍 삼켰다. 이내 허리를 90도로 꾸벅 굽혔다.

"안녕하세요, 상무님. 즐거운 주말입니다."

"그래."

도훈이 무뚝뚝하게 답하자 여진은 목덜미가 뻣뻣하게 굳는 느낌을 받았다.

'섹시한 쭉쭉빵빵이 백싸가지냐? 이 재수 없는 오징어……!'

속으로 절규하며 진영을 찌릿 노려보았다.

"야, 고막 떨어지겠다. 너 그거 우리 집까지 다 들려!"

도훈의 뒤에서 두더지처럼 뿅 등장한 서연이 재미있다는 듯 깔깔 웃었다.

"여진 누나는 오늘도 화끈하네요!"

도빈이 놀리자 민망해진 여진의 얼굴이 조금 빨개졌다. 그 앞에서 겁에 질려 눈치를 살피던 진영은 이내 어색하게 웃었다.

"어…… 여진 씨? 절 위해 다시 여기까지…… 억!"

진영은 도훈 몰래 제 발을 꾹 누르는 여진의 구두 굽 때문에 말을 잇지 못했다. 그렇게 투덕거리는 동안 시간을 확인한 서연이 짝짝 두 번 손뼉을 치며 중재했다.

"자자, 그만하고 기왕 이렇게 된 거 세 사람 다 우리 집에서 저녁 먹고 가요. 양도 많은데."

"아, 그건 내가 옮길게. 오빠 샐러드만 식탁에 옮겨줘."

서연이 맨손으로 냄비를 들려는 도훈을 저지하며 샐러드 접시를 톡톡 쳤다.

"……."

여진은 손님이라고 못 움직이게 하는 서연 때문에 진영과 좌불안석으로 식탁 앞에 앉아 있었다. 예전만 해도 백싸가지와의 겸상은 상상도 할 수 없는 공포의 한 장면이었는데, 지금은 어쩌다 보니 그의 집에서 식사까지 대접받게 되었다.

'세상일 한 치 앞도 모른다더니 바로 이걸 두고 하는 말인가……'

"저…… 그…… 여진 씨? 또치 중성화는……?"

옆에 앉아 있던 진영이 여진의 눈치를 보다가 조심스럽게 물었다.

"엄마한테 부탁했거든요?"

"앗……! 그런…… 장모님이……."

"하여간 맞으려고 이게 맨날 뻥을 치지, 뻥을!"

아직 화가 안 가신 여진이 진영의 귀에 입술을 대고 소곤거렸다. 그 와중에 진영을 여진에게 픽, 팔꿈치로 또 한 대 맞자 조금 억울했다.

"그렇지만, 그렇지만 저도 간만에 휴가니까 여진 씨랑 계속 같이 있고 싶었단 말입니다!"

"아니 그니까 아까까지 내내 계속 같이 있었잖아요! 잠깐 갔다 오겠다는

데 그게 그렇게 불만이에요? 왜 그런 되지도 않는 뻥까지 쳐서 날 열 받게 만들어요?"

"그럼 어떡해요! 하루 종일 있었는데도 또 같이 있고 싶은데!"

진영이 여진의 어깨를 살짝 쥐고서 그녀를 제 쪽으로 돌렸다. 뜬금없는 감동 멘트에 잠깐 얼떨떨해진 그녀의 얼굴이 조금씩 달아올랐다.

"……허, 허 참!"

여진의 입꼬리가 씰룩였다.

"정말이지, 어휴. 오진영 진짜…….""

진영은 휴, 하고 안심했다. 지난 몇 달간의 연애 끝에 파악한 결과 여진이 저렇게 민망한 듯한 얼굴로 중얼중얼하면 화가 풀렸다는 의미였다.

"세 분 맥주 마실래요?"

도훈이 식탁으로 가서 앉자마자 서연이 냉장고를 열고 맥주 캔 네 개를 꺼내 들었다.

"역시 제수씨 센스 최고! 고맙습니다!"

"와우, 맥주! 누나 나도!"

네 캔의 맥주를 들고 온 서연이 도훈의 옆자리에 앉으며 그에게도 하나를 건넸다.

"난 됐어."

"에이, 나 신경 안 써도 된다니까. 오빠 마시고 싶으면 마셔도 돼."

도훈은 서연이 다시 건넨 맥주를 집어서 아예 옆으로 치워버리고선 젓가락 들었다.

"먹자."

단호한 태도에 은근히 기분 좋아진 서연의 입가에 배시시 웃음이 번졌다.

"많이 드세요."

"제수씨는 술 안 하세요?"

"아…… 네. 저는 술 끊었어요."

서연이 씁쓸하게 웃었다. 결혼한 지 1년이 다 되어갔지만 두 사람 사이에는 도통 아이가 들어서질 않았다. 작년에 산부인과에 가서 검사를 받았을 때 서연은 호르몬 이상으로 인해 불임에 가까운 난임이라는 청천벽력 같은 소식을 들었었다. 그 얘기를 듣고 얼마나 울었는지 모른다. 아무래도 오랜 남성화의 여파로 임신이 어려운 몸이 된 것 같았다. 도훈은 괜찮다고, 둘이 사는 게 더 좋다고 서연을 위로했지만 그녀는 포기하고 싶지 않았다. 반년 넘게 애타게 임신 준비를 하면서 금주를 시작했는데, 도훈도 덩달아 비즈니스가 아니면 한 모금도 마시지 않았다.

"아, 그래서 그 술 좋아하는 백도훈이 요즘 술을 딱 끊은 건가. 역시 엄청난 사랑! 희대의 로맨티시스트!"

진영이 왼손 엄지를 척 들며 감탄했다.

"오빠가 술을 좋아해요? 오빠 술 먹는 거 몇 번 본 적 없는데, 특히 결혼하고 나서는."

"어휴, 말도 마세요. 술 이꼴 백도훈 아니겠습니까? 제수씨 만나기 전까지는 장난 아니었습니다? 안주도 없이 먹다 죽을 때까지 술만 먹어서 제가 술도훈이라고 불렀어요, 하하하."

"맞아, 맞아. 예전에 형 술 엄청 먹었잖아."

도빈까지 가세하자 도훈이 미간을 구겼다.

"그래도 상무님 술 세시잖아요? 우리 회사에서도 상무님 주량은 아무도 못 따라간다고 다들……."

여진이 묵묵히 밥 먹고 있는 도훈을 흘끔 보며 소심하게 말꼬리를 흐렸다. 도훈의 압도적 주량, 서연도 격하게 공감하는 부분이었다.

"맞아, 좀 아쉬운 게 오빠 취한 걸 본 적이 없어가지구. 금주 전에 한 번쯤 보고 싶었는데 이 사람 술이 워낙 세야죠."

"봐서 뭐 해."

"왜, 궁금하잖아. 자기는 나 취한 거 많이 봤으면서."

서연은 예전에 도훈의 취한 모습을 꼭 보겠다는 의지로 몇 번 정도 억지로 그에게 술을 먹여보기도 했었다. 그러나 결말은 항상 새드, 정신을 차려보면 이미 서연이 먼저 필름이 끊겨 그의 품에 안겨 있었다. 그것도 엄청 주물럭거리고 더듬는 엉큼한 손 아래에서.

　"전 도훈이 취한 거 딱 한 번 봤어요."

　진영이 음흉하게 웃으며 은근하게 도훈을 쳐다보았다. 그 말은 잔잔한 수면을 덮치는 파도처럼 파문을 일으켰고, 세 사람의 시선이 동시에 도훈에게 쏠렸다.

　"……."

　도훈의 눈가가 살짝 찌푸려졌다.

　"정확히 6년 전, 28살 때죠."

　"야."

　"로또 당첨 확률로 100년에 한 번 볼 수 있다는, 전설의 꽐라 백도훈 술주정……."

　"거기까지 해라. 밥 먹다가 내쫓는 수가 있다."

　"아휴, 미간에 힘 빡 준 거 봐. 무서워서 살겠나."

　"어, 궁금한데! 저한테만 살짝 말해주시면 안 돼요? 네?"

　진영이 폭로를 포기하자마자 서연이 젓가락으로 식탁을 콩콩 치며 간절하게 말했다. 물론 옆에서 입을 떡 벌리고 서연을 내려다보는 도훈의 시선은 단호하게 무시했다.

　"하하, 죄송하지만 전 저 친구에게 못 당합니다. 무섭거든요."

　도훈이 눈을 부리부리하게 뜨자 진영이 움찔했다.

　"내가 장담컨대…… 넌 태어났을 때부터 갖은 똥폼 다 잡으면서 태어났을 거다."

　진영의 말에 동시에 풋 폭소가 터졌다. 하하하, 기분 좋은 웃음소리가 한데 어우러지는 가운데 도훈도 결국 픽 웃고 말았다. 일요일 밤, 그렇게 꽤 화목한 분위기에서 일상적인 식사는 계속되었다. 평범하게 시끌벅적한 저녁이었다.

"어, 그런데 상무님 이마에 상처가……."

밥을 다 먹은 도훈이 한 손으로 앞머리를 쓸어 올렸는데, 눈썰미 좋은 여진은 그 짧은 찰나에 이마의 상처를 발견했다.

"뭐? 상처?"

서연이 들고 있던 물컵을 놓고 그의 얼굴을 양손으로 잡아 제 쪽으로 홱 돌렸다. 눈썹까지 내려오는 앞머리를 치우자 안 보이던 작은 상처가 눈에 들어왔다.

"아…… 이건 또 언제 다쳤어! 아침까지만 해도 멀쩡했는데."

서연이 울 것 같은 얼굴로 중얼거리자, 도훈이 손을 들어 머리를 정돈해 상처를 가렸다.

"유치원생도 아니고 가리면 장땡이야? 응?"

진영과 여진, 그리고 도빈은 그녀가 천하의 백도훈에게 유치원생이냐고 따져 물을 수 있는 유일한 사람일 거라고 생각하며 감탄했다.

"조심 좀 하라니까. 다칠 것 같으면 그냥 피하라고, 제발."

"……."

"나도 피하잖아. 그러니까 자기도 피하라고. 가만히 있지 말라고."

"……알았어."

"아, 속상해. 진짜……."

서연의 바지 주머니에서 연고와 반창고 이종세트가 나오는 것이 자연스러웠다. 그녀가 도훈의 턱 끝을 잡고 살짝 당겼다.

"여기 봐."

도훈은 거정 기득한 서연의 얼굴을 뚫어져라 내려다보았다. 서연이 연고를 손끝에 살짝 찍어 그의 이마에 바르려고 손을 갖다 대는데,

"아, 이거 흉 지면 안 되는……."

쪽, 갑자기 서연의 도톰한 입술로 날아든 도훈의 입술. 짧게 뽀뽀하고 떨

어졌으나 이미 서연의 눈은 휘둥그레졌다.

"……."

뜬금없이 도훈의 애정 행각을 맞닥뜨린 여진과 진영, 도빈은 그대로 딱딱하게 굳었다. 특히나 여진은 몇 년이 되어도 도저히 적응되지 않는 상사의 두 얼굴에 충격을 받고 KO 상태였다. 정적. 공기가 미묘해졌다.

"그런 건…… 좀……."

그 정적을 뚫고 진영이 입술을 달싹였다.

"우리 가고 나서 하면…… 안 되겠냐……."

그러거나 말거나, 도훈은 서연의 손까지 꼭 붙들더니 또 쪽 입맞춤했다. 당황한 서연이 눈을 크게 뜨고 그를 쳐다보자 어김없이 잘생긴 입술이 저돌적으로 달려든다. 꾹, 그의 입술을 황급히 손바닥으로 눌러 막은 그녀가 마른침을 꼴깍 삼켰다.

"……."

제 입술 위의 작은 손바닥을 탁 낚아채 내린 도훈이 말없이 붉은 혀를 움직여 입술을 핥았다. 할짝, 그 은밀한 움직임에 깜짝 놀란 진영과 여진, 도빈이 다급하게 고개를 돌렸다.

"너희."

곧 도훈의 시선은 서연에게서 세 사람에게로 느릿하게 옮겨졌다.

"다 먹었으면 가."

안 가면 큰일 날 것 같은 눈빛이었다. 너무 놀라 호흡까지 멎은 여진이 다급하게 진영의 옷자락을 잡았다.

"우리는 지금부터 할 일이 많아."

서연의 어깨에 팔을 두르는 모양이 능숙하다.

"바빠."

부끄럼 따위 말아먹은 듯 그는 조금의 표정 변화도 없이 입술만 움직여 말을 한다. 옆에서 홍시처럼 새빨갛게 달아오른 서연이 그의 팔뚝을 퍽 쳐도 '아.' 하고 로봇처럼 소리를 낼 뿐이었다. 꿀꺽, 침을 삼킨 세 사람은 누가 먼저랄 것도 없이 자리에서 일어나 내쫓기듯 허둥지둥 집 밖으로 뛰쳐나갔다.

"잘 먹었습니다!"

그들이 번개처럼 사라지고 서연과 도훈은 단둘이 되었다.

"자, 잠깐만. 타임! 진정하…… 꺅!"

뽀뽀만 한 게 그렇게 아쉬웠는지, 도훈은 서연을 벽으로 거칠게 밀치더니 입술을 물어뜯을 듯이 빨아들인다. 쪽, 쪽, 정신없는 키스에 자극적인 소리가 울리자 서연의 머릿속도 하얗게 백지장으로 물든다.

"하아, 하…… 뒤, 뒷정리는."

"나중에……."

도훈이 게슴츠레 뜬 눈으로 서연을 뜨겁게 탐하고 내려갔다.

그 눈에 이성이 끊긴 서연이 도훈의 티셔츠 안으로 손을 깊숙이 집어넣었다.

"빨리 침대로 가…….."

도훈은 그대로 서연을 단번에 안아 들고 침대로 돌진했다.

바야흐로, 신혼의 달콤함이었다.

27. 그대가 곁에 있기에, 나는 오늘도 살아갑니다

문을 닫고 허둥지둥 뛰쳐나온 세 사람은 놀란 가슴을 쓸어내렸다.

"하여간 저거, 저거 앞뒤 안 가려. 금실이 좋아도 너무 좋은 거지. 도훈이는 제수씨만 보면 약간 눈빛부터가 약쟁이처럼 변하는 게…… 맛이 좀 간다니까요."

"그러게나 말이에요. 진짜 혈이다, 혈."

진영과 여진이 차례로 수군거렸다. 식겁한 도빈도 폭 숨을 몰아쉬었다.

"뭐야, 진짜…… 어?"

투덜거리던 도빈은 제 바지 주머니 안에서 울리는 진동에 흠칫 놀랐다. 이내 발신자를 확인하고 허겁지겁 전화를 받아들었다.

"어, 민지야!!!"

그녀의 전화를 내내 기다리고 있었는지, 세상이 떠나가라 민지의 이름을 불렀다. 그 엄청난 데시벨에 흠칫한 여진과 진영이 동시에 도빈을 바라보았다.

"어디야? 어? 뭐라고?"

놀란 도빈이 눈을 동그랗게 떴다.

"뭐? 자퇴하겠다고? 여행 갈 거라고? 지금? 갑자기? 여행을?"

자퇴하고 여행을 떠나겠다는 민지의 선언에 도빈이 당황했다.

그러나 이내 같이 가자는 그녀의 제안에 화색이 돌았다.

"그래! 당장 가자! 내가 너 있는 곳으로 지금 데리러 갈게!!!"

흥분한 도빈이 초스피드로 골목을 내달려 사라졌다. 도빈의 뒤꽁무니를 바라보던 진영과 여진이 경악한 듯 입을 떡 벌렸다. 황당한 얼굴을 한 진영은 고개를 천천히 내저었다.

"가만 보면 민지 쟤도 정상은 아니라니까. 도빈이 놈한테 물들은 건가? 아니면 원래 저랬던 건가."

"글쎄, 그건 모르겠지만요. 내가 민지인지 그분 어머니였으면……."

여진도 고개를 절레절레 저었다.

"백도빈 씨 며땄을 거야."

그 형에 그 동생이라고, 사랑에 미쳐 제정신인 사람이 한 명도 없었다.

"그나저나 이거 쫓겨났으니 이제 어째. 오랜만에 영화라도 보러 가실래요?"

"요즘 영화 볼 거 없어요. 그냥 집에 가요."

여진의 대답에 진영은 순식간에 풀이 죽었다. 그러나 여진이 곧장 진영의 집 대문으로 향하자 도로 활기가 돌았다.

"뭐해요, 빨리 안 열고? 백도빈 씨도 여행 간다고 하고 사라졌잖아."

"네! 네! 바로 모시겠습니다!"

진영과 여진은 거실에 나란히 앉아 드라마를 보며 여유로운 주말 데이트를 즐겼다. 옆집에서 미처 다 섭취하지 못한 알코올은 언제나 신리인 치맥으로 보충했디.

-몇 년째 짝사랑을 하고 있어요.

-……누구를?

-나…… 오빠를 사랑해요.

"쇼를 하네……."

여진이 혀를 끌끌 차며 맥주를 꿀꺽꿀꺽 마셨다.

"안 그래요? 진짜 지랄들을 하고……."

진영에게로 시선을 돌린 여진이 움찔하더니 뒷말을 흐렸다. 그의 눈이 반짝반짝 빛나고 있었기 때문이었다.

"좋겠다……."

"뭐, 뭐가요? 저 남자?"

"네. 저 남자 진짜 좋겠어요."

"뭐라고요? 설마 당신 지금 저 여배우가 나보다 예뻐서 저 남자가 부럽다는 거예요?"

"네, 부러워요. 저 남자는 들었잖아요."

"뭘 들어요?"

여진이 어이가 없다는 듯 삐딱하게 맥주 캔을 내려놓았다.

"사랑한다는 말이요."

"……."

"우리 사귄 지 1년도 한참 넘었는데 전 한 번도 못 들어봤잖아요?"

진영이 여진을 흘끔 보며 투덜거리자 그녀가 어색하게 헛기침했다.

"뭐, 뭐 그딴 걸 오글거리게 말로 하나? 손발 오동나무 썩듯 썩을 일 있어요?"

"아니 말 안 하면 어떻게 아나……. 내가 뭐 독심술 능력자도 아니고……."

"아휴, 속 좁아, 속 좁아. 그거 되게 구시렁거리네. 그깟 거 지금 당장 해준다, 내가."

"오, 정말요?"

진영의 까만 눈동자가 기대감으로 번지는 것은 한순간이었다. 그가 아예 오른쪽으로 돌아앉자 여진은 크게 숨을 들이켜며 뜸을 들였다.

"후우…… 잘 들어요."

"네네!"

"그…… 뭐, 뭐 해요?"

여진이 이 와중에 휴대전화를 만지작거리는 진영을 보며 묻자 그가 어깨를 으쓱했다.

"녹음이요."

"아, 하지 마! 꺼요!"

빠른 속도로 낚아채 가더니 저쪽으로 훅 밀어버렸다. 진영이 아쉽다는 듯 휴대전화를 물끄러미 바라봤다.

"해준다고 할 때 듣는 게 좋을 텐데요?"

"오케이, 오케이! 하세요!"

"큼, 아아, 마이크 테스트. 마이크 테스트."

한 번 더 헛기침한 여진이 이내 머뭇거리며 맥주 캔을 마이크 삼아 들었다. 콩닥콩닥, 진영이 흐뭇하게 웃으며 그녀를 애정 담긴 눈으로 지켜보았다.

"어…… 그……."

살짝 긴장한 여진이 꼴깍 침을 삼켰다.

"사……."

모르는 사람이 보면 지진이 난 줄 알 정도로 여진은 말을 더듬었다.

"사…… 사라……!"

사? 진영이 불쑥 여진에게 상체를 들이대자 그녀가 주춤 물러섰다.

"사……, 사……!"

사!

"사……!!!"

진영이 여진의 팔을 불쑥 꾹 붙잡으며 더 가까이 오자 그녀의 얼굴이 터질 것처럼 빨개졌다.

"사이코패스!!!"

진영은 생각하기를 포기하기로 했다. 이내 여진이 발로 그를 죽 밀자 거구는 순순히 물러났다. 씁쓸해진 진영이 맥주 캔을 들고 꿀꺽꿀꺽 알코올로 목을 적시고 있는데…….

"스으…… 으아랑해요…….."

모깃소리만 한 고백에 진영이 일순 멈칫했다.

"……."

하지만 곧 다시 아무 일 없었다는 듯 묵묵히 캔을 비웠다. 다 마시고 후, 깊은숨을 뱉은 진영이 목을 뒤로 쭉 꺾었다가 원위치시키며 스트레칭을 하지 않는가.

이씨, 괜히 말했다. 그의 심드렁한 반응에 뻘쭘해진 여진은 뚱한 얼굴로 치킨 다리만 맹목적으로 뜯기 시작했다. 그런 여진을 옆에서 물끄러미 보던 진영의 입꼬리가 이내 급속도로 상승했다.

텅! 떼구르르!

"나도 사랑해! 하하하!"

빈 캔이 경쾌한 소음을 내며 날아감과 동시에 진영이 여진을 와락 끌어안았다.

"엄마야!"

"이야아아! 우리 예쁜 여진이가 최고다! 최고!"

여진을 단박에 안아 들고 빙그르르 돌더니 세상 행복한 사람처럼 큰 소리로 웃는 진영, 그런 진영 때문에 여진도 덩달아 웃음이 터져버렸다. 쪽쪽 쪽쪽, 여진의 얼굴이 닳도록 달콤하게 뽀뽀를 퍼붓던 진영이 이내 제 목덜미를 확 휘감는 박력 넘치는 그녀의 팔에 숨을 훅 멈추었다.

여진의 입술이 빠르게 다가오자 그녀를 안고 있던 손에 힘이 바싹 들어갔다. 진영이 눈을 서서히 감고 고개를 비틀었다. 꿀이 흘러넘치는 달콤한 키스, 어렵게 시작한 사랑인 만큼, 매일매일 내일이 기대되는 사랑이었다.

새 프로젝트를 진행하게 된 도훈은 오늘도 늦게 퇴근했다. 연일 가중된 업무로 주말 근무와 야근이 잦아지자 서연의 가슴이 먹먹했다. 고생하는 그를 위해 서연이 단단하게 뭉친 어깨를 꾹꾹 주무르며 마사지를 해주었다.

"이번에 회사일 때문에 중국으로 출장을 가야 해."

그러나 돌아온 것은 청천벽력 같은 소식. 서연의 눈이 휘둥그레졌다.

"출장?"

"응. 이번 주 수요일 아침 비행기."

"……갑자기? 그렇게 빨리?"

도훈이 고개를 끄덕였다.

"안 가면 안 되는 거야……?"

"중요한 사안이라 이번에는 내가 직접 가야 할 것 같아."

서연의 표정이 급속도로 어두워졌다. 찜찜한 탓이었다.

"걱정하지 마. 금방 돌아와."

"언제 오는데?"

"금요일. 늦게라도 무조건 금요일에 들어올게."

시무룩해진 서연이 잠깐 도훈과 눈을 마주치더니 고개를 작게 끄덕였다. 도훈이 웃으며 그녀의 팔을 가볍게 주무르자 부드러운 실크 잠옷이 물결처럼 흐트러졌다.

"서운한가?"

"……치. 안 서운하거든. 혼자 집에서 실컷 놀고, 편하겠네. 뭐."

서연이 아이처럼 투정을 부렸다. 며칠 동안 못 볼 생각을 하니 괜스레 심술이 솟아났다.

"나도 여보 두고 가기 싫어."

도훈이 큰 손을 들어 서연의 이마를 쓸자 여린 눈꺼풀이 잘게 흔들렸다. 잠자코 앉아 있던 그녀가 이내 말없이 도훈을 끌어안았다.

서연은 도훈의 배웅을 하기 위해 반차를 내고, 그와 함께 인천국제공항으로 향했다. 비행기 시간이 가까워지자 서연의 기분이 심해처럼 가라앉았다. 이제는 헤어져야 할 시간. 그러나 도훈의 몸에 대롱대롱 매달린 서연은 그의 손목을 꼭 붙잡고 놔주지를 않았다.

"아아……."

울상이 된 서연이 볼을 토끼처럼 부풀리며 도훈의 손에 얼굴을 연신 비볐다.

"잘 가. 조심히 갔다 와……."

"응. 몸조심하고, 로밍할 거니까 전화 자주 하고."

"알았어. 너무 무리하지 말고."

"그래. 모르는 아저씨가 맛있는 거 사준다고 꼬셔도 따라가지 말고."

도훈이 농담을 건네자 내내 굳어 있던 서연이 살풋 웃음을 터뜨렸다.

"자기도 모르는 아줌마가 맛있는 거 사준다고 해도 따라가지 말라고."

도훈의 낮은 웃음소리가 서연의 귓가를 간지럽혔다. 듣기 좋은 울림이었다.

"마지막으로 한 번만 안아보자."

도훈이 양팔을 벌리자 서연이 그의 허리를 꼭 끌어안았다. 얇은 소재의 양복이 그녀의 포옹에 따라 매끄럽게 구김이 생겼다.

"다녀올게."

서연이 고개를 끄덕이자 도훈은 뒤를 돌았다. 서연은 서서히 멀어지는 도훈의 뒷모습을 가만히 바라만 보았다. 또다시 알 수 없는 불안에 사로잡힌 서연은 괜히 눈물이 날 것만 같았다.

"아, 의부증도 아니고……."

평범하게 사랑하자고 굳게 마음을 먹은 지 벌써 2년이 다 되어 간다. 평범해지기 위해 남성화나 하늘의 업보에 대해 언급하지 않는 것은 서연과 도훈의 암묵적 규칙이었다. 끝났다고 생각하면 끝난 게 되고, 끝나지 않았다고 생각하면 고민은 끝도 없어진다.

괜찮을 거야. 괜찮을 거야. 우리는 평범한 부부이니까.

열심히 아무렇지 않은 척할 테니 무사히 다녀와 줘……. 울컥한 서연은 눈을 지그시 감았다.

곧이어 눈을 뜬 순간, 저 멀리서 수많은 인파를 뚫고 다시금 제게 걸어오는 도훈이 보였다. 촉촉하게 물기가 서린 눈이 커다랗게 뜨여졌다. 빠른 속도로 제게 다가오는 그를 보며 서연의 모든 사고가 정지되었다. 이내 강한 힘에 확 하고 몸이 끌려가는 감각이 뒤를 이었다. 제 머리를 받치는 단단한 손을 느끼는 순간, 그의 입술이 그녀의 입술에 맞물리며 입을 맞춘다. 작은 머리를 굳건하게 지탱한 커다란 손에 서연의 동공이 흔들렸다. 짧지만 강렬하게 서연의 입술을 탐하고 떨어졌다. 비스듬히 내려간 그의 시선이 서연의 시야에 또렷이 박혔다.

"……이 말을 안 해서."

나직하게 벌어진 입술, 서연의 가슴은 쿵쿵 뛰었다. 도훈은 두 팔로 서연을 아스러지도록 힘껏 그러안았다.

"사랑한다."

열기를 내뿜는 입술이 귓가에서 나직이 움직여, 참을 수 없을 만큼 애틋한 감각을 만들어낸다. 서연은 그 감정에 취해 두 눈을 천천히 감아버렸다.

도훈이 없다는 사실과 관계없이 서연의 일상은 똑같이 흘러가야만 했다. 서연은 그를 보내고 담담한 태도로 회사에 출근했다. 정신없는 하루를 보내고 집에 도착한 서연은 새벽 2시가 가까이 되도록 잠자리에 들지 못했다. 밤이 되니 도훈의 빈자리가 더욱 크게 느껴지는 탓이었다. 그러기 기민히 누운 채 눈만 멀뚱멀뚱 뜨고 있다가, 고개를 슬쩍 왼쪽으로 돌렸다. 그러나 부질없게도, 도훈이 옆에 없다는 사실을 한 번 더 인지하는 계기가 될 뿐이었다.

"……하."

서연은 도훈의 베개를 가슴에 꼭 끌어안고, 킁킁 냄새를 맡았다. 사무치는 외로움과 정체 모를 초조함이 동시에 밀려와서 그의 향기라도 맡고 싶었다. 그때, 고요한 방 안을 울리는 착신음. 서연이 빠르게 휴대전화를 낚아채문자를 확인했다.

[자?]

딱 한 마디의 문자에도 서연의 입꼬리가 급속도로 상승했다. 서연이 생글생글 웃으며 자판을 두들겼다.

[아니, 아직. 오빠도 안 자네. 거긴 몇 시야?]

답장을 기다리는 마음이 조금은 조급하다. 가자마자 점심은 뭘 먹었는지, 저녁은 제때 챙겨 먹었는지, 일은 힘들지 않은지, 내가 보고 싶지는 않은지……. 그런 사소한 질문이 하고 싶었다. 곧 그에게 전화가 온다. 서연이 기다렸다는 듯 재빠르게 통화 버튼을 눌렀다.

-여긴 새벽 1시.

수화기를 타고 들리는 무덤덤한 목소리에 어쩌면 이렇게까지 설렐 수 있을까.

"여긴 2시."

서연이 작은 소리로 웃었다. 수화기 건너편에서 그의 숨소리가 매우 가깝게 전해졌다. 바로 곁에 있는 듯한 착각이 들어 안심이 되었다.

"오빠는 안 자고 뭐 해?"

서연이 애교스럽게 웃으며 물었고, 이어진 그의 대답은 몹시 나른했다.

-강서연 때문에 못 자겠어…….

"왜?"

-왜긴 왜야.

그의 관능적인 목소리가 서연의 심장을 담뿍 쥐었다. 그녀는 침대에 흐트러지듯 몸을 던졌다.

두근, 두근, 빨라지는 심장의 박동에 그저 눈을 꼭 감았다.

-상사병이지.

심장의 여진으로 흔들리는 매트리스 위, 도훈의 목소리가 끈적하게 내려앉았다.

"바보……. 얼른 자기나 해, 그래야 제때 금요일에 오지."

온종일 차곡차곡 쌓였던 피로가 그로 인해 녹는다. 사르륵, 사르륵, 아이스크림처럼 부드럽고 상냥하게…….

-문제가 있어.

"무슨 문제?"

하아, 수화기 건너편에서 그의 나직한 한숨 소리가 전해져 왔다.

-옆에 네가 없어.

꿀을 바른 듯 달콤한 목소리가 심장을 연신 간질이기 시작했다. 서연은 입술을 잘근잘근 씹으며 고개만 내리 숙일 뿐이었다.

-오늘 나 없이 잘 지냈나?

"우움……."

대답해야 하는데 입술에 힘이 실리지 않았다.

"……아니. 하나도 못 지냈어. 얼른 오면 좋겠다. 여보가 옆에 없으니까 잠이 안 와."

-그럼 내가 재워줘야지.

"어떻게?"

-글쎄, 자장가라도 불러줄까.

서연이 짧게 웃었다. 그러고 보니 그가 노래 부르는 것을 들은 적이 없었던 것 같은데. 궁금하다. 잘 부르려나, 못 부르려나?

"불러줘. 니 듣고 싶어."

서연이 재촉하자 도훈이 목소리를 두어 번 가다듬었다. 기대감으로 부풀어 오르는 가슴을 다잡은 서연은 꼬물꼬물 움직여 이불 속으로 쏙 들어갔다. 노랫소리보다 작을 그의 숨소리가 예열하듯 수화기를 뜨겁게 덥혔다.

-눈 감아.

서연이 스르륵 눈을 감고 스피커폰을 꾹 눌렀다.

-잘 자라…….

고요한 방 안이 그의 낮은 음성으로 가득 찼다. 웃음이 터진 서연이 입가를 가렸다.

-우리 아가.

고막을 느릿하게 어루만져 내리는 그의 목소리.

-앞뜰과 뒷동산에.

서연의 등을 부드럽게 토닥이는 듯했다. 연약하고 사랑스러운 것을 만지듯…….

-새들도 아가 양도…….

그런 것들을 탐하듯…….

-다들 자는데…….

세상에서 가장 유혹적인 노래가 서연의 기분을 들뜨게 했다.

-넌 왜 안 자?

아…… 미치겠다. 서연은 터질 것처럼 요동하는 가슴을 부여잡고 베개에 얼굴을 묻었다. 여유로운 태도를 가장하고서 서연을 푹 찌르는 질문이었다. 감았던 눈을 서서히 떴다.

"오빠 때문에 이제 더 못 자게 됐어……."

이성이 위태롭게 휘청거렸다.

-내일 아침에 호텔 모닝콜 서비스로 깨기 싫어.

숨소리 가득했던 섹시한 목소리가 어느덧 원래 상태로 돌아왔다.

"그러면?"

-네 입술로.

하지만 방심할 틈도 없이 그는 단번에 조여 온다.

"뭐라고 하면서 깨워줄까?"

살포시 묻자 그가 작게 웃는다. 이내 잦아들었다.

-여보.

그가 장난스럽게 속삭인다.

-서연이가 많이 많이 사랑해.

더욱 그녀를 조여 온다.

-그러면 나는, 일이고 뭐고…….

간질간질한 아지랑이가 온몸에서 춤을 추는 듯했다.

-비행기 타고 날아가야지.

그의 뒷말에 서연은 꿈꾸는 듯한 기분에 사로잡혔다.

-빨리 안아주고 싶다.

마음을 송두리째 빼앗겼다.

불행하게도 바로 그다음 날, 서연은 도훈의 비행기의 연착 소식을 전해 들었다. 꼭 금요일에 오겠다던 도훈은 결국 그다음 날인 토요일에 올 수밖에 없는 처지가 되었다.

결국 금요일도 쓸쓸하게 홀로 보내고, 토요일 아침이 밝았다. 아침도 거른 서연은 새벽부터 도훈의 서재에 다소곳이 앉아 있는 중이었다. 그가 탄 비행기 시간을 떠올린 서연은 멍하니 시계만 바라보았다.

"오전 9시 05분……."

도훈은 서연에게 절대 배웅을 나오지 말라고 당부했다. 한국 땅을 밟자마자 곧장 달려갈 테니 집에서 기다리라고.

"……."

왜일까, 서연은 묘한 기분에 사로잡혔다. 무언가 이상한 느낌이 드는 것도 같은데, 그 느낌의 실체를 알 수가 없어 답답했다. 그의 비행기 시간을 미루어 보아, 슬슬 한국에 도착했을 것 같아 서연은 도훈에게 전화를 걸었다.

길게 늘어지는 연결음.

도훈은 전화를 받지 않았다. 서연은 음성 사서함으로 연결된다는 안내메시지를 듣고 나서야 휴대전화를 힘없이 내려놓았다. 왜 전화를 안 받지, 평소에는 칼같이 시간에 맞춰 전화를 받던 그가 좀처럼 응답을 하지 않는다.

한편, 의미 없이 틀어놓은 라디오 방송은 오늘도 사건 사고로 가득했다. 이 세상 어딘가에 사는 누군가 다치고, 그 누군가가 죽은 이야기들. 서연은 뉴스를 들으며 아무런 동작 없이 가만히 앉아 있었다. 그저 멍하니 서서 허공을 바라보며 시간을 흘려보낼 뿐이었다.

"……."

인생은 멀리서 보면 희극이고 가까이서 보면 비극이라는 찰리 채플린의 말이 떠오른다. 그 말처럼 우리는 지난 1년간 늘 평화로웠으나, 그 속을 파헤쳐보면 절대 순탄하지는 않았다. 당장 한 달 전 도훈이 이마에 생채기를 달고 온 그날에도, 서연은 가슴이 무너져내리는 기분이었다. 낮에 있었던, 장식장에서 떨어지는 액자를 본능적으로 피했던 기억이 겹쳐졌기 때문이었다. 혹시 떨어지는 액자를 피했기 때문에 그가 다친 것은 아닐까? 막연한 불안감이 들었지만, 서연은 평범에 대한 굳건한 믿음을 깨고 싶지 않았다. 우리는 평범해야만 했으니까. 모든 게 끝난 거여야만 했으니까.

"……."

서연이 떨리는 손으로 제 이마를 짚었다. 서늘한 촉이 서는 것은 순간이었다. 살갗에 알 수 없는 소름이 돋아나며 이상한 느낌이 들었다. 홀린 듯 앉아 있던 서연은 벌떡 자리에서 일어났다.

순간 밀려오는 어지러움에 휘청이다 책장에 쿵 부딪혔다. 그때, 책장에 가지런히 꽂혀 있던 책 중 한 개가 툭 하고 바닥으로 추락했다. 멍하니 책을 바라보던 서연이 떨리는 손으로 그것을 주워들었다. 도훈이 평소에 잘 읽지 않는 책이었다. 그 책 가운데 장쯤에 하얀 편지 봉투가 끼워져 있다. 서연은 느릿하게 봉투를 열어 안에 있는 편지를 꺼내 들었다.

"……."

섬뜩할 정도로 새까만 글씨, 익숙한 도훈의 필체.

〈유서〉

서연은 멍해졌다.

시야가 온통 새하얗게 물드는 착각이 일었다. 바짝 마른 입술이 파르르 떨렸다. 심장의 박동이 조금씩 빨라지기 시작했다.

……이게 뭐지?

-취재기자 연결하겠습니다. 김현정 기자.

그때, 라디오 뉴스에서 나오는 목소리가 불현듯 그녀의 귓가를 찔렀다.

-예. 오늘 오전 한국 시각으로 7시, 중국 베이징을 출발해 인천으로 향한 서울항공 항공기 208편이 인천 공항에 착륙하던 중, 활주로에 충돌하는 사고가 발생했습니다.

기자는 아무렇지 않다는 듯 덤덤하게 말을 이었다.

-날개가 동강이 났고, 몸체 뒷부분이 파손됐습니다. 이어 동체에서 화재가 발생해 탑승객들은 비상 탈출을…….

도훈의 편지를 든 서연의 손이 갈피를 잡지 못하고 흔들렸다. 라디오에서 흘러나오는 소리가 서연의 심장을 갈기갈기 찢어놓는 기분이었다.

-최초 응급대는 약 1분 정도 후에 도착하였으며, 이 사고로 298명의 탑승객과 승무원 중 170명 이상의 사상자가 발생했습니다.

그가 탄 비행기였다.

심장이 거세게 발작하기 시작했다. 제 손에 쥔 편지를 끝까지 읽어내린 서연의 눈동자가 위태롭게 경련했다. 혼이 나간 사람처럼 비틀거리던 서연은 급발진하듯 튀어 나갔다. 집 밖으로 뛰쳐나간 그녀는 숨이 멎을 것처럼 온 힘을 다해 내달렸다. 큰길로 가 다급한 몸짓으로 무작정 택시를 잡았다.

"인천국제공항으로 최대한 빨리 가주세요."

반으로 접힌 편지지를 꼬옥 그러쥔 손이 사시나무처럼 진동했다. 정신이 나간 사람처럼 온몸을 바들바들 떠는 서연을 보며 택시 기사는 최대한 빠르게 모시겠다며 액셀을 밟았다.

"……아니야. 아닐 거야."

서연이 아득해지는 정신을 안간힘을 써서 다잡았다. 헐떡이는 숨이 폐를 맴돌다 토해내듯 뱉어진다.

"아냐……. 아닐 거야……."

얼이 빠진 서연은 후들거리는 팔로 계속해서 도훈에게 전화를 걸었다. 응답하지 않는 그였지만 결코 포기하지 못하고, 몇 번이고 몇 번이고 전화를 걸었다. 작은 몸은 도로를 빠르게 달리는 택시의 진동보다도 위태롭게 떨리고 있었다. 그러나 끝끝내 받지 않는 전화, 서연은 쓸모없는 고철 덩어리를 바닥에 툭 떨어뜨렸다. 한 손에 바스러질 것처럼 쥐어 있는 종이가 파르르 떨리며 경련한다. 다시금 유서를 읽어 내려가는 서연의 눈가가 형편없이 일그러졌다. 이 편지의 모든 것이 전부 가짜이기를 바랐다. 그가 평소에 이런 생각을 하고 있었다는 것이, 평범하고 행복한 일상 뒤에서 혼자 언제든 최후를 맞이할 각오를 다지고 있었다는 것이, 자신을 위해 언제든 초연하게 죽음을 받아들일 준비를 했다는 것이.

끔찍하게 싫고 두려웠다.

〈먼저, 내가 이 편지를 읽고 있다는 것은……〉

……대체.

〈결국. 내가 세상을 떠나게 되었다는 뜻이겠지.〉

이게 대체 무슨 얘기야…….

〈서연아. 평범하게 살기로 마음을 먹어도, 우리는 결코 피할 수 없는 부분이 있어.〉

왜 이런 편지를 써둔 거야.

〈언젠가는 우리가 직면해야 할 문제.〉

왜.

〈내가 위험에서 살아나면 네가 다치고, 내가 위험에서 살아나면 내가 다치는.〉

왜 이제 와서 그래.

〈너와 나는 함께 아플 수도, 죽을 수 없는 운명이라는 것을.〉

우리가 평범이라는 틀 아래 열심히 가리고 있던 문제잖아……. 서연은 가슴이 무너져 내리는 기분이었다. 애가 끓고 서러워 눈물조차 꽉 막혀 쉬이 흐르지 않았다.

평범하게 살기로 했잖아. 근데 왜 이제 와서 그 얘기를 꺼내…….

〈작년 겨울, 내가 위에서 떨어지는 간판을 가까스로 피했을 때, 집으로 돌아가니 너는 팔이 부러져 있었고. 그날부로 나는 내게 닥치는 모든 위험은 피하지 않기로 했어.〉

모르려야 모를 수가 없었다. 가까스로 외면하고 있었지만, 서연 자신이 어떤 위험을 피한 날에는 도훈이 어딘가를 다쳐서 온다는 것을. 간단한 상처로 시작해서 점점 야금야금 우리를 갉아먹는 잔혹한 하늘의 벌.

〈너는 습관처럼 피하라 말했지만, 나는 너를 조금도 아프게 하고 싶지 않아.〉

그래서 미련하게 안 피하고 온몸으로 맞았다는 거야? 왜. 왜 그랬어.

〈미안해. 평생을 함께하겠다고 약속했는데, 너를 끝까지 지켜주지 못해서 미안해.〉

아니라고 해. 제발…….

〈전생의 우리가 그러했듯, 내가 간 후 너도 얼마 가지 않아 나를 따라올 수밖에 없는 운명이지만. 이기적이라고 욕해도 좋아. 마지막으로 너에게 하고 싶은 말은.〉

서연의 눈에 한가득 고인 눈물이 시야를 어지러이 만들었다. 희뿌옇게 흐려진 눈앞으로 보이는 그가 남긴 마지막 한 마디가 신기루처럼 어른거렸다.

〈다음 생에도, 나와 사랑해줘.〉

"……아. 아아……."

서연은 쓸쓸함이 묻어나는 그의 편지에서 참을 수 없는 괴로움을 느꼈다.

"아아안 돼……. 안 돼……."

제발 안 돼. 무사하다고 해줘. 아니라고 해줘. 건강한 모습으로 나를 꽉 안

아줄 거라고 해줘.

"제발……."

서연이 시뻘겋게 충혈된 눈을 찌푸리며 그의 유서를 몇 번이고 읽었다. 뚝뚝 떨어진 눈물이 그의 편지에 닿아 까만 잉크가 형편없이 번져갔다.

"아니야. 아니야."

서연은 이를 악물고 정신을 차리기로 했다. 도훈은 무사할 것이다. 아직 서연에게는 아무 일도 일어나지 않았기 때문에.

아마도, 앞으로 서연에게 닥쳐올 어떤 위험. 서연이 그 위험을 피하지 않으면 그는 무사할 것이다.

온몸이 엉망진창으로 갈기갈기 찢어져도 좋다. 쓰레기처럼 너덜너덜해져 형체를 알아볼 수 없게 되어도 좋다. 그를 살릴 수만 있다면. 그를 살릴 수만 있다면……. 서연은 기도하듯 눈을 지그시 감았다.

아마도 길고 길었던 하늘의 마지막 업보가 오늘로써 종지부를 짓는다. 사랑하는 이들끼리 고통을 공유할 수 없다는 벌. 결국 하늘은 오늘 자신과 도훈 중 한 사람을 죽일 생각이다. 서연은 닥쳐올 위험을 초연하게 받아들일 준비가 되었다.

"……살아줘."

목숨보다도 사랑하는 그를 위해.

쾅!!!

유리가 산산조각 나는 소리가 서연의 고막을 때렸다. 택시가 급브레이크를 밟자 서연의 온몸이 뒤흔들렸다. 서늘한 충격이 곤두선 감각을 무자비하게 찔러댔다.

삐, 삐, 삐, 삐.

발을 조금 움직이자 아래로 유리 파편이 밟히는 소리가 잘그락 들려왔다.

삐, 삐, 삐, 삐.

정신이 어지러웠다. 누군가 망치로 두들기는 듯한 착각이 일었다. 속은 메스껍고, 극심한 구역감에 숨조차 쉬기 어려웠다. 구토가 나올 것만 같았다.

삐, 삐, 삐, 자동차 경고음에 머리가 지끈 울린다. 쓰러질 것 같다고 느낀 순간, 그런 그녀를 잡아챈 것은 도훈을 무사한 것을 확인해야한다는 집념이었다. 서연은 힘겹게 눈을 떴다. 파르르 떨리는 눈꺼풀 사이로 뿌연 먼지가 어지러이 흩날린다. 상황 파악을 위해 미간을 잔뜩 모아 어스름하게 변한 시야를 선명하게 만들었다.

"……."

눈앞에 펼쳐진 광경은 그녀가 생각한 것과는 너무도 달랐다. 커다래진 서연의 눈이 거칠게 흔들렸다. 가장 먼저 보인 것은 유리 조각이 붙어 있는 쇠파이프였다. 그 앞에는 산산이 깨져 가루가 되어 있는 유리창이 있었다. 앞에 주행하던 화물차에서 떨어진 쇠파이프 하나가 서연이 타고 있는 택시 앞 유리로 냅다 꽂힌 것이었다. 창을 뚫고 서연 목을 관통할 듯이 돌진해온 쇠파이프는 정확히 그녀의 목에서 한 뼘가량 남기고 우뚝 멈추었다.

"……."

너무 놀란 서연은 숨을 꾹 멈추었다. 코앞에서 멈춘 쇳덩이는 조금만 더 나아갔어도 서연의 목을 무자비하게 갈라버렸을 것이다.

그러나, 그보다 더 놀랍고 잔인한 것은.

"……아."

상처 하나 없는 자신이다.

"아아아악!!!"

서연이 소리를 지르며 발악했다. 이 쇠파이프의 날이 그대로 도훈의 목을 향할 것을 알았기에 진정할 수가 없었다.

"아……ㅣ 야!!!"

운전기사의 만류에도 불구하고 무작정 택시 밖으로 뛰쳐나온 서연은 미친 여자처럼 거리를 내달렸다. 또다시 차를 잡아타고 인천 공항에서 가장 가까운 대학병원으로 가달라고 말했다. 여전히 도훈은 전화를 받지 않았다.

차 안에서 들리는 라디오에서는 그가 탄 비행기의 승객 절반 이상이 목숨이 위태로울 정도의 중상이라고 떠들어댔다.

웃기지 말라지. 웃기지 말라지. 서연은 도훈이 다쳤을 것이라고 생각하지 않는다. 하지만 지금 응급실로 허겁지겁 뛰어가는 자신이 있다.

"하……. 흐윽……."

실성한 여자처럼 가드들의 저지를 뿌리치고 응급실로 뛰어 들어갔다. 정신 없이 배드를 돌아다니며 도훈을 찾았다. 그러나 그는 그곳에 없었다. 이곳에 있을 거라 확신했으나, 도훈의 그림자조차 발견할 수 없었다. 서연은 너무도 허탈해졌다. 대체 그는 어디에 있는 걸까. 그대로 주저앉아버리고 싶었으나 그를 찾아야만 했다. 서연은 어지러운 머리를 부여잡고 비틀거리며 응급실 밖으로 나섰다. 어디로 가야 할지도 모르면서 무작정 걸어 병원 밖으로 나왔다.

그러나 거기까지였다. 서연은 그대로 그 자리에서 두 눈을 감고 주저앉아 버렸다. 이 세상에 홀로 남은 사람처럼 모든 게 두려웠다. 망막한 우주에 버려져 기약 없이 표류하는 기분이었다.

"으…… 흑……."

차라리 이대로 눈을 뜨지 않기를 원했다. 온몸이 발작을 일으키듯 경련했다. 눈물범벅이 된 얼굴에서는 더 이상 눈물을 흘릴 여력도 없어 보였다.

'다음 생에도, 나와 사랑해줘.'

그때, 도훈이 남긴 한 마디가 서연의 머릿속에 떠올랐다. 그는 우리의 사랑이 실패로 끝나더라도 다음 생에 다시 한번 사랑하자고 말했다. 다음 생도 실패로 끝나면 그다음 생에도 사랑하길 원할 남자였다. 그 순간 서연의 몸을 휩쓸고 있던 모든 공포가 사라지고 그 무엇보다도 뜨거운 감정이 그녀의 안에서 타오르기 시작했다.

그래, 실패해도 또 사랑하면 되지. 이 모든 게 우리의 운명이고 사랑이니까.

각오를 다진 서연은 숙이고 있던 고개를 들었다. 그러자 저 멀리서 제게 달려오는 한 남자가 어른거린다. 밤하늘처럼 새까만 머리에 커다란 키, 긴

다리를 교차해 제게 뛰어오는 한 남자가. 서연도 자리를 박차고 일어났다. 온몸으로 내달려 도훈에게로 다가갔다. 서로 달려와 만난 두 사람은 누가 먼저랄 것도 없이 서로를 강하게 끌어안았다.

"하아……."

도훈은 가만히 숨을 몰아쉬었다. 자신을 끌어안고 흐느끼는 그녀의 등을 놓치지 않을 것처럼 거세게 쥐었다. 한참을 끌어안고 떨어질 줄 모르던 두 사람은 그 어느 때보다도 서로의 마음을 절실히 느낄 수 있었다. 도훈은 서연의 볼을 감싸 눈물로 촉촉해진 그녀의 입술에 천천히 제 입술을 포개었다. 입술과 입술이 닿으며 새싹처럼 돋아나는 간지러운 촉감, 꽃이 피어나듯 달콤한 체취가 코끝에서 아롱아롱 어른거렸다.

"다행이야……."

봄바람을 맞으며 나눈 따스한 입맞춤. 서로가 무사하다는 것을 증명하는, 더없이 안심되고 위로가 되는 입맞춤이었다.

굳은 서로에 대한 믿음과 일상성이 만들어낸 평범한 사랑의 힘, 생각보다 엄청나다.

하늘은 결국 우리에게 백기를 들었다.

고통을 공유할 수 없는 벌? 모든 것이 하늘의 오산이었다. 한쪽이 다친 순간, 다른 한쪽은 그보다 더한 고통을 안게 된다. 우리는 진짜 사랑을 하는 사이, 우리의 사랑은 이미 완벽한 사랑이다.

이제 안심이다. 내가 이 여자를 두고 죽을 일은 없을 테니까. 내가 이 남자를 두고 죽을 일은 없을 테니까.

살아줘서 고맙습니다. 살아줘서 정말 고맙습니다.

그대가 곁에 있기에, 나는 오늘노 살아삽니다.

그 후, 돌연 혼절한 서연은 결국 응급실행을 면치 못했다. 수액을 맞으며 여러 가지 검사를 마친 후 겨우 정신이 든 서연은 멍하니 베드에 누워 도훈의 손만 만지작만지작했다.

"어지러워."

"괜찮아? 많이 어지러워?"

"응. 근데 자기가 손잡아주니까 좋아."

서연이 배시시 웃으며 도훈의 손을 주물럭거렸다.

"오빠 비행기 사고, 어떻게 된 거야?"

"현지에서 갑자기 일이 생겨서, 사고 난 비행기 안 타고 그보다 늦은 시간 비행기 타고 왔었어. 휴대전화가 갑자기 고장 나서 연락을 못 했고."

"하……. 난 그것도 모르고 자기 다쳤을까 봐 혼자 얼마나 무서웠는데."

"나도 내가 원래 탈 예정이었던 비행기 충돌 사고 소식 듣고, 너 다쳤을까 봐 주변 응급실 다 돌아다녔어."

서로 다쳤을까 봐 눈이 돌아가서 뛰어다니다가 결국 응급실에서 만난 게 우스워 서연이 쿡쿡 웃었다.

"강서연 환자분, 검사 결과 나왔습니다."

그때, 무테안경을 쓴 남자 의사가 서연의 베드로 뚜벅뚜벅 걸어왔다. 도훈은 서연을 감싸듯이 팔로 안고서 그를 경계하는 시선으로 보았다.

"많이 어지러우시죠. 구역감도 있으시고."

"네. 살짝. 지금은 참을 만한데 아까 좀 많이 그랬어요."

도훈이 앉아 있는 서연을 끌어당겨 의사에게서 멀찍이 떨어뜨린 후 한마디 했다.

"아까 택시가 급브레이크를 밟았다고 합니다. 겉으로는 안 보여도 내상이 있을 수 있고, 일시적으로 쇼크가 왔을 수도 있고, 뼈가 부러졌을 수도 있고, 인대가 늘어났을 수도 있고 어디 생채기라도 하나 났으면 지금 당장 입원을……."

서연은 그가 이렇게 한 번에 많은 말을 하는 것을 처음 봐 놀라움을 금치 못했다. 그러거나 말거나, 의사는 사무적인 태도로 검사 결과지를 보며 로봇처럼 말을 이었다.

"내상 없고, 쇼크 안 왔고요. 뼈, 인대 이상 없고, 생채기는 집에 가서 치료하세요."

"문제가 없다면 왜 제 아내가 혼절했던 겁니까."

도훈이 미간을 구기고 묻자, 의사는 담담하게 대답했다.

"임신입니다."

"……"

일순 고요한 정적이 흘렀다. 서연과 도훈은 한 대 맞은 얼굴로 의사를 멍청하게 바라보았다.

"임신 초기 때 빈혈 증세가 급격히 올 수 있어요. 철분제 드시면 되고요. 자세한 건 산부인과로 가서 검사받아보세요. 그럼."

로봇 수준으로 다다다 내뱉은 의사는 미련 없이 뒤를 돌아 사라졌다.

"……"

병원을 나온 도훈과 서연은 계속해서 얼떨떨했다. 사실상 불임에 가까운 난임 판정을 받은 서연이 자연임신을 하다니. 그야말로 기적 중의 기적이 아닐 수 없었다. 서연은 도저히 믿기지 않아 제 배 위에 손을 얹어보았다. 당연한 거겠지만, 아무 느낌이 나지 않는다. 도무지 실감이 나지 않아 멍하니 배를 바라보고 있는데, 갑자기 도훈이 서연을 사뿐히 안아 들었다.

"꺅!"

순식간에 공중으로 떠서 놀란 서연이 눈을 크게 떴다. 도훈이 감격에 겨운 듯 서연을 안고서 큰 소리로 웃었다. 그 행복한 웃음소리에 그제야 실감이 난 서연이 도훈의 널찍한 어깨를 짚고서 꺄르르 웃었다.

"서연아, 고마워."

그는 서연을 번쩍 안아 든 채로 올려다보며 환하게 웃었다.

"나 아빠 만들어줘서. 상상도 못 한 선물 받은 기분이야……"

도훈은 서연을 꼬옥 끌어안고서 그녀의 뺨에 부드럽게 키스했다.

"이렇게 행복해도 되나 싶을 정도로 행복해."

"하하, 나두. 오빠."

"사랑해. 사랑해, 서연아……."

도훈답지 않게 흥분된 톤으로 몇 번이고 몇 번이고 사랑 고백을 했다. 그의 반응에 감동받은 서연이 그의 이마에 쪽 뽀뽀하며 푸스스 웃었다.

"나도 고마워. 여보."

믿을 수 없는 기적이 일어났다. 그야말로 사랑의 기적. 한때 남성화가 일어났었던 몸에 보물이 들어섰다는 믿을 수 없는 축복.

서연과 도훈은 전생에서부터 이어진 수백 년의 지독한 사랑을 이루고, 드디어 처음으로 해피엔딩을 맞이할 수 있게 되었다.

"아기 이름은 뭐로 하지?"

"하하, 벌써? 오늘 알았는데?"

"그럼 태명부터 정할까."

"태명……. 음……."

우리는 이제 더 이상 평범을 꾸며내지 않는다. 꾸며낼 필요가 없다. 정말, 평범한 부부가 될 것이니까.

"아! 이건 어때?"

서연이 팔을 뻗어 도훈의 뒷머리를 감싸 확 끌어당겼다.

"입술이!"

쪽!

네 번의 봄이 지나고, 다시 찾아온 어느 화창한 봄날. 도훈은 기적적으로 자신들의 품에 와준 아이들을 양쪽에 앉히고 귤껍질을 까고 있었다. 놀랍게도 입술이는 한 명이 아닌 두 명이었다. 남녀 이란성 쌍둥이, 백은후와 백설아는 각각 아빠의 한쪽 다리에 매달려 칭얼거리기 바빴다.

"아빠! 아빠! 나!"

"나도! 아빠! 아빠!"

도훈은 귤을 까서 설아와 은후의 입에 하나씩 차례로 넣어주었다. 조그마한 입으로 우물우물하는 두 아이의 머리를 쓰다듬으며 도훈이 웃었다.

"맛있어?"

"응! 맛있어요!"

"맛없어어어."

설아가 신이 나서 대답한 반면, 은후는 입술을 이상하게 구기며 투정을 부렸다.

"잘 먹으면, 아빠가 은후 갖고 싶다던 로봇 사줄게."

꿀꺽, 은후가 언제 투정을 부렸냐는 듯 귤을 삼켰다. 그리고 제 입을 보라는 듯 턱을 쩌억 벌리고 도훈에게 들이밀었다.

"잘했네, 아들."

도훈이 은후를 칭찬하자 질투를 느낀 설아가 마찬가지로 입을 헤 벌렸다.

"아빠! 아빠! 나도 다 먹었어요!"

어눌한 발음으로 말하자, 도훈이 그녀를 번쩍 안아서 엉덩이를 토닥여주었다.

"그래, 우리 딸도 잘했어."

기분이 좋아진 설아가 아빠의 품에 얼굴을 비비며 꺄르르 웃었다.

"아빠! 설아는 커서 아빠랑 결혼할래요!"

도훈이 귀엽다는 듯 웃으며 설아의 머리를 쓰다듬었다. 옆에 있던 은후도 양팔을 번쩍 들고서 소리쳤다.

"아빠! 나는 커서 엄마랑 결혼할 거야!"

"……"

일순 침묵한 도훈의 입꼬리가 미세하게 내려앉았다. 은후와 설아를 옆에 차분하게 앉히고 상냥하게 설명했다.

"안 돼."

"으아아아아아앙."

"으아아아악!"

설아와 은후가 동시에 울음을 터뜨렸다. 도훈이 길쭉한 검지를 입가에 대고 쉿, 하자 두 아이 모두 입을 꼬옥 옹송그려 문다.

"우리 딸은 아빠랑 결혼 못 해. 아빠는 이미 엄마랑 결혼했거든."

불평 가득 담긴 설아의 얼굴이 만두처럼 통통하게 부풀어 올랐다. 도훈은 다시 차분하게 은후를 보며 말을 이었다.

"우리 아들도 엄마랑 결혼 못 해. 엄마는 아빠랑 이미 결혼했으니까."

"으아아앙! 나 엄마랑 결혼 못한대애애애!!!"

"으아아앙! 아빠가 나랑 결혼 안 한대애애애!!!"

두 아이는 또다시 세상 떠나가라 울기 시작했다. 도훈은 다시 한번 검지를 들었다.

"뚝."

놀랍게도 그 말에 은후와 설아가 동시에 울음을 멈추었다.

"세상은 떼써도 안 되는 게 있는 거야."

은후가 억울하다는 듯 씩씩대다가 이내 도훈에게 도전장을 내밀 듯 고사리 같은 손바닥을 쫙 내밀었다.

"그럼 다음에 태어나면 내가 엄마랑 결혼할 거야!"

"아니. 다음 생에도 엄마는 아빠하고 결혼할 거야."

"그래도 옛날에는 내가 엄마하고 결혼한 사이였을 거야!"

"안됐지만 전생에도 너희 엄마는 나를 좋아했어."

"으아아아앙!!! 그럼 다음다음에 태어나면 엄마랑 결혼할 거야!!!"

도훈은 우는 아들의 눈물을 쓱쓱 닦아주면서도, 조금도 물러서지 않았다.

"아들, 전생에도 지금도, 다음 생에도, 그다음 생에도 엄마는 아빠랑 결혼할 거야. 포기해."

"으아아아앙!"

"으아아아아아앙!"

그때, 위층에서 작업을 하던 서연이 계단을 타고 내려왔다.

"무슨 일이야. 우리 애기들 왜 울려."

서연은 쌍둥이를 임신하면서 모라비를 퇴사했었다. 2년 정도의 휴식 후 자신의 브랜드를 론칭했는데, 폭발적인 인기로 대 히트를 누리고 있는 참이었다. 서연이 추가 작업이 필요한 주말에는, 도훈이 육아를 도맡아 1층에서 아이들을 보고는 했다.

"은후야, 설아야."

서연이 달려와서 두 아이를 품에 안고 환하게 웃었다.

"엄마는 은후랑 결혼할 거야. 아빠는 설아한테 다 줄게. 그러니까 둘 다 눈물 뚝 하자?"

서연이 아이들을 달래자 순식간에 눈물을 그친 아이들이 다시 활기차게 복도로 와다다다 뛰어갔다. 그런 아이들을 사랑스러운 눈으로 바라보며 서연은 도훈의 옆자리에 풀썩 앉았다. 그리고 도훈을 돌아봤다가 흠칫 놀랐다. 그는 진심으로 충격받은 듯 입을 떡 벌리고 있었다.

"……왜?"

"……."

오후가 되어 도훈과 서연은 두 아이를 데리고 결혼식장을 찾았다. 오늘 부부의 연을 맺는 두 남녀는 다름 아닌 여진과 진영이었다. 오랜 연애 기간 끝에 결국 속도위반을 저지르고 서둘러 결혼 날짜를 잡은 두 사람이었다.

"야. 축하한다."

도훈이 시니컬하게 손을 내밀자 진영이 흔쾌히 잡고 악수했다.

"하하, 왔냐? 고맙다! 드니어 나도 너 따라서 장가를 간다, 하하하! 소원성취!"

밖에 서서 하객들을 맞는 진영은 오늘도 호탕하게 웃었다. 2년 전 조교수가 된 진영은 여전히 한국대 병원에 몸담고 있었다.

"저도 축하드려요. 드디어 결혼하시네요."

"하하, 감사합니다. 제수씨! 오늘 여진 씨 못 보셨죠? 오늘 엄청 예뻐서 난리 났어요. 하객분들 여진 씨 보고 다 기절할까 봐 미리 우리 병원 응급실에 콜 해놓고 왔어요!"

너스레를 떠는 진영의 목소리에서부터 상기된 감정이 느껴졌다. 곧 날아갈 듯한 진영과 인사를 마치고, 도훈과 서연은 신부 대기실로 향했다.

"최 비서. 결혼 축하해."

도훈은 여진을 보며 건조하게 한 마디 내뱉었다.

"감사합니다, 부사장님!"

얼마 전 MS푸드의 부사장으로 승진한 도훈은 여전히 여진과 호흡을 맞추고 있었다.

"와, 그렇네. 최여진 오늘 엄청 예쁘다! 아까 보니까 오진영 씨 입이 귀까지 걸리셨던데, 그럴 만하네?"

서연이 은근하게 칭찬하며 여진의 어깨를 콕 찔렀다. 여진이 깔깔 소리내서 웃다가 슬쩍 도훈의 눈치를 보았다. 그때, 밖에서 진영을 공격하다가 목표를 여진으로 바꾼 은후가 그녀에게 아장아장 걸어왔다.

"여진족 이모!!!"

"아, 은후도 왔어? 오랜만에 보네, 귀여운 은후!"

"이모! 혼결 축하해여!"

은후가 달려가자 설아가 뒤에서 그를 툭 치며 태클을 걸었다.

"야! 이 바보야! 여진족이 아니고 여진 이모! 혼결이 아니고 결혼이거든!"

"뭐라고? 내가 왜 바보야! 내가 왜 바보야!"

"이게. 누나한테 대들지 마! 이 바보야!"

"네가 왜 누나야, 이 바보야! 이 보바야!"

은후와 설아가 갑자기 투덕거리며 소란을 일으키는 바람에 기겁한 서연이 서둘러 두 아이를 말렸다.

"하지 마, 하지 마. 애들아! 아우, 정신이 하나도 없네."

그리고 이제 다시는 아이들을 데리고 예식장을 오지 않겠다 굳게 다짐했다.

"여보, 은후랑 설아 재웠어."

서연이 셔츠를 벗고 있는 도훈을 보며 말했다. 그녀가 팔을 길게 늘여 스트레칭하며 침대에 털썩 앉았다.

"둘 다 낮에 하도 방방 뛰어다녀서 그런지 금방 곯아떨어졌어. 우리 애들 잘 때가 제일 천사야. 특히 은후. 매일 잘 때만 같으면 좋을 텐데."

서연이 말썽꾸러기 은후와 새침데기 설아를 생각하며 미소 지었다.

"참. 도빈이가 두 사람 결혼식 못 와서 되게 아쉬워하던데. 하긴, 지금 아프리카에 있는데 올 수도 없고."

"다음 달에 한 번 들어온다는 것 같던데."

"정말? 도빈이 되게 오랜만에 보겠네. 거의 1년 만이지?"

도빈은 4년 전, 여자친구 민지와 함께 뜬금없이 세계 일주를 떠나버렸다. 그때 민지와 함께 쓴 여행 일기가 대박이 나서, 그는 국내에서 모르는 사람이 없을 정도로 잘 나가는 여행 작가가 되었다. 연인이자 여행 파트너, 찰떡궁합인 민지와 함께 책을 발간하며 자유롭게 온 세상을 누비고 다니는 중이었다.

"그런데, 오늘 결혼식 보고 오니까 우리 옛날에 결혼했을 때 생각나더라. 벌써 결혼한 지가 5년이야. 자기는 믿어져?"

서연이 감상에 젖은 얼굴을 했다.

"난 왜 여보랑 결혼한 게 엊그제 같지? 시간이 너무 빨리 가."

그녀가 셔츠를 옷장에 거는 도훈을 보며 종알거렸다.

"음, 이제 5년이면 신혼이라 하기 좀 뭐한가?"

서연이 장난스럽게 속닥거리자 도훈이 느긋하게 뒤를 돌았다.

"왜."

세월이 무색할 정도로 탄탄한 그의 명품 근육이 우람하게 몸집을 키웠다.

"난 지금도……."

도훈의 한쪽 입꼬리가 부드럽게 상승했다.

"널 보면 설레서 미치겠는데."

아……. 갑자기 심장 어택 당한 서연이 얼떨떨하게 있는데, 성큼성큼 다가온 도훈이 그녀의 허리를 한 팔로 훅 끌어안았다.

"씻으려면…… 옷을 벗어야지."

도훈이 능글맞게 속삭이며 서연의 원피스 지퍼를 지이익, 하고 내렸다. 드러난 날개뼈 위에 진하게 키스하며 왼손으로는 탐스러운 골반을 쓸어내렸다. 쪽, 쪽, 도훈의 입술은 부드러운 척추 라인을 따라 거침없이 아래로 내려갔다. 벌어진 지퍼 사이로 아찔하게 키스하며 허리 끝에 도달한 그는 한참 동안 그곳에 머물러 있었다. 음흉한 입술 때문에 서연이 파르르 움찔거리며 허리를 비틀다가 저도 모르게 눈을 감아버렸다.

"스톱! 잠깐, 애들 보면 어쩌려고 이래."

"괜찮아. 둘 다 자잖아."

도훈이 서연의 허리를 확 끌어안은 채 침대에 앉자, 자연스럽게 그의 무릎에 서연의 엉덩이가 눌렸다.

"역시 우리 부인이 세상에서 제일 예뻐……."

도훈이 부끄러움으로 빨갛게 달아오른 서연의 뺨에 가볍게 입술을 비볐다. 서연의 입가에는 어느새 달콤한 보조개가 만들어졌다.

"아아, 애들 보면 큰일 난다니까?"

아랫배를 어루만지는 그의 손길에 서연이 칭얼거리며 따졌다. 도훈이 등 뒤에서 나직하게 웃었다. 이내 단단한 상체가 무너지듯 내려앉아 서연의 등으로 찰싹 맞붙는 것이 느껴진다.

"왜, 싫어……?"

후우, 귀에다 대고 뜨거운 입김을 불어 넣으며 야릇하게 속삭인다. 그의 손은 이미 서연을 허벅지를 유혹하듯 주무르고 있다.

"그럼 그만할까……?"

말과 달리 귓속을 간지럽히는 섹시한 목소리. 사람을 미치게 하는 뇌쇄적인 숨결에 서연의 이성은 또 한 번 끊어진다.

"누가 싫대?"

홱 뒤를 돈 서연이 도훈의 단단한 가슴을 밀쳐 침대로 넘어뜨렸다.

"키스부터 하자는 거지."

씩 웃은 서연과 도훈의 입술이 열정적으로 맞물렸다. 그 파장으로 협탁에 예쁘게 놓인 가족사진이 춤을 추듯이 경쾌하게 흔들렸다. 도훈은 설아를, 서연은 은후를 꼭 안고 환하게 웃고 있는 사진. 서로에 대한 깊은 애정이 물씬 느껴지는 행복한 가족사진이었다.

"사랑해, 영원히……."

"나도 영원히 사랑해……."

그대는 나의 행복,

그대는 나의 세계,

그대는 나의 영원한 우주입니다.

-마침-

작가 후기

안녕하세요. '입술이 너무해'의 작가 갓녀입니다.

먼저 '입술이 너무해'를 구매해주시고, 또 읽어주신 독자님들께 진심으로 감사드립니다.

제가 '입술이 너무해'를 쓰면서 가장 중점적으로 다루었던 것은 주인공들이 느끼는 감정의 변화였습니다. 호감 또는 조금의 관심에서부터 시작하여 서서히 서로에게 빠져들고 연인이 되는 일련의 과정에서 느끼는 설렘을 독자님들께 글로써 전달하고 싶었습니다. 끝에는 서로를 위해 목숨을 바칠 수 있을 정도의 맹목적인 사랑으로 발전하면서, '완전한 사랑이란 무엇인가'와 같은 질문을 던지고 싶었습니다.

1권은 오랜 세월 끝에 무뎌졌을지도 모르는 독자님들의 연애세포를 깨우는데 주력했고, 2권은 잔잔하던 사랑이 불같이 타오르며 완전해지는 과정을 그리려고 노력했습니다. 3권은 그 어떤 역경에도 흔들리지 않고 굳건한 두 사람의 사랑을 그리면서, 제가 생각하는 완전무결한 사랑을 독자님들께 보여드리고자 했습니다.

제가 그릴 수 있는 한 가장 완벽한 커플, 서연과 도훈의 사랑이야기를 독자님들은 어떻게 보셨을까요? 앞으로도 계속해서 사랑을 주제로 다룬 소설들을 집필할 것이지만, '입술이 너무해' 주인공들의 사랑보다 완벽한 사랑은 없을 것이라 확신합니다. 독자님들의 기억에도 가장 경이로운 사랑으로 오래도록 남기를 기원합니다. 또, 언젠가는 이 소설의 결말처럼 독자님들께도 행복이자, 세계이자, 우주인 사랑이 찾아오기를 바랍니다.

제게는 그런 사랑이 바로 이 글을 읽어주시는 독자님입니다.
진심으로 독자님들을 사랑합니다.

2019년,
갓녀 드림.